当代作家精品·小说卷

凌翔　主编

破晓

康凯鹏 / 著

线装書局

图书在版编目（CIP）数据

破晓 / 康凯鹏著 . -- 北京 : 线装书局 , 2025. 1.
(当代作家精品 / 凌翔主编). -- ISBN 978-7-5120
-6326-6

Ⅰ . I247.5
中国国家版本馆 CIP 数据核字第 2024YV7554 号

破　晓
PO XIAO

作　　　者：	康凯鹏
责任编辑：	崔　巍
出版发行：	线装書局
地　　址：	北京市东城区建国门内大街18号恒基中心办公楼二座12层
电　　话：	010-65186553（发行部）010-65186552（总编室）
网　　址：	www.zgxzsj.com
经　　销：	新华书店
印　　制：	三河市中晟雅豪印务有限公司
开　　本：	787mm×1092mm　1/16
印　　张：	24.25
字　　数：	431千字
版　　次：	2025年1月第1版第1次印刷

定　　价： 108.00元

■ 【推荐语】

　　文字的力量，来源于脚下的土地和世间众生。书写一隅历史，便是书写大历史。作者从容不迫地叙述，看似轻描淡写，实则气势磅礴、深入人心、震撼魂魄。

——著名作家　党益民

　　《破晓》是一幅渭北乡村20世纪三四十年代的历史画卷，是一部遗留在漆沮河畔的民间秘史。整部作品如同一条精神河流，贯穿着诸多时代英烈为民族大义而前仆后继，贯穿着主人公由迷惘到觉醒再到奋起的灵魂蜕变。作者曾以历史小说《贾岛传》进入文学场，现在又将文笔回归故乡的土地，以清醒的历史观和生命观，礼赞故乡先贤的壮烈和神奇！

——国家一级作家　李康美

为天地立心,

为生民立命,

为往圣继绝学,

为万世开太平。

——宋·张载

一

民国年间，陕西关中经历了一场皮条年馑，后来，人们都说那是"十八年年馑"。年馑消停后的第二年，正是隆冬时节，天短得像被剁掉了尾巴，刚过午后，煞白的太阳就将脸庞贴到了西原上，无力地照着昏黄而萧瑟的渭北大地。

西安通往锦阳的官道上，一个青年骑在马背上。青年二十多岁，鼻梁笔挺，大眼浓眉，头戴黑色礼帽，身穿灰色长衫，外套绛紫色马甲，脚蹬一双白底黑布鞋。马是军马，枣红色的军马，而他并不是军人装束。他身后跟着两顶轿子，四个国民军士兵随轿而行，一个车夫赶着带篷骡车，不紧不慢地跟在最后。

他们翻过荆山原瓦头坡，踏上了锦阳地界。前面就是漆沮河了，青年让轿夫停轿歇息，他跨下马背，将枣红军马拴在路旁一棵挂满鳞甲的老柿树上。他走近轿子，揭开轿帘，一个五十多岁的老头弯腰跷出轿来。老头身穿黑色绸衫，黑色绸裤，脚下是黑色棉布鞋，全身上下新崭崭的。他手搭凉棚望望对面土原，长叹一声。

"啊！马上到家了。这一别呀，一晃眼十多年喽。"

"爹，我们已到盘龙湾，前面就是青龙岭。你让二姨下来透透气，也让轿夫和兄弟们缓一缓。"青年说道。

老头回头向着后面轿子喊道：

"宝珍，下来歇歇，顺便欣赏一下我们的漆沮河盘龙湾。"

绛红轿帘随即掀开一道缝儿，一个三十多岁的女人探出头。她浅浅一笑，款款走下轿子。

"杨师长——"

"宝珍，从今儿起，叫我掌柜的。"老头赶紧制止她。

"好好好。掌柜的，你和继宗把个锦阳吹得那么好，说什么锦绣胜景丰腴地，可眼前却是人烟稀少、满眼荒凉，我真后悔跟你回来。"

青年是老人的二儿子继宗。他说："二姨，我爹如今解甲归田，我们都回来，咋能把你留在开封？"

几个轿夫在一旁听着，也不敢说笑。大家歇息一阵，继续赶路，到觅子店已是黄昏，老人让继宗给随行的护兵和轿夫发了盘费，让他们当晚在觅子店歇息，明日一早自行回去。

"杨师长，这一别，也不知啥时还能见面，让我们再送你一程吧！"

护兵不解，他们护送了老师长一路，这眼看到家了，送进村子不是更好。

老人笑道："好了，好了！都回去吧。大家的心意我领了，可我们这里地虽偏僻，却多有礼数。我离开家乡这些年了，碰见乡党不打招呼咋行。从现在开始，我要步行进村。"

轿夫是西安雇的，他们自然明白师长的意思，向那几个护兵做了解释。大家在觅子店吃了晚餐，老人再三交代，让他们当晚歇在这里，并提前替他们结了店钱。

安顿好护兵和轿夫几个，老人一家继续赶路，他们到了信立乡，绕过铁佛寺，再往东下了青龙岭长长的慢坡，终于回到了阔别已久的槐园堡。进村时，沿途几个老者碰见老人，不由一惊，脸上顿时溢出笑来，热情地"二哥、二哥"向他打招呼。一别十多年，没有人再这么称呼他，老人心里仿佛塞入一团火，立即荡起了阵阵暖流。

当年，朱元璋建立大明帝国，他一道圣旨，就在山西洪洞大槐树下完成了规模宏大的民众迁徙，数以万计的移民奔赴东南西北各地，杨家先祖也在这次迁徙中惜别父兄，西渡黄河，迁居锦阳西北一隅的漆沮河畔。他们找到落脚之地，就在这里开荒种地修建庵舍安居乐业。为了不忘祖籍，迁徙关中的山西人约定成俗，在各自的庄前栽植槐树，以示对洪洞大槐树的纪念。如今关中各地，哪里若有百年以上的老槐，那个堡子肯定就是由山西移民发展而来。槐园堡就因看家护院的槐树众多而得名。

经过数百年繁衍生息，槐园堡已发展成锦阳西北的巨族大户。明清两朝，杨家还出过两个文举一个武举。可是，自从同治年起，关中各地战乱不息，村堡十室九空。到了老师长恒昌这一辈，杨家能留下的四条支脉，已让周围人羡慕不已。

老大杨元昌十一二岁就离开家乡，与他陪伴的是杨老举人当年遗存的两本书，一本是《孙子兵法》，另一本是《增删卜易》。元昌一路向西，沿路乞讨，稍有空闲就捧着古书一个字一个字往下啃嚼，渐渐识文断字，也多少懂得了里面的诸多道理。几年后，元昌流落甘肃，后来又阴错阳差进了大清军营。到那里他才知道,这是封疆大吏左宗棠的队伍。这时的元昌已能将《孙子兵法》倒背如流,对《增删卜易》卦术也十分精通。消息传到左宗棠大人耳中,左大人十分惊异,亲自下营召见。左大人见元昌果然出类拔萃,自然万般赏识,遂将他纳入幕府,共事多年。后来,新疆逆乱平息,左大人回京复命,本想带元昌一同进京,元昌这时已离家二十余年,念及家里父老兄弟,毅然书写辞呈回了老家。他回到槐园堡,用军中多年积蓄,在槐园堡盖了祠堂,修了祖宅,也对村口的关帝庙做了修葺,重塑了庙内的关公神像。

后来,哥老会和革命党推翻了大清统治,建立中华民国。一时间关中各地内乱四起,一个个小军阀你方唱罢我登场,饰演着跳梁小丑的角色。杨元昌在清军大营多年,本已厌弃战争,见不得血腥厮杀,面对眼下乱局,他不忍心周边百姓遭受平白冤苦。于是,他一声呼吁,在槐园堡组建民团进行自卫。民团最早取名崇礼团,他自认团长,带领槐园堡百姓共御匪患,确保全堡无恙。他的举动立即引得周边村堡效仿,不到半年时间,就分别建立了崇仁、崇义、崇智、崇信四个民团。民团建了起来,各堡寨又觉得没有合适的人来担任团总大任,经过再三磋商,各民团一致公推他担任青龙岭上下以及漆沮河两岸民团的团总,一时成为佳话。

元昌当了团总后,果然不负众望,他凭借多年积累的治军理念,在各民团百姓间重推颇具影响的《吕氏乡约》,并对其稍加完善,制定出新的治团条约让大家奉行。老百姓只知他混迹于清军大营,没想到他治理起民团事务更是恩威并施威震一方,即便用严厉的法则惩戒违规民众,各堡百姓也是身热心暖,对他佩服得五体投地。

漆沮河时断时续,从黄土高坡流进了关中,注入渭河。人常说天下黄河富宁夏,而锦阳则是整个漆沮河流域获利最多的地方。秦汉以来两千年,漆沮河官修民葺的灌溉渠道鱼刺一样遍布两岸,灌溉着锦阳良田。有一年,元昌倡修漆沮河西顺阳渠,派老三利昌到工地监工,谁知利昌竟然和葫芦口村的梁家寡妇勾结到一起。寡妇门前是非多,人都往远处避躲,利昌偏要叮这有缝的蛋,杨家人哪里受得了这种伤风败俗的事,更何况元昌担任着西四团团总。一气之下,元昌对事不对人,将利昌捆进祠堂执行团规家法,一向风流倜傥的老三没想到老大会动真格的,酸枣刺条绑缚的族鞭顷刻让他皮开肉绽。最终,利昌不仅遭受皮肉之苦,还被逐出家门。

老三利昌自幼聪明,机警灵巧,记性更好,几乎过目不忘。他早年在锦阳书院也独领风骚,无奈几十年来战乱不止,后来民国取代了大清朝,利昌也从槐园堡蒸发了。后来有人说他在泥阳北山一带揽活，还有的说老瓷窑镇一家瓷货店的老板，咋看咋像老三利昌。村里人都是道听途说的，并没有谁真正见过，周围百姓每每谈起利昌被逐的事，也无一不是不寒而栗。

利昌离开槐园堡不久，元昌忽然梦见自己晚年得了一个儿子。更奇怪的是，这个儿子刚生下来就已是两三岁模样，他有一只眼睛长在头顶，而且开口就能说话。他告诉元昌："爹，我是旱疫鬼托生，不能在人间久留。"元昌听了释然说道："既是如此，我也不强留你了。可你得帮助西四团的民众躲过旱灾疫情啊！"那儿子说："我是老天派来的，也由不得自己，更没有时间帮你。不过，你赶紧让村民制作绛色帽子戴在头上，可以躲过灾异，确保平安。"那个旱疫鬼死了，元昌从梦中惊醒，多日疑惑，这平白无故咋做了这种怪梦。不承想果然三年大旱，关中各地六料无收，随后虎烈拉又在渭河两岸肆虐开来。年馑和瘟疫交织一起，关中各县饿殍遍野，荒坟无数。元昌想到几年前那个怪异的梦，才知道那果真是旱疫鬼托梦降世，然而为时已晚，他自叹妄有通晓《增删卜易》之卦，被人誉为"活神增删卜"的虚名。槐园堡人都想顽强地活着，可大家深受这场年馑之淫威巨祸，这个三百多人的村堡先后就有近百人死于瘟疫。即使大家敬畏的团总元昌也没能度过这场劫难，一家老小相继病殁。元昌去世后，四里八乡数千人顾不得瘟疫还在空气里游荡的风险，愣是组成了浩浩荡荡的出殡队伍为他送行。

老师长在杨家排行老二，村里人很少提及他的官名恒昌，平辈们人前人后都称他二哥。

当年老大元昌西出关中，恒昌热血沸腾也要出关寻兄，最终考虑到父母已故，两个兄弟年纪尚小需要照顾，才勉强留守下来。从此，家里一大摊子事务落到恒昌身上。那些年，他也不知是怎么挺过来的，直到老大元昌回到老家，他已年近三十。当年抵御乱民游匪，村里每有蟊贼骚扰，血气方刚的恒昌不畏强敌，带领本堡的青壮年昼夜守卫，槐园堡再次成为固若金汤的平安堡寨，成了享誉锦阳、泥阳、池阳三县的太平王国，各路军阀土匪为了强占地盘扩充势力，在其他地方游来荡去，却不敢靠近槐园堡半步。

民国初年的一个夏天，村里有人传言，漆沮河东的田龙彪辞去国民党陕西省议会议员，在陕北洛川一带招兵买马，说是组建什么队伍。恒昌听了十分激动，带着从军御敌的激情投奔他。恒昌忽然提出吃粮当兵，元昌不想让兄弟去，毕竟杨家的家业也饿不着他们弟兄，回头又想起自己当年去清军大营的事，也就没过多阻止，算是默默答应了。恒昌和田龙彪本是邻村乡党，比他还稍长几岁，可他对田龙彪的豪情义气、过人胆识尤为佩服。同时，田龙彪也对恒昌当年带领全村青壮抵御游匪乱民的壮举十分敬仰。两人志趣相投，各自都有如鱼得水的感觉。恒昌到了部队，很快就被委以营长。

此后，十五六年间，恒昌在京津鲁豫各地戎马驰骋，由最初的营长升任团长，继而担任了张作霖整编的国安军第七军某师师长。不久，直鲁联军南下与冯玉祥集团军激战而兵败，他们部队被蒋介石的国民军收编，他再次担任师长一职。村里乡党多年没见过他，也不晓得国民军都干什么，在哪儿打仗。恒昌一回槐园堡，除了年纪长了，别的并无多少变化。乡亲们心中直犯疑惑："这师长当得好好的，咋突然撂挑子不干了，难道他不觉得可惜！？"

老四贞昌年近四十，与三个兄长同父异母，算是杨家多年来最安分的人了。虽然三个兄长今儿你走了，明儿他回来，可几乎都替他在家帮衬着打理家业。后来遇上这皮条年馑，长兄元昌为了西四团的团丁民众，将大量粮食赈济了灾民，最后还为锦阳县赈济局捐助了八十石小麦糜谷。好不容易撑到年馑结束，杨家几乎已一贫如洗，威风一世的元昌又因虎烈拉无奈西归。到头来反而给贞昌留下大嫂、二嫂和需要相互照顾的几个子侄。贞昌常常抱怨，说二哥恒昌对家里不管不顾，只知道在外静享清福，自己一人吃饱全家不饿。

继祖是恒昌的长子，多年来跟着父亲东征西战，也从中接触到了许多西方的学识。这几年，父亲连连败北，他没有遇到求学深造的机会。关中闹虎烈拉那年，父亲的部队驻守安徽，当时战事正吃紧，听说关中发生瘟疫，伯父元昌又突然去世，他才被父亲催回来照顾家小。幸亏他回来时带了一些防治虎烈拉的药品，要不母亲杨纪氏也会被黑白无常唤了去。继祖和四叔贞昌将家里事务安顿停当，又苦于家中物力维艰，才让二弟继宗去了父亲的军营，权当给家里省一口粮食。

最近几天，杨纪氏每天踮着小脚，把院里屋内洒扫得干干净净，稍有空闲她就侧耳听着巷中老槐树上是否有喜鹊叽叽喳喳。她听了几天，并没有喜鹊报喜，掌柜的却不声不响地回来了。

一家人多年没在一起，杨纪氏只听说掌柜的在外面娶了个小的，她也没觉得有啥奇怪的。有人跟她闲谝，说起这事，她总是淡淡一笑："男人嘛，成天在外骑马打仗的，没个女人咋行！"

家里忽然多了几口人，顿时热闹起来。杨纪氏一双小脚在屋里扎扎扎轻快地迈动，灰色的长襟大袄也跟着格扭的腰身扑溜溜飘摆。她烧好水让大家洗漱，然后就进了厨房做饭。继宗要给母亲帮忙，二姨太宝珍挽了袖子进去却不知应该从哪里下手。杨纪氏说:"妹子,继宗,还是让俺做,你们走了几天路,快歇着去。这家里家外的,你们往后干的活多着哩。"

宝珍咯咯咯脆笑着说道:"西学他爹一口关中腔,大姐开口又说着鲁腔鲁调,蛮好听的。"

"妹子取笑俺了,俺爹娘当年一担子挑着俺全家,一路乞讨来到锦阳,落户槐园堡。俺爹娘说山东话,俺也说,当地人说关中话,俺也说。几十年来,俺一会儿山东腔,一会儿关中话,两种话早就搅和到一块了。"

"大姐说话好听。"

"妹子,你说话就像唱河南戏,俺也爱听。"杨纪氏说。

"中,那就听,俺天天让大姐听河南戏。"

"妹子,你头次回家,还是让俺做,你们出去拉拉话。再甭在这里笑话我不懂河南戏了。"

贞昌听二嫂说二哥恒昌快回家了,他也几乎天天盼着。恒昌刚一到家,他就领着媳妇榴花和儿子继堂过来。榴花把宝珍叫了声"嫂子",宝珍一张粉白脸唰得先红了,她噌地站起来,居然扭捏得手都没处放。

"哎哟,你可不敢把俺叫嫂,俺把你叫姐得成?"宝珍说着把榴花拉到旁边。

"嫂子就是嫂子,本该这么叫,不敢乱来。不光堂娃妈要叫,我也得叫哩!"贞昌说着,回头拽过儿子继堂说,"快跟二伯打个招呼,再让你二婶看看,先把你认下。"

"二伯,二婶。"

"这乖的娃,俺一见就刻进了脑子,咋能忘了?"宝珍摸着继堂的头,问道,"堂娃,多大了?"

"十七。"

"哦,搁俺们开封,都该娶媳妇咧!"

宝珍一句话逗得继堂一脸窘红,他低头用手挠着后脑勺,憨笑着不知怎么开口。

一家人乐乐呵呵谝了半夜,问这说那的,可一提到恒昌这次为啥不走了,恒昌只简单一句话:"唉!老了。人这还怪,上年纪了老想着家里的事,总觉着哪儿都没家里好。"

次日一早,恒昌在老四的陪同下,带着继祖、继宗去西原下的杨家祖茔。他们一出巷子,恒昌才发现村口那棵古槐被火烧了。贞昌满不在意地说:"也不知咋回事，昨天中午，老槐树忽然就着了火，各个股权都往外冒白烟，堡里人又惊又奇，担水端盆折腾了半天，直到傍黑才把火弄灭。谁知这火刚一灭，你们就回来啦。"

老槐树历经数百年干旱雨涝或者风调雨顺，如今早已被村里人当作看家守堡的树神。恒昌"噢"了一声，一丝阴影从心头掠过。他们在杨家每座坟前献了祭食上了香，最后来到父母和大哥元昌的坟前坐下。看着干枯的蒿草围拢着座座坟茔，恒昌内心生出一阵苍凉。当初的碑石所剩无几，三亩大的坟园仅仅留下几棵柏树兀立在凄风中。父母的印象已经模糊，大哥元昌还是他去洛川时的模样。虽然老四已跟他说过家里的情况和当初的困窘，可他的记忆依然停留在当初与大哥惜别的时候。

"大哥，是你当时让我去见识外面的世事。如今我回来了，你却永远离开了我们。我没有你当初的威风英武和名就身退的气概。这些年，虽然也混了个师长，如今回想起来，却总是苦不堪言啊！"

恒昌从坟园往回走，乡党们见到他，一下子围拢上来。眼前的二哥恒昌除了与十年前苍老一些，其他并无差异呀。大家面带疑惑，传说中的师长咋一身这样打扮。真不知他的师长是咋样当的？

恒昌淡淡地说："为了乱七八糟的战事，将家人扔在老家。唉——"

信立乡地处锦阳西北边陲，漆沮河悠悠南下，青龙岭伏于河西。槐园堡就坐落在漆沮河西畔。这里往北七八里便是泥阳城，正西三五里一下青龙岭就是池阳地界，真正是鸡叫一声鸣三县的地方。当年，西四团的威名曾经让周边三县的游民野匪甚至地方武装望而生畏。可是，自从老大元昌去世后，西四团群龙无首，不久也就散了。

恒昌回来了！消息迅速传开，一连多日槐园堡人来人往，络绎不绝。唐园镇西关的绅士魏智山、信立乡的副乡长李夏松特意提了烧酒和麻糖来槐园堡拜访，想一睹杨师长的尊容。甚至泥阳、池阳各地的士绅官员，也纷纷提着大包小包来看望他。他们几乎无一不在期望赫赫有名的杨师长能在各自的上司面前美言几句，以求获得提携的机会。大家说啥都行，只有谈起部队上的事情，恒昌总会用各种借口绕开。

这天上午，锦阳保卫团吴恭道团长也前来探望杨师长。李夏松赶紧屁颠颠跑来报信，也算是替他的上司提前打声招呼，免得杨家人觉得唐突。他进村时碰见贞昌，火急火燎地说：

"四哥，赶紧回去给杨师长打声招呼，吴团长一会儿就来了。"

"哪个吴团长？你是说——县保卫团的吴团长？"

"对，不是他还有谁！"

"大冷的天，他来干啥？"

"好我的四哥，杨师长回来几天了，四乡八镇的人都来拜访，他能不来？"

"噢，那好，我回头给二哥说一声。"

"可甭说回头，现在就赶紧去。我还得去乡公所迎接他哩。吴团长说不定早到了。"

"好，我这就去，你赶紧回去迎你们的吴团长去！"贞昌听了，随口高声应说。看着李夏松远去的背影，贞昌冷笑道："好货！一个个都是舔肥尻子咬瘦尿的瞎种！"

吴恭道原来在杨虎城部队干过几年团长，颇具军事经验，就是险鸷狠毒。陕西国民政府派他接掌锦阳县保卫团，他一到职，就将保卫团整编为三个中队，派他的马弁王恒芳、李鸿材和李正元三人分任各中队长，这些年干了许多让人咬牙切齿的事，却总会一股脑儿将不利于他的事情推到下面几个人身上。

约莫半个时辰，李夏松果然领着一伙人进了槐园堡。为首那个头戴黑礼帽，身穿黑色棉制服，穿一双高腰皮靴，腰里扎着武装皮带，肩上斜挎一把短枪，一看就是吴恭道。后面背枪的四个团丁也是头戴大盖帽，身穿黑色制服，不同的是，他们穿着棉鞋，打着绑腿。

贞昌早跟二哥说了。这会儿，他俩正围在客厅一盆炭火旁。火烧得正旺，空气里弥漫着呛人的烟雾。门外传来了一阵嘈杂声，贞昌说声"到了"，起身走出屋子。

李夏松前面领路，吴恭道紧随其后。他一进杨家院子就大声喊道："哎呀呀，杨师长，你回来几天了，我还没来得及看望你哩！"话音刚落，吴恭道已抱拳拱手进了屋子。他脸上挂着笑，眼睛眯成缝儿。四个马弁提着两罐石冻春酒，两包太后饼、琼锅糖，后面团丁提着一只大红公鸡，又抬进一筐九眼莲菜。

恒昌放下正滋喽喽吸着的银质水烟壶，拍拍身上的炭灰，站起身说：

"吴团长，你们——这是做啥？"

"不做啥，兄弟是特来看望杨师长的。这点小礼，不成敬意，还望杨师长笑纳。"

"吴团长，再甭抬举我了，我啥师长呀，都解甲了。"恒昌跟吴恭道打着招呼，回头对着门外喊了一声，"继祖，赶紧烧水，来客人了。"

他口里叫继祖，其实是跟杨纪氏说话。几十年了，他很少叫杨纪氏的名字大嫂,自从有了继祖,他一直就是这么叫她。

李夏松说:"咦!师长就师长,在锦阳,谁敢把你不当师长。"

"狗屁师长,从今往后,我就是你的子民喽。"

"杨师长,你喝的酒比我们喝的水都多,你过得桥比我们走的路都多。不管咋说,你都是我们的大师长!"

"老四,给吴团长他们烧水传茶。再叫你二嫂张罗做饭。"贞昌应了一声,并没出去。说来说去,一番客套之后,吴恭道还是把话题转到正事上。他听说恒昌在陕豫皖三省军界威望很高,尤其和西安保安团团长还是儿女亲家,希望他有机会能替自己美言几句。

恒昌听了摇摇头,说道:"吴团长,我杨某人已经解甲归田,许多事不便参与。"

面对拒绝,吴恭道稍显尴尬:"杨师长,其实也没啥,以后有机会了再说。甭急,甭急。"

一阵寒暄之后,吴恭道起身告辞。恒昌说:"吴团长,你们登临寒舍,杨某人感激不尽。还请把这些东西拿回去吧!"

"一点心意,您甭嫌少!"

"吴团长,这不是多与少的事,我向来不喜欢这个,也不喜欢旁人拿着东西送来送去。"

"杨师长甭客气,就一点心意而已。"李夏松在一旁打圆场。

其实,最近的每位到访者,只要不是槐园堡的,几乎无一例外地乘兴而来败兴而归。只要是客,恒昌都会热情招待,吩咐家里筹备上好的饭食。大家嘘寒问暖客气迎送,不过若有人提到军队的事,他几乎用同样的话语来搪塞,"我老汉如今叶落归根,咱就甭提部队上那些打打杀杀的事了。"来者自讨没趣,又不好再说什么。末了,恒昌在送客之时,又无一例外地把那些大大小小的包包盒盒罐罐箱箱让来人带回。

吴恭道他们依然如故,带着东西尴尬地告辞。贞昌将他们送出院门,回到屋里,笑着说:"二哥,他们是来巴结你的,他们的东西也是老百姓的血汗,你不该让他们拿走。"

"哈哈哈,老四,宝珍,他们越没掏钱,我就越不能要。再说,拿了人的手软,我如今解甲归隐,只怕给人留下话把儿。我既不想求助别人,更不想别人求我。"

宝珍不解地问:"掌柜的,你在部队,可不是这样呀,咋一回锦阳,见了谁都怕怕的？"

恒昌摇头笑道："唉，我老了。从今儿个起，我回家种地，再不问世事！"

当然，恒昌也并不是让所有人失望，槐园堡的老百姓，几乎都是乘兴而来，尽兴而回的。来的时候，他们有时揣一两个鸡蛋，有时拿三五盒柿饼，热情地看望心目中威风八面的杨师长。村堡人带来的所有礼物，恒昌总是高兴地让杨纪氏和宝珍悉数收下，和大伙叙旧闲谝。走的时候，恒昌特意回赠每人一把剪子一把剃刀，再向满眼疑惑的乡党们一遍一遍地解释。他说："我戎马倥偬这些年，就觉着咱槐园堡好。我啥都不稀罕，就稀罕咱村堡的人都能过上舒坦日子。送你们剪子和剃刀，就是盼着各家男人都自己收拾得利利落落的，各家女人都把家务活做得周周彻彻的，把娃娃们管教得知书明理。"

恒昌一再告诉大家，外面的世事乱得很，好出门不如瞎在家，各家过好自己的日子，比啥都强。

二

　　光绪时期，山东举人焦雨田被委派关中，先后担任池阳、锦阳、临潼三县知县。焦知县原籍山东淄川，他看到旱涝保收的关中大地刚刚遭遇的天灾人祸，所到之处土地荒芜，人烟稀少，不禁喟然长叹："满目蓬蒿状惨然，堪怜沃壤变荒田。"他不由想到泰山脚下，兵乱、大旱、河患、瘟疫等各种灾祸也是频频而至，淄博青州一带人稠地少，百姓生计维艰，背井离乡出关求生，或者惨死沟壑苦不堪言的实情，就捎书带信地动员老家的乡亲迁居关中垦殖谋生。他甚至亲回原籍，苦口婆心地劝说乡亲们，并率先说服胞弟、舅父、岳父等亲属举家迁陕。消息迅速传来，二三十年间，竟有数万山东移民徙居关中，在此安居乐业。

　　"落户西安府，家家有地种，人人有饭吃，天天咥白馍。"杨纪氏一家就是在大家散布的传言中开始西行的。纪老汉担着行李，老伴拉着大嫚、小嫚两个女儿一路西来。他们沿路乞讨，不知不觉到了灵宝地界，眼看着距离关中也就一步之遥，老伴偏偏一病不起，不几天竟撒手人寰。她对有地种有馍吃的关中念想了几个月，然而直到生命的尽头，也没看上关中一眼。

　　纪老汉用一张破草帘卷个筒儿，将与自己厮守半生的女人掩埋在路旁一个土坎下。父女三人挥泪离别了那个矮小孤单的坟茔，继续往西赶路。他们过了潼关，沿着渭河南岸准备去西安府，走到临潼时，听人说渭北一带地广人稀，无论落脚还是置办土地都容易。于是，父女三人渡过渭河，沿着漆沮河一路北上。几天后，他们在槐园堡村口碰见了年轻的恒昌。恒昌见三人衣衫褴褛着实可怜，便将他们领回家，让大嫂做了一顿煎火饭。后来，恒昌一想，大哥和老三不在，贞昌年幼，自家四百亩地也缺少劳力，就跟纪老汉商量，将西原底下四十亩地里划出十亩让他们租种，恒昌还答应帮他们在地头盖两间草房。纪老汉做梦也没想到，自己初来乍到就轻轻松松有了地有了房，有了落脚之处，同时也遗憾妻子命薄，没有撑到这一天。

　　纪老汉落脚槐园堡，拉扯着两个女儿艰苦度日。不承想一家三口站稳脚跟不到两年，还没顾得品尝关中平原人人有饭吃的真正滋味，纪老汉又一病不起，滴水不进地在炕上躺了半个月就抛下女儿，去追寻丢在灵宝的老伴了。大嫚姊妹俩无力埋葬父亲，恒昌不忍心这个外乡人客死他乡没有葬身之地，就慷慨出资，替纪老汉抬回棺木，槐园堡的乡亲们协力将老汉安葬在村西原下的乱葬坟。这一年，姐姐大嫚十五，妹妹小嫚十三，她俩没法感激杨家，于是大嫚便身许恒昌，以报杨家大恩。

大嫚成了杨恒昌的媳妇杨纪氏。不久，小嫚也经人说合，嫁到锦阳县城金城堡孟家。

在锦阳西北，杨家本是名副其实的大户人家，是讲究门当户对的，可这几年大家都好不到哪儿去。恒昌起初并不悦意，他不想给人落下乘人之危的话把儿。后来还是大嫂一再劝说，他才与大嫚结婚的。初嫁杨家，大嫚总是不适应，尤其大哥元昌从部队回来，在当地组建民团，每次见到大哥都怯怯地不敢近前。她不明白，这个清军大营回来的兄长，在外人面前总是知书达理笑脸相迎，可对待民团所有丁众，尤其家里人，总是板起面孔，露出一副不苟言笑的神情。大哥每次回到家里，大嫚怀里就怦怦怦像揣着兔子，只怕做错了什么。刚开始，她度日如年，后来又觉得过年又像眨眼睛。她每天晚睡早起，纺线织布，总算将自己融入这个家庭。再后来，她给杨家生了继祖、继宗两个儿子，自己也媳妇熬成婆婆，成了槐园堡内外人人敬仰的女人。

男人恒昌回来了，还带着一个二姨太。刚开始，杨纪氏确实没有嫌弃，依然像往常一样，持家过日子不敢马虎。她便第一眼看见宝珍那双没有缠裹的大脚片子，也曾浮过一丝别扭，却并没有把这当作一回事。多年前，大哥元昌让全堡男人剪辫子，呼吁所有人家不要给女娃娃裹脚。还好，大哥只是呼吁，可村里哪家女人没有缠脚，一想起谁家女人长着一双大脚就让人恶心。这些年她没见过没裹过脚的女人，只不过是偶尔想想而已。二十年来，杨纪氏屋里的油灯总是最早亮起，她每天从后院横架上的鸡鸣声中开始，洒水扫地，张罗做饭，日复一日年复一年。她的这一习惯在恒昌回来后丝毫未减。恒昌日头刚刚冒红会准时穿衣下炕，比后院的公鸡还准时，这也是他多年在部队养成的习惯。他洗脸漱口的当儿，杨纪氏的水已经烧开，一壶浓酽的陕青茶泡好了。他站在院中，对着徐徐升起的太阳打一套红拳舒筋展骨，浑身上下顷刻舒坦起来。随后，继祖、继宗，还有屋里所有人都起了床，各忙各的事情。

这时候，二姨太宝珍还在炕上呼呼大睡，似乎不睡个自然醒誓不罢休。太阳早已爬上墙头,挂在半空,村巷里哼哼咩咩的猪羊叫声也平息多时,宝珍才睁开惺忪睡眼,伸个长长懒腰,缓缓地坐在炕上,打着哈欠,窸窸窣窣地一层层穿上衣服。她似乎想起什么,火急火燎地鞡着绣花绒鞋跑进后院墙角的茅厕,又打着哈欠回到房中,不紧不慢地洗漱打扮,描眉擦粉。直到杨纪氏在外面喊"吃饭了",她才款款地迈出屋子,围上饭桌,从来没有觉着不好意思。最让杨纪氏看不过眼的,是她每天洗漱时还要对着镜子,用一个褐色洋铁片子刮她的长舌头。杨纪氏是那天无意间走过窗下,往房里瞥了一眼看到的。她心想,宝珍看着没啥毛病嘛,可她每天刮舌头干啥,难道她的长舌头上长满了垢痂?当着恒昌和儿子继祖的面,她也不说什么,宝珍毕竟回来时间不长,自己心里再不高兴,可以后还要在一个锅里搅勺把,不想忍也得忍着。当然,她也盼着宝珍能早一天改掉这些瞎瞎毛病。

杨纪氏盼了一天,又盼了一天,这眼见着就过年了,宝珍还是那个老样子,每天早上邋里邋遢折腾半天才出屋子。过年时节人来人往的,谁若知道杨家这个光眉花眼落落大方的二姨太居然是个邋遢鬼懒婆娘,那还不把杨家人辱没死。

这天,杨纪氏最终还是没忍住。她趁着吃早饭的空儿,当着恒昌和两个儿子的面对宝珍说:"妹子,当姐的看着你啥都好,偏偏就想不明白,你们在部队上是咋样生活的。既然回家了,咱就该有回家的样子嘛!"

"算了,吃饭,这刚回来才几天!"恒昌吸溜吸溜喝着玉米糁子,不屑地说。

"俺这也是为妹子好!"纪氏看着恒昌,将话递给宝珍。

宝珍多年在军营生活,军队上有组织有纪律,而且军纪严明,可她是师长的二姨太,谁瞟她一眼都心惊胆战,哪个还敢在她面前高声说话。回到槐园堡,她再也听不到战场上那一档子战火硝烟成王败寇的事,更不用为恒昌部下将士们的牺牲而担惊受怕。这或许也就能是她一觉睡到自然醒的根本理由。自从进了部队,每顿饭都是伙夫把饭端到面前,她的手从没挨过面盆,没摸过擀杖。

杨纪氏在饭桌上的指责,仿佛一把铁戒尺重重地打在她的手心,宝珍开始硬着头皮强迫自己,时时做着提防。她每天鸡叫头遍就灵醒了,悄悄睡在被窝里听着隔壁屋子的动静,那边稍有响动,她就开始穿衣,赶在窗纸透明时候走出屋子。

宝珍老家在河南开封,她也是穷苦人家出身。早年家贫,她被家里人卖到一个豫剧小戏班,唱了几年戏,几乎走遍了鲁豫皖交界的所有地方。戏娃子宝珍睡百家炕吃百家饭,走到哪儿唱到哪儿,没想到她刚刚入了唱戏的门,她们那一带突然来了许多队伍,几乎天天打仗,折腾得她们演个戏都不得安宁。宝珍也不知谁跟谁打,谁是自己人谁又是敌人。不久,戏班散了摊,宝珍飘来荡去,浮萍一样居无定所。后来,宝珍傻姑娘登上金銮殿,糊里糊涂混入军队,摇身变成团长夫人,过起了一天到晚吃香喝辣的幸福生活。只是好景不长,她的团长丈夫与吴佩孚的部队交战中阵亡,她成了俘虏,每天被关押着,不知啥时是个头。再后来,有人建议让吴大帅麾下的旅长恒昌纳她做了小老婆。

恒昌常年在外,也确实需要个女人照料,尤其听说她还是个唱戏的,也就没有拒绝。恒昌参军前在槐园堡,最喜欢两样事情,一是跟着魏金忠切磋高家红拳;二是搬弄出金城堡他的连襟鸿钧当年放在家里的那套皮影戏箱,举着皮影在灯下拧来摆去。杨旅长比宝珍年长一大截子,甚至和她爹一个年纪,她肯定不能答应,再说丈夫尸骨未寒,她咋能不顾羞丑贞节,去给这个杨旅长当姨太太。恒昌听说她不答应,甚至为这还要寻短见,他没有强求,而是任她我行我素。直到宝珍亲眼目睹了恒昌舍财救兵那件事,才接受了这个比自己大一大截的老男人。

那时候,恒昌还是旅长,部队驻扎安徽凤阳。一天下午,旅部门口站岗的两个卫兵不知因啥事发生口角,继而撕打起来。他们一个陕西兵一个河南兵,陕西兵是个愣娃,他一言不合对着河南兵的肚子就是一刺刀。"噗"的一声,河南兵的肠子随刀而出。慌乱中陕西兵扔下刺刀逃之夭夭。在场的几个士兵赶紧报告杨旅长。听到这事,恒昌如雷炸耳,他疾步赶到现场,只见那个河南兵倒在血泊中,肠子游蛇一样在衣服外盘作一堆。围观的士兵实不少,还有闻声跑来围观的百姓。大家嘴里唏唏嘘嘘,谁也不知该怎样处理。恒昌向来爱兵如子,立马要找行凶者,有人担心他和行凶者都是陕西同乡,碍于情面不敢言传。他看着奄奄一息的士兵束手无策,内心无比难受,当即大声宣布:"无论是谁,无论用啥办法,只要能治好伤兵,立刻赏五十块银圆。"当地百姓早被各种兵粮杂款折腾得苦不堪言,谁轻易能见到这么多银圆。在场的人都怀疑自己听错了,恒昌连喊数声无人答应。他接着又喊:"嫌少吗?那就增至一百块!"可是还不见有人应声。恒昌自料没了指望,谁知他面前忽地蹾了半筐牛粪,旁边站着一个六十开外的老汉。老汉手拄短把木锨,一本正经地问:"长官,你说的可是真话?""当然是真的。谁这时候开玩笑!"恒昌又补充说,"当着这么多人,我咋能说谎?"老汉看了看他,又说:"长官,我只负责把外边的肠子送进伤口,让它复到原位,以后的治疗我可不管。"恒昌救人心切,毅然答道:"好,以后的事你甭管。"老汉听他这么一说,立即着人端来一盆净水,拿来半碗青盐,他抓起一把盐放入盆中搅匀,向那个河南兵伤口周围的肠子上撩泼着反复冲洗,趁伤兵没注意,他将剩下的半盆冷水唰地泼在了伤兵头上。说也奇怪,那些盘环在外的肠子，竟然顺着伤口乖乖溜回了伤兵肚子。

老汉站起身来，开玩笑似的说："长官，给银圆吧！"恒昌从容地说："甭忙。"在场的人以为老汉几乎没费吹灰之力，杨旅长不可能给他那么多银圆。不料恒昌对身旁的士兵说："去！到军需处领一百块银圆来。"士兵飞跑回去，工夫不大便把银圆如数取来。恒昌将银圆双手递给老汉。老汉只将五十块银圆放入筐中，剩下的银圆退给恒昌。恒昌要老汉全收，老汉坚持不要，并夸赞恒昌说："像你这样的长官，我还是头回见。你把剩下的银圆全收回去。"恒昌还没来得及说话，老汉已扬长离去。

杨旅长的所作所为让宝珍产生了莫名感动。她是戏子出身，初进部队时还当过一段时间的医护员，她哪里见识过这种场面，尤其看到杨旅长对待士兵的举动，竟使她有了死心塌地嫁给恒昌的想法。

恒昌看着这个眼里透着冷色的倔强的团长夫人一夜之间回心转意投怀送抱，自己心里反而没了底儿。他试探着说：

"我们关中人常说，男人是狗，女人是猫，有时想起来，还真是。"

"俺戏里也唱嫁鸡随鸡嫁狗随狗的。这都是老天爷安排的。"宝珍说着咯咯咯笑了。

"唉，你跟我也不知能熬到啥时候，这兵荒马乱的，我都厌烦了。一想起唐营寨那一仗，我心里就亏得慌。这打来打去，死了那么多人。"

"俺听戏里说，打仗是为了不打仗，是为了百姓平安。可这些年的仗咋就打得不见消停，看着老百姓东来西往四处逃命，俺心里也不好受。"

宝珍虽然是恒昌的二姨太，其实也就三十出头，比恒昌的长子继祖大不了几岁。

继祖到部队后，恒昌为了让儿子长点见识，将他安排给一个营长做副职。继祖平时经常在部队，很少和父亲见面，却与二姨太宝珍很熟。

他们没事了就在一起拉话儿。宝珍听着继祖的关中话地道有味，似乎比他爹恒昌的更纯正，恒昌这些年带着部队到处跑，鲁腔徽调河南话相互夹杂，听起来乱七八糟。继祖听宝珍说话也有味道，尤其每句落音的扬声，还有那个"中"，她偶尔再哼唱几句豫剧唱段，更有意思。

继祖叫宝珍二姨，她开始不习惯，她毕竟跟继祖就大五六岁，觉着叫个二姐才合适。再一想，她是恒昌的姨太太，继祖不将她叫二姨又该叫啥？

"二姨，你给我说说我爹的事。村里人把我爹传得美得很，我其实啥啥都不知道。"

"继祖，俺跟你一样，也啥都不晓得。俺跟你爹才生活几年，可他老念叨着家里还有个老婆，有你和继宗，你抽空也给俺说说关中的事，让俺提前熟悉熟悉。"

说起家里的事，继祖顿时眉飞色舞。他谝大伯元昌被当地人誉为杨半仙，给人算卦那才叫精绝，又从不收取问卦者一分一文，说他治理西四团如何英武果断，完全一个将军范儿，深得百姓的敬畏和赞扬。谝了大伯又谝姨夫孟鸿钧，说他是渭北有名的豪杰义士，早年参加辛亥革命，会同哥老会弟兄推翻清朝政府，后来又如何聚义华山，在锦阳策划驱逐陕西督军陆屠夫的逐陆之役。

宝珍从没去过陕西，没听过关中发生的那些事，她听得津津有味，直夸继祖说的像评书，听起来带劲儿。

宝珍问起杨纪氏的事。继祖想到母亲这些年照顾一家老小的确艰难，他不免有点伤心。他随即缓过神情，告诉宝珍一些母亲的事。宝珍知道了杨纪氏落户槐园堡，一直生活在锦阳乡下。若不是关中闹年馑，家里人口众多吃粮艰难，她也不会让继祖来部队找他爹。

继祖到部队半年时间，恒昌发现儿子除过去跟他大伯学的"四书""五经"和关中理学那点皮毛东西，其实肚里空空如也。他觉着学那些东西只能修身养性，领兵打仗绝对不行，修身齐家治国平天下那一套理论，全都是纸上谈兵，说得再美，也没有一杆枪一门炮实在。以前只要有人引荐，就能当个营长团长的，现在大刀长矛派不上用场了，就是普通士兵，至少也得配一杆火枪，若没有新式武器武装，恐怕一上场就会当了靶子做了炮灰。要在部队站稳脚跟，就必须学习军事知识。

就这样，继祖被父亲安排去南京陆军工兵学校学习军事。两年后他从南京回来，既长了见识，又有了学问，人也文气了许多，再没有了乡里那种土豹子习气。而且，继祖还把自己名字改了。

恒昌听说继祖改了名字，叫什么西学，他好气又好笑："娃，人要跟名字走一辈子，好好的名字，胡改啥？难道把名字改成西学，你就学贯中西了？"

继祖嘿嘿不语，宝珍在旁边解释："俺觉得中，名字改得挺好嘛！谁说名字跟人一辈子。戏上那些文丞武将，哪个不是名呀字呀号呀的。就是俺们唱戏的，许多名角都有艺名。"

"我不管什么戏上世上，我就觉着继祖这名字改得不好，知道的知道叫你，不知道的听了半天还不知喊的是谁！"

"爹，我不改了，就叫继祖。行了吧！"继祖很无奈，跟爹争，也真争不出个子丑寅卯，争不出个张道李胡子来。

继祖在父亲那里还叫继祖，可私下里宝珍还叫他西学。她喜欢继祖，更喜欢西学这个名字。

恒昌解甲归田的决定，就是打赢唐营寨那一仗后决定的。

恒昌误听情报，稀里糊涂酿成唐营寨那场惨不忍睹的战祸。知道真实情况后，他悔青了肠子，可泼出去的水怎能收回来。他看不惯和他一样鏖战沙场那些自以为是的人，为了争个权力地盘不惜让自己的兄弟洒血牺牲。这些年混迹于各路军阀之间，今儿这个得势，明儿那个败北，他带着弟兄们像茅草一样，骑在墙头摆来摆去看风使舵，混到最后反而落得人不是人鬼不是鬼。

回到槐园堡，恒昌一门心思想着过田园般的小日子，始终不愿提及以前在部队的事。他希望全家人相互谦让，不要为鸡毛蒜皮的琐碎事争得唾沫星子漫天飞舞，一家人跟斗败的公鸡一样嘴吹脸吊。

或许正是因此，恒昌向来不习惯在饭桌上训人，今儿借着杨纪氏的话题，他顺势说了宝珍几句。他觉着宝珍的确需要改改自己的生活习惯，毕竟装龙像龙、装虎像虎，既然回锦阳了，就要入乡随俗，像个锦阳乡村妇女的样子。

恒昌虽然这么想，可他也防备着宝珍忽然使出火药性子来。宝珍看了一眼恒昌，像个听话的小媳妇，没有顶驳一句话。她收住往日的笑脸，低声对杨纪氏说：

"大姐，俺记下了。"

其实，在改变宝珍的生活习惯和态度上，榴花也做了不少工作。

贞昌的媳妇榴花性格泼辣，见人不笑不说话，一天到晚嘻嘻哈哈的，即便是两口子嚷了嘴仗，贞昌气得吹胡子瞪眼，她却没事人一样，吵骂过之后，笑容立马又挂满脸庞，贞昌恼得直骂她脸厚得像裹了泥的城墙。榴花除了居家过日子，还是远近有名的接生婆，谁家媳妇生娃娃，都要提前拿上鸡蛋麻饼过来请她。说来也好笑，榴花刚过门时杨家家业还不小，家里除了三百亩河川地，还有专门的饲养室。贞昌年纪最小，被大哥元昌安排在饲养室照看牛马牲畜。榴花自小就养成天不怕地不怕的性子，她刚过门就帮着贞昌照看羊生羊娃，后来胆子大了，猪下猪娃她帮着拾掇，牛下牛犊她也急得拽腿。一个偶然机会，西巷子三虎媳妇要生娃娃，已经在炕上呻唤开了，三虎嫌不争气的媳妇一连生了两个女子，他这一次看着媳妇的肚子一天天鼓胀起来，一直担心再生个女娃咋弄。三虎懒得搭理媳妇，可一听到媳妇在炕上高一声低一声要命地嘶喊，他突然想到人常说的"人生人，吓死人"，才惊慌失措地去槐园堡中医堂叫人。榴花碰见火烧眉毛的三虎，一问才知是他媳妇要生娃娃，她一边催促三虎快去叫人，一边格拧着小脚往他家跑。榴花进了三虎家就烧水熬汤，安慰着三虎媳妇甭慌忙。再后来，娃生了，还是个牛牛娃。她给娃娃穿好衣服，帮着三虎媳妇擦净身子，一碗荷包蛋都端出来了，三虎才领着接生婆进了院子。

三虎感激不尽，说若不是榴花妹子，他媳妇咋能生下个牛牛娃。从此，榴花能接生的消息迅速传遍漆沮河两岸。十多年来，她已经接生了一百多个娃娃，几乎接替了槐园堡中医堂的接生婆，周围群众背后都称她送子娘娘。

这天晚上，杨纪氏从箱底翻出一对靛蓝布枕头，给里面装了荞麦皮枕芯，悄悄进了贞昌家。榴花奇怪地看着她，问道：

"二嫂，这大晚上抱个枕头弄啥，没听说二哥跟你闹仗啊，老了老了还闹分居？"

"看你说的啥话。"杨纪氏忽然压低声音说，"榴花，你明儿将这两个枕头送给宝珍，就说是你送的。"

"二嫂，这可咋了？"

"唉！你看这宝珍，一回槐园堡啥都不顾了，见天不睡个昏天黑地的自然醒似乎就不罢休？"

杨纪氏说着说着，刚刚压低的声音又渐渐高起来。榴花依然不知道她在说啥，眉宇间尽是疑惑。

"二嫂，你说啥，我咋不明白？"

"你这是揣着明白装糊涂呀！你不看看，自从宝珍回来，大晚上瞎折腾不睡觉，每天早晨太阳晒到尻子上还不起来。我是替你二哥操心哩。"

榴花终于明白了杨纪氏的良苦用心，她拍着杨纪氏的身子，笑得前仰后合。

"啊哈，哈哈哈。我说二嫂，看你这一天操的啥心。宝珍是二哥的女人，我能管住她跟二哥睡觉？算了，算了，这号事我咋开口？你赶紧把枕头抱回去，我才不给她说这事。"

"榴花，我这是替你二哥着想哩，快六十的人了，身体不饶人呀！唉。"杨纪氏说着，又叹了口气。

榴花哭笑不得，让她给宝珍说，让她晚上别再跟男人瞎折腾，可她是兄弟媳妇，咋开口呀。看着杨纪氏无奈的神情，榴花还是让她将枕头留下。

第二天晌午，榴花趁巷里无人，胳膊下夹了那对枕头进了恒昌家。杨纪氏看见了转身进了屋子，她猜想着榴花怎样替她表演出这出设计好的戏。

"嫂子，宝珍嫂。"榴花一进院子，就大声叫起来。

宝珍刚洗漱完毕，正钻在厨房找吃的，听见榴花在院里喊叫，她手里攥着个蒸馍出来。

"哎哟，嫂子，这时候还没吃饭？"

宝珍脸上泛过一丝红晕，不好意思地笑了笑。她问榴花：

"四姐，你拿枕头弄啥？"

"嫂子，听二嫂说你们炕上只有一个枕头，我特意翻箱底给你和二哥送上一对。"

榴花说着笑着，将枕头塞给宝珍，诡秘地咧嘴一笑。

宝珍毕竟是经见过世面的，她咋听不懂榴花的意思。她口里不说，可榴花话里的意思也让她不得不予以反思。慢慢地，宝珍在杨纪氏面前也客气地不叫姐不说话。当然，宝珍对杨纪氏还是心存敬畏，尽量避免和她单独说话。而榴花自然而然地成了宝珍在槐园堡最亲的女人。

三

思明和母亲小嫚是恒昌回到槐园堡接待的最后一波客人。

小嫚当初嫁到孟家，还不知道结婚是干什么，她只知道，从此往后要和这个叫鸿钧的男人居家过日子，要给这个家里生娃娃，要陪她的男人走过一生的。自从嫁到孟家，她的名字也就丢了，最初，堡里人都叫她鸿钧媳妇，后来生了思明，大家又将她唤作思明妈，而在公众场合，又都称她孟纪氏。小嫚嫁到孟家才五六年，男人鸿钧就遭人暗害，她这些年在家守寡，被一大家子人拖着累着，平日也不在亲戚间走动。姐夫多年在外，如今只留下姐姐一个亲人，她很少来槐园堡，除非遇到过年时节，才坐上思明的独轮车来一趟拜个年，姊妹俩打个照面问个安就算好了。

姨夫恒昌回槐园堡的消息，思明还是听锦阳县保卫团人说的。他听说姨夫回村后像变了个人，蔫蔫茶茶地打不起一点精神，一提起部队的事就拐弯抹角拿别的话岔开。说这些话的还不止一人，甚至县城许多地方都在传，说什么"槐园堡老杨家，徒有虚名，赫赫有名的大师长，看来看去就是个霜打的茄子！"这些话传到思明耳中，他也纳闷，威风八面的姨夫，咋能是一副没用的样子，他恨不得一把撕烂那些传言者的嘴，只叹自己没有那么长、那么多的手。当然，思明从没见过姨夫，只听说他在国民党部队当师长。如今张大伯已经过世，王先生还在，思明跑去问王先生。

"甭听坊间闲人瞎咧咧，他们知道狗屁！"先生淡淡地说。

思明听了越发纠结，他想早一天见着姨夫，逐一解开脑里心里这些乱麻麻的谜团。

冬月初，一个晴朗的早晨，娘俩起个大早，吃过早饭，思明就带上礼物，推出独轮木车，迎着北风踏着薄霜往西北而来。太阳过午的时候，思明妈迈着小脚走进姐夫家院子。

思明妈盯了宝珍一眼，并不认识，估计是姐夫的那位二姨太。她客客气气地欠身点头施礼，然后微微一笑，算是打声招呼。

宝珍看着娘俩面生,问道:"这位姐姐是?"

"俺是继祖他二姨。"思明妈说,"你是思明他二姨?"

眼前这娘俩就是杨纪氏说的妹妹小嫚和外甥,可思明娘一口一个"他二姨"的,宝珍听得稀里糊涂,一时理不清彼此的关系。

这几天恒昌一直在家,今天见天色好,他独自去泥阳城拜会昔日的师兄弟。直到吃午饭的当儿悠悠闲闲地转回来。见是思明娘俩,他一个劲儿埋怨继祖咋不去泥阳城喊他。

"姐夫不在,刚好给我们姊妹仨腾出时间拉家常。"

思明妈赶紧回话。恒昌高兴地招呼娘俩,他摸着思明的头问:

"这得是思明?"

"可不是。思明自小就没见过你,一天到晚念叨着他的师长姨夫。"

恒昌拍拍思明,毫无掩饰地笑道:"噢,都长这么高了。"

"姨夫。"

思明第一次见姨夫恒昌。他想象着戎马半生的姨夫和传言蔫蔫老汉有啥不同。现在见了,只见他既没有师长的威严,也没有霜打茄子的萎蔫,就一个乐乐呵呵的乡村老头。

"都这么大了?十六了吧!"

"姨夫,十七了。"

"还念书不?"

"念。以前在家里念,现在上立诚公学了,还是王先生教。"

"王先生——哪个王先生?"

"就是常给你爹大拇指的王先生。哎呀,你看我,你咋认识王先生。"

思明想到姨夫不认识王先生,转了话题:"姨夫,你在外面当师长,我们羡慕得很。我还念叨着啥时也到部队当兵吃粮去,你咋忽然回来了?"

"娃,你年龄小,赶紧好好念书,过两年姨夫给你在西安城谋份差事。"

"我继宗哥一直跟着你,你咋不让他们上学?"思明羡慕表哥继宗,羡慕他一天到晚跟着姨夫驰骋疆场,自己却像一只圈养的豹子,每天被关在小学堂里,哼哼唧唧念那些没用的"四书""五经"。

"这娃,还真长大了!身上一股他爹的神气。"恒昌笑着,仰头长叹一声,回头对思明妈说,"唉!一晃十四五年了,鸿钧兄弟,泉下有知吧,咱娃像你一样,同样有出息。"

一声叹息，让大家不由想起了十多年前金城堡孟家，甚至锦阳县各地有识之士永世难忘的悲惨事件。那时的思明还没过四岁生日，几乎不记事，许多细节还是张大伯后来告诉他的。

那年深冬，已是冬月。陕西靖国军于总司令巡视渭北，特意来锦阳县城，锦阳知县范子杰顷刻感到整个县署蓬荜生辉。他乘兴在县署后堂设宴招待于司令，高兴地连声念叨："于先生到来，乃锦阳之幸啊！"骑兵营营长孟鸿钧和于司令是金兰之交，宴席上自然少不了他。他们三人不仅是上下级关系，更是多年的战友和挚交。他们谈到当时的政治形势，都为靖国军的眼前之计和长远之策商讨建言。不知不觉外面隐隐传来声声鸡鸣，三人才尽兴而歇。

这时，孟鸿钧要回金城堡，知县范子杰再三挽留，于司令也劝他说："鸿钧兄，这里是锦阳大衙，有的是地方，而且炕也烧得暖烘烘的。"鸿钧考虑到于司令赶了一天的路，明天还要回池阳，想让他多休息休息。于是，他再三解释："范知县，甭客气，咱都不是外人。我家离得不远，抬脚工夫就回去了。"

外面黑咕隆咚的，伸手不见五指，范子杰要派人去送孟鸿钧，他哈哈一笑，不屑地说："我一个大活人，还怕谁吃了？"范子杰拗不过他，顺手塞给他一盏玻璃罩油灯。

孟鸿钧打着油灯出了县署，沿街往南，下了南门大坡，顺着城下老街往西走。他口里哼着阿宫小调，不紧不慢地迈着步子，快到南关十字时，突然传来"砰、砰"两声枪响。枪声划破夜空之际，他猛觉后背一阵隐痛，知道自己中了暗枪，立即猫腰撞开路旁的永盛福商号躲避。他刚跨进店门，一个身穿黑衣的伏击者已尾随而至，"砰、砰、砰"又是三枪……

于司令听到噩耗，又惊又怒，当即勒令范子杰查明真相。范知县觉得此时情况尚不清楚，唯恐节外生枝再有祸端，连夜派人送走于司令。他顾不得任何风险，只身赶到事发现场。这时天已大亮，他见到鸿钧尸体，义愤填膺，悲从心生，恨不得立马揪住凶手碎尸万段。然而，这会儿凶手藏匿何处，他着实无处下手。究竟是谁？和鸿钧有啥深仇大恨？为啥非得置他于死地？范子杰冷静思量，还是先处理鸿钧后事要紧。于是，他强忍悲痛，吩咐永盛福商铺的伙计赶快去金城堡告知鸿钧的义兄张盟祺，再派下属到炭巷棺材铺，让刘掌柜准备一副上好棺木，所有事务开支，回头找他算账。

稍时，张盟祺匆匆赶到，骑兵营的弟兄也闻讯而来。范子杰让大家先将鸿钧的遗体抬到金城堡东门外的正心小学。旁边烧了一锅热水，张盟祺仔细为义弟擦洗伤口换衣入殓。他心里难受，又不敢让眼泪滴到鸿钧身上。正是三九时节，周围天寒地冻，大家各自忙碌，谁也顾不得冷。一切收拾停当，太阳已升起三竿高，可是，此刻的朝霞，却暖不热在场者凄冷的心。

范子杰回到县署，许多得到消息的人向他推测鸿钧遇害的原委，猜测凶手应该是谁。他强压心头愤懑怒火，告诫所有人："死者为大，入土为安，当务之急还是埋人要紧，在安葬鸿钧以前，谁也甭胡乱造次。"他安排了县署的事务，这才赶到金城堡孟家，亲自担任执事。

孟鸿钧德高望重，是民众公认的锦阳军政重要首领之一。他突然遭此横祸，锦阳县城周围的空气似乎也凝滞一起，惊恐与担忧充盈空中，一时间阴风凄唳，人心惶惶，久久不散。范子杰虽然口里劝大家先让孟鸿钧入土安息，自己内心却依然翻江倒海难以平复，他静静分析，暗自排查，只希望尽快找到元凶。

纸里终究包不住火。几天后，暗杀孟鸿钧的真相渐渐浮出水面，众人的目光渐渐聚集到步兵营的快枪手王老虎身上。骑兵营的弟兄闻知后，个个怒火中烧、摩拳擦掌，他们扬言不为营长报仇誓不罢休，立即要活活剥炙了姓王的狗杂种。范子杰怎么也想不到是步兵营干的，如果真是步兵营干的，那王老虎只是行凶者，幕后肯定与冯营长有关。既然如此，更要慎重行事。范子杰闻报后赶到骑兵营，语重心长地跟兄弟们说："孟营长遇难，我痛失金兰，锦阳县痛失梁柱，此时此刻我也心如刀剜！可我还是奉劝各位兄弟，暂时不敢给锦阳添乱。要知道，骑兵营和步兵营火并起来，小小的锦阳城还不打个底朝天？百姓的日子怎么过？更何况，鸿钧一门孤寡，岂能经此狂风骤雨？为了孟营长，为了靖国军，为了锦阳百姓，大家千万不可莽撞行事。"范知县的话不无道理，骑兵营众弟兄又气又恨，不得不握拳含泪地暂时听从了他的劝告。

孟鸿钧的葬礼简单而隆重。出殡这天，彤云密布，悲风呜咽，除了孟家老小，街坊邻居也自发组成浩浩荡荡的送葬队伍。于司令从池阳赶过来，沉痛吊唁大哥，并在他的灵前挂起刚刚装裱的一幅书法作品，原来是关学鼻祖张载的横渠四句。

安葬孟鸿钧后，大家对思明这根独苗疼爱有加。婆和孟纪氏一家人自不必说，杨介石、郭锦屏等各位锦阳士绅都是鸿钧的老朋友，他们每次来孟家探望，都会给思明买些吃货、送点玩具，或是塞给他几块银圆。

也是的，鸿钧去世，孟家猝遇惊雷惨变，瞬间天崩屋塌。思明还不到四岁，啥事都不懂，孟家往后该如何支撑。尽管如此，年幼的思明又是孟家唯一的希望，再不敢有任何闪失。

张盟祺是通关镇邑岚堡人，也是孟鸿钧的结义兄弟，这些年一直给孟家当管家。他早年曾在锦阳炭巷邱四少的赌场赌博，一时大意将身上的赌资全部输光，最后还欠下一大笔赌债。其他赌徒见他囊中亏空，言辞中又有赖账之气，纷纷羞辱他，逼他还账。孟鸿钧向来不涉赌行，只是和开赌局的邱四少常有来往。他那天恰好路过，碰到素有常胜将军之称的张盟祺今儿突然走了麦城，那副窘态比被儿媳羞辱了扒灰的老阿公还要难堪。孟鸿钧估计其中有诈，不免同情，可他又不知详情，便慷慨地替张盟祺偿还了赌债，再三告诫他，赌行水深，劝他金盆洗手，甭在赌行混荡。张盟祺得知眼前替自己解围的这人是闻名关中的义士孟鸿钧，自然感激不尽。自此，他将孟鸿钧以兄而敬，不叫"大哥"不开口。孟鸿钧明显比他年轻，觉得"大哥"二字承受不起，让张盟祺不要胡乱称呼。再后来，两人索性行八拜之礼，喜结金兰，孟鸿钧心安理得地做了兄弟，张盟祺诚惶诚恐地当了兄长。

孟鸿钧是江湖中人，平日要么走南闯北与人切磋武艺，要么寻师访友精研书画金石，回到锦阳城，接朋待友的闲杂事更多，何况他还要经管好骑兵营那帮弟兄的所有事务，料理好孟家的田园和铺面。俗话说，苦得宽盖不严，一双手干不完两双手的活。孟鸿钧忽然想到了大哥张盟祺。他将张盟祺接到孟家，向他说了自己的想法。张盟祺也是情义之人，随即接掌了孟家的店铺经营和田园耕种等事。进了孟家，他不贪不占忠心耿耿，所有事情都是先替孟家着想，而把自家的事排到后面。孟鸿钧去世后，他不仅接替孟鸿钧照管孟家老小，更将小思明当作自家孩子一样管教。张盟祺膝下儿女双全，他把自己的儿女放在一边，成天将思明架在脖子上进进出出。思明要月亮不给星星，儿子景范气得无处哭诉，总怀疑自己不是父亲亲生的。

思明转眼六七岁了，杀害鸿钧的凶手王老虎一直逍遥法外。在这件事上，张盟祺对知县范子杰大为不满，认为他一方面是袒护凶手，另一方面又用甜言蜜语搪塞众人。可他非官非宦，不知道如何是好，所有的埋怨只能窝在肚里。而最让张盟祺担心的还是仇人斩草除根加害思明。娃大了，不让他上学不行，去小学堂又让人提心吊胆。后来，张盟祺和孟家大婶与思明妈商量，既然孟张两家几个娃，不如在家里办个学馆，再招上周边村堡一些，凑上一二十个娃娃并不难。就这样，他请来王彦坤先生来孟家坐馆教学。

王彦坤是通关镇人，他家在石道坡，与张盟祺的邑岚堡相距不过四五里。王先生自幼拜通关李植珊先生为师，十五六岁经李先生举荐，求学于关中鸿儒李采白门下，三年后前往西安高等小学堂继续深造，毕业后轻轻松松考中秀才。然而，王彦坤多次应举不中，仕途路塞，为了生计，他不得不到私塾教书。王先生以严格执教名播乡里，十多年来桃李遍布锦阳各地。当然，执教之余，他不忘稼穑，农忙时节扶犁提耧务棉秧瓜样样皆通，而且每得闲暇，或者心有所思所感，一首首一篇篇诗文也会从笔端溢出，让学生敬佩不已。他平生不仅敬仰恩师，尤以明代御史杨忠介为楷模，以《四以碑》的"以好色之心好德，以爱己之心爱人，以人之乐为乐，以人之忧为忧"作为铭言。他卧室炕侧墙上挂有一幅书法作品，内容是"修德不倾，择交不败，读书不贱"，那一手功力深厚的颜楷书法，也让许多师友仰慕而不敢恭维。他不仅以此律己待人，并以此教育学生，无论走到那里，都不忘将这幅书法挂在居室。

孟家私塾办起来了，就在孟家西隔壁。王先生刚剪了辫子，平日常穿灰色长衫，脚穿白底黑面圆头布鞋，戴一顶黑色圆顶瓜皮布帽。他初来孟家那阵，大约四十开外，他脸上棱角分明，显得清瘦威严，总让人心生敬畏。

王先生每日坐馆，教授娃娃念书识字。思明在几个孩子中年龄最小，虽然调皮，可他与别的娃娃又稍有不同。思明在学习上并不吃力，那些《三字经》《百家姓》《弟子规》《千字文》，他看一两遍就能背诵，后来读"四书""五经"，他也读得快，理解得也快。或许是从小娇惯的，或许是娘胎里带来的天资，思明不知不觉养成骄傲的毛病，在课堂上调皮捣蛋，经常借故逃学，甚至编着瞎话骂先生。王先生本就敬仰孟鸿钧，主家上下又从没将他当外人看待，他见思明是孟家的宝贝蛋儿，也就对他网开一面，只要娃学习不耽搁，就不怎么说教他。岂不知思明以为王先生害怕他们孟家，竟然扬扬得意忘乎所以起来，并不把先生放在眼里。尤其学堂几个大点的娃娃，挨怕了王先生的戒尺，有气没处撒，从旁怂恿煽惑，更令思明胆大妄为、无法无天。

王先生来孟家以前，曾在通关镇附近一家私塾坐馆，不到两个月就将学堂里的娃娃打得逃走大半，许多家长跑去找学董论理，学董左右为难，去和王先生商量。王先生听着学董的话，轻蔑地撂下一句话："惯娃如杀子，这不是木刀骟娃——害人嘛！"说罢，他索性头也不回地卷铺盖走人了。学董闹了难堪，后悔莫及，拿着学资跑去向王先生回话。王先生把他摊在桌上的银圆掀了回去，说道："你们家跟我没缘分，我伺候不了你们那些公子哥儿，你还是另请高明吧。"学董再三恳请，王先生始终无动于衷，从此就落下了打烂馆的名声。张盟祺也是听了王先生打烂馆的传闻才回通关镇请他出山的。孟纪氏心有余悸，还问张盟祺说："听说王先生曾经打烂学馆，大哥将他请来，咱娃们会不会受皮肉之苦？"张盟祺说："弟

破晓

妹，树不修长不高，娃不打管不好。娃娃不挨打就长不大，再说了，要打先从景范开始，暂时还挨不到思明身上。"

景范比思明年长三四岁。王先生虽然是他爹请来的，可每次看到王先生严厉的眼神和从不挂笑的冷脸，他心里就莫名其妙地恐惧。他一见王先生那张"死人脸"心里就胆怯，偶尔也想着给王先生一点难堪，可他的想法在心底刚一萌生，就又像被尿浇了一样立即噗地灭了。

一天，在景范的唆使下，思明领着几个小兄弟去逮蛐蛐。小学堂的娃娃们顿时少了大半。王先生问明原委，忍无可忍，他一言不发地冷着脸庞，到外边将他们一个个拽了回来。他将这帮顽皮小子逐一扫视了一遍，冷峻而严厉的目光随即落在了思明和景范身上，还没等他们反应过来，王先生就拧住了两人的耳朵。他俩疼得像两条狗一样嗷嗷直叫，龇牙咧嘴地捂着耳朵弯着腰，屁股直往后坠。王先生一言不发，手不松劲地将二人拉进学堂，勒令他俩站在那里。

思明心里不服，想搪塞王先生，索性编着谎话辩解，没想到他的小聪明更加惹怒了王先生。王先生怒不可遏，声音发颤，手也发抖，几乎要吃了他俩。他冷笑着说："娃，你俩今儿个看走眼了！你伯把我请来，不光是教知识，还要教你们咋样做人！"

思明并未在意，没高没低地说："你是我家出钱雇的，咋还这么张狂？你不想教了就走人！"

王先生听罢勃然大怒，一把抓住思明的细胳膊，将他夹在胳膊弯里，三两下扒下他的裤子。思明本想挣扎，可他完全成了老鹰爪下的小鸡，王先生一把将他压在木条凳上，顺手抽出竹教鞭，照着他的小屁股啪啪啪就是一顿猛抽。

见先生来真的，思明吓得哭起来，王先生刚一松手，他就两腿一软，跪在了王先生脚下。岂料思明这一跪却是火上浇了油，他得到的并非怜悯和原谅，而是更为惨烈的一顿暴打。王先生正在气头上，他狠狠地抽打着思明的小尻蛋子。思明满脸惊恐，小尻蛋子拧来扭去，根本挣脱不开，他无奈地嘶号着，白净的小尻蛋子唰地落下道道红印子。很快由一条变成两条，两条变成一片。思明起初还在求饶，他的哭声没有产生丝毫威力。王先生放下教鞭时，他的小尻蛋子上已经血肉模糊了。

其他学童满脸惊恐地站在那里，一个个战战兢兢，大气也不敢出。私塾的打闹声传到了孟家院子，最先听到的是婆。她听见孙子杀猪一般嘶声力竭地哭喊，不知发生啥事，迈着一双小脚往这边跑，她一边跑一边喊人，只恨自己跑得慢。孟纪氏和张盟祺也寻声赶到隔壁私塾。

婆搂着思明，哭丧着脸埋怨王先生："哪儿有你这好先生，咋能把娃往死里打？呜——呜——"

孟纪氏劝着婆婆："娘，你甭哭些。你先看看，你孙子咋样惹怒王先生了？"

"有天大的事，也不能把娃往死里打呀！呜——我的乖孙子，呜——我的亲孙子。"

王先生见两个女人眼里脸上都是怒色怨气，也气不打一处来。他板着脸说："有德有才者，人不能不敬。有权有勇者，人不敢不敬。你们这碎碎个娃，无德无才，无权无勇，还不如不教。"王先生说着，拧身进了套间，卷起铺盖就要走。

张盟祺没想到事情会发展到这地步，拉着王先生百般赔不是，向他回话。

"王先生，你可甭跟娃们一般见识，他们还小。"

王先生根本不听，向张盟祺说："乡党，你也甭拦挡我，我再待在这里，只怕瞎了这些年的手艺，坏了我教书的名声。"

"他大伯，甭挡了，咱孟家也不至于一棵树上往死地吊。他要走就走，我就不信离了他再就请不来先生了！"婆不依不饶，孟纪氏劝娘甭胡乱说话，没想到越劝她越来劲儿，"思明妈，我心里亮堂着哩，我孙子前世又不是他的仇人。"

"我坐馆这些年，还没见过哪家老小这么护娃的！"王先生一看老太太发威，去意更铁，张盟祺再三解释劝阻也无济于事。他背起铺盖卷儿，头也不回地走了。

"婶，你听我一句话，"张盟祺无奈地说，"咱管娃，要给好心甭给好脸。你们这样不是为娃，而是在害娃，知道不？"

"他大伯，思明是孟家的命根子！我们恨不得把心掏给他，咋还成害娃了？"婆不想和张盟祺争辩，气鼓鼓迈着小脚走了。孟纪氏一脸伤心，叹了口气说："唉！张大哥，我知道你是为思明好，可你看今儿这场面，咋收拾吗？唉——"

王先生一罢教，所有学生只得回家，热闹的学堂顷刻变得冷冷清清。思明长这么大，哪里受过这种罪，婆和孟纪氏给他敷了药，他趴在孟纪氏腿上睡了两天。

也是的，思明这一闹腾，张盟祺真束手无策了。王先生的确是位难得的先生，而孟家人这么娇惯思明也绝对不是好事情。他想来想去，觉得还是将王先生请回来，可如今怎么去请，除了说服婆和孟纪氏，还必须亲自领着思明登门赔罪。

这天，张盟祺趁着婆孙三人都在，把思明抱在怀里，问他：

"思明，你能记得你爹不？"

"能，我爹被人害死了！"

"还记得你爹灵前挂的那幅字吗？就是于大叔写的那幅。"

"伯,那上面不是蛤蟆蝌蚪,就是弯弯的长虫……"

孟纪氏听了,脸上瞬间浮过一丝无奈。她苦笑道:"张大哥,你看这瓜娃!"

张盟祺看着傻愣愣的思明,没笑,也没恼。

"思明啊,那可不是蛤蟆蝌蚪,不是长虫。你爹是英雄,那幅字是你于大叔送给你爹的,别人都不配。"

"……"

思明只隐隐乎乎记得爹的灵前确实有过一幅字,圪里拐弯写了三四行,后来母亲把它收了。

"听伯的,把这些话记下,现在不懂,长大就懂了。为天地立心。"

"为天地立心。"

"为万民立命。"

"为万民立命。"

"为往圣继绝学,为万世开太平。"

"为往圣继绝学,为万世开太平。"

张盟祺读一句,思明念一句,一遍读下来,他不懂说的是啥,可这几句话已经深深刻在心里了。

婆一看见思明的伤就想哭,她不是哭孙子,她是看着孙子哭儿子。孟纪氏也偷偷抹泪,又不晓得应该咋弄。

张盟祺又给思明打比方说:"咱家学堂那些娃娃,家里都是弟兄几个,这就好比是一堆木橛橛,再不行也能找出一两个好楔子来。而你就不行。你爹不在了,留下你一根独苗,你若不好好念书,孟家就没有指望了!"

孟纪氏擦着眼泪说:"娃呀,听大伯的,可不敢胡闹了,你爹不在了,咱家就靠你了,你不好好念书,俺孟家真就完了!"

思明屁股上还敷着药,自从那天挨了打,他也像是受了怕,不怎么说话。他不解地问:"妈,你说啥完了?"

"娃呀,你爹是渭北各县响当当的英雄,老百姓敬他,县老爷也敬他,就连当兵的也将他当大哥一样地敬着。你倒好,碎碎个娃,无法无天,你不好好念书,难道将来当要饭的乞丐?"

"我不当要饭的,我要吃好的。"

"要吃好的就得好好念书,书念好了就能教书,就能当官,就有好吃的。到那时,咱孟家就兴旺了、发达了。"

"伯，我错了，我再不胡闹了，我一定好好念书。"

思明的话瞬间暖了张盟祺的心。他高兴地说："这就对喽，我就知道思明是好娃！伯教不了你，王先生才能教你，一日为师，终身为父，你得给王先生赔不是才行。"

"我不叫王先生教我！"

"可又胡说了！"张盟祺瞪了思明一眼，嗔怪道，"王先生是学富五车的人，学问深着哩，许多人请都请不来。要不是你爹的威望，我们家谁能请来他？"

孟纪氏说："思明，听大伯的。大人都是为你好。"

思明看着母亲苦恼的表情，再看看张大伯渴望的眼神，他轻声说："伯，妈，我错了，我再不敢跟先生顶嘴了。"

王先生狠揍思明又卷铺盖走人的事，第二天就在县城传得沸沸扬扬。许多人对思明不听教诲的事也是说三道四。虽然孟家颇有威望，可孟家这么娇惯娃娃，用不了几年，孟家可能真的就毁了。

隔了两天，张盟祺背着思明，拉着景范，去通关镇石道坡给王先生赔罪。快到王先生家门口，他将思明从背上放下来，让两个娃走在自己前面。思明和景范一进王先生家门，恭恭敬敬地给先生磕了个头，承认自己前几天的错。王先生对刚站起来的两人说："娃，若是你伯让你赔罪，那就赶紧起来；若是自己想通了来赔罪，那就给我好好地跪着。"

景范刚要爬起来，忽然看见思明还跪在地上。他偷偷瞥了张盟祺一眼，又乖乖地重新跪在王先生面前，不敢动弹，静等着先生说话。

"思明，我打了你，你记仇也好，记恩也罢，这都不重要，但我还是要把话说清楚。"王先生说，"我打你，一是打你溜堂；二是打你说谎；三是打你跪地求饶。身为学生而不上课，算什么学生？但这只不过害了自己。而说谎更坏，不仅害己，而且害人。至于你跪地求饶，那更该打，这是教你长硬骨头。知道不？男儿膝下有黄金，一个没有骨气的人，将来如何干成大事？思明，站起来说话。"

思明低头听着王先生的训诫。听到自己因跪而打，他跪在那里，不知道该起来还是继续跪着。听到王先生近乎命令的口气，他赶紧爬起来，乖乖地站在墙边。

"我那天打你，还疼不？"

"不疼了。"

"能记下不？"

"能。"

"我打你是为你还是害你？"

"为我。我不能让孟家毁了，我要好好念书。"

王先生终于消了气，他看了张盟祺满脸焦虑，叹了口气说："张贤弟，我以前去孟家坐馆，是看在鸿钧的威望上；今天再回去，是看在你的脸面上。"

"王先生，你这么说我可承受不起，我也是为娃们好。"事情终于有了转机，张盟祺高兴得千恩万谢。

王先生说："好了。张贤弟，你先回，我明天过去，再重新去替你调教孟家的后人。"

景范像个木偶，还等着父亲和王先生痛骂，可先生并没和他多说一句话。他庆幸先生，又猜测是不是父亲在场，想来想去还是纳闷。

张盟祺回到金城堡，耐心地在家等候王先生。可是，第二天王先生没来，第三天王先生还没来。他心里犯嘀咕："难道王先生反悔了？"一直等到第五天下午，王先生终于回来了。张孟两家悬着的心总算放心下了，张盟祺赶紧让儿子景范逐个去叫在孟家上学的孩子。

王先生又开始了他在孟家私塾执教的日子。他二次坐馆后，许多人都在猜测，号称打烂馆的王先生向来说一不二，这一次咋走回头路，继续来孟家教书。

经过这一事件，以前上学的孩子几乎都来了，他们严肃地等待着王先生更加严厉的训诫。然而，王先生与以往不同，他并没说什么，而是冷冷地扫视了大家一眼，然后从套间取出一张折叠整齐的宣纸，缓缓展开。宣纸上密密麻麻写满了字，最上面居中是三个拳头大的隶书——论做人。王先生将宣纸贴在前面影墙上，冷静而不失威严地说："今天啥都不讲，你们都给我把这篇文章工工整整地抄一遍，然后自己背诵，明天我再看谁没背过？"孩子们没人敢言传，开始磨墨铺纸，认真誊抄起来。

这是王先生写的文章，虽然短短三五百字，却已将心中关于修身立志做人成事的诸多感慨融汇其中。

谚云：世上万物都易做，唯有人皮最难背。此言虽俚，自有至理。牛，吾知其为牛；马，吾知其为马；走兽，吾知其为走兽；飞禽，吾知其为飞禽；草木，吾知其为草木；鱼鳖，吾知其为鱼鳖。至于人，则有圣贤焉，有豪杰焉；有君子小人焉，有忠臣奸臣焉；有高人凡夫焉，有聪明愚笨焉。

人之名虽同，而其所以为人，实之则异。吾人先于世上，与天地参而为三。若甘心为小人凡夫，愚笨与草木同腐，无论矣。倘若志于名节，作千万世不朽之人物，必先立定脚跟，规定目标，抱定宗旨，认定路线，学为圣贤，学为君子高人。虽有富贵贫贱而不移，虽有危险困苦而不惊。专心致志，以求达共归宿：造次必于是，颠沛必于是，循序渐进，以其于成。然后功过完满，见事明，认事清，物来顺应，不畏不惧。以一心而应万事，自然不动心而事理。如天地之育万物，日月之照万邦，自然而然矣。若矜伐虚伪之小人，见利而趋，见害而避；见富贵而生羡慕，见贫贱而生骄傲；心营营于物欲，忽士、忽商、忽农、忽工，身累于幻境，坐不安而睡不宁，心摇摇如悬旌，目灼灼如闪电，患得而复患失者，岂足以语斯耶！

可见，为学以不动心为主。学未至于不动心，是学未行力，算不得学。集义养气，乃不动心夫。至此而做，方可驯致。

思明经此一番教训，仿佛金不换的回头小浪子，竟伏下身来，开始发愤读书。在他的带动下，孟家私塾学风大正，大家相互切磋，暗中比赛，你追我赶，学业均有长进。

王先生饱读诗书，尤其喜欢聪明用功的学生，他见此情景，喜在心头，也自然倾尽平生所学，全力教授。在他精心培育下，思明学习了不少知识，尤其对"四书""五经"、诗词歌赋等课目尤为精通。再后来，王先生又通过给学生讲授《孟子》，将那篇《论做人》充分发挥，做成《孟子讲义丛草》近百篇，让有心有志的学生终身受益。

有一次，王先生看了思明的作业，将他叫到跟前，严肃地批评道："思明，最近看到你的进步，我打心眼里高兴。可是，你看看你写的作业？你这作业，只能算个中等，和优秀比起来还差得远。你看你的作业，字迹潦草得跟屎巴牛爬过去一样，得是被猪咬了手？"

自从上次挨了打骂，思明再不敢跟王先生顶嘴狡辩，他只能净心恭听。

"你张大伯要我严格管你。我看你伯和我，只能做些指点罢了，至于学瞎学好，主要还在你自己。思明，把态度放端正，学习要努力，争取好成绩。只有这样，我才对你张大伯、对你爹有个交代。"

民国十八年年馑后，锦阳突然暴发瘟疫。这病来势凶猛，蔓延迅速，病人患病后突然就上吐下泻，有时几个时辰就没命了。有人上午去亲戚家探望病人，自己下午便得了病，熬不到半夜就咽了气。有的人家甚至一天之内就要抬埋几个人。早上他埋别人，晚上又会被别人埋掉，若听说那个邻家或者熟人得了病，大家心里都担心，觉着比老虎吃人还害怕，也不知从谁开始，大家都说这种病是"虎烈拉"。

张盟祺知道虎烈拉的厉害，为保孟家老小平安，他将一家人关在家中不许出门,自己冒着风险在外张罗。七月的一天,张盟祺出外办事,天热口渴,就在路边吃了几牙子西瓜。没想到这几牙子西瓜偏偏就招了祸,张盟祺回到家里赶紧抓药治疗,后来还是因这病来势凶猛,药力微弱,他开始上吐下泻,身体日渐衰弱,坚持了五六天后,在无望中撒手人寰。

张盟祺临咽气前,拉着思明的手说:"思明,伯不行了,我已经和于先生说好了,他让你今年秋后去南京读书。伯入土之后,你就去南京读书,不敢耽搁,这是我的心事,更是你爹的心事。到那里一定要好好念书,长大了撑起孟家的门面。"思明在张大伯病榻前含着泪郑重答应。

张盟祺去世后,思明像对待自己的亲生父母,披麻带孝将张大伯送埋到圣佛寺后的坟茔安息。王先生对张盟祺也敬重有加,看着他因病而逝,心绪难宁。他不仅协助孟张两家料理这场葬礼,用颤抖的手书写灵堂挽联:怜病五六日,气犹存而长逝,幽魂应去新亡弟;持家二十年,抚孤子足成立,义气真堪于故人。

盟祺去世,孟张两家顿时失去了主心骨,一时没有个主事人。这时,思明想到了分家。分家是大事,需要有人商量,这可不是闹着玩的。思明说出这话,惊得孟纪氏看婆,婆看孟纪氏,娘俩平时都是有主见的人,这会儿你看看我我看看你,不知怎么开口。孟纪氏想,这娃义气,跟他爹当年一样,可为了报恩,也不至于把一个家踢踏了呀!这不是倒灶不了到处找灶篦烧吗?

思明才十六,他咋能处理大人的事情,孟纪氏思来想去,又想到了王先生。

孟家的家产虽然不多,可这是孟鸿钧当年置办积攒下来的。张盟祺的儿子景范也长大成人,父亲刚刚安葬,思明忽然提出分家,景范心想,这会不会是孟家为了赶他们走而找的借口,为了在人面前说得过去,才将所有理由推到了思明身上。可又一想,这家业本来就是孟家的,父亲只是给人家做管家,人家也没有白白养活他们的道理。天下没有不散的筵席,他心里再难受,也得接受这个现实。

当着婆、孟纪氏、王先生以及景范的面,一脸稚气的思明开了腔,他既是说给景范,也是说给王先生。

"大伯在我家生活了二十多年,早已是我们孟家的人了。如今老人去世,我们孟家的天又塌了。我和我妈商量,专门请来王先生,想将家分了。我和我婆、我妈协商多次,准备将孟家的全部家产一分为二,张孟两家各持一半。"

最初,王先生也摸不透,这本来就是孟家的家业,他们咋提出分家,这是谁跟谁分家?他静静地听着,没想到小小的思明居然说出这种话。他以为思明说错了,看了他一眼。思明也回了王先生一眼,认真地说:"这是我的意思,也是婆和我妈的意思,她们开始也不愿意,不过现在大家都说通了。我们准备将家里的死业分给张家兄弟。活业留给我们。"

王先生知道,思明说的死业,就是孟家的固有资产,活业就是这些年孟家挣下的家业,像老街的铺面,以及这些年做生意的流动资金等。王先生站起来阻止道:

"思明,你爹不在了,可你婆你妈还在。你赶紧跟家人商量一下,分家是大事,容不得意气用事!"

景范也说:"兄弟,你不敢这样,我也长大了,能自己干了,咋能分鸿钧叔留下的家当?"

思明摆手解释,说已经跟婆和母亲商量好的,而且她们都在现场。王先生看着婆和孟纪氏,她们脸上并无表情,不知喜忧。

"思明,你们的家业是你爹给你留下的,你应该多分些。再说,家院房舍价高可靠,铺面生意可都是水上漂,是有风险的。"

无论大家怎么说,思明依然坚持自己的主见,他婆他娘也没有任何意见,好像早已把这份家业继承给孟家下一代了。思明说:"我爹遭难后,大伯管持我家十五年,辛辛苦苦把我抚养成人,保得孟家老少平安,这个养育之恩我没齿难忘。"

王先生自信对思明的认识没有偏差,思明真了不起,一个半大小子居然如此行事,这娃将来肯定会有出息。他当着大家的面,激动地写好了分家文书。

四

思明每年都要来槐园堡给姨妈拜年，可是在外当师长的姨夫还停留在他小时候的记忆里。当年他爹遭人暗害，县上给开追悼会，姨夫和姨妈前来送丧。不久姨夫就出去当兵了，这一晃眼就是十四五年。

孟家这些年的遭遇，包括思明分家的事，有的是孟纪氏说的，有的是继祖娘说的，恒昌将孟家遭遇的大小事情串到一块，几乎啥都知道了。

思明和母亲从锦阳县城赶来。

恒昌看着外甥清瘦英俊的模样，当着娘俩的面，高兴地说："该娶媳妇了。"

孟纪氏叹口气，说道："唉，这些年孟家老少把罪遭尽了，如今总算缓了过来，好了起来，也真该考虑给娃娶媳妇了。"

杨纪氏问："听说是他张家伯保的媒，城西周家堡的女子？"

"是张大哥生前说的，现在由王先生作保。"

"那就好，那就好。鸿钧就一根独苗。"恒昌看着思明，百感交集。这孩子命苦，三四岁就没了爹，要不是张盟祺，真不敢想象孟家会成啥样。自己多年身在部队，没有顾及家里的兄弟亲戚，想起来心里亏欠得不是滋味。

思明未过门的媳妇云焕，是城西周家堡周品儒的女儿。周家早年也曾是方圆几十里的大户，周家长子柱子在孟家私塾跟着王先生上过几年学。一次，周品儒领着女儿云焕来孟家向王先生交束脩，张盟祺见她长得脱条，聪明伶俐，又听周品儒说，这娃还念过两年私塾，越发稀罕。他忽然想到给云焕保媒，让周家将女儿嫁给思明。

张盟祺将自己的想法说给周品儒。孟家的声誉和威望大家都知道，虽然鸿钧去世多年，张盟祺为孟家的所作所为也使周品儒感叹不已，他觉得这门亲事不错，当场就要跟张盟祺拍板说定。张盟祺连忙解释："兄弟，这暂时只是我的想法，回头我跟孟家商量商量，咱再做决定。"话撑到这儿，他顺便要回了云焕的生辰八字。

婆和孟纪氏听了，让王先生看了俩娃的生辰八字，也的确般配。一家人高兴，孟纪氏脸上挂满笑，马上要叩谢张盟祺。张盟祺连连摆手说："婶，思明妈，咱都是自家人，客气了不好。"

思明最早是从婆那里得到消息的。他问婆："婆，你们给我说媳妇，也不知人家娃念书不？认得字不？"婆说："谁知道！再说了，娶媳妇就是为了做饭生娃娃，认那么多字，过日子也用不上。"思明又问孟纪氏："妈，张家伯说的是谁，认得字不？"孟纪氏给他解释："西原周家的女子，他哥叫什么柱子，听先生说在咱家念过书。"

思明说不准未来媳妇是谁。这会王先生不在，他只好去问张盟祺。张盟祺听了笑道："啊呀，你这瓜娃，才透个风就猴急成这了？"

思明红着脸说："伯，不是，我是问这娃认得字不？"

"哦，我就说嘛！她爹说女娃子书念多了没用，也就上过两年私塾，能认两三个字。这还不简单，明儿你俩见面，你当面问问不就啥都知道了？"张盟祺说得轻松，思明心里依然打鼓似的不踏实。

后来，张盟祺作为男方媒人，王先生当了女方媒人，他俩安排让思明和云焕见面，这也是订婚前重要的礼数之一。见面那天，思明和云焕仅仅打了个照面，云焕一个眼神就勾住了思明，俩人还没说几句话，思明就拿定主意，非云焕不娶。而这次见面的许多年后，云焕始终想不明白，为啥当初仅仅一个照面儿，或者说仅仅是隔窗瞥见思明刚毅的眼神，她一颗突突跳动的心就做了决定，要将自己的一生交给这个陌生的小男人。

这一年，孟家和周家结了亲家，思明十五，云焕十三。紧接着，思明向婆和母亲提出，让云焕来孟家跟王先生念书。婆起初坚决反对，理由还是那句老话："娶媳妇是做饭生娃娃的。念书干啥，我一辈子认不得一个蛤蟆蝌蚪，还不照样过来了。"孟纪氏想到鸿钧当年，不仅研习高家红拳，通究武学，而且二十多岁就熟读各类书籍，除了联络刀客义士，加入同盟会，对金石书画也多有涉猎，颇具造诣。思明这些年跟着王先生，虽说也经常听到先生夸赞，但比起他爹来还差得远呢。当然，她也明白，除了盟祺大哥和王先生，自己也要承担起教养子女的更多事务。无奈，自己一个妇道人家，斗大的字认不下一箩篮，更不敢说识文断字。孟纪氏心有余力不足，她想，云焕娶过门就是孟家媳妇，让她多念几年书，对孟家也有好处，最起码比她这个睁眼瞎的阿家婆强得多，更何况，还是思明一直念叨让云焕来孟家念书的。

孟纪氏和王先生商量，想听听先生的意见。王先生听了，摇头晃脑地说："询知天地正气不独钟夫男子，山川秀色时或毓乎妇人。要使壶范常昭，女德弗替，而良璞剖莹环宝出焉，幽兰茁长馨烈流也。"

"王先生，你这话说的，我咋一句也听不懂？"孟纪氏听得云里雾里，不知所云。

"思明妈，我知道你不懂。"王先生笑了笑，解释道，"咱锦阳县有着两千多年的悠久历史，尤其县城周边，交通便利，商贾云集，可你们这些妇道人家，平日里大门不出二门不迈的，就知道生儿育女管娃娃，从不想识文断字的事，你们只担心娃娃吃不饱穿不暖，也不让娃娃读书明理立志做人，等他们长大可就迟了！思明妈，好多事并不是先生教的。你们只看那戏上演的，什么沉鱼落雁闭月羞花，还有汉代的蔡文姬，北朝的花木兰，唐代的苏慧、薛涛，宋代的苏小妹、李清照，到了明清，有本事的女人更多。只要有本事，谁敢说女子不如男？"

听了王先生的话，孟纪氏心里脸上净是愧疚，直叹这些年为了思明，耽搁了女儿孟桃。看来，再不让云焕上学，到以后还不把一家人肠子悔青。

几天后，王先生身边多了一个女学生。小学堂的娃娃无不觉得稀奇，可云焕是思明的媳妇，私塾是孟家的私塾，王先生对她也教得认真。看到云焕写影格大家新鲜，听着云焕背书大家也新鲜，有的娃娃觉着好笑，可一看到王先生那副冷酷而严肃的脸庞，又都灰溜溜缩了头当乌龟，谁也不敢东张西望胡乱造次。

十几年前，靖国军进驻唐园镇，胡景翼将军身怀对阵亡将士感念之情，在唐园老街办起学堂，将二十多名烈士遗孤集中起来，给这些孩子创造上学的条件。胡将军聘请了两位先生授课，办学经费全由靖国军用军费开支。后来，胡将军为了让这些孩子能得到更好的教育，他又在唐园西街建起立诚公学。"立诚"语出《大学》中的"立诚而后心正，心正而后身修，身修而后家齐，家齐而后国强，国强而后天下平"，以此作为校名，确实富有深意。开学时，胡将军专程从河南赶回来参加典礼并作了讲话，为学校题写了"阐发最新的学说，陶冶理想的人格，创造健全的社会"二十一字的办学宗旨。胡将军常年转战，驰骋于中原华北，他考虑自己忙于军务一时鞭长难及，就让靖国军于总司令担任了学校校董。

遭遇了民国十八年的皮条年馑，孟家私塾因没有学生而暂时解散，恰好唐园镇立诚公学聘请王先生过去教书。王先生这些年对思明手把手教授，临别时和孟纪氏商量，希望能带他去立诚公学上学。于先生与鸿钧的交情非同一般，如今他又是校董，王先生又在他手下教学，孟纪氏高兴还来不及，哪能拒绝呢？

张盟祺去世后，王先生不仅当思明的先生，还接受了张盟祺的遗托，准备在合适时给思明和云焕把婚事办了。思明到立诚公学上学后，孟纪氏想让云焕住在孟家，周品儒说："不念书了，就让娃先回周家，毕竟还没有结婚，住过去不好。"孟纪氏只想云焕既是思明媳妇，迟早也要过来的，可亲家这一说，她不得不让云焕暂时回了周家，待嫁闺中。

那天在槐园堡，恒昌向孟纪氏提出给思明娶媳妇，看来这事确实该办了。孟纪氏让思明给王先生捎话，托他给俩娃看个日子，再向周家议定日子，把云焕娶回来。

思明和云焕结婚的日子定在二月初十，这是王先生按照两人的生辰八字掐定的日子。王先生说："这些年，孟家遇到这样那样的灾辙，如今终于渡过难关，咱也趁俩娃的婚礼，让孟家好好响动响动。"

"先生说得对，用锣鼓铜器震一震，冲冲孟家这些年的阴晦邪气。"

"就是。"

"先生看的日子好，选在二月，刚好让亲戚朋友再过一个罢茬年，好好吃喝一顿。"

两年前，思明的姐姐孟桃和张盟祺的儿子景范成了亲，孟、张两家再次亲上加亲，也由过去的异姓兄弟发展成如今的儿女亲家。张盟祺去世后，景范顺理成章地承担起父亲当年对孟家的承诺，接掌起两家的事务。如今，孟桃的孩子也多半岁了，孟纪氏趁着自己还年轻，一天到晚管外孙，也落得一时的踏实。

思明早早向学校请了假。本来三四天，眨眼也就到了，可思明总觉得时间缓慢地像暂停了似的让人熬煎。这几天，孟家里外的人都在忙碌，尤其景范和孟桃，他们像两颗棋子，或者说两个皮影儿，景范作为孟家代表，被指挥来指挥去，不是邀请左邻右舍过来帮忙，就是搭彩棚搬桌椅请厨师，孟桃在家里和妇女相奉布洞房设花堂。

好不容易熬到二月初九，思明的结婚日子终于到了。午饭后，景范领着搬嫁妆抬食擩的毛头小伙抬着酒壶盘柱，端着鸡蛋罐罐，去周家堡送箱子。他们抬上一对大红木箱，里面装着红包袱，裹着云焕明日上轿时穿戴的等身红和红绸盖头，当然还有茶酒副食核桃枣儿等其他零碎。晚上，景范还安排人给思明烘房暖炕，等到周家堡的梳头妇女们配好盆柱，完成了烦琐的礼数，他们不敢停留，又急匆匆回了金城堡。

第二天一早，孟家的远近亲戚都来了，他们拿着木版画儿，带上各样贺礼到了金城堡，甚至县城许多有感于孟家的人也过来行门户以示祝贺。姨夫恒昌更是连家起，杨纪氏、宝珍、继祖、继宗都来了。杨纪氏早早向思明他婆问了安，就吩咐继祖、继宗哥俩多长点眼色，有啥活做啥活，甭在那里愣着只将自己当成吃汤水的客人。孟家内外热闹非凡，锣鼓家伙从前庭到后院整个敲了一遍。

　　景范按照当地习俗，领着花轿，陪房的骑着大马，去周家堡叫媳妇。他们进了云焕家，经过烦琐的仪式后，长长的送亲队伍出了周家堡，一路浩浩荡荡往东而来。送亲队伍到金城堡西门外落轿，新郎官思明穿婚袍戴礼帽，牵着枣红马在路口迎候。云焕的舅舅给思明披了红插了花，又是一番嬉闹折腾，云焕坐着四抬花轿，在悠扬喜庆的迎亲唢呐中到了孟家门前。婚轿徐徐落下，迅即鼓乐喧天鞭炮齐鸣，孟纪氏被人用锅底煤灰涂抹成大花脸，她穿着孟桃结婚时的红袄，打扮得像花枝招展的老妖婆。孟纪氏被大家簇拥着嘻嘻哈哈出了前门，只见她手端熨斗，围着花轿左转三圈右转三圈，然后揭开轿帘，将缀身钱塞给新媳妇。云焕乖巧地伸出头来，让阿家婆在她头上插上一根筷子。随后，梳头妇女轻轻地扶她下轿，跟在一个老头身后。那老头不是别人，却是思明的姨夫恒昌，他提着一个木斗，边走边唱："一撒麸子，二撒料，三撒媳妇下了轿；一撒金，二撒银，三撒新人进了门。"云焕头顶盖头，由梳头妇女搀着缓缓地走进孟家大门。

　　孟家前门的喜联贴着"门前车马迎淑女，堂上酒肴宴嘉宾"，二门口写着"备数席山肴聊还子孙债，饮几杯水酒巧结儿女缘"，而在新房门口，则贴着"烛影摇红郎半醉，杯光扰乱女含羞"。对联是王先生拟的，也是他写的，红纸金字，大气喜庆，尤其那幽默风趣的内容，让送女的、贺喜的双方客人无不高兴。云焕被梳头妇女领着拜了先祖神位，证婚人王先生乘兴作了一首诗。他高兴地吟道："你俩读书少小时，芸窗同拜我为师。而今良配仍良友，文笔莫教误画眉。明休拗性呼阿堵，焕且婉言进新衣。相爱不如相谅好，女儿毕竟逊男子。"

　　姨夫恒昌也借着喜庆，拿出早已备好的一张纸。他说："我是粗人，没有王先生的好文采。这是我家继祖送给思明两口的，我也说不上啥意思，还托王先生帮忙念念。"

　　"哈哈哈，他姨夫也不知平时怎么领兵打仗，一见这文绉绉的东西自己先怯了。"王先生清了清嗓子，开始念道，"总觉聚戏情爱真，青梅竹马种前因。绝无向壁低头态，且喜新郎是故人。同窗昔日今同床，天定良缘不寻常。问字论文话往事，梅妆犹带芝兰香。"

　　大家听着诗词，有人听懂了，有人却听得稀里糊涂。思明和云焕拜完堂，孟纪氏与周品儒互换庚帖，认亲和好。思明按照景范的交代，推开新房门一步跷到炕上，在四个炕角和炕中各踩一脚，再由窗子钻出去，这时云焕才由梳头妇女引入新房，面往里坐在炕上。思明站在窗外，用擀面杖隔窗挑去云焕头上的红绸盖头，然后从门里进来，上到炕上对云焕轻轻踢了三脚，打了三掌，以示她从今往后就要出嫁从夫了。一切礼毕，院子里二十多张桌子同时开席，主家备的是煨罐八碗，先是周家堡所有送客，再是孟家的贺客来宾相奉。执事的一声开席，客人们纷纷捉起筷子抓起勺，提杯举盏，喝酒吃菜，好不热闹。

迎贺的亲朋各自回去已是傍晚时分。孟桃给思明和云焕各端来一碗面，两人在大家的围观下，红着脸推推让让扭扭捏捏地吃换碗面。思明咬了一口，轻轻嚼了两下，疑惑地问孟桃："姐，这面咋没煮熟？"孟桃看着他俩，吭哧笑了。"你应该说这面咋是生的？"思明忽然明白过来，也吭哧一声笑了。云焕这才知道，孟桃说的那个生字，不仅是指饭生，更是生娃娃的生，粉红的脸庞瞬间成了红海棠。孟桃看着他俩的傻样，端了两只空碗咯咯咯嬉笑着回了厨房。

结婚三天没大小，而且还讲究三天三夜不熄灯。天刚刚黑严实，大家就过来耍媳妇闹洞房了。孟桃早早就给新房的锡铁油灯里添满了清油，没想到思明和云焕晚上睡得迟，第二天早晨醒来灯里的油竟然烧完了，油捻子把灯头烧成了黑疙瘩。景范进来看见，着急地跑出去喊："灯没头了，灯没头了！"孟桃气得埋怨他说："灭了赶紧点上，胡说啥呢？"

新婚第一夜，云焕别别扭扭不好意思，前半夜怎么也睡不着，后半夜糊里糊涂睡着了，偷听喜房的景范竟然说灯没头了，她也觉着这是不祥之兆，心里很不舒服，以至于后来思明每次遇到牢狱之灾，她不由就会想起新婚之夜这盏无缘无故熄灭的油灯。

思明只觉好笑，说孟桃心事太多。他当着婆的面发牢骚："婆，娶个媳妇咋这么麻烦？"婆看着他嗔怪道："麻烦，这才是开始，往后过日子才叫麻烦哩！"

婚后第三天，思明就去立诚公学上学了。班里三十个同学，有的比他小，有的比他大，年龄相差悬殊，其中结过婚的就有四五个。思明刚进学校，一个叫刘俊杰的同学就跟他开玩笑说："思明书念得好，却是个榆木脑袋？这新婚燕尔的，还没等被窝暖热，就把小媳妇扔下，和我们挤大通铺。媳妇没人搂，晚上冷得睡不着咋弄？"思明平时话不少，偏偏一说到媳妇云焕，他一张脸好像吃了猪肝，后脑勺都憋得通红。他除了嘿嘿傻笑着追打刘俊杰，也没有别的法子。

学校除了国文，还开设了时政、史地、算术等其他学科。在学校，思明除了王先生，还有其他老师上课，与先前在家里相比，他知识面大了，见识广了，他发自内心地感激王先生让他来唐园镇上学。当然,最要紧的还不止这些,还有他在学校接触到的许多革命理念。刘俊杰比思明年长,已经二十出头,在他和黄道吉等同学的引荐下,他秘密加入了共青团,甚至已积极思考着如何才能达到一个共产党的标准。这些事,他从不敢和组织以外的人谈起,包括让他敬佩的王先生,他同样只字不提。思明觉得,唯一应该透露消息,得以商量和肯定的,只有姨夫杨恒昌了。

唐园镇地处锦阳县城和信立乡之间,两地相距都在二三十里。一天下午,思明放了学,顾不得在学校吃晚饭,就约上黄道吉,沿着漆沮河西岸那条官道去了槐园堡。

二月初春,漆沮河清清一溜儿细水缓缓往南而去,暖风吹过,路旁柿子树粗大的树冠不动,榆树黑青繁密的乱枝也不动,只有沿河畔隔三岔五长着的歪脖垂柳,马尾巴一样的枝条轻柔地舞摆着,蝇头大小的绿黄嫩芽贴满枝条,在细细碎碎的春风里拂弄着耳颊。

黄道吉得知思明是老师长杨恒昌的外甥,他俩的关系又立即拉近了一层。他告诉思明:"若不是元昌爷,我这小命早没了。"思明猜疑地看着黄道吉,眼里的期待瞬间赶走了此刻那份舒畅和焦急掺杂的心情,而这时,思明才知道,黄道吉所说的元昌爷,就是先前在姨夫家碰见的那个高髻长须道貌岸然的老头,他是姨夫的兄长,被当地人敬成活神仙的人物。

虎烈拉那年,黄道吉他爹去世了。小道吉被他妈拽着埋葬了爹,下午就开始拉肚子,熬到第二天,屙的全变成黑水,他虚脱地昏死过去。他妈哭着乞求团总元昌想办法。元昌看着奄奄一息的道吉,实在无能为力,就卷了一张烂苇席跟着道吉妈回去,将道吉用苇席裹了,用牛车拉到原下准备掩埋。坑挖好后,元昌将道吉往坑里摆,他竟被摔得"哼"了一声。元昌发现娃还没死,赶紧跳下土坑,将他抱起来。于是,道吉妈又将苇席展开,几个人又帮她将儿子拉了回来。道吉妈高兴地从元昌家借了一碗面,给他喂了几天稀粥,没想到道吉就呼呼噜噜缓过神来了。

元昌替黄道吉捡回一条命,道吉妈跪在地下能把额颅磕烂。元昌扶她起来,安慰道:"是娃命不该死,你甭谢我。"

从此,槐园堡人不再将道吉叫道吉,全改口叫他长命。

思明听了,也替道吉庆幸。他开玩笑说:"长命这名字多好,你在学校咋不叫?你再听听你这个名字——黄道吉,咋听咋像个掐日子算卦的。"

思明随手折了一段柳枝,用牙咬断,抽出二寸长一个柳皮筒儿,噙在嘴里吱吱呜呜吹着不着调的旋律。黄道吉也折了一些柳条,编了两个柳圈戴在头上。他俩嘻嘻哈哈谝着闲话，不知不觉到了槐园堡。

恒昌回到槐园堡，心情比在部队要好过百倍。他每天早上打两套红拳，傍晚再抓起一对大石锁挥舞一阵，又重新回到了他参军以前的乡村生活。

"姨夫。"

思明走进院子，向他打声招呼。恒昌放下石锁，拍拍手，问道：

"思明，你咋来了？不是在唐园念书吗？"

"姨夫，我来看看你，看看姨妈。"

恒昌笑道："哈哈哈，看我？看你姨妈？得是想继祖哥俩了？"

"是，也不是。"思明说，"姨夫，我到唐园镇上学以来，接触了很多人，有老师，有同学，还有许多进步人士。"

"啥进步人士，念书就念书，再甭拉帮结派胡成精！"不等思明说完，恒昌忽然变了口气指责道，"你爹当年跟着一帮子江湖兄弟、关中刀客拉帮结伙，到头来遭遇的是啥？你碎碎个娃，咋也迷信那些进步人士？"

"姨夫，爹的事我永世不忘，可那些进步人士说的都有道理呀！"

"道理，啥叫道理？有道理还偷偷摸摸？娃呀，学校是念书的地方，去学校就好好念书，有些事不是你一个碎娃能弄的。听姨夫的，从现在起，就让这种话烂在肚里，今后再甭跟任何人说起。"

姨夫恒昌说得很严肃，俨然一副教训他的过来人的口气。

思明原本揣着的许多想法，满腔热情地来见姨夫的，他想参加革命的话儿还没出口，仅仅露了个进步人士，就遭到姨夫严厉的反对。恒昌再三劝思明好好念书，还说等他毕业后，在西安城谋个差事比啥都强。

恒昌说得不容思明有任何辩解。思明本想跟姨妈和表哥几个说会儿话，姨夫几句驳斥冰水一样倾倒下来，瞬间浇灭了他心头的火花。思明简单跟姨夫道个别，摸黑返回了学校。

思明走了，杨纪氏埋怨恒昌："娃好不容易来一趟，你一张嘴就骂他。娃这些年也是提心吊胆挺过来的。他要进步，还不是想给他爹报仇。"

继祖也嫌父亲给思明没说一句好话。人常说，冤有头债有主，君子报仇十年不晚，可是姨夫遭人暗害，至今十多年没有任何结果。姨夫当年也是精通拳术的，经常和魏金钟、杨杰几个师兄弟切磋技艺。姨夫去世后，思明被家人看管得很严，十多年来几乎没离开大家的视线。尽管如此，他也经常得到杨杰的指点。用杨杰的话说，思明虽然和他爹差得远，但这娃干啥事舍得下势，能以勤补拙，如今也算入了道。不管咋说，任何技艺学到手都是自家的，别人抢不去。因此，思明在学习文化课的同时，也挤时间练练高家红拳。

恒昌心里犯嘀咕："连襟鸿钧的仇，究竟该找谁报？他的冤屈看起来是个人行为，其实，这件事发生在军阀混争的民国初年。那些年，世道乱得没法说，一个个刀客头目也不知道自己的能耐有多大，只想着有朝一日老子天下第一。不过，鸿钧的仇要报，这笔账应该记在国民党头上。就目前这势头，思明一个碎娃，总不能把世事翻了天？"

杨纪氏觉得好像有理，似乎又想不透彻。这老汉，一天到晚没啥事一样，说起话总让人琢磨。

思明从恒昌那里回来后不到十天，立诚公学忽然迎来了一个大人物。当年的靖国军总司令、立诚学校董事、现任国民政府监察院院长于右任回到陕西。于先生安排完相关事务，特意赶到唐园镇，慰问立诚公学的师生们。多年不见，他的大胡子越发浓密，眼睛更加炯毅，全校师生无不被他神采奕奕的智勇之态震慑，继而将各自的敬仰回赠于他。于先生不认识王先生，当他听说王先生曾在孟家坐馆执教，教授鸿钧的儿子思明，不由想起鸿钧遇害的事。于先生向王先生拱手一揖，拉着他连表感谢。他得知思明就在学校读书，高兴得马上要见思明，要看看鸿钧的儿子如今长得咋样。

思明是在校长办公室见到于先生的，在场的还有郝校长和王先生。他以前听张大伯说过，于大叔与先父交情深厚，前几年还不时给家里寄来慰问金，只是这些年再无音信。听说于大叔常年在外，张大伯临终前也向他说过，到时候于大叔会安排他到南京读书的话。可是，他心想于大叔为国民革命的事奔走于大江南北，哪里会记住当初一句不经意的承诺呢？

于右任见到思明，高兴地站起来，一双炯炯的眼睛将他看了又看，慈祥的神情掩饰不住内心的高兴。他对郝校长和几位先生大声说道："啊，你们看，这眼睛，这神态，活脱脱就是鸿钧在世嘛！"

王先生和于右任经过几次会面，彼此不再陌生，他笑着说："孟鸿钧的儿子，亲亲的父子，咋能不像嘛！"当谈及思明上学的事，于右任念旧抚孤，要带思明去南京上学，让他开开眼界、见见世面。

在场的人都没有异议，连同王先生也一边应承，一边感激。可是，大家说得再好，思明上学的事最终还得孟家人答应。

思明读私塾时就聪明好学，经史子集上口成诵。到了立诚公学又接触了民国以来，尤其五四文化运动以来的新思潮，他耳目一新，觉得立诚公学的笼子已经小得罩不下他，他想远走高飞，只叹没人给他打开这憋屈的笼子。

次日一早，于右任在王先生的陪同下来到金城堡。于先生的到来甚至惊动了刘县长，刘县长再三邀请他去县署指导工作，并为他备下酒宴要诚意招待。于先生婉言谢绝了刘县长的好意，说这次是因私事而来，不敢让县上破费。他们来到孟家，婆和孟纪氏以及家小都客气地招呼。可是，于先生还是感到自己受到了孟家人的冷遇，他摸不准义兄的母亲和孟纪氏心里想什么。他向她们问安，一再表示这些年在南京忙事，对没有照顾好孟家老小表示愧疚。

其实，婆的心病就在这儿。十多年来，她一直在怨恨儿子遇害后于右任的不辞而别。平日里两人亲如自家兄弟，于右任每次来孟家，她们都是管吃管喝管住管行，从不说一句亏欠的话。于右任虽然将她一口一口叫大婶，可孟家出了那么大的事，他却泥鳅一样溜之大吉。于右任要把思明带到南京上学的事刚说出来，孟纪氏还没顾得说话，婆就一口回绝。

"于先生，你就饶了我们吧！"

"大婶，'先生'是别人叫的，在你老面前，无论啥时候，我都是你的大侄子。"

"先生，你就饶了我们吧！"婆还是板着面孔，不想搭理于。

"娘——于先生大老远赶来，也是为咱家好。"孟纪氏不好意思地说着，回头又向于右任解释，"于先生，你甭见外。"

于右任尴尬地笑了笑，说："没事，没事，都是我不好。"

王先生赶紧劝思明婆。他说："大婶，思明妈，我两个来，是想让思明到南京去上学，一切有于先生操心。"

其实，一说让思明去南京上学，当妈的心里先为难了。如今思明大了，已经娶了媳妇，这咋能去南京读书。她说："王先生，这些年都是俺和俺娘料理家务，如今也该让思明操持家业了。"

王先生说："南京是大地方，又有于先生安排，别的娃想都不敢想。依我看，思明的前程要紧，耽搁不起呀！你们好好商量一下。"

婆思忖半天，一句话又顶向王先生："有啥耽搁不起的，我娘俩现在就盼着他持家过日子，再甭像他爹那样，到处乱折腾！"

"大婶，大哥干的可是大丈夫的事。"于右任解释道。

婆根本不听他的话，气嘟嘟地说："我只想让思明平平安安，让孙媳妇给孟家生一堆娃娃。我们再不操心什么大丈夫的事了。"

于右任又跟孟纪氏说:"嫂子,大婶舍不得思明,你可不敢这么想。男娃嘛,世事大得很,只有让娃走出去才有出息。"

"娘,于先生还是为我们好,咱娘俩不敢这么跟于先生说话。"孟纪氏转身对王先生说,"王先生,你看,这么大的事,还是让思明自己做主吧!"

孟纪氏的话让于右任和王先生心里顷刻亮堂起来,他俩对视了一眼。王先生说:"思明妈,其实呀,有些事娃比你们看得透。话又说回来,大家都是为娃好,以后的事你们就甭操心了。"

婆满脸恼怒地瞪了一眼孟纪氏,重重地蹾着拐棍进了后屋。

于右任和王先生辞别孟家老小,回了唐园镇。他们走后,孟纪氏没有去婆婆那里,她径直进了厨房。云焕正在做饭,几个人的谈话她都听进去了。她不知道南京在哪里,有多远。思明在唐园镇上学她都觉得远,一到晚上心里憋得慌,真让他去什么南京上学,还不让猫抓烂了她的胸脯。可是,大家都是为思明好,是为孟家好,许多事她只能埋在心底。

云焕低着头,两个脸颊一会儿红一会儿白,心里扑扑腾腾比结婚那天还紧张。孟纪氏看了看云焕,轻叹一声,看似漫不经心,其实又语重心长。

"刚才他们来咱家,要让思明出去念书。"

云焕往锅底添了一把柴火,没有言语。

"唉,真不知念书有啥好,可他们的眼神里一会儿是肯定,一会儿是恳求,口口声声说为思明好。你婆说啥都不愿意,可我又害怕真的耽搁了思明。我们一家老小可都得指望他哩!"

"妈,你觉得合适,就让他去吧。"云焕虽然这么说,其实她心里更矛盾。难道念书多了真有用,王先生念了那么多书,到头来还不是个教书的,日子过得也好不到哪里去,可作为小媳妇,她不得不听从母亲的安排。

一个月后,思明去了南京,是于先生亲自领着去的。思明走的时候,孟纪氏和云焕给思明烙了一布袋子石子馍,让他带在路上当干粮吃。

五

槐园堡是由杨、刘、黄三大户族构成，他们约定俗成，每隔四年的正月初一，全堡人都要聚到关帝庙戏楼广场交堡长。百余年来，堡长全是有威望和能力的人，按照姓氏和各户族排行大小相互轮流。堡内所有公物交于堡长妥善保管，他可以将堡内财物向外出借，但堡内乡邻却不允许转借。堡长借出的器物如有损坏，谁损失谁赔偿。这也是全堡人赋予堡长的权利。当然，槐园堡所有官方的树木堡产，任何私人不得砍伐侵占，保护村里财产不受损失，这也是堡长应尽的职责和义务。与此同时，槐园堡的祠堂庙宇水渠道路等项管理，以及各家各户的大小事务或者纠纷，堡长也有权过问，及时予以裁决。

杨元昌当上西四团团总那些年，槐园堡众乡亲又公推他当了堡长。凭他的能力，堡长的事捎带着就做了，大家只须依照族规乡约执行即可，一个个反落了个轻松。元昌去世后，乡亲们担心新堡长没有元昌干得好，怯得好多年无人上任。槐园堡一时群龙无首，堡内所有官私事务只得暂归当地保长，而槐园堡保长家在北边葫芦口村，来往并不方便。当然，这堡长也不是白干的，槐园堡一直将沿河二亩地划作官地，谁当堡长归谁，不管收成多寡，所有收获全是堡长的报酬。

恒昌回堡后，对槐园堡其他事情也懒得搭理，他想着消消静静安度晚年。乡亲们却将目光盯在他身上，选出代表登门求拜，请他担任堡长。也是的，偌大的堡子，让个外村人主事也不是长久之计，恒昌思前想后不好推脱，就让继宗去隔壁将老四贞昌唤过来。

恒昌从贞昌口里了解了槐园堡这些年的情况，想让他出来上手。贞昌说："二哥，你甭推诿了，乡亲们看中的是你。其实，这堡长也没啥当的！"哥俩说来说去，最后还是非得恒昌出马。

槐园堡人正月初一都不走亲戚，一大早放了鞭炮祭罢家神吃罢饺子，再挨家挨户向近族长辈拜年。到了响午时分，男人们抬出锣鼓在村道使劲地敲，女人们穿红着绿，寻着锣声鼓点扭起秧歌，齐齐嗵嗵拥向戏楼广场。多年不见的交堡长仪式今天又要隆重举行，槐园堡的大人碎娃也自发地汇集戏楼前，无不产生陌生而新鲜的久违和激动。

交堡长的仪式按部就班地举行，没有一丝悬念。在喧天锣鼓中，贞昌作为村民代表，将槐园堡这些年没有堡长的前因后果和造成的诸多弊端向大家做了陈述，再按全堡人的意愿，公推恒昌为槐园堡新任堡长。他当着乡亲们的面，向大家公布了堡内官账，重申了轮当堡长的姓氏顺序，以及堡长的待遇、权利、义务和责任，接着又将老堡长元昌当年的治团制度和槐园堡乡约重新做了宣读。接着，他就开始和黄道祥清查全堡的公物和数量。

这时，早有人将公物搬到广场上，枪炮火药、农具铁器、升斗秤尺堆了一排。黄道祥对所有公物逐一清点，高声报数。

"槐园堡现有公物共分四类，分别是武装类、文化类、度量类和工具类。其中武装类有弗朗机火炮七门，配套炮架、火药箱子、火桶子，十二支火枪及火药葫芦，大刀二十口，长矛三十杆，长号一个。文化类有芯子七桌，拐子二十八个，排灯十二个。打击乐器有老鼓两面，小鼓一面，铜镲十对，铜锣两面，小锣小镲各六个，另有铁、铜香炉各一个。度量衡器类有老秤、大秤、官斗、丈杆等。工具类有大绳、绞车、铁锤等。"

贞昌左手拿着一本毛边黄纸册，右手捏一杆毛笔，一丝不苟地在纸册上做着标记。黄道祥念完了，杨贞昌也画完了。戏楼前哗啦啦分门别类地堆成了大大小小四堆儿。

按往常，上一任堡长要对缺少的物件及时赔偿，损坏的限期修理，无缺无坏方可通过。

贞昌对恒昌说："二哥，咱堡里能用的就这些，都搬来了。有的东西稍有破损，还有的没有踪影了。"

"老四，这些就这些，你回头找人，该修理的修理，该重置办的置办，需要钱你到家里取。"

村堡公物安排到位，贞昌又说起堡长工作的事务。大家都知道，这是向村里人交代手续，也就走个过程。虽然恒昌多年在外，可这些事情一直沿袭老办法，无非是开会叫人、上渠通知、社会接待、社火出外、庙会唱戏等，他闭着眼睛都能说出来。

自从恒昌当了堡长，说啥话的都有，一句句吹到恒昌耳中。

"老师长自寻烦恼，指头不疼硬往碾眼里塞哩！"

"回到槐园堡,领不上千军万马,开始掌管小老百姓了。"

"这不是压油的大梁做成了小木楔吗!"

既然揽起堡长这事,就得给乡亲们干好。恒昌一笑,这些闲话钻进耳中,绕个圈儿又溜了,似乎与他没有关系。

漆沮河从泥阳川下来,出了葫芦口,流入锦阳地界。河水往南二三里,直抵槐园堡北城外,向东一拐,朝着唐园镇方向倾流而下。每到上游发水,洪水抵达锦阳,总会冲田毁堰,田禾受损。这里自古是渭南、临潼通往泥阳、三水等县甚至甘肃、宁夏的官道,过往客商不由就记下槐园堡。

恒昌回到槐园堡,在别人眼里立即变成了普普通通的乡里老头,他每天无所事事,不是到泥阳城找当年那些弟兄们切磋拳术,就是抓起家里那石锁锻炼,人练得吭哧吭哧,心里却乐乐呵呵像年轻小伙。只是,每当他来到槐园堡那四百亩地时,心底总会浮上许多往事。尤其看到漆沮河水悠悠南流,他们的土地还要遭受干旱之愁,老百姓一家比一家苦,恒昌看在眼里、急在心里。

"当官不为民做主,不如回家卖红薯"的古训在戏文里教化了恒昌几十年,他如今当了堡长,并不见得非要有新官上任三把火的激情,然而为槐园堡百姓谋划益事善事却是义不容辞的。他忽然想到了村西淤塞的顺阳渠渠道。经历了那场年馑,大哥当年疏通的渠道几乎废弃,大家如今还没完全摆脱缺粮挨饿瘟疫滋扰的恐慌,眼下最要紧的,就是等过了正月十五赶紧组织大家疏通渠道,提前为拦洪灌溉打好基础。

槐园堡的顺阳渠,无人说得清它哪年开通,用了多久,但它几乎能浇完全堡所有良田却是不争的事实。只不过,这条渠每隔二三十年就得疏通一次。

提起修渠,堡里人不由就回想起元昌主事的年月。渭北多县经历了祸害多年的兵匪劫难,各地百姓保家御敌伤亡惨重,许多村堡甚至出现十室九空的惨状。

元昌从清军大营归来,看到满目疮痍之状,他心如刀绞。于是,他一担当起西四团团总,就倡议大家修渠。槐园堡三姓居民意见不一,有的说"当务之急,应该先修房建舍重振村容",有的说"泥阳的泉,浇的咱槐园堡的田",也有的说"水从村前过,修渠干什么"?总之一句话,槐园堡水利条件优越,村里向来旱涝保收,当下手头紧要之事并非修渠,而是安居,是乐业。元昌以为修房建舍固然重要,可这些连年遇兵燹,良田荒废,修渠造田种地存粮更是重中之重,万万不可只顾眼前,因小失大。最终,他凭借团总之威,坚决施行,历经数月终将顺阳渠重新疏通,并对所有毛支分渠进行改道扩宽。

这次，恒昌倡修渠道，恰在他重返故土之后，似乎是大哥当年明智之举的再现。年轻时，恒昌为槐园堡的事和长毛匪贼发生无数次战斗，几十年过去了，大家依然记着当年发生的许多事迹。后来，他浪迹在外，觉得自己与大家生疏了不少，就想竭力寻回曾经拥有的浓郁乡情。这次解甲，乡亲们对他倒很客气，却似乎又与以往不同，他从大家的眼神和话语里就能感觉出来。

恒昌想到大哥元昌。大哥办民团时他不在家，如今他回家了，大哥又去世了。大哥一家的离世让所有人叹息，老百姓提起他，敬重之情油然而生。他要效仿大哥，首先要疏通渠道，让村人多灌良田，增加收成。

恒昌又想到老三利昌。唉，若不是老三的瞎瞎毛病，要不是老大的绝情，杨家四兄弟也不至于彼此分离、各奔东西。老三若还帮持着家里事情，这几十年攒下的家业田产或许也能让村人度过饥荒，大哥也不至于因虎烈拉而匆匆离世，走的时候连一句话也没留下。唉！早知三日事，富贵一千年，谁也没长前后眼睛，世上这事，以一变成万变，谁都难料啊！

恒昌回槐园堡快一年了，最近刚种完小麦，村里许多人都思谋着出外揽活。恒昌不敢耽搁时间，要是大家都出去了，劳力就成了问题。他又让继祖去隔壁把老四贞昌和侄子继堂叫过来。

贞昌猜测着恒昌会有啥事，父子俩跟着继祖赶过来。

老哥俩坐在厅房，继祖哥仨站在那里。宝珍端出一盘石榴，一馍盘软柿子，一碟琼锅糖，还有一包油纸包裹的麻花。杨纪氏将水烧得煎煎火火的，给大家沏了浓酽溢香的紫阳青茶。

贞昌一直纳闷："这不过年不过节的，老二一家今儿有啥事？"

恒昌笑道："老四，秋收了麦种了，弟兄们好长时间也没坐过了，趁今儿大家都在，谝一哈嘛！"

贞昌还是不懂，正要开口再问，继祖说："四叔，我爹想趁今年冬天，把咱堡的顺阳渠疏通一下，权当是为明年浇地打好基础。"

这时候，榴花嘻嘻哈哈迈进院子，老远就喊："好嫂哩，我就说有啥事，刚一出门就闻着麻花香了。你们说你们的，我跟俩嫂子也拉拉家常。"说着，三个女人进了后厅。

恒昌将自己的想法说了，大家思想统一，也没意见，唯一担心的就是谁出钱，怎么个出法。贞昌说："二哥，修渠是好事，也必须修，可刚刚遭了三四年年馑，虎烈拉又夺去了咱村里几十口青壮劳力，大家还没有缓过劲儿，要不明年冬天再修也不迟啊！"

"明年是明年的事，有些事越缓越难弄。我想了，今年必须修，你先听听我的想法。"见老四贞昌没有言语，他继续说，"咱还是老办法，有钱出钱，没钱出力，花多花少，到时候你报个数，我想办法把缺的钱补上。"

"只要不操钱的心，其他事全包我身上。"贞昌熬煎的是钱，不但他家，槐园堡每家每户都缺钱缺粮，最不缺的就是劳力。

"其实，就是每天在工场吃饭花些钱，要不就是买铁锨、镢头、石锤，再买一些白灰，估计也花不了几个钱。"

"老四，其他事你得操心，关键是把继祖给我领上，让他参与进来。要不这货一天到晚老不安生。"

恒昌说着，瞥了一眼继祖。继祖听了连忙解释："爹，四叔，你们甭担心，我忙的也是正事。"

"啥正事？赶紧跟你四叔好好学着过日子，再甭想那些乱七八糟的事，劳心费神不说，到最后屁都不顶！"

恒昌的话让继祖没法辩解。恒昌又说："老四，这修渠干活，让继宗、继堂几个都去。"

一呼百应，槐园堡修渠的倡议得到各家的一致同意。本来村里人利用冬闲，准备出去打胡基、做木活，或者给人盖房，除了图个肚子圆，还能为家里多少添补一点，要不到收粮缴税时又得熬煎发愁。忽然听说要修渠，而且恒昌负责管饭，大家听后无不兴奋，纷纷赞叹新堡长给村人办了实事。

工程开始了，大家都不惜力气，即便干得筋疲力尽，吃一顿睡一觉就又回来了。继祖和继堂跟着四叔忙前忙后，宝珍和榴花负责在家蒸馍、做饭，继堂按时给工场送饭送水。不知不觉两个多月过去了，这段时间最高兴的要算宝珍了。宝珍长着一双大脚板，天生是在外面跑动的人，根本在家闲不住，而且干活儿也麻利，稍有空闲就帮着继堂到工场给大家打饭。

四五里长的顺阳渠重新疏通。后面，大家就要考虑如何上渠引水了。

上渠是槐园堡人集体浇地的叫法。平常年份每年上渠一两次，遇到天旱少雨时，上渠次数就多一些，有时三四次，有时甚至更多。每次上渠前一晚上，堡长要亲自敲锣通知各家做好准备，所有劳力不得远离，偶有杂事者必须向渠长请假，获批后方可办事，完事后必须迅速补上。

浇地当天，上渠人各自赶到指定地方，按人头分工。一切就绪，堡长宣布下河闸挡水，水流入渠后，分派劳力巡渠看水，其他人回村浇地。浇地也有规律，如果这次由上水头往下水头浇，下次就由下水头向上水头回浇。渠水流到谁家地头谁家就浇地，彼此不得抢浇乱浇，巡渠的人不能回来浇地就由邻家帮忙。当然，在家的人除浇自家地外，也可由堡长安排，帮助劳力欠缺的邻家挡水浇地。每次上渠，恒昌都会合情安排，一般多由老人和半大小伙白天出勤，壮年人晚上浇地，直到各家浇完地，渠长宣布用水结束。

　　转眼春去夏来，随着气温的渐渐升高，老天爷忽然又不认人了，睁着眼睛不下一点儿雨。收了麦子，种下玉米糜谷，高温干旱随之袭来，将已露头的玉米苗子又晒了回去，即便耐旱的糜谷，也卷成一个个尖细的线筒儿，萎蔫得失了色形。周边村堡开始骚动起来，有的怨天，有的尤人，有的背后指责族长，怪怨乡长县长。

　　梁家窑也是产生骚乱和愤怒的村堡。梁家窑坐落在漆沮河上游，在槐园堡北边四五里地，是个五六十户人家的小村。梁家窑的农田大都在青龙岭原顶，沿漆沮河滩仅有百十亩水浇地，却都在顺阳渠渠口上，老百姓靠天吃饭，年景好了多收点，年景糟了也就白搭了。因此，他们将沿河这些水浇地当成命根子，金贵得谁都不敢耽搁。

　　梁家窑人认为，只要有水从地头流过，他们就有吃饭的理由，哪个村堡若要阻止，他们总想着先下手为强，派青壮劳力捎锨扛镢上渠抢水。因此，每到浇地季节，槐园堡和梁家窑都会因浇地发生械斗。械斗有时小有时大，小的时候相互震慑偶有人受点轻伤，大的时候可能会打得血里捞骨头，甚至出了人命也再正常不过。然而不管大小，大家内心惶惶地胆怯，又不得不正确面对。

　　可是还有实际情况是，许多人背后私语，说是当地的所有太平都是压迫出来的，对杨元昌的"暴政"口服心不服，敢怒不敢言。元昌去世后，西四团随之解体，各村堡都是一副惋惜情状，其实内心也有庆幸欢呼的。

　　由于渠道淤塞，槐园堡人望着细细的漆沮河水流向东南兴叹不已。今年浇地是十多年来的首次，为了本村本族人有口饭吃，梁家人也豁了出去。他们由族长梁嘉旺带头，儿子崇义尾随助威，族里其他叔伯弟兄扛锨捎镢，举着木杈扫帚，纷纷守在自家地头等着槐园堡人上渠，他们一边把守，一边派人开渠放水。杨元昌在世时，槐园堡的威风气概比别的村堡胜出许多，如今团总不在了，恒昌重新撑起了摊子。槐园堡人也不是吃闲饭的，他们同样聚集了几十号子人，在贞昌带领下扛锨捎镢，举着木杈扫帚浩浩荡荡一路赶来。队伍中更有冒失的，居然扛着一把铡刀。

　　见槐园堡来了人，梁嘉旺让大家先甭开渠了，都集中力量一致对外。正当两堡人剑拔弩张欲决雌雄之即，不知谁将消息报告了乡公所。出了这事，乡公所不出面怎么显示自己的存在，副乡长李夏松立即来了劲，派他的马弁、自卫队队长冯德海领着保警队十几个队员荷枪而至，耀武扬威地赶来制止漆沮河畔这场浇地纷争。

冯德海挤到对峙的群众中间，不分青红皂白，手舞足蹈地大声呵斥，想阻止住骚乱的场面。梁崇义站出来，脸上心里全是愤懑。他说：“冯队长，你代表的是国民政府乡公所，你来了政府就来了。政府就得让老百姓吃饭，是不？"

冯德海手握着驳壳枪，用枪管抵着自己的脸颊上下划拉着，眼睛不屑地半瞟着天空，严肃地说：

"对，有道理！"

继堂听了立马不依，大声说："冯队长说的啥话？这啥事都得讲理嘛！"

冯德海转身看着继堂也是一副不屑："你小子是谁？让我听听你是啥理？"

"渠是槐园堡人修的，浇的是槐园堡的地，天经地义的事。再说了，我们不浇地，秋后没收成，到时你们催粮要款，我们拿屁上缴呀？"

"噢呵呵！听你说的也有道理呀！"

冯德海点着头，正思忖着如何应付这个场面，身后梁崇义大声喊道："冯德海，你是啥屎队长，得是脖子上装了转轴，谁说的都有道理？"

冯德海立马来了气，他迈着大步就向梁崇义扑过去，身后十几个队员也跟着一拥而上。槐园堡这边有人偷着乐，低声私语："冯德海向来是个人来疯，不占便宜就算吃了亏，今儿咱还没赏他笑脸，他就开始帮咱了。"

冯德海还没走到梁崇义跟前，梁家人已将崇义护住。冯德海看了，呵呵冷笑道："人家槐园堡人还没说啥，你们抢水的却得势了。你再戾干，看我敢不敢把你绑了去！"

梁嘉旺看着冯德海，一股无名怒火涌出胸膛："哎，冯队长，你得是吃了李乡长的呛菜？今儿咋连人话都听不懂？"

"我不跟你老汉一般见识，你再这样，甭怪我连你也绑了！"冯德海好像还来了硬的。

恒昌背着双手笑呵呵凑到冯德海跟前。他说："冯队长，感谢你对咱一方老百姓的挂牵。你回去吧，这是我们两堡的事，有我在就不会出啥乱子。"

昔日的师长真成了只会吭哧的老驴，啥本事都没有了。冯德海觉得李夏松说的不错，并没把他的话放心里去，而是对让他下不了台的梁家父子变本加厉，非得带走不可。

恒昌见冯德海连个眼色也看不出来，突然收住笑容，冷冷地说：

"冯队长，你咋跟娃鸡鸡一样，真还越逗越硬了？"

恒昌的口气硬了起来："冯队长，不管梁家窑还是槐园堡，你今儿谁也带不走。你今儿敢带走一个人，我就敢叫你屋里的老鼠都戴上枷板。"

冯德海听了恒昌的话，仿佛当头挨了一闷棍，吓得啥话都不敢再说，领着一帮人灰溜溜走了。

冯德海带着保警队走了，这边的事却并没有了结。梁嘉旺见眼前这恒昌跟元昌当年的做事风格大有不同，他想着怎样才能既可以化解干戈又能顺利浇地。"汪汪汪"，几声狗吠忽然从远处传来，沉闷的声音让人惊骇。众人回头一看，一只二尺多高的黑狗狂奔而至，黑狗身后荡起一层黄尘，一个三十岁左右的汉子尾随而至。这汉子剃着光头，眼里透出的怒火一颗火星都能点着。

在大家惊恐的眼神中，汉子手提一根扁担，呼哧呼哧站到槐园堡人前面，冲着梁家人喊道：

"我看谁今儿敢跟老杨家过不去！"

原来是卖豆腐的张世发，大家又惊又喜。恒昌不认识他，又似乎觉得在哪里见过，咋看咋眼熟。他心想从哪里跑出这个冒失鬼。

贞昌低声告诉恒昌："二哥，这是通关镇的张世发。这多年，他常和我们打交道，人义气得像黑旋风李逵。"

恒昌以为是贞昌叫来的帮手，埋怨道：

"老四，咱堡子的事，咋能让外人掺和！咱这是浇地，又不是来打仗的？再说了，真要打仗，就凭你们这群扛着铁锨镢头的硬肚子货，恐怕还没到人家跟前，一个个早就挨枪子了。"

贞昌向张世发低声解释，制止了他，劝他把狗拉好，小心伤了无辜。张世发看到事情莫名其妙地得到平息，还以为自己迟来一步，不好意思地说：

"四哥，我得是赶了个马后炮？"

恒昌看着他，说道："小伙子，不管咋说，老哥谢谢你！"

张世发没见过恒昌，问贞昌："四哥，这是谁？"

"我二哥。"

"啊呀！就是在外头当师长的二哥？"张世发听人说过老杨家有个在外当师长的，今儿这是第一次见面。

恒昌没向张世发解释，他扬手将梁嘉旺召唤过来："嘉旺兄弟，过来一下。"

嘉旺也纳闷，心想今儿这是咋了，两村人气势汹汹像一对将要鹐仗的斗鸡，恒昌咋就一句话将耀武扬威的冯德海骂了回去。这忽然又冒出个威风八面像是要为槐园堡跟梁家人鱼死网破的张世发，咋又屁都没顾得放就稀里糊涂焉了茶了。梁嘉旺还没回过神，恒昌又在那说话了。

"嘉旺兄弟，咱有啥都可以商量。哥这些年被闲杂事情惹怕了，不会吃了你。"

嘉旺将铁锨往地上一扎，大摇大摆走过来。恒昌还是那副呵呵带笑的表情。他说："嘉旺兄弟，咱修渠是为浇地的，无非是谁先谁后的事。再说了，这地多年没浇了，谁家日子都艰难，可再艰难不是也撑了过来。今年既然渠修了，大家都看着把地浇了就好，难道一个个栽眉立眼非得打出人命？"

梁家人不知恒昌啥想法，槐园堡几十号子人赶来，凶得摆出吃人的架势，咋说起话来没有元昌当年的霸气。梁家人也糊涂了，有人甚至叽叽咕咕，怀疑恒昌这只老狐狸的话语是否是绵里藏针，有什么阴谋。

恒昌说："再说了，这是我们堡子和梁家的私事，我们没想把事惹到乡公所，也没想让旁人乱掺和。"

恒昌的话的确没有火药味，丝毫都没有，而且还都是说理话。嘉旺听罢自个儿先泄了气，虽然还板着脸，其实已经不好意思了。

"嘉旺兄弟，既然我们浇地非得从梁家地头过，那就你们先浇，免得大家都惦念，反而伤了和气。"

恒昌念的经跟槐园堡历任堡长都不一样。他一直是商量的口气，嘉旺再计较下去就是要当着两村人的面扇自己耳光了。有礼不打笑脸客，要知是这，何必当初。梁嘉旺面露愧色地说："杨师长说的啥话，为浇地两村人打得你死我活，到最后结下冤仇，对谁都没好处。既然你们修的渠，那你们就先浇，只要有梁家人用的水，我就代表全村谢谢你了。"

在梁家人感激和不解的眼神里，这场即将燃爆的械斗像吹涨的猪尿脬忽然被扎了一根枣刺，噗地泄了气，瞬间风平浪息。两村人各自散去，张世发领着黑虎，提着豆腐扁担，跟着大家回了槐园堡。他脸上露着扫兴，一路嘟囔着，埋怨槐园堡咋不给梁家人点厉害。

冯德海碰一鼻子灰，人鬼不像地夹着尾巴溜走的情形，好多天被大家当成笑料，反而有许多人拿张世发扯开话题。说起张世发，槐园堡的人没有不认识他的，只有恒昌是第一次见到。走在路上，贞昌又给他讲了通关镇张家和槐园堡杨家的旧事。

听说张世发是张青山的儿子，恒昌忽然眼前一亮。他恍然明白过来，难怪他看起来这么面熟，原来这冒失鬼是刀客青山的儿子。他看着张世发笑着说，同时也是说给大家：

"小兄弟，咱没打没骂，这地还不是槐园堡人先浇？"

张青山是通关镇的人，曾是远近闻名的刀客。他身高二米，体重二百六十斤，长得浓眉大眼，肩宽腰粗，尤其饭量超人，力大无比，人们都称他青山大汉。他一顿能吃三个人的饭，由于身高炕小，他睡觉时腿脚始终得蜷曲着。村里人每天早晨都争占碾子碾麦碾谷。张青山贪睡，早上懒得起来，自然占不到碾子。后来，他索性头天晚上就把碾盘上的碌碡抱到地上，第二天再将碌碡抱上去碾谷碾米，即便睡个自然醒，第一个用碾子的还是他，其他人气得嘴吹脸吊目瞪口呆，又不得不为他的巨大气力喝彩。大家进山驮炭，一般都是两个人相互帮忙，他力气大，他将炭驮子轻轻一抱就能放在牲口背上，两肋下各夹一口袋粮食是经常的事。因此，他总是独来独往。每次进城门洞，别人都抬头挺胸，他不得不低头弯腰。每年收谷，大家基本是一人扛一捆，遇见力气大点的最多扛两捆，可他每一次都扛四大捆。

这个青山大汉与槐园堡杨家的渊源，还得从老二利昌说起。

那是慈禧太后西幸关中的第二年，转眼也三十多年了。当年元昌刚从新疆回来，看着惨不忍睹满目疮痍的漆沮河两岸，再想想新疆那儿的坎儿井流出的涓涓清流浇灌着万亩良田，他首先想到了疏通淤塞的沿河渠道。就是在那次修渠过程中，监管工地的利昌竟然和梁家窑的寡妇混到一块儿。梁家寡妇本是拿身子换钱，可利昌干这事却是偷偷摸摸，也不想多花一文钱。后来事情败露了，元昌觉得老三把人丢尽，整个槐园堡人的脸都烧得能着火。元昌一气之下执行家法族规，利昌经受了刻骨铭心的一场皮肉之苦后，被逐出了家门。

利昌多年读书，干起活腰吊肋子稀，脑子却活泛得很。利昌离家后，最先在山后的老瓷窑店给人背坩泥，背一次两次还勉强撑得住，后来就想着法子投机取巧。半年后，他在那儿的沿山小街租了间小屋住下，当起了坐地贩子，开始着手贩卖瓷器。

两年后，利昌不仅攒了钱，还在当地成了家。他开始让媳妇在家里照看，自己套上骡车，将山里的瓷器拉到锦屏山外换粮食，又将换下的粮食拉到山里换瓷器，他一个生意两头赚，生意越做越大，也在山里山外落下了好名声。真是人怕出名猪怕壮，利昌无意中被刀客张青山盯了梢。张青山明里进山驮炭，暗地里却在寻找下手的对象，经过查看打听，利昌的生意包括身世他都有了了解。

当然，锦阳县西北乡的西四团威震锦阳、泥阳、池阳三县，当年的大小军阀、各级官员到了信立乡一带都小心翼翼，走南撂北的刀客张青山岂能不知，他最终选定利昌，就是因为利昌是被驱逐出户的。

张青山劫富济贫的义举方圆尽知，可他肆无忌惮地抢劫利昌财物的消息传到槐园堡，却让杨元昌恼羞成怒。这锦阳地界，谁敢跟西四团的人过不去，跟西四团过不去，就是跟他杨元昌过不去。

杨元昌带着几十个团直接去了通关镇，向张青山讨要被抢财物。他们到了通关镇邑岚堡，张青山已将劫来的财物给堡里的贫困人家分光散尽，自己只留着很少一部分。元昌又好气又好笑，也对张青山的义举十分敬佩。他摇摇头，告诫张青山说："娃，你小子甭以为我们弟兄不和，就想在我们之间横插一杠子，伺机窃取我们的财物。我告诉你，门儿都没有！"

张青山自以为走惯江湖，还是被元昌的话震慑得不敢言语。"看在你娃没有独吞，把钱施舍出去了，我杨某人敬佩你。希望你以后能干点人事，甭再做人人喊打的过街老鼠！"

元昌的既往不咎让张青山感到意外，此后几十年他总觉着欠了杨家大大的人情。再后来，利昌也得知大哥和张青山的事，亲自回槐园堡向大哥负荆请罪，一家人重归如旧。只不过，利昌已在老瓷窑店成家立业，也就又回去做他的生意了。

张青山去世前，将自己未了的心愿告诉世发，说不论如何，杨家的仁义都不能忘，咱始终欠着人家的。因此，张世发经常到槐园堡一带卖豆腐，既是为了生计，也是为了不忘父亲的嘱托。

今天抢水械斗的事，张世发是在半道上偶尔听到的。得到消息，他将两个豆腐笼往一户人家门内一搁，扛着扁担就奔了过去。最终还是没能还回父亲欠下杨家的那份人情。

本来，世发来槐园堡，总是歇在贞昌家。他见了榴花称呼嫂子，见了继堂又让他叫哥，惹得贞昌喷怪他："你这是啥班辈儿，既然把我当老哥，把继堂妈叫嫂子，咋能让继堂把你叫哥？"张世发听了只是挠头憨笑，他辩解说："四哥，我只和继堂大十数八岁，让他把我叫叔，我脸烧得受不了。咱就胡叫乱答应嘛！"每次说"胡叫乱答应"，惹得贞昌、榴花都捂着肚子笑半天，可张世发就是不改。

榴花在村口碰见世发，招呼他进屋吃饭，世发让贞昌把他领到恒昌家去，说一定要见识见识杨师长。在恒昌家里，杨纪氏本来就认识他，彼此并不生分。他只是想跟师长谝谝。

"小伙子,我早就不是什么师长了,你也再甭问部队那些打打杀杀的没意思的事。"

张世发没有得到有关部队上的事情,又不好意思再请求,他总感到自己乘兴而来又不能尽兴。恒昌说:"不过,你今儿为我们槐园堡助威来,我还要好好感谢你哩!"

张世发第一次见到曾经的师长,听他和蔼的话语,反而口笨语拙,不像平时在贞昌家里那么随随便便。他还没开口,恒昌又问:"听说你爹是青山大汉?你们是从山东迁来的?"

"俺只听爹说俺老家在山东青州,俺爷爷还参加过义和团,俺爹后来落户锦阳,才做了刀客。"

"哦,你也是山东来的,继祖妈也是山东人,她是淄博的。"

"噢,俺姨也是山东的。我从没去过,也不知青州在哪、淄博在哪,说不定咱还是亲戚哩。"

张世发和恒昌谝了半天,才担着他的两个豆腐笼回了通关镇。一路上,黑虎一会儿跑前,一会儿在后,张世发也浑身轻快,似乎除了没有和恒昌谝到部队的事,其他话儿还挺投机的。更有幸的是,经常买他豆腐的这个梳着泡泡发髻踮着小脚的杨家婶子,还和他们一样,都是山东同乡。

六

　　李夏松只是陪着吴恭道拜望过一次杨恒昌，此后再没和他有过接触，许多人传言，这个曾经的师长并不是虎背熊腰，也没有三头六臂，横看竖看也就是一个乡间老汉的模样，好像也没啥出奇的地方。经过一年多的接触，李夏松觉得传言中威风凛凛的杨师长其实屁都不顶。那天，他听了冯德海的回报，忽然想象着杨师长扮冷脸会是啥样子，他的眼光真会如德海说的，匕首一样剜得能让人打几个趔趄。

　　李夏松祖上几代开荒种田，到了父亲一辈攒了一些银两，当爹的实在不想让儿子再背这身农皮。他七八岁时就被父亲送到县城念书，无奈耍惯了的娃娃偏偏不是读书的料儿，他每天腰里别个弹弓，要么手里捧个弓弩，野兔、斑鸠、麻雀、喜鹊，只要被他碰着就得丧命，几乎没有一只可以溜走。父亲气得骂他："碎爷，你考不上个举人秀才，多少认几个字也行呀。咋一天到晚净干这被人戳脊梁骂先人的事？"父亲无论怎样骂他都无济于事，所有的指责对他就是对牛弹琴。李夏松终无所获，只得弃学回乡。回到家中又无所事事，父亲介绍他到唐园镇泰来裕粮庄去做相公。刚开始，李夏松主要负责吆马车送粮，掌柜看他能跑能吃苦，正想着怎么给他委以重任。李夏松是个尖尻子货，这山看着那山高，干啥事都不沉稳诚实。他嫌自己在粮庄只下苦不挣钱，没有赌场来钱痛快，私自离开粮庄，入了赌行。这世间啥事都是有规则的，李夏松就是不信这个邪，始终秉承赢要输不给的习性，稍不称心便大打出手，半年时间竟在唐园镇落下恶名满贯的名声。偏不偏巧不巧，国民政府要的就是这种货色，李夏松摇身一变，居然轻而易举进入信立乡乡公所，不几年时间就从一名普通乡丁，一步步干成了自卫队副队长。

　　蛮横而自信的李夏松准备见识一下杨恒昌。既然当着乡公所的差，肯定有跟杨恒昌见面的时候，他要看看这老汉到底是真材实料，还是拿钱贿赂来的官官儿。

　　就在李夏松寻找机会的时候，恒昌家还真出了事。让他没有想到的是，儿子继祖竟然加入了王秦义的抗日义勇军。

　　恒昌回到槐园堡后，虽然远离行伍，可他几十年的历练和经验，不能不知道外面发生的那些乱七八糟的事,他只是懒得过问。戎马倥偬几十年的老师长凭的是真本事吃饭,绝不是轻松混出一官半职的酒囊饭袋。或许是老虎不吃人威名在外吧,青龙岭上下各村堡的人对他都是既敬重又畏惧,谁也不可能,也没有跟他过不去的理由。渭北一带,共产党的地下人员几乎一天也没有消停,尤其锦阳、池阳、泥阳三县交界的漆沮河两岸、青龙岭上下。这里距陕甘边照金革命根据地仅仅几十里地儿。他听说信立乡还成立了农民协会,协会会员经常冷不丁就走上平安镇、唐园镇的街头,向老百姓宣传革命。他觉得,这些激进分子总能把无中生有的事折腾出擂鼓喧天的效果,令周边三县的国民政府惊骇不已,生怕出现更大的乱子。于是,从县保卫团,到各乡公所保卫队,再到各联保村堡,他们层层施压,一级也不敢马虎,谁稍有嫌疑就被逮去审讯,不弄个水落石出绝不罢休。前阵子,共产党的地下游击队利用平安镇集会,将国民党驻平安镇的民团诱至盘龙湾西边的老户沟,打了一场美实痛快的歼灭仗,当场击毙了平安镇警卫队队长张德润,还俘虏二十多人,缴获了二十多支长短枪。再后来,平安镇、唐园镇和信立乡一带的革命群众,竟然越来越不知天高地厚,还策划并参加了泥阳起义。

恒昌着实厌烦了这种打打杀杀的烦琐事,他更不想让家人陷入这个无底旋涡不能自拔。去年冬天修渠时,他让老四贞昌将继祖、继宗带到修渠工地,就是为杜绝他们接触那些给一根烧火棍就想当将军的冒失鬼。要不是县政府派保卫团那帮货进村摸排,一边散发材料一边让人举报泥阳起义参与者,恒昌还真蒙在鼓里呢。

初秋时节,东北三省发生了震惊中外的"九一八"事变。日寇占领东北后,继而马不停蹄进犯华北,民族矛盾迅速激化,在全国掀起了轰轰烈烈的抗日救国热潮。年初,中华苏维埃临时中央政府和中国工农红军军事委员会发表宣言,提出了只要"停止进攻红军区域、保障人民的自由权利、武装民众",他们就愿意和国内任何军队订立抗日作战协定。不久,冯玉祥和吉鸿昌等国民党军界有识之士纷纷响应,开始与共产党合作,在张家口建立了察绥抗日同盟军,积极对日作战,得到全国人民的拥护和支持。谢子长、许权中等一批共产党员,也先后奔赴察绥抗日前线参加抗日同盟军。可是,国民党的当权派蒋介石不顾民族危亡,顽固地坚持"攘外必先安内"的反动政策,不仅不抗战,反而派兵前往各个苏区围剿红军,对共产党人和革命群众展开凶残镇压。

国民党当局将围剿行动对准了陕甘边照金革命根据地,并委派国民党第十七路军骑兵团作为先遣部队移防泥阳城,任命骑兵团团长王秦义为剿匪总指挥。王秦义这些年接触了许多共产党进步人士,秘密加入了共产党,他不愿打红军,又不能违抗上级的命令。于是，他表面上率骑兵团出击围剿，实际上却围而不打，跟在红军后面虚张声势，巧妙应付。

王秦义的消极态度令国民党当局大为不满，他也不甘心做夹在风箱的老鼠，遭受两头受气之苦。于是，他分析形势，权衡利弊，毅然在盛夏的一个拂晓，率领骑兵团一千多人发动了泥阳起义。起义军以迅雷不及掩耳之势，分头冲向泥阳县政府、保卫团、警察局。经过两天激战，起义军占领了泥阳城，收缴了城内所有反动武装的枪支，收编了他们的部队。

起义成功后，王秦义立即张贴布告，并及时通电全国，宣布成立西北民众抗日义勇军。

自从那年发生了渭华起义，国民政府就对苏维埃、赤卫队的出现感到威胁。共产党的实力使国民党当局捉摸不透，他们疑惑，共产党的头头脑脑真不知用的啥法子，像是钻进了赤卫队员的脑瓜，镇压一批又冒出一批，仿佛茂密的秋草，眼看着已被烧得叶灰根净满眼黑荒，可春风一吹又会迅速长起来，而且比以前还要茂盛，十天半月就能欣欣向荣地遍布川原。参加抗日义勇军，这是与国民政府针尖对麦芒地硬碰硬。恒昌看来，目前共产党的势力还软得很，跟国民党斗简直就是鸡蛋碰石头，咋能有赢的可能？这些痴迷于共产主义的愣厮挣扎到最后都得当炮灰，啥时候挨了枪子都不知道。人家将自己架在火上烤，他们还傻不拉几地说闻到了烤肉的焦香。

泥阳起义在全国引起反响，蒋委员长层层加压，勒令陕西国民政府立即行动，以最快的速度歼灭起义军，让锦阳、泥阳、池阳三县所有乡公所逐村排查嫌疑人员，每天向各自的县政府及时报告。县上向大家承诺，每抓住一个可疑人员赏银圆三块，确实是地下党的赏银圆十块，如果是共产党的领导干部或者起义策划者，赏金会更高。

李夏松立即握住了一把尚方宝剑，他每天带着保警队一杆子黑衣队员，黑蚂蚁一样逐村扫查。冯德海自从遭遇了恒昌呵斥总心存胆怯，恰好这一次李夏松兵分两路，他立即自告奋勇去了信立乡尚礼堡。李夏松反而想见识一下恒昌的威风，摸一摸他的老虎尾巴，看他到底是老虎还是老猫。

李夏松带着保警队进入槐园堡，他的黑蚂蚁兵四散开来，拿着县政府印发的传单见墙就贴。听到嘈杂声，许多乡邻挤上巷道看究竟。李夏松见人不少，扯开沙哑的烂锣嗓子开始喊话，看来这两天副乡长真正劳累过度了。

"各位乡党，泥阳发生暴动，周边三县联合布网排查可疑人员，为了大家的安全，为了各家各户好好过日子，希望大家积极举报，远离共匪。"李夏松涩哇哇的声音并没引起大家注意，他不由加大音量，听起来更加塞涩。"大家一定听好，国民政府马上要实施联保连坐法，谁如果不举报，到时候小心一粒老鼠屎，害了一锅汤，不光我要来问罪，恐怕你们邻里乡亲也要寻你麻烦。"

李夏松说着，掏出备好的姓名簿，让各家各户将十五岁以上的男人名字全记上，说是常期备案。他们拿着不知从哪儿弄来的一份名单让大家看，谁认识上面的人赶紧举报，兴许还能得一些赏钱。

有人凑过去，盯着看了半天，嘿嘿笑道："李副乡长，你拿的这是屁，我们就不认得字，你还让我们又写又念？"

也有人说："李副乡长，要不你给我们念念，兴许你一念我们就知道谁是谁了。"

李夏松其实也认不了几个字，他这个副乡长还是通过吴恭道出钱买的。当着大家的面，他怕露了馅，就大大咧咧地说："大家好好看，看仔细些，发现可疑人员可有赏钱的。"

继宗就在人群里，有人让他念。

"念名字吗，我给咱念。"他拿起名单说，"李乡长，这多人，咋都不是槐园堡的？"

"小子，你把我的'副'字漏了，我可是副乡长。"

"噫，我是盼着你当正乡长哩！"

继宗逗得大家哄然一笑，李夏松脸上顿时浮过一丝尴尬。

"瓜怂，再甭胡说了，这些人要都是你们堡子的，那还不把槐园堡抄了！小子，赶紧给大伙儿念念，看上面的人有谁认识不？"

"赵双牛、赵门鼎、刘喜娃、李拴柱、丑嘉禾……"继宗一个挨一个念着，许多人他根本没听过，也就像念口歌一样顺畅起来，突然，他看见上面有个"西学"的名字，没有姓，只是个名字，不由一愣，心想这里咋还有跟大哥叫一个名字的。突然一想不对，这阵子大哥一天到晚神出鬼没的，难道？继宗跳过了"西学"二字，胡乱地念完了上面几十个人名。

李夏松收了名册，又说："乡亲们，我们马上要实施联保连坐法，如果这单子上的人你们认识，又故意瞒报，就像我刚才说的，小心一粒老鼠屎，害了一锅汤，不光上面要问罪，恐怕惹得邻里乡亲也要寻你麻烦。"

大家相安无事，各回各屋。李夏松的喽啰兵闹哄哄来，又闹哄哄走了。

继宗心里没谱,他暂作沉静地回到家,父亲恒昌不在,他想跟母亲说,又没敢开口。他碰见宝珍,就悄声问：

"二姨,你得是把我哥叫'西学'？"

"'西学'这名字是你哥自己取的,回家后很少叫过。"

"二姨,从现在开始,再不敢叫了。"

"咋了？"

"我今天在李夏松拿的起义可疑人员名单上见到这两个字,我也说不准,反正心里直突突。"

"噢！"

"难道真是继祖？"最近继祖经常到外面去,也没在意他干啥,继宗这么一说,宝珍不由吸了口冷气。

那年,恒昌将继祖送到南京上学,继祖接触了许多西方学问,觉着自己学的那些东西比国内的知识有用,将自己的名字改成了西学。回到部队,除了二姨太宝珍偶然叫起,再没人知道。

恒昌晚上回来,继宗将今天的事告诉父亲。恒昌听了也是一惊,他强压内心恐慌,让继宗把宝珍叫过来。

"宝珍,从今天开始,咱家里谁都不准再把继祖叫'西学'。"

恒昌蹲在椅子上,滋噜噜吸了两口水烟,冷着脸告诫大家。宝珍听了,也向大家解释说：

"今儿晌午,继宗悄悄跟我说了。我心里也怕怕的,就盼着是重名。"

恒昌愤愤地说："啥重名？肯定是这狗东西！"

继宗说："看情况,李夏松他们还不知道西学是谁。"

宝珍和继宗进后屋去了,恒昌心里没了底,他坐在那里,气不定神不闲,今晚非得等继祖回来,好好收拾一下这货。本来,他只想着解甲归田,图个安稳,起义不起义对他来说比屁都淡,当他得知继祖居然参加了游击队,心口顷刻就像挨了皮鞭似的淡定不下来。

继祖披着满天星斗进了杨家大院,他见父亲还坐在客堂。

"爹,咋还不睡？"

"睡,睡啥睡！"恒昌声音压得很低,"你得是参加泥阳起义了？"

"没有。"

"没有？那今天乡公所人拿的名单上咋有你的名字？"恒昌眼露凶光,盯着继祖,等他回话。

泥阳起义第二天,泥阳游击队随之成立。同时,王秦义为了支持共产党地方的组织工作和武装斗争,给抗日义勇军及时拨了一批枪支弹药。

表面安分守己的继祖那天加入了抗日义勇军。此刻,听到父亲的问话,他心里怯了,低头不再言语。

"咋说都不听!冒冒失失做这打瓜掉脑袋的事。若是在部队,我早把你毙了。"

恒昌话音很低,分量却重得要命,字字砸在地上都是坑。他明明把心肝肺气炸了,又不好发作,只怕声音大了传出去把事情弄日塌了。唉,毕竟是儿子,谁也不敢想那些不吉利的事。当然,除了继祖,再没人听到他这气得吐血的话,唯一让他庆幸的是,继祖这次参加起义,加入什么抗日义勇军,用的名字其他人并不知道。

事已至此,恒昌想让继祖去西安,或者到老三那里避一避。事情还没定下来,继祖竟真出事了。那天下午,恒昌正在后院舞弄石锁,宝珍突然脸色煞白地跑进院子,惊慌失措地说:

"不好了,不好了,继祖出事了。"

恒昌放下石锁,不屑地问啥事。当他听说继祖真的出了事,顿时坐在石锁上半响没有言语。

继祖被分配到抗日义勇军游击队第六支队,他们支队许多人都是带着热情参加起义的,大家几乎都没摸过枪,上面发的那些枪支弹药堆在那儿更是舍不得用。

继祖看着战友们碎娃放爆竹一样,看着眼前的武器又喜又怕,就自报奋勇地说:"同志们,我以前在部队待过,经常见战士们练兵打仗,我先给大家示范一下。"

"好,好好!"队员们纷纷鼓掌叫好。

"我只示范着让大家看看,以后到战场上大家再真枪实弹地用。"

继祖说着,顺手拿起一颗手榴弹,将拉环套在手指上,一边给大家讲解,一边做着示范。这时,一个队员好奇地拿起一颗手榴弹跟着他学。继祖怕队员失手伤了人,赶忙摆手阻止他,不承想自己手中的手榴弹啪地掉在地上,开始嘶嘶嘶冒起了白烟,而手榴弹的拉环还在他手指上套着。继祖猛地一惊,赶紧让大家抱头卧倒,自己捡起地上冒烟的手榴弹,疾奔两步,狠命往远处扔去,手榴弹在离开他手那一刻轰地炸了。

继祖顿时失去了知觉。他的右手被手榴弹炸伤,四个手指不知去向,残损的手掌像一把淌血的抹布。当晚,继祖被支队队员抬回槐园堡杨家门道后,抬他的队员迫于恒昌的威严，悄悄溜走。

恒昌傻了眼，可事已至此，遇着特殊时期刀枪药明着没法买，暗地里一时又联系不上，这可咋办。杨纪氏哭天呛地，一会儿骂儿子继祖，一会儿又骂老汉恒昌。恒昌气得说："你小声些得行？啥时候了就知道'号号号'！"一句话说得杨纪氏停止哭泣，痴呆地失了言语，其他人都皱着眉头，不知道下一步该咋办。

恒昌让继宗去找老四贞昌，榴花说他下午就出去了，再一问继宗，她才知道继祖出了事。贞昌咋又突然不见了，榴花哭哭啼啼进了恒昌家院子，口里埋怨着贞昌，嘟囔着："娃出了这大的事，堂娃他爹到底死哪儿去了！"

正是盛夏三伏，天气溽热，田禾枯萎，全村人刚开始引水浇地，堡长家突然出了这事。本来就是高温天气，这炸伤比刀伤更容易腐烂溃脓，弄不好人就没了。恒昌表面上看着沉着，其实心里也慌得不行，他更无心考虑带着乡亲浇地的事。

第三天早上，继祖的伤口还没顾得化脓，人就死了。

贞昌拿着红伤药回来，刚到二哥家门口，迎面碰见榴花和继堂从自家出来，正往二哥家跑。榴花老远瞭见贞昌，气得半带哭腔地骂他。

"你这挨刀子的，平时老在家里黏着，继祖出事的要紧关头，你跑到哪里去了？"

贞昌没有说话，跟着他们进了恒昌院子。他心里难受，紧蹙着眉骨，无奈地说："娃，你咋走得这快的，你再多等四叔一天，或许就熬过来了。"

杨纪氏失声痛哭，谁也阻止不住。她接连昏厥了数次，稍微缓过神来，继祖从小到大的事情就像演皮影，一幕幕在脑海里闪现，闪着闪着，她的眼泪又扑簌簌潸然涌出。

杨纪氏瘫软在炕上，水米不进。宝珍焦急地劝她吃喝，她闭着眼睛"唉——唉——唉——"只是喘气。

两年来的接触和生活，宝珍已经融入了这个家庭，她也和杨纪氏成了真正的姊妹，她俩一块操持着杨家的内外事务。她经常听杨纪氏说起继祖小时候的往事，知道了继祖在母亲心中的分量。

恒昌参加田龙彪部队后多年杳无音信，那时继祖哥俩还小，娘仨相依为命，十多年来，哥俩见识了大伯元昌一家、姨夫鸿钧一家的所有不幸，深深感到母亲为这个家默默无闻、任劳任怨的无私付出。父亲不在，他就把自己当成家里的小掌柜，作为老大，母亲的含辛茹苦他时刻都看在眼里记在心上。

此时此刻，母子连心，杨纪氏难受之情也可想而知。

贞昌看着大家，说："二哥、二嫂，事已至此，赶紧张罗娃的后事要紧。"

"将这货用芦席卷了，埋到岭下坟地里去。"

恒昌忽然说出这话。宝珍心想，再草率也不至于用芦席卷了吧。

她刚要说话，贞昌说："这恐怕不好吧！"

恒昌脸色生铁一样黑青，谁也没有看，盯着半空说道："都是这货自己造的孽。死就死了，咱要先顾活人。"

贞昌说："二哥，你得是死人见多了！继祖咋说是你儿呀，你用芦席卷，我和二嫂不答应。"

"不行，俺也不答应！你怕掏钱，俺掏。"宝珍一想起继祖就哭，她没料到恒昌如此绝情。

恒昌沉思许久，慢慢抬起头，他不想让人看出内心的难受。他抹了一把脸，低声说："老四，这就去槐园堡抬棺材去，抬三口棺材，都要柏木的。"

一听买棺材，贞昌长出一口气，忽然又觉得不对。

"二哥，咋——咋抬三口？"

"老四，抬去，啥都甭说了。"恒昌无力地说。此刻，老四那句"你得是死人看多了"一下子刺痛了他的神经，他不由又想到了内心的亏欠。他冥冥之中觉得有事情正在发生，却又不知到底会是啥事。

三口柏木棺材抬进杨家大院，众乡亲也不禁愣了。看着大家奇怪的眼神，恒昌依然铁青着脸，沉静地说："你们甭奇怪，那两口是我给我和继祖妈置办的。"大家听后心头再生沉重，谁也不跟他争辩。

"安葬继祖，除了柏木棺材，别的一切从简。"恒昌给贞昌交代。说完，他手一背，弯腰进了内屋。

继祖死后第四天，太阳还没冒红，他躺在柏木棺材里，被大家抬埋到了青龙岭下祖坟。大家刚从坟地回来，杨纪氏忽然清醒过来，而且出奇地精神。她拉着宝珍的手，一字一句说着谢承的话，夸她多年来把继祖当自己娃一样看待，一再自责着向她道歉：

"妹子，俺刚开始见不得你，俺是为了家里和和气气，硬着头皮装了这几年。"

宝珍劝杨纪氏甭说那些话，继祖的死谁也没办法，还是自己身子要紧，眼下保重身体比啥都重要。杨纪氏又埋怨起恒昌来，说他这些年就知道在外面打仗，当什么屁也不顶的师长，叫娃上啥没用的学，眼见快三十了还没娶上媳妇，没抱上孙子。村里像她这么大年纪的，人家都抱重孙了。她回头拉过继宗的手，向宝珍一句句交代。就这样，杨纪氏哭一阵昏一阵清醒一阵，支撑到半下午，终于筋疲力尽地昏昏睡去。大家见杨纪氏睡安稳了，悄声退出屋子。

恒昌发现杨纪氏去世，浑身已梆硬起来，已是那天后半夜。宝珍看着杨纪氏去世后的神情，泪水再次断了线似的忘记停歇。半早上，家里又重新聚满了人，怎么埋人，怎么过事，大家又开始等着恒昌发话。

杨家好端端走了两个人。恒昌觉得这真的是那些死去的冤魂来向他讨债的。

"埋人，过事。"

榴花过来给二嫂洗脸梳头穿老衣，宝珍一边帮着端水取衣服，一边哭哭泣泣地抹眼泪。她一口一个埋怨，指责老天爷为啥不让她姊妹多相处几年。

榴花说："甭哭，小心眼泪滴到二嫂身上！"一句话让宝珍停止了哭泣，可她还是呼哧呼哧地哽咽着。在给杨纪氏缠裹脚布时，宝珍说："四姐，让我来。"榴花看了她一眼，把长长的两条裹脚布递给她。宝珍一圈一圈拆开杨纪氏的旧裹脚布，端来半铜盆水给她仔细擦洗，看着眼前这双失形的小脚的脚趾叠压在脚心，她想象不出，这双小脚当年是怎么从山东走到关中的。杨纪氏也从一个女孩坎坎坷坷走成了两个儿子的母亲，步履艰辛地走完她五十多年的生命历程。直到给杨纪氏缠好素白炫净的裹脚布，穿好窄小的寿鞋，再将绑腿一扎扎缠绑好。宝珍终于忍不住，双手捂着脸低头跑了出去，一出厅堂，她"啊呜"地失声痛哭，任凭嘶哑的哭声在院子上空肆无忌惮地游荡。

经过近一个月打听，李夏松终于知道了西学就是恒昌的长子继祖。他带着武装队那些喽啰兵下了青龙岭，径直来到槐园堡恒昌家。他们的目的很明显，就是来捉拿杨西学的。

为了清理藏匿乡间的共产党地下人员，国民政府想到了联保连坐法。他们刚刚颁布了《各县编查保甲户口条例》，规定各保甲内以五户为单位发表联保连坐声明，让各地老百姓互相监视、互相告发，如若有人通匪、纵匪或藏匿不报，就要承受连坐之罪，让无辜池鱼遭受城门失火之殃。

李夏松到了恒昌门前，看见杨家大门上贴着白纸，写着丧联。他们闹哄哄走进院子。恒昌就坐在院里，还是那副铁青的脸色。

"弄啥？得是要逮继祖？"

武装队的人站在那儿，没有开口。

"去，逮去，在岭下坟里挖去！这货把我们害扎了，赶紧逮了去。"

李夏松本是要见识恒昌所谓的威风，结果遇上这丧门事。贞昌听到这边吵吵，

急忙赶了过来。他见了李夏松,没好气地说:

"继祖这娃,把我们蒙在鼓里,自己偷偷摸摸参加起义。还不是栽到这事上,连小命都搭上了。"

李夏松这时才知道,前阵子被手榴弹炸死的是继祖,他不解恨地带着大家往回走,一路上嘀嘀咕咕:"人死了,差交了,只是大伙都领不上赏钱了。可惜,可惜。"

泥阳起义后,三县政府联合发布通告,在各地搜寻参与起义的疑似人员。信立乡与泥阳县城近在咫尺,更是严查严防区域。上面查得紧,只要哪里有共产党的消息,国民政府就恨不得在那里罩下天罗地网。

李夏松这几天头都大了。一个泥阳起义,跟信立乡毛大的事都没有,可锦阳县政府今儿叫追查,明儿叫追查。他逐村逐堡逐巷逐户仔细巡查,折腾了半个多月,好不容易逮着一点线索,查出槐园堡的西学属于嫌疑对象,他暗自高兴,准备顺藤摸瓜,抓住更多的参与者。他甚至想,抓住几个地下党,不仅可以领赏,自己乡长前面那个"副"字也能去掉。

正当李夏松陶醉在升官发财的好梦中,没想到到手的金子忽然化成铁水水。他刚准备收下撒在杨家布的网,西学竟死了,而让他扫兴的是,杨家一下死了两个。他气势汹汹赶去,吃了恒昌一鼻子灰不说,还落了个落井下石的丧气。不管咋说,他家就在南边原畔的尚礼堡,大家低头不见抬头见的,既然人已死了,只好临时做了顺水人情。

继祖的死,李夏松既没升上官,也没发到财,还受到锦阳保卫团吴恭道的一顿怒斥。谁知一波未平一波又起,寺西堡的第六联保所又出了事。

那天,他正在乡公所向冯德海他们训话,周家堡的周长吉忽然哭丧着脸呜呜呜跑了进来。一个老男人,鼻涕一把泪一把地哭恓惶,他本想将吴恭道训斥他的那些话转给冯德海,这时也只好暂时放回肚里。李夏松问道:"啊呀,这不是周家堡的周长吉吗?你又咋了?"

"唉!我咋恓惶成这哩!呜呜呜……李乡长……哎嗨嗨……李乡长,你可得给我做主呀!"周长吉刚开口说话就泣不成声了。

"好我的爷,你甭哭了!"李夏松被他哭得莫名其妙,"可咋了,你慢慢说嘛!咋是这人?"

"李乡长,刘俊杰和梁满囤把我儿捅死了。呜呜呜……"

周长吉一口一个李乡长,可他身上还带着一个副字哩。李夏松正想责问周长吉,让他再甭胡乱称呼,突然听说周家出了人命。难道周长吉他儿也是共产党。李夏松立马严肃起来,问是咋回事。

寺西堡属信立乡第六保障所,是李夏松的辖区,而这一次的被告人竟然是六保保长刘俊杰。李夏松带上冯德海,立即气势汹汹地去找刘俊杰。

刘俊杰是王彦坤先生的学生,也就是曾在立诚公学给思明传递革命思想的那个俊杰。思明去南京上学后,他也因家庭贫困,无力供给学费,只好辍学回家。

俊杰眉目英俊,爱说爱笑,聪明好学,平时还喜欢书画,他离校时大家还有点依依不舍。学校回来后不久,他就到第六保障所做了保长。

继祖参加抗日救国义勇军就是他引荐的。泥阳起义后,王秦义的骑兵团给他们拨了一批枪支,后来发生继祖被炸之事,仅有的几杆枪愣是被县保安团搜了去。义勇军需要发展队员,刘俊杰秘密组合,没有枪支还得他另想办法。毕竟,大家总不能拿个擀杖长矛去跟国民政府军队的洋枪大炮去碰。经过义勇军几位同志秘密商量,他们将目标定在了周长吉身上。

周长吉是青龙岭东畔周家堡的财主,家里有七百多亩土地,三十多个长工常年在他家干活。原上土地没有原底下好,不能适时灌溉,他们因地制宜,种植黄豆糜谷,虽然听天由命,收成倒还不错。大家都在一个天底下,都经历了那场皮条年馑,可他们依靠人多地广,迅速恢复了昔日元气。

民国十七年百日大旱,就连漆沮河也断流干涸,当年周边几乎所有田地都没种上小麦。第二年夏季颗粒无收,秋季又遇干旱,玉米、黄豆、谷子照样不能下种。立秋已过了半个多月,忽然下了一场雷雨,四里八乡老百姓都抱怨这场雨来得太迟。周长吉也抱怨着在原畔的十八亩地里种了荞麦。可喜的是,这片荞麦在大家轻蔑的观望中一天天发芽拔节,开花结籽,到了秋后,虽然没能老熟,却也的的确确打了十八石黄荞麦。元昌懊悔那场有关旱疫鬼的梦没能让他清醒,更没想到周长吉这十八亩地居然还收获了十八石荞麦。老百姓都说他能掐会算,把他当成活神,可他咋就没算到"逢墒不等时""宁叫前悔,莫叫后悔"的古训。元昌放弃了抢墒种秋,耽误了农时,让周围四个民团的乡亲们跟着自己饿肚子。他思来想去,后悔不已,亲自上周家堡与周长吉协商,自己出钱,在周家十八亩地旁的柿树下竖立一通醒民碑,刻上"民国十八年,立秋十八天,种荞十八亩,打了黄荞十八石"几行大字,让漆沮河畔和青龙岭上四个民团所有群众引以为戒。

为了振兴家业,周家不仅千方百计种田打粮,还在槐园堡西街置办了几家门面房,做压油生意。他们为了守护家园产业,又在家里修了个碉楼,自置了二三十支长、短枪。

刘俊杰以借泥阳起义后国民政府严查枪支为理由，将周吉长的儿子犟牛和蛇娃叫到保公所，让他们交出家里私藏的枪支。这哥俩长得人高马大，都不是吃闲饭的，他们说以前确实有过，前几年闹年馑全部换了粮食。总之一句话，要枪没有。

刘俊杰再三拷问逼要，毫无结果。这本来没啥，可满囤急了，他质问周家弟兄两个：

"你俩甭信口胡说，前阵子你俩打兔子扛的是啥？"

一句话问得犟牛没了话，蛇娃仄愣着豹眼，怒声说道："反正现在没了。"

满囤哼地笑了，不屑地说："没了，我们要去搜，咋样都得搜出来。"

蛇娃说："没有就没有，你在哪儿搜？"

"那咱就试试！"

满囤说着，就要行动。蛇娃大大咧咧地说：

"试试就试试，谁还怕谁了，保障所咋了，没王法了？"

刘俊杰坐在旁边，一直吊着脸听着满囤问训。这时天色渐黑，他俩始终没答应将枪拿出来。他看着那个僵持场面，觉得还得另想办法。于是，他向周家弟兄说了几句狠话，骂骂咧咧让他们走。

"今儿把我们平白无故折腾了一天，这辈子我都忘不了。你俩好好记着！"犟牛和蛇娃瞪着恨不得吃了满囤和俊杰的眼神，嘟嘟囔囔离开保障所。

当晚相安无事。第二天晚上，犟牛、蛇娃兄弟找刘俊杰他们算账，他们背着枪蹑手蹑脚来到保障所。也真该走狗屎运，如果他们大摇大摆地敲门而入，或许还各自无事，可他俩偏想把这事做得神不知鬼不觉，就准备翻墙进去，作了案再翻墙溜走。就在他俩翻墙的当儿，满囤刚好起夜尿尿，突然觉得外面有响动，就握着一把关山钢刀猫在墙下。当一个黑影从墙上跳下来，满囤咔嚓一刀砍在黑影身上。随即"啊"的一声，黑影倒在地上，外面的人一惊，撒腿就跑。满囤打开大门，还在墙处捡回一只布鞋。

刘俊杰听到响声连忙跑出院子，他看着地下倒着的黑影，吓了一跳，问满囤咋回事。

"进来个贼，挨了我一刀。"

听说砍了人，刘俊杰又惊又气，说道：

"你这冒失鬼，也不看是好人还是坏人？"

"半夜三更翻墙越院的，能是好人？"

"那也不至于把人砍了呀！快快快，看是谁。"

满囤端来油灯，照着那黑影一看，竟然是犟牛。"哎呀，瞎了。你看这事弄的，枪没要着，还砍了人。"

犟牛躺在地上，哼哼唧唧呻吟了几声就断了气。刘俊杰不敢惊动别人，他和满囤连夜将犟牛抬到周家门口。第二天，周长吉就让老二蛇娃去县里告状，他自己呜呜哭着喊着来乡公所申冤。

李夏松听了周长吉诉说，觉着他藏着掖着好像有话没说完，就问他："周长吉，你儿子好好地咋就被人砍死？你又咋能一口咬定是六保的人干的？"

就是，这人明明死在自家门口，咋能说是六保人干的？周长吉被问得没话可说。人死了，若再将枪让李夏松明要了去，最后还真说不清了。

"老汉，你这一说，我倒想问问，你儿得是参与泥阳暴乱了？"

周长吉一听顿时两腿筛糠，一再回话说："不是，不是。李乡长可不敢胡乱说。"

最近，李夏松被泥阳起义的事折腾得够呛，他也顾不得这些闲杂事，三言两语就把周长吉吓了回去。可事情发生了，他口里说得轻松，心里还有点担惊受怕。

关于共产党的事，李夏松不敢放掉任何蛛丝马迹，他带着冯德海来到第六保障所询问情况。

"刘保长，周家堡犟牛死了，你知道不？"

刘俊杰一惊，李夏松消息咋这快，难道是谁走漏了啥风声。他还没顾得说话，李夏松又说：

"今早，周长吉到乡公所告状，说你们保障所把他儿子杀了。"

"李副乡长，这种事可万万不敢胡说。你先说说是咋回事？"俊杰揣着明白装糊涂。

李夏松说："最近共产党闹腾得凶，我一句话'你儿得是地下党'，把老汉吓得再没胡说！嘿嘿嘿。"

"李副乡长，我看这事还真不敢马虎，好好摸排一下，看是不是地下党。"

"就是，身在其位谋其事，好好查查，真查出来，我也解脱了，你们也能发一笔财。"

李夏松东一句西一句地说着，不时注意着刘俊杰的神色。他见刘俊杰没啥异样，又带着冯德海回了乡公所。第二天，县上传来消息，说是周长吉的儿子犟牛死在保障所，一定要查刘俊杰和常在他左右的满囤。这时，李夏松忽然又觉得，刘俊杰真不对劲儿。

刘俊杰发现李夏松留意起自己的行动，知道是周家老二蛇娃到县城一股脑儿全说了，就和满囤带上家人连夜外逃，不知所踪。

七

自从张盟祺去世后,思明分了家,景范接替父亲开始操持着孟张两家的营生。思明去南京上学,云焕也将自己完全融入了孟家。她和婆、母亲孟纪氏生活得很融洽,除了婆有事没事总是唠叨啥时才能抱上重孙,埋怨思明这瓜娃,念那么多书有屁用以外,婆孙俩一天到晚其乐融融,相安无事。

一天傍晚,邮差送来一封信,是思明从南京寄来的。见到思明的来信,婆高兴地嗔怪道:"人都说花鸦雀,尾巴长,娶了媳妇忘了娘。这白眼狼,把婆和妈,把屋里花不棱登的小媳妇一下子全忘了!这崽娃子,你就是把我和你妈撂下了,也不该对小媳妇不管不顾呀!"

婆将信塞给孟纪氏,嘴里喋喋不休地说:"嗟,你儿来信了,快叫景范过来念念。"

孟纪氏笑道:"妈,这是思明写给焕娃的,咋让景范念?你忘了,焕娃也念过书,认得字。"

"你看看,一天让她做针线女红,我咋就把她认得字的事忘了。唉,老了老了,想重孙想疯喽。"

婆难得高兴,她隔着窗户笑着喊:"焕娃——焕娃——",声音拉得老长,将窗户纸震得嗡嗡响,后面屋里的云焕偏偏听不见。

思明走了快一年了,云焕开始还不习惯,总觉着心里空落落的。她强忍了几个月,再加上婆和母亲孟纪氏不是让她进厨房做饭,就是教她怎么做针线女工,一天到晚忙忙碌碌几乎没有停歇,她也稀里糊涂地慢慢顺畅起来,不再独自一人睡在炕上胡思乱想了。

婆见云焕没应声,拍着炕墙的方砖面子,提高声音再喊:"焕娃——思明来信了,咋还装聋子哩!"

这次云焕听见了,她口里"唉唉唉"应着,趿了布鞋一掀门帘进了婆的屋子。

孟纪氏说:"焕娃,思明来信了,给你婆念念,看这没良心的都写了些啥？"

一听是思明来信，云焕浑身上下忽然像是爬满了毛毛虫，心口猫抓一样难受得直痒痒。

"焕娃，你只给我和你妈念我们能听的，你俩炕上的事就甭念了。"

婆一句话逗笑了孟纪氏，云焕脸上的红晕瞬间漫过耳根。云焕一只手背挡了脸，羞得恨不得马上溜出屋子，她不好意思地撕开信皮，折得整整齐齐的一沓浅黄色毛边纸露出来，隔纸都能看到里面清秀有力的蝇头行楷。她展开三页信纸，清了一下嗓子，激动地念给婆和母亲。

思明信中写着，他第一次出远门，一走就是大半年，让婆和母亲甭怪他，说他自己毕竟是来读书的。还说他在于叔叔的引荐下顺利地到了南京，起先在一个姓马的老师那里补了一个多月课程，随后就到金陵大学附中读书。马先生是锦阳东北乡人，是清朝时的拔贡，做过七品京官，学问比王先生还深，也是民国后才去南京的。他一再说到了南京才知道外面的世界有多大，等他毕业了，他还要去上海、去北平，要像父亲一样走南闯北，像父亲一样干大事。他让云焕在家安心生活，和姐姐姐夫一块照顾好婆和母亲，最要紧的，还要她有空了就看书，多学些文化。

婆听了，低头嘟囔着骂了一声思明，抬头看着云焕手中的黄边信纸大声说："思明，你再甭让我和你妈操心了，赶紧回来，让焕娃给咱家生个娃，抱重孙的事我都想得分今的了。你爹干的啥大事，早早把命搭上了，丢下我们活受罪。"

云焕笑得眼泪都出来了，她安慰婆说："婆，你出的声再大，你孙子也听不见。"

"反正我说我的，管他听见听不见。他要听不见，从今儿开始，咱婆孙俩天天给他托梦去！"

云焕给思明回了信，说了家里情况，让他抽空就给家里写信，甭隔得时间长了让大家操心。她在信上还一再解释说这不是她的意思，是婆和娘逼她写的。

转眼到了腊月。一天，孟家院子忽然走进一个白白净净的青年。只见他穿一身黑色学生制服，戴一顶单檐学生帽，围着一条白色围脖儿，手中提着一只黄褐色藤条箱子，端端地站在大家面前。

"你是谁？你找谁？"婆看了他一眼，并不认识，问道。

"婆，我是思明，是明娃。"

婆听了，扭着一双小脚扑向思明，仰头将他上看下看，伸手就摸他的脸蛋。快两年了，他长高了一大截，那眼睛炯炯有神，眉宇间充满了果断刚毅的神色，鼻子下淡淡一绺胡须,还有那整整齐齐的寸头,活脱脱就是鸿钧再世。

思明半蹲下身子,抓住婆枯瘦的手,亲亲地叫了声:

"婆。"

孟纪氏和云焕听到外面思明的声音,激动地跑了出来,娘儿俩一个高兴,一个开心,脸上的笑纹顷刻涟漪一样散开。孟纪氏看着思明,心头掠过一丝对鸿钧的怀念,她随即拉着思明的手,像招呼远客一样让云焕准备茶饭。

家里没人问思明回来的原因。好出门不如瞎在家,这些年到处乱乱咚咚的,孟张两家,甚至云焕娘家、思明姨夫那儿,只念叨着思明好赖念点书,先谋份工作,那才要紧,才是正事。

一家人挤在婆的屋子。婆和母亲坐在炕上,思明斜靠着炕墙,云焕和姐姐孟桃坐在炕沿,景范跑进跑出,给一家人端茶,拾干果副食。大家高兴地向思明问长问短拉话儿,听他谝着外面的花花世界。

思明问孟纪氏:"妈,你还记得我去南京时带的石子馍不?"

"妈还没老瓜,咋记不得?"

孟桃问:"咋了?石子馍咋了?"

思明还没开口,自己先笑了起来。原来,他将背去的石子馍送给南京的老师同学吃,大家吃着香爨的石子馍,相互猜测,纷纷说这么好吃的馍,做起来肯定麻烦,听说要先把和好饧好的面揉匀擀薄,将一面先放在鏊子上烙,等烤出焦花赶紧拿出来,由一个人在布满焦花的一面用指头蛋儿压上许多小坑坑,压完后再翻过去烙另一面,等烙上了焦花,又用指头蛋儿给这一面再压出小坑坑,最后才放在鏊子上烤熟。

云焕听了,捂着肚子咯咯咯直笑。她擦着眼泪问思明:"难道南京人没吃过石子馍?"

"他们呀,平时连小麦都没见过,哪来的石子馍?更甭说怎么烙石子馍了。"

当然,思明除了带回南京的风情与笑话,还给家人买了一些当地的土特产,虽然不多,可是大家人人有份。他给婆买了金陵咸水鸭,给母亲买了南京雨花茶,给姐姐孟桃买了一块云锦手帕。孟桃拿着手帕,高兴得又要翻看思明的藤条箱子,笑道:"叫姐看看,看你给焕买的啥?""肯定有,我把谁忘了,也不能忘了她呀!"思明说着,从箱子里掏出一个包儿,递给云焕。云焕打开一看,包里不是吃的,也不是穿的,而是一本《宋词三百首》。

让一家老小高兴的是,思明陪着家人美美实实地过了个年,而让大家无奈的,却是让云焕念书的事。

思明结婚前,云焕就念过几年私塾,能将就着识文断字,论起写字,只不过是歪歪扭扭凑合罢了。为此,思明经常奚落她:"瞧一瞧,看一看,老鼠咬了手指头,写的字跟屎巴牛爬过去似的。"云焕听了就怼他:"比起旁人家媳妇,我已能行得很了。你看看金城堡,谁家媳妇有我认的字多?"

也是的,云焕娘家以前家道殷实,父亲品儒老汉也从不重男轻女,才让云焕上了几年私塾。云焕过门后,又在婆和母亲孟纪氏的调教下有了做饭和针线的本事。说实在话,云焕在整个县城都是数一数二的好媳妇了,可思明还鼓动她多念书。

云焕爹爱女心切。云焕初嫁孟家,针线茶饭各种居家过日子的活儿都不会干。当时孟家上下唯一的男子汉就是思明,结婚以后,家里做饭的任务自然要落在云焕身上。开始,云焕和面拿不准软硬,双手粘在面盆里出不来,急得直掉眼泪。婆曾是荆原镇铸鼎堡的大家闺秀,孟纪氏也有着二十多年的居家经验,她们各有所长,经多见广。婆和母亲将云焕稀罕不够,从不指责她,总是手把手耐心地教她。云焕心里温暖,不懂就问,不会就学,在婆和母亲的调教下,她的针线活越做越细法,从婴儿的棉袄棉裤,到碎娃的被褥袄子(注:袄子,关中方言,婴儿穿的有帽子没有袖子的棉质大氅),甚至猫娃猪娃各样眉眼鞋也做得针嵤细密匀称,模样灵活传神。再看她揉面的劲道,切菜的刀工,蒸馍的火候,没几个月就掌握了蒸、擀、煎、炒、烩、炸各种做饭技巧,几乎样样儿都要超过母亲孟纪氏了。

又到年关,孟家和张家大联合,思明和景范负责购买各种年货,猪肉、莲菜、粉条、豆腐、白菜、萝卜各种菜品,琼锅糖、合儿饼、酥饺水晶、石冻春酒、紫阳青茶各种糕点副食。婆和母亲孟纪氏,还有姐姐孟桃忙于家务,除过腊月二十二扫舍有思明和景范搭手,其他事全由她们操持。腊月二十三,烙饦儿馍买灶糖,恭送走了上天言好事的灶王爷,她们又开始蒸年馍,做年菜。蒸馍是十分讲究的,馍要蒸好,必须先将面发旺,碱放到位,面要揉得筋道虚泛,灶膛用火要先用武火将气烧圆,再用文火烧大半个时辰,只有这样才能蒸出上好的馍。除了蒸馍,还要蒸包子,大肉包子、豆腐包子、萝卜包子、豆沙包子、菜油角角,再做出一些兔、鱼等形状花馍礼馍。毕竟,过年是大事,待客行礼都得拿,馍蒸不好是很丢人的。他们从早起蒸到晚上,一共蒸了十二锅,每锅都是八笼屉。腊月二十六、二十七准备,腊月二十八做菜,先上油锅,炸豆腐、炸丸子、炸鸡肉、炸酥肉,再蒸红烧肘子、八宝甜饭。这些菜都是白天做好,到晚上再搭到锅上蒸,一直用慢火蒸到后半夜,到第二天早晨才端下笼屉。除夕包饺子，初一吃饺子面，家里第一碗面要敬祖先，思明和景范把饺子面分别敬在先人牌位前，尤其父亲鸿钧和义父盟祺的牌位前，檀香插得端端的，饭碗放得平平的，筷子摆得整整齐齐。他们向先辈作揖磕头，礼毕后才围到大方桌前吃新年第一碗黏汤水饺臊子面。

正月里忙着走亲戚。初二走外家，初三拜丈人。

初三这天，思明去周家堡给丈人拜年。他走在路上，看着东来西往的行人，有的男的推着木轮马扎车，小脚媳妇坐在上面，怀里抱着礼当，孩子围着车子跑前跑后。有的拄着拐棍儿，胳膊上挎着马蹄笼子（注：马蹄笼子，关中方言，木制或者柳编的带盖的方形盒子，旧时乡间走亲访友提礼物的器具），有的穿红，有的着绿，一个个脸上漾着笑。他庆幸岳父品儒也像孟家人一样开明，没有给女儿缠脚，若真娶的是个小脚媳妇，还念啥书，只丢下守在家里做针线生娃娃了。

思明走着看着、看着走着，忽然"扑哧"笑了。云焕莫名其妙，不知他笑啥，再看他那傻傻的样子，也禁不住手背遮着嘴巴"咯咯咯"笑起来。

"瓜蛋儿，你笑我咋？"

"臭媳妇，我笑我的，你咋知道我笑你？"

"我咋不知道你是笑我！"

"你咋知道我是笑你？"

"你咋知道我不知道你是笑我？"

两人你一句她一句拌着嘴，嘻嘻哈哈往城西周家堡娘家走去。

除了走丈人，思明还得把孟家所有亲戚全都走了一遍，直到正月十三才算完毕。每到一家，他都要耐心地向走拜的亲戚说这两年在南京的情况，别人问年后还去不，他都说"不去了"，问他为啥，他就说："毕业了嘛！"

整个春节，云焕除了走亲戚，还要承担许多家务。思明看着云焕围着锅台操劳，心里焦虑起来，他总觉着时间宝贵，每天晚上逼着云焕读书。婆气得又责骂他："真是个榆木脑子，咋瓜得除了念书啥都不懂。这样下去咋能抱上重孙？"

开年后，思明和母亲再三商量，要让云焕到省立池阳女子中学念书去。这一举动，在整个锦阳县城引起巨大轰动。

云焕去池阳县上学的事，还是借着于先生的大名促成的。云焕这些年一直在家，到了池阳，看着啥都稀奇。这里将小学堂不叫小学堂，而称作学校，教书先生也不叫先生而称呼老师，同学们这么叫，先生们之间也这么叫。学校教的科目也多，不仅有读书背书的国文，还有数数算题的算术，还有历史地理，有音乐美术。

这几年，云焕几乎再没翻过课本，学校担心她跟不上课程，就让她先插到别的班里做旁听生。云焕想到来池阳上学的那些艰难周折，心里给自己鼓劲儿，既然来了，就要抓紧时间，用功学习。她是新生，和别的同学都陌生，话自然说的少，没事了不是背书就是写字。和她同班有个叫魏喜莲的，听说是唐园镇人，云焕本来没有熟人，就将这个乡党当亲姐妹一样看待。两人一起探讨，心无旁骛，进步也快，只有两三个月就适应了学校的课程，国文、算术等各个学科几乎都跟得上。一次考试后，云焕的成绩居然排到了前面，她成了班上的典范，她的日记、作文也经常出现在学校墙报上，惹得全校学生羡慕她、嫉妒她，偏偏谁也没办法。半学期后，学校将她转为正式学生。

云焕的国文老师孙巽山是共产党员。云焕上学期间有意无意接触到了许多朦朦胧胧的进步思想，她觉着孙老师和思明平日说的几乎一模一样，她一听有孙老师的课她就兴奋，总感到时间太短，不能尽兴，仿佛可口的肉夹馍三两口就吃完了，总落得香不够的感觉。

云焕去池阳上学，思明又辞别婆和母亲，带着于大叔的推荐信去了西安二中。

思明一到二中，很快引起大家的注意，这并非他优于当地学生，而是因为父亲孟鸿钧。二十年来，西安城的人只要谈及胡景翼、刘正夫、孟鸿钧，往往就冠之鼎鼎大名，以示对他们的敬仰。同学们看着思明，也爱屋及乌地投来羡慕的眼光。

思明刚到西安，不像别的同学那样，今儿去民乐园看洋戏，明儿去老孙家咥羊肉泡馍。他上课时聚精会神听老师讲课，下课后仿佛又成了另一个人。他说话很少，也不活泼，蔫不拉几地很少引起同学们的注意。可是，蔫不拉几的思明，在一年多的时间里，竟然干了几件别人想也不敢想、想也想不到的事，即便他毕业多年后，也没人想到当初弄事的人会是他。

第二年春，由于"九一八"事变在全国掀起的抗日学潮。西安二中也因为这几年有共产党的地下组织秘密活动，成为国民党当局又惊又怕、又严密监控的地方。他们对二中学生的抗日言论控制极严，甚至到了谈及抗日即神色惊恐的地步，如果谁无意间说几句牢骚话，也会被当成重大问题予以处理，殴打、逮捕、关押学生的事随时都在发生。

思明毕竟是烈士遗孤，又有于先生那封举荐信的作用，他在西安二中上学期间，偶尔会有西安的一些上层名流人员要么派人、要么亲自来学校看望，希望学校能对他予以关照，也使他的交往渐渐增多。其中有一位叫袁培的江苏人，就是这时候认识的。

袁培曾考入黄埔军校第六期，次年秘密加入中国共产党。大革命失败后，他被派往南京从事共产党的地下工作，不久又受党组织指派返回江苏老家，先后担任中共邳县特别支部组织干事、中共邳县县委委员和书记。后来又由党组织派往驻守河南的杨虎城军部。如今，袁培随部队来到西安，按党中央指示建立了中共西北特别支部，他的秘密身份是特支委员，主要任务是做杨虎城将军和十七路军的工作。他这时的公开身份是《西北文化日报》社长兼总编辑，同时担任西北各界抗日联合会宣传部副部长。

袁培身为杨虎城的秘书，对陕西军人由衷敬慕，身为西北各界抗日联合会宣传部副部长，他时刻关注着西安城内各个学校和工厂组织的抗日宣传活动。

一次，他偶尔在西安二中见到思明，看着他精瘦干练的身板，英俊潇洒的气质，穿着入时的衣着，不由心生惊异，再一打听，原来是锦阳县的辛亥革命元老孟鸿钧的遗孤，不禁被思明的非凡气度震撼，他得知思明是从南京转来西安的，更是暗自称赞，只说他不愧有大家之风。

袁培几句询问后，就和气地告诉思明，他是《西北文化日报》的社长，有时间可以来报社玩。思明听罢受宠若惊，好几天激动得大半夜越睡越灵醒。他忽然想到，既然袁先生让他去报社，并一再说他是报社社长，那咋不写几篇稿子让袁先生看看。

几天之后，思明带着稿子走进西北文化日报社。袁先生看到他的稿子，语言、逻辑、观点、论据，甚至那一行行毛笔写成的行楷字，再看看这个青年，听他说话，发自肺腑地将他直夸。随后，思明的稿子就隔三岔五在《西北文化日报》上刊发出来。只是，报纸上署名施哲，这是袁先生给他起的笔名。

如此一来二去，思明还偷偷推荐同班同学张景文给报社写稿子。大家都知道袁先生曾邀思明谈话，肯定是熟人，却没人知道那个在报社刊发稿子的施哲，就是朝夕相处的同学孟思明。

一天下午，思明又拿着稿子去拜访袁先生。这段时间，袁先生对思明莫名其妙地产生亲近感，他高兴地挽留思明，思明又不敢打扰他，准备告辞离开。袁先生拿起办公桌上的宜兴紫砂壶，给思明沏了一杯阳羡春茶。

袁先生坦诚地对他说："思明，第一次见到你，我就听杨将军说过你们家的情况。我对令堂深表敬佩。"

"袁社长，父亲去世时我还小，许多事都是家里人告诉的。"

思明没想到袁先生这么客气，反倒让他不知所以。袁先生给他续着茶水，解释说这是自己珍藏的阳羡明前茶,他一直舍不得喝。思明端起茶盅一口喝尽,除了淡淡的苦涩,似乎再没有其他感觉。他心里忐忑不安,猜测着袁先生的真正用意。

袁先生说:"思明,从你在学校的表现,以及你最近写的文章,我都觉着你清晰的思路、犀利的观点,还有许多处理问题的方法,与其他的同学明显不同。"

"袁社长过奖了。我平时喜欢逆向思维,也喜欢顺藤摸瓜,喜欢举例子,其实再也没有啥。"

"这就是我说的不同嘛!"袁先生忽然转换了个话题,问道,"思明,你搞抗日宣传,想没想过加入共产党?"

思明审视了他一眼,心里反而胆怯地不知说啥好。

"袁社长,我们年轻,容易冲动,抗日宣传那是因为我们的一腔爱国激情和对国民党当局的不满。我也看不惯国民党当局攘外必先安内的举动,才从南京回来的。可是要加入共产党,我觉得自己条件还不够。"

两人畅谈了两个多小时,不觉夜幕初上。思明准备告辞离开,袁先生又说:"思明,听你说话,我觉得你的确是一个优秀青年,今天我以一个老共产党员的身份,邀请你加入中国共产党,不知你愿不愿意?"

听到袁先生这话,思明眼里顿时迸出光来,他立即站起身,兴奋地回答:

"愿意!袁社长,我愿意!"

"那好,我今天正式介绍你加入共产党。"

袁先生说罢,走进总编室的内屋。不一会儿,他高兴地出来,一把将思明拉进内屋。里面是袁先生的单间宿舍,他刚才进屋,已在床边墙上挂出一面鲜红的党旗,镰刀和铁锤的图案让思明再次激动。两人一前一后举起拳头,庄严地宣了誓。

这天,袁培和思明成了亲密战友。袁培给他介绍了国际共产主义的发展情况和国内国共两党的发展、矛盾和自己对今后情况的推测。许多道理思明早已明白,可在这个庄严神圣的夜晚,他还是兴奋地一字一句耐心倾听。

就是在这种情况下,思明自编自刻自印,偷偷地印刷了一份名叫《隐言》的小报,他计划将这份小报做成每月一期的刊物。每一期就写那么一两篇文章,再配几张夸张而极具讽刺意味的简笔画。《隐言》很快印了出来,思明趁夜晚行人稀少时,偷偷将小报一页页塞到学生宿舍、教室以及老师宿舍的门缝里。第二天,校内出现《隐言》小报的消息不胫而走,全校哗然。小报上的作者都署着"隐者",那几篇文章有写时政的,有发表抗日演说的,还有新闻摘录,写得都很老辣,尤其写作风格也与别的报纸大不相同。国民党当局在全校教师中逐一排查,甚至拿着小报让许多嫌疑教师当面刻蜡版对笔迹。这么折腾了半个多月毫无进展，最后不得不大事化小、小事化了。

袁社长替思明担心，劝他暂时不要再出风头。思明为了保护自己，也迫于环境和压力，再没敢出这个风头。其实，《隐言》的采编、插图、刻版、印刷甚至所谓发行，各个角色都由思明一人完成。《隐言》在西安二中引起的风波迅速传遍西安各个学校。从国民党政府到西安市教育局，再到每个学校的师生队伍，几乎每个人都在传言，也知道这份报纸出自西安二中，可究竟是谁做的，却一直是个谜。学校的地下党组织也在推测这个人，他们先在教师队伍里逐个排查，又逐个排除，最后就将目光盯在了学生身上，他们从向来活跃的学生入手，初步发现了几个同学，又不能明着追问。这几个同学中，就有孟思明。大家一方面保护，另一方面又在打探，对思明反而呵护有加。

《隐言》风波后，学校又发生了一起反对校长贪污的事件。这事虽然没跟抗日言论扯上关系，却让西安二中校长罗端的威风扫尽，恨不得钻地三尺逃之夭夭。

罗端表面上是学校领导，背后却是个精于聚敛的家伙，他担任校长多年来不仅吞没学生的开学报名费，还长期克扣教师薪水，校内的文具店、裁缝店都是他的亲戚朋友所开，学生买课本、文具离不开他，缝制服补衣服也离不开他，甚至学生的衣食住学所有的一切，千方百计从学生身上赚钱。人常言天知地知你知我知，可罗校长无视四知，尽管做得很隐蔽，最终还是露出了尾巴。起先，学生的吵闹如星星之火，继而迅速引起全校师生的共鸣，大家民愤四起。收麦前后，终于爆发成一场强烈的反贪运动。为了得到合理答复，二中学生向陕西教育厅请愿，数日后，上面首先封存了学校的账目，并及时委派官员，随二中的学生代表清查处理学杂费账目。经过同学们的斗争和进步教师施压，罗端被迫向学生退赔赃款。他利用职权贪污的两千多块大洋还没暖热，就又一块一块地退还学生，自己反而落下了令人摒弃的笑柄。

而这事的策划者还是孟思明。这一次他做得更妙，仅仅动了动嘴，就神不知鬼不觉地干成了这件大事。

八

　　思明来西安一年多时间，虽然也学到不少东西，可与南京比起来，差距还是很大的。然而思来想去，南京真懒得去了，他既不想过寄人篱下的生活，更看不惯那里龌龊的官场，对那些腐败之风早已深恶痛绝。他反而觉得北平应该更好，是全国青年向往已久的革命春城，尤其十多年前那个震惊世界的五四运动产生的影响，一直激发着他去北平的想法。

　　思明要去北平自修考学，他和云焕商量，想领着墩子去北平游玩一趟。

　　墩子是云焕的弟弟，刚高小毕业，年后准备上中学。他俩结婚时，墩子还不到十岁，长得眉清目秀，也懂事好学，思明一下子喜欢上他。这两年不见，眨眼就长高一大截。

　　墩子一听去北平，高兴得不得了。长这么大，他连西安城还没去过，姐夫居然要带他去北平。墩子很喜欢姐夫思明，觉着他脑子里装的东西太多了，还一直嚷嚷着让姐夫把脑子里的东西给他倒些出来。

　　墩子第一次出远门，看不尽的大好河山让他眼界大开。到了北平，哥俩住在锦阳会馆。恰在这时，燕京大学发动了"一二·九"运动，成千上万的学生上街游行，要求"停止内战，一致抗日"。游行学生遭到北平军警的镇压，很多人被逮捕、打伤，一时引起轰动，迅速掀起了全国民众的示威浪潮。思明真正知道了东北三省已经沦陷，日本帝国主义正磨刀霍霍，准备进犯华北，中华民族将面临亡国的危险。

　　在南京，思明曾耳闻目睹了中国的社会现实。在北平，他又亲眼看到国民党政府对学生的强力镇压，感受到中国之所以愚昧，遭受帝国主义的欺侮，全是因为中国不发达和文化落后。他再次受到革命思想的洗礼，深刻领悟到唯有用文化启迪国民觉醒，才能求得广大群众和妇女的翻身解放。

　　思明是来北平考察上学事宜的，本来说好元旦过了才回陕西。两天时间让他见证了这场轰轰烈烈的学生运动，内心热血澎湃翻江倒海。到北平第三天，他匆匆地买了火车票,拉着墩子往回走。墩子嚷嚷着说姐夫是骗子,说好让他看清华园、看未名湖、看万里长城的,向他许了那么多愿,却只拉着他去了燕京大学,还没看到啥,就被姐夫拽着胳膊,跟着北平的学生在街道上举着拳头喊着口号折腾了一整天。墩子还没有把困乏劲儿歇去就回了锦阳家中。

思明回到西安,将北平发生的学生运动经过讲给二中的同学。有人不相信,可看他讲得绘声绘色,又觉得应该是真的,开始盼望西安也能来这样一场轰轰烈烈的运动。思明说:"北平学生能搞,我们也能搞,只要我们一行动,我相信,全西安城的同学就会积极响应的。"

针眼儿大的窟窿迅速吹来筛子大的风。几天后,许多同学从报纸上看到北平的消息,大家一传十、十传百,迅速在西安二中掀起波澜,其他学校的学生也开始团结一起,挽起双臂,决计并肩战斗。

四千多名青年学生聚集在西安二中操场上,举行声势浩大的游行。他们热烈响应北平学生的爱国运动,要冲破国民政府"爱国有罪、抗日犯法"的重重压制,在学校和广场发表宣言,沿街散发传单,张贴标语,一路高呼着:"保全国土完整,铲除汉奸,反对冀东伪组织,释放北平被捕学生,抚恤受伤学生,保护爱国运动!"游行的人成群结队来到教育厅,随后又到省政府大门前集合请愿。

国民政府怎么也没想到,他们时时提防的学生,不到半个月时间就促成了最让他们头疼的游行学潮。西安学生运动后,陕西国民政府准备逮捕肇事学生,可是查来查去,每个中学都有人参与,这抓谁不抓谁?俗话说,法不制众,他们正准备顺水推舟不了了之,可是南京政府搁置不下,非得查个水落石出不可。毕竟各自的学校都出了事,最后国民政府逐一问责各校校长,校长有口难辩,欲哭无泪地接受了上面强压下的许多莫须有的罪名。

思明从西安二中毕业,回到了锦阳。云焕本来还有一年毕业,可娘家母亲病重在床,为了照顾母亲,她也不得不休学回家。半年后母亲病故,虽然伤心,可她还是陪着母亲走完最后一程。

思明正想找个啥差事,这刚打瞌睡就碰着一个递枕头的。莲湖小学校长郭崇礼知道思明毕业归来,高兴地亲自登门,邀请他到学校教书。学校就在县城东南角古楼下,离家不过一里地,思明也没多想就答应了郭校长。

思明教了不到半年学,又向郭校长提出辞呈。他在郭校长不解的眼神中,去了离家更远的槐园堡,到姨夫恒昌创办的槐园堡四维小学教起了书。

在锦阳县,信立乡是一块山高皇帝远的地方。清朝那会儿,原下槐园堡,原上青龙岭，都曾办过学馆，周围一些殷实人家也想方设法联馆办学，再请上个先生坐馆教学。老师娃娃们口里念着《三字经》《弟子规》和"四书""五经"，却很少有人去想什么是飞黄腾达出人头地。他们的想法很简单，无非是让自家娃娃能记账会写字而已。尤其遭遇连年的天灾人祸，各家各户衣不蔽体食难果腹，谁家舍得花闲钱供娃娃上学。于是，那几家学馆也就这家开那家关的，再到后来一家家就闭了馆，散了伙。

民国初年，杨元昌担任西四团团总时，曾举全团之力，在槐园堡关帝庙办起小学堂。为了保障办学经费，各民团互相调兑，挪让出十亩地作为学堂的固定资产。学堂办起十多年，每年都有百余名学生，所有学费和地产收益除了满足三个先生的束脩膏火外还稍有盈余。学校先生是清朝秀才，讲授的也是他们小时候学的东西，再偶然兼授吕氏乡约、关中理学，用以奠定孩子的德行基础。尽管如此，富裕大户还能设法让娃娃念书，贫寒家庭的娃娃大多还是被阻挡在学堂之外。

遭遇了年馑的洗劫，威震三县的团总杨元昌没能躲过那场天灾而撒手人寰。人倒了，势没了，槐园堡小学堂也像当年的金城堡孟家学堂一样没了学生，三个先生只得像觅食的鸟雀一样四散而去，不知所踪。

恒昌看到小学堂荒芜的院落萧条的学舍，他不免悲自心生。家兄当年的义举在当地产生着巨大声誉，如今他也应该趁个机会，设法把小学堂恢复起来，让周边村堡的娃娃都能有学上。

就在恒昌筹谋着恢复学堂时，国民政府忽然做出决定，要在全县各乡设立公办小学。得到消息，恒昌心情大好，杨纪氏和继祖去世的阴霾被这件事情冲淡了许多。他觉着，这个机会仿佛就是为他赎罪创造的。

信立乡从没设立过公办学校，县教育科下派教育委员吴仁梓来研究筹设的相关事宜。他到信立乡后，首先找李夏松商量。这些年信立乡乡长空缺，所有事都得他这副乡长操持。上面的通告说得一清二楚，为了节源开支，首先考虑恢复旧有学堂，若真的没有，再考虑新建学校。

李夏松明白，按照政策这个学校肯定改造槐园堡小学堂，可是恢复学校能用几个钱，自己忙忙碌碌折腾几个月，到时候竟然学校修葺一新，他和吴科长两手端了几个月肉摸了几个月朦，到时候连一点油花儿都粘不住。吴仁梓是执行政策的，李夏松是具体实施者，两人私下协商，一拍即合，准备在周家堡新建一所学校。

李夏松念叨着去掉自己头上那个"副"字，这修建学校也许正是一条捷径。为了将他与吴仁梓的秘密做得神不知鬼不觉，他们也考虑到时好向县政府交代，就在信立乡乡公所召开联席会议，准备按程序走个过程。他们召集来六个保障所的保长，再邀请当地的士绅大户作为民众代表，就校址选定和开办时间等问题进行商讨。李夏松向各位陈述了学校建在周家堡的诸多好处，并让各保长做好所有参会人员的引导工作。

"国民政府终于考虑办学了。要是早办几年，我们这里的娃娃就多一层能认字的了。"

除了六个保长，还来了七八个乡绅族长，再加上李夏松和吴仁梓，到会的共有十六七个人。大家在会上都很兴奋，在轻松的氛围中各抒己见，表态发言。李夏桐是李夏松的兄长，他和周长吉考虑家在原上，出行方便，觉得学校放在周家堡合适，其他发言者考虑各自实际，各吹各的号各唱各的调，选的地址乱七八糟，几乎六个保都有。这咋能行？于是，吴仁梓经过权衡，最终决定，让大家在周家堡和槐园堡选一个出来。

没想到吴仁梓和李夏松会前安排的事情会遇到这么多的麻烦，一到会上竟出现了颠倒颠的事儿，大多数人觉得恢复槐园堡学堂最为合理。

折腾了大半天，其结果与吴恭道、李夏松二人的初衷大相径庭。原上三保，有两个保主张放原上，六保的刘俊杰和漆沮河畔三个保的人，都主张将校址定在槐园堡小学堂旧址。

恒昌气得牙齿咬得嘎嘣响。这时老四贞昌开了腔，他向大家解释道："咱今天聚到这儿议事，心都要搁到腔子中间。这学校是大家的，不是哪个村堡独享的。我主张恢复槐园堡学堂，并不是单纯为槐园堡着想，我认为，学校选在槐园堡，投资少，进度也快。只要大家主意定了，挽起袖子握紧拳头齐心干，估计今年秋季就能顺利开学。"

贞昌几句话说得有理有据，会场上没有一人反驳。李夏松一看这阵势，更不知从哪里说起。刚才大家同意他的建议，或许是碍于面子，现在听贞昌说的道理确凿，他们瞬间又做了墙头香茅草，突然纷纷转了方向。

正在为难之际，吴仁梓摆手示意大家不要吵闹，说他有个主意，在场的人立即静了下来。只听他说：

"如果大家今儿定不下来，他回去如实反映，恐怕信立乡今年办校的事就泡汤了。但话说回来，这毕竟是顺应时势，造福百姓的大好事，而且是政府掏钱的，泡汤了我也觉着可惜。要不这样，咱抓阄，抓到哪里算哪里，省得你们再争上三个月也没个好结果。"

"抓阄,这啥事都能抓阄!"贞昌气地说。

这时,六保保长刘俊杰说了话:"我觉着抓阄不合适,要不可以无记名投票,选槐园堡小学堂的写'甲',选周家堡建新学校的写'乙',咱现场写现场公布,大家民主决定,该是哪儿就是哪儿。"

俊杰笑了一声,悄悄给贞昌使了个眼色。然后取来纸,扯成手心大的一沓,分别散发给各位参会者。

贞昌正想着李夏松的许多不是,根本没在意俊杰的眼色。他准备开口说啥,恒昌赶紧插话。

"哎,各位乡党,我说两句。"恒昌轻咳一声,继续说,"本来,我也主张在槐园堡恢复学校,可恢复槐园堡学校还得我集资筹钱。既然这样,我也不劳神了。你们爱咋弄咋弄,就看能把我的那点儿现大洋掏出来不?"

这分明是给大家递话,众人哄然一笑。吴仁梓也碍于面子,说:"既然老师长都说了,那咱就无记名投票。"

或许是刘俊杰跟各位保长私下沟通,或许恒昌的话让大家动了心,最终的投票出来,周家堡五票,槐园堡十二票。

大家的选择还是负责任的,恒昌看着结果,内心颇感欣慰。毕竟,那里以前就是学校,地方也宽敞,稍加修葺即可使用。而且这里地处信立乡中心,沿漆沮河西岸那条北上泥阳南下唐园镇的交通大道就在学校旁边,既利于学生上学,也对学校的下一步扩建发展有利。

吴仁梓还想着和李夏松趁着建校捞点稻草落几个子儿,没想到他们私下筹划的事情稀里糊涂就变了道儿,学校居然落到了槐园堡。

贞昌笑了,他笑得很高兴。恒昌佯装出一副苦恼的表情对大家说:

"吴科长,李副乡长,看来我杨某人又倒霉了。这建学校的事终究还是落在了我头上。"

吴仁梓不好意思地拱手作揖,说:"相信民意,相信民意!老师长说这话不是寒碜我吗?"

散会后,吴仁梓和李夏松坐在乡公所商量了老半天。俩人无力挽回,却又不甘心,只得将这事搁置下来。

槐园堡恢复学校的消息早已在信立乡周围传播开来。可是让大家疑惑的是,联席会开了二十多天,槐园堡学校的修葺工程却磨磨蹭蹭不见动静,直到种麦也没开工。有人甚至开始埋怨国民政府朝令夕改说话不算话。就在这当儿,突然有人传言,说周家堡已经大兴土木开始建校了。

原来,李夏松与吴仁梓狼狈谋划,无视会议决定,巧用心计从中作梗,私自在周家堡择地新建学校。二十多人开会的决议就这样变成了一张废纸。贞昌得到消息,跑进恒昌家里大发牢骚。

突然出现这事,大家都觉得做了任人摆布的木偶,一时民愤四起,纷纷质问吴仁梓和李夏松。

其实,大家心里明了得像一面镜子。贞昌再次跑去发威:"一个烂校址挪来挪去的。既然你们这么定,那把我们叫去开尿会?这不是辱摆人吗?"

恒昌吭哧笑了。他说:"老四,看来我的现大洋还得往出掏。咱甭挤热窝了,他李夏松建他的,我们弄我们的。"

"这得成?"

"咋不成?"

"好,那我给咱张罗去,不过,我可提前声明,你兄弟背锅子老汉上树,钱紧得很,到时候你还得给我搂后腰。"

"唉,大家凑一点,不够了我再掏。咱是修复,花不了几个钱,权当我赎罪哩!"

"赎罪?办学校赎罪?"贞昌不明白,老二咋常常说这种莫名其妙的话。

转眼到了腊月,一些在外的学生放寒假回家,他们中好多人都是当年在槐园堡小学堂上过学的。大家听了周家堡建校的事,对国民政府的上下官员假公济私漠视民意的行为大为愤慨,甚至有人前去质问。而吴李二人对学生的质问、抗议和讽刺充耳不闻,依然我行我素。

吴恭道、李夏松漠视民意,不可理喻,回乡学生立即与各村群众联合起来,大家认为单靠数落这些顽固分子,不可能产生什么效果,大家只有联合起来,跟他们进行面对面的斗争,也许还能解决问题。

经过联络酝酿,推选村民和学生代表,腊月十七早上,大家集体行动,正在建设的周家堡学校前呼啦啦围拢过来一二百号人。

周家堡属信立乡第五保,保障所就在堡内,保长李夏桐是李夏松的家兄。看到黑压压的人群,李夏桐赶紧让人到信立乡公所去喊他的靠山兄弟。李夏松听说学校工地一下子拥来一二百人,他避而不见,让冯德海过来支应。冯德海哪里见过这阵势,他沙哑的语气里露出丝丝恐慌,告诫大家不要冲动。

"李副乡长到锦阳开会去了,你们回去吧……"

"谁证明他开会去了？"有人质问冯德海，随即又有人附和，吵闹声嚷嚷不息。

冯德海忽然灵机一动，解释道："乡亲们，李副乡长真不在。五保李保长是他哥，李副乡长如果在，他还能不来？"

大家听他一说，好像也有道理，学生代表铁山只好对冯德海说："李副乡长既然没在，我们也不等了，请你转告他，我们明天再来。"在冯德海的应承许愿中，大家嘟嘟嚷嚷各自离去。

第二天早饭后，群众代表与回乡学生再次聚集到周家堡学校工地。这时，李夏松带着几个武装队队员，气势汹汹地来到群众聚会地方。大家以为他是处理事情，有人还准备向他打招呼，谁知他黑青着脸，指挥武装队把两个学生直接绑起来。突然发生这事，大家毫无防备，待他们清醒过来时，人已被武装队拉进了第五保障所。

在场群众立即炸了锅，听说两个学生被逮，周围群众顷刻愤怒起来，纷纷从四面八方拥聚而来。大家准备和李夏松讲理，赶到保障所门口又进不去。其实，李夏松早料到群众肯定要找他麻烦，他在门口派了七八名岗哨，一个个荷枪实弹，把保障所门口围得铁桶一般。

群众代表向站岗的武装队商量，一个武装队队员说：

"李副乡长正在里面开会，没工夫见你们。"

铁山提出让派两个代表进去，那个武装队队员竟吼道：

"一个也不准进去！"

铁山要求武装队队员向李夏松传达群众的意见，他们横枪怒目，一脸杀气，甚至冰冷地丢下一句"没工夫"。

铁山说："李夏松无故抓去学生，我们咋能不管。你们再不让我们进去，那我们就往里冲……"

后面群众被彻底激怒了，有人吼道："冲进去，跟狗日的算账。"

"冲啊！"

"冲啊！"

群众骚动起来，后面的人把前面的拥向保障所门口，旁边也有人开始搭起马架子（注：马架子，关中方言，指搭人梯）准备翻墙。"砰砰砰！"这时突然响起枪声，子弹从门内射了出来，打在地上火星四射，尘土乱溅。拥挤的群众一下子被打蒙了，也被打乱了，他们的呼喊声、叫骂声和持续的枪声顿时混作一团。

这时，一颗子弹射中了铁山，子弹打透了他的棉裤，翻出来的白棉絮马上被鲜血染红。铁山向前挣扎了一步，晕倒在地，他的棉裤裤腿口几条血蚯蚓在地上慢慢爬动，忽然又变成一片殷红的血泥，被跑动的无数脚步践踏着……

李夏松手里提着盒子枪，押着被逮捕的两个学生，他对倒在保障所门口的受伤者也斜了一眼，以胜利者的姿态快步走出来。围拢的群众手无寸铁，而且事出意外，不敢冒着生命危险出来阻挠，只好眼睁睁地看着李夏松在武装队全副武装的爪牙的簇拥下，带着被绑学生去了县城。

凶手走了，被打散的群众才赶到倒在血泊中的铁山身边。子弹打在铁山大腿骨头上，他因流血过多，脸色煞白。大家找来一块门板将他抬回家。送走了铁山，群众才渐渐散了，留下几个人商量着下一步的对策。

第二天清早，刘俊杰去了县城。为防止李夏松在县上到处造谣，他先到郭锦屏先生那里说明了事情真相。郭锦屏在锦阳城德高望重，县上各界人士都敬着他，必要时他肯定能帮上忙。

果然，李夏松一到县上，就向吴恭道诬告，说这是共产党一次有组织的闹事，还说他抓来的这两个学生就是共党分子。吴恭道的确有权力，可郭锦屏又是县上人人敬仰的文人绅士。最终，锦阳国民政府虽然迫于压力，放了那两个学生，但也没有追究李夏松任何责任，让这件事得过且过地在县知事闭着的眼神里糊里糊涂过去。最不幸的是铁山，他挨了枪子后卧床一年多时间，才开始拄着拐杖，还落下了终身的残疾。

李夏松在吴恭道等当权者的支持和庇护下，反而因祸得福，名正言顺地撤掉了乡长前面那个"副"字。当然，在郭锦屏先生的穷纠下，周家堡学校建设就此结束。

信立乡建校风波在锦阳各镇引起反响，县上统一做了排查，整肃了当时的学校建设。槐园堡这边终于开始了忙碌的施工，两个月后，时间刚迈入二月，新修的槐园堡学校终于竣工。

学校占地十多亩，就在戏楼对面，这里濒临漆沮河，学校和关帝庙修葺一新并融为一体。

当地人敬颂关老爷正直忠义的功德，将关帝庙称作老爷庙。这座关帝庙门楼高大雄伟，门内是一道影壁，上面彩绘着一幅关公线雕巨像，照壁背面镌刻关公一生行迹和关帝庙初建及历代修葺概要。绕过影壁，两座石亭相望，东为晨钟亭，西为暮鼓亭，亭后两排厢房，东厢房内陈列着十余幅彩绘画，将关老爷桃园结义、封金挂印、身在曹营、过关斩将、千里单骑、古城相会、单刀赴会、败走麦城等主要事迹精心绘出以昭示后世。左厢房内则是锦阳以及周边文人墨客的诗文书画，戏曲剧本和线装的《三国志》《水浒传》《三侠五义》等书。庙内正中，坐北面南是一座三楹大殿，门口一副长联写道：春读书秋读书春秋读书读春秋，春秋字字闪光；南拂髯北拂髯南北拂髯拂南北，南北处处留声。据说这副对联出自清代状元王杰之手。韩城王杰在未中状元以前曾流落锦阳，同好友张悟本拜谒此庙时即兴所作。大殿内，关公神像巍然高坐，周仓手牵良驹赤兔马，关平肩扛青龙偃月刀，两尊泥塑在关公神像左右站班。关老爷足蹬皂靴，身披绿袍，头戴璞巾官帽，一脸通红，凤眼凝聚，蚕眉微翘，他左手捧一卷《春秋》，右手捋着三尺美髯，让人不禁肃然起敬。槐园堡学校扩建后，在大庙西墙上开了门洞，新盖了两栋教室，修起五孔窑洞。学校临时将东西厢房整理成教师宿舍，关帝大殿和西院两栋新房用作教室。

这么大的事情，自然也钻进了孟思明耳中。毕竟，莲湖小学在锦阳县城，周边都是国民政府的大小官员，思明除过教书，在这里根本接触不到一丝一毫的共产主义思想，而去槐园堡却能得到许多共产党润物无声的滋养陶冶。当然，这是思明向郭校长递交辞呈的另一个原因，他始终藏在心中，不敢有丝毫外漏。于是，他跟母亲和云焕商量，辞去了县城小学教书的差事，直接去槐园堡和姨夫沟通，要在槐园堡学校教书。

思明的加入让恒昌高兴都来不及。作为学校的首位先生，思明去了以后才觉得，偌大一个学校，凭他一人肯定不行。这时候，他想到了恩师王彦坤先生。

王先生已五十多了，这几年还在立诚学校教书。用他的话说："与其是教书，还不如是学习。"原因是，这几年学校开设的课程，让他要接触许多几十年来很少涉猎的内容，比如音乐，他熟悉的"宫商角徵羽"被换成了既简单又复杂的什么乐谱，看来看去也就是"1、2、3、4、5、6、7"七个数字，却非得读作"哆、来、咪、发、梭、拉、西"。还有国文，开始普及从外国舶来的被大家称作白话文的语言，写出来跟说话一样啰唆，读起来没一点诗文篇章的优雅凝练劲儿。

王先生一看到这些新玩意就颇烦，再想到家里还有一摊子事，他正准备向学校提出辞职，思明忽然找上门来，跟他说了槐园堡已经恢复办校。王先生心中高兴，看来还是思明最懂他的心思，难道这是冥冥之中老天爷给安排的。在思明的介绍下，王先生与他昔日的学生成了同事。

王先生早年与杨元昌过从甚密，也从杨元昌那儿学到许多明清关学的精要。他与恒昌仅是在思明结婚时见过一面，再后来听思明偶尔说起，对他的了解还是模糊的。

王先生的加入让恒昌激动了好长时间。恒昌虽说回到锦阳才几年，对王先生的了解还真不少。

"王先生，你屈驾槐园堡，我无以言表，只能说声感谢！"

王先生看着他，淡淡地说："杨师长，既来之则安之，让我和思明先把学校的摊子撑起来。再就是想给学校另起个名字，不知你有没有意见？"

"好，好好！"恒昌说，"王先生执掌学校，我们将开启信立乡教育的崭新一页。取个新校名，我高兴都来不及呢，咋敢有意见嘛！"

思明问："王先生，不是已有槐园堡学校了，你还要取啥名字？"

"四维小学，信立乡四维小学。"王先生沉稳凝重地说道。

"哦！王先生，我以前读过《管子·牧民》，里面就有'何谓四维，一曰礼，二曰义，三曰廉，四曰耻，礼不愈节，义不自进，廉不蔽恶，耻不从枉'等句，更有'四维不张，国乃灭亡'之说，你说的这礼义廉耻四字，立意美善，字字珠玑，能济世弘道、励志疏人，自然需要代代相承，可作为教民正俗的圭臬啊！"

恒昌哈哈一笑，重重抱拳，向王先生躬身一揖，说道："王先生果真名不虚传，让我敬佩。"

从王先生进校这天起，槐园堡学校更名信立乡四维小学。思明向王先生讨教，探索教书之法。王先生是看着思明长大的，对他越发喜欢，思明提出的所有问题和困惑，他都会毫无保留地倾吐出来。

"思明，当老师也不算难，无非'教书育人'四字，但也要谨记两点。"

"王先生，你说。"

"当老师要明白两条，一是教书；二是育人。管教而不管育的老师，教一辈子书也不过是个教书匠，而育人之功，全在于教师的言传身教。比如说，一个爱钱如命的老师，就绝对教不出廉洁自守的好学生。"

思明很珍惜同王先生的交流，他从王先生的闲谈中不知明白了多少道理。王先生的加入，让他顿时对自己扎根四维小学为人师表充满了自信。

九

西安二中是陕西地下党组织活动最为频繁的地方。去年秋季，西安学联、西北各界及各学校先后秘密成立的抗日救国会，就是因为最早由西安二中的师生发起，而且相对成熟，更能起到号召作用，于是才将抗日救国会西安分部特设于西安二中。师生们相互串通，抗日救亡的怒潮不断高涨，迅速席卷西安城。他们由中共西安地下党组织策划，以西安学联为中心，掀起了纪念"一二·九"运动一周年的抗日示威游行活动。

经过十多天的缜密布局和助推，西安城这座巨鼎突然沸腾了。这天是十二月九日，凌晨五点，天色微明，东北大学、西安师范、西安高中、西安女中、一中、二中等学校，公立的私立的十多所大中小学校数千名学生分头出发，他们打横幅，刷标语，游行示威。沿途许多市民也加入了游行队伍，他们不断聚结，汇流如海，在西安城掀起了抗日的巨波。在游行学生中，徐日盛、刘圣乾、田仲廉等二十多人都来自锦阳，他们无一不是积极响应抗日救国联合会的号召。

游行队伍首先来到南院门，在东北军总部门前集合，高喊着"停止内战，一致抗日！""打倒日本帝国主义！""拥护东北军打回老家去！"的口号，呐喊声响彻云霄，惊醒黎明。总部立即调来由东北军和宪兵团赶来管控学生。他们一个个端着枪挡在学生面前，口中严厉呵斥，勒令学生不准闹事，赶快回校。其实，游行队伍中许多学生都是东北军的军官子女，东北军和宪兵团这一切都是装出来的，他们还有保护各个学校东北子弟的一层义务。

上午十点多，游行队伍离开了南院门，又赶往北院门省政府进行请愿。邵景泰邵省长亲自出迎，他扶了扶那副黑框眼镜，举起双手示意大家停止游行。

"同学们，你们的心情我都理解。可是，抗日救亡是政府的事，你们的首要任务是读书，你们只有读好书才能救国。"

同学们被邵省长冠冕堂皇的话语逗得又笑又气又哭笑不得。东北学生代表白桦林义正词严地说：

"日本帝国主义不断扩大对我国的侵略，东北沦亡已经五年了。华北危急，绥东人民正在浴血抗战，你们却集中兵力在西北地区打内战。"

徐日盛也挺身而出，义愤填膺地说："今天，我们身处民族危亡之际，再不停止内战，一致抗日，我们国将不国、民将不民，只能伸长脖颈让人宰割了！"

可是，学生们说归说、喊归喊，邵省长依然哼哼唧唧说着无关痛痒的话。听得街边石头瓦块也愤怒起来，从同学们的手中纷纷飞出，砸向临时搭设的主席台。有一颗明显砸在了邵省长半举的右手上，他赶紧缩了手，在几个人的保护下，像只不斗自败的蛐蛐，嚯嚯嚯惊叫着落荒而逃。

游行队伍从省政府来到新城广场，向西安绥靖公署主任杨虎城请愿，参谋长李兴中出来接见了学生。李参谋长逐条念了学生们的请愿要求，并表示完全同意。他向大家承诺，保证第一时间将请愿内容转达杨将军。

半天请愿游行，张学良、杨虎城的代表都十分同情大家的请愿要求，可同学们不清楚国民政府是什么态度。白桦林、徐日盛等学生代表一商量，大家决定趁热打铁，直接到临潼面请蒋介石。大家一呼百应，游行队伍迅即离开绥靖公署，一路挥着拳头，高喊口号，浩浩荡荡地要去临潼。

同学们热血高涨，义气喷涌，邵省长恐慌起来。本来就是多事之秋，如果这些学生娃冒冒失失拥到临潼，也有可能把他从省长的宝座上拥下来。面对严峻形势，他即刻下令关闭所有城门，严防学生出城闹事。同时又将电话打到临潼，那边的蒋委员长也下了死命令，不许一个学生出城。游行学生冲了几次，都被国民党宪兵队用枪托、棍子打了回去。

这时，中共西北特别支部趁着这股抗日怒潮，秘密与杨虎城的部下多方沟通，悄悄让出一个城门。游行队伍终于冲出西安城，向东奔走。国民党宪兵队的前后堵截，让大家进一步认清了国民党当局丑恶卑鄙的嘴脸。同学们胸中顿时燃起熊熊烈火，打着各种旗帜，喊着抗日口号，唱着《松花江上》等救亡歌曲，气势汹汹地沿着通往临潼的公路徒步前进。

同学们出了西安城，地域开阔了，视野也开阔了。深冬天气，白天短得不敢让太阳眨眼，夕阳已跌到了地平线上，余晖无力地染出一片晚霞，然而不到一刻就熄灭了，天色迅速昏暗下来。大家走在公路中央，一股股寒风在队伍周围胡乱吹动。大家跑了一天，滴水未进，可是他们被满腔的爱国热情鼓舞着，一个个精神抖擞，丝毫感觉不到饥渴、寒冷、疲倦和畏惧。

东北军和西北军是同情和保护学生的，而国民党宪兵和军警则是奉命来镇压的,他们走在游行队伍两边,一边在以防不测,另一边则伺机阻挠。

张学良将军得知游行学生要去临潼请愿,赶紧电告蒋介石,希望他能给予接待。蒋介石听罢勃然大怒,在电话那头叱责张学良,恶狠狠地告诫道:"汉卿,你让他们跑来见我,那是绝不允许的。你这是对群众的自由放任!如果学生敢来,我就下令开枪——杀无赦!"

在这特殊关头,蒋介石可是说到做到的。张学良忽然感到事态严重,更不敢有丝毫懈怠,立即驾车来追游行学生。

这时,游行队伍已走到十里铺的浐河边,距临潼还有四十里地。为了安全,白桦林和徐日盛商量,让学联主席团抽派二十名学生,临时组成交通队,骑上自行车到前面打探,以防国民党或者其他人员伏击。果然,蒋介石的宪兵队已在前面的灞桥上架起机枪,他们已经接到蒋委员长"格杀勿论"的命令,要镇压游行学生。

正在进退两难之际,有人报告白桦林说:"张将军来见大家了!"他向西望去,只见张学良正从一辆黑色小车上下来。全场立即肃静下来。

张学良身着便衣,站在路边一个土坎上,诚恳地向大家说:

"各位同胞,各位同学,你们的救国热忱令我张某人钦佩不已。上午,大家来我总部所提的意见,我均已看到,我完全同意大家的意见。同学们,同胞们,你们的要求正是我张某人几年来的想法,我一定把大家这个要求转达蒋先生。我恳请你们赶快回城,切莫鲁莽冲动。你们若不听我的劝告,继续前进,那是要流血,会牺牲的。"

张学良操着浓重的东北腔儿,语速很快,一股高粱酒浓烈热辣的味道。站在前排的东北学生听到张少帅"流血、牺牲"的话,也仿佛浑身注入了东北烈酒,他们立即挥拳高呼:"我们愿意为救国而流血!愿意为救国而牺牲!能死在救国路上,我们是光荣的!"此时此刻,他们异常激动,偏又如鲠在喉难以倾诉,有人不禁失声大哭,稍时工夫,哭声由队头传至队尾。

"张将军,我们不做亡国奴,我们愿为祖国而死。张将军,让我们前进吧!"

白桦林哽咽着喊着,随即有人跟着呼吁。张学良再也抑制不住自己的情绪,他激动地说:

"同胞们,同学们,此时此刻,我张某人心情也和大家一样悲痛,我也绝不会做缩头乌龟。我失掉东北,遭到全国民众的唾骂!可你们要知道,我与日寇有不共戴天的杀父之仇!我的最后一滴血是要流在抗日战场上的!请大家相信,我张某人是国家的军人,不做某些人的走狗!"

张学良说得激动，也说出了大家掏心窝的话。在场的学生一个个听得悲愤交加，情绪激昂。

"同胞们，同学们，你们今天跑了一天，也冻了一天，确实辛苦了。我请你们相信，一星期内，我保证用事实来回答大家。我张某人如果因此食言，就不是爹娘养的！到那时，你们再找我算账！"

其实，请愿学生没有人知道此时此刻张将军复杂的心情。几个小时前，蒋介石在华清池召开西北高级将领军事会议，拟定于十二日颁布第六次围剿红军的命令。同时，他又写信给邵省长，密嘱《大公报》发表剥夺张学良、杨虎城的剿共兵权，将东北军和西北军分别调往福建和安徽。

张学良慷慨恳切的讲话，博得了同学们雷鸣般的掌声。白桦林、徐日盛也代表大家接受了张学良的劝阻，带头掉转方向回城。大家忍饥挨饿一整天，依然精神饱满，一边往回走，一边纷纷议论着示威游行取得了胜利。

张学良果然没有食言。几天后的一个深夜，他与杨虎城联合兵谏，在临潼骊山活捉了至高无上的委员长蒋介石，爆发了震惊世界的西安事变。后来，在共产党的斡旋协助下，蒋介石被迫停止内战，一致抗日，与中国共产党进行了再次合作。

西安事变和平解决，全国的抗日局面也初步形成。在西安上学的锦阳籍学生利用寒假期间，回到锦阳，继续进行抗日宣传的系列活动。

然而，锦阳的形势与西安城还是有差别的，县保安大队吴恭道针对学生的宣传活动多次多地派人阻挠。徐日盛、黄道吉、刘圣乾等人慷慨陈词，与国民党锦阳当局进行说理斗争，最终在大家的合力下取得胜利。他们利用这一战果，迅速在锦阳民教馆召开会议，成立了锦阳县抗日救国总会，联合当地师生，组成群众会和学生会，大家走上街道，走进村堡，张贴标语，发表演说，甚至还利用年前的聚会，通过阿宫小戏、曲子秧歌等文艺表演，在各个街镇开展形式多样、生动活泼、有组织的宣传活动，真实有效地抨击着日本帝国主义的侵华罪行。

四维小学虽然不像其他地方那么热烈，但在思明的筹备下，信立乡的抗日宣传也搞得有声有色。

这阵子，王先生总是情绪亢奋地站上讲台，给学生们讲国内形势。他走进教室，先捏起一支粉笔，掰掉笔头，在黑板上勾画出一幅中国地图，然后才转过身，不紧不慢却态度凝重地指着地图向学生发问：

"这像什么？"

学生们异口同声答道："像一片柿树叶子。"

王先生随即用一支红粉笔圈住上边的外蒙古，又问："现在，像什么？"

学生毕竟还小，一时回答不上来，傻傻地看着王先生，等待他继续解说。王先生又用红粉笔重重地圈住东北四省，大声喝问："如果没有了这一豁子，你们再看看这地图，看它像什么？"

学生似有所感，都哑然无言。王先生连续掰断了几支粉笔而不觉，声色俱厉地反问：

"你们看，这像不像一只待宰的羊？"

他说着，用抹布左右两下把华北四省擦去，面带悲愤地说：

"你们还小，也甭回答了，听我来告诉你们。黑板上这幅地图，被划来擦去的，现在啥也不是了。知道不，这就是我们中国被西方列强、被日本侵略者侵略的结果啊！"

王先生这次不是讲课，而是在向大家控诉日本侵略者的侵华罪行，是在批评国民政府高居庙堂不思良策的可悲局面。他不惜让所有学生，把他的话带回家去，让家里堡里乡里的人都知道，现在的中国已经成了什么模样，我们的老百姓应该干什么。

马上就是年关。腊月二十前后，不知从哪里忽然冒出了许多队伍，他们在漆沮河畔许多村堡安营扎寨。大家纷纷传言，说这些队伍是从陕北下来的红军。

红军来了，听说他们的指挥部本该设在漆沮河畔的，由于国民党和共产党刚刚合作，国民政府才将红军总指挥部临时安排到唐园镇。槐园堡也驻扎了几支军队，他们的临时指挥所就在刚刚修葺一新的四维小学。这样一来，槐园堡周围到处都是红军，有军官，有战士，有男的，也有女的，他们穿戴朴素，生活节俭，若不是那身清一色的军装，跟周边村堡的众位百姓并无两样。

几十年来，大家见的队伍确实不少，早先的白腿乌鸦兵，后来的河南黄狗子，他们整天咋咋呼呼骂骂咧咧，来时吃喝抢要像群土匪，走时狼藉一片如同蟊贼恶盗。他们看着百姓不顺眼，百姓看着他们更不顺眼。这几年，大家都在传说陕北红军不欺负百姓，还为百姓服务，可传说总归是传说，谁也没有见过真正的红军。大家都不敢主动去接近红军，有些富户人家甚至还想着如何外逃避难。后来，大家逐渐发现，新来的红军确实不像以前国民党的部队和各地保安大队那些兵痞混混，他们的言语表情和周身散发的正气，村堡的人见了都觉得似曾相识，并没有让人厌恶的丝毫匪气。

红军队伍在漆沮河畔扎稳脚跟，就开始召集当地富裕大户，要在四维小学召开现场会，说是向他们借粮。这才两天，大家心中刚留下的那点好印象，还有槐园堡过年的喜庆氛围，顷刻被搅和得无影无踪。

腊月二十六一大早，乡长李夏松就向各保障所传话，让各保长和全乡百亩以上种粮大户到四维小学开会。李夏松虽然一直在信立乡乡公所办公，可他叫了多年的"副"字才去掉，没想到红军一来，他又被上面点兵调卒，在乡公所和四维小学两头跑。

六保保长刘俊杰早早得到消息，红军从陕北下来，是在这里等待蒋委员长发布号令。可蒋委员长向来变化多端，翻手为云覆手为雨，有时真让人无可奈何。锦阳、泥阳、池阳三县地处渭北，一道绵延数十里的大山将关中平原与陕北高原屏障一样隔开。和，握手为伍，一致对外；分，退守陕北，再做计议。红军进驻渭北，就是看蒋介石将如何来处理西安事变后国共合作的问题。

贞昌听到开会的消息，想让二哥恒昌和他一块去。

恒昌说："老四，我不去，要去你去。"

恒昌精灵捣糊涂，贞昌不明白他为啥会说这种话。

"二哥，你咋说这话？红军可是要渡过黄河抗击日寇的。"

恒昌不耐烦地说："你去，我一见当兵的就头疼。"

贞昌来到四维小学，只见前面台子上摆着三张八仙桌，下面已聚集了几十人，武装队冯德海忙前忙后招呼打理，全乡六保的保长以及地主大户无一例外都来了。一个个满脸疑惑，心里又怯地不敢不来。八仙桌前坐着五个红军长官，他们有的高，有的低，有的胖，有的瘦，都穿着土灰色军装，长官身后站着几个荷枪实弹的战士。李夏松坐在红军长官最左边那个位置。

都是平日里低头不见抬头见的熟人，他们相互打招呼，彼此客气地点着头。见人差不多到齐了，李夏松坐在那里，开口说：

"乡党们，各位士绅……"

他刚说了半句，觉着不对，连忙站起来，吭吭吭清了清嗓子，重新说道：

"乡党们，各位士绅，陕北工农红军安营我信立乡，我很高兴，请大家为他们的到来鼓掌。"

他说着，举起手啪啪啪鼓起掌来。台下的群众并没有附和他的掌声。一位红军军官摆手示意他停下，自己站起来和大家说话，他的声音洪亮而高亢：

"各位父老乡亲，我姓张，是中国工农红军二方面军第六军团团长，也是一名普通军人。我们刚完成长征转移，和红四方面军会师甘肃会宁。大家知道，前阵子，张学良、杨虎城二位将军兵谏骊山，逼蒋抗日。如今国共合作，停止内战，我们要痛击倭寇，把小日本赶出中国去。红军是咱老百姓的队伍，我们同为一家。战士们驻扎这里是临时待命的，马上就要渡过黄河，到山西打日本鬼子的。乡亲们，部队刚刚驻扎锦阳，中央的粮食暂时不能运达，今天召集大家来，是请你们先借给部队一些粮食，等中央的粮食到了，我们马上会如数归还的……"

终于是要粮食。当地百姓长期接受的是国民军队和政府的宣传，不敢接近红军半步。如今红军一驻扎下来就借粮，谁敢相信，说好听一点是借粮，说不好听一点，这还不是跟明抢一样！大家谁跟谁不商量，却都是愁眉苦脸，下面有人开始叽叽咕咕小声噪噪。以前，若是上面征要粮食，好多富户就会逃到外面去避难。尤其周家堡周长吉，他一提起粮食就后怕。部队开口借粮，到底该咋办？眼前的红军肯定也跟以前的军队一样，人前一套背后一套，嘴上一套手下一套，要的时候说得天花乱坠，还的事就甭想。因此，他们不是避得远远的，就是能拖尽管拖，可不敢指望他们还能把粮食还上。几个保长站在那儿一言不发，种粮大户听了张团长的话，一下子没了底儿，答应吧，自己的粮食白白打了水漂；不答应吧，到时候他们一抢，还是要打水漂。

张团长说罢，用目光扫了一下会场，那些种粮大户你看我、我看你，都默不作声。他想，可能大家对红军不了解，在这节骨眼上，他更不想让大家为难。于是，张团长看了看坐在旁边一位留着胡子的黑瘦干练的军官，向他低头说了几句，然后又说：

"各位父老乡亲，我代表驻扎信立乡的所有红军，坦诚地告诉大家，我们说借就是借，有借有还，请大家放心，不要有啥顾虑。"

台下众人交头接耳，叽叽咕咕，依然没一人表态。

张团长接着说："要不这样，你们先回去商量，咱们后天继续开会，再做决定。散会吧！"

人们呼啦啦四散而去，会场上只留下部队的几个人。张团长对留胡须的黑瘦长官说：

"王政委，要不，咱今晚开个会，把这事再商量商量。"

贞昌随着众人离开四维小学。他到二哥恒昌家门口，拐了进去。恒昌坐在那里一口一口吸着水烟，哥俩简单地打声招呼。宝珍提出刚烧煎的一瓦罐开水，给贞昌泼了壶茶。贞昌将刚才开会的情况一五一十说给恒昌，恒昌脸上没有任何或喜或怒的表情，一副爱搭不理的样子。

"二哥，红军借粮，你是咱杨家的掌柜，更是咱的堡长，你不出头算了，我替你开会，可你木木讷讷的，难道这事跟你无关？"

"我一见军队就烦。"

恒昌滋噜噜吸口水烟，不屑地说。他说了半句话，就痴痴地盯着墙角，喝他的茶，吸他的烟，谁也懒得搭理。

贞昌坐了一会儿，觉着没趣，摇头摆手回去了。

宝珍埋怨恒昌说："你今儿咋了，没病没灾的，咋忽然成了哑巴？"

贞昌回到家，浑身不自在，也说不上哪里出了毛病。榴花踮着小脚，格格扭扭过来，见了他那副神情，哈哈笑道：

"他爹，又没人吃你家馍，吃你家饭，咋转了一圈就成了霜打的茄子？"

"谁知道咋了。跑去开会，红军说是借粮。借就借嘛，人家又不是不还，可一个个跟尿上抽筋一样难受！你再看二哥，平时啥都好好的，一天到晚进进出出，乐乐呵呵，这两天红军一来，他大门不出二门不迈，咋跟霜打了似的。"

榴花吭哧笑了，她嗔怪贞昌说："看你说的好话，啥尿不尿的，继堂在的话还不羞死！"

周长吉回了周家堡，也为借粮的事左右为难。他从后腰抽出烟袋，装了一锅旱烟，打着火镰吧嗒吧嗒吸起来，淡蓝的烟雾在他头顶飘散浮绕。一提起粮食，那可是他永远的痛。年馑那年，老百姓苦熬着过日子，实在不行就沿路乞讨，或者远走他乡。周家日子也阔绰不到哪儿去，他几十年下苦出力，钱没挣下多少，就落下几十石粮食，虽然黄豆糜子小米小麦乱七八糟的，还算没有遇到挨饿的情形。村里一家家没啥吃的，都将期望的眼光盯在他身上。乡亲们起初向他家借粮，后来害怕借了没啥还，就不得不用自家的土地去置换。刚开始，一石糜谷换一亩地，过了几天五斗换一亩地，再到后来涨到二斗换一亩地。就这样，周长吉用平日攒下的粮食置办了三百多亩良田，青龙岭上下都有他周家的地。

周长吉暗自高兴，心想家里还有二十石余粮，还能置办一些土地呢，不料县保安大队进了村子，队长吴恭道以收税为名，装走了他家所有粮食。他一下子没法活了，气得昏天黑地。犟牛和蛇娃要去跟保安大队算账，五保保长李夏桐拉住他俩，对周长吉说："老哥，好汉不吃眼前亏。保安大队把粮食抢去了，你不是还有几百亩地吗？"

果然，天无绝人之路，几天后就下了一场透雨，他们在新置办的一块地里种了十八亩荞麦，后来收了十八石没有老熟的荞麦，以至于团总元昌亲自登门，在这块地头立了那块醒民石碑。

说实在的,周长吉舍不得自己的家底,张团长说有借有还,谁敢相信呢?他没了主意,就猫着腰跑到李夏桐的保障所来讨主意。到了保障所,才发现那里还有十几个人,都是本保的种粮大户,都是为粮食这事来的。

李夏桐嘿嘿笑着,慢慢开口说:

"各位老哥能来保障所,也算是信任我姓李的。可话说回来,遇着这事,我也没办法。"

他说着,扫视了大家一眼,又说:"人常说,'三个臭皮匠,赛过诸葛亮',要不大家商量一下,或许还能想出办法。"

周长吉听了,急不可耐地说:"夏桐兄弟,你可是咱的保长,你先给李乡长说一下,或许还有缓和的余地。"

"我能说屁话,夏松和我们一样,都是一条绳上的蚂蚱。"李夏桐无奈地说,"要不,咱就少给点,权当舍给灾民了。"

周长吉说:"舍了!你这人说话恁咋轻松,咱在场的,哪家的粮食是弹弓打下的?"

李夏桐说:"那你说咋弄,人家红军手里端着枪,不给得成?"

"唉!咱们还不是王八看鳖,鳖瞪王八。"周长吉无奈地叹口气,"我看大家商量的结果,就是没结果。不给不行,走一步看一步,能少给不多给!咱还有啥办法。"

就在第五保障所高一声低一声嚷嚷半夜,一干人毫无结果地摇头而散时,第六保障所也在讨论着借粮的事。保障所除了保长刘俊杰,还有贞昌、张世发和思明。他们正商量着怎样帮助红军轻松地借到粮食。

进入腊月,思明就到了四维小学。这几天他正筹备年后的开学工作,学校里忽然住进了红军。他听不惯这些南方军人嗲声嗲气的说话声,抽空就跑到第六保障所,和刘俊杰谝闲传。两人是立诚公学的同学,前几年他们在学校时,思明就常听刘俊杰讲共产主义的进步言论,如今要在他的辖区教书,似乎也是缘分。

经刘俊杰介绍,思明认识了张世发,再听贞昌介绍,他又知道了当年的刀客张青山就是世发他爹。张世发听说思明他爹是孟鸿钧,激动地说:"老弟不认识我,我也不认识老弟。要不是俊杰兄弟,我们可能这辈子也见不上面。"

思明知道世发他爹就是当年和父亲一起推翻清朝统治的张青山时,也很激动。他看着世发嘿嘿嘿笑了。

"张哥说的啥话,锦阳就这尻子大一块地方,咋能见不上。这不,今儿有缘今儿就见了嘛！"

思明虽然没经历过那些事情，可张家伯和王先生经常说一些父亲孟鸿钧当年的义举，他也曾说有个叫张青山的刀客，辛亥反正后，他领着他们的刀客兄弟去了西府，后来在雍州原全军覆没再无消息。

四人谝到红军借粮的事，刘俊杰为难地说："红军来咱这里是大事，没有粮食他们吃啥？可我们真没有粮食呀。"

思明说："没粮食想办法嘛，活人还能让尿憋死？"

"就是，咱想办法。"张世发也说。

谝着谝着，思明忽然灵机一动，高兴地说："张哥这些年不是卖豆腐吗？你存下粮食没有？"

"嗨，我能有多少，掬光揽净也就十数八石。兄弟，你先说，啥意思？"

"你有啥办法？"刘俊杰也看着思明。

"俗话说，舍不得孩子套不住狼，如果你能舍得你那点儿粮食，我就能让周边的大户把粮食吐出来。"思明毕竟跟世发初次见面，他试探着说。

"只要是给红军，把我的粮食全拿出来都行。不知你有啥办法？"

"做鱼饵，钓鱼。"思明诡秘一笑。

刘俊杰高兴地捶了思明一拳头，笑道：

"思明呀，看来你在南京、西安的学没白上，比我这保长哥强得多！"

隔了一日。晌午，大家又聚在四维小学会场上。张团长再次向大家分析了当前国内外形势，许多人戚戚促促地在下面小声议论。这时，张团长适时地把话题转了回来。

"各位父老乡党，我还是前天向大家说的，红军是咱自己的队伍，为了全国老百姓能过上好日子，我们历尽艰险，长途跋涉，转战到了陕北，如今就要过黄河，奔赴前线打鬼子了。红军初来乍到，这么多人要吃饭，可不是一升一合的事。当然，还是前天说的，我们向大家借粮，日后肯定会如数归还。"

张团长的话句句在理，谁也没有不借的理由。大家左右为难，面面相觑。

"你们在这里过着安稳日子，你们知道有多少人为了国家在前线抛头颅洒热血，把命都搭了进去。作为每个中国人，我们都应该拍着胸膛，问问自己。"

忽然，张团长旁边的黑瘦军官突然站起来，一拍桌子，面露怒色地说：

"我是中国工农红军二方面军第六军团王政委。部队马上都没饭吃了，你们还在这里磨磨唧唧，你们如果再不慷慨借粮，我们马上就撕破老脸，立刻——打土豪！"

王政委简短的话语仿佛百鸟叽喳的树林里突然飞来一只鹞鹰，顷刻震慑住大家，会场上寂静得掉根针的声音都能听得一清二楚。

这时，张世发从人群里挤进来。大家见了，心想，这不是通关镇那个卖豆腐的嘛，他跑来干啥。台侧的冯德海也不屑一顾地问：

"你不卖豆腐，跑这来干啥？没看我们正在议事吗？"

张世发瞥了他一眼，依然往里走，操着关中话里掺杂着山东腔，说道："看见了。俺听说你们商量借粮的事。"

冯德海一听，吭哧笑了："借粮属实，可这是给红军借粮，又不是给你借。你一个卖豆腐的还想跟红军抢吃的？"

在场的人将目光齐刷刷聚向张世发。

贞昌从另一侧跑过来，疾步走到张世发跟前。

"兄弟，你咋来咧？"

张世发笑道："四哥，听说咱这里来了红军，我专门跑来看稀奇。刚才听了张团长的讲话，着实让人感动。"

张世发说罢，将头转向主席台："你们借，我也借一些给红军。"

"你？你能借多少？"冯德海轻蔑地问道。

张世发扭头看了看会场，说："周长吉可是信立乡的大户，我看他能借多少。他借多少我就借多少。"

张世发一句话把周长吉逼在了戏台上。王政委不知张世发是干什么的，一听说这个冒冒失失的庄稼汉是借粮食的，他更不敢相信。再看看眼前这帮吝啬鬼，他气就不打一处来。王政委得知眼前这个要借粮的还是从通关镇赶来的，高兴地从主席台跳下来，拉着张世发的手不知说啥好。

"乡亲们，你们也看到了，就连一个外乡人都愿意慷慨解囊，你们难道不如他？"

周长吉真的没辙了，大家的目光都盯向他。他想，这个卖豆腐的，我跟他向来无冤无仇的，他咋就要跟我比呢？这不是硬把我往风口浪尖上推吗？面对各方压力，他只有自认倒霉，咬咬牙，说道："我借十石小麦。"

冯德海听了，赶紧给张团长大声报数："周家堡周长吉，小麦十石！"

贞昌也说："我，槐园堡杨贞昌，小麦十石。"

"梁家窑梁嘉旺，小麦十石。"

这时，张世发又说："我刚才说了，周长吉借多少我借多少。今天一看，周大掌柜的还是个啬皮，才报了十石小麦。我既然把话撂在这儿，也就豁出去了。我借小麦十石，再加玉米十石。今天没给周老哥留面子，请甭介意。"

冯德海又大声报道："通关镇张世发，小麦十石，玉米十石。"

周长吉一下子被激将得颜面扫地。最后，他不得不又把自己报的数量改成小麦二十石，玉米十五石，而且也向部队许诺，会让家人把粮食扬簸干净，亲自送到红军营地。

随后，张团长把当天的借粮数量一统计，还有尚礼堡李世华、葫芦口的张志信、白马村田大牛等三四十户，居然有五百多石。后来几天，部队每装一家粮食，都给人家工工整整写好借据。

红军的口粮问题终于得到解决。战士们吃着粉白麦面馍，兴高采烈地过了个喜庆年。

十

李夏桐说兄弟夏松的日子也不好过，其实，他只说对了一半。这几天，李夏松看似和红军走得很近，平日也屁颠屁颠地为红军做了许多面子上的事情，其实他的内心却始终忠诚于县保安大队，忠诚于吴恭道队长。多年来，他二人可谓配合默契，尤其是对待刚刚落脚锦阳一带的红军，他们人前一套，人后一套，不仅阳奉阴违，而且都想着给自己留退路。他们暗中阻止、破坏当地百姓向红军借粮，甚至暗地里扬言："谁敢借粮就是通共，就是支匪。红军年后就要开拔，到时候可甭怪国民政府翻脸不认人。"这些话虽然经过伪装，似乎只有天知地知神知，可没过几天还是如秋后的落叶，西风轻轻一吹，就迅速吹遍了信立乡六保各村，也让一些已经答应年后借粮的大户左右为难，徘徊不已。他们稍一唆使，大家送粮的事立即消极起来，甚至几乎停顿下来。

见此情况，刘俊杰和思明找贞昌商量对策，将李夏松带头造谣破坏国共合作的消息悄悄汇报红军总部。同时，俊杰也通过联保各级领导告知国民县政府。

国民县政府给李夏松施压，驻地红军也派人向他坦诚进言，劝他务必顾全大局，老实催粮，不要在国共合作上制造莫须有的矛盾。面对红军的威慑力，李夏松又不敢充耳不闻，只得找出一些理由搪塞，不是埋怨粮食难催，就是弹嫌人多事杂，说到难畅处，他甚至装扮出委屈的苦瓜脸说："我李某也不愿寻着挨错受骂，没办法嘛！"

大过年的忽然有人举报，说是红军在筹借粮食问题上耍花样，年前开会时，卖豆腐的张世发说借粮给红军，到现在也没见他把粮食拉过来。这大过年的，谁也没办法，只等着过完年再到部队去理论。

这阵子，王先生和思明也回家过年了，四维小学就成了红军的临时指挥部，这里住的都是团级以上的军官，其他战士按照营连排班在村外漆沮河滩扎起帐篷。部队里有许多女兵都被安插在周边村堡一些可靠的农户家。

继堂家就安排了一个叫梅萍的红军女战士。

榴花把贞昌撵到了继堂的屋子去住,她和梅萍睡在一个炕上。正是新春,贞昌和继堂七大姑八大姨地走亲戚,到了响午,家里就剩下她俩。闲来没事,她们就天上地下谝闲话。宝珍偶尔过来,和梅萍见了两面,觉得她长得讨人喜欢,有事没事也过来凑热闹。人常说三个女人一台戏,她们三个在贞昌的院子里一会儿叽叽咕咕,一会儿嘻嘻哈哈地倒也讨来许多快乐。

榴花将宝珍叫"二嫂",宝珍又称她"四姐"。梅萍来家后,榴花叫她"女子",宝珍唤她"妹子",梅萍又将榴花称"大婶",把宝珍唤"大姐"。更有意思的是,榴花一口渭北口音,宝珍说着河南话,而梅萍张口闭口都是巴蜀腔调。她们一说起话,就南腔北调地仿佛唱乱弹。梅萍说句话,榴花不懂:"俺?"地问一遍,宝珍就在旁边捂着嘴先"咯咯咯"笑半天,才捂着肚子向榴花解释。自然,梅萍在的日子,杨家院子里始终会传出能炸烂锅的欢笑声。

梅萍天真地看着榴花和宝珍,一个劲抹着被笑声逗出的眼泪。榴花说:"女子,你还没见我们家的热闹劲呢。要是我二嫂在的话,你还能听到山东话哩!"

梅萍不解地问:"大婶,你不是把宝珍大姐叫二嫂,咋还有个'二嫂'?"

"女子,我头个'二嫂'是二哥屋里的,是继宗妈,去年得病死了。你面前这个'二嫂'是我二哥在外头的,前几年才回来。女子,你可甭小看我这个二嫂,她跟你一样,以前也是红军女战士哩!"

"四姐,可甭胡说,俺哪是红军,俺是国民军的。后来你二哥解甲归田,就再跟国民军没啥关系了。"

"俺就说嘛,一看大姐的气质,还有这衣着打扮,咋看都不像个乡里棒。"

"妹子,你甭取笑俺,俺也是乡里出来的。"

看着梅萍心情不错,榴花只怕将宝珍介绍不完:"女子,你可甭下眼看我二嫂,她在部队还能唱戏,可好听哩。"

"妹子,甭听俺四姐口里跑马,胡乱掰掰,唱戏都是多年前的事了。"宝珍向梅萍解释着,顺便转了话题,"妹子,你这么水灵的'幺妹子',早该找个汉子出嫁喽,咋就背井离乡地当了红军?"

宝珍装出一副四川口音问梅萍,本想逗她一下,谁知一句话却将笑语不断的梅萍说得像遭了霜打,忽然蔫了下来。一阵沉默后,榴花和宝珍静静地听了梅萍对自己身世的述说。

梅萍老家在四川一个叫梅家坝子的小村庄,家里就她和父母,虽然并不富裕,可在她们那个坝子也是让人羡慕的幸福之家。十四岁那年,梅家坝子突然来了许多国民党残兵，他们烧杀抢掠、无恶不作，当地老百姓要去找他们的长官说理，那些人非但不听，反而把全坝子的人集中到一块，向老百姓逼要吃的喝的住的，甚至还有女人。那天，她正在田里干活，有个什么团长竟将她绑住，说是叫去陪他。她母亲急了，向那个团长哭求说："长官，行行好，我女儿还小，你饶了她吧。哪怕让我去也行。"团长非但不听，还一枪打死了她母亲。她被绑在旁边，丝毫没有办法，眼珠子几乎迸出来。她父亲一股怒火涌上头，扛了锄头就要砸死那个军官。可是，锄头哪能拼过手枪，只听"啪、啪"两声枪响，她爹倒在了血泊中。村里的老百姓气急了眼，拿着砍刀、笨镰、铁锨等各种农具，一下子围住团长要和他算账。国民党残兵被吓得仓皇而逃，她这才被乡亲们解开绳索送回家。她后来听说，杀害她父母的国民军是军阀吴佩孚的手下，他们是遭遇另一波国民军和北伐军的两面夹击，惨败后退逃四川的。后来，她为了替父母报仇，开始参加革命，还一度担任苏维埃政府宣汉县妇女委员会委员长。前年秋天，中央红军长征到达她们那儿，她又毅然参加了红四方面军，和大部队一起，历尽曲折艰难，终于到达甘肃一个叫会宁的地方，参加了红军三大主力会师。去年冬，西安事变爆发后，国共两党协商共同抗日，部队受命开赴关中，这不，我们就来到槐园堡，我也就到了你家。

梅萍一句句说着，慢慢将刚才的许多不快抛掉了。她又把榴花和宝珍带回又惊又喜又无话不说的氛围中。

正月初八下午，张团长领着王政委忽然出现在槐园堡，他们是专程拜访恒昌的。

红军进驻锦阳已十多天了，张团长听人说，贞昌的二哥曾是国民党军队的老师长，多年前不知啥原因解甲归田了。周围群众都传言他的事迹，可大家总是不明白，说他当年如何抗击回民起义，保护村堡安全，是大家敬仰的青年英雄，说他在国民党军队干了十多年，都官升师长了，他却急流勇退甘为人后，说他没有一点师长的威风，看着总像一个胆小怕事的乡间老头。

他们刚到巷口，贞昌就瞧见了。贞昌最近跟张团长见了多次，也成了熟人，他兴奋而热情地领着他们进了二哥恒昌的院子。

说句内心话，恒昌谁也懒得理，他一见部队上的人就头疼。这两年虽然世道变了，国共两党握手言和要一致抗日。抗日是全国人民拥护的大事情、好事情，可依他对国民党的所作所为，凭他多年征战沙场的经验，他冥冥之中总有一个预感，国共两党的这次合作绝对不会亲场，更不可能长久。

有理不打上门客，部队的领导来恒昌家，人家是来拜访他的，他心里再不悦意也得笑脸相迎。大过年的,吃的喝的都是现成的,宝珍和继宗赶紧收拾桌凳,端出柿饼、花生、红枣、琼锅糖等干果副食招待客人。

宝珍让他们好好聊,说今天的饭就搁在家了。王政委再三拒绝,他和恒昌聊了一会儿,从自我介绍,到相互拉扯关系,或者说些彼此熟悉的地方或者事情。闲谈中,王政委不失时机地谈到自己的想法,想听取恒昌的意见。

"杨师长……"

王政委刚开口,恒昌就"呵呵"一笑,连忙摆手制止地说道:"王政委,可不敢这么叫,我早不是什么师长了。"

"噢——好!好好!不叫了。那我叫你老哥,行不?"王政委也笑了笑,继续说,"老哥,我今儿来,首先给你拜个年,再跟你商量点琐碎事儿。"

"我老汉在这里先感谢红军。你说说,有啥事,能帮的忙我尽量帮一把,若是帮不上,我老汉可绝对不敢应承!"

"那是,那是。老哥说得对。今儿我和张团长来,有两个事跟你商量。第一是想请你出山,没事了到我们指挥部转一转,给我们提提意见。"王政委说罢,看了看恒昌。恒昌低下头,轻轻叹口气,慢慢抬起头,他并没有言语,继续听王政委说话。王政委又说:"第二嘛,我们住在学校,这一时半会儿还说不准啥时开拔,如果影响学校正常开学,我们也可以搬出去。"

王政委说的客气,恒昌只能客气地应承。他说:"王政委,我都六十多了,老了,没精力也没心思操那心了。你说的头个事恕我无能为力。学校嘛,这年前刚刚修好,虽然来了两个教师,可毕竟还没开学,要不开年后咱再看,娃娃能开学就尽量开,实在不行,缓阵子也行。"

"老哥,我们说的不是这意思。我觉得,这学校还得按时开学,我们可不能因为住了部队,耽搁了娃娃上学啊!"

张团长忽然补充说:"对,老哥,学校年后正常开学,你们该咋样就咋样。只是,我倒建议你们,到时顺便办个成人识字班,一方面让村里的妇女参加学习,同时也让部队的那些兵娃子也认几个字。"

恒昌听了,内心多少有些高兴,毕竟是让大家读书识字嘛。于是,他跟王政委和张团长说:"这个也好,你们看着办,我不参与任何意见。"

三人说着聊着,贞昌、宝珍和继宗在一旁给大家倒茶,一边听着他们的对话。宝珍一听张团长办妇女识字班,高兴地说:"这个好,让村里女人们也认些字,明个理。这个好。"可她发现恒昌虽然没有反对,但也没有再多言传,就知趣地蹭身回了厨房。

王政委和张团长走后，恒昌将宝珍、继宗，连同老四贞昌一家叫到一块，向他们交代：

"我今儿给你们撂下话，以后没事了少到红军那里去。咱先得把家里农活干好，其他都是闲淡事。"恒昌说着，特意将眼光盯向继宗、继堂，"尤其你俩，甭在那里乱晃荡。继祖就是例子，你们要引以为戒。他们红军搞啥与我们无关。"

大家听罢表情各异，都不好再说什么。恒昌看了看在场的家人，回头又对贞昌说：

"老四、继宗、继堂还是娃，容易冲动。你一定要看紧他们。"

此刻，贞昌肚里脑里正在翻腾，他不明白二哥说这话是啥意思，可是看他的表情，听他的口气，凝重地不能容大家有任何反驳。

元宵节转眼到了。今年与以往不同，有红军战士参与，元宵节过得尤其喜庆热闹，直到火红的灯笼渐渐熄灭，新的一年终于拉开了序幕。

最先感到春天的不是春打六九头的九九歌，而是信立乡四维小学的开学，以及村里村外红军战士欢庆春节的热烈的余温。关停了十多年的学校，经过恒昌出资和筹建，终于恢复一新。

四维小学是正月十六正式开学招生的。思明在家安安稳稳地过完寒假，正月十三就告别婆、母亲和媳妇云焕，来到四维小学。让他没想到的是，学校招收的第一批学生，不仅有信立乡各村堡的娃娃，还有许多大姑娘小媳妇。为了开办女子识字班，红军指挥部还特意将梅萍派来上课。

与当初设想稍有不同的是，学校西院那几孔窑洞临时作了指挥部办公室兼宿舍。前面两栋教室里，新招的四十几个学生正常上课。王政委那天提说的妇女识字班也开学了，她们的教室是学校东院的关帝庙大殿。王彦坤先生由唐园立诚学校屈驾槐园堡，理所当然地充当校长兼教员。思明受王先生领导，在学校可以说是最繁忙的教师，他不仅要教书，还要张罗学校的其他事务，包括和红军的各种衔接协调工作。

学校开设的识字班，说是女子识字班，除了大姑娘小媳妇，许多小伙子也来助兴。然而，宝珍的到来还是掀起了一场风波。

宝珍把去识字班的事告诉恒昌，听得恒昌好气又好笑。他正色说道：

"宝珍，女子无才便是德。从古到今几千年，这世上有几个识文断字的女人？你也不看看自己啥岁数了，好好待在家里！"

"待在家里也没事嘛,总不能让俺一天到晚陪老汉嘛!"

恒昌再没有了以前的执拗和火气,他想想也是,就简单应允了。他对宝珍说:"我回锦阳,一看到部队上的事头就疼,烦得很,也懒得过去。也好,你每天去学校那边,顺便帮王先生和思明照看照看学校的事。"

为了方便,宝珍有时也拉着榴花跟着去。榴花说:"我都四十几的人了,认那么多字又卖给谁呢?"

宝珍笑道:"过两年继宗娶了媳妇生了娃娃,你还能教给孙子嘛!"

于是,榴花隔三岔五也就跟着宝珍去识字班凑热闹。宝珍以前虽然唱戏,别看她长得光眉花眼落落大方,一副官家太太的富贵气质,其实她并认不了几个字,她口里蹦出的那些戏词儿都是师傅一句一竹竿地教,她一字一句地死记硬背记下的。如今,宝珍每天看着齐耳短发、英姿飒爽的梅萍,尤其她灰色军装往身上一穿,手里再拿根长教杆,精气神全有了。宝珍羡慕梅萍,也替自己感到自卑,她不由就想,这妹子才二十出头,就已是能打枪能做饭、能写字能画画的女战士,而她在部队那些年,总是动口不动手地指使别人干这干那。

西安事变的和平解决,为抗日民族统一战线的建立创造了条件,彻底粉碎了日本侵略者和国民党亲日派扩大中国内战的阴谋。红军的到来,王先生感到的是中华民族发展的希望。当他听到漆沮河滩军营里传出的歌曲,内心无比昂扬。他感慨红军的抗日激情,将西安事变后国共合作的大好形势同眼下这春日景象融为一体,创作了两首《羌歌》,抒发自己对国共合作的拥护以及打倒日寇侵略行径、收回美好河山的决心。

  一年好景在暮春,万物一灿新。
  碧草儿绿缛,红花儿香馨。
  粉蝴蝶飞舞,黄莺儿缤纷。
  檐前燕子呢喃语,报来好捷音。
  童子军,童子军。
  抖擞精神,抗日莫因循。

  中华民族四万万,国共两特权。
  自从一六争政见,整个已十年。

而今大梦都醒了，联合向前线。

打倒日奴侵略行，收回我河山。

努力努力齐努力，恢复领土，保卫主权。

取消踩躏奴隶政，才得快乐天！

  王先生将这首抗日动员歌曲一句句教给学校的娃娃。几天后，四维小学的校园里，娃娃们传出稚嫩而有志气的童声合唱。红军战士也跟着娃娃们传唱起来，不到半个月，整个红军队伍也都唱起这首歌。

  在关老爷大殿，宝珍每天跟着梅萍学习写字，走起路脚下也生了风，心里轻松得就像窗外屋檐下啄泥筑巢的燕子，呢呢喃喃叫着愉快。宝珍觉得，梅萍那不快不慢的四川腔，听起来就像唱歌儿似的，好像许多词句都在口里打旋儿，需要绕一圈才能脱出。老爷庙里，关老爷威严高坐，身着绿色战袍，左手捧卷《春秋》，右手捋着三尺长髯，让人顿觉恐惧和敬畏。宝珍开始不习惯，一看那高大的彩绘神像就害怕，若不是周围有许多做伴的，她恐怕早溜了。可是，当她看见天不怕地不怕的梅萍认认真真教学的样子，她就给自己打气鼓劲，这样一来，她反而觉得高大威武的关老爷变成了监督大家识字的另一位老师。

  有一天，大家正在上课，不知谁"噗"地放了个响屁，声大音长，一股臭气瞬间在教室里弥漫开来。听课的人哄然大笑，纷纷前观后望左盯右瞅，就是没有谁愿意承认，似乎那个响屁与自己无关。梅萍教杆一敲桌子，笑着说："屁大个事，有啥子嘛。好好听课要紧。"这时，榴花站起来，哈哈笑着说："如果没人承认，那就算是我放的，屁大个事也推来推去。"有人说："榴花姊，这种事还当好人，到底是你不是？"大家再次哄然大笑。榴花说："笑笑笑，爱笑的话，我就再给你们讲个放屁的笑话，让你们笑个够。从前，有一群人在关帝庙进香，不知谁放了个屁，大家跟今天一样，都不承认屁是自己放的。于是，有人说屁是关老爷放的，还指责他说：'关老爷，你身为正祖，受十方香火，怎能当着我们的面放屁？'关老爷吃惊地站起来争辩说：'还有四位将军呢，为什么偏说是我？'他旁边的四位将军也互相推诿，这时站在关老爷旁边的关平说：'放屁的人一定脸红。'关老爷一听大怒：'关平，你是我儿，咋也来冤枉我！'"

  榴花说完，大殿里又一次哄堂大笑，许多人笑得前仰后合。梅萍哭笑不得，再次用教杆啪啪啪敲着桌子。宝珍赶紧站起来说："大家甭笑，你们是来上课认字的，咋都跟着俺四姐瞎起哄？"可是，不管宝珍怎么说，她的话语还是被淹没在笑声中。榴花直起腰来，擦着眼泪向大家大声说：

"唉，唉唉！甭笑了，甭笑了，一个个得是喜娃妈妈吃多了。"她说着，赶紧起身，猫着腰捂着嘴跑了出去。

在识字班，为了让大家学以致用，梅萍教的字都和生活息息相关，她从柴、米、油、盐、鱼、水、情、深，到抗、击、日、寇、保、卫、中、华，一个字一个字慢慢教起。大家跟着她由简到繁地又是写又是念的，一天三个五个，天天都有新字。老爷大殿外面的台阶上，顺墙靠着几块认字牌，写着许多字词句子。空闲时间，村里的老人妇女也会围过来，聚在一起拉家常，看这些稀奇古怪的蛤蟆骨蚪。

当然，不光老爷庙内外有字，信立乡各个村堡街巷的泥皮墙上，这儿一排，那儿一绺，也用白灰刷写了许多标语，什么"团结起来，一致抗日""打倒日本帝国主义""把日本侵略者赶出中国去"，每幅标语都写得激昂奋进，让人看得热血沸腾。

与此同时，部队还进行着全方位的抗日宣传。他们向周围群众和学生教唱革命歌曲，如《大刀进行曲》《三大纪律八项注意》《冲冲冲，我们是抗日的先锋》等，都是在全国各个抗战区久久传唱的。

每天下午放学后，学校里除了西院的红军干部，就剩下东院厢房里的王先生和思明二人。一天傍晚，王先生那里来了两个人，他们在厢房外徘徊了好一阵，才一个拥着一个，小心翼翼地敲响了王先生的房门。王先生听见外面响动，开门一看，是两个红军战士，他疑惑地将他们让进屋子，问有啥事。可是，这两个战士操着浓重的南方口音，他们向王先生嗲声嗲气的嘟囔半晌。王先生听得云里雾里不知所言，他一个劲儿问，他们一个劲儿说，三人急得面红耳赤，瞠目结舌，却还是不懂。没办法，王先生大声喊来对面的思明。

王先生满脸无奈，苦笑着说："思明，他俩跟我叽里咕噜说了半天，我咋一句也听不懂。你快帮我翻译一下。"

思明在南京待过两年，接触的同学来自全国各地，他再问两个战士，原来他们是想让王先生代笔写信的。

王先生恍然大悟，笑道："思明，那你就跟他俩聊聊，替他们写封信寄回去，让家里人也能放心。"末了补充说，"写信时甭忘了告诉他们父母，咱这里人好，地方好，大家待红军战士就像自家兄弟。"

思明口里应着"一定，一定"，趴在王先生的桌前写起信来。

王先生看着思明和两个战士，再想到他们之间叽里呱啦的对话，被逗得吭哧笑了，顺手拿起毛笔，在一块一尺见方的毛边纸上，写下两首《为红军战士写信》的诗。

　　　　南北语言多不通，乖音讹自乱讧讧。
　　　　半为缺舌半喉韵，佶屈聱牙是周公。

　　　　代人作信是为难，揣摩心事走笔端。
　　　　更用南音述北调，水中明月谷中天。

　　尽管这些红军战士大都是南方口音，语言嘈杂听不清楚，十句话懂不了四五句，只能意会揣摩，难免出现错误。可一看到他们消瘦的身板、朴素的衣着，想着他们经过漫漫二万五千里长征，如今离家已久，与父母兄弟互无音讯，王先生就会欣然应允，和思明一起，郑重地帮助战士们书写一封封家书。

　　最近一段时间，张世发没在信立乡出现。有人开始噪噪，说红军在借粮动员会上动了心眼，专门让卖豆腐的张世发在槐园堡上演了一出假借军粮的阴谋戏。消息飘进周长吉耳朵，他顿时觉着自己受了骗，肚里装进的委屈立即窝成了愁疙瘩，难受地跑去向李夏松讨说法。

　　那天中午，周长吉走进信立乡乡公所，李夏松刚好骑着一匹黄毛马从锦阳县城回来。自从那次因儿子犟牛的事，他来信立乡告刘俊杰和满囤的状以后，李夏松才知道，眼前这个蔫不唧的老汉，就是家兄夏桐第五保的大户周长吉。为了保证夏桐在下面的工作，李夏松开始转变了对他的态度。

　　周长吉又是那副满脸委屈的表情。他向李夏松苦诉道："李乡长，你看这事弄的？"

　　"啥事，你可咋了嘛，一到乡公所就跟哭丧似的？"

　　"李乡长，没想到红军弄事咋也人前拱着火背后藏着刀？他们派卖豆腐的张世发佯装借粮，让我们这个十石那个十石地往出借粮，可那个张世发咋从头到尾没拉来一粒粮食？"

　　李夏松听了，故作严肃地说：

　　"老哥，你可不敢给人家红军造谣，这可是挨搓的事，弄不好还得把命搭上！"

"唉！我好长时间想不通，我去问红军，你知道人家说啥？"

"说啥？"

"那个张团长客气得很，说是通关镇也驻扎着红军，张世发借的粮食就近送到通关镇。张团长还说，叫我甭有顾虑，说我的粮食是借给他们的，过阵子肯定还。"

"借了就借了，再甭嘈嘈了，弄不好鞭子挨了砲曳了，到时反落得两头都不是人。再说，红军那个张团长说的也有道理嘛！"

"有啥道理？我觉着这是红军和张世发合伙儿糊弄大家。"

"红军的事我说不清，就是真把你糊弄了我也解决不了。咱不说这个了。不过我还是奉劝，咱还是尽量离红军远点，走近了没啥好处！"

李夏松像在玩弄愁容满面的周长吉，几句话一拉一送，逗得周长吉不知他话里的意思。其实，李夏松今天去锦阳城，是去召开全县各乡公所乡长会议的，他从会上了解到当前国内尤其陕西的大形势。红军进驻锦阳北部沿山一带，大力弘扬国共合作共同抗日的事情。可是，蒋委员长回南京已经几个月，这国共合作的事并没有丝毫进展，而据可靠消息，去年张杨二人兵谏之日，本是蒋委员长发布第六次围剿，欲剿灭陕北共匪之时。没想到共产党提出一致抗日，全国民众顺势呼吁，蒋委员长虎落平阳龙困骊山，灰溜溜回了南京。他一回南京，少帅张学良就被软禁起来，至今没有任何消息。

会后，保安大队队长吴恭道特意吩咐李夏松，红军总指挥部在唐园镇，而槐园堡那个临时指挥部，进驻的也是红军部队的高级干部。他一再告诫李夏松说："我们一定要保持清醒头脑，站好队伍。要知道，我们的薪水可是国民政府按时发放的。"

李夏松看着无奈的周长吉，跟他开了几句玩笑，然后正色说道：

"周长吉，不管咋说，我们都得和红军走远一些。你可以私下组织所有借粮群众向他们要粮食，我这边再和县上沟通，再找个合适机会，看能不能把红军撵到北山里去。"

"李乡长，你们要把红军撵走？唉，这时候可不敢撵，撵走了我们找谁要粮食去？"

"那你就赶紧想办法要嘛。"

世上的事真奇怪，刚说出门下雨就碰见个递草帽的。锦阳国民政府正为红军的事发愁，每天都想着怎么用武力对抗红军，可慑于红军的强大威力，也不敢轻举妄动。

已过了小暑，天开始热起来。周长吉经过一段时间的秘密联络，找到十几个当初借粮的大户。他们准备集体声明，询问红军准备啥时候归还粮食。没想到，他们精心策划的讨粮方案，居然被蛇娃搅和黄了。

犟牛被满囤砍死，周家父子吃了一个揪心滴血的哑巴亏。周长吉又觉着自己在借粮这事上被人骗了。父子俩有苦无处诉，有冤无处告，不由对红军产生了仇视，态度十分恶劣。也不知是蛇娃的主意还是有人唆使，他居然想到出钱收买红军战士的枪支。结果，蛇娃异想天开的行为如同秃子头上的虱子似的败露了，他被抓到槐园堡红军临时指挥所。部队对他进行了严厉批评，并对他作了罚款。蛇娃心中的嚣张气焰被一下子泼灭了。蛇娃被放回来，周长吉又惊又吓，不问青红皂白就捆了他一个耳光，气得骂他："日你妈的，你要眼看着让我周家断子绝孙！"

开春以来，许多战士一到中午就去各村各堡，或者周边街道宣传抗日。周长吉的心思没在抗日上，他们觉着日本人离锦阳还远得很，他们整日念叨的就是自己那一亩三分地，盼的就是家里多些平安、少点灾坎。他始终监视着冒失鬼蛇娃，只怕他再生出什么事端。周长吉联络起来的讨粮人员来催他，他却因儿子的事胆怯得不敢出面。

最后，李夏松不得不跟着那些借粮户来到四维小学。到了学校，只见两个老师都在上课。他们进到学校西院，在后面的窑洞门口挨个往里瞅，在最西边那孔窑洞里，周长吉看到了那天训话的留着胡子的王政委。

王政委忽然看见外面拥来十几个人，不知是干啥的。王政委听他们是问粮食的事，哈哈一笑，走出窑洞，客气地说："各位乡亲，我窑里小，坐不下，咱到外面说说。"他说着，脱下一只布鞋，放在窑门口台阶上，一屁股坐了下去，口里只说着让他们随便坐。

周长吉想的是粮食的事，王政委又大大咧咧让人猜不透他心里想啥。他们站在那里，在王政委前面围了个半圆，一个个心里突突跳动，满肚子想好的话一个字也挤蹦不出。

"当当当……"下课的钟声敲起来，娃娃们拥出教室，校园立即沸腾了。王先生和思明走出教室，他俩看到王政委跟前围着许多人，便走了过来。

"王先生，你看看，你看看，你们锦阳人向我讨债来了。"

当初借粮时，思明和王先生都在家过年，许多事还是后来听大家说的。思明问他们："我说各位大叔大哥，你们这不是让部队为难吗？你们也不看看，离夏收还有二十多天，粮食还没打下，部队拿啥还你们？"

王先生也说："你们真是，人家部队借粮时给你们都立有字据，你怕啥？"
"就是，难道跑了和尚还把庙带跑了。"思明生气地责怪周长吉他们。

周长吉不敢说是李夏松教唆的，他被问得不好意思，嗫嗫嚅嚅不知说啥好。王政委忽然站起来，穿上鞋，看了看刚从窑里出来的张团长，解开上衣口袋，从里面取出一个纸条，让张团长念给大家。

原来是陕北送来的信件，是说中央红军已经调齐粮食，最近就运往各个驻地。末了还一再声明，部队所有自筹粮食，务必尽快清还，并和当地群众建立良好关系。

张团长念完，王政委说：

"乡亲们，听到没有，我们的粮食马上运到，不出十天，我们就向大家还粮。共产党的军队首先保证有借有还，同时也始终秉承'三大纪律八项注意'的原则。请老乡们放心。"

王政委手里拿的毕竟就是一纸空文。红军虽然这么说，他们这些讨粮户也都散去了，周长吉还是心里没底。直到上面通知他们正式领粮时，提心吊胆两个多月的他才长长出了一口气。

还粮地点还在四维小学，为了方便，学校临时放了半天假。这回来的人比当初借粮动员会的人多出好多，不但有当初的借粮户，还有四邻八乡的群众。外面热浪滚滚，校园里的几棵大槐树派上用场。槐树枝叶笼罩，树下一片阴凉。树梢的麻雀儿也聚了一堆，叽叽喳喳地向槐园堡报告消息："红军给大家还粮喽。"

三张八仙桌排成一摆儿，桌子后面墙上，贴了一排一尺见方的大红纸，上面用浓墨写着"粮食清算表彰大会"八个大字。

大会开始，最先讲话的还是张团长。他首先向年前借粮的人家致了答谢词，并对半年来驻扎信立乡并得到当地乡亲热情接纳表示衷心感谢。随后，王政委站起来，向大家深深鞠了一躬，表示歉意。他说：

"各位父老乡亲，我再次感谢大家对中国工农红军的信任，在这里向大家道声对不起。当初部队因粮食所困，我曾向你们讲了不该讲的话，为这事还挨了上级首长的批评。今天，部队的粮食下来了，我们要如数清还你们。请大家拿好各自的收据，再等会儿，今天就给大家结算。"

台下响起热烈的掌声，震得院子的树叶唰唰直响。张团长站起，走到八仙桌前，向大家宣布了今天的清还方式。他说："乡亲们，部队这次拉来的粮食是大米和小麦，去年你们借出的有小麦糜谷。无论借的什么，都按这两样折算，如果谁家不想要，也可以直接领现钞。"他还说，借今天的场子，召开这次表彰大会，隆重答谢大家对红军的支持。当初借粮时人人战战兢兢，今天领粮时个个兴高采烈，会场上的热烈氛围跟当初借粮形成了鲜明对比。

张团长手里捧着一张明细表，按借粮数量，由少到多一个一个念着名字。大家按各自所需，选择大米或小麦，相互礼让秩序井然。这边办完相关手续，那边贞昌、思明，还有王先生帮忙，再由一位姓刘的排长给大家派人派车，负责拉运。有几户不要粮食的，部队按每石三十元的市场价，当场给他们兑付了粮款。

葫芦口的张志信就领了三百元钱，紫色的票子五元十元的都有，他在手里攥了厚厚一沓。

"老张，你借出的是一石一石的粮食，今天忽然拿了这一沓纸票子，心里瓷实不？"

"嘿嘿嘿，不瓷实了，我还可以跟红军换嘛！"

到了周长吉，张团长笑着说："周家老哥，我们跟你打搅这么长时间，也不算外人了。你给大伙说说，我们说话算不算话？"

周长吉一脸窘红，不好意思地笑了。他摇摇头，说："唉，都怪我老汉看输眼了，想到一旁沟道里去了。"

"你的心情我们理解，毕竟谁家的粮食也不是空里来的，每一粒都是大家用苦换下的。今天来了，你只管算你的账，领你的粮，以前所有的猜测和我们说的话都扔了去。"张团长笑道。

看着所有借粮户都算完账，王政委再次将大家召集到一块。他大声说："乡亲们，红军队伍是人民的队伍，是一支说话算话的队伍，也是一支知道感恩的队伍。在这里，我代表中央工农红军全体官兵，感谢大家对我们的信任和支持，感谢你们为红军部队慷慨送粮。为了表彰群众的这种拥军和抗日热情，我们特意给捐粮、借粮的大户每人赠送一面锦旗。"

周长吉和蛇娃父子捧着一面书有"热心救国"等字样的锦旗，轻松地回了周家堡。

十一

　　西安事变之后，国共两党二次合作，困扰多年的国内战争转向抗日民族战争。中央红军开始实施双方达成的"团结起来，摒弃前嫌，一致对外，全民抗日"的战略部署。

　　只是，这次合作还处于似合非合的模糊时期。国民党当局依然抱着攘外必先安内的治党治国方略，所谓的国共二次合作，只不过是蒋委员长面对自己的生命和统治受到威胁的权宜之举。蒋委员长被张、杨二将军俘获看押西安，使他名誉受损、威风扫地，一夜之间成了全国的罪人。蒋委员长心里像吃了苍蝇一样难受，恨不得一口吃了这两个让他颜面丢尽的人。他回到南京，立即凶相毕露，恼羞成怒地开始实施新的计划。他首先将张学良软禁起来，接着又以南京国民党政府的名义，派杨虎城前往欧美考察军事，其实谁都知道，他的真实目的，是对杨虎城撤职留任，并准备将他长期放逐海外。

　　西安事变未果之际，已经宣布撤销"西北剿共总部"，成立抗日临时西北军事委员会，以张学良为委员长，同时对东北军进行了相应调整，东北军顿时群龙无首，各位将领秘密开会，后一致决定，先将各自部队驻扎西安周围，随时待命。他们一方面与陕北红军联合，消灭关中所有国民军另一方面是服从国民军指挥，继续北上剿共。

　　国民革命军第五十七军第一〇九师在师长贺奎的带领下进驻锦阳。该师是张学良麾下的王牌师，师长贺奎曾任国民党东北"剿总"锦州指挥所副主任兼冀热辽边区副司令，在东北军界也算名声显赫的人物。

　　他们来到锦阳，拟将指挥部放在县城，让其他官兵驻扎在城南荆山原。县城的保卫大队警务队全力出动，据守堃城要塞，贺奎率部攻打一次，希望借城外的驻军吓退锦阳的守城人员。他们刚一发起攻击，锦阳县长张丰州和国民党党务指挥员沈凤翔等人先缒下北城，惊恐而逃，正准备负隅顽抗的吴恭道气得哇哇直叫，大骂张县长缩头乌龟。本来，贺奎只要稍微来点真的，吴恭道就会溃不成军，可贺奎思来想去，眼下正是特殊时期，凡事需得谨慎，也就安营收兵，静等南京那边张少帅的消息。

几天后，张学良被扣南京。东北军内部就如何营救张将军产生分歧，孙铭九、应德田、苗剑秋等少壮派不满王以哲等东北军高级将领用和谈手段营救主帅的主张，派兵直抵兰州，竟将王以哲刺杀，发生了所谓的"二二事变"。而王以哲所属的东北军将领又对那些少壮派看押的看押，驱逐的驱逐，要么就听任其自行逃离，这一事件直接导致东北军内部出现了严重分裂。王以哲身亡让东北军对前途产生了重重顾虑，一时间人心浮动，棘手难理。为防止东北军溃散，蒋介石有意安排东北军将领探视张学良，一来借张学良之口安抚东北军军心，二来也是让他们不要再指望张学良主持大局。紧接着，张学良写了一封信，告诫东北军各高级将领，要维护东北三千万父老所寄托这点武装，一定要将部队的鲜血和生命供献给东北父老，希望大家和衷共济，在抗日战场上再显身手。

对此，国民党五十六军刘军长特意面告贺奎说："张副司令已经成为蒋委员长的人质，他的生命安危，全系于东北军的强弱和存亡。为了维护张副司令的安全，东北军必须团结起来，保持战斗力，行动上务必谨慎，切莫走错一步。"

军令如山，心里再难受也得忍气吞声。贺奎对东北军多年流浪漂泊的悲惨处境深感忧虑，他一想到抗战，想到少帅主张的将抗战到底，打回东北去的光辉业绩，也不得不选择忍让。

军队都是国家的，要接受上级的指挥。蒋介石顺利地将东北军由一支军阀部队转变成了真正听从自己调遣的国民党军队。贺奎在锦阳待了不到二十天，也受命开拔。吴恭道一颗悬着的心终于放回原处，他长长出了一口气，重新掌控了锦阳的警备大权。

吴恭道梦想着县长走了，自己能否也捞个县长当当。刚想走进县政府显现吴县长的威风，不料国民军军队又来了，而且一来就是两个师，阵势比东北军还要大。

这次进驻锦阳的部队，是蒋委员长的嫡系部队第四十六军。吴恭道那几杆枪几发子弹咋能是他们的对手，这鸡蛋碰碌碡的事他根本不敢想，他几乎是屁滚尿流地出城迎接。军长樊松甫仿佛回家一样，轻而易举占据了锦阳县城，令其麾下董钊、陈安宝的两个师一个驻扎金城堡外，一个驻扎城北太后原。他们来势汹汹，企图进占唐园镇和信立乡一带，准备把驻扎锦阳北部的红军挤出关中去。

知道国民军驻扎锦阳的目的，吴恭道立即拽住了这根救命的稻草。他将莲湖小学腾出来做了樊松甫的指挥部,开始等待这支几乎可以所向披靡的国民军驱逐留驻锦阳一线的共军部队。

樊军长的两个师不仅有精良的美式武器,部队从师长到士兵都有着斗鸡一样永不言败的斗志。樊军长坐镇锦阳,自然是一副耀武扬威的态度,仿佛赶走这些共军,对他来说就像秋风扫落叶一样轻而易举。当然,他也时刻思考着如何不费一枪一炮地驱逐共军,这样的买卖才是既要马儿跑得好,还要它不吃一点草的最高境界。

樊军长思忖之后,着人写了邀请函,请红军总部派代表来锦阳县城谈判。所谈内容无非是国共二次合作后双方军队应该怎么配合,以及谁服从谁的问题。

接到信函,唐园镇红军指挥部迅速召集信立乡、通关镇、老瓷窑镇等地驻军领导过来开会。会上决定,由王政委和张团长出使这次谈判,理由是他二人在驻地不仅筹粮迅速,干群关系和睦,而且群众工作做得好,真实有效地使党中央的统一战线工作得到活学活用,而与国民党军队谈判,也属统一战线工作范畴之一。

王政委和张团长接受了任务。有人提议,国民军向来花招多,爱耍手腕,让他们务必注意安全,必要时可以带警卫战士过去。张团长听罢,带着不屑的表情和王政委商量。他说:

"王政委,这些年在枪林弹雨中蹚来走去,咱别的不怕,不过我还是有个建议……"

"哈哈哈,还说不怕,这话还没说完就怕了?"

"王政委说的哪里话。我是说,为了确保谈判成功,我首先提三个建议。第一,你唱白脸,我唱红脸,保持咱俩的一贯作风;第二,为了谈判公正公开,咱向他们提出申请,请锦阳县政府和当地士绅代表共同出席;第三,谈判地点不选国军驻地,当然也不选红军驻地。"

这边事情一定,第二天樊军长就回话,谈判地点设在锦阳县政府,时间是三日后。

霍军长是驻扎锦阳的红军最高长官。他听后不无担心:"谈判地点在县政府,这不是还在国军驻地,你两个过去总让人担心。"

张团长说:"霍军长,三国关羽单刀赴会,我们军部就驻在槐园堡关帝庙,也早被关老爷熏陶得不知啥叫怕了。"

"这次,国共二次合作,我料想他们也不敢对我们怎么样。真要发生啥意外,那反倒更好,更能激起全国民众的抗日热潮。"王政委半是严肃半是玩笑地向霍军长解释。

谈判地点就在县政府内一栋砖砌二层小楼上。王政委和张团长骑马而至，他们一到县政府，就有武装人员把马牵到后院，还要搜身检查是否带有枪支，两人将衣服前前后后拍了一遍，大笑道："哈哈哈，你们看，随便看，看带枪没有？"弄得几个搜查人员脸色通红，无不尴尬。

王政委和张团长被人领到谈判室，里面已坐着八九个人，他们也不认识。吴恭道站起来，客气地和他们握手，然后逐一介绍，始终是一副虔诚而热情的表情。国民军谈判代表是樊军长和董钊师长，他们身后站着荷枪实弹的四个警卫，士绅代表是郭锦屏、杨介石、刘竞民三人，再就是代县长兼保卫大队队长吴恭道。而陈安宝师长则负责外围，以备出现特殊情况，及时出兵血刃谈判桌。

谈判桌上，双方各持己见，据理驳斥，互不相让。虽然大家的目的很明确，那就是相互尊重，稳固大局，停止内战，一致抗日。可是董钊一直以蒋委员长和南京政府施压，开口闭口都做着蒋介石的传话筒，陈述出许多无关痛痒的理由，只希望大家有分有合，互不侵犯。并一再申明，关中是国军的地盘，劝红军尽快退守陕北，把关中给国军让出来。

红军代表始终站在老百姓的立场上，站在全国形势和民族利益的基础上，提出许多理由。张团长向大家打着比方进行陈述。

"上古时候，黄炎二帝联合，中原逐鹿大战蚩尤，建立了华夏民族；三国时期，蜀汉与东吴联合，与曹操八十万军队隔江对峙，火烧赤壁铸就三国鼎立之局。我们眼下最关键的也是团结合作，抗击日寇，收复河山。"

张团长说得有理有据，几位士绅听得连连点头称是。董钊也引经据典，予以反驳。他说：

"张团长说得没错，可你们也应该知道，暴君秦始皇建立大秦焚书坑儒。韩信垓下一战迫使项羽乌江自刎，到头来兔死狗烹。狡兔三窟的典故逼得人不得不时时提防啊！"

王政委听了顿时火起，质问董钊："董师长说得屁话，满口都是蒋介石的做派。我们想着全力抗日，你们怎么总是给自己留条后路？"

这边声音一高，那边警卫马上立眉瞪眼就要拔枪。张团长说："樊军长，董师长，你们可明确我们谈判的目的，更甭错过了目前国共合作的大好时机？"

吴恭道站在那里，开始还津津有味地听着双方讲故事似的辩论，忽然就觉得双方已到了剑拔弩张的地步，火药味马上就要涌出，大有一触即爆的危险，吓得头上不禁冒出细汗。郭锦屏说:"你们彼此吵来吵去,难道声大理就长吗?我等几个老朽活了大半辈子,也曾经见过一些军队,也知道秀才遇到兵的无奈。可话说回来,我等几个能坐在这里,也是双方看得起我们,信任我们。"

郭先生一说话,双方就又坐了下来,一个瞪着一个,一方瞪着一方。

"说句不好听的,这些年兵燹灾祸着实把人折腾得够呛。你们即便今儿闹翻了,让我们一个个吃了枪子儿,最终事情还搁不下。以老朽之见,双方都要抛弃二心,紧密团结,内和而外刚,这才是抵御外寇的上策呀!"

没想到,国民军这场如同鸿门宴的谈判,经过几轮唇枪舌剑,又在郭先生等人四两拨千斤的话语中不战而败。

樊松甫以师出无名而挫败,南京政府得悉樊松甫驻军在锦阳试探红军的事反而讨得没趣,他们图谋驱赶红军的宏伟计划败露了,仿佛一只咬太阳的笨狗,汪汪汪狂吠几声,再没有任何结果,不得不在一纸命令中移师别处。

一波未平一波又起,南京政府又使出绵里藏针的一步之棋。

初夏时节,他们又派一支中央考察团,以借到红二方面军总部驻地唐园镇考察为名,准备行使一些小伎俩。霍军长对他们的这些把戏儿早已习以为常,让参加欢迎的红军人员保持坦诚布公的心态,同时也务必做到处理出现突发事件的应对措施。

在唐园镇红军驻地,红军方面为考察团举行了隆重的欢迎仪式,当天晚上还举行了联欢晚会,红军代表客气而诚恳地向考察团致了欢迎词,军民代表共聚一堂,大家扭秧歌唱小戏热闹非凡,庆祝这次国共合作取得顺利进展。联欢会将到尾声时,考察团代表向大家进行答谢,没想到他们的答谢人员竟然在会场说三道四,大放厥词,谈论起一些既不利当前团结,又指责西安事变是共产党一手策划的历史闹剧。此言一出,当即遭到晚会主持人的驳斥,会场上顿时群情激愤。大家听到消息,把他们当作汉奸对待,高呼"打倒汉奸造谣!""团结一致,共同抗日!"等口号,再次给国民党顽固派沉重的迎头痛击,使得这次考察不欢而散。

半年来,国民党政府和军队在渭北遭遇的一系列打击,竟然成了霜打的茄子,从上到下全蔫了。而与之形成鲜明对比的是,红军在当地的威望越来越高。

在宣传扩红的过程中,当地老百姓热血沸腾,昔日的道听途说让大家在这里得到了有目共睹的验证,红军队伍不拿群众一针一线,时时帮助群众劳动,最让他们感动的就是年前的借粮与最近的还粮了。这种事情以前想都不敢想,哪个部队到了这里不是强盗一样,用老百姓私下里的话说,粮食财物到了他们那里,绝对是只许进不许出，比所谓的母狗屁还要厉害数倍。

老百姓对红军的信任就这么一点点建立起来，以至到了军民交心的鱼水之境。让人不得不叹服人心换人心的无偿付出与奉献。最让人感动的则是当地青年踊跃参加红军的感人场面。大家都知道是上战场，上战场就会有流血牺牲，可为了抗击日寇，有的兄弟争相当兵，有的妻子喜送丈夫，有的父母送儿子。

在最近的扩红宣传中，四维小学也做出了不菲的成绩。思明不仅给娃娃们上课时宣扬抗日理念，他一下课就走出学校，到各村堡帮红军进行演讲。王先生除了为战士们写信，也更是用自己的一首首诗作倾吐着一名爱国志士的心声，他谱写的歌曲也在城乡民众和红军队伍中广为流传。

继宗要参加红军的消息，恒昌是从思明口里得到的。

那是仲夏一个燥热午后，巷口古槐上的知了在"吱鸣……吱鸣……"的嘶鸣中期待着黄昏。思明从青龙岭第五保障所出来，觉得天色尚早，径直进了槐园堡。

思明一进院子，叫声"姨夫"。恒昌乐呵呵跟他应承着，询问了最近家里和学校的情况，他听说思明最近除了上课，就帮助红军那边做各种宣传，心里不由五味杂陈。他思来想去，还是换成和蔼地说：

"思明，我看你这几天风光得很嘛！"

"姨夫，这几个月也不见你来学校。要不是我二姨，我都不知你在家里忙啥？"

"忙啥，啥也不忙，就是替你们操心。我看你一天到晚不好好教书，跟着那些红军打'哦号号'（注：哦号号，关中方言，源于戏剧中手拿杀威棒跑龙套的人）。"

"姨夫，你可甭说，红军才是真正的部队，才是救万民于水火的大救星。若不信，你哪天也到学校转转，听听红军的理念与学说。"

"我活了大半辈子，啥没见过？娃，听姨夫一句劝，再甭跟着红军瞎起哄。你的任务就是把娃娃们教好，帮衬着王先生把学校管好。红军没走以前，我是不会踏进学校半步的！"

"这又为啥？"思明不解，解释道，"我最近也要参加红军，这几天继宗、继堂心里都热得快起火了。"

恒昌猛地听说三个孩子背着他商量着参军，一股无名之火涌了上来。他气得让思明这就去找继宗、继堂，自己则径直去了隔壁贞昌那儿。他要将两家人以及外甥思明召集到院子里，给他们训话。

掌灯时分，在恒昌家的前院里，大家聚在一起，无一缺席。宝珍要给大家杀个西瓜，被恒昌制止了。她要去沏茶，也被阻止了。榴花嬉笑着说："二哥今儿咋了，让娃们吃个西瓜都不行。"恒昌瞪了她一眼，又看了看宝珍，生气地说：

"你看看，你看你姊妯两个，几十岁了还搭伙成群地疯疯癫癫上识字班。"

宝珍小声争辩说："当初不是都说好的，咋突然把气撒到我姊妹俩身上。"

"甭说话，等我把话说完。"恒昌打断宝珍的话，转头数落起贞昌，"老四，还有你，讲究给娃当爹当叔哩，几十岁了跟着红军搭帮结伙，净带歪歪头！"

恒昌阴森着脸怒不可遏的指责，吓得继宗、继堂、思明三人都闭了口。贞昌被二哥说得丈二和尚摸不着头脑，他不服气地问道：

"二哥，你得是吃了炮烙丸，咋不着天不着地地乱发凶！"

"你们，包括思明，都给我听好，从今儿开始，都打消了参军的念头！"

"二哥，你是说这呀！"贞昌笑了，"参军，保家卫国嘛，有啥不好？我还以为是啥大事！"

"你们懂个屁！你们都不看一看，想一想，这些年国民党跟共产党就像一个石槽上的两头踢货骡子，谁输谁赢还不一定呢。你们眼睛都放亮，否则到时看谁吃亏！"

"二哥，我知道你的意思。可红军不但是工人农民的部队，也是真正想打日本的军队。这国共合作一致对外的政策和行动就是例子呀！"

贞昌总想说服恒昌。恒昌却是一副不屑辩解又不得不说，一开口又满肚子火。

"老四，红军实力软得很，他们不合作得成？就算他们暂时是诚心诚意的，可你们能从国民党蒋介石的言谈和行动中感到真诚不？弄不好日本鬼子还没撵出去，自家人又会咬成血头狼。"

贞昌知道二哥恒昌的苦衷，可如今国内大势已定，料想蒋介石也不能出尔反尔，就略带调侃地说："要是我们说不下这几个娃，咋弄？"

"他们敢！要去先等我死了再说！"

恒昌果然脸色铁青，重重地丢下一句话，能把地砸个深坑。

思明听罢，坦诚地跟恒昌说："姨夫，你们这是被仗打怕了，老百姓也没有几个愿意打仗。可我们也不能眼睁睁看着日本强盗从东北一路南下，横冲直撞嘛。若不是黄河天险，恐怕我们这里早就豺狼横行了。"

"思明，我不是没有爱国心，我也对日本列强恨之入骨。我是过来人，我不想让杨家、让孟家再出现任何意外。死人把我看怕了，我们赔不起啊！"恒昌抬头将大家环视一周，继续说，"你们听好，从今儿开始，再甭在我跟前说参军的事。否则，你们一辈子就甭进我杨恒昌的门。"

恒昌说罢，起身走出院门，痴痴伫立在巷口的槐树下，不言不语地望着天空明灭闪烁的群星。

今年注定是个多事之年。夏末时节，北平爆发了卢沟桥事变，日本帝国主义终于撕破了"中日亲善"的面纱，大举侵略中国。第二天，中国共产党向全国发表宣言，提出武装保卫平津、保卫华北，建立民族统一战线、国共合作、驱逐日寇等口号。随即派军队开赴华北抗日前线同日寇作战，得到了全国各民族和爱国力量的拥护。在中国共产党一再敦促下，在全国人民各民主党派和爱国人士的强烈要求下，"卢沟桥事变"发生十天之后，蒋介石才被迫在庐山发表谈话，宣布对日作战。

消息传到四维小学，王先生意气风发，挥笔豪书，一篇《拟抗日檄》迅速传开，从槐园堡传遍锦阳，又从锦阳传到延安。不过几天，这篇檄文又通过复刊不久的《红色中华》传遍全国。

奴东夷岛国，上天骄子：

性本凶残，以侵略达帝国目的；行甚卑鄙，以卖淫为大和手段。昔我秦皇布开化之政，徐福远渡重洋；汉光存抚字之心，倭奴受授封号。历六朝隋唐，观光我国；经宋元明清，浸以强盛。数典忘祖，恩将仇报。夜郎自大，只知己而不知人；井蛙眼小，徒见泉而未见海。狡兔咬人，乃是山荒；萤虫放光，只缘天晚。高丽之不自强，贼生野心；清帝之太儒弱，奴反欺主。日奴自称东亚主人，未免遗笑柄于欧美；甘为和平强盗，不惜见弃绝于国联。东三省故多汉奸，忍贼扬鞭走马；廿四省皆是义勇，能不操戈杀敌？蒋委员长十年忧国，早运筹于帷幄；四万万人一致抗日，同披坚于疆场。

仆一介书生，年近花甲。力无缚鸡之能，心存撼山之志。藉毛锥之锋，传抗日之檄。捍宏志士之气，提练干城之将。效力前线，共卫社稷。洗百年之耻辱，复四省丧亡之失地。上报轩辕黄帝在天之灵，中答蒋委员长救国之愿，下建四万万人子孙根据之基。一心一德，同受同享，何惧乎日奴？何惜乎伪满？

卧榻之侧，岂容他人酣睡？中原之地，哪许丑贼跳梁？君等同为黄帝子孙，国民分子，天下兴亡，匹夫有责：有力出力，有钱出钱，有智出智，共立抗日之勋，无废中央之令。

此檄到日，努力勇为，不胜感激希望之至！

切切此檄。

这篇檄文在锦阳一带产生的影响更是巨大的。大家熟悉王先生，也熟悉这篇文章的诞生背景。锦阳老百姓也表现了极大的热情，再次踊跃送亲人参加红军。在唐园镇和通关镇分别组成了两个新兵连，在老瓷窑镇成立了由三个连组成的新兵补充团。仅这几个地方就集中了新参军的青年五百多人，加上其他各地先后参军的锦阳青年共有一千多人。

这一年的红军扩红中发展的锦阳籍红军战士，在许多当事人几十年后的口述中称，当年他们曾被整编为锦阳师。

十二

　　恒昌和王先生除了对四维小学教育发展有相同之处以外，两人的思想倾向似乎走向两个极端。恒昌想法设法阻止杨家户族所有人参加红军，王先生却义愤填膺地写出了《拟抗日檄》，从张贴到发表继而在华北各省广为流传，始终宣扬他抗日除魔驱除列强的一腔斗志。其实，他们的内心其实是相通的，只是彼此的站位不同，才产生两种不同思想而已。

　　贞昌一直参与抗日宣传，儿子继堂要参加红军，他也没啥意见。当地自古就有养儿当兵的传统，大道理大家都懂，榴花嘴里不说，可她还是舍不得。榴花难受得像喝了黄连，嘴里苦肚里苦心里更苦，有心让继堂去，她就一个儿子，不让去吧，红军的宣传队说得自己恨不得也穿上军装，尤其一听说谁家娃娃参军了，她又猜想自己家里会不会又落后了。榴花左右为难，大半晚上睡不着，好不容易迷糊了，忽然莫名其妙又灵醒了。后来，她索性强制自己甭去想，反正家里有贞昌，啥事最终还不是掌柜的做主。

　　那一年，大伯元昌一家被虎烈拉夺去性命，大哥继祖回了槐园堡料理家里一大摊子事。继宗到了部队，本指望着跟父亲驰骋沙场呢，没想到父亲竟带着他和二姨回来了。父亲回到槐园堡，从不在人前提说部队的事，仿佛压跟和部队就没有任何瓜葛。继祖出事后，父亲伤透了心，甚至比母亲去世还难受。最近，继宗想着和继堂参军，也权当到部队有个伴儿。他知道父亲的脾气，不敢开口直说，先把自己的想法告诉二姨宝珍。宝珍在识字班断断续续接受着红军的宣传，内心大受鼓舞，身为女人，她没有呼风唤雨的能耐，可那份抗日的激情丝毫不减。宝珍一想到恒昌那张死人一样的冷脸，也怯怯地不敢贸然开口。毕竟，恒昌解甲归田的心思她是最清楚的。

　　恒昌早年领兵时，因一个偶然机会，曾救过当时的西安保安司令余忠义的命。余司令感激恒昌的救命之恩，要予以重金酬谢，遭到恒昌婉言谢绝，进一步增加了余司令对他的敬仰。两人闲谈中，余司令得知恒昌生有二子，问了两个娃的出生年月生辰八字，便将他的千金小女余金萍许给继宗，自此结了儿女亲家。无奈因为各种原因，他们至今还没结婚，恒昌每年还得抽空让继宗去西安给岳父余司令去拜年。自从继祖去世以后，恒昌一直念叨着把金萍娶进门，而且余司令那边也催了几次。恒昌正要张罗儿子的婚事，偏偏儿子继祖出了事，最终连夫人杨纪氏也搭上性命陪儿子走了。这守孝三年的大礼不能违背，恒昌不得不又将继宗的婚事搁置下来。

恒昌阻止他们参军的事传到思明耳中，他一时也想不通，向来和蔼可敬的姨夫怎么会发那么大的火。他心里也不是滋味，家里的事情就像皮影似的，在他眼前一幕幕映现。父亲因革命早早牺牲了，家里人坎坎坷坷历经二十多年，孟张两家人更把他当宝贝一样呵护着。如今，他也是孟家念书最多的人，不仅在锦阳念过，还去南京，去西安，也去北平，他见识过北平学生闹运动的场面。尤其当他看到宿舍墙上王先生题赠他的那首《丈夫不虚生世间》，心情更像打烂的酱缸一样，酸甜苦辣咸各种味道一股脑儿涌了出来。

　　　　不愧奇男子，存心莫虚生。少年能立志，青史要留名。
　　　　百战要余勇，五洲重纵横。踏平蛮夷域，恢复故原城。
　　　　宁效孙文苦，不随世凯荣。将相本无种，英雄当自行。
　　　　乾坤双手捧，奋斗信力成。

这是学校开学后王先生初见红军时作的自勉诗。当时，王先生激情澎湃地写了这首诗，放在西院厢房的桌子上，思明看了爱不释手，笑眯嘻嘻从王先生那里索讨。思明读第一遍就心生斗志浮想联翩，他将诗稿仔细贴在临时支起的床头。如今再读，他更觉得这首诗就是王先生特意给自己写的。

为了参加红军，思明回了趟家。他这些年参加过许多抗日宣传活动，也很欣赏共产党的救国理念，可参军的事他并没想过。本来，他准备向姨夫讨个主意的，没想到会遇到那种态度。他不明白，姨夫回来这些年了，为啥一提到部队的事，就像被谁揭了伤疤一样易躁易怒，作为晚辈，他又不好追问。他来四维小学，一眨眼已经四五个月。尽管最近放了暑假，他每天忙于宣传抗日，也没有顾得回家。

母亲孟纪氏看到儿子，气得嗔怪道："这贼娃，咋跟你爹一个模子，一出门就把家忘了？这当个先生还能把人忙成这？"

婆也嗫嚅着缺牙短舌的嘴骂孙子："没良心的货，把我和你妈丢下不管不顾的，我们早也习惯了，可你甭把媳妇丢下嘛！趁阎王爷还没收留我，赶紧替你们抱抱娃娃哩。你这挨刀子的，谁家母鸡不踏蛋能下出孵鸡娃的蛋呀？"

任母亲和婆嘟囔，思明只是嘿嘿憨笑。他掏出给婆和母亲扯的洋布，还有池阳蓼花糖和泥阳芝麻饼。云焕被婆和母亲说得不好意思，她脸上泛起的红晕还没退去，婆又开了口：

"这没良心的挨刀货，跟你爹差远了。你爹去趟上海，给家里人人都要买东西，你光知道给我和你妈买东西？"她说着，就把蓼花糖、芝麻饼往云焕怀里塞。

思明按住她的胳膊，说："婆，你再甭数落我了，我给云焕带东西了。"他说罢，从褡裢里掏出两本书。母亲好气又好笑地看着思明，心里说："这瓜娃，到底啥时能长大些！"

晚上，思明和云焕静处屋内。云焕把炕上收拾得清清当当，被子铺得平平展展，两只枕头也摆作一排，枕头侧面绣着的鸳鸯两两相依。她静静地坐在炕上听思明讲着几个月来的故事。云焕知道思明离家不远，也知道那里住着红军，她也跟大家一样，对红军一直心怀胆怯。锦阳县城不像北部沿山一带，别说年前的东北军，就是年后国民军驻扎锦阳周边几十天，老百姓心都要提到嗓子眼，大家担心又要打仗，到后来一场虚惊，国民军竟然偃旗息鼓不知所踪。

思明回来了，云焕心里亮堂了许多，听着他唠叨，看着他说笑，她心里荡起了一股股难得的舒坦。时候不早了，她已打起哈欠，思明还问她最近学习没有，写字没有，听得她不耐烦起来，脱了衣服面向墙微微打起鼾声。

思明和家里人说起参军的事，婆和母亲一个劲儿反对，可她们又拗不过他。没办法，婆和母亲把这事的决定权抛给云焕，没想到一说起参军的事，云焕居然答应了。惹得婆和母亲一脸不高兴，半个多月不跟云焕说半句话，甚至她做饭不香，走路也不利索，看着她哪里都不顺眼。

经过几个月的宣传，锦阳当地参加红军的青年就达到一千多名，几乎遍布锦阳县的各个村堡。红军这次扩红影响之大，当地人几乎从没见过。从普通战士到霍军长，从锦阳各乡镇村堡到陕北根据地，也无不引起震动。霍军长起初将这一千多名锦阳子弟编到一起，组建了锦阳师。大家在一块练兵、学习，形成声势浩大的锦阳阵营。直到出征前，部队才重新整编，将锦阳籍新兵充实到红二军团第四、第六师。

就在思明他们积极报名参军的时候，槐园堡发生了一件意想不到的事。

那几天，村里忽然出现了一个以卖字画为生的山西商人。他在锦阳西北乡各地游走，一天到晚忙忙碌碌。槐园堡许多乡党奇怪，心想这山西人真是生意精，寻着缝缝儿做生意。可他转悠了二十多天，也没见卖掉几张字画，却天天住车马大店，顿顿下馆子。这时又有人说："山西商人有钱，人家住皇宫咱都无权干涉。"后来车马店的王青海无意发现了他的猫腻，让人差点惊呼出来——这货咋是个大汉奸！原来，他是个假商人，他来槐园堡的主要目的就是在红军驻地进行反面宣传，他通过演说破坏群众已经形成的抗日理念，增加老百姓对日本列强的恐惧情绪。王青海将他的猜测告诉贞昌，贞昌不敢马虎，立即去学校，向王政委说了自己的看法。这种事绝对不敢大意，张团长亲自出马，带人将其逮捕。经过审讯，这个商人果然是游窜关中的汉奸，和他来的还有同伙，在河东一带以神仙写字为名，招来周边群众向他问神求药，两人借此一面骗财，一面宣传反动言论。事情一经查明，立即上报唐园镇红军总部。于是，红军指挥部将这两个汉奸集结一处，押送到各乡集市游街示众，让他们坦白交代各自罪行。几天后，在当地红军驻军的配合下，唐园镇和信立乡在槐园堡东边漆沮河畔召开群众大会，对这两人进行公审，予以处决。

　　突然发生这事，红军方面不得不考虑大后方各党组织的建设与保护问题。部队最后决定，将目前已经入党的部分入伍人员进行劝退，让他们做好红军誓师东征后渭北各地的党建和各项统战工作。

　　由于恒昌在参军问题上对家人的指责发怒，贞昌不再跟他讨论娃们参军的事。直到八月底，红军就要开拔了，继堂已换上军装，才终于纸里包不住火，弟兄俩在院子里美美实实吵了一仗。

　　恒昌依然那副老样子，脸上黑青深厚的皱纹和吐唾沫能砸出坑的严肃，肚子里充满一触即爆的怒怨之气。恒昌的语气一会儿低得像倾心解释，一会儿又高得不容许任何人批驳争辩，老哥俩折腾了大半夜，恒昌还是没有劝下贞昌。

　　恒昌看贞昌榆木脑子一根筋，一时三刻也说不出个子丑寅卯来，气得把他连推带搡地撵了出去。贞昌还想向他解释，他连连摆手，怒不可遏地说：

　　"老四，我今儿把话撂下了，如果继堂参军，从现在开始，我和你老死不相往来。"

　　贞昌见和二哥说不出个眉眼儿，也懒得说了。他叹口气，摇着头拐进了自家屋。

　　贞昌觉得二哥不让家人到战场上流血牺牲，是那些年在部队打仗打怕了。岂不知今非昔比，当时那是军阀混战，占地盘争势力，打到最后还是中国人打中国人，如今时过境迁，世事不同以往，大家团结如一，对抗日本强盗，大家都是华夏子孙,都有民族大义,怎能因此而甘当胆小鬼。贞昌想,先让二哥发发火,暂时都在气头上,缓过这阵子他或许就想通了。

此时此刻,又有谁知道恒昌的苦衷啊!得知娃们要参加红军,他就想到当年那血淋淋场景。再想到儿子继祖,夫人杨纪氏,想到这些年发生的事,他无语了。躺在炕上,恒昌思前想后,越想越灵醒,他忽然坐起来,摸过水烟壶,拽过火绳,噗地吹着,滋噜噜吸起水烟。

宝珍睡了一觉,见恒昌还坐在炕头吸水烟,一星火光随着他的呼噜声一明一灭。

"掌柜的,睡吧,甭再为娃们的事熬煎了。"

"你睡,让我坐一坐。"

"有啥坐的,天大的事一个个都撑下来了,还被这些鸡毛蒜皮的事浆住了。你不睡,俺睡了。"

宝珍劝不住,也不再劝他。恒昌坐了一会儿,又到院子外面转了一阵,才倒在炕上,心事重重地翻来覆去,一直熬到隐隐约约鸡叫头遍才迷迷糊糊睡去。睡意蒙眬中,恒昌还是回到那个让他揪心将近十年的唐营寨之战。

广东革命军出师北伐,直系军惨败,总帅吴佩孚逃入四川。局势的变迁让大家认识到所谓的国家统一实则是军阀割据战祸连连,带给老百姓的只有看不到尽头的灾难。大家不由心灰意冷,田龙彪部后来被冯玉祥收编,他也就划归冯玉祥麾下。

那年是民国十六年,正是仲春时月。中共党组织在汝南农村发动群众,开展武装斗争支援革命军北伐。汝南城内的小军阀张老六经常到唐营寨、十八里庙一带向群众征粮要钱。当地的红枪会为使自己的财产不受损失,在会首唐家兄弟的带领下逮住张老六,将他就地处死。张老六死后,他老婆投靠了他的义兄贾呼礼,他们对红枪会恨之入骨,决心伺机报复。

几天后,贾呼礼纠集人马前往唐营寨为张老六报仇,岂料在半路遭到唐家兄弟率领的五千红枪会会员截击。双方经过两天激战,贾呼礼惨落下风,被迫西逃。在逃跑途中,他派人联系汝南城内的国民军师长杨恒昌。错就错在贾呼礼为了找个说辞,就交代联系人说是河南的红枪会将要出兵剿灭陕西籍的国民军,形势十万火急。

隔了一日,贾呼礼稍作休整,重新组织三千多人,再次向唐家兄弟的营寨发起进攻。他们沿路烧杀抢掠,害得当地老百姓叫苦连天,纷纷扶老携幼,拉车挑担，拥向唐营寨躲避。唐营寨忽然拥聚了两千八百多人，由于寨小人多，实在难以承纳，唐家兄弟不得不将寨门关闭，让那些未能进寨的群众逃往别处。贾呼礼部队逼近唐营寨时，营寨内的红枪会会员手持大刀长矛、土枪土炮，双方迅速进入激烈厮杀。正在两难之际，接到蛊惑假信的恒昌率部从汝南赶来增援，他们兵合一处，气焰大增。唐家兄弟虽经顽强阻击，终因武器落后，唐营寨寡不敌众遭到攻破。贾呼礼的官兵土匪一样闯进营寨，一个个像杀红了眼的黑旋风，大肆屠杀无辜群众，最终导致营寨内的普通百姓和红枪会会员全部惨死在屠刀之下，不少人家灭门绝户，幸存者寥寥无几。一连数日，唐营寨硝烟弥漫血水横流，让人不敢回想。

惨案发生后，北伐军代表、中共驻马店特支和汝南党组织等派人前往唐营寨探视受害百姓，组织人员掩埋尸体，安抚群众情绪，做好善后工作，并在十八里庙召开群众大会，声讨反动军阀和地方土匪的暴虐罪行，号召广大群众团结起来，建立自卫武装，同反动军阀和土匪进行坚决顽强的斗争。

这时，获悉真相的恒昌大为恼火，对贾呼礼的所作所为深恶痛绝。事已至此，他有口难辩，追悔莫及。正当他决意离开这个混战争斗的是非之地时，直系军伐的副统帅田龙彪，又因直系军阀各部队土崩瓦解，落得城门失火之殃，被冯玉祥部俘虏后召至郑州后枪毙，所属军队归附冯玉祥部。

这一惨案，使恒昌真正看清了军阀之间为了地盘和势力进行的尔虞我诈的争食与残杀。看到乡党田龙彪遭遇的可悲下场，看到军阀贪污腐败、相互内讧恶斗的行径，他心灰意冷，厌恶至极。

恒昌迷迷糊糊骂起来："狗日的贾呼礼，狗日的冯玉祥，狗日的国民党……"

恒昌的叫骂声惊醒了熟睡的宝珍。她摇摇恒昌，问道：

"唉，掌柜的。唉，你咋了？"

恒昌知道自己刚才又做了噩梦，他"唉"地叹了一声，对宝珍说："没事，你睡你的。"

十多年了，恒昌每次遭遇不幸，都会把罪责揽到自己身上，他总觉得这是那两千八百条生命在向他讨债。可是，这一桩桩罪孽，难道就该由他杨恒昌承担的吗，他一人承担得起吗？

红军驻扎立信乡转眼就是多半年。刚过处暑节气，天气依然燥热，红军队伍要在漆沮河滩召开声势浩大的誓师大会。早有消息传出，朱总司令也要来槐园堡参会。部队几天前就开始为这次大会做着部署，练唱歌，排枪操，气氛一天比一天热烈，战士们一天比一天兴奋。

誓师那天,老天爷忽然开了恩,几丝阴云拂过天空,给燥热的夏天消了火,气温迅速降下来,大家周身凉飕飕的,一个个精神抖擞、心情舒畅。

村子里万人空巷,四镇八乡十六堡的老百姓呼啦啦拥到漆沮河滩。军民在河滩上临时垒起一个石台子,周围遍插的红旗在风中猎猎招展。上面台子两边放着几张方桌,暂时没有什么人落座。每年只有过年耍社火才用的老鼓也拉了出来,槐园堡和周家堡两个锣鼓方阵这边一摊,那边一伙,他们相对而峙,准备来个对台锣鼓,赛赛各自的威风。

新兵老兵按照各团各排各连,一溜溜站在河滩上,居然一万多人。大家似乎都在发誓,时不我待,我们即将整装待发,跨过黄河,抗击日寇了。

这时,各团组织大家唱歌,这边唱《过雪山草地》,那边唱《义勇军进行曲》,这边唱《黄河在咆哮》,那边唱《大刀向鬼子头上砍去》。

早上九点多,前面空着的台子坐了十几个人,除了衔着斯大林烟斗的霍军长,留胡子的王政委,许多人大家并不认识。正中间坐着从陕北赶来的朱总司令,他中等个儿,浓眉大眼,表情凝重,庄严威武。台下,各团的政委、团长、参谋长分别站在各自队伍前面,听着主席台上的讲话。

思明和刘俊杰站在台子两边,一人手里拿一把铁皮大喇叭对着人群喊话。他们一喊,会场上立马静下来。这时,按照提前制定的仪程,两队锣鼓"咚、咚、锵锵锵"敲打起来,鼓声锣声响彻云天好不热闹。

今天的王政委也脱下他那身破烂红军服,换上了新崭崭的八路军服装。他站到台子中央,向台下所有战士,以及前来看热闹的老百姓致辞。热烈的掌声渐渐停息,王政委清清嗓子,大声说道:

"乡亲们,我们革命队伍发展到今天,靠的就是像你们这样舍己为国的人。大家一人一颗心,心心相连,用我们炎黄子孙的热血编织一面红色大旗。只要我们人心不倒,还愁日本鬼子祸害中华?只要我们挽起衣袖,攥紧拳头,就能把日本鬼子赶出中国!"

这时,台侧的刘俊杰举着喇叭高喊:"挽起衣袖,攥紧拳头,把日本鬼子赶出中国去!"

台下的红军战士立即高举拳头,齐声呼应:

"挽起衣袖,攥紧拳头,把日本鬼子赶出中国!"

台上喊:"不把日本强盗赶出中国,不把汉奸完全肃清,誓不还家!"

"不把日本强盗赶出中国,不把汉奸完全肃清,誓不还家!"大家随声附和,声音在漆沮河上空响彻着、徘徊着,久久不去。

朱总司令站在主席台上,简短的开场白后,他向大家讲了当前国际国内的形势,介绍了半年来中央红军在陕北开展的一系列活动。接着,他郑重庄严地宣布了党中央、中央军委的命令。

"从今天起,中国工农红军正式改编为国民革命军第八路军。红一方面军改编为一一五师,红二方面军改编为一二零师,红四方面军改编为一二九师……"

他宣布了各师团的师长、团长以及师团政委的名单。由于人多,大家一时也记不全,就各人找各人的师长、团长和政委。

朱总司令宣布改编命令后,接着讲话:

"我们中华民族处于危机中,为了组成抗日统一战线,部队进行改编。我们的帽子换了,部队的番号变了,但红军的性质没有变,永远也不会变。同志们,请大家记住,我们的队伍始终是人民的队伍,我们的最高理想是实现共产主义。"

在震彻河谷的掌声中,朱总司令继续说:"部队就要开往抗日前线,到了前线,我们既要狠狠打击敌人,消灭敌人,还得提高警惕,防止国民友军的反共、防共行动。大家既要团结又要斗争!"

次日,天晴了,太阳刚一露红,四邻八乡的老百姓就聚到漆沮河滩昨天开会的地方,等待队伍开拔。

迫于国共当前的合作大局,乡公所李夏松也带着冯德海等人前来送别。周长吉为了感激红军对他的承诺,及时清还了粮食,同时部队对蛇娃的从轻处罚也让他敬佩得五体投地。他特意请了裁缝,照着家里那面锦旗的样子,做了一面更大的锦旗亲自送给霍军长。红军战士在台子上展开周长吉的锦旗,上面绣着"复兴民族"四个隶书大字。

霍军长高兴地当着部队和百姓的面,夸周长吉深明大义,希望大家都能向他学习。

红军驻扎了七八个月,和当地群众结成了相互难忘的鱼水关系。这突然要走,彼此竟然舍不得。送别场面,尤其感人,一幕幕依依惜别的动人场景不时出现,有人兴高采烈,也有人哭哭泣泣。为给战士们饯行,大家鸣放鞭炮,又纷纷从家里拿来吃食,摆了一溜又一溜。

部队出发了,老百姓不忍他们这么远去,成群结队尾随着直到唐园镇东原,才在部队首长的再三劝阻下停下脚步,目送着他们消失在地平线上。

继堂走了,思明和继宗却没走成。虽然他们满肚子委屈,可面对父亲和姨夫,他两个不得不留下来。

几天后思明才知道，这次被劝退的那些人中，还有刘俊杰、梁崇义、黄道吉。

思明的妻弟墩子，自从那次跟他去了一趟北平，仿佛一下子长大了，处处向姐夫学习，总谋算着有朝一日能超越他。暑假期间，他也跑到红军驻地，既接受红色教育，又跟着大家进行抗日宣传。他甚至也要参军，最后因年龄太小被拒绝。为这事，墩子气得哭了好几天，当得知姐夫思明也不能参加八路军时，心里才稍微找到一些平衡。

部队开拨后，槐园堡的火热与喧嚣渐渐消退，老百姓又进入了按部就班的固有生活。王先生和思明继续教他的学生，各人都干着各自的事情。

思明加入共产党已经好几年，如今也是老党员了。今年初，红军来了以后，不仅恢复了信立乡和通关镇的党支部，锦阳各地也先后建立了五个新的地下党组织。为了贯彻中共陕西省委领导的安排部署，大家开始不定期举行秘密聚会，发展党员。正如朱总司令在誓师大会上向大家提醒的那样："提高警惕，防止国民友军的反共行动。大家既要团结，又要时刻做好斗争的准备！"

刘俊杰还担任着信立乡第六保障所保长一职，同时秘密负责当地地下党的组织工作。上边若有指示，他就以拜访老师王先生、和老同学思明谝闲传为名，来四维小学商量工作。

那天下午，俊杰来到四维小学。他向思明传达了上级精神，就当前中共陕西省委地下组织的部署作了通报，提出利用各自的身份，稳固好党建工作，秘密发展党员，进行有关活动。希望大家重新确立关系，将党的工作逐渐转入地下，以防万一。

交代完毕，俊杰说："思明，我经过好多天思考，想把我们留下的党员组织起来，哪天咱好好聚一下，开个会。"

"好嘛，你通知人，确定时间和地点，我全力配合。"

"我那里国民政府的人来得多，也怕出啥岔子，我想把开会地点放在四维小学，不知你和王先生是啥态度。"

"王先生的主我做了，你放心。"

初秋之夜，眉月初升，四维小学陆陆续续来了几个青年，除了黄道吉、刘俊杰，还有梁家窑的梁崇义。这些人王先生都认识。

大家坐在思明的宿舍里，王先生在院中踱着步子摇头晃脑背着书。这时，外面跑进一只黑狗，王先生一惊，忽然想到应该是张世发从通关镇赶了过来。他曾见过两次张世发，也听人说过世发的一些乡间逸事，尤其那次给红军筹粮，他们要的把戏瞒过了大家，却没瞒过他。

"王先生，你咋不进屋？外面冷得很。"张世发向王先生打着招呼。

"没事，他们在里面议事，你快进去。我在外面也清净，权当给你们看人哩！"

"王先生，黑虎卧在这里，这方圆数里的风吹草动它都知道。你赶紧进屋吧。"

王先生被张世发拽进了思明的宿舍。这时，刘俊杰站起来对王先生说："王先生，我们正念叨，说是等张世发来了，我们五个结义拜把子，要请你给我们做证。"

王先生听罢，笑道："你们结义，也该把我加上嘛。"

"王先生说的啥话嘛，结义都是弟兄关系，哪里还有学生和老师拜把子的？你是我们的老师，是长辈，今天的结义是我们年轻人的事。"

"哦，是嫌我老了。那我就不掺和了，安安然然给你们这些年轻人做服务，得成？"

黄道吉说："王先生，一日为师终身为父，我们永远听老师的。"

"那好，年轻人在前面冲锋，我帮你们扫后营。"

大家听了哈哈哈一阵欢笑。就按照王先生的安排，去后面大殿陈设香案纸表，举行歃血结义，请忠孝节义的关老爷高堂做证。

王先生取过纸笔，各人按年龄大小为序写了名字，摁了手印。五人之中，张世发为长，黄道吉老二，刘俊杰老三，孟思明老四，梁崇义老五。

崇义提来东院树下绑着的一只芦花公鸡，他左手攥着两支鸡翅膀进了关老爷殿，右手握一把柳叶刀照着鸡脖子一抹，鸡血滴滴答答地滴入香案前那碗烧酒中。崇义将那鸡丢到院子，黑虎闻见鸡血，一口咬住刚死去的公鸡跑进西院。这时，五人分别用柳叶刀刀尖挑破左手中指，将一滴滴鲜血滴入烧酒。张世发端起酒碗，将血滴与酒轻轻摇匀，用右手食指先蘸三滴血酒洒于地上，自己端起碗先喝了一口，其他四人再以年龄为序，从大到小依次喝下。

五人手持檀香，在关帝神像前跪定，异口同声郑重盟誓：

"我五人对天盟誓，为了革命事业，甘愿结为异姓兄弟。从今日起，我五兄弟同心同德，义无反顾，有福同享，有祸同当，虽不能同年同月同日生，但愿同年同月同日死！今日有关老爷堂上做证，我五人永不变心，再拜谢恩！"

王先生义正严词地说："你们为了革命事业结义，我对你们的义举深表钦佩。咱不管这个形式重不重要，更不管后面会遇到什么困难坎坷，既然结拜了，从今天开始，就成自家兄弟了。"

黄道吉说:"就是,王先生说得对。当年刘关张桃园结义,我们五兄弟今儿在关老爷大殿歃血结盟,就是自家兄弟了。"

梁崇义也说:"我们要向桃园三兄弟那样,不求同年同月同日生,但愿同年同月同日死!"

拜毕起身,思明忽然吭哧笑了。他指责大家说:"在党旗下握拳宣誓时,我们就是兄弟了。今夜结盟更要永结同心,可咱甭开口闭口就是什么同生同死的,咋总听着让人难受。"

俊杰说:"就是,咱甭说生死,但一定要学会保护自己,保护大家。前面道路是漆黑的,我们都没长前后眼。"

王先生笑道:"你们只管团结在一块,朝着既定的方向前进,如果有啥解决不了的困难,也可以和我这先生商量着嘛。人都说三个臭皮匠赛过诸葛亮,难道我们六个人,还抵不上三个臭皮匠?"

一句话逗笑了大家。他们只觉着前途光明,却没有谁能说出还需要走多少夜路。不管前面的道路是远是近是黑是明,大家都需要积极沉着地应对。

十三

这年冬,随八路军东征抗日的梅萍忽然出现在槐园堡。

梅萍上身穿灰色大襟棉袄,下身黑色大腰棉裤,两只脚腕扎着绑腿,若不是那一双单布鞋,和槐园堡随便哪家的媳妇婆娘并无区别。她走进槐园堡,走进贞昌家,没有人注意到这个乡村妇女就是几个月前在四维小学识字班执教的那个女先生。

梅萍风尘仆仆地走进贞昌家院子。榴花正坐在院中,膝上放着笸篮,低头给贞昌纳着鞋底。她以为是宝珍,口里"二嫂二嫂"地打着招呼说话。梅萍有气无力地低声应道:

"婶子,是俺。梅——萍。"

"哎哟,女子,咋是你呢?"

榴花抬头一看,不由一惊,她赶紧放下手中的针线,站起身拍拍棉袄前襟,上下打量着披了一身灰尘的梅萍。那个富有青春朝气的脸庞忽然变得蜡黄如纸,疲惫的眼神有气无力,人憔悴得没有一点儿精气神。

"你不是到山西——打鬼子去了吗?"

"我——"

梅萍还没来得及开口,榴花又制止她说:"女子,甭说了,先进屋,婶给你端吃的去。"

贞昌也不知梅萍怎么忽然回来了,他招呼着她,问这问那。梅萍吃过晚饭,精神头稍微缓过来,榴花让她脱下棉衣棉裤,坐到热烘烘的炕头,她才说了几个月以来前方的情况。

他们离开锦阳,七八天就过了黄河,迅速在晋中一带投入战斗。同志们在前线与敌人浴血奋战,梅萍在战地医院做卫生员。也不知是吕梁山区干燥风高还是其他原因,她一连二十多天口唇干裂,浑身发冷,后来就一个劲儿拉肚子。她刚开始以为感冒,吃了好多服药不但不见效,反而越来越厉害。部队本来药物就紧张,而且大家都忙着抢救伤病员。最后，部队给她发了一枚铜质抗日光荣复员证，又派两个战士将她送过黄河，起初安顿在韩城一个地下党员家中养病。她本不想要那个复员证，心想着病好了还要回部队的。可是，她在韩城住了二十多天，病情丝毫没有好转。没办法，她只好辞别那户人家，沿着数月前走过的那条道一路西行，这才回到了槐园堡。

梅萍说到这里，一个劲儿叹息："都怪我这身体不争气。"

"女子，没事，一会让你叔给你请个先生看看。"榴花安慰她，顺便问儿子继堂的情况，"女子，我家继堂还好不？"

"继堂妈，你以为抗日前线就像咱槐园堡，指甲盖大一片地方，谁跟谁低头不见抬头就能见着？继堂在前线打仗，梅萍在后方医院，她咋知道？"

"你看你，我就问问嘛！好好好，甭说了，赶紧去请先生。"榴花乜斜着瞪了贞昌一眼，没好气地说。

梅萍苦笑一声，解释说："四叔，婶子，你们也甭盼我见继堂。去我那里的都是伤病员，谁敢盼熟人来呀？"老两口想想也是，就不再言语。

先生请来了，竟是四维小学的王先生。梅萍十分奇怪，王先生咋还能看病。王先生看着梅萍的眼神，让她躺下，简单询问了她的情况，再摸摸她的脉象，然后笑道："咋了，梅萍老师，你不相信我会看病？"

"王先生，不是不信，俺只是感到神奇嘛！"

贞昌说："女子，你怀疑王先生不假，刚开始我也怀疑，可几次病看下来，尤其将两个患有绝症的病人从阎王爷手里拽回来，他的名声就出去了。"

王先生摆摆手，说道："梅萍老师，你甭听别人胡说，那人是病了，并没有死，大家都以为他死了，硬给我戴了一顶高帽子。"

榴花回头问梅萍："女子，你知道乡亲们咋称呼王先生吗？"

"咋称呼？"

"都叫他'双先生'。"

"'双先生'？你们关中人说话总是怪怪的，绕来绕去的，俺咋就越听越不懂了！"

贞昌解释说："你看看，王先生是个传教授业的教书匠，是给人的脑子治病哩！同时，他又能给人治身体的病。我们关中人将教书的和看病的都尊称先生，他不就是'双先生'了吗！"

一句话逗得王先生和梅萍吭哧笑了。王先生向梅萍摆摆手，说："啥'双先生'，你再甭听人瞎咧咧。我年轻时读过《黄帝内经》《伤寒论》《千金方》等几本医书，并没给谁看过病，要不是救急，我也不会跟周围的老先生抢生意。再说了，清朝那会，哪个秀才不懂得阴阳五行、算卦问卜，不知道用望闻问切诊治百姓小疾之术。"

王先生说着，取出纸笔，开了个处方。他又向贞昌交代："老四，你明天抓两服药，让梅萍老师先吃，有效果了再照着方子抓五服，如果不好，就赶紧去唐园镇恒心堂让康老先生去看看。"

"好，我这就去。"

就这样，两人出了门，贞昌向西去了中药铺，王先生往东回了四维小学。

梅萍吃了王先生开的两服药，连睡了两天，发了几身汗，人一下子松泛了、精神了，话也渐渐多了起来。她再吃了五天的药，困扰了两个多月的病就好利索了。榴花高兴地再次夸起王先生，说他真是人人敬仰的"双先生"。

宝珍知道梅萍从抗日前线回来，就在隔壁老四家，她趁恒昌去了泥阳城，提了鸡蛋麻花悄悄地过来看望她。

她们三人聊了好长时间，说到梅萍下一步打算，还真让大家犯了难。如今队伍走了，再住在这里也不是个长法子。最近国民政府逐村逐户排查共产党嫌疑人员，而槐园堡周围许多人都认识她。要是搁以前，这事恒昌还能帮上忙，可如今宝珍和贞昌都不敢跟恒昌说。

八路军东征后，恒昌一天到晚板着脸，没有了以前的随和样子。尤其见了贞昌，他更像碰见毫不相识的过路客，老哥俩谁也不待见谁。继宗迫于父亲的威严也不明着到四叔这边来，平时许多抗日宣传的事他也是能不参加就不参加。

她们正在思虑，榴花忽然灵机一动，跟宝珍说："二嫂，让梅萍去你家？"

"你有啥想法？快说。"宝珍一愣。

"让她做继宗的媳妇，嫁过去，不就名正言顺了？"

"婶子，大姐。"梅萍没想到榴花说这话，她忽然垂下红晕凸显的脸庞，不好意思地制止她俩。

"四姐，这本来行，可现在不行。继宗几年前订过婚，媳妇还是西安城余司令的女儿金萍。要不是家里一直不消停，继宗的媳妇早都娶进门了。"

"哦！你看我这脑子，我咋把这事忘了。"

"不过，俺可以和你二哥商量，将梅萍认个干女儿。"

暂且没有好办法，也只得如此，宝珍就等候机会跟恒昌说这事。晚上，宝珍向恒昌商量梅萍的事，她刚说完，就被恒昌一句话回绝了个严严实实。

"你一天到连墙屋里去，乱嘈嘈净说没用的话！"

"俺是替梅萍妹子担心。"宝珍解释说。

"我家又不是谁家的避难所，我也不想跟哪家党派什么军队的任何人来往。"

去年，梅萍在贞昌家住了好几个月，彼此已经十分熟悉。恒昌坐在炕头吸水烟，静静地想着。过了好长时间，他低声说道："梅萍这娃，好是好，可她没有做杨家媳妇的缘分。我答应过余司令，要娶他的女儿做儿媳妇。这人前一句话，我不能食言。"

也确实，多年前，恒昌因救了余司令一条命，二人结为莫逆之交，余司令遂与他结为儿女亲家。这些年，继宗只和余司令碰过两面，他至今还没见过西安城里的媳妇。他不知那个叫金萍的姑娘长得高矮胖瘦，是光脸还是麻子。宝珍也是只听其事却不知底细。

宝珍也没见过余金萍，可人前一句话，马后一鞭子，恒昌说得的确没错。她看着恒昌的黑疯恶煞脸，不知说啥好。她一边解释，一边恳求恒昌：

"八路军走了，国民党又查得这么严。我是替梅萍的安危着想。"

恒昌想来想去，末了对宝珍说："让她搬过来住，就说是我的干女儿。"

就这样，梅萍住进了恒昌家。

信立乡属锦阳县管辖，只是这里距锦阳县城有六七十里地，却与泥阳毗邻，距泥阳城不过七八里。紧挨村堡的是南下西安北上延安的古官道，官道从槐园堡西边通过，道路两旁有油坊砲坊木匠铺，也有茶社饭馆骡马店，形成一条自然街道，当地人都叫它老官路。槐园堡街道人来人往车水马龙，过往行人多在此歇脚住宿，实可谓一个名副其实的热闹小镇。

八路军誓师出征前夕，锦阳地区地下党组织被统一移交陕西省委。省委派地下党员徐日盛回到家乡，他的公开身份是信立乡四维小学的教员，其实仅是以教书作掩护，秘密开展地下工作，领导着锦阳地下党组织。

当时，和省委联系的交通站就在槐园堡，贞昌既是交通员又是交通站站长。这段时间，他会定期赶到位于泾阳县安吴镇的陕西省委递送秘密文件和重要指示。同时，徐日盛根据省委指示，利用课余时间到周边各地联系，积极发展地下党组织，开展抗日救国活动。秋去冬来，短短两个多月，地下党组织就在全县遍地开花，他们仅在锦阳的西乡、东乡和北乡一带就建立起十多个秘密联络点，发展了一百多个地下党员。

大家的党员身份都不公开，所干的工作也是在党的统一部署下进行的，许多人都是单线联系。有时，几个党员都是低头不见抬头见的乡党，也不敢公开各自的身份。徐日盛虽然经常和黄道吉、孟思明、刘俊杰等人直接联系，可是除了他们，别人也始终不知道这三人的关系和身份。

转眼又到寒假，王先生依惯例回了通关镇老家，徐日盛去省委汇报工作，在那里参加了全省干部轮训班。

这阵子，孟思明没有急着回家，而是在唐园镇和信立乡一带组织联络回乡学生，到全县各地进行抗日宣传。他以前在西安上学，对省城的情况比较熟悉，也对锦阳学生十分关注。他找到回乡学生张克勤，让他将各地回锦阳过寒假的同学联合起来，组织成立锦阳县旅外同学抗战救亡工作团。张克勤是地下党员，这几年也有斗争和宣传经验，他自告奋勇地担任了抗战宣传团的团长，孟思明和黄道吉作为当地教师，协助张克勤团长展开基础工作。他们秘密联合，仅用三天时间就组建起一支由三十多人加入的抗战救亡工作团。三人兵分三路，在锦阳东乡、北乡和西乡分别展开宣传工作，利用歌曲、快板以及小话剧等形式，宣传国共合作势在必行，工农学商相互团结，为了抗日战争取得胜利，大家同舟共济众志成城。抗战救亡工作团所到之处，无不受到当地群众和各界人士的热情欢迎和积极支持，在锦阳城乡各地产生极大影响。

梅萍对孟思明印象很深，尤其在四维小学的时候。梅萍由衷认为，教员孟思明无论在口才、书法、学识等任何方面，都比部队的营长甚至团长优越，他那么有知识，真不该窝在堡里当小学教员。梅萍虽然比思明年长，她从内心将思明当先生看待。后来，她听说思明要参加红军，甚至连已成家多年的媳妇云焕都答应了。他马上就能到部队施展自己的才华了，又不知啥原因被部队劝退，继续留在当地教书。

思明他们组建抗日救亡工作团以后，梅萍也积极地参与其中。毕竟，她现在不再是八路军战士，也不是槐园堡的群众，只不过是在这里休养身体而已。后来，梅萍还是难以掩饰蠢蠢欲动的心思，她将自己的想法告诉贞昌，想看看他的态度。

贞昌真的没有以前那样爽快，这让梅萍有点奇怪。他说：

"女子，事是好事。不过，你们出征前我和二哥嚷仗闹翻，我弟兄俩从此互不搭理。我二哥从部队回来后，见不得任何部队搞事情。唉！宣传抗日嘛，最起码我不能反对。"

梅萍猜不透贞昌到底在说啥，她也懒得猜，只是低着头像个小兵，跟着思明去做抗日宣传。

民国二十八年春，蒋介石消极抗日，积极展开防共反共的举动，锦阳一带的国共合作环境顷刻变得恶劣起来，几乎进入了冰点。

二月初、正是满目枯黄，春寒料峭时节，中共陕西省委根据锦阳实际情况，成立中共锦阳县工作委员会。那天晚上，徐日盛组织大家在槐园堡杨家祖茔召开秘密会议，及时传达了省委指示和各委员的具体分工，大家彼此做了激动而热切的讨论。参加这次县工委成立大会的除了西乡几个地下党员，还有北乡和东乡十几个同志，其中就有张世发、孙振邦、雷宝和雷志阳。

这时候，国民党当局以渭北地区处于抗日大后方，抗日救国已在两党合作的大形势下有机融合，将这几年在各地成立的抗日救国会全部予以取消，取而代之的是新命名的抗日后援会。

新成立的锦阳工委也利用这一统战组织，积极开展为前方将士募捐的活动，进一步激发广大群众团结抗战的革命热情，竭力扩大共产党在群众中的影响。

四维小学就是在这一形势下被国民党当局接管的。为了体现国民政府对当地教育的重视，他们又在关帝庙西院加盖了两栋教室，上边特意委派几名教师下来上课。锦阳一高的教师边翼藩带着四维小学校长的委任书，兴致勃勃地来信立乡四维小学就职。

边翼藩来自关中西府，他在国民党锦阳政府担任党务指导员，其真实身份是中统特务。思明在锦阳一高教书时，曾和边翼藩共过事，知道他是国民党党员，当时自己并未暴露共产党党员的身份。

边翼藩在锦阳一高的教员是兼职，在四维小学当校长也是如此。他来此担任校长以前，地下党组织已给学校委派了黄道吉过来任教，并准备将他作为学校骨干进行培养。毕竟王先生年纪大了，要尽量给他减轻课次，让年轻人多动手多出力。思明和黄道吉是立诚公学的校友，两人一商量就形成了对付边翼藩的主意，王先生碍于两个都是学生，一般也不拒绝，并还会尽量帮助他们。

边翼藩接替王老师担任四维小学校长后，一下子搅乱了思明和黄道吉的计划，更让他俩难堪的是，学校里忽然多出几个陌生的同事。大家相互不知底细，更不敢贸然靠近，偶尔说句话也要小心翼翼，只怕走漏了半点风声，或者给同志们带来杀身之祸。好在新来的教师都住在西院窑洞里，思明和王先生还住在东院厢房。

黄道吉凭直觉感到，边翼藩的到来绝对会影响后边的工作，就来向王先生讨主意。他向王先生陈述了上级组织派他来学校的目的，边翼藩的到来着实让他焦急不安。边翼藩是国民党党员，和他们不可能是一条心。不过，黄道吉的焦急态度和思明不温不火的冷静之举形成了鲜明对比。

王先生听了，盯着他俩只是笑，他两个明显感到，王先生的笑语里藏着嘲讽。

王先生说："思明，这件事你咋看？"

"王先生，以我之见，咱骑驴看唱本，边走边看，以静制动。"

"要是他跟我们政见不一，或者使我们无法工作，咋办？"黄道吉心内始终充满担心。

孟思明反驳道："边翼藩是上面委派的，那你说咋办？"

"……"

黄道吉半天未语，思明又补充说："边翼藩要真对我们不利，大不了把他驱逐出去，这种事咱又不是没干过。不过，眼下一定要坐观其变，千万甭打草惊蛇。"

"好了，你俩甭争了。我看思明说得对。"王先生说罢，劝他俩不要在这事上有啥额外顾虑，只要大家做好应对措施，防患于未然，没有大不了的事。

边翼藩当了校长，同时给全校学生上党义课。本来，这党义课并不难讲，无非是给同学们说说当前的国际形势、政治形势，讲讲国民党、共产党或者其他组织的基本情况，让学生提高认识而已。他身为国民政府党务指导员，自然不敢遗忘本职工作，始终以维护国民党党国利益为重。他给大家讲三大方针，讲国共合作，讲联合抗日。他的话语里虽然也有国共两党达成联合抗日意向，可他的内心始终存在着两党之间若即若离的成分。

边翼藩到来后，四维小学宣传抗日的火热场面一下子像往火盆里倒进一瓢冷水，刺啦一声，所有火热迅即被一股白汽冲散，只剩下一堆刚刚熄灭的没有烧尽的黑炭和死灰。

王先生反感边翼藩，依他的秉性，早就与边翼藩论理了，当他想到思明他们的安全，硬是将心头怒火摁压下去。他取出笔纸，在那叠毛边纸上挥毫疾书，稍时工夫，一首七律落在纸上。他读了一遍，又一把将墨迹未干的诗稿揉成一团，扔进炕洞，只怕给边翼藩留下把柄。

马上就是清明，槐树还未吐绿，漆沮河畔的柳枝早已垂下千丝万缕，小麦长到六七寸高，眼看就要拔节抽穗了。

为改变眼前的现状，黄道吉和孟思明私议，利用学校高年级同学，展开驱逐边翼藩的罢课行动，通过这试试他的软硬。

中午时分，边翼藩按照课表安排到高年级教室给同学们上党义课。他像往常

破晓

·141·

一样,准备照本宣科地给学生上课。他走进教室,见全班学生都趴在桌子上,捂着两耳。他让同学们翻开书,学生都不理会。他本想着讲课交差,没想到刚讲了几句有关国民党的话题,一向遵守纪律的同学们忽然一边倒,都不愿意听他讲课。

这一切都是思明悄悄安排好的。边翼藩发现今天的课堂气氛与以往不同,气得当堂质问:"岂有此理,你们不好好上课,难道不怕被拘押?"

"边校长,你每堂课都讲国民党如何好,说什么三民主义,什么联俄联共、扶助农工。我们都能背过了。"

"边校长,你给我们讲讲,国民党到底是怎么实施三民主义的?"

"边校长,……"

同学们七嘴八舌地向边翼藩提出各种问题。他十分纳闷,今天学生怎么了,难道是地下党鼓动的。他想到这里,一股无名之火涌上心头,厉声说道:

"这红军整编八路军,还有南方的新四军,大家联合抗日,这不就是实施三民主义吗?"

"那你说,究竟是国民党好还是共产党好?"

他当即回答:"当然是国民党好。"

学生又问:"国民党横征暴敛,闹得民不聊生,还把锦绣河山要白白送给日本列强,它到底好在哪里?要不是张杨二将军捉蒋抗日,这国共两党能走到一块吗?"

"同学们,抗日是大人的事。你们还小,你们的任务就是好好念书。"

边翼藩看似苦口婆心无可奈何,其实满脑子假仁假义。他害怕事情闹大,对此强烈反对,设法阻挠同学们的抗日宣传。

可是,大家又不是傻子,都明白边翼藩这是猫哭老鼠。黄道吉不禁冷笑,这货心中藏刀口里念佛,狗嘴里岂能吐出象牙?

这时,黄道吉不失时机地走进教室,当着众人的面质问他:

"边校长,抗日咋不是娃娃的事?我们今天不让娃娃们知道驱除日寇,他们长大怎么爱国?既然是这,你就当着全校师生的面,说说你为啥要阻挠学生宣传抗日。"

与上次不同的是,这两天边翼藩带着国民党党部的人来调查共产党的事,在信立乡许多群众中产生了不同的声音。而思明也趁这个空,纠集了当地群众,大家气愤地拥入学校要跟边翼藩论理。恰巧黄道吉在质问边翼藩,道貌岸然的边校长被黄道吉问得支支吾吾哭笑不得。

贞昌是跟着大家赶到学校的。当时全校近二百名师生，还有周边群众，将教室内外围得水泄不通。只听有人高呼：

"驱逐边翼藩！"

"边翼藩当校长我们就不上课！"

其他班的同学听到这边吵闹，知道了原委，纷纷过来声援。一时间群情激愤，势如潮涌，边翼藩张口结舌，理屈词穷。他见情势不妙，口里骂着"朽木难雕，顽固不化"，仓皇地逃出教室。他刚走出教室，不知被谁踢了一脚，背上又重重挨了一拳。他拔腿逃跑，学生在后面紧追，大伙冲进他的窑洞，撕烂了他的被褥，烧毁了他的备课，一个个才愤愤地四散离开。

边翼藩面对如此窘境，他颜面扫地，只有一走了之。他回到县上，将这事向县党部和教育科原原本本做了汇报。他怀疑学校有共产党在秘密抵制国民党，是利用这事来试探国民党的软硬，要求吴恭道务必严惩肇事师生。县国民党部也觉得确实如此，随即将矛盾上升到国共两党的合作，他们以两党分歧为由，派人到学校严查此事。

吴恭道派国民兵团副团长秦西民带着国民党县党部的人来四维小学彻查地下党，无奈查了几天也没查出什么名堂，不得不悻悻而归。

从罢课到今天，学校除了进行抗日救亡的爱国主义教育，还组织学生到校外开展宣传活动。事后，黄道吉和孟思明向王先生表功，只说自己未费吹灰之力，就将边翼藩驱离信立乡。

王先生听了不温不火地说："你们这次太冲动了，平白无故制造事端，边翼藩走了，你们的兔尾巴也长不了了！"

两人莫名其妙，他们在王先生那里讨了个没趣。

果然，这次国民党党部首先将教育科科长吴仁梓降职，紧接着就以黄道吉、孟思明等人在信立乡进行赤化教育等罪名，对其进行打击报复。

思明和黄道吉在此难以站稳脚跟，他们担心自己会以共党嫌疑被捕。为了保存实力，只得在王先生的建议下暂时离开锦阳。与此同时，刚刚成立的锦阳工委也被迫临时停止工作。中共锦阳地委书记徐日盛也被省委派到临潼交口镇辛里村私立小学当校长，对锦阳地下党组织开始实行易地领导，并定期潜回锦阳联系领导地下党秘密开展对敌斗争。

思明和黄道吉准备到西安避避风头。思明悄悄回了一趟金城堡老家，他和婆、母亲以及媳妇云焕道了别。当夜，思明和云焕几乎一夜无话，一家人哭哭泣泣埋天怨地。鸡叫头遍时，思明就穿衣洗漱，肩上挎个褡裢出了门。他昨天已和黄道吉商量好，俩人在蟠龙镇瓦头坡碰头。

思明刚出了金城堡，走了不到二里地，在善良原头碰见姐夫景范。他满是疑惑，奇怪地问他：

"哥，你咋在这里？"

其实，景范在这里已经等了思明快一个时辰。景范老远就迎上去，笑着跟思明商量："思明，看你一天到晚风风火火的，我一直寻思啥时将哥也带上。我教不了书，可除了教书，我啥都能干。"

思明急着赶路，劝姐夫赶快回去："好哥哩，我这次不是去风光，是避难！你知道不？再说，你走了，咱婆，咱妈，我姐，还有家里一摊子事，都咋弄？"

"思明，你昨个回来我就知道，咱婆给我说了你的许多不是。而且，我也和你姐商量好了。"景范呵呵笑道，"可你是我兄弟，你干的事都是大事，咱婆不懂嘛！"

思明不想听景范说，他只管朝前走。可景范又忽然变得死皮赖脸起来，气得思明没办法。思明听说他已跟姐姐商定好了，也顾不得是真是假，默许了他的恳求。

景范见思明答应了，献殷勤就要给他背褡裢，思明自然不让，而是向他约法三章。这时，哪怕思明提三十件、三百件要求，景范都会不假思索地满口答应。

思明说："第一，到了西安，你先找个活儿干，等我有了落脚地方再来找你。"

"行。"

"第二，从现在开始，你不再是我姐夫，我们谁也不认识谁。"

"思明，你这是啥意思？你要撇了我？"

"不是。我是让你答应我！"

"噢，好，好。我答应，我答应。"

"第三，你要时刻保护好自己，不行了就回家。其实，咱家里真离不开你。"

"好，听你的。"

哥俩你一言他一语嘀咕着相互交代，脚步却并未停息。他们在瓦头坡和黄道吉碰了面，三人结伴去了西安。

思明带着黄道吉和姐夫景范首先去了西北文化日报社。见到袁培社长，思明简单地告诉他锦阳的情况和遇到的困难，希望能在西安避避风头。

袁先生看着他仨，神情由惊喜陷入沉思。他抱着胳膊在屋里走了几个来回，无奈地说:"唉!现在的西安也不是啥好地方,要不咱再想想其他办法。"

思明说:"我这两年也很少来西安,估计情况都变了。我们原想去陕北,担心从锦阳北上会成为国民党当局的瓮中鳖。这不,就先到西安,顺便拜访一下袁先生嘛。"

黄道吉和景范都是第一次见到袁先生,不晓得他是思明的入党介绍人。他们不便言语,只在一旁静听。

袁先生思忖良久,忽然说:"有个地方倒可以去,你们不妨去找找石友三。"

"石友三?"

"对,石友三。他是军统戴笠的下属,肩负着西安军统的许多事。"

"袁先生,你这是把我们往火坑里推吗?"黄道吉眉宇一皱,面露疑色。

"石友三的确是军统的人,可他是你们的锦阳乡党。更何况,他又不知你们是共产党。请听我一言,你们先找份差事站稳脚跟,其他事随后再说。"袁先生向黄道吉解释:"革命的道路是曲折的,该利用的时候还是要利用。只要对革命有利,费唇舌、看眉眼是免不了的。我们不妨去试一下。"

袁先生提前和石友三沟通后,三人去了西安城内的柳巷,见到了这个锦阳老乡。见面后,大家都很客气,倒茶让座热情接待。闲话述毕,袁先生向石友三说明来意。

石友三说,他这里最近还真有一个事情可做,不多只需要一个人。

思明一听,心中一喜,客气地说:"石先生,既然需要一个人,那就让我这个兄弟先留下。我俩再想想别的办法。"

袁培见思明这么说,只能暂且如此,他对石友三再次提出,看能否给思明他们开张通行证什么的,使大家来往方便。

通行证可不是胡乱开的,石友三不好答应。这边袁先生又软磨硬说,石友三迫于袁先生的面子和几位乡党的情分,还是再三询问了三人的底细,才给思明和黄道吉出具了两份通行证。大家对石友三连声感谢,随后思明和姐夫景范简单告了别,还一再交代他,先暂时待着,真不行就回家。

几天后,孟思明和黄道吉出现在了云阳镇的安吴堡。

十四

思明将姐夫景范托付给西安军统成员的同乡石友三，就和黄道吉告别袁培先生，带着新出具的通行证，一路蒙混过关，来到泾阳安吴堡。

安吴堡原是清代盐商巨贾吴氏家族的豪宅，到了光绪年间，在吴家寡妇周莹的经营下名震西北。后来，吴家寡妇因为资助落荒西逃关中的老佛爷慈禧太后，被老佛爷认作干女儿，成了让人羡慕不已的传奇。如今，吴家早没有了当年生意兴隆的无限风光，昔日屋檐翘叠、雕梁画栋的深宅大院，遂成了中国共产党设立的西北青年训练班。

身处吴家大院，思明内心不免伤感。虽然他们孟家没有吴家这么气派的宅院，可也曾是锦阳县的大户。现如今因各种原因，只留下婆和母亲两代寡妇操守的丁点家业，而他又自叹没有父亲的豪情气魄，不能让孟家在他手中恢复如初。

来青年训练班学习的人很多，这里又缺少现成的教室，大家经常在安吴堡东门外吴家祖茔的柏树林上露天课。学员用的教材是临时编印的，由于边区纸张缺乏，许多同志的习字教学都是利用沙盘完成。思明他们虽然没有遭受严冬的煎熬和折磨，可是在青训班的条件同样十分艰苦。大家晚上用麦秸打地铺，吃饭也很简单，基本上顿顿青菜豆腐，偶尔吃个鸡蛋也能高兴好多天。

在安吴青训班，思明见到了当年在西安二中上学的同学张景文。两人直感叹老天有眼，让他们能重新走到一起，再次成为同学和战友。思明本来就是教师，又是地下党员，有着许多地下工作经验。他来到青训班，更是如鱼得水，觉得自己摸索了这么多年，现在才算把道路找准了。于是，他一方面通过地下交通人员，将妻弟墩子接过来学习；另一方面又派人去西安联系袁培先生，让他转告姐夫景范，如果那边没扎稳脚跟，就想办法也让他来安吴青训班学习。然而，思明等到的结果却是喜忧相参，喜的是见到了墩子并安排他在这里学习，忧的是姐夫景范被石友三派去学习，至于去了哪里，学习什么，没有人能说清楚。

青训班各个班的学习内容一样，只是按批次分别讲授，开设的课程有游击战争与野外演习、抗日民族统一战线、农民运动、青年运动、妇女运动、部队政治工作、新三民主义、时事报告等，同时还有党内学习、党的建设、统一战线和中国革命运动史。课堂就在村外柏树林，由教员以作大报告的形式讲课，要求所有学员必须作笔记，然后再分班分组进行讨论。同志们上课之外，还以连为单位创办墙报。大家的学习活动都是公开的，每次集合或讲课前必唱抗日救亡歌曲。在这里学习，他们经常歌声不断，既团结紧张，又轻松活跃。

第二年秋，墩子还没结业，思明他们就结束了青训班的学习。当时，全班同学都争着北上延安参加工作，思明和黄道吉商量，也要到陕甘边革命根据地去。最终，思明却在张景文的推荐下，被中共陕西省委派往终南县工作。刚开始，思明不想去那里，他想的是去革命根据地施展自己的才华与抱负，上级却以他学习优秀，也有多年做地下工作的经验，更适合到后方开展工作为由予以拒绝。思明没有理由争辩，不得不服从组织安排。

思明不想在西安丢了景范，在泾阳又离开黄道吉，就劝黄道吉不上陕北了，两人一块到终南县，相互也有个照应。

思明到了这里才知道，张景文还是终南县工委书记，而自己的公开身份是甘西小学教员。思明在这里教书的同时，直接担任了中共终南县工委的宣传委员兼甘西小学党支部书记，他利用教学之便，开展宣传活动，让马列主义在终南一带秘密普及。

思明认识的第二个终南人是李青斋老先生。李先生是甘西小学的创办者和现任校长，也是张景文的岳父。

李青斋先生年已花甲，须髯灰白，让思明奇怪的是，他戴着黑色圈帽，露出高束的发髻，身穿深灰色粗布敞领长衫，俨然出家道士的装束。思明初见李先生，即有一种似曾相识的感觉，仿佛在哪里见过，一时偏又想不起来。李先生道貌岸然的装束和学富五车的师家风范，让他心中不由嘀咕，这终南不愧为道学祖庭，一个小小的小学校长，也如神仙莅临而让人肃然起敬。

甘西小学原称静修学舍，是一所讲授关中理学的书院，听张景文说，这所学校是李先生多年教书节衣缩食艰苦创立的。后来，日本入侵东北，全国民众掀起抗日热潮，李先生面对列强不由怒火中烧，特意修改校名，以适应全国抗日救国形势。这里的教员，学校管吃饭，每月只发几元零用钱。学生都是仰慕先生的道德高尚，学问渊博，为追求抗日道理而来的农家子弟。在学校，校长和教员自己劈柴担水，烧炕取暖，他们身份平等，亲如家人。思明还想着，这里的氛围和他们的四维小学明显不同,他一定要将这里的办学模式告诉王先生,让四维小学也进行效仿。

甘西小学原有四五个教员,都是李青斋先生聘请来的。思明到学校后,主要给高年级学生讲课,除一般算术、自然等必修课外,他还给同学们讲《社会科学概论》《论持久战》《大众哲学》等课,语文课也不拘泥于课本,他经常给大家解读《新华日报》上的重要文章,教唱革命歌曲。

李青斋熟读"四书""五经",精通诸子百家,他除教好学生功课,全校教员在课外都喜欢聆听他讲述关闽濂洛等宋明理学知识。他讲眉县张载横渠四句,讲蓝田四吕吕氏乡约,讲渭南南瑞泉,讲池阳贺瑞麟,尤其以关中三李的思想和重要哲理言论为重。

已是九月十五,秋风吹来遍地落叶,秋虫带着寒露嘶鸣。大家借着月色,又坐在翠柏下认真聆听李先生开坛讲授。

李先生的课不但讲理透彻,而且引经据典背诵原文,使大家对他渊博的学识和灵活运用叹为观止。往往讲到性情处,在大家的喝彩和掌声中,思明忍不住就提出许多问题,而他所提问题又均为关学范畴,使大家听了无从说起,而李先生对他的深厚积淀又十分惊异。

"李先生,我小时候也读过一点宋明理学,今天先生谈及,不由就勾起我的少年记忆。"

思明的提问让李青斋瞬间找到了共鸣,彼此仿佛刚打起板鼓敲起锣,又忽然传来悠扬的板胡声。多年以来,李先生多是滔滔不绝地讲解,很少有人提问,今天忽然碰到思明这个知音,他怎不高兴。

李先生激动地说:"哦,难能可贵。经过最近的观察,孟先生的确称得上学贯中西,老朽自感不如。"

"李先生过奖了,我走的路还没先生过的桥多哩!我可受不起你老戴给我这二尺五的高帽儿!"

思明一句二尺五的高帽,惹得大家哗然大笑。

李青斋说:"孟先生,说到你们锦阳,其实和终南也颇有渊源,尤其素有关中鸿儒之誉的李因笃,还有眉县的李雪木,再就是我的先祖李二曲,明清以来,他们可是名噪一时的关中三杰啊!"

"就是,李二曲的经学,李因笃的诗文,李雪木的隐逸,加之三人近乎相同的阅历和深厚的关学造诣,均已登峰造极,让我等后辈望其项背,唯有汗颜了。"

李青斋看着思明,面露喜色。他继续说:"我的宗祖二曲先生寓居锦阳达四年,我这当晚辈的又从没去过锦阳,实在无从考究,不知孟先生知道这些逸事不?"

"李先生,今儿你还真问对了。我的恩师王彦坤先生是晚清秀才,也深谙关学,他为我们讲过些许事情。"

黄道吉、张景文等人被李青斋和思明的对白听得如同坠入云雾之中,懵里懵懂只留下傻眼了。他们暗自思忖,平时说话随随便便的思明,今儿跟李先生谝起来不仅有板有眼,而且夸夸其谈,字字句句既显得文绉绉又让人心生振奋,大有俞伯牙、钟子期高山流水遇知音的情境。

"思明,今天听你给我们几个上历史课,你这是要让我们在你面前刮目吗?"

张景文一开口,李青斋就向他摆手示意,让他保持肃静。

"景文,你们甭噪噪,听孟先生的。"

李青斋一而再再而三称思明为孟先生,思明满脸窘红,赶紧摆手制止说:"李先生,我这都是胡吹冒撂哩,你可不敢称呼我先生。我还嫩得很,受不起你这称呼。"

随后,思明将李二曲留寓锦阳隐士庄的缘由、过程和结果,以及他所结交的诸如顾炎武、傅青主等人物的故事讲给李青斋。张景文、黄道吉等人如同听人说书,一个个津津有味陶醉其中,思明已经闭口许久,大家依然乐融融只觉得意犹未尽。

闲聊中,思明说到先父孟鸿钧当年华山聚义,说姨夫恒昌怎么解甲归田,说杨元昌怎么去清兵大营当幕僚,又怎么和蓝田牛才子在清麓书院芸窗共读。李青斋还没从二曲先生隐居锦阳拟山堂回过神来,又听到有关杨元昌的事情。他真不敢相信,眼前这个年轻人,肚子里咋来这么多硬货。李先生茶也顾不得喝,话也顾不得讲,激动地期待着他的下言。

"孟先生……"

听李青斋又称自己先生,思明赶紧纠正说:"李先生,再不敢这么叫了。你直接叫我思明就行。"

李青斋改口说:"好好好,叫思明。思明同志,我早年常听家兄说起,他有个同窗杨元昌。家兄对杨元昌佩服得五体投地,我们也不知他是哪里人,有啥背景和能耐。没想到,今天在你口里得到他的消息。"他说罢,高兴地对天喊道,"大哥,你当年提说的元昌公有消息了,我们一会儿告诉你,愿你泉下有知,听我等叙聊。"

说着,李青斋又让思明说一说元昌的事情。思明就将自己知道的有关杨家大伯元昌的那些逸闻传说一股脑儿讲给他。

李青斋听得恨不得立马去锦阳拜访思明说的这几位先生，思明看着他的神情，向他承诺，暑假时一定带大家到锦阳去，在那里踏访古迹，拜谒才俊。他们的长谈从下午一直延续到圆月偏西，才各自散去。

此后，李青斋经常与思明探讨关学，交流新学。一次，李青斋听到毛主席在延安讲话中说，从两千年前的孔老夫子，到中华民国之父孙中山，我国的文化遗产异常丰厚，我们要从辩证唯物主义的方法加以整理，取其精华而去其糟粕的消息。他激动地对思明说：

"我老汉啥时能去延安，帮助国家整理典籍，也算此生之幸啊！"

大家都赞叹他有老骥伏枥的远大抱负，纷纷鼓励他说："老先生，一定会有这么一天的。"他则自嘲地说："我只是发发感慨，其实这辈子早完喽！"

李青斋很喜欢和学校教员谈论当前的抗日形势，谈唯物辩证法以及对社会发展的设想，闲暇时也共同阅读大家在安吴青训班的革命书籍。一天，张景文不知从哪里得到了《联共党史简明教程》和毛泽东的《新民主主义论》两本书。他喜出望外地偷偷拿回甘西小学让大家传阅。这个冬天，每遇到大雪的深夜，他们就围坐在李先生的热炕上如饥似渴地阅读着。惹得李先生不无幽默地说："这也是雪夜围炉观禁书啊。"他如此一说，大家学习的劲头更足了。

在张景文的领导下，终南县工委在全县各地展开了各类宣传，尤其孟思明、黄道吉等地下党员的加入，使甘西小学在终南一带的地下活动影响更大。

终南县工委在县城边远地区扩充地下党的力量，他们及时物色进步青年和教师，或者当地一些有思想、积极参与抗日民族统一战线的进步人士，将他们秘密发展为共产党员，成效非常显著。

那天，思明和张景文谈起当前党建工作。思明一边赞许着大家的工作，一边又埋怨张景文没把工作做到点子上。张景文听到他话里有话，虚心地听他解释。

"张景文同志，你的工作做得这么好，为啥不把李先生这么有影响的人拉进我们的组织？"

"……"

张景文不知该从哪里说起，又没法反驳思明。

"李先生既然热衷共产党的学说和主张，又是你的岳父，你咋没有介绍他加入党组织？"

张景文不好意思地说："思明，咱动员别人入党容易得很，可面对岳父，我不知怎么开口。"

"嘿嘿嘿，就这还是共产党的干部？"思明嗔怪着笑话张景文。

思明决定亲自去跟李青斋谈谈。有了那天的畅谈，两人彼此都要把对方当成忘年交，思明觉得去李先生那里，其实是一件很平常顺当的事情。

思明走进李青斋的宿舍，他正手捧一本《华盖集》聚精会神地阅读。老先生见是思明，将书倒扣在桌案上，起身给他沏了一壶紫阳茶。两人喝茶闲聊，思明拿起《华盖集》随便翻了翻，话题便从鲁迅笔下孔乙己、祥林嫂的悲惨命运谈起，又说到当前抗日战争的形势和前途。思明请李青斋说说对当前时局的看法，不失时机地向他宣传共产党的方针、政策和政治纲领，李先生大受启发，口口声声说他肯定拥护共产党抗日民族统一战线和抗日救国十大纲领。说到国民党，他则捶胸顿足，粗话不断，唾沫星子几乎溅到思明脸上。

"蒋介石祸国殃民，只可惜我年过花甲，不能北上延安参加革命了。"

思明说："李先生，你在后方培育青年、宣传抗日救国，这就是革命啊！谁规定搞革命就必须到根据地去，到前方的抗日战场上去？我的恩师王先生替红军战士写信，给红军战士上课，题写《拟抗日檄》，哪一件事不是为革命工作？"

元旦过后，思明拿了一本油印的入学须知走进李青斋的宿舍。这不放假不开学的，思明拿这干啥。李先生稀奇地翻开一看，里面夹着一张《入党须知》，他看了一眼思明，会意地将《入学须知》压在炕席下。几天后，思明再次走进李先生的宿舍，询问他的想法。

李青斋说："思明同志，我完全赞同中国共产党党章规定，并向组织提出入党申请。"

就这样，经过终南县工委讨论通过，省委批准，放寒假前夕，李青斋正式成为一名共产党员。

转眼就是寒假，思明回到锦阳。他带着终南盛产的猕猴桃，作为年节走亲访友的特殊礼物赠送亲友。正月初一专程去给王先生拜年。初二去周家堡岳父家，初三去槐园堡姨夫家。

思明向王先生讲终南的情况，说他们甘西小学的校长李青斋先生学富五车，与王先生可谓不相伯仲。王先生连连点头，听说李青斋和自己年纪相仿，也精研关中理学，而且在思明的介绍下秘密加入共产党。王先生相信思明，相信他的眼光，对从未谋面的李青斋产生好感。他低声说道："天外有天人外有人，人活一世务必做到博学无涯。"思明听了，稍微一愣，继而笑道："王先生，这话是说给我的？"王先生笑道："思明啊，这是说给我的，也是说给你的。活到老，学到老，学无止境嘛!"

在姨夫恒昌家,他知道姨夫听不惯什么共产党国民党的话题,尽量避而不谈,只说那边学校的一些情况。恒昌听着,点头默认,末了告诉他说:

"思明,在外面教书,好得很,你要好好干。不过,姨夫还是要告诉你,甭在共产党的组织里瞎掺和。哦,对了,还有一件事,也不知该不该提醒你?"

思明问:"啥事?"

恒昌说:"你和云焕结婚这些年了,该考虑要个娃娃了。有了娃娃,你婆你妈心就歇下了,你也就真正成为男人了。"思明嘿嘿笑着应承,惹得宝珍也跟着附和:"思明,你笑啥。俺想你早都该当爹咧。盼了这几年,你媳妇咋连个老鼠也没生下来。"

到了岳父家,除过问候老人,更多的话题却在墩子身上。他让家里放心,说墩子从安吴青训班毕业后去了边区,啥都好。周品儒老人知道儿子的大概情况,今儿听女婿思明一说,心里更加踏实了。

思明在家里,婆和孟纪氏心情好了许多,只是有人前没人后地埋怨思明和媳妇常年不在一块。婆责怪他说:"家里明明养着母鸡,就是孵不出鸡娃。"母亲也说:"思明,要不先回了,等云焕有了身子你再出去。"思明看着婆和母亲,劝她们说:"婆,妈,这生娃娃可不像买东西,说有就有的。再说,外面的事多得很,你们甭急,娃娃迟早会有的。"

话虽这么说,可只有面对云焕,思明才不得不长声叹气,向云焕苦口婆心地道歉说委屈。云焕恨铁不成钢,对思明除了埋怨还是埋怨。后来,思明对云焕说,等开年后他跟李青斋先生说,让她也去那里教书,填补一下她积压心头的所有委屈。

过年期间,姐姐孟桃也几乎天天守在婆和母亲这边。她问景范有没有消息,思明什么也不知道,只说应该没啥事,让她不要过分挂牵,他托西安朋友打听,有消息就立即告诉家里。孟桃整天忧心忡忡,心神不安,她听了兄弟的话心里越发没了底儿。

思明赶着开学的日子回了终南。因为张景文要去终南山里工作,不能继续担任学校支部书记,而黄道吉回了锦阳后再没来甘西小学。大家觉得思明有过多年从事地下工作的经验,公推他担任了学校支部书记。本来,按照省委要求,发展党员必须单线联系,如若彼此关系不好,对对方了解不够,就千万不敢介绍入党。可是,开春后仅两个多月,甘西小学在李先生和思明的带动下,学校所有教师都加入了共产党，一时成为终南县工委乃至陕西党组织的一段神话。

转眼到了三月，从河北省逃来一批难民，他们住在甘西小学附近，里面也有许多热血青年和爱国人士。他们仰慕李先生的名望，经常来学校向他交流。大家对这些外乡人心存疑虑，不敢贸然暴露身份，可他们在当地宣传八路军的救国主张，谴责蒋介石的投降退让和不抵抗政策，大家又都无不自觉地给予支持。

甘西小学好长时间不再升国民党党旗，全校师生也逐渐适应了不升旗的举动。几个教室的教学挂图后面，老师们悄悄绘上马克思、恩格斯、列宁、斯大林等人的肖像，或者有关全国抗战形势以及八路军挺进敌后的形势图。在这里，同学们接受的完全是另一种教学模式和内容。如果有陌生人或者国民政府的人来学校，他们就给学生正常上课，用教学挂图掩饰那些革命图画，来人走后，他们又开始讲革命课程。大家用这种方式与国民政府巧妙周旋，始终没被人发觉。李先生还利用自己在终南县各界的影响，邀集二十多名党员秘密召开座谈会，向同志们分析抗日形势，讲授《孙子兵法》，讲游击战争等战略战术，要求大家时刻保持"静如处子，动若脱兔"，平时多注重充实和武装自己，一旦时机成熟，立即投身革命事业。

百花落英，万叶葱茏，不知不觉春去夏来。端午前后，关中一带迎来夏收，学校按照惯例要放忙假，思明也要回家收麦种秋，尤其今年，姐夫景范不知所踪，家里的事情还得他回去料理。

思明向李青斋说起回家的事，李先生兴致勃勃地提出要跟他同去锦阳，以了结自己锦阳一游的夙愿。"李先生，我还说到今年暑假再请你去的，没想到你现在就等不及了。"思明内心欣喜，不假思索答应了。

李青斋在张景文和思明陪同下，他们雇了一辆马车，一路往东北而来。三人渡过渭河，上了汉陵原，又越过泾河，踏上池阳地界。他们一路上说说笑笑好不轻松，然而却挡不住李青斋前往锦阳的迫切心情。思明给李先生又讲起许多有关锦阳的人文典故，从荆山原黄帝铸鼎说到遍布锦阳的七帝八陵，从秦始皇统一六国王翦功居第一急流勇退的大智慧说到明代张统治理云南十七年百姓安居乐业社会繁荣，从三朝名臣孙丕扬发奸如神说到关西夫子杨忠介靡不有初鲜克有终。思明讲得滔滔不绝，李青斋和张景文听得津津有味。思明向二人许愿，这次到了锦阳，就带他们到隐士庄寻访李二曲当年寓居讲学的拟山堂，再去韩村堡拜谒布衣鸿儒李因笃的墓冢。当然，更少不了带他去恩师王彦坤先生那里探讨关学思想。

他们过了池阳，往东北而行，一道土原横挡眼前。思明告诉他们，这就是荆山原。这里是西安通往山西甚至北平的一条古道，当年汉文帝刘恒来往秦晋，以及去锦阳城孝养母亲薄太后,走的就是这条道儿。

思明坐在马车上说说笑笑。三人上了瓦头坡,刚踏进锦阳地界,忽然迎面过来一个人。这人身穿黑色绸衫,脚下一双黑底布鞋,扎着绑腿,肩上斜挎一个棕色牛皮枪套,别着一把驳壳手枪。原来是思明在莲湖小学任教时的体育教员王恒芳。

思明在莲湖小学只教了一个学期,他与王恒芳并无深交。他不由纳闷儿,王恒芳今日怎么这身打扮。思明跳下马车,客气地跟他打照顾。

"啊呀,这不是王老师吗!两年不见,你咋换了这身行头?"

"孟老师说的啥话,你不教书了,在外头风风火火让人嫉妒。老哥我今儿也不教书了,到县党部吴书记长手下干事嘛。"

思明故作热情地问:"哪个吴书记长?"

"吴恭道书记长,今年春季才从国民兵团团长的位子上提拔的。"

"王老师。哦,王团长,那你也弃文从武,由民入官,高升了!恭喜,哪天到我家喝酒去。"思明拱手向他打招呼。

"不用,不用,我这次去西安办事,还得几天呢。"王恒芳说着,忽然问思明,"孟老师不是在外头干得美得很吗,咋回来了?"

"麦熟了,收麦嘛。"

"孟老师,你还是甭回去的好。最近县上形势紧得很,这几天吴书记长对每个嫌疑人员都要逮捕。"

"逮捕谁,我走得端行得正,肚里没冷病不怕吃西瓜,我怕啥!"

两人打着哈哈高声说话,相互告辞而去。

十五

　　王恒芳对思明诈称吴书记长准备逮捕他，起初也没啥意思，只是想移赃于人，希望向来目中无人的思明对他客气一点。王恒芳想到思明以前干的许多事情，觉得他曾经组织过多次抗日宣传，他的屁股肯定不干净。于是，王恒芳灵机一动，想着先敲思明一下竹杠，或许还能落几个子儿。

　　王恒芳到了池阳，赶紧给吴恭道书记长摇了电话，说他在路上遇见孟思明的事，包括对他身份的怀疑。他一再说，如果能把思明逮捕押送省上，肯定名利双收。

　　思明表面上对王恒芳无意撂下的话完全可以做到面不改色心不跳，但是又不能不进行反思。至于王恒芳给吴恭道打电话的事，他自然蒙在鼓里。

　　思明回到家里，云焕赶紧给他们舀水洗手洗脸，随后就进了厨房给客人张罗饭食。

　　李青斋向思明婆和孟纪氏问寒问暖打招呼。隔壁孟桃听说弟弟回来，高兴地过来帮云焕做饭，其实也是想打听男人景范的消息。

　　吃过晚饭，思明说他们跑了两三天的路，让客人先美美睡一晚上，啥事明天再说。就这样，思明安排李青斋、张景文到偏院厢房休息，然后才回云焕房里歇息。

　　思明躺在炕上，他顾不得欣赏云焕温存有情的眼神，却想起下午在荆山原碰见王恒芳的事。王恒芳为啥会说吴恭道要把他当成共党嫌疑人，这些年在锦阳，他并没有跟国民政府有过什么交涉，也没有和吴恭道产生过任何矛盾过节，而王恒芳怎么会说那种话。他今天刚回家，不想让家里四个女人为自己的事担惊受怕。这时候，他首先想到岳父周品儒，决定连夜过周家堡那边了解点情况。

　　思明穿上衣服，就要出门。云焕奇怪地问："咋了？这么晚了，你去哪里？"

　　"你睡，我去周家堡跟咱爹说点事。"

　　思明悄悄去了周家堡。他向岳父说出自己的担心，周老先生也说不出个所以然来，只是告诉了思明一些不知真假的消息。他说，最近蒋介石发动了第二次反共高潮，国民政府对县内的共产党开始进行搜捕，要疯狂镇压，最近形势日益恶化。他还听说国民政府把矛头直接对准了共产党锦阳工委所在地的四维小学，那里有个叫徐什么的教师听到消息都跑了。末了，岳父告诉他："你们在安吴上学的事我都知道，墩子现在在陕北我也不担心，就是替你操心。要不你赶紧走，甭在锦阳待了。"思明口里应着，只说家里来了客人，这两天先把客人打发走，他随后再走不迟。

思明从周家堡回来已是后半夜。次日清晨，天刚麻明，云焕拿了扫帚出去扫门口。她打开屋门，门外竟然站着两个背枪的人。她吓了一跳，赶紧退回门内。这时，那两个背枪的已顺门而入，他们直接进了李青斋和张景文休息的屋子。

俩人也刚刚起床，正在洗漱。张景文背对着门口，其中一个背枪的一把抓住他的衣领往后一拽。张景文猛不防顾差点摔倒，一铜盆洗脸水"哗"地倒在地上。他惊异地回头一看，是两个背枪的。其中一个看着他问道：

"你是孟思明不？"

另一个说："我看不像是。"

确切知道张景文不是思明，他两个才放了手。这时，思明也听到隔壁的响动，赶紧穿衣过来，质问他俩：

"你们一大清早跑到我家害啥人？这是我家客人，有事直接跟我说。"

"你是？"

"我是孟思明，你俩的眼睛得是让鸡屎糊了？"思明气得瞪了他俩一眼，"你们有啥事，一大早就瘟神一样到我屋里耍横？"

"我们受吴书记长命令，请你去趟县政府。"一个背枪的说。

思明生气地问道："你是谁？就凭你俩一句话，我就跟你走？"

看着思明冷峻如仇的眼神，另一个唯唯诺诺地说："他是仁和乡乡队副付宏仁，我们是受上面命令才来的。"

思明一想也没有啥大不了的，就临时取消今天的计划。他悄悄告诉张景文，让他先带李先生去信立乡找黄道吉，顺便把今天的事跟他说一下。俩人只能见机行事，急匆匆去找黄道吉。

云焕不知到底发生啥事，其实大家也没一个人清楚。思明安慰她说："云焕，没事，他们不会把我咋样。"

思明跟着这两个背枪的走了。他一到县政府，国民兵团不容分说就把他拘押起来。书记长吴恭道和秦西民负责审讯。

今年春,锦阳县国民兵团成立,团长是王恒芳。国民党三青团头子秦西民任国民兵团政治指导员。

吴恭道坐在上面,始终板着冷脸一言不发。秦西民是思明的同堡邻家,他站在被绑了手脚的思明右前方,一句句质问道:

"思明,你是不是共产党?"

"共产党额颅上刻着字吗?"

"县上有可靠消息,早已确认你是共产党。"

"是咋?不是又咋?"

"不是,放你回去。咱毕竟都在一个巷子里住着,我不希望咱金城堡有共产党。"

"你爷要是呢?"

秦西民被思明逼问得没话可说,他抬头看了一眼吴恭道。思明也咬牙切齿地质问说:"吴书记长,你们说我是,我就是。"

思明抬起两只被绑着手腕的手,指着自己的太阳穴,对吴恭道和秦西民冷言道:

"我就是共产党,你们若要枪毙,就从这儿打!"

吴恭道让秦西民暂时将思明关押起来,等王恒芳回来再做处理。

明天就是端午节,云焕还准备包粽子呢,谁知家里突然发生这事情。她犹如热锅上的蚂蚁,先去连城堡找郭锦屏先生说了情况,又急急忙忙到周家堡跟父亲报了信。

郭先生听云焕说思明昨天刚回来,今天就被吴恭道抓进了县党部。他不明就里,总觉着里面肯定有啥大事情,又赶紧去找杨介石商量。两人都是锦阳士绅,也是孟鸿钧的朋友,这些年,他们看着思明长大,对他十分喜欢。杨介石听了郭先生叙述,亲自去国民兵团找秦西民询问情况。秦西民碍于面子,如实告诉杨介石,他说:"思明肯定性命无碍,但估计得送去西安劳动营受训。"杨介石说他明天亲自去找吴恭道要人,秦西民见杨介石如此铁心,说说自己的能耐只能让思明在家里停三天,等王恒芳回来后,估计还得押送西安劳动营。

云焕折腾了半天,下午才回到家里,她一颗悬着的心突突突跳个不停,她不敢给婆和母亲说思明的详细情况。傍晚时候,云焕抱了一床被子去国民兵团。她到了团部门口,守门的卫兵背着枪,说啥也不让她进去。正在为难之际,郭先生从东边过来。

原来，郭锦屏和杨介石分手后，径自去了县政府。可是，他等到黄昏也没有吴恭道的影子，只好无奈地往回走。刚走到团部门口，碰见云焕抱着被子站在这里发急。他安慰云焕说："今晚没事，你先回去。"他说着，从云焕手里接过被子，骂骂咧咧让看门的把被子抱进去。

第二天，郭锦屏又约上杨介石，两人亲自去找到吴恭道，问他为啥要逮捕思明，凭啥说他是共产党。吴恭道解释说，是思明自己承认的。并说王恒芳长期跟踪打听，虽然没有十足的把握，可凭他这些年在锦阳的张狂样子，身上肯定不干净。

郭先生装出一副苦口婆心的神情问吴恭道："吴书记长，真不知道是你糊涂还是我糊涂。这两年国共合作，一致对外，全国上下团结一心搞抗日，蒋委员长都发话了，你咋连这都看不清？我真不知你这书记长是咋当的？"

杨介石也说："你是堂堂的书记长，总不能听信王恒芳的唆使呀！王恒芳可是个不占便宜算吃了亏的人，鸡蛋到了他的手中都能将下一圈的。你可得小心，小心占了眼前小便宜吃了明天的剜心亏。"

两位都是锦阳城颇具声望的人物，他俩的话不能不听。吴恭道思忖再三，还是把思明放了回去。

王恒芳从西安回来，秦西民第一时间告诉他，思明被关押审讯和郭锦屏杨介石保释的经过。

秦西民说，思明如果真是共产党，那就绝对能得到重重一笔赏钱，没想到这到手的肥肉忽然不翼而飞。他摇着头满口都是后悔，王恒芳也惋惜至极。王恒芳跟他私下沟通，告诉他目前国民政府对共产党的合作是貌合神离，说不定哪天双方可能就翻脸不认人。

两人经过密谋，秦西民仿佛吃了定心丸，决定重新对思明实施抓捕行动。

秦西民写了个便条让人捎给思明，说那天对不住他，只是碍于吴恭道的面子才不得不那样。他殷勤地约思明去家里闲谈，希望思明对他的过错能冰释前嫌、既往不咎。

思明在家才待了两天。这下午，他去西滩四十亩地看小麦成熟情况，再有两三天就要搭镰收麦了。他出了麦地，漫无目地绕过圣佛寺，转到村北温泉河畔的莲池边。

思明从温泉河畔回来，云焕将秦西民捎来的条子递给他。思明看了一遍，心想这货又要给自己耍啥花样，他不知哪里来的冲动，立马就要去赴约。云焕劝他说:"你再甭冒失,秦西民连他妈都不认,能给你说好话?"思明没有听云焕的劝告,拧身出了家门,直接去了南巷秦西民家。

思明刚一进秦家前门,马上就有六杆短枪抵在他的腰间。还没见到秦西民,他又被六个国民兵团丁围住,要再次押他去县政府。思明说要回来取件衣服,团丁也坚决不让,只让他写个条子,让人去他家把衣服拿过来。云焕拿着衣服刚跨进秦西民家前门槛,思明已经被押着出了秦家二道门。思明接过云焕手中的衣服,面无表情地被押走了,临走时一句话也未说。

这时,秦西民从后面出来,他戴一副黑墨眼镜,腰间扎着武装带,肩膀上挎着短枪。他双手插在腰间,得意扬扬地对云焕说:"思明媳妇,你回去告诉婶子,说思明不要紧。"云焕低头不语,默默地跟在思明后边,路过家门口,思明头也没回,就被秦西民等人押走了。

云焕回家后,看着白发苍苍的婆和满脸忧郁的母亲,她终于哇地大哭起来:"这可咋办呀?今年瞎瞎事咋天天往我屋里涌呀!?"

云焕哭了一夜,天亮后揉着布满血丝的肿胀的眼泡,哭哭泣泣去找郭先生。这时,吴恭道已派干事莫俊川带人押解着孟思明去了西安。

思明被押到西安城,在陕西省军管司令部政治部关押了两天,也没有人来审问他。虽然他在西安并不陌生,可他没想到最近情况会这么惨,竟然喝口凉水都能中毒。两天后一个无月无星的漆黑之夜,思明被人蒙着双眼,塞进一辆闷罐子汽车。他坐在哼哼吼叫的汽车上,不知耗了多长时间、走了多远的路,被押进一座几乎没有一点亮光的秘密营房。

这里是国民党西北青年劳动营。两个看守兵将思明押进审讯室,悄悄退了出去,他们似乎完成了使命。思明扫视了审讯室,只见前面一张木桌,桌后的墙面上订了一面国民党青天白日旗,两边黄泥墙上用白灰刷着"坦白从宽,抗拒从严"八个大字,脚镣、手铐、烙铁、双联锁、牛皮麻花鞭挂在墙上。一个脸色发白的中年人坐在桌子后,他是这里的看守主任。两个满脸横肉、满头青光的大汉站在他旁边,他们穿着中央军军装,手里攥着一把二尺长的铁尺。思明想,我进来这几天没人问津,难道这是要给我来开场锣鼓?长这么大,他觉得吃的苦不少,可这几天在监狱受的罪却从没遇过。刚进来时,他晚上睡不着,就觉着腿上背上脖子里到处都有小虫子慢慢爬过,浑身只是痒痒,也说不出是虼蚤还是虱子。吃的饭是核桃一样大小的黑馍就着几口腌白萝卜,渴了就喝门内黑木桶里的凉水。

思明期待着早一天被提审,权当给自己通风换气,没想到这里比关押他们的

.159.

黑房子也好不到哪里去。

看守主任在这里被称作教育长。教育长看着他，问道：

"说，你是不是共产党，你都干过哪些有损国民政府的事？"

思明看着他，没有言语。旁边一个冷笑着厉声呵斥道："咋不说，年纪不大，还猴硬得不行。"思明还没反应过来，背上就挨了重重一戒尺，热辣辣一阵疼随即传遍全身。

"说吧，你在锦阳都干过哪些好事？小伙，到了这里就放灵醒些，说得越早挨挫就越少。"

"我在锦阳糊里糊涂被捉，在这里糊里糊涂被关，今天又糊里糊涂挨打，你们说，叫我说啥？"

"我就不信，你小子真是皮松肉硬！"

话音未落，又一戒尺落在他身上，还是刚才那个位置，疼得他失声叫了一声。

"先甭打，让他说。"

这时，教育长制止了那人，回头对思明说：

"小伙子，说吧，你是怎么跟国民政府作对，怎么带着共产党闹事的？"

"我一直在外面教书，最近回来收麦，稀里糊涂就被抓了，我咋跟国民政府作对？"

"小伙子，你们县上早有人把你的情况报告上面了，你还是放灵醒些，我们啥都知道，就是想听你亲口说出来。"

"我没啥说！"

"没啥说，那我教你，你就说你在锦阳都干过啥，你的搭档都有谁？"

"我除了教书，再没干过啥，我的搭档就是学校的校长和教员。"

"你不说我们也不为难你，只能让你在这里坐监了。你慢慢考虑，从今天开始，我们隔一天提审一次，直到你说完为止。当然，今天这两戒尺是给你教乖，至于后面用啥刑罚，谁也说不准。"

那两戒尺抽在思明背上，他不知伤的咋样，只觉得浑身刺痛。他被关了几天，和看守室关押的几个人也渐渐熟了，相互介绍各自情况，原来他们有的是被国民党特务机关诱骗的，有的是去延安途中被截留的，也有的和他一样，是被当作地下党抓进来的。他也听说这里是国民党军事委员会西北青年劳动营。

劳动营位于西安西郊，附近没有居民。劳动营大小有七八亩，周围筑有三米高的城墙，上面拉着铁丝网，四角修有岗哨房，日夜有人把守。城墙上隔一段筑一座碉堡,高有丈余,宽三米多,上面驻有看守士兵。说是劳动营,营里大门向南敞开,门外两旁,长年都有荷枪实弹的四五个士兵日夜站岗,大门上面几间堡楼也驻扎着武装军警。大院正中是个操场,操场周围墙上刷写着"检讨过去,重新做人"等十分夺目的白色标语。中间有个升旗台,他们这些在押人员每天按时升降国民党党旗。操场两边靠墙各有一排营房,那是各大队和被关押青年男女住宿的地方。

这里关押着一千多人,男的女的都有,他们被分编为学生大队、士兵大队和政训大队。全营的学生、士兵都穿灰色军服,打着灰色裹腿,赤脚穿麻鞋。学生戴蓝底白字圆领章,左领上是"劳动",右领上是"学生"。他们看起来是学生,其实全是犯人,看守们都称他们是赤匪,是洪水猛兽,骂他们是民族败类。

第一次对思明审讯无果后,教育长确实没有食言,每隔一天就将他带过去审问,同时让他们开始做苦役,稍有怠慢就被关禁闭。他们的目的无非是想方设法摧残囚禁人员的身体,摧毁他们孤高顽强的意志。

思明没有向教育长招出什么,他后悔那天没有听云焕的话,更后悔自己太大意。自己这些年参加地下党,搞了许多革命工作,至今还没干出名堂,如果在这里被折磨死了,那这辈子不是亏大发了。

原来,劳动营是一所杀人不见血的大型监狱,是杀人魔窟。他们把犯人称作学生,而这些学生的生命往往朝不保夕,谁也不知道自己什么时候就会遭遇不幸。国民党将这里的人命视如草芥,为了达到他们反共反人民的目的,常以不听指示的罪名,不择手段地对关押者加以杀害。

在押学生每天晨操跑步,谁也不准掉队。大家身上的衣服冬夏都会被汗水冲洗,至于手肿脚裂肩膀磨烂,更是再正常不过的事。他们每顿饭吃棒子馍,喝白开水或者少许菜汤,经常凉的来冷的去,一个个时不时就拉肚子,尽管如此也不得影响每天的提审、干活以及各种残酷的折磨。

在这里干活,其实是整队人员去西院扛砖搬瓦,各队职官全程监视,督催责骂,不许怠工。他们一天十几个小时的超负荷劳动,晚上睡土炕,薄被单衣,一个个浑身疲乏,苦不堪言,哼咳之声通宵不绝。

有人私下说:"整天疲劳来轰炸,队上长官还责骂。硬把人们当牛马,有朝一日雾云散,太阳照出鬼怪脸。"有的说:"劳动营者,即所谓德国之集中营也;劳动营的教育长,即典狱长也;队长者,即看守所所长也。政治队副是位感化员,区队长是一群看家犬,班长者小特务的头目也……"关押者对国民党统治者有力回击,同时也会进一步遭到他们惨无人道的戕害。

.161.

劳动营有内外禁闭室，内禁闭室设在劳动营内特务队附近一个小房间，外禁闭室在不远处的几间房子，那里驻有警卫连一个看守班。哪位学生不守军事管理违反营规，就会被关三五天内禁闭，逼其写悔过书、反省书，看三民主义，写阅读感想，要么就抄写《总裁言行录》进行自我反省。遇到政治嫌疑严重的学生，还被会送到外禁闭室关押，经过诱骗、强迫、威胁、刑审等过程后，尽量使其归顺国民党。据说，上面有密令，想方设法将这些共党分子训练成党国英才，再用以毒攻毒的方法，对他们施行各种训练。

对于已确认共产党人，或者其他革命组织的坚决反抗到底的学生，他们会被捆送到西安陆军监狱，秘密处以死刑。

劳动营内设有会计班、工艺班等各个专业，用这些所谓的班次遮掩外人耳目。思明看着这一切，肠子几乎悔青，更不知啥时能熬到头。无奈之际，教育长见在思明身上得不到任何消息，就将他分到了农艺班。农艺班的同学各地都有，谁也不知谁的底细，他们实质是按判处徒刑为期限，每天在一起生活，真不知何日是尽头，有没有尽头。在农艺班，思明看到有的同学出营后不见了。后来听说，那些人有的是托关系被保释出去了，有的则是被改造后充当了国民党特务，当然，这里面也有的被国民党特务暗害了的。

思明每天上操、劳动之后，就到营内的菜地锄草捉虫、施肥灌溉。他平日与农作物为友，雨天借缝补衣服消除内心苦愁。他在劳动营一直劳动、受罪，似乎已习以为常了，当然，他真正期盼的，还是等待时机早日出笼。

十六

端午节前一天,思明被锦阳保卫团抓去。李青斋和张景文不得不离开金城堡。俩人没去信立乡找黄道吉,而是径直回了终南。大家担心思明会在锦阳遭受折磨,李青斋立即召集甘西小学党支部各位同志商议对策。终南与锦阳相隔三百多里,这人地两生的,目前唯一的办法就是通过陕西省工委想办法。

李青斋思来想去,遂以命令的口吻说:"景文,我再去锦阳探听消息,你赶紧和省上同志联系,看如何营救思明。"

"爹,我们想办法,你甭管了。"

其实,张景文心里更加着急,他假装镇静地劝慰李青斋。最终,为了李先生的安全,景文让他带上便条去泾阳向省工委汇报,他带着李宏先来锦阳找黄道吉,向他打探消息,商议如何营救。

宏先是李青斋的侄子,也是甘西小学的教员。他俩走到荆山原时,偏不偏又碰到王恒芳。王恒芳回锦阳后,听说那天捉拿思明时,放走了孟家那两个陌生人。他气得埋怨吴恭道犯了个低级错误,指责秦西民没有经验,咋能让到手的猎物轻易漏掉。他一再说:"既然孟思明是共产党,那他的朋友还能脱了干系?"就这样,县国民兵团派出六路团丁,在锦阳各个出入境的关口设卡检查。

景文并不知设卡原因,他老远看到王恒芳,心里不免倒吸一口凉气。让张景文庆幸的是,王恒芳并没认得他,依然坐在路边新搭的凉棚下喝茶乘凉。一个团丁疾步过来,让他俩下车例行检查,同时将二人乘坐的骡车车里车外仔细查看一遍,见没什么可疑物资。一个团丁问宏先:

"你们——从哪儿来?要到哪儿去?"

"长官,我们是咸阳的,要去泥阳。"宏先装出一副懵懂而疑惑的神情。

"去泥阳干啥?"

"教书。"景文说。

"我没问你。"那团丁瞪了景文一眼,又问宏先,"你俩啥关系?"

"他是我表哥，我们搭伙去，也为混个肚子圆。"

"谁能证明你们是去泥阳的。有介绍信没有？"

"没有。"宏先显得很害怕。

张景文和李宏先对团丁的盘问东一句西一句地搪塞着。这时，王恒芳放下茶壶，走了过来。他将俩人从头到脚仔细打量了一番，回头对旁边的另外两个团丁说："你俩，坐上他们的马车去泥阳，锦阳地界不许外地人随便进入。"

景文听了哭笑不得，心说锦阳还有这么送人的。他向王恒芳解释，刚一开口，王恒芳就说："甭多嘴，再叨叨就把你带走了！"俩人只好连声回话，临时改变方向，在两个团丁的监视下，一路往北而去。路上，景文故意问这俩团丁："长官，你们这是咋了，难道我们走个路都要派人护送？还在荆山原设卡检查。"

"唉，前几天逮了个流窜回来的共产党，听说还跑了两个外地的。县上让加强警戒，如果抓住共产党，即刻押解西安。"

"哦，我们咸阳风平浪静的，咋到你们这里就草木皆兵了？你们抓着人就往西安押送，那需要多少人力？"

"那肯定得送，前几天我们县城就有个共产党，逮了又放了，放了两天又被逮了。逮住后还是被押到西安去了。"

景文"哦"了一声，一个团丁忽然问道："你俩问来问去，是啥意思？"

景文解释说："长官，你可不敢吓唬我，我们是去教书的。"

张景文和李宏先被团丁一路监视着出了锦阳，他俩又顺着青龙岭下的小路，一路打听到槐园堡黄道吉家，听黄家人说黄道吉在终南教书，开年就走了，到现在也没回来，甚至连个音信也没有。他俩问思明的情况，黄家人只说好像是道吉的同学，还在四维小学教过书，其他事情则一问三不知了。当晚，两人未敢在锦阳耽搁，连夜回了终南。

思明被二次逮走。云焕望着他远去的背影，低着头回到家里，她捂着嘴巴跑进房子，失声痛哭起来。婆听说孙子又被逮了，一下子坐在地上，拍着大腿哭天叫地。孟纪氏傻愣愣没办法，她担心母亲出啥事情，只是劝她甭哭，有啥事咱想办法。老人却越劝哭得越厉害，撕心裂肺的哭喊声在巷子上空高一声低一声飘着。孟纪氏实在劝不住，索性不再劝她，没想到不劝了老人竟不哭了，擦着眼泪回了屋。也是的，老人觉得思明是哭不回来的。

孟纪氏进了云焕屋子，拍拍趴在炕上的云焕，说道：

"娃呀，俺孟家的女人都命苦。俺避不过，认了。娃，你也得认，这就是命。"

孟纪氏一句话说得云焕又抽泣起来。

"娃，甭哭了，办法得靠俺娘俩想呀！"

云焕坐在炕边上，强忍着揪心悲痛。她看着孟纪氏，哽咽着说：

"妈，你放心，我这就去想办法。你把我婆照顾好。"

婆被旧恨新恨吓昏了多次，孟纪氏给她又是抚胸，又是拍背，又是掐人中，婆终于醒了过来。孟纪氏看着她的忧心模样，心里一阵绞痛，娘俩痛不欲生，默默流泪。云焕强忍心中愤懑，劝慰婆和母亲，她心里难受，说出的也只能是违心的空话。

云焕说着，出去洗了把脸，把凌乱的头发重新梳理好。她双眼肿成红桃，又去找郭锦屏和杨介石两位老先生。郭先生在屋里来回踱步，杨先生握着右拳在左掌心啪啪擂着，俩人都感到棘手。杨介石无奈地说："思明若在锦阳，凭我们这张老脸还勉强能给点面子，可他被押到西安，我们真无能为力了！"后来，俩人建议云焕，要不到西安去找孟家过去的熟人和朋友，看有没有别的办法。

云焕又回了周家堡娘家，她跟父亲周品儒说了这两天发生的事，将家里收麦种秋的事全部托付给父亲，拿了点钱，匆匆去了西安。

云焕到了西安，一下就傻了眼。思明究竟在啥地方？这人生地不熟的，她一个农村妇女，到底该去找谁？她啥都不知道，这可咋办？

两天后，云焕好不容易打听到了西北文化日报社，她见到社长袁培。袁社长听了云焕的诉说，知道思明这几年在锦阳和终南的一些情况，对他孤独而勇敢的工作深感敬佩。只是，此时此刻他也束手无策。思明是被哪个机构逮捕的，是国民政府，还是军统特务，他啥都不知道。这还得继续打听，需要时间。

云焕临时住在一家车马店。她将孟家这些年接触的人一遍又一遍在脑中梳理，只要她知道的，无论是锦阳的、西安的，还是南京的，无论是孟家的、周家的，还是其他人，无论是上一辈的，还是这一辈的，她在脑海里都一一过目。忽然，云焕眼前一亮，她想到了于右任和刘正夫二位老先生。于大叔是父亲孟鸿钧的故交，当年思明去南京和西安二中上学，都是他帮的忙。还有刘正夫，他与父亲也是生死之交，当年他们聚义华山共学园，研讨"逐陆倒袁"方略，其事迹已经写入民国史册。云焕仿佛抓到了一根救命的稻草，她再次找到袁培，面露喜色地说："袁先生，我如今多少有了线索，希望您能帮我找到于右任或者刘正夫二位老先生。"

两位先生说话都有分量，于先生现在在南京，听说刘先生在陕西，可这些年再没见面，也不知他住在哪里。袁培喜悦的眼睛又迅速暗下来，陷入新的思虑中。

云焕态度非常坚决,她说:"袁先生,只要有他们的消息,无论天南地北,我都要想办法找到。"

云焕斩钉截铁的话语,让袁先生对眼前这个女人产生莫名的敬佩。袁培先生多方打听,几天后得到消息,刘先生住在池阳县城。云焕一得到消息,就高兴地辞别袁先生。

在池阳县北城巷一个古朴而传统的院落,云焕见到了刘正夫。

刘先生年近六旬,清瘦干练,神态慈祥。他不仅拥有国民党中央执行委员、国民政府委员、国民党中央政治会议委员等多个头衔,更是父亲孟鸿钧患难与共的结拜兄弟。

云焕经常听思明说起刘正夫,知道他是锦阳东乡华阳堡人,曾和父亲有过许多往事。刘先生供职于国民政府,对共产党的事也了解不少,十分欣赏共产党的所作所为。

云焕见了刘正夫,将思明被捕下落不明以及这些年家里的情况向他细说一遍。刘正夫看着云焕,阵阵酸楚涌上心头。思明被拘押西安,他也曾被阎锡山扣留,拘押在山西运城。他佩服义弟孟鸿钧,对他有个好儿子欣慰不已,同时也满腹愁怨,直叹自己身为国民政府的委员,却不能对国民政府的种种弊政说几句公道话。

刘正夫告诉云焕说:"思明媳妇,你甭慌,也甭怕。听你所说,估计思明暂时没有生命危险。你现在先住大叔这儿,我一会儿就给于大胡子摇电话,让他通过南京政府打探情况,及时解救思明。"

真是人在事中迷呀,来池阳的路上,云焕还念叨于大叔远在南京,只怕他鞭长莫及,咋就把打电话的事忘了。半个时辰后,刘正夫重新回到家中,浑身轻松地让家人给云焕做饭,说今天要让她在家里好好吃一顿。既然刘大叔给于叔叔打通电话了,她一下子疲惫地靠在椅子上,肚子也不争气地咕咕叫起来。

刘正夫安慰她说:

"思明媳妇,咱都把心装在肚子里。于大胡子本事大得很,只要给他打通电话,剩下的就是等好消息了。"

云焕还得耐心等候。她相信刘正夫说的话,可思明毕竟还没有下落,更不知这阵子在哪里受罪,啥时能救出来。

第二天,刘正夫动身去了西安,直接去了省政府,打听到思明被关在西郊国民党军事委员会西北青年劳动营。

思明关在里面，看着那些和他一样受苦受难的兄弟，他几乎崩溃了。他白天咬着牙苦撑着，到晚上就思绪纷乱，进退两难。他想到父亲，想到父亲当年在锦阳呼风唤雨的能耐，想到父亲为国民革命做出的贡献和牺牲，再大的困难也得咬着牙往前撑，他绝对不能给孟家丢人。晚上睡不着，他就自我安慰，睡到明天就是新的一天，新的一天就会忘掉前一天的所有苦难和烦恼。

思明做梦也不敢相信自己能被劳动营释放。他心里异常苦闷，以为要被处死，只叹自己"革命尚未成功"，却等不到自己"同志仍需努力"那一天，这么走了岂不可惜。

云焕雇了一辆马车，和思明回了金城堡。

婆见到思明，摸着他消瘦的脸庞，看着他憔悴的眼神，说不出是痛心还是放心，"唉嘘、唉嘘"叹着长气，呜呜咽咽就哭了起来。她擦着眼泪，嘟嘟囔囔地数落着思明：

"唉——你这挨刀子的，你咋成天害人。唉——你咋跟你爹一样，一天到晚不顾家！唉——你啥时让我抱重孙呀！唉——"

孟纪氏安慰母亲说："妈，你甭哭了，思明回来比啥都好，你哭啥嘛。"

云焕没哭，但她高兴不起来。想着这些年的日日夜夜，她心里种下了诉不完的苦恼，看着思明信心百倍地干事情，她既高兴又矛盾。

孟桃声嘶力竭地哭着，哭得死去活来，没有一个人安慰。婆知道她哭啥，母亲知道她哭啥，云焕也知道她哭啥。思明看着姐姐孟桃，心里更不是味道，姐夫离家快两年了，活不见人死不见尸，她咋能不伤心呢。小外甥佑民看着一家人围在一块哭哭泣泣，自己莫名其妙地傻傻看着。

思明感谢刘正夫的解救之恩，和云焕去池阳拜谢他。刘正夫第一次见到思明，高兴地拍着他的肩膀，大声惊叹："太像了，太像了，简直太像了！"

思明不知道刘正夫说跟啥一样，问道："刘大叔，啥太像了？"

"你，你跟你爹太像了。你爹当年就是你这样子，如果给你挂上一绺胡子，你爹的朋友也难以分清。"

思明呵呵笑着说："刘大叔，我爹去世时我还小，几乎记不得。如果有机会，你不妨给我讲讲我爹的故事。"

"好啊，我一定给你讲。"刘正夫说，"不过，你还得听叔一句劝。现在是特殊时期，共产党在关中几乎销声匿迹了，你暂时也把心收住，好好在家过日子，甭再在外面疯逛。"

"为啥？"

"你被关在笼子里，与外界隔绝了。这两年，国民党不断给共产党制造摩擦，关中形势进一步恶化。据说，共产党陕西省委机关都从云阳迁到照金去了。"

"这几年不是国共合作，一致对外，全民抗击日本吗？国民党难道真不顾全国人民反对，出尔反尔地说空话放空炮？"

"思明，你还年轻，许多事不敢太冲动。这就是政治，就像下象棋，你看这棋盘上红帅黑将运筹帷幄，车马相士十几个子儿你冲我厮杀不息，其实，这只是两个人的对弈而已。我们都是棋盘上的车马士卒，随时就会当了政治家的炮灰。今年以来，国民党的反共行动持续升级，谁都没办法。唉，蒋介石这人，报复心太重了，他最终会害人害己的。"

"思明，大叔佩服你们年轻人的魄力，可我还是要你听句劝，把心收了，回家种地，过你们的小日子去。"

思明告别刘正夫，到西安找到石友三，向他打探姐夫景范的消息。他得到的答复是："人肯定没事，至于在哪里，真说不准。"回家后，他只能把前半句带给母亲和姐姐孟桃，希望她们不要有事没事就胡乱猜测。

孟家本是金城堡的大户，这并排四院子房舍就是有力的佐证。思明还听婆说，西滩那块地皮还是父亲孟鸿钧为赌气置买来的。无奈晚清那会儿天灾与兵燹此起彼伏，孟家的日子渐渐败落。

那时候，婆已经守寡，家里穷困潦倒到几乎揭不开锅的地步。有年夏天，婆领着儿子鸿钧去村西滩地里捡拾人家拉完麦后抛撒的麦穗。那里有化龙堡吴家六亩水地，由于水旱保收，麦子长得好。当时，吴家的小麦已经收割，主人正用牛车将麦子往麦场拉运碾打。正是中午时分，主人割倒的麦子还没拉完，养家心切的婆就领着鸿钧到吴家麦地拾麦穗，正好被吴家人看见。农忙时节拾麦穗本是关中人自古养成的颗粒归仓的美习，拾麦时偶尔背过主人偷几把麦子也是常有的事，毕竟自家的娃娃也会到人家地里去做相似的事。因此，遇到这种事，有时被主人看见，不过吼几声就算了。没想到吴家人竟然不给鸿钧母子一点面子，不仅将娘俩大骂一顿，还夺走了他们拾麦的平底笼。婆心想，自己也曾是大户人家的媳妇，哪里受过这种羞辱，心中委屈顿生，抱着儿子哭泣不止。孟鸿钧看在眼里，气在心头，无奈自己年幼力单，他看着母亲被人欺侮，攥着拳头咬牙切齿。他对母亲说："妈，你甭难过，吴家人狗眼看人低，咱甭招识他，等我长大了挣了钱，非把这块地买下来不可。"后来，孟鸿钧果不食言，买下了吴家这块地。第一年地里种着小麦，麦收时节，他提着一个崭新的平底笼，陪着母亲到了地里，宽心地说："妈，从今往后，这块地姓孟了，是咱家的了，你放宽心地拾麦去，想咋样拾就咋样拾。"

思明每次跟着景范在西滩地里干活，就想起父亲因拾麦穗置气，给孟家买下这块地的事，觉得父亲的确了不起。如今，他也要像正夫大叔忠告的那样，要守着父亲当年置办的这块水田了。

思明这次虎口生还，一家老小无不高兴，痛定思痛，他显得更加泰然。对婆和母亲，他每日问寒问暖体贴孝敬；对媳妇云焕，也是恩爱有加。

思明这些年一直在外念书、教书，很少在家里干农活，若不是张大伯和景范他们帮持，真不知这些年家里春种夏管秋收冬藏都是咋样熬过来的。他苦笑一声，叹息这世间是否真的存在宿命，好像他被抓到劳动营，被分到农艺班，居然是给自己作务果园打的基础。他重新规划起这块地，在地里栽植了苹果、柿子、桃树和梨树，真正当起了西滩农夫。

思明一天到晚乐此不疲，果园的忙碌和家里的温馨使他抛弃了多年的烦恼。他在果园南头地边搭盖了三间茅草庵子，又在茅庵旁打了一口井，井边栽了三棵泡桐树。他大部分时间都守在果园，享受着僻静安逸的田园生活。这里靠近大路，出入方便，昼夜活动也比较隐蔽。晚上回到家里，就斜靠在被子上翻书看报。他誊写了白居易的《寄内》与云焕共赏，品味贫贱夫妻不弃艰艰度日的乐观安逸。其实他读的书却与先前大不相同。他已很少翻阅《论衡》《战国策》《诗品》《杜诗镜铨》等书，而是翻阅一堆稀奇古怪的书，什么《矛盾论》《民约论》《理论与实践》《自然辩证法》等，每本都是一寸多厚的大块头，还有一些油印册子，甚至没有报头的《新华日报》。这些书籍报刊平时都放在僻背处的木箱里，还不失时机地上了锁，读的时候才取出来。他看得认真，读得仔细，有时读到兴致处，他就在屋子里踱来踱去，自言自语，陶醉其中，有时又眉头紧锁，凝神苦思，或者一惊一乍地让人吃惊。

这些年了，云焕难得与思明如此共处，她一下拥有了家的温馨。尤其想到思明在西安受的罪，云焕恨不得让他永远甭离开金城堡，就这样过他们的小日子，哪怕一辈子碌碌无为，她也无怨无悔。

云焕想让思明碌碌无为，思明却不想让她在家里做普普通通的小媳妇。思明经常督促她："你在家过日子，可不敢丢了看书，浪费了大好时光。"自从云焕从池阳女中回来后，她已很少看书学习，尤其家里那些书，她也实在看不懂。云焕悄悄告诉母亲，说思明虽然身在家里，心却依然还在外边，让母亲帮忙劝劝。

孟纪氏一想到思明，再想想他爹，心里又恐慌起来。她不想让自己的担忧暴露在婆婆面前。于是，孟纪氏特意借给思明送饭为由去了果园。看着儿子端着碗吸溜吸溜吃着饭，她忽然低声哭起来。思明被母亲哭得莫名其妙。母亲千嘱咐万交代地劝他："思明，如今回来了比啥都好，再甭惹那些要命的祸事了，咱孟家老老少少真受不了了！"

思明听了十分难受，可他又能怎样。他立即像一个听话的娃娃，笑着安慰母亲说："妈，你放心，我就在家里种地，好好务弄果园。以后再不出去了。"为了让家里人省心，他每次外出，就会跟婆和母亲打招呼告知去向，回家后也少不了及时向两位老人报个平安。

母亲平常爱吃花椒叶，家里做饭，无论摊煎饼，烙锅盔，做出锅汤面，都少不了摘些花椒叶。早先家里没有花椒树，母亲常到邻家树上摘，时间长了往往讨人嫌。后来，思明也在园子里栽了十几棵花椒树，让母亲随便采摘。母亲曾饱尝求人之苦，只要有邻居来摘花椒叶，她都大方热情招呼，从不嫌弃。

其实，思明在家务农不过是权宜之计，他身在果园，心却始终在搜寻着有关共产党的事，期待着早一天跟党组织联系上，为党组织做事情。

他后来才知道，甘西小学李青斋校长在他关押西安青年劳动营期间，也被终南县国民政府特务组织捉拿。只是，李老先生并没有他幸运。

去年清明节前后，思明还关押在劳动营里。张景文地下党的身份暴露了。

一天，张景文正给学生上课，突然从学校大门闯进来三四个背枪的团丁。他从窗口瞥见，赶紧提前下课，从后门溜出，在外面竹林里躲了一下午。那几个团丁果然是找他的，他们在学校转了一阵子，毫无收获，骂骂咧咧走了。李青斋觉得景文留在这里肯定不利，当晚就让他转移。景文走后第二天，学校一个青年教师被当成景文给抓了去，平白无故遭受了终南县保安大队的监禁和拷打。

终南县地下党组织遭到破坏，已是张景文离开甘西小学多半年后的事情。正月初四，大家正沉浸在新年的喜庆中。那天深夜，大雪纷飞，终南国民政府保安大队的人突然包围了甘西小学，党支部书记李青斋遭到拘捕，被带到终南县政府。书记长连夜审问，对李青斋大声喝道："今夜，你如果找不到保人，我就给你戴上手铐脚镣！"李青斋态度从容，痛斥仇敌地说："我没有罪，不需要谁来保我！"

他们确信李青斋是地下党，一时又找不出有力证据，严刑审讯毫无结果。李青斋先被关进了终南俊兴和商号，几天后又被押送到国民党陕西省党部。李青斋在狱中遭受国统特务百般拷打，他们用灌辣椒水、坐老虎凳、烙铁烙、棍棒打等酷刑来折磨他。老先生表现得英勇顽强，始终坚贞不屈，大义凛然，从未吐露一点秘密。每当痛不可忍时，他就大骂："暴政！暴政！暴政！"

李青斋被酷刑折磨，遍体鳞伤，憔悴无力，他的生命时刻处于垂危之中。国民党当局见从他的嘴里得不到一点东西，又迫于社会压力，只得允许他保外就医。可是，老先生还是没能逃离噩运，出狱后不到二十多天就与世长辞。

得到李先生去世的消息，思明跪在果园的草庵外面，面向西南磕了三个头，连连向他抱歉，只说那次刚来锦阳就被保安大队那一伙吓走，未能了却李老先生游历锦阳的夙愿。

八月初秋，思明在果园南头又盖起两间看护房，腾出草庵子，养了三头牛。地多活儿杂，他一个人干不过来，就临时将化龙堡的吴生荣雇来，帮他经管果园，捎带着把牛养好。这些年，孟家虽然地少了，可算起来还有百十来亩，再说，养牛干活，牛拉的粪又能上地，也算两全其美。

刚种完小麦，又传来刘正夫先生去世的噩耗。思明作为刘先生的世侄和忘年之交，亲自去池阳吊唁。他一直陪着刘先生的灵柩，从池阳到华山脚下。在华山，刘先生在故交亲朋庄严肃穆的仪式中走完最后一程，安详地躺在了莲花石下松柏掩映的长寝之所。

安葬刘大叔时，思明在不远处见到了胡景翼将军的墓碑。二十多年了，荒草覆盖着胡将军的坟茔，清风吹动荒草，碑石上"胡景翼将军之墓"几个字若隐若现，在岁月的剥蚀下也开始脱落。

胡大叔去世那年，思明只有九岁。他是被张家伯领着去唐园镇老街的胡家参加吊唁的。他还听说，当时胡家的灵牌后并没有胡大叔的棺木，可所有来家里的人，不论男女老少，不论当官的当兵的，还是村巷里种地的邻家，一个个都耷拉着脸像是自己屋里死了人。思明忽然觉得，作为父亲的结拜弟兄，他要像敬仰父亲一样敬仰他们。如今，虽然他们安寝在咫尺之地，可毕竟魂落他乡，让人时时牵挂。

思明回到锦阳，亲自去锦阳龙泉山，为二位大叔物色了上好的墨玉拉回家中，又铺纸研墨，写了两幅墓志铭，从通关镇请来一个老石匠，耗时半个多月，刻成两通墓志。墓志铭做好后，思明分别做了拓片珍藏。一切告毕，他才亲自雇车，和生荣俩人将墓志铭护送华山墓地，燃香放炮，行三拜九叩之礼，将两块铭碑分别埋入坟茔。

除了这一些公开的事情，其他事思明也没敢闲着。他背过婆和母亲，要么接人来家，要么送人远行，经常半夜出入。他告诉云焕，自己干的都是正事，并一再吩咐，自己的事情，尤其出门办事，甭声张甭追问，只要她在家里管好门户就行。云焕也很明理，只告诉他注意安全，别的不再过问。

十七

恒昌将家里那套戏箱搬了出来。宝珍不由惊奇,她怎么也没想到,平时只是偶尔哼唱几句秦腔的恒昌,家里居然还藏着一套戏箱。

"掌柜的,没听说俺家有这玩意呀?"

"唉,这是思明他爹早年置下的,那年冬天还在村里演过几场。后来思明他爹惨遭横祸,大家都忙着大事,这东西就一直放在咱家。当时我偶然翻出来耍耍,可一看到这些皮影子,我心里就难受,以后也再懒得动了。"

"那最近咋又翻腾出来?"

"最近,最近我高兴嘛!思明出息了,孟家后继有人了。"

恒昌将三个戏箱搬到前院,扫净上面铜钱厚的灰土。他揭开一只大木箱,里面放着锣鼓、唢呐、胡琴各种乐器,箱盖的羊皮内衬上别着两副铙钹,还有一个小引锣。恒昌将乐器取出来,逐个儿摸了一遍,又放回原处。随手拿起那把二弦,轻轻拉动弓弦,院子里立即吱吱扭扭飘荡起悠扬的乐声。

恒昌说:"熟悉又陌生的声音,二十多年都没好好听过了。"

"就是,好多年没听过了。"宝珍随声附和,好奇地期待着恒昌打开另一个戏箱。箱盖揭开,两排牛皮皮影整整齐齐摆在里面,红的绿的蓝的黑的各种颜色相杂一起,让人不由就想拿起来,对着天空跃跃欲动地舞弄一番。

恒昌拿起两个皮影,是《二猴子碰头》里真假孙悟空。他坐在院子里,让两个孙悟空在他的摆弄中左来右去地厮打,在宝珍猜测的眼神中,讲起了思明他爹当年置办皮影戏箱的事。

传说唐玄宗在长安创立梨园,揭开了中国戏曲的大幕,而比盛唐大戏更早的,还有秦末汉初出现的小幕。这小幕就是最早的皮影。"汉妃抱子窗前耍,巧剪桐叶照窗纱。文帝治国安天下,制乐传于百姓家。"这首曾被民间皮影艺人口口流传的小诗,就是有关皮影的例证。

听着恒昌的介绍,宝珍惊叹地说:"当家的,俺跟你生活这些年,咋没听你说过这些。哪个领兵打仗的，还知道这些东西！？"

恒昌乐呵呵笑了笑，继续说："我哪有这本事。这还是当年大哥和思明他爹闲谝时说起的。我只不过逮了几句零碎话罢了。"

同治年间，通关镇一个叫陈展堂的，这人方面大耳，仪表堂堂，就是家里穷。陈家四代单传，到了展堂这辈依然如故，父母怕自家的独苗夭折，就听了一个算卦的话，让他去学唱戏。算卦的说："展堂这娃，自幼生就帝王相，偏偏没有帝王命，如果能去唱戏，在戏中充当帝王，才能得到历代帝王护佑，不仅能获得高寿，而且还能儿孙满堂。"而这展堂真是唱戏的料儿，他勤学好问，不怕吃苦，记忆力出众，没有几年就积累了许多戏剧知识，熟记了几十本戏词。再后来，他跟着师傅到周边各地演出，他们有次和泥阳县一家班社唱对台戏，对方无论唱功、乐器以及签手都比他们稍胜一筹，引得下面观众一会儿拥到这边，一会儿拥到那边，急得师傅额上冒汗，一时没有良策。这时，展堂从师傅手中抢过皮影，临场现编一出《碌碡成精》，用他字正腔圆的唱词和滑稽夸张的挑签技艺压倒对方。

还有一次，在锦阳城隍庙演出，有人要点《二桃杀三士》这出戏。这个故事展堂小时候听人说过，时过境迁只知道个大概，更记不住里面的人物。于是，他告诉点戏的人："只要给我一本有关东周列国的书，我就能演。"点戏的人将信将疑，就找来一本列国书给他，准备看他到底有多大的能耐。展堂将那书简单看了几页，记下里面的人名，随即现编现演，在场观众惊叹不已。展堂这出戏故事精短，剧情明晰，不仅打斗戏精彩激烈，而且唱词更是通俗精练，使人灌耳难忘，让全场震惊，继而久演不衰。大家夸他说："展堂本事大得赛师傅，除了挑签、唱功，这现编现演更是一绝。"从此，陈三绝的名声在渭北各地迅速传开。

历经光绪庚子年馑，师傅病逝，展堂接管了师傅的戏班。他们依然在渭北一带走街串户给人演出。后来，孟鸿钧做了锦阳保卫团骑兵营营长，同时有义兄张盟祺管家理财，没几年工夫，便盖了四院宅地，置办下一笔家业，成了当地富户。孟鸿钧负责锦阳辛亥反正期间的联络工作，在传送文件、情报的过程中经常跟已是花甲之年的陈展堂来往，时间一长竟成了朋友。这时，渭北一带连年灾祸不断，演戏生意日益萧条，痴迷皮影的展堂老汉不得不收拾了全套戏箱，让戏班那些跟他鞍前马后几十年的伙计们各自回家安心务农。辛亥反正后，关中大地又是兵荒马乱，展堂的戏箱已经变得残缺不全，再也无法演出。孟鸿钧每次去展堂家，都要让他取出皮影把玩一番。展堂见孟鸿钧喜欢，觉得自己也老了，演了一辈子戏也没落下几个钱，索性要把这些皮影送给他。孟鸿钧本来就喜欢这个，高兴地给展堂付了银两,就将皮影箱拉回孟家。

孟鸿钧对皮影箱认真查对,发现残缺不全的,就将展堂请到家里重新制作。他从陕南买来上好的水牛皮,经过硝熟刮压多道工序,最终刻制出透亮鲜活惟妙惟肖的皮影。一片牛皮,居然喜怒哀乐;半边人脸,做尽忠邪贤愚。皮影的角色脸谱夸张得体,突出人物性格,凡是一个整体人物,都有专用表现,不能代替或混淆。孟鸿钧知识渊博,张盟祺办事认真,陈展堂雕工娴熟精湛,他们按照关中流传的戏文,将皮影刻补得很全,除过常演的历史剧目,一些小鬼大神、家具房舍、山水云彩等各样配景,也配备得一应俱全。

皮影制好了总不能压箱底,孟鸿钧就拉拢了当地一些喜好者,组建了临时班社,遇着农闲时节,就取出锣鼓家什热闹一番,尤其每年从腊月到正月,一两个月从不间歇。

恒昌和大哥元昌小时候经常在皮影台前混荡,曾经看过展堂的演出,传说中的陈三绝果然名不虚传,他们羡慕展堂能编唱戏文,能演奏乐器,还能将皮影耍弄得那么娴熟。只要听说哪里有陈三绝的皮影,他就要凑过去看戏。只是那年月,除了铁佛寺过庙会给铁佛爷演演,再就是哪家大户过红白喜事雇来演出,平时机会也不多。后来元昌去新疆,在清军大营当兵吃粮,恒昌也曾联络了几个喜好者,想成立个临时班社热闹热闹,他特意赶到孟家租用戏箱。孟鸿钧起先对恒昌痴迷皮影颇有同感,想着戏箱放着也是放着,就将一套皮影戏箱租给恒昌。这一来二去,俩人彼此熟悉,后来恒昌和鸿钧结为连襟,他的妻妹小嫚才正式嫁到孟家。

恒昌刚刚拉顺戏班子,熟悉了皮影演出唱念举耍等各种要领,孟鸿钧竟惨遭迫害。自此,这套戏箱一直留在槐园堡杨家。每次看到戏箱,恒昌就会想起鸿钧被害的事。人常说眼不见为净,恒昌便将戏箱收了,一直放在后院货房里。他后来去洛川参军,奔走于齐鲁皖豫,不知不觉又是二十多年。

宝珍心想,恒昌现在忽然取出戏箱,这是要干啥。恒昌说:"这几年消停了,许多烦心事也懒得搭理,没事了就想着拿出皮影乐呵乐呵。"

恒昌重新组建起他的皮影社。

宝珍以为皮影社也跟她们当年的戏班一样,需要好多人,就问:

"掌柜的,你手头连个人都没有,这皮影社咋弄?"

"宝珍,这你就不懂了。咱只要有辆马车,车辕和车尾巴搭上板子,四角立起四根胳膊粗细的小木柱,上面用芦席一盖就是戏台。车厢上绷一块细白幕布做个亮子,亮子后面备一盏三根粗捻子油灯。呵呵,这就行了。"

"这么简单？"

"皮影艺人说的比这还简单，还好听。"

"俺还以为复杂着哩。"

恒昌看着宝珍，笑着唱道："七长八短，五页大板，四条皮绳一绾，六页芦席一卷，十二根细麻串，再撩下一个镢，就甭再管。"

恒昌唱得手之舞之，宝珍咯咯咯笑得捂着肚子几乎岔了气。

恒昌重新成立皮影社的消息不胫而走，周围许多人纷纷拥来要求加入，没费吹灰之力，皮影社办了起来。

刚开始，每到晚上，槐园堡一些爱好者就聚到恒昌家的院子看热闹，他们有时拿起锣鼓家什，无节奏无板眼地胡敲乱吼，只有恒昌一会儿抓起硬弦，一会儿抱起月琴，嘤嘤嗡嗡叽里呱啦弹拨一阵儿。几天后，他们当中有杨振玉、黄道临、赵连枷几个渐渐入了门，开始学拉板胡，共同热闹。

恒昌的皮影班社总算开办起来，他给班社取了个明月皮影社的名字。

明月皮影社先在槐园堡关帝庙试演了几晚上，在周围四里八乡产生很大反响。毕竟，大家好多年没看过皮影了，都想过来瞧瞧热闹。

他们重新添置了一架木轮骡车，每次演出，宝珍也跟着凑热闹，使她的生活顿时舒心活泛起来。偶尔，宝珍还用她那豫剧调儿唱几句，乡党们像看稀奇似的听她唱。

跛子吉庆是四维小学的教师，他是思明去终南后才来这里的。那年因建校之争，李夏松和当地群众闹事，他平白无故挨了一枪子儿，在家里养了一年病。后来学校人手不够，王先生登门邀请，他就到了四维小学。

吉庆也是个戏迷，只要晚上有演出，他就跟着剧社到处撑场子，无非就是为了多看几场戏而已。刚开始，他担心王先生说他不务正业，经常偷偷去。其实，王先生对明月皮影社的了解，却是从他口里东一句西一句逮来的。他自以为做得神不知鬼不觉，没想到跟王先生捉迷藏兜圈子几个月，耍的竟是掩耳盗铃的可笑把戏。

明月皮影社的演出很卖力，周围群众纷纷叫好，不知怎么却引起四维小学王先生的不满。

当然，王先生对皮影社的不满，恒昌完全可以不在乎。毕竟，他只是以此为乐，既没指望剧社能挣多少钱，也没想着出啥名成啥家。可他不明白王先生是对他的人有意见还是对他们的演出有看法。

那天,恒昌在槐园堡街道碰见王先生。王先生问他:

"老哥,吃了吗?"

恒昌爱答不理地说:"吃了,这几天拿闲话都吃饱了。"

王先生心想,这向来言语不多的恒昌,今日明显是话里有话,他暗自好笑。

"老哥,得是闲话听多了。那好,今响午我也没事,不妨跟你老哥抬抬杠,我肚里还给你藏着许多话!"

"那好,我就看今天能拾到你几颗象牙。"

王先生觉得恒昌在曲里拐弯骂他,忍着心头怒火。俩人来到四维小学的西厢房。王先生让跛子吉庆给恒昌倒了茶水,他自己也端起茶杯吸溜吸溜喝起来,茶太热,每次就嘬一小口,声音却很大。

恒昌根本无心喝茶,王先生又摆谱一样喝得慢慢悠悠。恒昌实在憋不住了,问道:

"王先生,我客随主便了,你咋摆起架子了?"

"哦,老哥说的啥话!我看你走乡串户到处演出,扎势得很。"

"王先生说的啥话?"

"我是个外行,想给你这内行挑毛病,愿意听不?"

毛病?恒昌愣了一下,说:"挑毛病!好哇,我听。"

王先生笑道:"你们一天到晚演什么《捉鹌鹑》《莺莺塔》《屎巴牛招亲》,净是些冶容诲淫伤风败俗的小戏,除了逗人一乐,还有啥意思?"

"皮影就是逗人乐的,如果不逗人,那谁还看?"恒昌心里憋着气,继续听王先生说话。

"'白雪阳春高士赏,桑间濮上美人怜。只因师旷未睁眼,任尔靡靡河内宣。'这是我前日作的一首诗。当然,我也不是什么圣贤师旷,只是希望老哥能演一些对老百姓有好处的戏。"

"王先生,我是一介武夫,一辈子没喝过多少墨汁。你说这话不是难为我吗!"

"皮影也是戏剧,也讲求高台教化。从古到今,好戏里的故事,都是让那些高高在上的大人物,要么向我们这样的小人物服软认输,要么就或杀或剐,让其得到应有惩罚。我觉着,你是经见过大世面的,再甭老演那些卿卿我我缠缠绵绵的小戏,而是要把当前国难当头,全民抗日的思想加进去。"

"……"

恒昌看着王先生，欲言又止。

"演一些弘扬抗日的，痛斥国民政府官场的戏，老百姓肯定爱看。若不嫌弃，我可以给你们写几个剧本，排演出来肯定吸引人。"

恒昌终于明白王先生给他摆谱的原因，他高兴地一口喝了面前的凉茶，拉着王先生的手说："走，老哥请你吃羊血饸饹。"王先生连连摆手，最后还是被恒昌硬拉着去了羊血饸饹馆。

两人吃过饸饹，王先生给明月皮影社演出的帐子上题了一副对联，上联是"汉廷宋营葫芦口"，下联是"阿宫秦韵漆沮头"。随后，他经过两个多月精心创作，先后写出了《抗日剑》《饮马长江》两个戏曲本子。

《抗日剑》以西安事变为背景，写了一对新婚青年共赴国难泣血抗战的故事。《饮马长江》以国民军队抗击日寇保卫武汉为题材，有原型有故事，着力塑造了一批抗日名将，为动员全民抗日大造舆论。

王先生写的戏本故事曲折，角色鲜明，剧词新奇，喻理清晰。恒昌看着本子，对他抱拳施礼，只叹自己有眼不识金镶玉，希望他能给大家指导，尽快制作新皮影，把这两个戏排演出来。

就这样，每天下午放学后，恒昌就将戏班的人叫到学校，听王先生给他们讲故事，说人物，让大家理解故事，记住台词。

恒昌及时去锦阳城找人按照这两部新戏制作了十几个皮影，又经过一个多月排练，恒昌的明月皮影社基本上能独立演出了。他们先试着在学校演了两场，效果还真不错。于是，大家齐心协力，鼓足勇气，开始在周边街镇村堡演起来。

新编剧目一经演出，迅速走红，不仅在锦阳各地，就是池阳、泥阳的许多班社，也来向他们学习讨教。恒昌怎么都没想到，王先生的剧本竟能产生如此火热的演出效应。尤其《饮马长江》，还被传到陕北根据地，延安民众剧社觉得这个本子编得及时，也十分成功，又将它排成真人剧在陕北根据地巡回演出，引起了中央首长的关注。当大家知道写这个戏的，就是当年写《拟抗日檄》的那个教书先生，见过面的，没见过面的，都对他佩服得五体投地。

恰逢农闲，西滩果园暂时没啥活儿，思明经不住姨夫戏班的诱惑，也加入了明月皮影社。他蛰伏西滩果园的目的并不是安安分分当农夫，他还有好多事情要干，革命工作更不能因一次小小的挫折随便放弃。他跟着姨夫的戏班，一方面是走出来调整心情，帮姨夫料理班社，更重要的是希望早一天找到上级组织，继续开展工作。

正月二十三，皮影社赶场子，到铁佛寺庙会演出。本来，这一年一度的庙会在周边三县名声大得很，来的人也多。明月皮影社的《饮马长江》最近又取得了空前的演出效果。

明月皮影社让锦阳和泥阳两县的国民政府大为反感。他们若听说皮影社在那里演出，就担心恒昌他们借演皮影的场子搞抗日宣传，尽可能找出理由阻挠皮影社的演出。

锦阳县政府从县长到保安大队，多次命令信立乡公所下去彻查，不行就将明月皮影社直接查封。

李夏松碍于恒昌的威望，他左右为难，无从下手。他始终将恒昌当成一颗定时炸弹，担心这颗炸弹会随时爆炸。这些年，他和冯德海都与恒昌有过接触，尤其那年槐园堡因浇地发生的械斗风波，一下子让他俩对老师长既敬畏又害怕。

李夏松迫于县上的压力，不得不亲自登门。他硬着头皮来到槐园堡，和恒昌商量明月皮影社临时停演的事。他向恒昌说明了上面的意思，忐忑不安战战兢兢地等着回话。

"李乡长，你们咋神经兮兮的，这演个皮影，唱几句戏词，难道就把国民党的江山动摇了？"

"杨师长，这都是上面的意思，我只是照章行事，还请你老给个面子。"李夏松装出一副无奈相，苦笑着回答。

恒昌生气地说："李大乡长，我这骑驴也没压着谁的脊梁骨，是谁让我收摊子的？"

"杨师长，话可不敢这么说，我也是为向上级交差的。"

"这戏上唱的都是假的，容不得真。你们这些当官的，咋就爱往自己身上揽事。我演戏也就是图个乐子，也为了皮影社几个师傅有口饭吃。再说，我活了大半辈子，别的不想，就盼着老百姓都能过上平安日子。"

一句话说得李夏松嘴里吱吱呜呜，红着脸退出杨家。他将明月皮影社难以关停的事汇报给县上。只是，他的汇报调了盐加了醋，吴恭道听罢，恨不得立即让保安大队前去砸场子。

铁佛寺庙会人山人海，明月皮影社的演出被大家一而十十而百百而千千而万地迅速传开。虽然信立乡公所有人来巡查，可庙会只有三天，当县保安大队发誓要对明月皮影社彻底查封时，铁佛寺庙会已经结束了。

紧随铁佛寺庙会之后，更加热闹隆重的泥阳凤栖山庙会又如期而至。

凤栖山庙会是为纪念药王孙思邈而举行的，起于何年何代已无从考究。庙会在泥阳城东凤栖山举办，会期半个月，规模之宏大在周边十多县独树一帜，别的地方根本无力可比。

每年正月二十七日，凤栖山庙会就已拉开序幕。先是从药王故里孙家原起会，孙家原群众在本村公推七个庙会主事人，积极进行庙会前的筹备工作。七位主事带领大家及时修整祭器，又从各家凑面筹油，集中时间为药王制作麻叶果碟等各种油炸贡物祭食。正月三十，主事们早早就上了凤栖山，安排人清扫殿院，悬挂宫灯，张贴对联，摆设祭器，献上供盘。一直忙活到下午，整个凤栖山的热烈氛围马上浓厚起来，庙前鼓乐喧天，庙内香烟缭绕，庙会随即宣布开始。

二月初二传说为药王诞辰之日，也是凤栖山庙会正会之时。庙会期间，四面八方商贾云集，南北两路行人拥聚，善男信女络绎不绝。山上香烟缭绕，钟磬萦梁，人声鼎沸，大有无地憩足之叹。最后一天为庙会高潮，泥阳城内倾城而出，万人空巷。药王大殿也是自有乐班助兴献唱，管弦悠扬，别有一番情趣。

晚上唱庙戏，每年都是午后开锣，黎明收台，大家俗称"天明戏"，常使好事者彻夜不眠。

明月皮影社正月三十就扎到凤栖山。他们在山下戏楼旁搭台演出，逛庙会的乡党，男女老少聚了数百成千人。上面演得认真，下面看得入迷，上面阿宫调唱得咿咿呀呀，下面观众嘴里哼哼唧唧跟着附和，一个个脸上挂满笑，尽管初春时节寒气料峭，沟道里冷风凄凄，观众陶醉其中久久不愿离去。

第二天晚上，戏班社正在演出天明戏，观众忽然从外向内纷纷嘈嘈起来。大家不知发生啥事。恒昌在场子周围转悠着，见是泥阳保安大队一帮穿黄皮的，他乐乐呵呵凑上去，抱拳施礼，问为首的那个："你们——这要干啥？"

那人乜斜地看着恒昌，不屑地说："执行公务，有人举报皮影社在做宣传抗日。"

"宣传抗日，这好嘛！咋还查上了？"

"你是谁？我们是寻班主的，你凑啥热闹？"

保安大队的头儿呛头呛脸叱责恒昌。他口里不干不净地骂着，就要向演出的骡车挤去。

"呵呵，你咋还不赏老汉个脸。你要找班主，班主就站在你面前嘛。"恒昌还是一副乐乐呵呵满不在乎的样子。

思明听到外面吵闹，赶紧掀开帘子跳下骡车。车里的演出随即停止，台下观众迅速哗然。思明心想,哪里都有寻事的无赖,他挤到前面去跟保安大队讲理,班社其他人也帮着说好话。忽然,思明认出这个保安队长是他们巷子的秦西彬。

秦西彬自幼丧父,家中只有母亲和哥哥秦西民。秦家哥俩整天天不收地不管,年龄稍大,便在锦阳一带横行霸道,常常偷伐别人家的树木,糟蹋另一村的庄稼,逼一些年轻人帮他盗窃,谁若不从,他们就对其拳打脚踢,实在让人奈何不得。有一次,化龙堡的麻贵儿不知因啥事得罪了秦西彬,他哥俩居然手提镰刀,把麻贵儿在温泉河北那几十棵碗口粗细的柿树树皮一夜刨光。村里有个老汉知道后说了秦西彬几句,这哥俩又怀恨在心,竟将老人刚长起来的一亩旱烟全部割倒。老人知道是秦家兄弟报复,站在金城堡城楼下高声谩骂,秦西彬挺着肚子摇摇摆摆过来,眯着绿豆似的小眼珠,不以为然地说:"爷,你甭血口喷人,你的烟不是人打的,是叫黑霜杀了。"从此,秦西彬就落下了"黑霜"的绰号。

后来,国民政府抓派新兵,秦西彬哥俩觉得当兵吃粮不失为一个良策,就报名参加国民军。不久,秦家弟兄当上了西安警备司令余忠义的哼哈二将,很受余司令的宠信。不久,秦西民以家乡土匪扰乱,向余司令提出回锦阳创办民团。余司令觉得秦西民这是造福一方百姓,不但答应了他们,还送给他俩八十支套筒子枪。哥俩威风凛凛回到锦阳,在家乡着手办了民团。第二年,秦西民又介绍老二西彬去了泾阳,做了泾阳保安团团长的助手。

思明对秦西民恨之入骨,可他对黑霜西彬几乎从未来往。他连忙抱着试一试的态度拉住他打圆场。

"西彬哥,咋是你呢?"

秦西彬看了一眼思明,没给他面子。他盯着思明说:"谁是你哥?我认不得你,在这里乱叫啥?"

思明继续说:"咱都是乡党,赏个脸。"

秦西彬好像没听见,指挥着手下的卫兵就要拆台子。这时,恒昌吊起脸,瞪着眼睛,两道寒光射向秦西彬。

"这是槐园堡明月皮影社,我杨恒昌今儿把话撂下,你们谁要砸就尽管砸!"

恒昌一句话震住了这帮凶神恶煞。杨恒昌的名字秦西彬听过,也知道他和余司令是亲家。秦西彬正迫于如何圆这个场,没想到是思明给他带来缓和的余地。

这时思明小声说:"姨夫,'阎王好见,小鬼难缠',要不咱先收拾,甭跟这些无赖一般见识。"

"啥叫小鬼难缠,哪个小鬼不是阎王派下的?一个个真是给脸不要脸的货!"

"姨夫,我们记着哩,迟早要给泥阳这帮虾兵蟹将点颜色看看。"

"嗨,这要搁前多年,这帮货今天非得带彩不可。"恒昌说着,收拾了摊子。观众也在保安大队的止挡中骂骂咧咧散去。

在路上,思明告诉姨夫,这几年国共合作,其实两党之间依然水火不容,看似手握着手脸贴着脸,其实各自有各自的心思,眼下还是不要过于出头为好。

恒昌看着外甥,心里既是喜又是忧,喜的是思明经受这些年的历练,看问题处理事确实成熟了,忧的是在西安被关了一年时间,好像一遇到事就胆怯起来。说句心里话,思明被关押期间,他也想着让人打听营救,可他当年认的人也是老的老走的走,最后他将希望寄托在亲家余忠义身上,没想到关押共产党疑犯的事虽然在西安,可那全是国民政府的军统直接领导,亲家虽然一再说"你外甥就是我外甥",可他口头答应了想办法,却一直心有余而力不足,两三个月没个结果。

恒昌把王先生请到家里,备好茶饭,王先生看着他一副巴结乞求的样子,不知他有啥请求。王先生知道缘由后,说:"碎碎个事嘛,我还以为是啥大不了的事。"他答应半月内重新写一个本子,有意避开国共话题,只谈民间事务,照样能现身说法,起到高台教化之效。

王先生的新戏排演出来,用的还是先前的皮影,故事也是真正地取之于民、用之于民,演的就是老百姓生活中的事情。他这本新戏叫《马褡记》,是借一个富绅背信弃义蛮横悔婚的故事,讴歌了一对男女青年为了追求幸福,不顾家人反对和社会谴责,冲破封建樊篱的爱情戏。在戏中,王先生将马褡设计成一个极为重要的线索,并且贯穿了整部戏的前后。围绕着这个马褡,展现出了一幕幕跌宕起伏、扣人心弦同时又感人肺腑的情景。这出《马褡记》一经演出,在周围各乡镇堡寨又迅速红火起来,几乎烧遍锦阳、泥阳和池阳,连演两个多月依然久演不衰。

让人没想到的是,这出戏碰到了周家堡周长吉的软肋。

原来,周长吉年轻时看上池阳县城一个女子。可人家女子已经和同村小伙相好多年,小伙的父母也看上女子,只是苦于家里贫穷,一时筹不齐彩礼钱为难不已。周长吉想,有钱能使鬼推磨,世上的事没有用钱办不了的。为了能娶回这个女子做二房,他托了池阳媒婆牡丹花前去说合。然而,周长吉花了不少银两,牡丹花的三寸之舌几乎嚼烂,结果是手段用尽,那女子却跟着她的相好钻了北山。周长吉鸡没逮着反而丢了一大把米,二房媳妇没娶回家,八十个银圆还被牡丹花花得一文不剩。

周长吉哭丧着脸去槐园堡跟恒昌商量。恒昌不由暗笑,周长吉当年遭遇的尴尬事真和《马褡记》如出一辙。他想，这个戏在当地影响这么大，如果不演还挺可惜的。

他假装十分客气，让宝珍为周长吉沏茶。随后就让人去四维小学请王先生过来，想商量着能不能将这戏改一改。

王先生听了恒昌的意思，哭笑不得地看着同样哭笑不得的周长吉。王先生想，这明明是自己瞎编的故事，周长吉咋会对号入座。他明白了周长吉的意思，心想，你周长吉既然舍得掏钱，那就让恒昌的皮影社多挣几个钱。

于是，王先生当着恒昌的面答应周长吉，从今天起，明月皮影社再不演这出戏了，但你得给皮影社一些赔偿。周长吉听到这，心里高兴，赶紧问恒昌需要多少钱。一个在原上，一个在原下，他和周长吉也是低头不见抬头见的乡党，他不想趁火打劫。

恒昌说："不演就不演了，我咋……"

王先生知道恒昌的秉性，赶紧插话说："周大哥，既然这样，你给明月皮影社二百块大洋，这主我做了。"

"我……"

恒昌想解释，王先生又说："我啥我，见好就收，甭弹嫌了。"

周长吉当年才给了牡丹花八十块银圆，这被王先生稀里糊涂地一说道，就得掏二百块银圆买个安心。他心里极不情愿，面子上又不敢露出丝毫，只得如数地掏了银圆了结这事。

周长吉走后，恒昌把王先生数落了半天，指责他说："王先生，你咋逼我做下这缺德事？"

王先生说："这算啥缺德。这是周长吉用他的缺德给你出了演出费！"

恒昌吭哧笑了："王先生，你在《抗日剑》里说'周公用计赛诸葛'，我看你也是用计赛诸葛。当年我要是有你做参谋，我也不至于做下那些丢人事。"

"老哥还做过啥走麦城的丢人事？"

"唉，不说了，都是过去的事，不说了。"恒昌说罢，让宝珍重新沏了一壶茶，他说，"老天爷让我老了老了认识先生，真是三生之幸啊！今后四维小学要靠你，我这明月皮影社也得靠你。"

王先生第一次跟恒昌畅谈，居然谝得月隐星稀，才哼着小戏回了学校。

十八

抗日战争爆发以来，国共两党紧密团结，一致对外的合作，大家似乎都有了兄弟相逢泯恩仇的温馨。

其实，这一切都是装出来的。共产党全力以赴奋勇抗日，蒋委员长却在他的重庆政府打着自己的小盘算。西安事变后的所有合作事项，都是他的无奈之举。对于国民党当局来说，这一切无非是演给全国大众的双簧，蒋介石从骨子里始终不能接受共产党，他时刻寻思着如何掀起反共高潮，彻底清剿共匪。他一再扬言："宁亡于日，不亡于共。亡于日还有复国的可能，亡于共会动摇国本，永无翻身之日。"

国民党实施的进攻延安计划，首要任务就是切断共产党的后路，消除自己心患。这一系列策略，被蒋委员长的得力干将胡宗南发挥得淋漓尽致，他们在陕甘宁边区和关中军统区相互渗透、无孔不入。共产党方面既要全力应对前方的抗日，又要时刻提防国民党不择手段地清除异己。于是，陕北根据地与国民党白色统治区交会的锦阳一带，成了国民党当局的防御重点，他们对这里进行着全天候监视，不仅密切关注来往行人，而且不断进村骚扰百姓，甚至有意以制造摩擦为诱饵，设法引共产党上钩。他们开始实行碉堡政策，随时运用军事力量蓄谋镇压，若发现一点蛛丝马迹，就立即倾巢出动，妄图一举消灭当地共产党。

为了保存实力，防止敌人破坏，针对当前实际，党中央和陕西省委对地下党组织的工作不得不实行新的策略，开始实施"精干隐蔽，长期埋伏，积蓄力量，以待时机"的十六字方针，要求各地地下党组织尽量减少活动，地下工作就变得更加隐蔽，彼此的沟通全部改为单线联系。

锦阳县工委书记徐日盛在严酷的形势下，被边区工委抽调，由锦阳潜往临潼，又从临潼秘密派往陕北根据地，以省委联络员的身份对锦阳地下党组织进行异地领导。

张世发担任地下交通工作以来，一直穿梭于锦阳、泥阳之间，这次去柳林车马店还是第一次。他是遵照孙振邦的指示，前往柳林车马店会见杨老三。

孙振邦是张世发的下线，他们都是通关镇邑岚堡人，孙振邦以在锦川小学教书为掩护，一直从事共产党的地下交通工作。张世发在槐园堡参与了一些地下交通工作后，他试探性地将边区一些情况告诉孙振邦，没想到孙振邦比他知道的还多，惊奇中他才知道，这个同堡乡党早就是地下党员，和他联系的人叫老孙。这个老孙曾在许权中的警备旅担任营长，西安事变前后杨虎城将军与陕北根据地的许多消息都是经他传出西安的，七七事变以后，他前往山西参加抗日，那年冬回师渭东，他还担任了新成立的渭东抗日民众自卫队副大队长。老孙虽然一直在国民党部队，但他的上下级多是共产党，他回到老家后，就秘密从事地下工作，替共产党传递情报。在孙振邦的上下沟通下，张世发的地下交通工作仿佛如鱼得水，变得更为便捷，而他的上级联络人是柳林车马店的老板杨老三。

柳林在泥阳西北方向，地处国民党白区最北边的一个沟道里。同时，柳林又是陕甘宁边区的南大门，这里没有名山大川，没有奇特土产，总共不过二三百户人家，土地也没有信立乡宽广，然而，这里是北上延安、南下关中的必经之地。因它处在国共两个统治区接合部位，具有独特的战略位置优势，在这里建立稳固的交通站，就犹如陕北根据地插入整个关中、插入国民党白区的一把锋利尖刀。

柳林车马店即是插入国民党白区的尖刀。车马店由陕西省工委直接领导，常以经商的合法身份作掩护，和敌人进行着各种各样针锋相对的顽强斗争，完成了党交给的各项任务。这里的负责人杨老三，平时称呼他啥的都有，什么杨老板、杨掌柜、杨东家的，只有大家秘密接头时才称他三爷。他下面还有几位同志，主要负责接送干部南下北上，搜集传递各种情报，做好国统区统战工作，利用统战关系和国民兵团集体武装经商，帮助根据地购买运送弹药、棉花、药品、食盐等紧缺物资和军需用品。

为了掩人耳目，张世发经常是肩上掮着胡基模子和石杵出门的，可这次是要走百十里地，掮个石杵咋行。他背上褡裢，领着黑虎，在一个黄昏走进了柳林车马店。

张世发见到杨掌柜，差点愣在那里，几乎不敢相信自己的眼睛。

杨掌柜打量了一下张世发，按照普通客人一样招呼，问他吃饭还是住店。张世发疑惑地再次打量杨掌柜，口里嘀咕着。

"太像了，太像了！"

杨掌柜看着这个穿着普通、表情奇怪的客人，心中一惊，一边盼咐他往里间坐，一边暗示车马店的伙计做好防范。

张世发坐下来，低声问道："你是三爷？"

"你是？"杨掌柜低声问。

"鹁鸽堂子派我捎话的。"

孙振邦在家里养着一群信鸽，平时是养着耍的，其实也起着传书送信的作用。一说鹁鸽堂子，杨老三知道张世发是自己人，是负责和孙振邦联络的。

杨老三知道张世发代替孙振邦工作后，将他安排在后面客房。张世发交接完工作，纳闷地问杨掌柜。

"三爷，太像了，你跟我的一个熟人太像了。"

"小伙子，我也觉着你跟我的一个熟人长得像，可我们工作特殊，不能随便问。"说着，杨老三轻轻笑了笑。

"我看你跟槐园堡的杨二叔像得很！"

"我也看你跟通关镇的刀客张青山像得很嘛！"

"哦！"张世发忽然明白，赶紧摆手说，"甭说了，都是自家人。"

原来，杨掌柜就是恒昌的三弟利昌，那个曾被大哥逐出家门后，一直流落在外，又遭张青山打劫的杨老三。不承想多年没有音信的他，竟是柳林车马店的负责人。他最早在柳林街道上开了一家瓷器店，后来生意渐渐有了起色，他用手中的积蓄盘下这家车马店。后来阴错阳差就成了交通站。

利昌向张世发简单介绍了这些年的情况，鼓励他说："国民党气数尽了，共产党就要胜利了，好好干，咱这是给家乡百姓干实事哩！"

"就是，就是。"

利昌向张世发交代了上面对白区工作的同志必须具备的三个条件，让他在以后的工作中严格要求自己，并及时做好秘密传达学习。他说，上面要求每位同志都要有一定的斗争经历，经过较长时间的严峻考验，立场坚定，斗志旺盛，还要有社会经验，能自如地应付各种错综复杂的斗争环境，当然最重要的，还得具有一定的社会关系和在敌区开展工作的条件。让他一定要注意，有的同志虽然立场坚定，也有革命热情，但对敌区工作的方针政策领会不够，缺乏经验而出了事故，更要提防有人立场不坚定，经不起糖衣炮弹的袭击，经不起敌人的严刑拷打，当了叛徒。

"三爷，我是个粗人，可这些道理都懂，我一定会做好上级委派的所有工作。"

张世发回到槐园堡，第一时间把见到老三利昌的消息告诉贞昌，却遭到他的一顿指责。贞昌说："世发，这事知道就行，可甭乱说。每个交通站的信息都不敢外露，要是出了事就不得了！"

张世发还准备将利昌的消息告诉恒昌的,被贞昌一阻挡,所有念头自然都打消了。

在众人眼睛里,思明从西安回来,仿佛变了个人似的,一天到晚厮守着他的果园。见到思明的人都说:"思明从劳动营回来,再不是那个看似冷静沉着其实冒冒失失的教书先生了。"他一听这话,只是傻傻地笑着应和。

那天下午,思明从滩西果园回家,在路上碰着秦西民。秦西民是去温泉河畔闲逛的,他老远瞭见思明,不好意思地拐了个弯,向河边走去。思明懒得瞥他,一看到西民怯怯不想见他的样子,反倒有点好笑。他故意大声说:"就是有天大的冤仇,心瞎成一块黑炭,也不至于绕路走嘛。想吃爷,爷不在乎。"秦西民装作没听见,头也不回地走向远处。

思明把路上碰见秦西民,他灰溜溜溜走的事说给家人。婆气得埋怨他:"思明,以后再不要提外货的名字,外货是咱孟家的仇人,等我做了鬼,第一个就去剜外货的狼心狗肺。"

思明呵呵笑着说:"婆,可不敢说这话。你口口声声要抱重孙,咋忽然又要变鬼哩!"

云焕默默吃着饭,没有言语。母亲孟纪氏也说:

"赶紧吃饭,咱过咱的日子。有句话说啥扫雪扫霜,话到口边我咋忘了。"

"各人自扫门前雪,莫管他人瓦上霜。"思明向母亲补充。

"就是,就是。看我这脑子,都被你熬煎的没点儿记性了。"

云焕一直没言语,她心里仿佛成了打水的木桶,上上下下踢踢腾腾。思明知书达礼,好学上进,不怕困难,敢于吃苦,他一不偷人二不抢劫,既没行骗也无妄语,这好好的在外面教书,咋就被人怀疑是共产党。再说了,就算是共产党,也被逮了关了,如今居家过日子,再不到外面胡搞了。

云焕每天看着思明在果园里栽树除草,挖坑施肥,她心里产生了一丝惬意。加之婆一天到晚给她吹风亮耳,说她想重孙都快想疯了。现在她俩能安安稳稳在家,估计也该了却婆和母亲多年的心愿了。

在外人眼里,思明安分守己,每天在西滩果园务弄着那六亩地。秦西民和吴恭道时时刻刻盯着思明,他们甚至还抱着用他这条鱼钓到共产党的大鱼的想法,可是盯了大半年,并没发现任何异样。吴恭道跟秦西民闲唠,说思明在西安关了一年,被劳动营调教乖了,只要他厮守家中,低头服输,他们也就把心装到肚子里,可以睡个安稳觉了。

思明在劳动营时被分到农艺班，他在那里第一次见到长在地上的西红柿。他曾好奇地托人从西安城买回几个红透的西红柿，拿回来后舍不得吃，而是将那些辣椒籽一样的小白籽儿剥出来，用水淘洗了晾干。他把西红柿种子精心种在果树行子里，七八天后，果然长出芽儿，毛茸茸的小苗灰灰的，和艾蒿还有点像，可长着长着就不同了，长到二尺多高，开出黄黄的小花，结出指头蛋儿大的小柿果，植株还依然往高长着。思明找来许多木杆儿插在西红柿植株跟前，搭成篱架，在水肥的浇灌下，果实逐渐膨大、变红。

云焕第一次见到，不知咋样吃。思明嘻嘻笑她说："咋都能吃，可直接生吃，也可以炒着吃。"他说着摘了一个让云焕尝，云焕说："我不敢，赶紧拿去叫婆和妈先尝尝。"他们高兴地拿给婆吃。婆把西红柿攥在手里，看来看去爱不释手。她按思明说的轻轻咬了一口，立即"吸溜"着说："哎哟，好我的娃哩，这咋怎酸的，把我的牙都酸跌了。"母亲咬了一口，也说："你种的这是啥柿子，咋酸成这？"

云焕看着她们好笑的表情，轻轻咬了一口，慢慢嚼了两下，着实酸，却又觉得好吃，就咬了一口再嚼，口里渐渐沁出一股沙甜感觉。她看着思明说："好吃着哩，好吃着哩。"

婆说："好吃就赶紧吃，好好吃。酸男甜女，吃多了焕娃就生男娃了。"

一句话羞得云焕不好意思起来。

思明第一个把西红柿引种锦阳，长得出奇地好，可大家吃惯了做柿饼的尖柿，都觉得西红柿太酸。

云焕吃了一阵子西红柿，还真把肚子吃大了。孟纪氏和婆看着云焕有了身子，把她当成了孟家的宝贝。娘俩看着云焕一天天鼓起的肚子，脸上溢出多年难得的笑容，她们一个劲儿让云焕多休息少干活，秋天农活不让干，冬天里烧炕揽柴火的活也不让干，孟纪氏重新过起了亲自下厨的日子，每天都给云焕想着法子换口味，说这个不能吃，那个应该吃，直把云焕弄得不知咋样才好。就这样撑到了腊月，云焕的肚子眼看着要撑破了。

孟纪氏每天为云焕熬制小米粥，劝她多喝自己做的"定心汤"，为的是云焕生娃时痛苦能小一些。

腊月三十晚上，所有人都忙活着过年的事，孟家人却被云焕折腾了一夜，东方即将破晓，窗外透进一丝浅浅的亮色，一声婴儿的啼哭终于划破孟家多年来的肃静，婆期盼已久的重孙总算降生了。孩子出生时，家里新糊的窗纸刚好透明清亮，而且又出生在这月初一，思明就顺口给儿子取了名字叫纸清。

"孟家有后了！"

婆高兴地擦拭着眼泪，等了这些年，这一天终于等到了。

思明迎来了比结婚还喜庆的日子。正月初三，本来是思明领着云焕去周家堡拜年的，今年则成了他一人。他既是拜年的，又是去给周家报喜。云焕倚着被褥坐在热炕上，房子也是遮窗闭户，门帘上缝着二寸长一绺红布，以警示乡邻亲戚不能擅自进入。娘家人得到消息，及时带着婴儿衣服、褡子、红糖、醪糟、鸡蛋、锣儿馍来看云焕月子。孟纪氏将亲家那边看月子送来的大锅盔切成小块儿，让思明和孟桃沿着巷子挨门挨户散给邻居好友报喜。孩子过了十天，村巷邻里就提着鸡蛋、麻花等小礼来看月子。这阵子，思明每天傍晚就早早回家，也不像平时那样没事就守在果园里。

婆口里仅剩下四五颗牙齿，头发稀疏得几乎绾不住发泡，可她心里舒坦。孟家几代单传，儿子鸿钧英年早逝，就留下思明这个宝贝孙子，好不容易将他抚养成人，娶媳成家，可这些年云焕肚子平得让人看见就熬煎。而今思明终于添丁得子，她兴奋之情溢于言表。婆每天抱着纸清高兴地说："我娃睁眼看看，这并排四院子房舍，都是我娃的。"

去年这阵儿，思明过了正月十五就跑去槐园堡帮姨夫的皮影社打下手，今年虽然那边照样演出，可他的心思全在家里，在云焕身上，在儿子纸清身上。

他初为人父，心里想着小纸清，自己又觉得不好意思，常常趁家里没有外人时，才跑进云焕那里，从婆怀里抢过孩子，咧着合不拢的嘴，用手指逗着纸清胖胖的脸"嗷嗷嗷"在屋子里转悠。

转眼就是满月，孟家为孩子隆重地过满月。这一天，孟家的亲友带着礼品前来庆贺。云焕娘去世后，孟纪氏就代替云焕娘家人给孙子买了小手镯、槟榔槌，还有雕有"长命富贵"的银锁。孟家喜添新丁，一样礼数都不少，全家摆宴吃席，好不热闹。

本来，家里添了男孙，村里人讲究嬉闹娃他婆的。可是考虑到婆年纪大了，孟纪氏这些年苦苦挣扎支撑家里家外，就说不闹了。可怎么也惹不下婆。她说："推两个木轮推车，你们把我打扮了拉上，咱到巷子里耍去。"就这样，大家在孟家吃了汤水，将婆和孟纪氏围在墙角嘻嘻哈哈打扮一番，让思明用木轮车推着婆，孟纪氏被帮忙的相奉簇拥着，大家嘻嘻哈哈出了孟家大门。婆穿着云焕结婚时的小红袄，脸上抹着乌黑的锅底灰，头上戴着一个木升子，脖子上挂着两串红辣椒，一路笑笑呱呱逗着大家。一向不善言语的孟纪氏穿着思明的一件长衫，脸上抹了纸红，披头散发,脖子上搭着两块尿褥子,她们在东西南北四个巷子热热闹闹闹腾了一个下午,直到日头偏西才回到家里。

思明刚进家门,恒昌的明月皮影社就早早赶来,皮影戏棚也搭了起来,有人给月琴调弦,不时传来哼哼唧唧的乐器声,挑签的拿着皮影在亮子内比画着。有许多娃娃在前面拥挤着嬉闹着,要趁今晚在孟家热闹热闹。

当地有讲究,娃过满月,家人抱着孩子出门转九场,碰干爸,一是乞求婴儿健康长命,再是将碰见的第一个男人认成干爸,好让孩子多个照应。大家正在巷子里划拳行令,喧哗闹喜,孟桃抱着小侄子去外面碰干爸。孟桃跨出孟家大门,刚走了几十步,迎面碰见一路打问来的张世发。张世发听说今天思明给娃过满月,高兴地说他是思明的结拜大哥,顺便从怀里掏出一块大洋递给孟桃,说今天算把娃认下了。

"大哥,你咋来了?"思明看见张世发,他满眼惊喜。

"老四给娃过满月,老大咋能不来!"张世发抹了抹嘴,笑道。

思明说:"大哥,来就来了,咱甭讲究礼数。最要紧的是,今晚美美谝一谝。"

纸清满月,不仅将大哥世发认了干爹,晚上,大家陪着明月皮影社演了几折阿宫戏。其间,张世发特意询问恒昌:"二叔,今儿娃过满月,演不演'过关戏'?"恒昌说:"咱是给自家娃贺喜的,哪能没有呢!我都安排好了,最后一折就是《出五关斩六将》,只求关老爷保佑小纸清在成长过程中消灾避难,更希望他的一生健康平安,关关畅通。"

家里忙活完毕,乡党们都已散去,思明领着张世发去了西滩果园。哥俩在草庵子里谝了一宿,和他们在一起的,还有吴生荣。

思明要继续革命,当地组织也不敢贸然去找。张世发的到来和纸清的满月碰到一起,这也是双喜临门啊。

见到张世发,和上级党组织重新接上关系,思明如同折翼的雄鹰找到了栖息的岩石。张世发第一眼见到吴生荣,不知根底心存戒心,只是敲边鼓一样说些无用的客套话。思明明白了张世发的心思,顺便将吴生荣的情况告诉他。

吴生荣的真实目的是来开展地下工作的,他的到来,也成了思明真正的帮手。白天,他算是思明雇用的长工,大家一起在果园干活,晚上他俩就住在果园新盖的房子里,以果园作掩护,秘密从事地下活动,等待新的时机。

张世发知道他的身份后,渐渐少了隔阂,三人越谝越精神,以至远处村子里的鸡叫二遍,他们才迷迷糊糊睡去。

张世发每年冬春两季卖豆腐,夏秋两季扛着石杵和胡基模子,在锦阳、泥阳一带打胡基,以此为掩护,穿梭在泥阳柳林镇和锦阳多个党支部之间,给上下各地传递情报。

张世发告诉思明说:"老四,你被关押西安,大家也吃了火石似的又烧又急,后来迫于特殊形势,轻易不敢来打扰,总害怕救你不成反而帮了倒忙,再给你带来意想不到的麻烦。"

思明从大哥口中得到了边区的许多消息,他兴奋得不得了。思明清晰地了解到当前锦阳地下党的活动状况,情不自禁地苦笑一声说:

"大哥,你说的啥话。我早把自己卖给共产党了,咋能说带来麻烦的话?"

张世发说,他最近去了玉华镇,有幸见到了关中特委徐书记,徐书记让他捎话,要思明去一趟玉华镇,听那口气,好像是有啥要紧事。思明高兴地说:"我们好几年没见面了,我也想去看看他。"

徐书记是他在安吴青训班时的老同学,离开安吴堡后,他和张景文去了终南,徐书记上了延安,没想到如今他已做了关中特委书记。

张世发离开后的第二天,思明就悄悄上了玉华镇。

十九

国民政府加紧了对陕甘宁边区的封锁,在关中通往边区的必经之地,纷纷派驻重兵把守,严密检查。他们配合当地驻军,在交通要道设立盘查哨所,在紧要位置修筑明碉暗堡,迅速形成一条三百多里的封锁线。在锦阳、泥阳和池阳三县的交界地带,尤其葫芦口到锦阳北部一线,更成为他们防守的重中之重。与此紧密配合的,还有国民政府进一步强化实施的保甲制度。

保甲制发源于秦代的连坐法,历经两千年的发展越来越盛行,形成了独特而严厉的保甲连坐制度。保甲法一经颁布实施,老百姓立即像被戴上枷锁脚镣,他们相互监督、相互检举,谁若不揭发,就会饱尝一家犯罪邻居连坐的苦果。大家都害怕树叶落下来砸在自己脑袋上,个个小心翼翼,其恐惧程度绝不亚于一窝担惊受怕的兔子。老百姓不仅自己不敢犯法,还要紧盯所有邻居,而邻居为了不受惩罚,又时刻紧盯相邻,看哪个敢越雷池,如此环环相扣,密不透风,比天罗地网有过之而无不及。谁若发现哪家有为匪、通匪或者窝匪之事,务必立即上报族长、保长、乡长,否则就会以庇护纵匪罪纠察严惩,更甚者有可能就丢了脖子上顶着的"西瓜"。

张世发说,国民政府的保甲制给共产党的地下工作带来极大困难,然而当地地下支部早已形成,大家无不咬紧牙关,寻找转机,寻求突破。目前,陕西省工委和西安情报处根据实际,计划在信立乡、唐园镇、通关镇、临原镇等地建起秘密交通站。边区派出的干部,为了避开泥阳县城,只得先向西再往南,从泥阳县西原绕道,再到锦阳县信立乡,然后从唐园镇乘火车南下。或者就从泥阳一路往东,走同官,过老瓷窑镇,再从通关镇出来,一路南下,直抵临潼西安。

省委派徐日盛到三水县委统战部工作,主要负责异地领导锦阳地下党工作。他在边区边界上设立联络点,采取派人出去和调人进来的办法进行联系。徐日盛在玉华镇介绍张世发加入共产党,随后派他回通关镇与孙振邦取得联系,经常出入敌人的封锁线送情报,或者接送干部。他俩在此基础上,又建立了边区内外几个交通站，工作很有成效。

西滩果园虽然地处锦阳近郊，好在远离村堡，相对隐蔽。当夜，他们秘密商定，在这里建立地下党的秘密联络点，具体工作由思明主持。这也是张世发遵照上级组织的命令，在锦阳建立地下交通站工作方针的有效落实。

思明从西安青年劳动营回来后，着实安分守己，一年以来，他在西滩精心做务果园，锦阳国民政府看到他再不到外面疯逛，逐渐放松了对他的怀疑和监督。尤其是他当了父亲，给人感觉再也没有了当初不羁的野性。

张世发离开金城堡的次日，思明即向家里作了安排，就背着一个蓝包袱出了门。在玉华镇，思明见到徐日盛，两人相惜之情难以言表。徐日盛热情接待了他，两人又是一夜畅谈。徐日盛告诉思明，他从墩子那里知道了一些情况，对他在西安遭受的折磨予以安慰，痛骂国民党当局不识时务。随后，他又将话题从国际形势谈到抗日战争，讲到边区的情况。

这时，徐日盛又将话题转向思明。他说："孟思明同志，我们都不是生人，我也就不拐弯抹角了。"

"徐书记，既然是自己人，你就来点干货，上你的硬菜。"

"孟思明同志，你学历比我高，也有一定的工作经验，现在边区缺少干部，你还是来这里干事吧。"

徐书记的一片诚心让思明顷刻陷入沉思。过了良久，思明叹了口气说："徐书记，我先感谢你的好意。你甭给我安排工作了，我前年在西安青年劳动营遭了一年活罪，如今身体留下许多后遗症，肠胃也非常糟糕，到现在还不敢吃生饭冷饭，我来这里不是给大家添麻烦吗？再说，我媳妇刚生了娃娃，家里老人孩子一大摊事情，也确实离不开。"

徐日盛想想也是，他不能强人所难，无奈地说："既然是这，我也没话说了。"

次日，思明和徐日盛道别，准备回锦阳。徐日盛拉着他的手，恳切地说："思明同志，你回锦阳后，革命还得继续干啊。"

"徐书记，我一直在后方，这两年和组织失去了联系，正为这发愁，老天爷就让我们见面了。既然牵上线了，我肯定不能畏缩不前。只是我确实离不开锦阳，请你谅解！"

徐日盛怕思明误会，连忙解释道："思明同志，你误会了，我不是这意思。这几年敌人一直在包围封锁边区，军需民用物资都十分紧缺，尤其布匹、棉花、药品、医械……想起来就让人头疼。你回去后，可以从锦阳一带采购。如果有条件，多串联一些可靠人士。"

"一定，一定，我回去就着手这事。"

"当然，收购运送物资极其危险，你一定要做到保密和安全，不敢出啥岔子。"

思明离开时，徐日盛还特意申请了一笔资金让他带着。

一路上，思明想，棉花、布匹这事还得依靠刘圣乾两口子。他回到锦阳，没有急着回家，先是去了锦阳县训练队找刘圣乾。

刘圣乾是他立诚上学的同学，他的妻子魏喜莲又是云焕当年在池阳女中的同学，两人喜结连理，还在唐园镇经营着一家魏记棉花铺。店里雇有三四个伙计，主要以收售棉花、轧花卖线为主。几个月前，刘圣乾也不知用了啥办法，竟然做了锦阳县社会军事训练总队的队长。

魏记棉花铺是唐园镇魏家开办的棉花交易店。据说，魏家是河南洛阳人，世代以棉花布匹交易为业，在中原一带名望很高、声誉很广。清咸丰年间，长公子魏大勇带着家眷从河南迁居关中，在渭北各县引种棉花。没想到的是，锦阳、池阳一带种植的棉花产量高、品质好，迅速赢得官府和百姓的喜爱。在魏氏兄弟的引领下，锦阳周边棉花种植面积不断扩大，除了完成政府赋税，也满足了当地百姓的生活之需。因此，魏家就在唐园老街适时地开了魏记棉花铺，不知不觉已经几十年了。

民国以后，关中一带连遭战乱、瘟疫等灾难，魏家人也没能幸免，家境日渐萧条。到了魏喜莲这一辈，已到了捉襟见肘的艰难之境。魏喜莲早年曾在唐园镇上过几年学，后来她被父亲魏宝山送到池阳女子中学，又上了两年学。

思明忽然造访，刘圣乾夫妇有朋自远方来，喜悦难掩，热心款待。这既是做棉花生意，又是为共产党效力的事。圣乾两口明白了思明的想法，经过慎重考虑，愉快地承担了这一秘密工作。毕竟，先从棉花入手，采取分散采购物资，指定秘密集结，然后统一送运。护送人员由起初的四五人发展到十多人，大家都是后半夜出发，从唐园镇跨过漆沮河，西上青龙岭，再翻沟越岭到泥阳西原，将棉花、布匹等物资一批批送运出去。

为了进一步做好物资护运工作，思明想到徐日盛的建议，希望在县上谋个事情做。没想到借坡上马，国民政府恰好要求所有县级政府都要设立田粮赋税处，以加强粮食收储和各项赋税征收。思明利用父亲的威望和郭先生的关系，请郭先生出面举荐，自己也出钱打点，很快就在田粮处捞了个技士的差使。这让思明如鱼得水，他利用职务之便，把布匹、药械、文具、纸张，甚至还有枪支弹药等，用肩挑骡子驮,一批又一批地通过敌人的封锁线,运往柳林、玉华、延安等地。

刚进入夏收的一天上午,太阳已经三丈高了,一股溽热忽然涌上来。麦收时节,正是龙口夺食的日子,再热也得忍着。思明和生荣正在西滩果园旁边收园畔那五六亩小麦。他两个起得早,天麻麻亮就蹲在麦行里,这会儿已割了一个来回,少说也有一亩地了。这时候,云焕给他俩送早点来了,她提着几个溜软的蒸馍,里面夹着炒得焦黄的鸡蛋。

两人吃了馍,坐在麦畔子上休息,生荣顺便取出磨石,蘸了水磨起镰刃子。思明看着他磨镰的样儿,笑道:"生荣,镰就不是你那种磨法!"

"咋了?"生荣面露疑惑地问。

思明说:"你磨起镰像磨洋工,一点劲都不使。我姐夫说,磨镰要用力,要快,往前送时轻点,往回收时重点儿。再是,磨镰就是磨刀,还要带着杀日本鬼子的信念去磨刀,这样才能吹毛断发、削铁如泥。"

"我才听说,磨个镰还有这么多学问?"生荣吭哧笑了。

云焕说:"别再说姐夫了,也不知他现在咋样。行了,家里还有娃娃,我回了。干累了就歇会儿,今天割不完还有明天哩。"

云焕交代了一通,却勾起思明对姐夫景范的担心。几年了,真不知他现在在哪里,在干什么。他不敢再往坏处想,提着镰又猫腰割起了小麦。

"老四,老四。"

忽然,地头传来张世发的喊声,他身后还跟着一个人,思明并不认识。这人三十多岁,中等个儿,头戴一顶旧草帽,一身农民打扮,背上挎了个布包袱。

云焕见来了人,知趣地打了招呼,回家去了。

思明将他俩领进果园的草房,张世发才说:"这位是从边区下来的铁匠黄大哥。他暂时要在这里避一避,需要你操点心。"

思明听罢,满口答应。张世发走时,从腰里拔出一把手枪递给他,还将黑虎拴在外面树上,说是到了晚上可以答个声。

刚开始,黄大哥帮助孟家割麦、碾场,夏收结束后他又帮孟家管棉花糜子,又是犁地又是锄草,干活十分卖劲,真像个忙工的样子。一到雨天或者晚上,黄铁匠就躺在果园里的土炕上,给思明和生荣讲抗日战争和边区的故事。

收完麦后,思明去田粮处上班。秦西民以前曾和他有过节,如今两人又要在一块共事。秦西民觉得思明就是一个顽固不化的共党分子,他担心思明报复,索性先下手为强,一双眼睛时刻盯着思明,四处打听和他来往的人。

生荣住进西滩果园，秦西民早注意到了，他经过多方打听，知道生荣确实是郭先生的远房亲戚，才渐渐放松了警惕。最近，孟家忽然又多了个忙工，这再次引起秦西民的注意。他秘密派了个手下跟踪监督，然而监督了半个多月，那个忙工在孟家干活，一天到晚确实安分守己。秦西民听了手下的汇报，心里觉得没底，可他又找不到证据，不敢额外造次。

一天，秦西民佯装跟思明套近乎，特意杀了个西瓜让他过来吃。秦西民装作要和他和好如初，没想到思明用指头指着他的鼻子，将他美美实实骂了一顿。思明骂完后扬长而去，秦西民自讨没趣，只得悻悻离开。

在西滩果园避难的黄铁匠不是孟家雇来的忙工，而是渭北群众的革命领袖。他曾在党政军的内部担任过许多重要领导职务，是陕甘根据地创建人之一，现在是中国工农红军陕甘游击队政治部主任兼五支队政委。黄铁匠早年在上海就加入了共产党，后来还参加过上海第三次工人武装起义，不久又进入黄埔军校武汉分校学习军事。

黄铁匠在西滩果园住了两个多月。他忽然接到上面的命令，要迅速离开锦阳。

一天深夜，黄铁匠告诉思明，他有了新的任务。思明听说他连夜要走，悄悄回到家中，跟云焕说：

"焕，老黄要赶早车，等不到天明，你想办法给拿点盘缠。"

云焕苦笑了一下，说道："唉，每次一要钱，你就没办法了！"

她说着，无奈地把攒了很久准备买粮的一点钱拿了出来。

黄铁匠走了，他去了池阳，又组建了游击队，打起了游击。

刘圣乾是红军整编八路军那年加入共产党的。这几年，他一直从事地下工作，整天忙活得屁股不沾家，惹得喜莲时常替他担心，劝他再甭干这些冒险打瓜（注：打瓜，关中方言，指掉脑袋）的冒险事。

喜莲当着圣乾的面嘀嘀咕咕说："真不知中了啥邪，一天到晚偷偷摸摸，也没人给你发一块大洋，还不如我在家里卖几捆棉花划算。"

每次提说这事，圣乾就无言以对，无奈地装出一副苦荞脸劝她："莲，你还讲究是念过书的人。你能不能把眼光放长远点，甭叫人说咱头发长见识短。"

"我头发长见识短，我咋没有把家里的东西往外施舍？"

嫁鸡随鸡嫁狗随狗，面对圣乾，喜莲真没办法，她只能守在家中经营棉花铺。

初夏的一天，已是深夜，张世发轻轻敲开魏记棉花铺的铺门。圣乾将店门开了一条缝，张世发闪身进来，随即又把门关上。喜莲知道他俩又要谈事情，心中虽然不悦，又不想给客人摆张难看的脸，只好忍气吞声地摸着黑给张世发烧水沏茶，完后又钻进厨房炸了一盘油馍页，切了蒜薹泼了油泼辣子端出来，然后就斜靠在门内做着针线，听着外面的动静。

张世发和刘圣乾边吃边聊，他们声音不大，但彼此时而高兴低笑，时而冷静沉默，掩藏不住那副冷峻坚毅的神情。一番客气之后，张世发向圣乾传达了陕北根据地的部署计划。原来，徐日盛为了对锦阳地下工作实行稳妥安全的异地领导，特向上级请示，确定一部分绝对安全可靠的共产党员担任地下交通人员，开始在锦阳各地建立秘密交通站。张世发告诉圣乾，他已在当地建了两个交通站，也有着相对成熟的工作经验，让他减少顾虑，按照他最近的经验直接开展秘密工作，刚开始可能艰难，咱咬牙撑上一阵子，也慢慢就顺畅了。

眼下，刘圣乾和党组织几乎失去了联系，突然有了新的任务，而且是在唐园镇建立地下交通站，他满心高兴，正准备答应，喜莲"吭吭"地干咳了两声。

声音不大，张世发却听得清清楚楚，也明白她的意思，他只得委婉地说：

"兄弟，咱的事虽然不大，可是也绝对不小，你两口子商量商量，当然，这事也勉强不得，真不行就算了，权当我没来过唐园镇。"

张世发说完起身告辞，迅速消失在夜幕中。刘圣乾望着刚刚关闭的大门，无奈地摇摇头。

喜莲看着圣乾，气鼓鼓地说："掌柜的，你搞的这工作，让我们一天到晚提心吊胆，如今再在家里搞个什么交通站，那还不是给自家屋子埋地雷。"

"你这人，话咋能那样说！"

"不这样说咋说？这不是尿尿和泥，不是两个娃娃过家家！"

圣乾躺在炕上，看着黑咕隆咚的屋顶思量了大半夜。他知道，思明一直参加地下工作，经验肯定比他多，要不再听听他的意思。

第二天，刘圣乾悄悄去了锦阳县城。

思明这时已在县田粮处谋了差事。按理说，他的工作也像农民种地一样有着淡季旺季，然而自从抗日战争以来，国民政府田粮赋税的征收一年四季几乎从不停止，而且六七年来一年比一年多、一次比一次紧。

老同学忽然造访，思明热情地将他请到南关街道，叫了两份葫芦头泡馍。两人坐在背角里间，各自掰着烙馍，大声喊着让卖家盛汤取蒜，呼噜呼噜吃得额头冒汗津津有味。吃饭的当口，思明悄声问刘圣乾有啥事情。刘圣乾压低声音，将张世发找他建交通站，媳妇喜莲心有顾虑的事一五一十说了，一再说自己是来向老同学讨主意的。

思明嘿嘿嘿笑了,他斜着眼,露出一副轻蔑的表情逗道:
"没看出,兄弟还是个大豆腐。"

刘圣乾皱着眉头地祈求道:"嗨,你再甭挖苦我了。"

思明埋头往口里刨了两口饭,边嚼边说:"圣乾,这是好事,我西滩果园的交通点早就建起来了,云焕不但不反对,还对此大力支持哩!她和你媳妇也是老同学,你也向你媳妇开导开导嘛。"

思明要带圣乾去家里,圣乾不好意思地拒绝了思明的邀请。圣乾辞别思明回了唐园镇,他想到云焕对思明的态度,想着回去后如何去感化喜莲。刘圣乾走着走着,又遗憾自己刚才没去思明家,没得到云焕的亲口传授。

思明和云焕组建交通站的消息传到喜莲耳中,喜莲仿佛吃了定心丸,也不再反对。就这样,唐园镇的交通站终于建立起来。为了做好锦阳和唐园镇的联络工作,思明安排吴生荣去魏记棉花铺做了轧花伙计。果然如思明当初推测的,不到两个月,魏记棉花铺的工作就步入正常化。

秦西民还是得到思明窝藏共党头目的消息,觉得他真是一个顽固不化的敌对分子,是一颗危险无常的炸弹,谁也不知道哪一刻就会爆炸。让思明待在锦阳,终究是个祸患。秦西民准备悄悄拔起这颗炸弹,他要做得神不知鬼不觉。

思明凭借直觉,也感到不敢在锦阳待了。于是,在一个午后,他抛下锦阳县田粮处的工作,不知所踪。

秦西民安插的那些眼线突然丢掉了目标,一时乱了阵脚,不知如何是好。他们将消息告诉秦西民时,思明已经离开锦阳三天了。

自从李夏松当乡长,在催赋税钱粮方面工作出色,也使得他和冯德海时不时就要到槐园堡车马店撮一顿,两人吃饱喝足之后,将额外附加的税额七三分成中饱私囊。周围群众看在眼里,对他二人恨不得逮而诛之,却偏偏敢怒不敢言。可是,国民政府对他们清查共产党嫌疑工作大为不满。他俩口口声声说辖地没有共党分子,而来往于关中与陕北之间的地下工作却从未间断,县长担心头上的乌纱帽不翼而飞,对李夏松的工作十分不满,只是苦于没有合适人选,不敢轻举妄动。

李夏松对待县上各级官员可谓是溜肥尻子咬瘦尿,一点一滴不敢马虎。不过,尽管他终日辛苦,换来的却是糊里糊涂的批评指责,他苦于无奈,又将上面的压力全部转嫁到各个保长身上。各保长不愿担沉,自然层层下移,使得当地群众对他们怨声载道。李夏松仿佛像钻进了噼里啪啦扇动的风箱,两头受尽无名之气。

为了进一步做好信立乡的工作，吴恭道想到了杨恒昌。吴恭道和县上各部委要员商量，想聘请恒昌出山当乡长。他派人捎书带信，可是十多天过去了竟没有丝毫消息。吴恭道奇怪，心想给他个乡长咋还不稀罕，那他到底是要啥。不得已，吴恭道和李夏松带着警卫队骑马荷枪而来。村人不知缘由，吓得赶紧报告恒昌。

恒昌还是刚回槐园堡时见过吴恭道一次，这些年再没打过照面，只觉得有些面熟。恒昌还想着如何将他们打发走，他一看到吴恭道一伙骑马荷枪耀武扬威的模样，气就不打一处来，冷森森地说道：

"笨狗就是笨狗，扎啥狼狗势！你们这是要弄啥？"

吴恭道没想到刚一见面就受到恒昌的冷遇，不得不强作笑颜解释道：

"杨师长，你误会了，我今天登门，是邀请你出任信立乡乡长的。"

恒昌"哼"了一声，说："吴团长，别的事好商量，这事嘛，免谈。"

恒昌说着就要下逐客令，吴恭道不免尴尬，不惜让那丝强笑在脸上凝滞。他说：

"杨师长，你不去，至少给我说个理由，我回去也好向上面回话嘛！"

恒昌说："你就回话说，我要跟就跟个好人，不会跟你们这些乌合之众！"

吴恭道听得气急败坏，若是旁人，他真敢拔出枪来，打了敢和他胡言乱语的人。可此时此刻，他还得强压心头怒火不敢发作。

为了掌握敌情，搜集情报，边区有意挑选了一些政治上可靠、有胆有识的党员同志，千方百计地打入敌人内部，担任一定职务。恰好信立乡缺人手，黄道吉忽然从天而降，他通过推荐，当上了信立乡副乡长。

黄道吉的上任，让冯德海不免失望。他想不通，这个当年的监督对象，咋在外面混荡了一年，居然孙猴子官封齐天大圣，轻而易举就成了副乡长。而自己跟着李夏松鞍前马后这些年，一直眼瞅着的好差事咋就让姓黄的捷足先登地摘了桃。

冯德海情绪低落，每天在槐园堡车马店喝闷酒，一连半个月不曾间断。那天，李夏松下乡路过，看见冯德海醉醺醺的模样，气得走过去抓起酒壶就要扔。冯德海眼里露着血丝，压着李夏松的胳膊，抬眼望着他，身子摇摇晃晃，舌根已硬成一根木橛。

"李、李乡长，兄弟、敬、敬你一、一盅。"

李夏松一把压住冯德海举起的手腕，瞪着眼骂道："冯德海，看看你这夯样。多大的事，一天到晚喝马尿流尿水。"

"喝、喝马尿就、喝马尿，马尿也得、得喝。"

冯德海又要举杯，李夏松一巴掌打掉他的酒壶。冯德海无力地看着李夏松，低头用手蘸着桌上的酒水，一下一下在嘴里抿指头。

"我、我不服。你给兄、兄弟，评、评理，我、我这些年，跟着你、出力下苦得罪人，黄、黄道吉、他干的啥？他凭、凭啥就能当、当乡长？"

"德海，甭乱说，是副乡长！"

"不管是正是副，反正，我不——服！"冯德海说着，又蘸着桌上的酒水往嘴里送，口中依然喋喋不休，"姓黄的，你、当个副乡长、也就、就罢了，为啥非得、跑到信、信立乡嘛！"

冯德海嘟嘟囔囔说着，忽然趴在桌上一动不动。李夏松苦笑一声，抓起酒坛子倒了一盅，仰脖子一饮而尽，啪地把酒盅摔在桌上，扬长而去，临走时丢下一句话。

"你不服，我更不服。谁叫咱没念下书？要不是吴恭道在上面活动，这会在这里喝酒的就是我。"

李夏松确实想不通，黄道吉这个刺儿头瞎猫碰着个死老鼠，仿佛沿街乞讨的乞丐一弯腰捡了个金疙瘩，竟然轻轻松松捡了个副乡长。他猜测，黄道吉肯定有啥背景，无论咋样，他俩暂时要保持一个不交不离的关系，他更要劝劝冯德海，千万甭在黄道吉跟前逞能，免得到时对自己不利。

黄道吉就任副乡长还真是个谜，不仅李夏松、冯德海想不通，几乎所有人都想不通。许多善于察言观色见风使舵的人以为黄道吉是县上的红人，说起话更是低三下四，纷纷向他献计表功，其风头似乎一下子能压住李夏松。

黄道吉见到李夏松客客气气，劝他只管驻守信立乡公所当他的乡长，下面的事让他和冯德海去就行。李夏松暗里告诉冯德海："下村堡要与黄道吉形影不离，不管他上面到底有没有人，表面上都得客气，背地里也必须时刻提防。"

"李乡长，你这话，是要我和他配合，还是监督？"

冯德海听得糊里糊涂，不解地问。李夏松气得骂道：

"咋成瓜尻了。表面上配合，暗地里寻他的把柄。"

"寻啥把柄？"

"以前怀疑他是共产党，难道他一当副乡长，咱就麻痹不管了？"

冯德海似有所悟，嘻嘻笑道："李乡长，我真是瓜尻。你骂我，美美地骂我。"

他俩正说着，黄道吉进了乡公所。李夏松看了一眼，怕他听到什么，故意大声喊道：

"我骂你做尿？快跟黄副乡长下乡去！"

黄道吉到信立乡后，主要任务就是在辖区各联保堡寨彻查共产党嫌疑。当地许多保长乡绅见了他，笑眯眯地问吃问喝，甚至手搭在嘴边，凑到他耳边小声告诉一些小道消息，说"谁可能是共产党员""谁为共产党办过事"。黄道吉听后认真分析，也进一步了解到周围哪些是危险人物，哪些是可能团结的对象。

冯德海跟着李夏松时常欺压劳苦群众，向他们讨要财物，当地百姓十分讨厌。更糟糕的是，他多次给县政府反映地下党的革命活动。为了保护地下组织，黄道吉不得不支持下面几个保长，让他们团结起来，与李夏松明合暗斗，尽早剜掉信立乡这个毒疮。

压下葫芦浮起瓢，黄道吉对李夏松、冯德海的行动还未展开，秦西民居然被县政府抽调，带着县教育科的一纸介绍信，以教师的身份来四维小学执教。其实，当地百姓不知道他的国民党特务身份，可锦阳县工委早已密告大家，秦西民是来坐探锦阳西乡地下党消息的。

黄道吉忽然觉得秦西民留在信立，其危害程度会比李夏松和冯德海更加糟糕，此人不除，绝对是乡无宁日。

黄道吉秘密派跛子吉庆他们，通过学校教师搜集有关秦西民的罪恶事实，并联合下面各保，如法炮制那年黄道吉、孟思明驱逐边翼藩的模式，到处张贴揭发他的标语口号。秦西民迅速被孤立起来，黄道吉见时机成熟，便召集全乡三十多名教师到四维小学召开说理会。黄道吉以信立乡副乡长的公开身份与秦西民当面询问。在一条条有力的证据面前，秦西民的丑恶嘴脸被暴露出来，成了原下原上十村八堡群众人人喊打的过街老鼠。在真实可靠的事实面前，大家团结一心，秦西民的脚跟还没扎稳，就不得不灰溜溜地离开四维小学。这颗阻碍共产党地下工作的铁钉铜橛就被大家轻而易举地拔掉了。

俗话说，想人不如碰人。乡长李夏松趁派粮筹款中饱私囊的事许多人都觉得有问题，一时又找不出确凿证据。

这天下午，黄道吉从信立乡乡公所出来，提着一包点心去四维小学看望王先生，不承想在槐园堡街道碰见捐着胡基模子的张世发。黄道吉大声喊住他，佯装出羡慕的口味调侃道：

"哎呀，大哥，你一天到晚轻松得很嘛！"

张世发瞪着他，嗔怪道："轻松，你先试火一下，看轻松不？我羡慕你，就是没有当乡长的能耐嘛！"

"三锨六脚，十二个锤窝，一天到晚蹦着吃喝。谁不说打胡基轻松快活。"黄道吉说着自己先笑了。

黑虎摇着尾巴围着黄道吉打转转，一张长嘴呼哧呼哧蹭着他的脚腕。张世发凑到他面前，低声问：

"老二，你这是？"

"我找王先生有个事，正好，你也过去坐一下。"

抗日期间，国民政府在粮赋上面层层加码，惹得百姓怨声载道叫苦连天。尽管如此，李夏松还利用为国民政府派粮筹款虚加数目，而且还大斗入小斗出，和冯德海、李夏桐等人密切合作，欺上瞒下贪污肥己。他们在征收过程中斗秤并用，操秤者将一杆杆大秤拿捏得该高就高、该平就平、该低就低。持斗者在装粮时也将升斗把握得恰到好处。他们征粮竭力保证多收多拿，外运时又绝对能做到轻挖轻倒，总想着怎样才能少出多占。

张世发听了黄道吉说的情况，急切地说："老二，大家能这么说，其中肯定有鬼，可咱必须捉贼捉赃。"

"大哥，你说咋弄？"

"我不是信立乡人，不好插手。要不，咱私下里看看他们出库入库的账目，或者看怎样从哪个经手人口里套出话来。"

他听说黄道吉要找王先生讨主意，就相跟着往东走。路上两人说着有关李夏松的事。黑虎一会儿跑前，一会儿跑后，一会儿跷起后腿对着路边的柿树撒尿。张世发也听说李夏松这段时间在催粮征赋中的许多不为人知的勾当，只是没有黄道吉掌握得多。这会听了，心头无名之火又汹涌开来。

"老二，这样也好，听听王先生的主意。我好长时间没见他了，顺便过去看看他。"

俩人正走着，半道上碰见冯德海，他俩只好临时分手。黄道吉拽着冯德海就进了王青海的车马店，请他吃羊血饸饹。"冯队长，能碰上就是缘分，走，撮一顿，让黄副乡长也破破费嘛！"

冯德海本想拒绝，最终还是被拉拉扯扯拽进了车马店。一顿猛吃海喝，二斤烧酒瞬间下了肚，他们就你言他语地谝了起来。冯德海喝得兴奋，忘了所以，他一会儿一句，一会儿两句，糊里糊涂就将李夏松征粮的所有把戏倒核桃枣一样倒得一干二净。

人在做天在看，李夏松的行径就这样败露了。黄道吉开始筹划，赶走了秦西民，下来将怎样拔掉李夏松这根害人毒草。

黄道吉在跛子吉庆、贞昌等人的秘密配合下，引导各联保办墙报，每五天办一期，向各村堡进行抗日宣传，及时抄报前线新闻。办了两期后，他又将宣传重点做了调整，转向反贪污宣传，告诫大家反贪污就是对抗日前线最有效的支持，希望所有群众都站出来，对反贪污斗争要有清醒认识。他们利用墙报公开点出李夏桐的贪污问题，甚至还配有插图，画着李夏桐面善心恶的漫画。墙报上的文章自然是黄道吉起草，由大家负责传抄。他们利用墙报和布告有意制造谣言，揭露李夏松与各联保以及地主劣绅狼狈为奸秘密勾结的贪污事实，鼓动当地群众团结起来，与这群官仓硕鼠进行斗争。同时，黄道吉又选派贞昌，请来王先生，用两天时间对全乡的征粮派款做了详细清算，果然漏洞百出。尤其李夏桐，他们的账目中贪污数量更加巨大。贞昌按照黄道吉的安排，偷偷将所有账目张榜公布，各村迅即哗然，纷纷要求乡公所向大家退赔贪污赃款，并扬言若不如此，就组织全乡老百姓扛上农具到县政府交农罢耕。

黄道吉一石激起千层浪，群众看到这一消息恍然大悟，四散传开。大家经过协商，决定在四维小学门前集合群众清算李夏桐的账目。

那天上午，有人提一面铜锣沿街敲，群众听到锣声，纷纷去四维小学集合，不一会儿就是三四百人。群众集合后，大家就把李夏桐叫来面对面地算账，很快查出他们的贪污问题。群众七嘴八舌地提出处理办法，要么罚他立石碑示众，要么把他用黄泥抹了脸游街示众，再一个就是，将他贪污的钱退还群众。李夏桐背着牛头想不认账，可事已至此，他又不敢不承认，只得承诺接受群众的任何要求。

李夏松见事情败露，担心引火烧身，匆匆骑马直奔县城，与新任书记长吴恭道商量对策。吴恭道听了李夏松的诉说，气得数落他：

"夏松老弟，你这也太张狂了，咋能捅出恁大乱子？"

"吴书记长，这些年咱都是这么弄的，风平浪静得没有任何差错。"

"没差错，那今年咋出了这么大的差错？"

吴恭道也知道，李夏松孝敬他的也不少，这事如果真的败露，对大家都没好处，甚至还会影响到他屁股下刚拥有的这把交椅。最终，他们秘密商定，派县保安大队前往信立乡，当众指责各联保，若不能把这事摆平，就是各保长带头聚众闹事。大家尻子上都沾着屎痂，哪个保长都不干净，一个个有口难言，哭笑不得，只得咬掉牙往肚里咽，配合着李夏松平息当地群众。

信立乡各个保长在统一的排外思想下拧结起来，给黄道吉扣上了组织群众暴动的大帽子。黄道吉明白，这一事件是除他以外上上下下各级官员勾结而成。他暗想，你们相互勾结狼狈为奸，我也不能孤军奋战，我必须和当地群众紧密团结。于是，他在各个联保物色出一百多名耆老乡贤和群众，组建起讨伐队。在大家的据理驳斥下，国民党县党部终于哑口无言。

经过这一事件，吴恭道觉得信立乡这个副乡长似乎真是个定时炸弹。虽然还不知道他是不是共产党，可他的行为已让人感到担心和后怕。

宁可信其有，不可信其无。吴恭道和李夏松秘密勾结，派出保安大队前往信立乡，将黄道吉以搞民先队活动的罪名予以逮捕，押解送县。

贞昌得到消息，跑到四维小学。最近，刘俊杰等好几位身份暴露的共产党员都潜往了陕北根据地，学校里只有王先生和跛子吉庆可以商量。

王先生听罢，沉思片刻，吩咐贞昌说："老四，再乱的麻也能找到线头，这事虽然紧急，可你心里甭慌。"

王先生的话将贞昌心头的焦躁迅速压下来，可他又没说出实质的解决办法。

跛子吉庆问道："王先生，你就说，具体咋弄？"

"第一，先组织当地共产党员，紧密团结，由我写份上诉状。"王先生说着，回头对贞昌说，"老四，这事你得劳神，尽可能组织群众，越多越好，直接扛上农具到县政府搞交农。"

"你是说，去的人越多越好？"

"对，咱这是造势，越多越好，但不能暴露黄道吉的共产党身份，只说他是为老百姓的赋粮而遭诬陷的。"

三人各领其事，贞昌匆匆回到槐园堡。他们经过秘密磋商传话，第二天就组织起三百多人的示威游行队伍。梁家窑嘉旺老汉还向大家倡议，必须支持黄道吉，决计与当地官员和地主劣绅斗争到底。

最终，国民政府拿不出黄道吉引领百姓参加暴动的任何真凭实据，为避免示威之事进一步恶化，到头来引火烧身，吴恭道不得不将黄道吉无罪释放。

二十

思明悄悄离开锦阳,去了西安。他首先去了西北文化日报社。

多年不见,袁培上下打量着思明,高兴地拍着他的肩膀说:"哎呀呀,我老替你操心,今天一见,心一下就装进肚里了。快说说你这两年的情况。"

思明说:"有啥情况,还不是临时抱你这佛脚来了。"

思明向他说了这些年的情况,袁培看着平平安安浑浑全全乐乐呵呵的思明,安慰他说:

"思明,甭担心,世上没有过不去的坎。前年那么大的灾辙都挺过来了,你还怕啥?"

"袁先生,话是这么说,可眼下还得靠你帮忙。"思明露出一副为难的表情。

袁培已不再担任报社社长。新任社长叫陈建中,是国民党省党部特派接管《西北文化日报》的。陈建中担任报社社长兼发行人,他一上任,就认为报纸是可以利用的有力工具,开始煞费心机地成立了董事会,对报社进行了一系列整顿,利用有限公司的经营方式来办报。办报之余,他又把已经垮掉的西北文化服务社重新扶植起来,乘机向社会推销积压已久的、被社会各界所唾弃的陈旧的诸如《领袖言论》等书刊,只求多获得一些收入。

思明听袁培介绍,陈建中的真实身份是中统局西北调查专员,兼任国民党陕西省党部委员,还是中统西北五省特派员。

袁培不敢让思明留在报社。他再三斟酌,将思明介绍到省手工业纺织促进会办公室做了秘书。思明怀有救国热血,让他一天到晚守在手工业纺织促进会,跟个小媳妇一样忙一些无厘头的工作,实在憋屈得不行。

思明受不了手工业纺织促进会的束缚,干了不到两个月,又回到西北文化日报社。他央求袁培先生,让他在报社打杂,还能接触到许多外面的消息。最终,袁培又让他做了西北文化日报社资料室主任。

袁培苦笑着说:"思明,报社里人来人往,资料室宽敞僻静,既能避人耳目,也便于活动。你看这个岗位咋样？"

思明激动地说："袁先生，求之不得的岗位，我感激都来不及，还敢弹嫌？"

袁培告诉他，既然要在报社安身，就得见见社长。袁培向他提前声明，陈建中是你的锦阳乡党，同时又是国民党的特务，一定务必小心。在这里，地下党的事一定要保密，更甭挑破我们多年的关系。

思明说："袁先生，这些年，我们都是单线联系，我目前的身份尚未暴露。"

思明按照袁培的叮嘱，两人拜见了陈建中。一进社长办公室，思明不由一愣，眼前这个社长咋跟程建文这么像。

多年前，思明在立诚上学时曾见过程建文的面。他当时还是地下党员，思明非常羡慕，可自己还是个学生。后来听说他叛变革命，还在南京受到蒋介石的接见，誓死效忠党国。再后来，他委身于陈立夫、陈果夫兄弟，为表自己一腔忠心而易姓改名。改程姓陈，改建文为建中，同时进入中央统计局，做了国民党特务。

陈建中吸收了思明，按袁培的建议，做了资料室主任。这段时间，他不仅和陈社长经常见面聊天，也偶然和一些地下党员、革命志士秘密往来。大家相互之间分析革命形势、揭露蒋介石、胡宗南与共产党假合谈、真内战的阴谋。

报社资料室成了思明的一方洞天，这里宽敞僻静，他犹如安居保险室，活动更加自如。许多地下人物和进步报人时有往来，大家纵谈古今，彼此相聚甚欢。

转眼又是初秋，国民党南京政府决定召开国民党代表大会，制定宪法，实施宪政。上面下发通知，要求各省及军政界推选出席国民党代表大会的代表。一时间，国统区的大小官僚、要员纷纷卷入竞选国大代表的浊流，一时间贿选丑闻不绝于市。

锦阳县也分到一名国大代表的名额。当时，锦阳报名参加竞选的有三个人，一个是国民政府西安市党部书记长陈建中，一个是军统派住西安市的站长石友三，最后一个则是特务头子王恒芳。而陈建中、王恒芳二人，准备出手一决高低，争夺锦阳县的国大代表名额。陈建中知道孟思明的人品、才华，想通过思明帮他拉票，思明也想趁此回锦阳，就近为边区工作。陈建中通过省政府的关系，派思明回锦阳县担任社会科科长一职。社会科科长可是仅次于书记长和县长的，思明本不想卷入这一事件，就是真让他选人，他更倾向于石友三。然而，思明再三权衡，觉得不能放过这个绝好机会，欣然接受了陈建中的委派。

最近，西安发生的许多政治事件、金融风波或者特务内部的派系矛盾，甚至于他们的诸多生活丑事。民间有人将这总结成西安城四大害,当成民谣到处传唱,说什么"青年虫,军官总,新闻记,国大代"。四大害在西安作威作福,丑闻百出。这些事,思明多多少少听到一些。据说,陕西省主席祝绍周上台后,明里整治贪污,实则贪赃枉法,他的小老婆和勤务兵私通,盗窃金银财物协力而逃。而陈建中和上边数人争风吃醋,也闹出不少矛盾。

袁培认为思明在这个节骨眼上回锦阳太过轻率,让人提心吊胆。他坚决反对思明的决定。

"思明,你不敢借助陈建中做靠山,这时回锦阳,恐怕不是好事。他是今天的陈建中,再不是当年的程建文了,一个为了投靠国民党连姓都可以卖掉的人,能靠得住?"

思明解释道:"袁先生,我知道靠不住。但锦阳那一伙对陈建中言听计从,我可以利用这次机会做我的事情。"

思明有他的想法,袁培的好意他没有接受,毅然回到锦阳,担任了锦阳县社会科科长。

思明一回到锦阳,就与替王恒芳竞选拉票、呐喊助威的那一帮唱起了对台戏。他这几年的遭遇大家心知肚明,倍感同情,这也进一步增强了他在锦阳活动的渗透力。许多事情,他甚至已能做到一呼百应的地步,而王恒芳除他父亲、县参议长王仲意极力支撑外,剩下的就是特务爪牙们的胡乱抓抢,很快脚步大乱,败下阵来。从此,王恒芳对思明怀恨在心,甚至几次要置思明于死地而后快。

思明的县社会科科长是国民党省政府委派下来的,位高权重,声名显赫;再加之他说话做事向来坦坦荡荡,不拘小节,在锦阳县很快又获得新的威望。

初秋一天晚上,锦阳城西化龙堡一个叫张小山的科员悄悄来到孟家。思明客气而热情地招呼他,奇怪地问道:

"老兄,你来我家啥事?公事还是私事?"

"孟科长,以前咱两个虽然认识,接触的却不多。自从你担任社会科科长以来,我对你的为人处世深表敬佩。拿你一看,我这些年吃的粮食算是白白糟蹋了。"

"老兄,有啥事就说,都是自己人。"思明不知他此来的目的。

"孟科长,我知道当年暗害你爹的人是谁?"

思明听罢一惊,张小山咋突然提说这事。思明将他盯了好久,才回过神来。

父亲去世时他还小,他只知道父亲是被人暗杀的,当年张家伯形影不离地保护他,为了让他识文断字,又请来王先生到家里坐馆执教。其实,父亲被暗杀的经过不久就浮出水面,大白于天下。大家都知道是王老虎所为,当时父亲的部下几十个兄弟提着枪要找王老虎抵命,还是于大叔向大家讲明利害,将大家的怒火压了下去。再后来,胡景翼英年早逝,陕西靖国军群龙无首,珠断难收,此后给父亲报仇的事就搁置下来,这些年几乎从未提及。

张小山说,他父亲就是鸿钧大伯当年的老部下,如今他又是思明的部下,这就是缘分。他爹从思明身上看到了希望,私下联络商议,要给鸿钧报仇。张小山听了他爹的叙述,对思明爹的蒙难更是痛心疾首,他又自认胆大心细、枪法精准,这才来找思明商量。

思明听后,思之再三,无奈地摇摇头,语重心长地说:

"兄弟,俗话说杀父之仇,不共戴天,先父遭人杀害,此仇不报,怒火难消啊!"

"孟科长,只要你说句话,我保证把王老虎的人头提来,祭奠孟大叔,报此血海深仇。"

思明向张小山千恩万谢,擦了溢出的眼泪,给他倒茶让座。思明思忖良久,说道:

"感谢兄弟知遇之恩,我有你这行侠仗义、置生死于度外的兄弟,这辈子也值了。只是眼下国难当头,民处水火,先父投身辛亥革命,为的是救国救民,身为他的儿子,我也应当以天下大事为己任,不敢把个人恩怨摆在眼前。再说了,冤冤相报何时了,冤仇宜解不宜结。二十多年过去了,现在再打死一个老头,也真算不上啥英雄豪杰,提人头的事情,我看就算了吧!"

思明向张小山讲了中国革命的大势,谈了自己看法,他义正理端、光明磊落,更让张小山佩服得五体投地。

此事传出,锦阳四乡八堡的百姓都被思明的眼光和度量折服。传来传去,此话竟传到了王老虎耳中。王老虎愧疚自己的罪过,佩服思明的为人,要摆下宴席与孟家赔罪。思明收到邀请后及时拒绝,他用博大的胸襟化解了这桩二十多年的冤仇。

抗日战争爆发以来,蒋介石调兵遣将,蓄谋以待,准备进攻陕甘宁边区。值得庆幸的是,内战一直没有打起来,老百姓赢得片刻的安居乐业,多年郁闷忧愁的脸上也荡起一丝笑容。

这年冬,省工委增派四名县级干部加强锦阳县工委工作,墩子也是其中的一名,他们将带领武工队一起深入锦阳一带开展工作。目前,锦阳工作以武装斗争为主，北部山区及沿山一带的武装工作已经悄然展开，县南各乡的局面也掀开了帷幕，大多领导干部都寄身于周围的武装队伍之中。

墩子回锦阳即受组织委托，化装成贫苦农民，化名赵崇孝，去了临原镇地下党员王岩家里。他以在王家拉长工作为掩护，领导锦阳东乡四镇的工作，积极发展党员，加强党组织建设，联络革命武装开展敌后斗争。在他们的努力下，锦阳东乡许多进步人士成了大家依靠的稳固力量。在他们的引导教育下，锦川乡自卫队队副沈战奎、通关镇邑岚堡保长李崇礼等人也被教育争取过来，为地下党办事。他们到北乡、东北乡沿山一带继续建立隐蔽据点，；尤其游击队的积极配合，锦阳北部已基本控制在共产党手中。同时，墩子在那里收编土匪武装，壮大锦阳游击队，既巩固了根据地，又加强了武装力量。

一天，墩子忽然出现在金城堡。天气日渐凄冷，路上行人稀少，他头上裹着脏兮兮的羊肚手巾，身穿大襟黑旧棉袄，腰里扎一条白布大腰带，怀里揣着驳壳枪，棉裤脚腕扎着绑腿。他手里提着马蹄笼子，里面装一包琼锅糖，一身风尘地进了金城堡东门。思明刚好也进了西门，他俩在孟家大门口相遇，谁也没有说话，墩子跟着思明进了大门。

云焕正在厨房做饭，看见思明后边跟了个人，像是个驮炭的。墩子叫了声姐，云焕再抬头一看，才认出是多年不见的兄弟。她高兴地拽着墩子的衣服看来看去，气得嗔怪他说：

"哎呀！好不容易回趟家，咋打扮得跟个要饭的一样？"

云焕说着，从屋里取出思明的衣服要墩子换上。墩子笑着摆手：

"姐，你甭操作了，我是专门穿成这样子的。"

兄弟俩说了一下午话。思明向墩子详细介绍了锦阳县城国民党军政人员和兵力部署，墩子也向思明沟通了县北的地下工作情况。两人仔细分析形势，交谈工作，墩子告诉思明，现在形势很紧，胡宗南进攻延安是迟早的事。他叮嘱思明说：

"哥，我在锦阳东北一带已经打开局面，如果你在县城待不住，就来临原镇。若是到了临原镇，你只管住店，也甭打听我，第二天我肯定会来见你。"

两人说得投机，纸清晃晃悠悠跑过来，看见舅舅怀里的枪和马蹄笼子里的琼锅糖。他从没见过这个舅舅，大人也不明说。纸清手指着琼锅糖"嗷、嗷、嗷"地喊着。云焕笑着掰了一节塞到他手里，说：

"我娃认不得舅，就认得琼锅糖。"

云焕做了连锅面，墩子热乎乎吃了三碗。寒冬时节，天黑得早，他看天已黑严实了,就告别姐夫姐姐,又回了临原镇。

大雪冬至,大寒立春,不知不觉又到春打六九头的过年时节。离过年还有三四天,乡村堡寨就开始排社火耍芯子,敲锣打鼓到城里来热闹。大家知道孟家威名,也知道思明如今权重德厚,纷纷到孟家门口圆场献艺。婆和孟纪氏难得今年的热闹,高兴地走上街头。思明看着一家人其乐融融,自个儿也高兴,凡来促哄热闹的,就逐一发些瓜子、花生、核桃、枣儿。这一下,来孟家门口耍热闹的人更多了。

正月初一上午,县长钱焕章到化龙堡给社会贤达郭锦屏先生拜年,郭老先生早年曾担任过省政府秘书主任,在当地更是颇有声望的。钱县长回来路过金城堡,在巷口碰见孟家门前的热闹景象。他高兴得老远就跟思明打着招呼,要进孟家拜年。思明一时受宠若惊,不好意思地说:"钱县长,臣未拜君,君先拜臣,实实不敢当。"云焕赶紧端出各种干果碟子招呼钱县长,要给他端初一的黏汤面。

钱县长塞给纸清两块大洋的压岁钱。纸清刚过两岁生日,还不会说话,最近才慢慢学着走路。云焕感激地抱着纸清就要磕头。钱县长急忙站起来摆手阻止她,一个劲说:

"思明兄弟有福气,娶了这么漂亮的媳妇,生了这么乖个娃娃。"

"钱县长说哪里话,这都结婚十多年了,早不是媳妇了。"云焕欠欠身回礼,客气地说着。

次日是正月初二,思明和云焕抱着纸清给岳父拜年。这时,张世发来了孟家。张世发是纸清干爹,思明的兄弟,过年的吃货又是现成的,孟纪氏就要给他端饭吃。张世发听说思明三口去了周家堡,他一抹嘴又匆匆赶了过去。

张世发单独会见了思明,交给他一张纸片,俩人悄悄说了几句话,随后张世发就匆匆告辞了。云焕看见上面工工整整写着密密麻麻的小字,不知是啥内容,也不便打听过问。

刚过正月十五,思明借故到临原镇,住在镇子北门外车马店。第二天早晨,天刚麻明儿,思明还未起床,墩子就提了赶大车的鞭子,站在了他的炕前。

"孟先生,你来啦。"

墩子还是年前那身驮炭的装扮。思明见他来得这么快,知道他在这里的工作卓有成效,心里有了底。哥俩谈了一阵,交代了些事情,因担心彼此穿着差距太大,怕引起怀疑,就草草分手各自去了。思明当日返回县城家中。

墩子在锦阳东北的地下工作干得既隐密又火热。此时此刻,西北乡的工作也开始变得风生水起。

黄道吉回到锦阳，他乡长前面那个"副"，年前也被人取掉了。黄道吉当了信立乡乡长后，徐日盛就托张世发转告他，希望他能给刘振元安排个活儿。刘振元也是槐园堡人，他们都是一个堡子的，黄道吉经过缜密安排，在第五保障所给他谋了个差事。这时，刘振元又要黄道吉看能否将刘连锁也安排进第五保障所。黄道吉知道他们都是地下党，就让刘连锁当上了五保自卫分队队长，又委任他的堂弟黄道祥做了文书。这样，信立乡五保实际上就成为共产党的地下组织。

刘俊杰那年回家葬埋父亲，后来渐渐和边区党组织失去了联系。但他与边区的张良以及信立乡一带的地下工作人员时有联系。一天，刘连锁忽然提到刘俊杰的近况，希望黄道吉也能给他找份工作。

黄道吉怎能忘了这个战友。陕甘宁边区刚建立不久，刘俊杰就当了信立乡六保保长。他那年向周长吉父子要枪，满囤砍死了周长吉之子犟牛，周长吉除了向锦阳县和信立乡不断告状外，还四处捉拿他和满囤。他俩被迫连夜出逃，跑到边区参加了游击队。后来，刘俊杰经表哥董子平介绍去了三水县马家堡，做了张良的秘书，同时负责保护张良的安全。他落脚边区后，在张良的介绍下加入了共产党，又悄悄将媳妇接了上去。第二年，妻子生了个男孩，特意给儿子起了个名字叫弥章。

一家三口在边区生活了两年。七七事变爆发后，刘俊杰借秘密回家看望父母，将弟弟光杰等人，也带到边区参加了革命。

儿子弥章四岁那年冬季，刘俊杰父亲去世，他向组织请了假，带着妻儿回家葬父。临走时，张良劝他骑个骡子，再驮些粮食，装扮成赶脚户的，顺便给家里解决点实际困难。他婉言谢绝了张良的好意，拄着荆条拐杖，抱着儿子回了家。

当时迫于家庭实际，刘俊杰没能及时回边区，后来和边区失去了联系。那阵子，黄道吉也为自己寻不着上级党组织而苦闷，俩人可谓同病相怜。后来，他多次去边区找张良等人，都被以"只要一心向党，同样可以为党和人民做有益工作"的话安慰他，刘俊杰回来后，也以这样的话来鼓励黄道吉。

黄道吉考虑刘俊杰的生活实际，想到他当年也干过保长，提议他继续担任六保保长，也使他有个可以养家糊口的差事。

一次，跛子吉庆的地下工作无意暴露了。国民党县当局密令黄道吉，带领信立乡自卫队到四维小学逮捕跛子吉庆。黄道吉见到信函，秘密派人前去报信，然后他才带领二十几名自卫乡丁，不紧不慢地去了四维小学。到了学校，黄道吉不由分说，让人将四维小学围了个水泄不通。

刘俊杰早已知道消息，安排跛子吉庆顺着漆沮河逃之夭夭。他佯装不知情况，与黄道吉搭讪询问情况，有意拖延时间。结果，国民政府精心策划的一场围捕行动，被黄道吉和刘俊杰在真真假假的双簧之中化作泡影。

黄道吉当上信立乡乡长才两个月，下面的六个保障所，有三个保的政权已经掌握在地下党手中。

由于信立乡地下工作人员的频繁活动，县国民政府不甘心他们肆无忌惮为所欲为，竭力阻止此类活动再次发生。山雨欲来风满楼，黄道吉觉察上面稍有风吹草动，即时通知大家时刻注意，做好回避或者转移。他给刘振元、刘连锁、刘俊杰等也多次叮嘱，由于自己事前通知，才让许多同志免遭祸端。有一次，书记长吴恭道带领武装人员来信立乡抓人，黄道吉得到消息，一方面热情招呼，稳住吴恭道；另一方面派人通知刘振元等人赶紧躲避，同时又通知各保保长做好应急准备。结果，得到密报的吴恭道精心策划的抓捕行动，最终又是一无所获、无功而返。

二十一

李夏松忽然接到县保安团的命令，说是有可靠消息，最近锦阳到泥阳一带共产党秘密活动十分猖獗，务必对这一沿线的各乡镇堡寨做好防控。他听了两腿筛糠，头上直冒冷汗，县上说的沿线乡镇堡寨，其实就是信立乡。这里可是全县重中之重的地域，万万马虎不得。

他第一时间回到乡公所召开紧急会，要求全乡上下提高警惕，随时布局撒网，投放诱饵，等待共产党的游鱼落网，或者上钩。

可是话说回来，信立乡突然严峻的形势，真让李夏松束手无策，他猴子守着烂桃园，不敢离开半步。他们紧张得拉弓上箭，明守暗查二十多天，偏偏没有丝毫消息，反而逼得自己不明就里，只能无奈地聚在乡公所喝着茶谝闲传。下面的乡丁并不操乡长队副的心，一个个粗喉咙大嗓子地胡说乱谝，想到哪里说到哪里。他们从抗日前线说到渭北后方，从抓捕共党说到泥阳的土匪，从陕北红军说到女兵梅萍，甚至还会从硝烟弥漫的战场上一句句拐到床头炕尾，钻进了被窝。

冯德海见大家谝得热闹，也扮着鬼脸说了一段笑话。

从前有个娃父母双亡，他被寄养在舅舅家。由于年龄小，干不了别的体力活，便给舅舅家里放牛，每天早出晚归十分辛苦。有一天，他回来晚了，到家时已是半夜。他将牛拉进圈舍，准备回房睡觉，路过舅舅和妗子的房外时，无意间听见里面说话。放牛娃也不知舅舅和妗子干啥，只是好奇地立在窗前听他们说话。舅舅问妗子："这是啥？"妗子羞羞回答："双塔尖山。"舅舅又问："这是啥？"妗子说："四十里平川。"舅舅再问："那这又是啥？"妗子答道："莎草垯边。"舅舅哼哼笑着，又问："那垯下是啥？"妻子说："没底泉眼。瓜尿，这还用问。"一会儿，他们好像换了主角，只听妗子又问舅舅。"你这是啥？"舅舅说："探水的竹竿。"妗子隔了会儿又说："捞上来！"舅舅说："甭急，再淹一淹。"第二天一早，舅舅见外甥回来了，就质问他："你昨天到啥地方放牛了，咋回来那么晚？"外甥回话说："去双塔尖山了。"舅舅不由一惊，吼道："你都不怕把牛摔到沟里？"外甥说："下面有四十里平川哩，不怕。"舅舅又问他："牛在哪儿吃草了？"外甥回答："就在莎草垴边。"舅舅又问："那牛在哪儿喝水？"外甥说："没底泉眼。"舅舅急得问他："牛跌下去咋弄？"外甥说："不怕不怕，我有探水的竹竿。"舅舅忽然知道外甥昨晚偷听他们说话，恼羞成怒，一巴掌打去，将外甥头上戴的帽子打落到脚边的脸盆里。舅舅喘息了半天，气得说："还不捞上来！"外甥捂着脸，不慌不忙地说："甭急，再淹一淹。"

李夏松听得脑子不由就跑到了梅萍那里。冯德海说的什么双塔尖山，什么四十里平川，还有那莎草垴边的无底泉眼，他觉得，这些地方不在别处，全都在梅萍身上。

梅萍初来信立乡，在四维小学识字班给大家上课。不长时间，她的名声几乎传遍了整个信立乡，大家都知道红军队伍里有个叫梅萍的女战士，不但人长得漂亮，肚里的墨水也多得很。那时候，李夏松还在信立乡自卫队，梅萍是进驻信立乡的红军战士，加之那时候国共两党二度合作，他二人在各自的战线不同的阵营，井水不犯河水。李夏松看惯了当地女人的装扮，后来再看看这个穿军装的女人，立即被她的飒爽英姿折服了。

李夏松和梅萍第一次碰面是一次在槐园堡巷道。他听了梅萍弯弯绕绕的四川口音，自己不由也绕起了弯弯，和他家那个长着猪婆大肚子的婆娘比起来，那才是真正的天上神仙、人间尤物。梅萍这样的女人，总让他产生非分之想。

冯德海的笑话讲完了，大家搂着腰只顾嘻嘻哈哈大笑。李夏松不由又进入对梅萍的联翩浮想，想多了就浑身痒痒，想到自家炕上每天晚上从头到尾闭了眼睛只顾着哼哼的酵面婆娘，再想想这个四川女人，棱缯缯的军装，白净净的脸庞，还有那明目珠慧，还有那修长玉指，背身再看她那不大不小的尻蛋儿……李夏松浑身上下又痒痒起来，他甚至觉得，自己突然该硬的地方不硬，不该硬的地方竟已硬成了橛。

这天晌午，自卫队一帮弟兄闲来无事，又坐在乡公所院子里黑谝起来。不同的是，这时的冯德海成了自卫队队长，李夏松成了信立乡乡长。他们除了私下里揣摩如何利用工作之便给自己多弄几个抽烟喝酒钱，似乎关于女人和炕上的事永远也说不完。

冯德海嘻嘻哈哈挑逗一个乡丁，将他夸耀一番。这人也是一个人来疯，越说越兴奋，嘀嘀咕咕就咧着嘴自吹自擂。李夏松见他说得投入，气氛热闹，两手盘在胸前，眯着眼睛侧耳听着。

说是一个漆黑之夜，两个小偷钻进一家屋里行窃，恰好这家夫妇正在炕上成捣。两个小偷听他们低声说话，悄悄伏在门内，准备等夫妇两个熟睡后再行窃。这时，炕上那两口子正到要紧时候，女人见男人两个牛蛋进了自己下身，悄声说："哎哟，进来了，咋一下进来了两个？"两个小偷听了一惊，以为自己被主人发觉，慌慌地退到门外。这时又听那女人说："唉，出去了，两个咋都出去了。"两个小偷越发惊慌，其中一个将信将疑，想再次尝试，看到底是不是被主家发现了。他俩商量了一下，先由一个进去，另一个在门外静观其变。这时女人又悄声对男人说："死鬼，这回进来了一个。"这个小偷听了立即逃出去，向外面那个如实说了，外面那个不信，就让这个小偷盯在外面，他再进去看一看。没想到他刚进到门内，那女人又开了口。她声音压得很低，断断续续说道："那一个出去了，这一个又进来了。"两个小偷一听，吓得几乎尿到裤裆里，浑身颤抖着仓皇而逃。

冯德海听了，笑得前仰后合。李夏松也几乎岔了气，上气不接下气地嗔怪他们。旁边有人说："李乡长、冯队长，甭急，还没完哩！"这时，那个乡丁又继续开口黑谝。

第二天早上，这家男人拉了牛去犁地，到了地里才发现自己忘了带大绳。女人也起得早，正坐在自家门口青石碌碡上纳鞋底。昨晚那两个小偷贼心不死，担了两担花杏来堡子叫卖。他俩到了这家门口，刚好碰见男人回家，那女人蹲在花杏笼前挑买花杏，看见笼里有两个花杏的把儿连在一起，她拿在手里扬起来给男人看，笑着说道："哎，掌柜的，你看这俩跟夜黑那俩像不像？"男人知道她是说自己裆里那个，没好气地说："管尿它像不像，让我先取绳去！"两个小偷听了几乎吓破胆，撂下花杏担子，头也不回地撒腿跑开。这两口子莫名其妙地落了四笼花杏两副扁担，看着两个小偷远去的背影哈哈大笑。

李夏松听着听着，笑骂大伙儿，说："一个个匪痞式子，正事干不前去，谝到炕上咋就恁大的劲？真是狗嘴里吐不出象牙的货！"他嘴里指责着各位乡丁，心里又听得痒痒的，痒痒得他糊里糊涂又想到梅萍，想着怎么能和这个女红军套近乎。

李夏松试图给自己创造机会，可是有几次眼看着能和梅萍搭上讪，偏偏又阴错阳差没能如愿。后来，红军整编八路军后，就跨过黄河，到晋察冀抗日了。

八路军离开那天，老百姓一路步行着为部队送行，李夏松也带着冯德海和自卫队的乡丁，沿着漆沮河带队伍一直送出唐园镇。不过，没有人知道，李夏松的真正心思是能再看一眼让他产生非分臆想的梅萍。

后来，当衣着破烂的梅萍出现在槐园堡时，许多人已渐渐淡忘了她，而李夏松一眼就认出,这个在杨家进出的女人就是当初那个教书识字的女红军。当上面有人怀疑梅萍,他心知肚明地竭力隐藏有关她的消息,其目的还是期望能和她套点近乎。李夏松每次老远瞥见梅萍,都会产生异样的感觉,虽然梅萍并不认得他。他也明知梅萍是八路军的女兵,却在内心从没有把她当成死对头。

绳子总从细处断。梅萍做梦也不会想到槐园堡会有人惦记她,而且还是信立乡乡长。正当自卫队各位谝得黑籽红瓤昏天黑地,李夏松心里猫抓似的痒痒难受时,梅萍竟然从他们的话题走进了行动中,也使李夏松对梅萍的垂涎奢望最终成为现实。

中午时分,日刚偏西,冯德海接到盯梢乡丁举报,说槐园堡杨家那个女人去了唐园镇,估计是给地下党传递情报的,一会儿肯定还要回槐园堡。冯德海听了十分激动,吆喝大家立即行动,又忽然担心自己逮到大鱼而让李乡长脸上挂不住,赶紧跟他商量在半路拦截抓捕的方案。

李夏松听到消息喜忧相掺,他内心矛盾,实在难以定夺,在乡公所来回踱步。此刻,他既担心梅萍逮不住,又担心她被逮住。过了许久,他才对一旁期待的冯德海他们下命令说:"走,召集各位乡丁,马上行动,先将这个女匪逮住再说。"

梅萍将自己装扮成一个轧花妇女,她背着十斤轧好的棉花从唐园镇魏记棉花铺出来,正往槐园堡赶。她今天从魏记棉花铺回来晚了,以免引起别人误会,才在喜莲的装扮下背着棉花出门的。

梅萍一路小心翼翼,就担心碰到陌生人,或者有人盘问自己。这两年,她虽然跟着榴花、贞昌他们学说渭北土话,可浓厚的四川乡音怎么也抹不干净,时不时就会蹦出几句川地蜀味来。

梅萍沿着漆沮河正往北走,到了路边一个叫十八坊的堡子,她忽然想起蔡文姬的故事。那还是王先生讲的,说是东汉大文学家蔡邕曾在这里建有宅院,拥有田产,曹操当年重金赎回蔡邕之女文姬,老蔡邕曾在这里搭建十八座牌坊迎女儿南归的。

梅萍正被才女蔡文姬多舛而悲壮的故事感动着,也不知她抛下远在匈奴的儿女回到关中究竟该喜该忧。她抹了一把眼泪,长长出了口气,苦笑自己平白无故替古人伤心倒是何苦。

突然,梅萍看见不远处通往周家堡的岔路口,三四个穿黑绸衫戴黑礼帽的黑影子在徘徊私语,他们旁边停放着几辆自行车。

难道被他们盯上了?梅萍不由一惊。她一看,青龙岭下那条小路路窄草茂,便于藏身，随即扭身爬上坡垴，低头往前走。

这几个黑衣男子正是信立乡自卫队的，冯德海老远瞭见梅萍拐到岭下，顿生疑心。他对身边乡丁说：

"我咋看那个女的是杨恒昌的干女儿？"

"管她干女湿女，她走她的路，本与我们无关，可她这一逃避，或许还真就有关了。"

冯德海说罢，带着手下几个赶紧沿小路往西堵截。李夏松领着两个人，骑着车子往南走了一二里路，他将自行车扔到赤兔堡子路边，沿着岭下小路尾随着往北追撵。

梅萍往北跑了一阵，想着那几个害货在前面挡着，碰到他们岂不是更加糟糕。她灵机一动，又踅身往回走，沿路搜寻上岭的小路。她刚往南走了一会儿，忽然听见前面传来沙沙的脚步声，心中暗想："瞎了，这回真走投无路了！"

梅萍正担心着，忽然发现不远处土崖下的荒草中隐隐约约有个塌陷的窑洞，窑口只留下二尺高一绺缝隙。她迅速猫身钻了进去，屏住呼吸倾听着外面的动静。

脚步声越来越近，到了破窑口停住了。只听李夏松在外面喊道："德海，你几个分成两路，一路沿河，一路上岭，仔细搜寻。一定小心，她手里可能有枪。"

梅萍隐约听着脚步声渐渐远去，双手轻轻在胸前扑掸了几下，定了定神，刚想爬出窑外，没想到，窑口忽然一黑，李夏松竟钻了进来。

其实，李夏松早料到梅萍藏在这里，他拔出手枪，对着梅萍一阵冷笑。

"哼哼！我老远就盯上你了，你还想往哪里逃？"李夏松手枪冲着窑顶，扬扬得意和幸灾乐祸同时浮上脸颊。

"你是谁？你要干吗？"梅萍一阵惊悸，一步步退到窑底。

"你是槐园堡那个女八路？"

"你想咋？你凭啥说俺是女八路？"梅萍反问道。此刻，她手无寸铁，又置身这昏暗狭小的破窑，只说今天这小命完了。她要与李夏松决一死战。

"嘿嘿，妹子，我不说你是女八路，得行？"李夏松淫笑着向梅萍慢慢蹭过来，"只要你跟哥好，哥就说你不是共产党，不是八路军。"

"呸！"

梅萍一口唾沫啐到李夏松脸上，那包棉花瞬间也从手中飞出，啪地摔在他身上，趁李夏松躲避的当儿，她赶紧向窑外爬去。李夏松一个趔趄，用握枪的手挡开棉花包，急忙一个转身，顺势向前一扑，一把抓住梅萍右脚。梅萍使劲一蹬，居然被李夏松又拽了回来。梅萍反身一巴掌就往李夏松脸上抓来,李夏松又回手一挡,手枪竟甩了出去。李夏松心中一慌,担心梅萍捡到手枪,索性一下子骑到梅萍身上。两人三抓两打,李夏松的衣扣被梅萍撕掉了几颗,梅萍的衣襟也被李夏松一把撕开,一只雪白如藕的奶子顷刻暴露出来,另一只也在衣襟下若隐若现,两个奶子随着梅萍惊慌失措的呼吸快速地起伏着。这时,不知道李夏松是气愤还是邪淫,他三两下扯开梅萍的上衣,撕下她的裤子。倔强的梅萍突然赤身裸体躺在那儿,她一下子崩溃了。她糊里糊涂地遭受了阵阵剧烈疼痛,又糊里糊涂听着李夏松满足的淫笑和窸窸窣窣的穿衣声,眼泪唰地流了下来。梅萍悔恨顿生,悔恨李夏松没有一枪毙了她。

梅萍胡乱穿上已被撕得破烂不堪的衣裤,靠在潮湿的窑壁上,直到外面天色昏暗下来,她才跟跟跄跄、一步一瘸地回了槐园堡。

贞昌听榴花说了梅萍的遭遇,再想想李夏松这些年的种种劣迹,他气得一拳头砸在桌子上。贞昌要替梅萍报仇,开始寻找机会除掉这个害货。这李夏松,别的不行,枪法却很好,再加之平时有冯德海等人前呼后拥。贞昌悄悄将自己的想法告诉梅萍,梅萍认为报仇的时候到了,马上就要跟贞昌行动。

贞昌劝她说:"女子,这是男人的事,你一个女娃娃,不行!"

"四叔,俺本身就是上阵摸枪的战士,咋不行?"梅萍报仇心切,向贞昌夸下海口。为了缩小影响,贞昌决定,这事就他和梅萍参加。

他俩正在等待机会,黄道吉那边针对李夏松也开始行动。

李夏松自从当了信立乡乡长,就把自己当成耀武扬威的土皇上,平日带着一班乡丁走村串户,横行一方。他经常在信立乡一带造谣生事,敲诈勒索,抢劫北上物资,当地群众对他已经恨之入骨。

黄道吉当了副乡长,许多工作实在没法展开。李夏松这些年在信立乡威风凛凛,全凭借他的靠山吴恭道。黄道吉一时扳不倒这个吴书记长,可留李夏松在信立乡终究是个祸害。他向上级申请,决计秘密除掉李夏松。考虑到自己后面还要开展工作,黄道吉不能亲自出马,上级组织经过再三斟酌,将铲除李夏松的任务交给了当地的地下组织。

黄道吉跑去找跛子吉庆,转达了上面的意思,下达了任务。吉庆听了心头一喜,一拳砸在桌子上,咬着牙狠狠地说:"好,这一天我等了很久了!"

"吉庆,事是好事,拔掉这颗钉子,对大家都好。可这绝对不是给你报那一枪之仇。"

"就是，不是报我的一枪之仇，这是给咱老百姓除害哩。"

"不管咋说，这事一定要办得神不知鬼不觉。特殊时期，任何把柄都可能给大家带来灭顶之灾。"黄道吉离开时，跛子吉庆也向他交代。

抗日战争取得胜利，锦阳城乡各地都在进行各种形式的庆祝活动，恒昌的明月皮影社也早早拉开场子，要在槐园堡关帝庙的戏楼前演皮影。

黄道吉给李夏松带话，信立乡联保邀请他们来村上参加庆贺，希望他趁晚上演出向大家训训话，让各堡的乡党们提高警惕，及时举报共产党可疑人员，同时还能获得一笔赏金。

看完皮影戏，李夏松回信立乡乡公所，要路过青龙岭下的杨家祖茔。贞昌和梅萍侦知李夏松回家的路线，摸黑就躲在路旁的坟堆后面。不一会儿，黄道吉和跛子吉庆也潜伏到了这里。要不是影影绰绰看见吉庆一走一跛的样子，贞昌的枪可能就响了。他们简单碰头，兵合一处，在那里静静等待。

这时候，天色一片漆黑，几乎伸手不见五指，自行车根本没法骑。李夏松和几个乡丁推着自行车高一脚低一脚地往回走，自行车的嘎吱声和他们的说话声老远就搅和着飘过来。他们还没到坟地，梅萍闻声对着夜色中的李夏松就是一枪。李夏松突然听到枪响，一把推倒自行车，撒腿就往南逃，贞昌扬手又是一枪，只听李夏松"哎哟"一声，也不知打在哪里。随行人员听到枪声，寻声而来，吓得四人趴在一个坟头上不敢出声。当然，自卫队那几个也不敢贸然前进，只得胡乱放了一阵枪，就在黑夜里鸟兽一样惊惶散去。

梅萍趴在坟头低声抽泣，后悔没有一枪打死李夏松。贞昌见人已走远，赶紧拉着她往回走，再三劝她说："女子，君子报仇，十年不晚，更何况这是为民除害。关键是，我们甭因这事暴露了自己，再出现不必要的牺牲。"

大家担心梅萍出现什么意外，决定将她先送走。几天后，在贞昌的护送下，梅萍的身影在槐园堡消失了。她通过泥阳的地下交通站，秘密去了边区。

后来，贞昌他们得知，那晚的子弹从李夏松的衣袖穿过，打在他的手腕上。李夏松幸免一死，却真正吓破了胆。李夏松知道自己身边的地下党无处不在，气得骂道："这人没尾巴，比驴都难认。日他妈的共匪！"

李夏松骂归骂，可是为了安全，他不得不暂时收敛自己的所有张狂行为。

抗日战争爆发以来，晋察冀、鄂豫皖，全国各地掀起抗日热潮，到处都是抗日的战场。老百姓每天生活在枪林弹雨之中，日寇的嚣张气焰变成了穷凶极恶变本加厉的报复。中国人的正义反击虽然取得节节胜利，可是用战士们的鲜血和生命垒起的胜利果实,实在品尝不出一丝甜意,而更多的则是酸辣苦涩交织一起的难以言说的痛楚和愤恨。为了继续弥补前线兵力和军需的严重不足,国民党当局积极动员大家当兵,保家卫国抗击日寇。只不过,无论国民政府怎么宣传,其效果却微乎其微。

鉴于当前实际,国民政府颁布了新兵役法,他们在各省设立兵役机构,在各县成立社会军事训练总队,对所有壮丁进行短期训练后,才被调往抗日前线。

国民政府按照户籍人口征兵,要求每三个壮劳力抽一个、五个劳力抽两个。许多有钱有势的地主大户为了不让儿子当兵,他们想方设法给甲长、保长、乡长一级一级塞钱递物,希望他们能予以说合,尽量让劳力充足的人家出人顶替。这些甲长、保长、乡长就将出卖壮丁当成捞钱的新手段。然而,时间一长,弊端再起,一些有钱人家刚花钱买了兵役,第二次的征兵又开始了,他们不得不再找许多借口继续向大家摊派壮丁。那些借着抗日招牌投机取巧的官员,与当地地痞同流合污、沆瀣一气,乘机买卖壮丁,通过敲诈勒索鱼肉乡里,开始了新一轮的横征暴敛,大发兵役之财。谁家只要能交钱即可免除兵役,如果这家人不想出人,就得交粮食,粮食的数目也由去年的五石涨到十石,到今年没有二十石粮食根本拿不下来。

周长吉已经替儿子蛇娃买了好几次壮丁,先后花了五六十石粮食。李夏松和弟弟夏桐也从周家暗地里落下不少好处。这样过了一两年,大家一听要征兵就怨声载道。家里有劳力的就偷偷外逃。

逃避的人越来越多,国民政府的兵役就越来越重,谁家的日子也好不到哪里去。国民政府几乎每次都完不成兵役任务,他们不再讲求乡党情分,开始到处抓壮丁。一时间,老百姓成了惊慌失措的野兔,时时提防着野狼恶狗的追撵抓捕。

这天下午,天空热得几乎冒火,继宗正在原下的糜子地里锄草,信立乡几个乡丁突然荷枪实弹地出现在他面前。他们将继宗围了起来。继宗还没等开口询问,就稀里糊涂地被那些人绑了手脚。继宗被带到乡公所,才明白自己是被抓了壮丁。

槐园堡交通站建立后,继宗已多次受四叔贞昌委派,前往柳林会见三叔利昌。三叔的上线就是陕西工委书记,陕甘宁根据地的许多机密情报都是在他的安排下,由槐园堡交通站的同志传到西安的。利昌第一次见到侄子,亲切地嘘寒问暖,打问家里这些年的情况,只是不敢让他在车马店多待。他能做的,就是让侄子吃饱喝足,并叮嘱他路上小心,遇着陌生人尽量回避。由于槐园堡交通站能直接和柳林接上头,跟边区同志接触最便捷,在贞昌的秘密活动下,他们很快就发展了五六个交通员,除了继宗,还有梁家窑嘉旺父子、葫芦口赵老八、槐园堡黄道吉的弟弟黄道林。锦阳各地所有交通站都由三水县工委徐日盛直接领导,负责传送情报、转运物资,护送共产党人士、进步青年学生穿越敌人封锁线,北上陕甘宁边区。

交通站建立不久,就有张仁民、雷勤民、段三、魏恒忠等地下工作人员来养病和避难。贞昌担心时间长出啥岔子,就让继宗给恒昌吹话。恒昌口里气气鼓鼓,却也没有过分反对。于是,好几次来了客人,继宗就会将他们领到自家屋里。恒昌平时像个慈祥老头,和村堡的人说三说四的,但他很少跟这些人说话。让继宗庆幸的是,这些客人无论住长住短,恒昌都不在乎,还一再吩咐宝珍,让她和继宗在生活上尽量帮助这些客人。

恒昌是太阳下山时候才知道继宗被拉了壮丁。他听后气不打一处来,将水烟壶啪地蹾在桌子上,径直去了乡公所。

恒昌走进乡公所大院,碰见冯德海,他厉声对冯德海吼道:"让李夏松滚出来。"

"老师长,李乡长不在。你老甭为难我。"冯德海知道恒昌肯定会来,他佯装不知,恐慌地向恒昌打招呼,装出一副战战兢兢的样子,"你在这里等会儿,我这就去找李乡长。"

冯德海下午碰见乡丁绑着继宗,就知道事情弄瞎了。他把几个乡丁骂了顿,赶紧给继宗松绑,并第一时间告诉了李夏松。

这可是一石三鸟的好买卖,李夏松不能不珍惜这个机会,他听了嘿嘿笑道:"兄弟,这不是瞎事,是好事。我们可以借此做个顺水人情,又能捞取一些钱物,同时还能报当年的一怒之仇。"他说罢,立即安排冯德海守在乡公所,自己则避而不见,就等着恒昌来要人。

恒昌在乡公所门前坐着。李夏松看见后,佯装笑脸小跑过去,拉起恒昌就往内屋走,口里连声赔着不是。

"老师长,你看,你看这事弄得。你先坐下喝杯茶,再让我给你赔不是。"

李夏松说着,给冯德海递个眼色。冯德海急忙端了茶壶给他倒了杯茶。恒昌将茶杯咚地蹾在桌上,一杯茶水几乎全荡出来。他抬眼瞪着李夏松,问道:

"你是啥意思,得是看我老了?"

李夏松拱手赔着不是,佯装出一副尴尬的表情。他说:"老师长,误会,你误会了!"

"抓,抓,抓,一天到晚抓尿壮丁,抓得人心惶惶,抓得各村各堡鸡飞狗上墙！这是哪朝哪代兴起的王法？"

"老师长，你消消气。这都是上面下的任务，我们要干事，弟兄们也要吃饭。"

"吃锤子饭，今天我把人领走，明天给你十石小麦，你们是让我送，还是自己去拉？"

恒昌说罢，冷脸瞪着李夏松，起身就往外走。李夏松迫于恒昌的威力，只能顺势来个借坡下驴，赶紧示意冯德海放人。

恒昌趁着夜色，领着继宗骂骂咧咧回了槐园堡。半路上，继宗问他说："爹，咱真的给李夏松粮食？"恒昌不假思索地说："给，我不想在这些害货口里留下任何话把儿。"

第二天，继宗按恒昌的吩咐，套上马车，装了十石小麦，一升不少地送到了信立乡乡公所。

二十二

李夏松好不容易爬到信立乡乡长的位子上，他正想着如何趁抓壮丁和征粮饷，给自己捞点资本，为以后的作威作福打好基础。可是，自从黄道吉当了副乡长，他仿佛赤身裸体地走过街巷，再也不像以前那样肆无忌惮，干啥事都有黄道吉盯着。

树挪死，人挪活。为了摆脱这个泥潭，李夏松给吴恭道书记长送去了自己私藏的烟土。不久，他就在吴恭道的操作下进了县政府，在刚成立的保警队当了个副队长。他离开信立乡，反而给黄道吉帮了大忙。黄道吉怎么也想不到，他没费吹灰之力就成了乡长，减少了许多开展地下工作的障碍。

贞昌经黄道吉和张世发介绍，正式加入共产党。贞昌入党后，张世发就带给一个任务，将新任锦阳县工委委员的程延庆从边区接过来，在锦阳西北地区开展地下工作。组织上还要求交通站给程延庆提供食宿，并切实保护好他的安全。

张世发提前和上级联络站说定，让程延庆在泥阳城内东巷一家咸汤面馆等候，然后由黄道吉去泥阳城直接领人。黄道吉特意以去泥阳办事为借口，让冯德海陪他同往，以便于程延庆和冯德海先混个脸熟，为以后开展工作掩人耳目。黄道吉装作是路过泥阳无意间碰见程延庆的，程延庆说是要到槐园堡走亲戚向他问路。刚好他俩也要回去，于是三人结伴同行。这天，程延庆恰好拉肚子，人有点虚脱，走路也艰难，不一会儿就落在了黄道吉和冯德海后面。三人过了葫芦口，冯德海看着程延庆的模样，低声对黄道吉说："黄乡长，我看这人八成像个特务，咱干脆将他干掉算了。"黄道吉听了，瞪了一眼冯德海，大声骂道："冯德海，你咋是这人？咱不帮人家就算了，咋能做这昧良心的事。"见黄道吉翻了脸，冯德海再也不敢作声。

他们到了槐园堡，程延庆告别他俩，以亲戚的身份住进梁家窑嘉旺家。梁家窑远离梁家大堡，是一座独户窑院，安全系数很高。这还是同治年间梁家先辈为避战乱，利用村西青龙岭的土崖凿挖的窑洞群。几孔窑洞紧贴悬崖，距沟底六七丈，到原顶也是六七丈，主窑深三十多丈，里面分布着十几孔小窑洞，更可喜的是，梁家人曾购置了一些枪炮进行自保，若遇贼寇，梁家大堡的男女就会携带家资牵引牲畜在此容身。

梁嘉旺将自己住的那间窑洞腾出来让程延庆居住。然后，他又对窑里进行了改造，在窑顶加了一个套窑，盘了一张土炕，程延庆平时可以住在下边，如果遇到特殊情况，他就可以上楼到暗窑躲避。若真遇到什么不测之事，他还能从窑顶爬出，逃往其他地方。

程延庆来后几天，他们在四维小学成立了中共信立乡支部，大家一致推选程延庆为支部书记，支部的党员有梁嘉旺、贞昌等人。他们虽然有了新的支部，不再实行异地领导。为了让程延庆更快地熟悉当地情况，顺利地开展工作，黄道吉与他多次交谈，向他介绍锦阳国民政府的现状和西北地区地下党的活动情况。就这样，又一个小小的"国共合作"在梁家窑建立起来。经过嘉旺和贞昌等人的密切团结和帮助，程延庆很快将各项地下工作开展起来，先后又发展了跛子吉庆、梁崇义等二十多名共产党员。

程延庆在梁家窑住了半个月。他的公开身份是梁家一个不干活的亲戚，时间长了，恐怕引起别人的怀疑，大家几经商量，贞昌又将他介绍到槐园堡王青海的车马店当了店员。

这天，程延庆要去魏记棉花铺，半道上碰见几个乡丁迎面而来。他以为走漏了消息，正想办法摆脱，再一看那些人的眼神，又不像是跟踪他。程延庆刚放松了警戒，没想到他们一伙是县上派下来抓壮丁的，他竟然糊里糊涂被当成壮丁抓走了。

程延庆是陕北下来做地下工作的。突然出了这事，梁嘉旺急成了热锅上的蚂蚁。他赶紧来找贞昌，和他商量营救对策。俩人苦思冥想，说不行就去县上抢人。

恒昌听贞昌说程延庆的遭遇，虽然没有见过面，却想着他也是干大事的，就告诉贞昌自己有办法，让他们先甭着急，他明天就去县上要人。

第二天一大早，恒昌和继宗一人骑一匹马，沿漆沮河一路往南去了县城。在县府大院，恒昌碰见思明，简单跟他打了招呼，问了吴恭道的办公室，就径直去见吴恭道。

思明听继宗说了姨夫找吴恭道的目的，无奈地说："继宗，吴恭道这货六亲不认，这县官还不如现管，我去找圣乾问问，他这社会军事训练总队的队长也许有办法。"

最终，继宗留了下来，恒昌带着程延庆回了槐园堡。程延庆知道事情的真相，说啥也不肯答应，非要去把继宗换回来。

恒昌告诉他说："程先生，你甭担心。我已给西安捎了口信，我亲家会照管好继宗的。"

为了程延庆，继宗被父亲塞进了国民党的队伍。为此，贞昌劝恒昌说："二哥，救程延庆我们还能想办法，可是被抓了壮丁是要上战场的，你真舍得让继宗去？"

恒昌摇头说道："老四，我内心厌恶战争，也懒得想那些泼烦事情。可如今，全国民众上下联合，抗击倭寇，我也顾不得啥共产党国民党了。"

"上战场肯定会流血，会死人的。"

"我也曾戎马倥偬，我也曾亲历过什么叫血流成河！"恒昌说着，抬手抹了一把脸，不再言语。老哥俩再没有说话，顷刻间都看懂了对方。

恒昌用继宗换回程延庆的消息迅速传遍信立乡，大家无一不为恒昌的义举感动。这些年，王先生写的剧本经过明月皮影社的演出名声大噪，皮影社也因有王先生的添彩而常演常新。王先生知道恒昌这一义举，无比激动，对国民党当街拉差大骂不已。

"狗日的国民政府，你们一天到晚把共匪挂在嘴上，把共产党当贼来防，可如今我们不怕贼不怕匪，却被你们折腾得有口难言。"

王先生骂毕仍不解恨，索性取笔铺纸。不一会儿，他的笔端就涌流出几行诗来，字里行间充满着他无限的无奈与愤慨。

  贼来不怕兵来怕，贼善兵凶是笑话。
  更可惊奇一夜间，性情分别竟变卦。

  当兵容易当贼难，贼要爱人兵要钱。
  试看国共两党派，善良凶暴只几天。

  天生性恶最难更，豺狼凶残是养成。
  为善勉强为恶兴，黄巾不可说人情。

王先生写完"人情"二字，将那杆鸡毫毛笔搁在桌边，拿起墨迹未干的诗稿，仔细端详一番，开始低声吟诵。他的声音越来越大，到了结尾两句，一时声大如雷，仿佛要震惊四座。程延庆和跛子吉庆等人都在场，可大家也像王先生一样满脸凝重，没有一人为他的新诗高兴喝彩。

立秋半个多月了，人们正期盼着今年的秋庄稼能多收几斗，老天爷这尊有眼神仙，轰隆隆就电闪雷鸣地下了三场透雨。雨过天晴，无论漆沮河滩还是青龙岭上，焦黄干裂的田野立即罩上了湿漉漉的一层黑褐色，空气里到处弥漫着泥土湿润的油香，糜谷黄豆喝足了雨水，一株株纷纷争着疯长。

忽然传来消息，日本帝国主义宣布无条件投降，浴血奋战八年之久的抗日战争终于取得胜利，全国上下掀起欢庆的热潮。老百姓往后的日子就要好过了，各地都在庆祝胜利，锦阳百姓也是喜悦满怀，相互组织各种欢庆活动。槐园堡几乎全堡出动，只有过年才耍闹的老鼓秧歌纷纷被搬了出来，大家闹起了社火，舞动着、狂欢着，感受着前方将士用鲜血和生命换来的悲壮而惨烈的胜利。

关帝庙前热闹欢腾，不仅槐园堡的人参加，信立、唐园、通关、临原许多乡镇的群众也蜂拥而至。大家载歌载舞，盛况空前，纷纷陶醉在喜庆的氛围中。忽然，敲得正起劲的鼓队里出现一个八路军战士。只见他头戴一顶单檐双扣布军帽，身穿灰色军装，腰间系棕色牛皮武装带。许多人看着他似曾相识，又想不起到底是谁。

嘉旺也是来这里耍社火的，他看见这个年轻军人，奇怪地说："这小伙咋跟贞昌家堂娃有点像。"

"哦，这不是堂娃吗？"梁崇义也看见了继堂，他兴奋地跑过去告诉榴花。

扭秧歌的榴花忽然停住脚步，退出秧歌队伍。她揉揉眼睛，再仔细看看这个战士，这不是他家继堂又是谁。她高兴地大声欢呼：

"堂娃——堂娃——"

喧天的锣鼓震彻漆沮河川，大家都盯着这个八路军战士，谁还顾得榴花的呼喊。榴花看着渐渐远去的继堂，转身就往家里跑。大家都去看热闹了，她脸上挂着笑，咧着嘴跑进巷口。

恒昌没有去外面参与庆祝，但是他也找回了这段时间以来难得的一刻兴奋。他开开心心地将皮影戏箱搬出来，每天下午就吆喝上戏班的一帮青年，套上骡车去关帝庙门口演戏。

恒昌正在检查整理着皮影乐器。榴花喜滋滋地推开门，冲里面喊了一声：

"二哥，堂娃回来了。"

还没等恒昌应声，她已拐进了自家屋子，开始往锅里添水，刨灶膛抓柴搭火。

继堂把她都想疯了,她要给儿子好好擀一顿干面。可是,面擀好放在案板上,等来等去,也没见继堂回来。

贞昌回来了,榴花问他:"掌柜的,你儿回来了,你见没见?"

"继堂回来了?"

"今天在老鼓队敲鼓哩,你没看见?"

贞昌一大早去交通站开会。日本投降后,边区政府担心国民党反扑陕甘宁根据地,对关中地区下一步的工作加强部署和防备,让大家提高警惕。一听榴花说到继堂,贞昌高兴不已,索性哪里都不去了,就坐在家里等儿子回来。

继堂回到槐园堡,天已经麻黑,各家各户的猪羊牛骡已拉回圈舍,到处鸽食的母鸡也上了架。

继堂的脚步跨进家门,傻笑着不说话。榴花厌愣着头看了他好半天,又觉得不像今天在关帝庙的那个儿子。她揉揉眼睛,仔细将继堂上下打量了几遍,迈开小脚就往继堂跟前跑。

"掌柜的,你儿、你儿回来了,真是你儿!"

榴花大声喊叫起来,她热泪盈眶地拍着继堂的肩膀,哽咽着说:

"娃呀,这些年都在啊哒,你好赖托人写个信嘛。"

贞昌听见老婆叫喊,快步跨出屋子。他看着继堂好端端站在眼前,多年悬着的心终于放了下来。他取出旱烟袋,装了一锅烟,掏出火镰啪啪打着,吧嗒吧嗒吸起来,口中吐出的青烟绕过头顶,自由自在地盘浮半空。贞昌吸了几口旱烟,不紧不慢地说:

"继堂,你这一走,你妈都快想疯了!"

榴花突然看见继堂下巴上多了块伤疤,她心痛地摩挲着伤疤,忧心地问:

"哎哟,这是咋了?吓死妈了。"

"没事,被枪子咬了一口,早就好了!"

"哦,咋回事?"贞昌愣了一下,忽然站起来。

"咋回事?你儿都挨枪子了,还咋回事!"榴花瞪了贞昌一眼,没好气地说。

"爹、妈,我们在太行山打仗时挨了颗飞子。如今都过去好多年了。"继堂不屑地说。

"咋就改不了这大大咧咧的毛病。挨枪子还不怕,瓜娃?"

榴花心疼儿子,贞昌则暗自庆幸。

"哎呀!感谢老天爷饶了咱父子俩。"

"爹，你娃这小命阎王爷看不上。"继堂笑着，忽然问贞昌，"爹，你猜我见到谁了？"

"谁？"

"白求恩！"

"白——求——恩？"榴花奇怪地问："他是哪个堡子的？"

贞昌吭哧笑了，"真是头发长见识短。继堂说的'白求恩'可不是哪个村哪个堡的。人家是不远万里从外国来的。他那年从西安去延安，走的就是咱这儿。"

"妈，白求恩是加拿大支援中国抗战的战地医生，我这伤还是他做的手术。白求恩大夫说英语，我听不懂，可我两个关系好得很。我做手术时没用麻药，白求恩大夫后来见了我就竖大拇指，直夸我Very good！"

榴花没听明白，问道："外啥狗的？你说的这是啥话？"

"妈。这是英语，白求恩大夫夸我非常棒。要不是他，你娃的小命可真的就叫黑白无常勾走了。"

"哦，白大夫是我娃的救命恩人呀。那啥时你带上我和你爹，咱提上礼当，好好谢承谢承人家。"

"妈，白求恩已经牺牲了，永远离开了我们。他是一个国际主义战士，是一个好同志，就连毛主席都写文章纪念他。"继堂说着，不由低了一下头。

"那咱给救命恩人蒸大馍，上高香！"

榴花想象不出白求恩究竟是怎样一个人。她遗憾这个外国来的白先生因公牺牲。当然，她此刻念叨的还是儿子继堂，只要他好好的，比啥都好。

贞昌领着继堂给二哥恒昌报喜。一进门，只见恒昌正准备出去演出。

"二伯！"

恒昌看着继堂，拍拍他的肩膀，"哟！我娃长大了，老练了！也把苦受了。"

"二伯，没事。"

"回来了好好陪陪你爹你妈。"

"我跟你演戏去。"

"难得你有这份心，今儿就算了，好好陪陪你爹你妈。明晚上我再带你去。"

恒昌说罢，吆着骡车走了。

晚上，继堂才听他爹说继宗被二伯换了壮丁，走了快一年了也没任何音信。

果然如陕甘宁根据地预料的，抗日战争还没完全结束，国民党就撕破脸皮，和共产党对着干起来。继堂忽然接到部队命令，又奉命回了部队。

继堂一走，贞昌的心又提到了嗓子眼。一想起重新燃起的内战硝烟，老哥俩谁也无能为力。

这些年，当地百姓一直应付着国民政府的各种军粮赋税，周边群众早已捉襟见肘，寅吃卯粮，收不及支。恒昌身为堡长，也想着让大家的生活条件能得以改善。人常说，穷则思变，一个念头忽然泛过他的心头，能不能将这些年冷清的槐园堡大集恢复起来。

本来，槐园堡的堡长是年年换的，每年正月初一村里人都会搬上板凳到关帝庙西楼前交堡长的。当年老大元昌组建了西四团，在漆沮河两岸青龙岭上下方圆二十多里打造成一个让周边所有群众羡慕的太平王国，再无人敢在他面前提说槐园堡堡长的事。元昌去世后，年馑、瘟疫、战乱各种天灾人祸折腾得一家家一蹶不振，谁还有心思想什么交堡长。自从恒昌做了堡长，一晃眼又是十多年，村人受恩于他的威望和对当地军政人员的威慑，反而舍不得让他卸任堡长了。

不在其位不谋其事，既然揽着堡里的事，就必须时刻想着堡里人家的琐碎事务和日月光景。这天，恒昌让宝珍将贞昌叫过来，向他说了自己的想法。

贞昌听了，觉得恢复当地贸易集会的确是周边老百姓生活和生计的急需。可他又一想，若真要恢复集市，还有几个问题要妥善解决。

"二哥，恢复槐园堡大集的确是好事，可我们是不是还得给乡公所打声招呼，让他们及时给县上说明叫响？"

"老四，咱暂时不考虑这些，眼下要紧的是先做宣传，让周边老百姓知道这事。至于乡公所和县政府，都先甭管。"

"二哥，你是说，先在周边三县张贴告示，散布消息？"

"不过，这事咱俩肯定不行，这需要槐园堡甚至周边堡寨的人大力宣传。是这，我回头去跟王先生说说，顺便让他给设集立会掐个日子。"

"二哥，那咱台子搭起来了戏还没开唱，上面过来干涉咋办？"

"老四，等我和王先生商量后，我们就直接筹备，咱甭变主动为被动，至于其他事往后再说。"

槐园堡地理位置独特，很早就曾形成市面，周围群众在这里交易自家的粮食果蔬，买卖柴米油盐，交易布匹骡马，据说大清那会已达到鼎盛，甚至可以北和泥阳城、南与唐园镇不相上下。杨元昌当团总时，槐园堡街道两边铺面相接，逢集之日一天到晚人影穿梭熙熙攘攘。自从遭遇了民国十八年年馑，集市才一时中落，自行散去。

恒昌从四维小学回来，当晚又将设集的事仔细筹措了一番。次日一早，他让贞昌先去周家堡和梁家窑请来周长吉和梁嘉旺，回堡后又挨家挨户通知了全堡，让大家吃过早饭后都到关帝庙戏楼前集合。

恒昌早早就拿着水烟壶，端着槐木长凳坐在戏楼前的槐树下。不大一会儿，各家各户的人陆续赶来。

见人到得差不多了，恒昌将水烟壶搁在长凳上，径直走上戏楼。他双手抱拳，从左向右向大家打恭施礼，下面的老百姓立即停止了吵嚷，静静地等他说话。恒昌也不卖关子，开门见山地开了腔：

"各位乡党，记得我刚回来时，槐园堡只剩下不到三百口人，当时好像才编了五个甲。如今恍恍惚惚十五六年了，村里已经发展到八十多户四百多口人了。看着大家又一次挺了过来，可毕竟大家的日子还不宽裕。我是槐园堡的堡长，就要想着咋样让大家把日子过好，免得让人说我身在其位不谋其事了。"

周长吉不解地问："老哥，你说的倒也在理，可我们除了种地，还有啥办法？"

"种地，论说种地，你们周家堡还没有槐园堡地土好。当然，咱这地也不敢耽搁。我意思是说，咱种地之余，也可以办集市，做买卖。"

周长吉恍然明白，恒昌是让大家做生意。这时，梁嘉旺也提出他的问题：

"二哥，这可是好事情，我们在槐园堡开店铺，卖东西，搞交易。大家有了收入，日子自然就活泛了。"

"就是，说句不好听的，只要槐园堡过会，各家各户用白灰在门前画上框框，搞摊位租赁，一天也能落几个子儿。更甭说卖吃食衣物生活器具，如果粮食骡马各种生意都做起来，还不把周围群众羡慕死。"

"远的不说，就是唐园镇老街，一到过会就生意兴隆，一派繁荣景象。如果在自家门口摆个摊子卖茶水，卖开水煮甑糕，醪糟打鸡蛋，也是一笔不错的收入，还甭说别的大生意。"

恒昌说得自信，大家听得明白。于是，他又郑重地对大家说：

"各位乡党，我已托付王先生掐算了日子，每逢四、八日，就是槐园堡的集日。为了把槐园堡的集会立起来，我们从下月初四到初八，举办一次物资交流大会。这段时间，大家先各自筹备宣传，有买卖意项的，及时到槐园堡找贞昌登记。"

其实，在恒昌宣布设立集会前，贞昌已跟程延庆、黄道吉，还有梁嘉旺几个共产党员交换了意见。大家都有着心照不宣的秘密，槐园堡设立集市，将更有利边区物资的交易，如食盐、皮草、中草药、棉花布匹等，同时对以后的地下工作很有利。

槐园堡筹设集会的事情通过李夏松的口传到了锦阳县国民政府。吴恭道首先出来反对，他一得到消息就找李夏松。

"李副队，你务必想法阻止在槐园堡设立集会。那里共产党的活动一直就频繁，听了就让人头疼，如果槐园堡集会设立起来，那还不是给共党分子创造安全交易的场所。"

"吴书记长，话虽然这么说，可我已离开了信立乡。这……"

李夏松稍感为难。他话音还没落，吴恭道马上将厉声命令和苦口婆心交织一起，提高嗓门说道：

"李副队呀李副队，你可是锦阳县保警队的副队长，难道就只想着吃闲饭？"

"感谢吴书记长提醒。你看我这猪脑子！"

李夏松仿佛吃了定心丸，第二天就带着保警队回了信立乡。在乡公所，黄道吉见到他，佯装热情，口口声声欢迎他回来指导工作。李夏松问他槐园堡设立集会是怎么回事。黄道吉听了，高兴地向他回话：

"李乡长，哦，你看我，还叫你乡长。李队长，我觉得这是好事嘛！"

李夏松质问他，说："啥好事？"

"在当地设立集会，促进槐园堡的经济繁荣，还有助于征收上面指派的各种赋税，咋不好？"

李夏松是来阻止设集立会的，根本不在意黄道吉的解释。他压低声音，严肃地问道：

"黄乡长，你咋也是一根筋，净谋着好事！你想过没有，他们表面上是立会做买卖，可这恰恰是给共党分子打窝筑巢哩。"

"李队长，看你说的，不至于吧！再说了，这都是老师长他们定的事，是民间行为，而且最近在周边到处宣传，你说说，我们咋干涉？"

李夏松是领教过杨恒昌的，也觉得阻止立会这件事实在棘手。他向黄道吉再三强调，及时注意共党分子的活动，然后就回县上向吴恭道搪塞复命了。

十一月初四到初八，槐园堡首届物资交流大会如期举行，行商走贩纷纷从四面八方而至，几乎惊动了周边三县。

会前，贞昌、黄道吉、梁嘉旺、周长吉，还有主事杨恒昌等人集体商议，让槐园堡街道的磨坊、油坊、车马店、食堂等商铺捐资凑钱，设立集会。槐园堡一下子重现了当年的繁华景象。

过会期间，他们请来了渭北秦腔剧团在关帝庙戏楼开演，泥阳饭馆在台前搭棚卖咸汤面，池阳的蓼花糖，大荔的落花生，泾阳的棉花、布匹，同官的中草药材，锦阳县内各乡镇更是商铺货摊云集，通关镇的麻花，美田镇的酥饺，锦川镇的琼锅糖，华阳镇的天鹅蛋，唐园镇的腊汁肉夹馍，周边村堡也是家家出来摆摊子，陈家婶的红枣大粽子，赵香家的蜂蜜糖粽子，还有向来喜的红枣甜甑糕，丑女她妈的手擀细面，杨根秀饸饹挑不断，黄改栋的葱花锅盔，吴大鹏的水盆羊肉羊血面，包子烧饼杏仁油茶，荞面饸烙炒凉粉，还有王老五的醪糟打鸡蛋，喝上一碗心里蜜甜。

集会办了起来，恒昌本该好好歇一歇的，可他并没闲着。白天，他在关帝庙前支起茶炉，一天到晚噼里啪啦拉着风箱烧水泡茶，宝珍像个跑堂的，给这个端水，向那个递烟，高兴了还唱几句豫剧几声阿宫腔，他们不为卖茶赚钱，就图个开心。那些拉车挑担的到这里喝茶歇乏，石桌长凳一天到晚客人不断。到了晚上，这里又是一番奇特的景象，各家店铺灯明火红，铁匠炉火花飞溅，恒昌也停止了茶炉的应酬，搭台点灯，拉二弦打梆子挑皮影，哪咿呀啊哪咿呀地唱起阿宫戏。

这几天，上到吴恭道、李夏松，下到周边乡镇的乡长和自卫队队长，还有国民政府的眼线特务，他们眼不敢眨、神不敢走，紧紧盯着槐园堡，只怕神出鬼没的共产党出来弄事。让吴恭道他们庆幸的是，整个交流会期间，信立乡风平浪静，并没有出现让国民政府上上下下担心的事情。

二十三

　　槐园堡物资交流大会已经过去半个多月，恒昌才等来儿子继宗的消息。然而，他等来的却是噩耗，继宗牺牲了。

　　那天，恒昌家里来了一个四十多岁的中年汉子。他叫王俊英，是从锦阳东乡的临原镇一路打听到槐园堡的。他一见到恒昌就哭丧着脸说："恒昌叔，我对不住你呀！"

　　恒昌不认识王俊英，一时莫名其妙，将他扶了起来，问到底是咋回事。恒昌本是见不得眼泪的，这些年的经历也渐渐让他不得不正确面对一切令人伤痛的事情。

　　王俊英一边说一边抹着眼泪，向他讲述了继宗牺牲的经过。

　　继宗被父亲恒昌换了壮丁，他在锦阳训练营训练了十多天，正要开拔之际，吴恭道接到西安警察总署一纸公函，继宗随后就坐上送函件的吉普车去了西安。到西安后，继宗才知道了父亲让他换回程延庆的理由。

　　继宗对准岳父余司令感激不尽，未婚妻金萍却不闪面。金萍恨死了父亲的一意孤行，父亲身为堂堂的西安警备司令，为了报杨恒昌的什么救命之恩，居然用自家千金小姐做了筹码，凭她的身份、才学、姿色，哪一样不让人羡慕，父亲却将她当作交易品似的许给杨恒昌的长公子。她等呀等，等了三年，她那个没有见面的男人不知咋的竟被手榴弹炸死了。这时，父亲好像痴心不改，又将她转许给杨家的二公子。为这事，她趴在床上一哭一晚上，就是不明白父亲的用意，这西安城随便拉出一个也比那个乡巴佬强百倍千倍啊。眼见着自己都二十五六，还不知到底要花落何时。

　　在余司令的张罗下，继宗与金萍在西安举行了简单的婚礼。继宗告别了新婚宴尔的妻子，直接去了岳父的老朋友孔旅长的部队。孔旅长这人很看重乡党情分，他得知继宗来自锦阳，就直接将人送进锦阳同乡王俊英的营部。再后来，不到两个月，继宗就由一个新兵直接当了排长。

　　王俊英和孔旅长是十多年的老相识。西安事变前，孔旅长曾向延安提出加入共产党，后因情况特殊没被接纳。这些年，孔旅长包括王俊英在内，大家身在曹营心在汉，孔旅长的部队虽然没有正式的共产党员，但战士们始终倾向于共产党。

西安事变发生后，蒋介石对杨虎城的国民军一直采取分化收买的办法，若不是孙蔚如将军，这支部队恐怕早已分裂了。庆幸的是，孙将军率领的国民三十八军和九十五军因为地下党力量比较强，而且又没有暴露，最终保存了下来。蒋介石为了继续消灭打压这支陕西军队，将部队下面的十四个团压缩成九个团，撤免了共产党员刘威第十七师五十一团团长的职务。去年七月，刘威秘密请示部队地下党委，率领他的那个团在河南洛宁县发动起义。

消息传出后，蒋介石震怒至极，军长张耀明也颇感失责，自愧当初因一时手软而养痈遗患。张耀明知道自己军内有共产党，勒令大家在一周内自首告密，否则将严惩不贷，还说什么"哪怕错杀一千，也不漏掉一人"。然而一周过后并不见效，张耀明开始对所辖部队实施真正的缩编。整编后的五十五旅只留下两个团和四个营，部队驻防在洛阳附近的巩县，王俊英担任三营营长。张耀明为了提防孔旅长效仿刘威的投诚起义，便派了四名亲信卫士，对孔旅长严加防范。

孔旅长被削去兵权，十分不满。如今前有黄河拦挡，后有嵩山相阻，重兵又四面围聚而至，孔旅长的部队处境异常危险，越往后拖希望就越渺茫。孔旅长担心部队会被蒋介石肢解，及时向陕北共产党方面提出起义之事。也不知什么原因，他一直没有得到陕北方面的答复。

好不容易熬到月底，孔旅长终于接到复电，同意他率部起义，将队伍拉向晋南解放区。可糟糕的是，他们在这一个多月电询电复，人去人来，孔旅长他们还没来得及行动，就因部队使用了明码电报而被张耀明知晓。

张耀明是滋水县人，大家都是关中同乡，他先给孔旅长发来电报，劝其迷途知返，并再三向孔旅长承诺，对自愿回国民军队的所有士兵不予追责，该重用的依然重用。这时候，一些态度不坚决的官兵纷纷脱离队伍，有人明确表示要与孔旅长分手。当时有个团长带着他的部下官兵折了回去，他甚至还对部下说："谁说孔旅长亲？我看没有我父亲亲！"

最终，张耀明没有说服孔旅长，开始对他的部队实施军事行动。他亲率部队围堵追剿。孔旅长部队刚退到嵩山脚下，就遭遇对方的包抄。为了能让孔旅长脱离险境，王俊英带人就地构筑工事，奋力阻击张耀明的部队。可对方必竟人多势众，王俊英实在难以抵抗，只得边打边撤，走走停停。这样经过两天阻击，王俊英营部伤亡惨重，继宗就是这时中弹阵亡的。而让王俊英遗憾的是，包括继宗在内，这次阵亡的所有官兵，最终居然连个烈士的名分都没能落下。

当时，王俊英的夫人给孔旅长化了装，让他穿了一身老农的衣服，提着一个藤条笼子顺一条沟道逃走，而王俊英最终也被张耀明部队彻底包抄。起义失败后，张耀明将孔旅长部队两个团长押往南京，被国民政府枪杀于雨花台下。王俊英是这次起义的主谋和参与者，只因他的身份仅是营长，国民军上下也不晓得他的底细。就这样，王俊英被当作俘虏，在国民部队领了一千元的金圆券后，被遣散回了锦阳老家。

王俊英告诉恒昌，继宗虽然到部队只有一年多时间，可他作战勇敢，有勇有谋，是个不可多得的将才，他的牺牲着实让人惋惜。

恒昌唉声叹气，他本来为了继宗的安全，才让他去西安的，没想到一年不见，他竟然糊里糊涂死了。

继宗阵亡之后，恒昌好长时间不愿出门。他满肚子的懊悔无处发泄，每天以老泪洗脸，一想起去世的家人就鼻子发酸。难道，这就是命吗？他再次陷入对当年唐营寨那些无辜罹难者的无限愧疚之中。自己闯荡半生，最对不起的就是夫人纪氏了。纪氏为他家生了两个儿子，他这个当过师长的老父亲，竟然看着这哥俩一步步走入深渊绝境。

王先生对继宗的死深感意外，只是事已至此，谁也无力回天。他能做的，只是劝恒昌节哀顺变。为了安抚老师长，王先生每天都要来杨家坐会儿。榴花也怕二哥想不开，只要贞昌一回家，她就一个劲儿催促他去二哥那边看看。大家的唯一目的，无非是多给恒昌一些安慰，让他早一天走出那条被心魔困扰的死胡同。

"唉，我真想不明白，都是打仗，都是抗日，都是死人，可为啥国民党的队伍就跟共产党不一样？"

恒昌再次问起困扰他好多年的老话题。王先生安慰他说：

"国民党的军队是蒋介石的，共产党的军队是老百姓的。这就是原因。蒋介石想的是他的蒋家王朝，毛主席想的是劳苦大众，为的是让大家早日翻身做主人，过上不受压迫的好日子。"

"唉，兄弟，看来我这几十年白活了，还没有你这个乡下先生想得深、悟得明啊！"

经过王先生半个多月苦口婆心的开导，恒昌终于走出了内心的阴霾。他心底闪过一个念头，对贞昌说：

"老四，我一生奔波，都未找到为国为民的主人，直到迟暮之年，才感到共产党真正是为老百姓办事的。我也许应该为共产党做点事情的，可惜我老了！"

贞昌说："二哥，你这些年给共产党已经做过不少事了。"

抗日战争胜利后，国共两党和谈的墨迹尚未干，内战的硝烟早已迫在眉睫。国民党部队向刚刚驻守鄂豫皖的中原野战军发起内战。经过几个月迂回激战，黎向贤领导的中原解放军边打边退，将要与陕南游击大队会合。这时，徐日盛得到组织安排，要亲自到关中各县巡视地下党的工作，为黎向贤一行退守陕南，根据地委派重要官员前往交接做好前期准备，而锦阳一带更是他这次巡查的重点地区。

徐日盛从边区下来，他通过封锁线，从老瓷窑镇翻山出来，到了通关镇，随后又去唐园、临原各乡镇开展巡查工作。

张世发负责徐日盛在通关镇的接应和工作通报。那天在邑岚堡，徐日盛看着张世发家里人来人往乱七八糟的，他不知这是怎么回事，心中直犯嘀咕。徐日盛来了大半天，还没了解到当地党组织的丝毫工作，直到傍晚，家里那些闲人才逐渐稀落下来。这时，孙振邦接到消息，从通关镇公所赶了过来。

徐日盛对今天他的所见所闻向张世发提出严厉批评。他说：

"世发同志，我走过那么多交通站，哪个站像你们这里，人来人往乱七八糟像是过荒会。这要是出了事，你能负担得起？"

"徐书记，没事！"张世发嘿嘿笑着向他回话。

"没事！你说没事，还是我说没事？"

徐日盛继续质问张世发，孙振邦连忙递给徐日盛一杯热茶，不停地替世发打圆场说好话。

"徐书记，真没事，请你相信世发同志。邑岚堡的老百姓都知道他一天尻子不沾家，也知道他干的都是正事。你有所不知，其实邑岚堡每位群众都在默默保护大家。"

徐日盛听了，疑惑地看着张世发。张世发向他解释说：

"徐书记，真的，我向你保证，我们这里绝对万无一失。"

徐日盛说："那就好，我相信你们，也希望你们这里比边区还安全。"

"徐书记，我不是吹牛，你到我们这里，就像和在边区一个样。我心里有数，你放心。"

"我相信，也承认这里算得上陕甘宁边区在关中的暗边区。可话不敢说得太满，大家还是小心为好。"

徐日盛离开通关镇时，张世发还代表通关镇特别支部，卖了七八石小麦，给他当作开展工作的盘缠和经费。

徐日盛离开邑岚堡，张世发一直将他护送到唐园镇魏记棉花铺，他们与刘圣乾交接了任务，又去了盘龙镇和信立乡。他每到一个地方，都仔细询问了解情况，对交通站做了详细的检查，并对后面的工作做了缜密部署。七八天后，徐日盛返回边区，张世发又一直将他送出柳林镇，直达根据地。

八月的一天中午，通关镇石道坡忽然来了一支国民党高级将领带领的巡视小分队。为首那位身穿草绿色卡其服，脚穿黑色皮鞋，戴着美式大盖帽，一副国军少将参谋长装扮。他骑一匹棕色战马，后面两个随从副官和参谋各骑一匹战马，几个步兵赶着两头骡子紧随其后。

他们一过石道坡，在路旁一片柏树林停下来。然后，一个步兵赶到半里外的石人村去找当年和他在池阳共事的陈怀德。不巧的是，最近陈怀德刚刚组建了北乡游击队，平时在锦屏山将军庙附近秘密训练。

陈怀德自幼家贫，原本在家务农，因他农闲时常去老瓷窑镇姨妈那里揽活，那儿的共产党活动很活跃。他亲眼看到共产党领导穷苦百姓翻身闹革命，在那里秘密加入了共产党。他如今只有三十岁左右，却已是一位久经风霜的老共产党员。前多年，陈怀德在黄龙一带工作，直到去年才回锦阳的。他是和墩子一同回锦阳的四位领导之一，负责锦阳北乡游击队组建和训练工作。

弟弟怀义是最近才跟着怀德参加革命的，平时弟兄两个并肩作战。怀义有着喂养鸽鸽的嗜好，他经常利用大家外出，将家里的鸽子捉出去，到了接头地点再将鸽子放飞，看它们啥时能飞回石人村，需要多长时间。有时他们真不敢相信，这些鸽子仅用一顿饭的工夫，就能从柳林车马店飞回石道坡家中。再后来，他又试着用鸽子传递情报，居然比人还灵便迅速。这两天，怀义并没听怀德提说有人需要接护，一时难辨真伪，立即想到姑表张世发。怀义知道张世发是地下党，经常往边区跑交通，大家都是单线联系，他平时也不敢乱问。

怀义让找上门的那个随从稍等，他急匆匆就去通关镇邑岚堡姑妈家找张世发。怀义走到半道，刚好碰见张世发赶来。他奇怪地问道：

"世娃哥，我正要去找你，咋在半路碰上你了？"

张世发估计是上面的人到了，佯装不知地问：

"怀义，咋了？"

"世娃哥，我家来了一个当兵的，穿着国民党的衣服，指名道姓问我哥，看来好像熟得很。刚好我哥不在，我也不知他到底是好人还是坏人。"怀义解释说。

张世发听了一惊,心想这咋成了国军。他不容分说,跟着怀义往回赶。到怀义家,果然见一个国民军官,看那身衣着分明是个上尉副官。张世发不认识,不敢冒失乱问。那人看着张世发,也不敢搭腔。

怀义见两人彼此看着,都不说话。他试探着说:

"这位长官,我哥不在,你可以跟我这个哥说说情况。"

这人叫长顺,是秘密护送战友的联络员。他仔细打量了世发一眼,问:"你们通关的柿饼现在还能买到不?"

张世发心想,这人知道对接暗号,必是自己人。他沉着地回答道:

"柿饼冬季才有卖的,不过我家瓦罐里还存了一些。"

长顺听了,激动地拉住张世发的手说,解释道:

"同志,我们是上面来的。"

张世发又问:"你们?咋是你一个?其他人哩?"

长顺高兴地回话,说:"同志,到了,我们都到了,在村西柏树林里。要不我去叫他们。"

"不了,咱一块过去,你们先落脚,我都安排好了。"

张世发说着,跟着长顺去了柏树林,和大家热情地又是招呼又是握手。

"同志们辛苦了!"张世发说,"你们弄成这个样子,当地群众见了还不恨死,说不定还得吃眼前亏哩。"

为首那个将军客气地笑道:"同志,我们衣服变了,可人没有变,老百姓能认得好人。"

八月初秋,路边树丛中的知了在此起彼伏地嘶鸣着,一行人在世发的带领下,一边擦汗一边走。他们走到通关镇街口,张世发特意买了几个西瓜。

这时碰见通关镇自卫队副队长孙振邦。他是张世发的下一级交通员,以前在锦川学校教书时就加入了共产党,老梁从西安带来的消息都是由他秘密传送的。为方便工作,他向锦川学校递交了辞呈,又通过关系,在通关镇谋了差事,如今担任通关镇自卫队副队长。张世发和他本不想打招呼,可随行的那几个身穿国军服装的人员见了孙振邦竟然钉在那里,不敢迈步。

张世发不管不顾,他在前面领路,他们一行跟着他直接回了邑岚堡家中。

孙振邦碰见张世发领着几位国民军官,知道是自己人。晚上,他悄悄赶到邑岚堡。张世发这才向他做了介绍,彼此放松了警戒。

孙振邦说:"你们咋是这身打扮?差点吓我一跳。最近胡宗南已经在渭北各地布防，估计要进攻陕北，你们可要千万注意，免得碰上他们。"

张世发说："我今天见了也是一惊，对了暗语才知道是自己人。"

张世发对今天去怀义家的那个人说："长顺同志，咱哪位是首长，能给我们介绍不？"

穿国民党少将军服的汉子忽然发了话。他哈哈笑道：

"同志，我是王锐锋，受党中央命令前往南山，今天路过这里，给你们添麻烦了。"

张世发还没开口，孙振邦就高兴地说："同志，啥麻烦不麻烦的，这都是我们应该做的。"

长顺解释说："为了安全，我们一到柳林都化了装，佩戴着国民党军事委员会证章。在蒋管区，身穿国军服装，拿着他们的护照，装装蒋委员长部下的大派头，我们以伪充真，借敌制敌。王政委目前的身份是国民党驻榆林二十二军副军长，还是少将军衔。我们几个随行的，有的是'副官'，有的是'马弁'，我就是他们几个的'随行副官'。"

走了一整天，也到了安全地带，大家终于可以放下顾虑，轻松一下了。他们端起面条拿起蒸馍，就着青菜豆角油泼辣子，津津有味地吃喝起来。

抗战后期，中原野战军第五师在鄂豫皖湘赣五省交界的湖北宣化店创建敌后抗日根据地。抗日战争结束后，中央军委决定，以新四军第五师、八路军南下支队、河南军区与冀鲁豫军区一部组成中原军区。这时候，蒋介石彻底揭下伪善的面具，悍然撕毁停战协定，调派三十万国军，操着精良的美国武器，安营扎寨二百余里，准备对驻扎在宣化店一带的中原野战军进行合围歼灭。就这样，内战的战火首先在中原大地燃起，硝烟味迅速散布全国。

中原军区这支部队多年来顽强抗击日寇，如今正在宣化修整。同志们一想到战场上的流血牺牲，无一不感到恐惧和厌烦，整个部队六万之众，从上到下都在盼望着国共两党能够冰释前嫌停止战争。可是，理想与现实相差万里，战争总在前面等着他们。只是，这次与他们开战的不再是日本鬼子。在各位首长的运筹帷幄积极应战中，部队一边等候党中央的命令，一边与四面压境的国军部队迂回应战。他们行程数千里，先后冲破国民党军队五道防线，继而退守秦岭，落脚商洛山中。

中原部队与当地游击队会师商洛，合成一股不可抗拒的丹心铁流，建立了新的鄂豫陕根据地。他们很快向国民军队发起扫荡战，除商县、商南几个县城以外，广大农村得以解放，陕南解放区很快诞生了。山大沟深的秦岭群峰阻挡住了国民党军队，他们不敢贸然进山围剿，反而给这支解放军队伍赢得了短暂的安宁。

部队到达商洛，党中央毛主席得到消息，赶紧给西北局徐书记写信安排接应，还特意在信末嘱咐，让他务必从根据地委派几位大员南下商洛帮助他们。

王锐锋就是从中共中央委派下来的大员之一。他离开边区前，徐书记将程延庆从信立乡叫回边区，询问中央派人前往陕南的具体路线。虽然对槐园堡比较熟悉，可这边离泥阳城太近，又是锦阳和泥阳的交界，特务众多。程延庆再三比较，详细斟酌，最后建议大家走同官，下锦阳县的通关镇，再经过锦川、临原两镇，直达临潼。这条路走起来快，也相对安全。边区根据各地的消息反馈，特意让他们分阶段设定接头暗号。安排停当，程延庆立即秘密传话张世发，告诉了他在锦阳接头的暗号内容和方式。而陈怀德那边的联络，则是老瓷窑镇交通站安排的接头人员，若不是张世发及时赶回，他们今晚还真有可能出问题。

张世发觉得这次时间紧迫，任务重要，他赶回家中，及时安排食宿，又和孙振邦做好秘密沟通。

王锐锋一行吃饱喝足，孙振邦跟张世发商量。

"世发，你看今晚住在这里安全不，要不让大家去我家。你这里和通关镇公所离得近，我担心。"

张世发说："没事。他们都穿着国军衣服，也没有暴露，让他们早早休息，咱后半夜就护送大家出发。"

晚上，怀德、怀义兄弟赶了过来，他俩和世发三人背枪给王锐锋他们站岗放哨。第二天天不亮，大家起身出发。他们一行经过几天秘密潜行，于一个晴朗的中午到达商洛老虎沟，见到了战友黎向贤。两双大手紧紧握在一起，他们都想一吐为快，双方许多话激动地涌出胸膛。

共产党大员王锐锋从陕北纵穿关中，在国民党的肚皮里钻了过来，与黎向贤相会于商洛，这三四百里路程居然走得神不知鬼不觉。消息传出后，国民政府从上到下恼羞成怒。蒋介石对其爱将胡宗南提出严厉批评。事情发生在胡宗南的辖地，他有口难辩。于是，半个月之内，胡宗南撤掉了与此有关的许多保安官员，进一步加强对渭北的防御部署。

为了封锁陕甘宁边区，建立一条东起黄河西岸、西接甘肃宁夏的数百里封锁线，胡宗南掌控之下的锦阳县同样层层加码严阵以待。他们明修碉堡，暗布特务，白天守兵依托碉堡盘查来往行人，晚上机动部队穿梭巡逻，特务便衣更是频繁活动，密探保丁暗中监视，封锁线可谓密不透风。顷刻之间，渭北各县仿佛扎下铜墙铁壁，撒下的天罗地网似乎连一只鸟也不放过。

国民政府加紧了对关中地下党的搜寻和破坏。他们逐村逐堡排查前阵子中央要员行走路线，留宿地方和护送人员，稍有蛛丝马迹，恨不得连根拔起。

几天后，王锐锋、黎向贤他们在丹凤县龙驹寨召开干部会议，就根据地的巩固与发展等重大问题进行讨论，同时提出黎向贤同志返回延安的路线和策略。最终一致决定，依然采取秘密穿越关中国民党统治区。

王锐锋离开陕北时，西北局徐书记曾再三斟酌，交代陕南工作，拟订来回方案。王锐锋率领商洛游击支队的同志将黎向贤他们一直送到秦岭北麓石鼓山下，大家才互道珍重，握手话别。临别时，他再次握着黎向贤和随行人员的手，一句句叮咛他们一路上务必小心。

从中原军区突围，处处受到蒋介石嫡系汤恩伯部队前截后追，黎向贤身先士卒，指挥着四五万之众，一路上且战且退，迂回突围。眼看着就要到达豫陕边境，又遇到胡宗南率军在荆子关拦截。这一次，他们也不知沿路到底有多艰险，王锐锋知道，他们这次回陕北的情形，已经与他来陕南大不相同。

黎向贤在中原解放区时，按当时的国共停战协定，曾担任过中原军事调停小组的成员，身边有一套美国人送的将军服，现在穿起来正好。王友斌穿着王锐锋那套将军服，殷君宝穿了一套国民党陆军大学学员的衣服，其他两个同志则是国民党士兵服装。

黎向贤扎起武装带，蹬上皮靴，摇身一变又成了国民党的将军。王锐锋看了笑道："不错，很像。"黎向贤也打趣地说："没有这两下，还能打倒他们？这是'知彼知己'中的'知彼'也。"

几天后，黎向贤一行到了临潼栎阳。这时，黎向贤的老胃病忽然复发，他们不得不留下来养病。在当地交通站地下党的帮助下，大家在栎阳秘密住了十多天后，黎向贤的病总算有了好转。这时，去边区联络的同志也回到栎阳，向各位汇报了上面的情况，以及下一交通站的地点和接应人员。大家决定马上动身，继续北上。

二十四

一大清早，五人就离开栎阳。他们沿一条官道往北而来。

正是中秋时节，几朵白云小如头帕，棉絮似的飘在空中，点缀着旭日映衬的蓝天巨幕，路边谷穗渐红微弯，一行行葱绿的黄豆嫩荚繁密，玉米齐簇簇涂抹出无垠的青纱幔帐，关中大地一派田禾将熟、丰收在望的秋日景象。望着秋高气爽、天高云淡的空旷秋野，大家心底不禁爽气倍增。

他们翻过荆山原，前面有一人正在那里接应。这人不是别人，而是西滩交通站的孟思明。他们用暗语对接，确信无误后，思明接住大家，边走边聊，顺便向他们介绍了下一站的情况。

思明说："同志们，你们这些天忙着赶路，一路辛苦。"

黎向贤看着思明，说："同志，我们在栎阳耽搁了多日，哪敢说辛苦。"

思明不知这人是谁，不敢冒昧接他话，而是向大家介绍锦阳县城的一些情况。他指着远处一座隐约可见的宝塔说：

"你们看，宝塔那儿就是锦阳县城，如今的书记长吴恭道，实为胡宗南的走狗，这家伙反动透顶，对国民党忠心耿耿，深得胡宗南的赏识。他为扩充实力，大刮地皮，搞得百姓民不聊生，而且一天到晚想尽办法消灭地方上的共产党。如今，他不仅是书记长，还是锦阳的剿匪司令，负责整个锦阳县域的剿匪清党工作。他部下有个秦西民，更是诡计多端心狠手辣，一天到晚拿根鸡毛当令箭，把守关卡，吃拿卡要，总想着趁机升官发财。"

思明说这些话也是向他们交代。为了大家的安全，他准备带领大家绕开锦阳县城，顺荆山原走卧龙堡，蹚过漆沮河，再沿一条小路斜插上去直达唐园镇。

这时，随行的殷君宝提出了不同意见。他说："思明同志，我们不能走小路。你刚才说了，吴恭道既然防守很严，那我们还不如明着走。如果几个国军军官走小路，反而会被看出破绽。"

大家商定，直接走锦阳县城，先给他来个明对明硬碰硬，这一下反而将思明闹得没了主意，他只能边走边看，时刻警惕。

说话间他们到了漆沮河畔。两岸的芦苇茂密丛生，白色的芦花随风飘荡。"砰，砰砰"，河对岸突然传来几声枪响。难道有谁走了风声？大家不由一惊。

思明赶紧说："你们先躲到芦苇丛里，让我看有啥事。"他说罢，装作一副无事模样走上河畔小道。黎向贤的随行四人纷纷举起枪，对准思明。他们担心思明是叛徒，如果外面有啥异常，首先就毙了他。

思明老远望见，河对岸锦阳保警队的人正提着枪在河对岸乱跑，口里大声喊叫：

"挡住，挡住。"

思明气得喊道："你们挡谁？乱打啥枪？"

那领队班长说："孟科长，刚才，几个修城防工事的民工跑了，我们正在抓他们。"

"你们乱打枪，伤了无辜咋办？真是的！你们知不知道，我正领着胡长官的部下去县城，你们也不怕丢了脑瓜？"

思明骂着保警队班长，回头对芦苇丛喊道：

"长官，没事，自己人，让你们受惊了。"

殷君宝小心翼翼地钻出芦苇丛，整了整衣衫前襟，大摇大摆向他们走去，保警队那帮人看见他竟如惊弓之鸟，站在那里两条腿筛起了糠，口里打着战不知说啥好。殷君宝放缓步履，走到他们面前，高声说道：

"你们都是瞎子，得是吃了熊心豹子胆，在谁跟前都想耍大刀！"

保警队班长一看殷君宝，收起枪一个立正，恭敬地说："长官，失敬，失敬。"

"我不算长官，后面那个才是。"殷君宝回头招呼道，"王副官，请黎长官出来。"

这时，几位军官和护兵拥着拄着拐杖的黎向贤走出芦苇丛。保警队班长一看，我的神呀，咋是一位将军。他惊慌得不知所措，战战兢兢地上去向黎向贤敬礼。

大家一听这话才把心放下。思明领着黎向贤一行，在保警队的护送下，走上通往县城的大路。他们进了南关街道，随意看着两旁的小店铺。站在店铺门口的店员掌柜不住地弯腰点头。

黎向贤走到一家制作太后饼的店铺前，停住脚步，将那根核桃木拐杖靠在桌边。老掌柜热情地招呼他们。

"长官，请里面坐。"

黎向贤走进店面，将店内扫视了一周。老掌柜端出一大盘太后饼招呼，满眼净是惊恐。

"长官,你先趁热尝一下太后饼,这是本店的特色吃食。"

黎向贤吩咐殷君宝:"先给老汉把账结了。"

老掌柜连连摆手,说:"不敢,可不敢,我咋敢收长官的钱?"

黎向贤说:"给你就拿上,我们不能白吃你的……什么饼吧?"

"太后饼,太后饼。"老掌柜一脸严肃地解释。

黎向贤笑着问他:"老者,生意好吗?"

老掌柜说:"托长官的福,还好。"

黎向贤大笑:"那就好呀。"

思明担心黎向贤和老掌柜说多了话漏出破绽,就将老掌柜叫到一旁,悄声说:"叔,甭怕。他们是从西安城过来访查城防的。"

老掌柜苦笑着说:"咋能不怕。好在有你这贤侄,我心才不慌。"

黎向贤和殷君宝、王友斌几个吃着太后饼,又高声谈起了军政大事,从天上扯到地下,使人一听就觉着来头不小。

不一会儿,穆紫轩得到保警队班长报告,带着几个保警队队员走来。他一眼瞧见黎向贤,不知脸上挂笑好还是严肃点儿好。他上前打恭行礼,客气地说:

"长官,小的穆紫轩,本县保警队副队长,不知各位远道而来,有失远迎,特来谢罪。"

黎向贤将他上下打量了一番,摆摆手说道:"行了行了,非常时期不必客气,国军和保警队不分彼此。"

穆紫轩得席就座,热情地招呼道:"请你们到队部坐坐。吴书记长去西安了,明天才回来,无论啥事,兄弟都能代劳。"

黎向贤一听书记长不在,向大家示意了一下,一行人离开太后饼店,去了保警队队部。穆紫轩大声吩咐,让手下备一桌酒菜。殷君宝担心时间长了露出破绽,赶紧阻止说:

"穆队长,你的心意我们领了,酒菜就不必了,我们也是刚吃过饭,坐坐就走。"

穆紫轩不好意思地说:"自从共匪要员王锐锋去了陕南,胡长官大发雷霆,我们更是人心惶惶,总担心再有共匪从此路过。吴恭道书记长亲自把持,加强防务。不到之处,还请长官多加指教,予以谅解。"

黎向贤说:"你们做得不错,我回西安就面告胡长官,一定嘉奖你们。"

穆紫轩听后眉飞色舞，恨不得把心掏出来送给大家，招呼得更加周到。穆紫轩以为他们回西安，送大家离开县城。他们向南过了漆沮河，见保警队的人已经回去，又折身向西，沿着河畔大道大摇大摆地往西北而去。

太阳偏西时，黎向贤一行到了槐园堡。黎向贤挥着那根核桃木拐杖，东指西划，口里说着什么，殷君宝不失时机地向他回话。可是，大家已到了槐园堡的约定地点，却不见接头的人出现。一向沉稳的殷君宝不免心生疑虑，眼看就到家了，难道会出岔子？

黎向贤安慰他说："君宝同志，不用急，要不咱找个客店先住下。"

思明赶紧解释道："这里是槐园堡，却不是接头的地方。大家不要着急，待天黑了我再带你们走。"

思明说罢，将大家进了王青海的车马店。店里虽然人来人往，共产党交通员，国民党特务，各类官兵以及来往过客，这些人王青海平时也见得多了，可是忽然出现的这几个国民党要员走进来，还真让他吃了一惊。当看见思明跟着，他这才明白过来，连忙招呼大家进店。

殷君宝不知王青海是地下党，王青海也想不到他们是北上的同志。殷君宝跟王青海搭讪，说："我们高参要去拜访杨恒昌先生，你们先将客店房间收拾好，我们晚上回来就在这里住宿，明天还要去视察葫芦口两边的防务工事。"

黎向贤是以国民党军事委员会高参的身份进入客店的，而且又是蒋委员长亲派的，所以他要有大人物的大派头，来的要清，去的要明。当然，他们想的是在这里待到天黑，然后怎么安全地离开车马店，再前往梁家窑同梁嘉旺老汉家与上边的人接头。

这时，见车马店还有几个来往的人，思明担心被人盯梢，就给殷君宝递了个眼色。"你们看今晚住这里咋样？"

王青海也不是糊涂人，他忙上前说："小地方，诸多不便，请老总多多包涵。"

殷君宝高声说道："这个破地方，长官们咋样休息？"

天色已经黑严实了，思明领着大家走出车马店。他低声告诉说："这里是两县交界，也是国统区和边区的接壤地带，情况十分复杂。我们还是别走大路。万一有啥情况，咱们的人也能马上出击保护。"

黎向贤说："行，我们就走小路。"

思明领着大家故意朝南走，穿过村巷，又向东一拐，来到河滩，见后面无人跟踪，这才又向西走去。他在前面，黎向贤一行在后，拉开一段距离。他们几人摸索着往前走，思明忽然发现有人盯梢，就有意走到后面，试图甩掉这个盯梢的。黎向贤在前面慢慢走着，思明在后面设法阻挡盯梢人，机智巧妙地对付了对方的三盘六问，终于甩掉了那几个跟踪者。

天越来越黑，路越走越窄，当思明再次领着大家赶路时，因天黑路生，在玉米地里跑来窜去，最后连个路影子也没有了。思明迷失了方向，他带着大家东一走，西一走，走来走去又回到了原地。殷君宝都有些不耐烦了，问他：

"同志，你这是怎么搞的？"

今天走了大半天的羊肠小道，大家都累得透透的，尤其黎向贤同志，此时此刻，他脚上的大皮靴重得像两个铁桶。

思明看着军官一身困乏，小声说："同志，看你累的，要不先坐下休息一下。"

"谁说我累了？"黎向贤说罢，鼓起劲儿迈起大步向前走。

思明说："那我扶你走吧！"

黎向贤笑道："哈哈哈，我这穿将军服的，还要人扶，那像什么样子！你现在的任务，是先给咱把路找出来。"

大家坐了下来，黎向贤对思明说："你下来时都没有留下什么记号？"

思明说："前面好像有棵大柿子树，顺树向西一拐，就进沟了。"

黎向贤让大家向四周看看，看有没有柿子树。殷君宝个子高，眼睛也亮，踮起脚跟往四周一瞭，身后不远处果然有一棵大柿子树。他们一晚上拐来跑去，居然跑过头了。

思明叹息道："唉，心急煮不烂饭，真是。"

黎向贤说："情况越复杂，越要沉住气，越不能慌张。"

此时此刻，大家已到了梁嘉旺家前面沟崖下，大家向西一折，再爬上一个土坡就到了。

为了确保这次接护万无一失，梁嘉旺下午就借上街为名，特意转到贞昌家，告知他今晚有人要在他家留宿，上面来人再三吩咐，务必确保客人安全。请他晚上带几个人来家里做好保卫。这时，梁嘉旺已经让儿子崇义和贞昌几个在外面放哨。

到了梁嘉旺家里，大家终于松了口气，坐在梁家宽敞温馨的土窑内谝起闲话。梁嘉旺一边吩咐老伴烧水做饭，一边安慰大家说："同志们一路辛苦，赶紧上炕歇一歇。"他只知道这次过来的同志中有一位领导干部，但上级没说姓名，他更不能多问。再看看黎向贤的气色，猜想八成是他。

"同志，看样子你身体不大好，要不在这多休息两天。"他又小声问，"听说前阵子王锐锋同志去陕南和黎向贤同志会合,也不知他们在那边好不好?"

"老哥,甭叫'同志'了,先弄饭去,思明把大家都折腾饿了。"

梁嘉旺笑着出了窑,到厨房去看老伴饭做得咋样。老伴一见他就问:"这到底是国民党还是共产党,把人弄得昏头转向。"

梁嘉旺说:"当然是共产党。"

"要是国民党,我就把饭做成半生不熟的,叫他们吃了闹肚子痛。"老伴嘟嘟囔囔地说。

梁嘉旺知道,在白色恐怖之下,共产党人穿着国军的衣服,这才是既来之于国军,又用之于国军,穿敌人的衣服冒充敌人,打扮成国民党的军官,戴上官衔,再学他们的做派欺骗敌人,使敌人真假难分。他笑着说:

"甭胡说。赶紧把饭做好。"老婆一听是自己人来了,高兴地炒葱花,捞酸菜,给客人忙活着打搅团。

一个月前,王锐锋去商洛那阵儿,陕工委就已接到了武装接护黎向贤的任务。这件事由陕工赵委书记直接坐镇玉华镇全面部署,亲自指挥。

为了保证安全地接应中原军区突围出来的几位领导同志,赵书记日夜操劳,废寝忘食,几乎每日都要电话、函信催促柳林镇中转站提前做好接应工作。

柳林中转站就是联合车马店,由掌柜利昌负责接应。他委派李俊峰率领六位同志全副武装来到泥阳故仙村,向泥阳工委书记张良做了详细交代,告诉他最近将要接护从白区来的重要干部安全通过封锁线。

张良与李俊峰、交通联络员张仁民,还有梁崇义一同商量。张仁民提出,为了安全,可以利用泥阳封锁线上几个碉堡内的可靠关系,提前做好统战工作,再高价买通碉堡线上的驻军。张良听了立即反对。他向大家做了权衡分析,提出了反对的理由。他说,虽然边界线周围的野狐坡、王堵村、雷家沟、稠桑堡几个党小组均已恢复工作,多年来也与当地国民兵团建立起一定关系,甚至这里许多保长也由地下党掌控,但是考虑到碉堡线的驻军和共产党的关系,都是建立在护送来往商人的利益之上,并没有可靠的政治基础。

利昌再三叮咛:"敌人就是敌人,万一他们钱拿到手,翻脸不认人,岂不是人财两空?"

"就是,万一国民党再来个重赏,谁也难保他们不变心。"张良说,"那年王秦义同志发动泥阳起义,还不是吃了乡党的亏,最终稀里糊涂牺牲了。"

这时,梁崇义发了话:"各位同志,我看还和以往一样,秘密护送。你们担心槐园堡不安全，那就住在我家，我家暂时还很安全。同志们，到了槐园堡，直接去我家，然后由我们的同志趁夜色连夜撤走。"

梁崇义三十出头，说话做事精干利索，身为老交通员，他胆大心细，多年来护送北上的人员物资从未失过手。如今他负责故仙村到槐园堡线的地下交通，隔三岔五就要在这几十里路上跑动。

张良听罢，沉思片刻，又看了梁崇义一眼，慢慢开了口。

"同志们的心情我理解，可是你们看看，这两年的工作越来越艰难，弄不好就被敌人连窝端了。我们务必慎重，不敢有丝毫差错。"

大家在故仙村住了一个多星期，还是没定下最终的接护方案。陕工委每天催促柳林车马店，利昌又催促泥阳工委。而这边又不时为接送的事争来争去。

最终，大家针对敌情和地理条件作了具体分析，决定分两步走，第一步先在槐园堡落脚。这里群众基础好，地下党的力量强，万一遇到麻烦，可以利用其他社会关系进行掩护，只是不能久停。因为该村距离泥阳城不到十里路，加之葫芦口堡外的漆沮河两岸都有国军碉堡，国民党始终派有重兵把守，日夜警戒铁路桥梁安全，事情一旦泄密，就有可能遭到敌人一网打尽。

梁嘉旺住的是独家庄，和梁家大堡子相距一里多远，十多年来一直是渭北特委与泥阳工委的联络据点。早先，梁嘉旺的父辈因家中人口较多，家境困难，主动从梁家大堡的老宅院搬出，借着土崖打了一面土窑洞。后来爆发农民起义，当地群众损失惨烈，到了梁嘉旺这辈，为了防御乱军、土匪的侵扰抢劫，他们利用农闲时节，断断续续对窑洞进行改造，挖出的土倾倒在旁边沟道里。他先挖一面主窑，再在两侧挖成两面陪窑，后来又精心设计，将各个窑洞相互连通。不知不觉几十年，居然修挖出一座非常隐蔽的窑群。自从他家成了交通站，他又利用农闲，在主窑上挖了高窑，凿出瞭望口，以防御和攻击来犯之敌。为了确保安全，在关键地方还挖有陷阱，里面暗置尖竹荆棘，在窑群隐蔽处再挖凿一个地洞，沿地洞可以直通西原上，形成一个可进可退、可攻可守的防御体系。这里的安全隐蔽程度可以说是关中其他地区的交通站无法具备的。

梁崇义带着张良回到家里和父亲简单说明情况。梁嘉旺一听是共产党人，慨然应允，表示热情接待。张良遂告诉梁嘉旺来客人数、住宿时间及接头暗号，并商定游击队来的时间和接头地点。

李俊峰等六位同志六把枪，毕竟势单力薄，加上泥阳工委武工队十几个人，力量还是不足。正在为难之际，池阳县保安科武工队杨炳吉带队员来到故仙村，他们有二十余人,除了手枪外,还有长枪、冲锋枪、机枪。杨炳吉和大家都熟悉,张良与杨炳吉商谈,他慨然应允。大家最终决定武装接护,由柳林下来的六位同志,加上泥阳工委和杨炳吉这两支武工队,立即组成一支四五十人的武装队伍,他们不仅武器弹药装备精良,而且人多势众。李俊峰为指挥,杨炳吉为副指挥,及时部署了各组的具体接护任务。

就在黎向贤和梁嘉旺谈笑风生之际,李俊峰、杨炳吉带领武工队一行人,分成前、中、后三个小组,携带短枪、冲锋枪和两挺机枪,以梁崇义为向导,他们从故仙村出发,一路绕村穿田,悄悄越过封锁线,急行三个多小时,经泥阳西原,终于在半夜时分来到梁家窑原畔的老牛坡。梁崇义让李俊峰带部队就地待命,他悄悄回到家,和父亲见了面,又反身带着李俊峰再次走进窑洞,见到黎向贤他们。

梁崇义、李俊峰带着黎向贤一行离开梁家窑。顷刻间,几十号子人消失在漆黑的夜幕里。

思明陪着梁嘉旺将他们送上老牛坡上,也告别梁家窑,回了锦阳。返回途中,他无不高兴,这筹划半个多月的接护任务就这样结束了。

一上土原上,李俊峰向部队下达命令,并再三告诫大家:"同志们,我们的任务才刚刚开始,大家不敢轻敌,务必按上面的安排,安全迅速地通过封锁区。我们一定要大胆细心,警惕敌人,安全要紧,速返边区。"

大家不再说话,繁星在夜幕上闪闪烁烁,唰唰唰的脚步声和着蛐蛐儿的鸣叫在静夜里隐隐传出。

后卫组的同志负责殿后。他们一路上摇倒十多根电杆,割断了几十米电话线。行至碉堡附近,前卫组的同志再三传令,不许咳嗽,不准喧哗,部队在距敌军碉堡百余米处的一条羊肠小道埋伏下来,严密封锁住碉堡的出入口。这时,碉堡里的敌人竟然吃了蒙汗药似的沉入梦乡,酣睡四起,他们做梦也想不到,共产党的要员这会儿正在偷偷越过碉堡线。

黎向贤一行从敌人鼻子底下悄悄地钻了出来,他们下沟越梁,过了双岔沟,再走了一个多小时,终于踏上了边区地界。

夜空中的星光渐渐暗下来,秋虫的声音也渐渐停歇,大家走上一个塬头。看着周围起起伏伏黛青色的黄土山原,殷君宝、王友斌悬着的心总算放了下来。

殷君宝说:"向贤同志,我们已到边区了,这下可以放心了,坐下休息休息。"

黎向贤高兴地说:"同志们辛苦了,休息!"

李俊峰招呼大家停下,说:"同志们,我们的任务马上完成了。后卫组殿后放哨,前队、中队原地歇息。"

他指着远处大大小小的山峦,给黎向贤介绍这里的地名地形。

"同志们,我们马上到家了。这里已是陕甘宁边区,我们上了对面那道坡,就是故仙村交通站。"

黎向贤虽然身体消瘦,面露病态,可他行走起来依然精神抖擞,不失其指挥千军万马的突围之勇。他到了边区,心里的确无比高兴,不由生出久别重逢的回家感觉。然而连日疾行的他脚下却像泄了气似的,抬脚迈步都顾不上劲儿。

李俊峰走过来说:"同志,让我背你一段吧?"

黎向贤挥起核桃木拐杖摆了摆,说:"没事,我都坚持一晚上了,再走一程没事。"

他说着,将拐杖拄在地上,双手一用力就站了起来,向大家喊道:

"同志们,我们再坚持一程,马上就真正到家了。"

黎向贤拄着拐杖往前走去,殷君宝、王友斌也站起来,拍拍屁股。李俊峰招呼大家:"同志们,再两袋烟的工夫就到家了。我让娃他妈给咱做好饭。"

一行人到达故仙村,已是第二天早晨,鸡鸣声在黎明前的曙光中渐渐停歇,初升的朝阳染红了半个天空。大家跑了一夜,都感觉浑身疲惫,被接回的客人更累。李俊峰老婆做了一顿臊子面端上饭桌,黎向贤吃得既香又暖和,他一连吃了三大碗,一个劲"好,好,好"地赞不绝口。自中原军区突围后,吃到陕西关中地地道道的臊子面,这还是第一次。

终于到达安全地带,他们要在这里好好休息一天。这时,吃饱喝足,大家坐在李俊峰家的窑院里歇息。殷君宝才向大家作了介绍。

殷君宝说:"同志们,你们肯定想不到,我们这几天护送的这位就是黎向贤将军。"

李俊峰不知道他家的客人就是黎向贤,他害怕没听真,又问:

"是谁?"

殷君宝把手搭在他耳朵上,一字一句地说:

"黎、向、贤、将、军。"

李俊峰一个箭步跨上前去,握住黎向贤的手,眼睛睁得老大,两股热泪泉水一样涌出来。他激动地说:

"哎呀呀,我真没想到,你就是黎将军。"

黎向贤说:"现在知道了,你看看,高低胖瘦和兄弟你一模一样啊。"

只听说是接护一个重要干部，没想到坐在大家身边这位军官会是黎向贤。在场的人确实吃了一惊，他们肩头的千斤重担终于可以放下了。大家听罢黎向贤的玩笑，轻松爽朗的笑声在院子里萦来绕去，仿佛舍不得散开一样。

　　在场的都在交头接耳，私下议论。有的说国民党几十万大军前堵后截，到处围剿，谁料想黎将军今天会出现在咱小小的故仙村？有的说，前一时期国民党的报纸天天吹牛，今日扬言说已将黎部击散国军连获胜利，明日又造谣黎部如何溃不成军。敌人颠三倒四，自相矛盾，岂不知黎向贤将军竟然就在大家面前！

　　这时候，杨利昌牵着一匹白马走进了窑院，李俊峰站起来向他报告。

　　"杨掌柜，我们原计划今晚上回去，你咋提前来了。"

　　"唉，平时我都是甩手掌柜的，可今天就是放心不下。"

　　李俊峰给向大家介绍说：

　　"同志们，这位就是我们柳林交通站的负责人，杨利昌同志。"

　　"同志们，你们护送的同志虽然到了，可我的任务还没完成哩。你们虽然已经到边区了，可是这里距离国民党的防区近在咫尺。一旦敌人得悉黎军长在此，来一个突然袭击咋办？"

　　也是的，这里已是边区，可安全问题还不容马虎。大家仍需要绝对保密，不敢在此长时间停歇。最后，大家接受了利昌的建议，立即起身。

　　有了马匹，黎向贤一行下午就顺利抵达柳林车马店。

　　陕工委书记赵书记接到柳林的电话，获悉客人已接回，所有人心头的石头终于落了地。

二十五

  国民政府上上下下无不疑惑，渭北一带的封锁线防控如此严密，严密得一只鸟儿都甭想飞过，共产党的那些要员又是如何从他们眼皮子底下轻松越过呢？于是，锦阳周边三县的安全防范更加严密起来。渭北各县从书记长到各联保自卫队，一谈到地下交通就惊恐色变，不敢有丝毫马虎。

  然而，尽管国民政府和当地驻军绞尽脑汁地想办法，共产党的地下交通人员却依然兵来将挡水来土掩，他们见招拆招遇拳隔拳，总能想出逢凶化吉的办法，让接护人员和物资平安过境。

  黎向贤到达根据地十多天，梁崇义又从上面带来新的消息。他走进贞昌家，从衬衣里掏出一张纸条，郑重地告诉贞昌：

  "四叔，明天有人要路过锦阳到边区去，需要我们护送。我已从情报得知，他们一行三人，两男一女，将进入锦阳县界，上面要求你按纸条上的路线到荆山原去接人，并务必安全送达故仙村。"

  贞昌不敢马虎，他送走崇义，就开始盘算着怎样接头，遇着可疑人员又该如何应对。次日一早，贞昌提前赶到接头地点，潜伏在路东沟道对面的洋槐林里等候，同时机警地观察周围情况。其间有三队自卫队的人马来此轮班驻守，可除了一些小商小贩和当地平民，并无其他人员在此路过。

  日头偏西的时候，只见三个人从远处徐徐走近。贞昌仔细察看，为首的是个国民党大官，四十多岁，穿一身笔挺的军装，胸前佩戴的胸章在太阳斜照下，不时闪过刺眼的白光。他骑一匹乌骓军马，后面一个老头吆着敞篷骡车，一位年轻的阔太太紧随其后，她发髻高绾，身穿旗袍，外套绛色夹袄，手戴金箍金镯，脚穿黑色皮鞋。贞昌上前与他们接上头，知道他们就是要接护的人员。交谈中，贞昌听出三人都是南方口音，怕引起自卫队队员怀疑，他向三人做了交代。

  车夫说："同志，别怕，我们都有枪。"

  贞昌一看，他们腰里果然都别着枪。他让几个人尽量少说话，一定不要冲动，一切按自己的计划做好配合就行。

贞昌虽是个农民，可他有着多年从事地下工作的经验，平日里行事胆大心细沉着谨慎。遇到这种穿过封锁线的情况，他总有自己的办法。贞昌骑马走在前面，让军官陪太太坐在骡车里，径直走向盘查的自卫队。后面三人说不准这个接头人是啥想法，他们手里握着枪，小心翼翼地仿佛随时准备应战。贞昌告诉他们："你们甭紧张，要装成满不在乎的样子。"那国民党军官口中连连应着"没事"，心里却藏着一丝胆怯。

到了盘查点，还没等对方发问，贞昌老远就向自卫队的人摇手打招呼，让一个背长枪的队员过来。贞昌骑在马上，弯下腰低声对他说：

"伙计，眼放亮些，我们是西安警察厅的，要护送胡长官的妻妹俩到北边搞点烟土。若是护送不好，我两个也吃不消！"

贞昌说着，伸手比画着吸大烟的动作，然后悄悄塞给他几块银圆，示意他们去喝两盅。那背长枪的自卫队队员赶紧转身，快步回去报告队长。大家看着骡车上那个军官的派头，也真的怕惹麻烦，立马摆手让行。

他们过了关卡，往北而去，到槐园堡时已是黄昏时分。贞昌将三人领进王青海的车马店，他对王掌柜说：

"掌柜哥，我这几个朋友要住店。"

这时，恰好信立乡两个催粮的乡丁也进店吃饭。贞昌立即向国民党军官等客人使了个眼色，大声说道：

"长官，你们先问杨恒昌，还是先问田生奎？"

田生奎是泥阳县城人，年前刚刚回家赋闲。他曾担任过华州县长，也是国大代表，曾任陕西省国民党部秘书等职。客人会意，当即机警地问店主：

"哎，杨恒昌、田生奎在哪里？"

催粮乡丁见这些人问的都是当地的头面人物，感到他们来头不小，吓得叫好的葫芦头也不敢再吃就悄悄溜走了。

泥阳一带的防线毕竟不比荆山原，这里更需要大家小心，不敢贸然行动。贞昌必须寻找一个更加安全稳妥的办法把客人送过去。

当夜，客人并未再回车马店。贞昌把他们带回家中，住了两天。这天中午，贞昌看到街头纸扎店铺，不禁茅塞顿开。他随即进店买了一套葬埋人的纸扎，摆了两桌丧饭，让人送到家里去。

纸扎店铺的伙计把东西抬回去，榴花见了一惊，随后大骂贞昌咋想出这缺德办法。女客人忽然明白贞昌的用意，不好意思地向她道歉："嫂子，你不敢怪怨大哥，要骂就骂我们几个。"

平白无故地给家里抬进纸扎献食，这可是乡间大忌。榴花心里不舒服，可她口里骂归骂，从来不想让男人在外人前头失了面子。

第三天下午，贞昌穿着一件孝衫，戴着孝帽，榴花和那女的也穿着孝衫，国军军官将他和车夫的衣服脱下来塞进装着丧饭的食擦下面，穿了贞昌的衣服。他们一行人又拿着纸扎，抬着食擦，装扮成出门奔丧的模样去了泥阳县城。其实，三个男的身上都别着枪，他们暗枪实弹而行，每遇到盘查，贞昌就点头哈腰地跟人家解释，说："长官们好，岳父过世，明日出殡，行行方便。"

贞昌两口将来客连夜护送至故仙村李俊峰处。回来路上，榴花把贞昌数落了一路，骂他咋想出这搞鬼损人的馊主意，居然给家里抬来丧饭纸扎，让自己再穿上孝衫护送客人，一路上还拿自己已去世多年的爹当幌子。

贞昌笑着向她赔情解释："娃他妈，这才一顿饭工夫，你咋成了麻糜婆娘。我还不是为了护送同志！"

贞昌从故仙村回来，还没缓过气儿，新的任务又来了。这次与以往不同，来的只有一人，也不用他来回接送，但这人的安全问题却由他全权负责。

贞昌得到消息，又惊又怕，他都不知这人是谁，又该怎样护送？

九月初的锦阳，秋高气爽，晴空万里，从南原到北山，一碧如洗。一个汉子站在荆山原头向北远眺，看着一带青山横亘于十里之外。

中年汉子大约四五十岁，高个子宽肩膀，浓密粗硬的头发下是一双刚毅有神的大眼，下巴上留着寸半长的髭须，他上身穿一件白布衫，外面套着黑夹袄，下身穿纯黑大腰裤子，脚下是一双快磨破底儿的圆头布鞋，一身典型的关中庄稼汉的装束。而与庄稼汉略有不同的是，他肩上背条旧褡裢，手里提个铜罗盘，俨然一个行脚算卦的先生。

他下了荆山原，沿着漆沮河一路向北，边走边打听，中午时分来到信立乡的铁佛寺。寺里一个老者客气地接待了他，请他洗漱喝茶，然后歉歉地说：

"也不知这位客人高姓大名，从哪里来，到哪里去？"

"老哥哥真会说笑，把我当成东土大唐的取经和尚。"这人随即模仿出一副道士表情，笑着说，"贫道郑老三，自原下而来，要往北边求神问道，寻口饭吃。"

他们坐定，老者给这个叫郑老三的准备了茶饭，吃饱喝足，两人围绕这尊铁佛谝了一通。谈话间，老者告诉他："客人，你若真是看风水算卦还能混口饭吃，千万不敢去北边。"

郑老三佯装不知，问道："老哥哥，你这是啥意思？"

"唉，这你都不知道？如今北边关口多得很，也管得死。听说这里最近过去了好几个共产党重要官员，锦阳周边各县都封得严，查得紧。能不去就甭去，要是出个啥事，可真划不来。"

"哎哟，我还真准备往北哩，要不我不去了。"

老者是贞昌的表哥。前两天，他已经得到表弟的盼咐，说是有人要去边区，路过信立乡。老者再问贞昌具体情况，他一时又说不准，告诉他只要是单兵单将之人，既要尽量予以照顾，更要提防是国民党的特务。

老者跟他攀谈，又不敢轻易暴露身份。他说："老弟，你还是甭去北边冒险了。"

郑老三听罢不由暗喜，既然这里清净，何不暂宿此地。

老者说："我家里没法住，要不你就委屈一下，住在寺里。"

郑老三千谢万谢，从裙褡里掏出两块银圆，一块塞到老者手里，一块塞进了铁佛前的还愿箱。

老者看着客人，惊奇地说："哎呀，你太大方了，老汉受不起。"

老者说着就将手中那块银圆又往郑老三手里塞。郑老三接过银圆，再次装到老者衣兜，提高了嗓门说：

"老哥哥，叫你收下就收下，神一块，你一块，你和铁佛爷都一样。我是个算卦看风水的，你若信得过我，就给我介绍几个生意，挣了钱我只留个盘缠，剩下的都捐给铁佛爷。"

老者看着郑老三愣了半天，心想今天碰着哪路财神了。他心里拿不准，捎话给贞昌，说了这里的情况。

贞昌听到消息，出村西行，上了周家堡就是铁佛寺。他们对了暗号，贞昌知道郑老三正是陕南上来的，和前几天那两口一样，都是自己人。他看着郑老三，吃惊地低声说道：

"同志，你独来独往，真难为我们了。"

郑老三不好意思地笑道："特殊时期，你们这里形势严峻。大家都要小心为好。"

"同志，我们安全事小，可是若真的出了事，谁哪能担待得起啊！"

当晚，郑老三要留在铁佛寺，贞昌说啥也不肯，硬将他带到了槐园堡家中。

贞昌领着郑老三回槐园堡，路上碰见熟人，他就搪塞说是请了个风水先生。晚上，两人才真正说起这次护送的事。虽然郑老三坚持独来独往，可毕竟见着了自己人，一颗悬着的心总算放了下来。贞昌向郑老三详细介绍了这边的情况，再三告诫他最近陕南上来的人多，敌人早已加强防范，万万马虎不得。

人不留人天留人。郑老三第二天准备继续北上，他一出槐园堡，上了青龙岭，站在高处向四面一看，果然惊出一身冷汗。正如贞昌昨晚说的，这里不比其他地方，青龙岭原上咸榆公路贯穿南北，漆沮河畔原的咸同铁路斜插而上，进入泥阳县的每个路口都修筑着坚固的碉堡，日夜有国民党驻军把守。而且，最近的特务特别多，随时盯着过往的行人，稍有可疑，不问三七二十一，先抓起来再说。郑老三只得暂回槐园堡，再等机会出去。

那天，贞昌在巷口碰见恒昌。恒昌看了他一眼，说：

"老四，你们做的事我都知道。都是自己兄弟，你往后也甭在我面前遮遮掩掩了。"

几年来，哥俩很少说话，几乎形同陌路，贞昌不好意思地说：

"二哥，我知道，只是嫌给你添麻烦。"

"甭说了，说多了反倒没意思。有啥困难就只管说。"

贞昌本想去梁家窑跟嘉旺老汉商量对策，想着能否让梁崇义把人送出去。此刻，贞昌听了恒昌的话，忽然觉得二哥的句句话语竟如此温暖。他借机拐进了恒昌家，向二哥说明了最近的情况和顾虑。他说，为了安全，昨天接回的这位同志要在家里住阵子。

最终，老哥俩达成协议，让客人直接住到恒昌那边去，由他陪着，贞昌则随时出去打探出去的机会。

这时候，郑老三向恒昌简单介绍了他和陕南游击队的一些情况。

他原名植槐，是鄂豫皖革命根据地和红四方面军的主要创始人。他在私塾读书时就受民主主义思想熏陶，后来以全省第三的优异成绩考入湖北甲种工业学校。后来，他的"老三"就因这叫了起来。郑老三学校毕业后回老家教书，立志在家乡宣传马列主义，并组织发动反帝反封建斗争，不久就加入共产党，开启了自己真正的职业革命生涯。国共两党初次合作那年，郑老三已在老家担任多个重要职务，成为当地革命运动的主要领导人。大革命失败后，在一片白色恐怖中，许多人纷纷脱党退党，他却把四散的党员联络起来，组织领导了当地的秋收暴动。两年后，红四方面军主力撤离鄂豫皖苏区，当地斗争形势更加严峻，他又临危受命，成立了游击队，挑起鄂东北革命斗争的重担，带着游击队在深山老林中坚持斗争，战士们身上的破烂衣服，白天是衫子，夜里当被子，没有粮食只好剥树皮、挖藤根充饥。郑老三就给战士们讲他以往斗争故事，鼓励大家坚持战斗，在他的影响下，部队和群众对国民党的斗争热情始终高昂激越。

后来，红军进入商洛地区，中共鄂豫陕省委决定在鄂豫陕创建新的苏区。郑老三随部队正要突击南下，去鄂北打游击，又接到党中央从陕北发来的指示而奉命留下。于是，他带领一个连和一些负伤的干部战士在陕南坚持了近两年游击战争。在他的带领和影响下，队伍由原来的一百人发展到两千多人，他们趁势组建了中国工农红军第七十四师。当时，国民党妄图消灭其辖地共产党这支新生武装，遂集中二十几个团的兵力，对他们实施清剿。面对新的困境，郑老三冷静分析形势，准确判断敌情，运用扬长避短策略，采取兜大圈子的游击战法与国民军周旋。部队在他的带领下，忽东忽西，神出鬼没，大胆而灵活地开展游击战争，一时让国民党二十几个团的兵力深受迷惑，连连失利。他们终于从敌人的包围圈中突围出来。此后多年，部队虽然连遭国民军队的重兵围剿，但是他们根据山区地形和善于游击作战的长处，时而深入敌后将部队化整为零，时而又集中兵力握拳重击，竟使所遇到的国民军队每战必败，堪称奇迹。战士们都称他神机妙算，说他是诸葛亮转世。

恒昌听到这里，竖起大拇指夸赞郑老三道：

"郑师长，听了你的故事，我只有敬佩的份儿！你年纪轻轻就有革命志向，我杨老二不及你郑老三呀。想当初，我们只知道抢地盘搞军阀，那时若是你我能并肩作战该有多好。唉，我这大半辈子真是白活了。"

郑老三问他："老哥哥，你们早先是哪个部队？"

"我们就落下个部队的名号，其实跟土匪没啥区别。我当时已是师长，我的顶头上司是吴佩孚。后来，我看不惯国民军的土匪行径，才解甲归田，安度余生了。"

"老哥哥，如果我们能并肩作战，肯定又是一支坚不可摧的队伍。"郑老三话里充满着自信和力量。

"唉，兄弟，我老了，不想打仗了，就想听听你是咋样打胜仗的，咋样被大家称作'诸葛转世的'？"

郑老三呵呵笑道："其实也不难。"接着，他又向恒昌讲起部队的事。

他行军打仗，每到一个新地方，总是先收集报纸、刊物，找当地的乡绅、教书先生、小商贩，甚至包括老百姓，他与他们促膝谈心，了解情况。他所谓的神机妙算，其实都是从自己的分析研究中得出的。他对敌情看得准、摸得透，每一仗都提前做好充分准备，从来不打没把握之仗。他打游击办法多，也很自如，再大的困难、再大的险情，只要有他在，同志们就像是吃了定心丸，啥都不怕了。他们在山里打游击，虽然条件艰苦，但部队仍然每战必胜，没有吃过一次亏，还缴获了大量的枪支弹药、布匹粮食。部队的装备越来越好，战士不仅有粮吃，有时还能吃上肉。

恒昌说："兄弟打仗能掐会算，料事如神，这次又装个神神道道的算卦先生。要不，明天把王先生叫过来，你们好好谝谝。我肚里这点墨水，叫你三句五句就掏空了。"

郑老三带着好奇和渴望，见到了恒昌提说的王先生。他听说王先生曾是晚清秀才，大半辈子都在乡下教书，不仅桃李遍天下，更有意思的事，他多年来还为当地乡党治愈疑难杂症，为大家掐指算卦堪称活神。

王先生年纪大了，再不给娃娃们上课了。

自从国民政府接管了四维小学，上面给学校委派了许多年轻教师，里面啥人都有，可就是没有一门心思教学的好先生。以前学校里人少，大家虽然也秘密干着革命工作，却对娃娃们抓得很紧，希望他们好好学习，早日为国家效力。如今，国民党的运动接二连三，政策朝令夕改，他们今天催粮，明天抓丁，这税那税多如牛毛，当地百姓今天缴了这钱，明天不知又要收啥费。王先生受不得这些折腾，索性以年纪大退了下来。他回到通关镇家中，陪着老婆娃娃过了一阵子，没想到家里的情况比槐园堡还糟糕，就又拖家带口回了四维小学。

王先生见到郑老三，显得客气而拘谨，除了喝茶听话，自己很少开口，即便偶然说两句，也都是些客套话。

郑老三这些年打游击，接触的人又多又杂，见着谁都当熟人。他热情地喧宾夺主，反而给王先生倒茶续水、问长问短。郑老三见王先生满口尽是客气话语，满脸挂着客气表情，他回头跟恒昌说：

"老哥哥，你说王先生曾经出五关斩六将，可你看看……"

王先生还是客气地应承："郑先生，你们常年四季风里来雨里去，我一天到晚窝在这凉棚底下，不一样嘛！"

"我这是一瓶子不响，半瓶子晃荡。"郑老三哈哈笑了。

"郑先生，你要我讲，从哪里讲起呀？"

"部队的人都说我能掐会算，昨个听杨二哥说，你也喜好这一手。"

"我那还不是瞎猫碰个死老鼠，真要我说，那我就想到哪里说哪里。"

王先生喝了一口茶,从口中吹出一片茶叶,像平时讲课似的,说起了他的增删卜易来。他从这一占卜的来源、演变、方式、准确率跟郑老三讲起,郑老三听得瞠目结舌,他又回头问恒昌:

"老哥哥,王先生讲的都是高深莫测的大道理,我平时谋划作战跟这还真不同。我要是跟王先生学学算卦,今后在战场上可就是真的'活诸葛'了!"

"郑先生说笑了,我这玩意只能糊弄乡下人,是上不了桌面的。不过,这个卦术来自易学,其中的易学思想却对大家都有用。"

"呵呵,王先生,听君一席话,胜读十年书,我今儿着实受益匪浅啊!"

王先生不再拘谨,郑老三也越发随意起来。

郑老三说:"我虽然不会摇卦占卜,却喜欢想入非非。"

在大家的欢笑中,郑老三讲起对未来的渴望。他说:"事物总是向前发展的,现在我们条件都艰苦,战士们行军打仗,或者领导下基层视察,能有个马骑就不错了,搞地下工作的人想弄台发报机都不行,几百里的路只能靠两只脚一步步地走。以后,等我们胜利了,情况肯定就会大变,到那时,县长要坐着汽车到基层检查工作,老百姓上地都能骑辆自行车,甚至大家隔着数百里数千里,抓起电话就能说话。至于让我们渴望已久的发报机,到那时可能早都淘汰了。"

王先生听了哈哈大笑,说:"郑先生,我东沟里拉到西洼地乱讲一通,都是些杂七杂八的东西。郑先生说得有理有据,也颇具盼头,这才是真正的站得稳想得远。"

郑老三说话幽默,王先生满口智慧,郑老三讲国内形势,王先生谈历史知识,说来说去都能归结到一个点上,两人很快就如久别重逢的朋友。

郑老三暂居槐园堡期间,王先生和恒昌成了使他定心的两把钥匙。没想到才住了几天就出了大麻烦。起先,他的肠胃病犯了,尽管吃了王先生开的药,病情稍有好转,没想到又引起特务分子的注意。消息传出,锦阳县保警队立即带人来抓他,眼看着就要搜到村子了。保警队这次是直接奔着贞昌来的,大家心急如焚。

贞昌跟郑老三商量,要不先到二哥家躲一躲。郑老三思虑再三,忽然说:"贞昌同志,你直接把我抬到村东边河滩去,再在那里挖个埋人的坑。"

贞昌听了不解:"这,这咋能成?""不行,你必须听我的。"

贞昌说着就将郑老三往二哥家背。郑老三苦笑着说:

"没事,你按我说的做,敌人来了,你就说我得了传染病,快死了。"

贞昌听了也感到冒险,可他拗不过郑老三,只得依他照办,赶紧掮了铁锹往河滩走。他很快挖好一个大坑,在旁边铺了一张烂苇席,将郑老三背过去放在苇席上,又在他身上捂了一条破棉被。一切刚刚就绪,冯德海就领着自卫队几个乡丁,带着县保警队几十号人马匆匆赶到。黄道吉知道事情特殊,担心贞昌真出啥岔子,也亲自跟着冯德海过来。

他们一路上跑得大汗淋漓,来到槐园堡,直奔贞昌家。贞昌佯装一问三不知,在县保警队穆紫轩队长的追问下,他才战战兢兢地说:"我真倒了八辈子大霉。我请了个看墓穴的,没想到成了快死的爹,这墓穴还没勘定,看穴的却病了。王先生说这人得的是疟疾,会传染人的,我只得把人抬到河滩去。"

贞昌说着,就将保警队的人往河滩领。穆紫轩看见远处河滩捂着一个病人,旁边还有个新挖好的土坑。他向黄道吉使了一下眼色,黄道吉又示意冯德海过去。最后,冯德海正要过去,黄道吉又将他挡住,说他自己亲自过去。黄道吉装出一副满脸惊恐的神情,用衣襟捂着鼻子,带着几个保警队的人走向河滩。他有意从一个队员手中要过长枪,人远远地不敢靠近,只用枪杆挑了挑郑老三的破被角,就捂着鼻子退回来。

黄道吉对穆紫轩和那几个保警说:"穆队长,我看这人真的得了瞎瞎病。"

穆紫轩他们也担心染病,悻然而去,郑老三就这样化险为夷。事后大家都说,今天太冒险了,要不是黄道吉,真不知怎么收场。

郑老三摇摇头说:"其实,这样最安全。你们也不想想,敌人咋会想到,共产党的高官大白天会睡在河滩等死。"

出了这事,谁也不敢让郑老三再留在这里。恰逢张世发向这边传递情报,听说这事,也觉得挺玄乎。他征得郑老三同意,改变原定路线,直接把人领回通关镇。

第二天,张世发就以给舅家请了个风水先生为名,带着郑老三去了石道坡,又通过陈怀德的游击队,绕过防控严密的泥阳地界,将郑老三从老瓷窑镇护送到柳林车马店。

二十六

十月底的一天深夜，寒风低啸，星夜凄冷，护送黎向贤的殷君宝忽然敲开了梁嘉旺家窑门。

原来，黎向贤的部队从中原突围出来，落脚商洛，组建陕南根据地以后，后勤供应就已捉襟见肘，服装、药品等紧要军需物资尤其缺乏，也成为眼下最为迫切的大问题。最近，边区将要运一批物资过来，希望能在信立乡一带销售，然后将所有货款送到陕南去。

殷君宝此行的目的，就是护送并督促，想方设法将这批物资尽快出手，及时将货款送达陕南。他住在梁家，偶尔抛头露面，对外称呼是梁嘉旺的外甥。

几天后，经过陕甘宁边区和各地党组织多方调剂，由延安光华商店采购了食盐、羊皮、烟叶、肥皂、石碱、洋火、中药材等一批土特产和生活必需品等物资，还有榆林的栽绒羊毛毯、靖边的九道弯羊皮袄、山西的机制纸烟，等等，这些物资不是价格昂贵，就是稀缺新奇。边区将这批物资通过柳林车马店秘密送来，一股脑儿堆在梁嘉旺家三十多丈深的窑洞里，其中还有百十把短枪。按照边区党组织指示，尽快通过锦阳西北一带的地下党组织销售变卖。

殷君宝和梁崇义父子折腾了好多天，才将这一箱箱一筐筐物资顺着暗洞送进来。物资到位了，他们可以睡个安稳觉了。然而，梁嘉旺看着这满窑物资却没了主意。

"君宝同志，物资没运来时都盼着赶紧来，运来了又让人熬煎。抗日战争以来，尤其日本占领山西以后，关中的食盐很紧张，这些年全赖边区供应。去年边区又减少了食盐供应数量，到处的盐都紧张。可是，除了食盐，其他物资都不是生活必需品，着实让人头疼。"

"大叔，没办法我们可以想嘛。俗话说，三个臭皮匠顶个诸葛亮，咱也不妨动员当地组织，集思广益，或许就有办法了。"

这时，崇义妈给三人烤了热馍，切了咸菜，捞着酸菜，又熬了半锅玉米糁。

梁崇义说:"君宝同志,物资安全抵达,没露丝毫马脚。感谢老天爷。"

梁嘉旺说:"崇义,甭大意。我们窑里这些东西不变现,卖的票子送不到陕南,任务就不算完。"

确实,国民党对陕北下来的东西严格封锁,这么多物资究竟该怎么销售。平时上面就查得很紧,现在又是特殊时期,如果露了马脚被人发现,那肯定就是死路一条。

次日一大早,梁崇义悄悄将贞昌从槐园堡叫过来,商议这批物资该如何出手。贞昌看着那么大一堆货,又惊又奇,对陕北同志们能把这么多东西安全运抵深表佩服。他们觉得,这些物资只能暗销,可到底卖给谁却成了难上加难之事。

此时此刻,贞昌不由紧皱眉头。

"君宝同志,我就不明白,边区政府为啥不直接派人送钱过去,弄一批物资拉来拉去,出了事咋办?"

贞昌和大家的困惑其实也是边区政府不得已的事。殷君宝向他们解释说:

"你们有所不知,自从国民政府对八路军停供军费后,边区早已停止了法币流通,咱卖到手的边币去换法币,那样会更危险。而且更不可能向陕南运送大量物资。"

贞昌沉思良久,对殷君宝说:

"君宝同志,咱这里的人都是干屎打的胯骨响的穷苦百姓,谁又有能力买这么多货?而且这么多货换成钱也不是一笔小数目。"

"那也得想办法嘛!"

"办法倒可以想,只是,我们需要时间,绝对不敢贸然行动。"

"贞昌同志,我们真等不得呀。现在已是隆冬,我们的同志还穿着单衣窝在秦岭的山沟里,我咋能不急?快,一定要快,最多二十天,而且还必须将所有货款送到指定地点。"

突然接受了这个艰巨任务,不仅数量巨大,销售要快,而且必须绝对安全。如果参与的人一多,万一走漏风声,被国民政府查获,或者被国民军队打劫了,又该咋办?即就是很快脱手,货款一时收不回来,又该咋办?可是,任务再艰巨也得扛起来,此时此刻,大家都没有推诿的丝毫理由。

"君宝同志,既然这样,我们大家想办法。"

贞昌虽然坚定地接受了任务,可他的头脑中还是一片模糊。回家的路上,贞昌心事重重,觉得这事还得和二哥商量。

恒昌听了贞昌的困难，他也替贞昌、替当地的地下党组织担心。他蹲在木椅子上吸着水烟，眉骨几乎拧在一起。

"共产党弄事咋能这么冒失，这还没找到买主，咋敢运来那么多货，还乱七八糟像是要开杂货铺子。"

"就是，也不知上面咋想的。二十天时间，谁有这么大能耐，敢在国民党的眼皮子底下变卖这么多东西。我这也是没办法，才找你商量嘛。"

恒昌吸着烟，贞昌静静坐在旁边，两人好长时间不说话，各自想着对策。宝珍在旁边待了半晚上，看着老哥俩的样子，劝道：

"掌柜的，老四的事俺也明白了。可这毕竟是大家的事情，你弟兄脑子不好使，或许别人还会有办法的。时间不早了，还是睡觉吧！"

贞昌实在想不出办法，只好说："二哥，暂时不劳神了，先睡觉吧！"

贞昌说罢起身就往外走，恒昌忽然一拍大腿，高兴地说：

"老四，有办法了，有办法了。"

"二哥……"

贞昌收住脚步，期待地回头看着恒昌。

"这不是马上又到十一月了，咱今年再承办一次物资交流大会。"

"二哥，你是说利用物资交流大会，将这些物资卖出去？"贞昌恍然大悟，兴奋地说，"好，好好！"

两天之内，贞昌就召集起当地的地下党员。黄道吉动员大家，首先将梁嘉旺家的那些货物分散转移，并积极筹备物资交流会的具体事宜。

今年的物资交流会比去年办得更成功。过会那几天，除了去年的那些热闹劲儿，今年则显得更加有阵势。

槐园堡街道两边，商铺饭店林立，铁匠炉子杂货店，油坊面坊面馆子，染坊药铺棺罩铺子，经营门类齐全，家家忙碌不停。羊肉摊子散发出扑鼻清香，铁匠炉的炉火呼呼铁锤叮当，木匠铺掌柜夸他的农具如何轻巧结实价格合适，炭场子上的骡炭驮子不紧不慢来来往往，骡车推车川流不息，赶猪吆羊的成群结队，要把戏卖艺的，说书唱戏的，担担子贩运的，人来人往热闹非凡。卖甑糕油糕的相杂其间，吆喝唱卖，有人或立着或蹲着，东拉西谝吃吃喝喝。街道南边麦场里是牲口会，有高骡大马，黄牛黑驴不时挥动着前蹄，一心想把地刨个坑。妄想脱缰的小毛驴，一时东瞅西盯，一时昂首大叫，只有大黄牛若无其事地卧在地上，不停地咀嚼反刍。那边三人一堆，五人一伙，他们揣着衣袖苫着帽子，捏弄指头商议畜价。几个年长的老汉，抽着旱烟，谈论着行情，碾麦场是粮食集，装着各种杂粮的粮袋开着口儿，卖粮的拉长了嗓门大声吆喝："一斗三斗买卖清楚，九斗一石斗满请看，公平合理走后莫嫌。"一声声有趣的叫卖声，也给槐园堡粮食市场增添了新的色彩。

槐园堡新的集会规程留了下来，各家生意渐渐红火起来，市面也做得越来越大。交流会结束了，那些物资除了枪支，其他全部销售一空。

这时，大家的精力全落在了枪支上。槐园堡过会时，黄道吉忽然接到报告，信立乡青龙岭西崖村有十几个人贩卖枪支，已经在那里待了两天三晚上，如今消息传到锦阳，吴恭道打来电话，要自卫队直接派人去抓。

黄道吉听后，不知是真是假，前几天的物资交流会卖了那么多物资都风平浪静的，这刚将销售枪支的任务分下来，难道就暴露了？

黄道吉为了进一步打探摸底，确保地下组织的顺利交易，他亲自带队前往。这一次，他没敢让冯德海出动，直接来到西崖村，他先派自卫队队员将那几面窑洞围起来，然后手握驳壳枪径直走进了一面破窑。过了好久，他带着一个提着荆条笼的老汉走出窑洞。

"走，回。虚惊一场。"

黄道吉装出一副被人作弄的感觉，一路没好气地押着那老汉去了乡公所。回到乡公所，他就给县政府打电话，说是逮住一个老汉，是倒腾皮货的贩子，并不是上面传言的贩卖枪支的地下党。

吴恭道严厉地说："消息千真万确，我马上派保警队的人过来协助你们。"

黄道吉担心保警队再来出现麻烦，口里连连应承，又佯装着再次出动，他们在河滩兜了一圈，放了几声枪。中午时分回到乡公所，再次向钱县长报告。

黄道吉说："钱县长，我们又去了西崖破窑，向周边群众打听，才听说那里前天确实隐蔽了一百多人，都带着枪支，可他们只在那里住了一晚，昨天已向西去了池阳。今天带的那个老汉一问三不知，原来他们真的没有丝毫关系。"

"一群熊包，眼看到手的赏钱，被你们耽搁了，唉！"吴恭道气得在电话那头将他呵斥了一顿。

不用猜测，明眼人都知道青龙岭西崖下发生了什么。而与此同时，大家将那些枪支又向通关、临原、唐园各镇下达了销售任务。分配任务时，殷君宝心情十分复杂。说不行吧，几天时间大家就将那些物资销售一空；说行吧，剩下的枪支销售又成了他最头疼的事。

一连三天，贞昌、黄道吉，甚至恒昌也多次参加销售行动。正在无奈之际，黄

道吉、杨贞昌等地下党的同志没有发话,年近七旬的杨恒昌开了腔:

"老四、道吉,我不是你们的人,只是看看你们的猴急劲儿,才三番五次给你们帮忙的。"

"二叔,你客气了,其实你给我们做的事已经不少了。我们还没来得及感激你哩。"

殷君宝激动得不知说什么好。他和恒昌接触的并不多,对他的了解都是大家茶余饭后的传言。但恒昌做的许多事确实让他敬佩而感激。

恒昌继续说:"你们后面的事我也清楚,特殊时期,大家尽量考虑国民政府内部有没有担任职务的统战朋友,大家人人有份,平均分配,层层落实。为了安全,同时向所有参与者做出承诺,到时再付给他们一定报酬。"

恒昌每次的建议总能让贞昌茅塞顿开。二哥以前在外面如何带兵打仗他不晓得,可他出的点子一个比一个好却是不争的事实。

贞昌说:"当然,如果遇到个别顽固分子,不妨拉下脸来威胁警告,胁迫他们不准刁难,予以配合。记着,务必告诉他们,这批货是胡宗南妹夫的,谁要是出了事,胡司令的妹夫就可能抄了他全家,弄不好还会被弄到胡司令的长官部打官司。"

张世发领到任务,直接推着独轮推车,将那些枪支混进装粮食的口袋回了邑岚堡。他通过孙振邦,很快就将任务分解到了通关和锦川两镇的地下党组织。

十天时间,所有物资销售一空,筹到了满满五麻袋现钱,居然还是清一色的法币。殷君宝看着蹲在地上的钱袋子,高兴得赞不绝口。

"同志们,前阵子上边区时我已见识了锦阳地下党的工作,在边区大家也都说锦阳县的地下工作做得扎实,这次再一看,果然名不虚传啊!"

殷君宝按照各地报上的账目核对,发现他们没有扣除当初承诺的报酬,他让贞昌和崇义给大家先领了。贞昌看着他说:

"君宝同志,咱赶紧把钱想办法往出运,同志们咋可能要报酬呀?"

次日傍晚时分,贞昌牵来两匹马,驮着钱袋子正要出村,槐园堡街道忽然来了信立乡几个乡丁。贞昌将马匹停在隐蔽处,上前查看情况,原来这几个在街头打转转的乡丁只是下来例行检查。贞昌终于放心,他和大家商量,给几个乡丁每人塞了几张法币,让他们到王青海那里喝几盅去。

贞昌牵着马驮出了村,在边区同志的秘密配合下,他们下了荆山原,来到栎阳镇,第二天中午就将筹集的法币安全送达临潼的交接点。陕南部队派来的接应人员也不敢耽搁，几经曲折，终于将这些现金安全运抵陕南根据地。

过了几天，有人传出消息，说当地地下党借助物资交流会为边区买卖物资。吴恭道气得大骂共产党，骂各区乡公所的人都是饭桶。那么多货物，堆到一起能占十几间屋子，居然被共产党地下组织就地销售，更可恨的还有那些枪支，竟被我们的乡长、保长和政府的同僚买了回来。他不可思议，又后悔莫及，恨不得扇自己几耳掴子。他仔细摸排了一下，想看看国民政府内部谁买了谁没有买，没买的可能就是共产党。结果查来查去，就连思明、圣乾也买了几件上好皮货。他又让人拟了一份紧急通告，在全县各地张贴，要求各地乡公所仔细巡查，及时举报共产党这次在锦阳一带销货的所有线索，逮住一个线索立即顺藤摸瓜，将嫌犯捉拿县府查办。

李夏松一直将秦西民当作靠山，他在秦西民的庇护和扶持下一路高升，在保警队干了不长时间，继而摇身一变，当上了通关镇镇长。

他初来乍到，一边熟悉镇公所各位的底细，一边尽力做好县上的事，为自己后面的工作打好基础。他很快就觉得自己大权在握，渐渐原形毕露，一方面横行乡里为所欲为，另一方面又上下勾结钻营取巧。不到半年时间，他就谁都不愿见，谁又都不敢惹，成了整个通关镇的活阎王。

让李夏松做梦也想不到的是，去年冬季的槐园堡物资交流会居然会和通关镇拉上关系，而深受其害的还是他这个镇长。

原来，李夏松听自卫队队长孙振邦说，那些枪支是胡宗南的妹夫弄来的，价格也合适，人家就是要现钱。他随即将那几十把短枪全部买了下来。

李夏松看了县上告示，才知道他购买的枪支并不是孙振邦说的那么简单。他将孙振邦叫到跟前，质问道：

"孙队长，前阵子那些短枪是哪里来的？"

"李镇长，你买的嘛！"

李夏松从桌上抓起告示，气得在他面前抖了抖，骂道：

"孙队长呀孙队长，你再甭给我卖关子。咱肥得流油，硬把血汗钱给共产党缴军饷，往出拱哩！"

孙振邦佯装糊涂，李夏松忽然提高嗓门，大声说："孙队长，你知道不，这全是共产党的货。去，马上召集自卫队，我亲自带队去邑岚堡抓捕张世发。"

李夏松已经把孙振邦监视起来。他知道那些枪支是张世发带回的，他被张世发骗了，但他绝不排除孙振邦是地下党的可能。

李夏松直接带着自卫队二十多人去了邑岚堡。他们一路上咋咋呼呼，人还没到,消息早传到了邑岚堡。张世发第一时间得到消息,立即翻身从后巷出去,到石道坡陈怀德那里临时躲避。

他们来到张世发家门口,前门从里面闩着,黑虎正卧在院中。黑虎前面忽然出现这么多拿着长短枪的陌生人,它并不知道主人已经从后墙逃走,立即伏身趴在地上,龇牙咧嘴地发出低沉的吼声,似乎谁敢上前,它马上就会反扑上去。

李夏松对自卫队大喊:"往进冲,抓住张世发!"

自卫队的人想往进冲,又怕黑虎猛扑上来。李夏松口里骂着:"咋都是草包!"他一脚踢开木门,掏出手枪要将黑虎打死。说时迟那时快,李夏松刚举起手,黑虎唰地一跃而起,一口就要咬住他的手腕。他一闪身,黑虎扑在他的胳膊上,手枪差点掉到地上。他反手"啪"地就是一枪,黑虎随即扑倒在地。这时,两个马弁冲上来又"啪啪"补了两枪,黑虎瞬间倒在血泊中不再动弹。

李夏松喊道:"往里冲,抓住张世发,人人有赏。"

他们闯进院子,里面空无一人。自卫队一无所获,将张世发家里的东西砸了个稀巴烂,气气鼓鼓就要回去。临出门时,李夏松看到刚刚毙命的黑虎,对手下人说:

"去,把狗抬上,今晚吃狗肉!"

李夏松为了向县上表功,将抓捕张世发虽未成功,却知道他是地下党,和锦阳西北乡各地的地下党肯定常都有来往的消息报告吴恭道。同时,他又派人长期对张家盯梢,立下抓不到兔子不收枷的誓言。

吴恭道对黄道吉的办事不力提出严厉的批评,并派县保警队穆紫轩亲自带兵丁去槐园堡抓捕杨贞昌。

逃到同官的张世发通过陈怀义给贞昌飞鸽传信。穆紫轩他们来到槐园堡时,贞昌已带着榴花离开了。

巷子里呼啦啦围了这么多人,他们在贞昌家门口吵吵嚷嚷。恒昌装作啥都不知,在自家门口向外张望。见他们一个个都荷枪实弹,他就问:

"你们这是?"

穆紫轩没好气地说:"我们抓捕杨贞昌,与你啥事?"

"哼,与我啥事。你到我巷子抓人,咋能与我没事?"

恒昌说着,背着手往穆紫轩跟前走来。

旁边有人悄声告诉他这是贞昌的二哥,曾经在部队当过老师长。穆紫轩听后,赶紧小跑过来,装出一副毕恭毕敬的模样。他说:

"杨老师长，小的有眼不识泰山。我们也是奉县上命令抓捕杨贞昌的。"

"好好的咋随便抓人。他是放火了还是杀人了？"

"老师长，有人举、举报，说他参与、参与贩卖陕北运下来的物资。我们也、也是执行、执行命令。"

"哼，"恒昌盯着穆紫轩看了一眼，冷笑道，"我还当是啥事。那些货都是我的。这两年家里没有好收成，又不得不花钱，我才把前多年带回的几把枪和一些私货变卖了。"

"……"

穆紫轩听了，一张口半天合不拢，傻愣着不知如何回话。

"前几天，我让兄弟借赶脚给我卖了一点旧物私货，而且把近一半钱都送给了锦阳和泥阳两县的县长。你们今天要抓人，那就直接抓我，我正好可以问问，你们县长为啥要一个萝卜两头切，收了我的货还要抓我的人？"

穆紫轩知道命令是吴恭道下的，可消息是从通关镇李夏松那里来的，至于钱县长，他真说不清。穆紫轩不敢就此穷追，只得揣着糊涂，乖乖地领着手下，回去向吴恭道复命。

国民党将锦阳、泥阳两县与陕北的边境线封锁得愈加严密，向边区输送物资尤其紧张，地下党组织不得不减少不必要的活动。黄道吉利用当乡长的便利，暗示下面几个担任保长的地下党给通行人员换衣物，开路条，秘密配合他们为边区运送物资、护送青年北上。

腊月的一天下午，远在故仙村的李俊峰家住进了一高一矮两个同志，他们是陕北派往陕南工作的。两人带着路条，一路上按照规定的交通路线往南而来。他俩到柳林车马店时，按上级要求，店内包括掌柜利昌在内，谁都无权过问上边派下来的所有人员。可是，利昌看见那个高个的说起话来粗喉咙大嗓子，没有一点地下工作者的沉稳与谨慎，就小心地提醒他俩路上务必小心。没想到那人看了利昌一眼，面露不屑地说：

"掌柜的，我们啥大风大浪没见过，你不用担心，我们小心着哩！"利昌看着他们，无奈地叹息，在心底期盼他们一路平安。

那个高个子是几年前从国民党军统在江西上饶的集中营逃出的，他几经周折来到了陕北。矮个子参加过长征，他一路上话不多，却是一位久经考验的有胆有识的老革命。

他俩一路上急不可耐，第二天中午就到达故仙村。两人在李俊峰家吃过午饭，正要动身。李俊峰说："二位同志，时候不早了，你们今晚就住我家，明天再走不迟。"二人想想也是，便暂宿李家。晚上，李俊峰盯着他俩看了又看，好像也没啥破绽，又总觉着不放心。他告诫两人说："同志，你们再往前十多里就是白区了。关中可不比边区，驻军、保警队甚至特务到处都是，你们路上务必小心！"

那位矮个的向李俊峰连声道谢："同志，你放心吧，我们会小心的。"

次日，二人吃过早饭，千恩万谢地出了故仙村。高个的还说风凉话："兄弟，我又不是吓大的，他们一个个咋这么小心怕事。"

矮个的说："不管咋说，我们还是小心为好。人家也是为我们好。"

他俩一人手里拿根棍子，走在路上敲敲打打，好像是在打草惊蛇。如今正是腊月，哪里有什么蛇，路边草丛里偶然会窜出一只野兔，慌慌张张向远处飞奔而去。结果，蛇没碰见，兔子却把泥阳县保警大队的便衣队引了出来。

昨晚信立乡上去了几十号子人，泥阳保警大队得到消息，兵分几路沿途搜捕。结果，他两个刚一出山，在泥阳城北原就被保警队的便衣盯了梢。

他们走到泥阳城外，眼看就要穿越泥阳封锁线，泥阳保警队的便衣队上前盘查。高个的佯装满不在乎，跟他们说是去锦阳走亲戚的。便衣队的任务是盘查北上的所有人员，而他们是从北边下来的，并没继续盘查，他俩好不容易过了关卡。这时便衣队跟踪的人说：

"兄弟，我们不能轻易放掉任何一个人，谁敢保证往南去的就不是共产党！"

便衣队的人也害怕大意失荆州，又骑了几辆自行车在后边紧追，边追边喊，让他俩停下。

后边忽然有了追兵，两人一看，以为露了马脚，撒腿便跑。不料他俩慌不择路，糊里糊涂竟跑进了泥阳城南的国民驻军盘查点。军队和保警队两面夹击，他俩被捆绑起来。经过一番交涉，保警队将他们带回泥阳县仔细盘问。高个子吓得面如土色，那矮个的装出一副委屈表情，一个劲地给保警队队长说着好话。他说：

"官队长，我们是到山里收购药材的药贩子。生意不好，去了几天又拐回来了。前几天路过这里，还见过你呢！"

这里一天到晚过往的人的确不少，保警队队长也想不起他俩到底来过没来。他问道：

"你们收药材，先给我报上几味药名，让我听听。"

幸亏那个矮个的懂得当地一些常见中草药，他装作战战兢兢的样子说："泥阳县是药王故里，中草药多的是，远志、柴胡、党参、薄荷，哦，还有土元、全蝎、蛇蜕……"

"好了,好了,不说了。不过,既然……"

保警队队长话没说完,矮个的已经明白他的意思,赶紧说:

"官队长,小的明白,小的明白。可你得给我们松绑呀。"

他俩将随身钱物留下,好不容易熬到晚上,背了各自的空褡裢趁着夜色逃了出来。两人再不敢麻痹大意,黎明时分,按照上级安排的接头地点来到贞昌家。

贞昌处理陕北运送的物资,遭遇了一场虚惊,也是前两天才回来的。他看着两人的狼狈样子,询问了事情的经过,估计保警队要来搜查,就过去找二哥恒昌商量,希望将这两人暂时隐藏起来,以便做好应对搜捕的准备。

恒昌家后院有个地窖子,那还是他年轻时挖下的。当年防御叛乱,杨家弟兄用了好几个月才挖成,窖子的入口在恒昌家后院的水井里。窖子口离地面一丈左右,横着往里打了一个地道,一直通到槐园堡城外,足有二三十丈长。

果然不出所料,泥阳保警队侦知二人逃进葫芦口,就藏在信立乡附近。可这是锦阳地界,他们无权越县搜捕,只得电话告知锦阳保警队。黄道吉接到县上命令,一面派冯德海带人去捉,一面又让亲信赶去报信。

正午时分,冯德海带着十多名自卫队队员,荷枪实弹前来搜捕。他们刚要进屋搜查,恒昌来到贞昌院子。他不由分说,破口大骂:

"冯德海,你好大胆子,竟然一而再再而三地来槐园堡搜人!你听着,要是今天抓不到人,我就要你的命!"

几句话吓得冯德海和自卫队的乡丁们不敢造次。冯德海想了想,那两个嫌犯是在泥阳发现的,抓住抓不住与他们也无关系。更何况每次见到恒昌,他心里先自生胆怯,只好灰溜溜地走了。

恒昌将那个高个子藏在自家的地窖子,矮个的安置在外面菜园里。高个子因在泥阳盘查审讯中受了点伤,需要在这里休养。他初进关中,也不懂这一带的风情,尤其遭受了泥阳保警大队便衣队的抓捕,他一看见穿长袍戴礼帽的就害怕。

几天后,矮个子不敢在这里耽搁,撇下高个子独自走了。这一下,高个子更是神情紧张、草木皆兵,甚至对每天给他送饭的恒昌也不敢相信,口口声声要见边区领导。为此,贞昌不得不亲自去边区汇报,徐日盛就派李俊峰来槐园堡,准备将高个子接回陕北。

一天傍晚,有人向信立乡乡公所偷偷汇报说,槐园堡外的麦场上忽然多了四五十个外地人,他们有的穿西服别钢笔披大氅,有的穿夹袄系腰带蹬棉鞋,还有的完全是吆车人的打扮。那里还停有几十头驮骡,驮着大量的棉花、布匹。

冯德海听了,立即要带着自卫队的人去抓他们。黄道吉知道这些人是去边区的,特意将冯德海叫到屋内,低声告诉他:

"这事我早知道,可他们人多,情况又不明,咱先甭轻举妄动。"

"哪咋弄?"

"我已派几个保长去监视他们了。你先向县上请示,让他们多派些人,务必将这伙人一网打尽。"

冯德海立即给县上摇了电话。穆紫轩这几天也是两头挨骂,他一接到电话,就带人往信立乡赶来。

这时候,东边天空已亮起一抹曙光,而昨晚那些驮骡和人员早已无影无踪。穆紫轩他们折腾了一夜,回去的路上吹胡子瞪眼,埋怨信立乡消息不灵,让他们扑了空。

穆紫轩抓捕北上人员未果刚刚离开,贞昌和李俊峰就进了槐园堡。他俩一进家门,突然听说地窨子早上炸死了人,心里不禁一惊。原来,地窨子藏着几枚手榴弹,那是特殊时期家人用来自保的。由于下面藏匿的都是自己同志,大家平时都未在意,没想到怕地方出鬼祟,这个神经质的高个子居然把自己炸死了。

贞昌不明就里,听了头上直冒冷汗。可是事已至此,所有人都得严守机密。李俊峰跟贞昌商定,迅速掩埋高个子的尸体,不能让特务分子寻隙钻空。于是,大家赶紧将人抬出来,埋在村西杨家祖茔旁边。

穆紫轩折腾了一晚,他刚回到锦阳,躺在炕上补瞌睡,冯德海又打来电话,说槐园堡出了大事,还是人命案件,必须迅速前往。

穆紫轩听罢气得在电话里大骂冯德海:

"冯队长呀冯队长,你们得是寻着法子折腾人。你们的人命案子昨儿不发生,明天不发生,为啥我们今早刚一走就发生。我们保警队是全县的保警队,可不是为你们信立乡特设的?"

杨家忽然出了人命案件,锦阳县乡两级政府和特务机关立即借题发挥,大做文章,以"窝藏共产党,图财害命"的罪名,下令逮捕杨贞昌。

穆紫轩口里大骂,内心却不敢有丝毫大意。中午时分,他再次领着保警队一干人马进了槐园堡。

看着穆紫轩气势汹汹的样子,杨恒昌站了出来。他说:"穆紫轩,死者是因家务纠纷想不通自杀的,你们要找死者,去青龙岭下挖去,人是刚埋的,或许还热着哩。我向你们拍腔子作保,这事与贞昌无关,是我恒昌的家事。"

恒昌出面强行压制,又向穆紫轩作了保,旁边又有黄道吉说话,县保警队的那些人才悻悻然地回了锦阳县城。

二十七

儿子继宗阵亡,恒昌仿佛被人剜了心割了肝。宝珍看着他每天板着沮丧而无奈的脸庞,也整日替他忧心。

宝珍回槐园堡十多年了。这些年来,她哭过,也笑过,可细细想来,还是苦多欢乐少。她常向恒昌诉苦:"人活世上,为啥好事总像躲瘟神似的避着咱,瞎瞎事咋又寻着缝儿往我们怀里钻。"

恒昌无奈地说:"唉,宝珍,这就是世道。"

"啥世道?"

"人活一世,甜短苦长嘛!"

"……"宝珍苦恼的眉骨锁成一疙瘩。

恒昌噗地吹着火引子,滋噜噜吸一口烟,淡然说道:

"世道就像吃饭,人人都想着美味佳肴,什么山珍海味,什么鱿鱼海参,都想着吃香喝辣。可你想想,鱿鱼海参和萝卜白菜,吃的那一瞬间,只有三寸的舌头知道哪个好吃哪个难吃,待到下了喉咙,谁还分得清啥好啥瞎?"

"哦,你还讲起大道理了,俺咋就没想过。"宝珍不解地说,"不管咋说,我就觉着这些年亏欠你,亏欠你们杨家。"

"有啥亏欠的?甭说了,一切比屁都淡!"恒昌并不在乎,也无暇在乎。

"唉,掌柜的。那一年,俺眼睁睁地看着继祖可怜地死去,后来继宗又被抓了壮丁。俺忽然觉着,作为杨家的女人,应该为杨家、也为俺,做点啥。"

"做啥?"

"俺要孩子。俺要当娘。"

宝珍一句话将恒昌傻愣愣定在了那儿,她说得没错,可她毕竟四十多岁了。

一句话灌入恒昌耳中,仿佛调料盒倒进肚子里,酸甜苦辣咸五味搅和一起,反而说不出个真味儿。自己走南闯北,戎马半生,当年也曾鏖战中原,可如今继祖被手榴弹炸了,继宗又命丧河南。难道自己的报应还没完?好好一家人,十几年稀里糊涂就丢下了他和宝珍。按理说，杨家不能没后，可如今自己年近七旬，宝珍也年过四十，恐怕早就到了力不从心的年纪，咋能生儿育女嘛。他苦笑着说：

"嗨，宝珍，我倒想再有个儿子，可你这不长庄稼的稀薄地，得成？"

"谁知道。俺使劲嘛，要不真对不住你了。"

宝珍将自己的想法说给榴花，向她讨主意。榴花高兴得合不拢嘴，嘻嘻笑道：

"二嫂，行，肯定行。前年在青龙岭上我接生过一个娃娃，当时娃他妈都快五十了。听人说，只要腰没干（注：腰干，关中方言，指绝经），就行！"

"真的？"

"二嫂，你年轻，肯定行。"

榴花满口都是鼓劲的话，她向宝珍建议，正月二十三铁佛寺庙会，她陪着宝珍去寺里上香求子，还一再向宝珍夸口说，那里的铁佛爷灵验得很哩！

好不容易熬到正月二十三，宝珍和榴花随着熙熙攘攘的人流去了铁佛寺。一路上，榴花给她说了铁佛寺佛菩萨的故事。

八百年前，完颜阿骨打建立大金，后经三代相继，到金世宗完颜雍理政时期天下大定，宋金多年鏖战的局面终告结束。完颜雍励精图治，终于成为真正的北方霸主。他执政期间，在全国实行裁军，大力发展农业生产，开启了大金国统治下的百年宏业。当时全国仅留六万戍边将士，其余士兵皆解甲归田。与此同时，金世宗又大量赏赐资费，倡导全国修庙侍佛。铁佛寺的这尊佛菩萨就是这一时期，渭北一带的解甲将士将各自的兵械冶炼成铁浇铸而成。

宝珍在榴花的带领下，向铁佛爷恭敬地上香磕头，虔诚地行祈许愿，期望铁佛爷能赐自己一儿子，再续杨家香火。

她们从铁佛寺回来，不觉就是半年。宝珍忽然觉得自己好长时间身上（注：身上，关中方言，指月经）没来，她以为自己腰干了，担心地跑到隔壁去找榴花。

宝珍一副焦容，皱着眉头向榴花诉说。榴花听了也说不准，心想宝珍一生也没生养，而且比自己年轻好多，她现在身子还好好的，宝珍咋能？榴花思量着，恍然一悟，她两手一拍大腿，笑着撇下榴花，格扭扭小跑着冲进了恒昌家，让二哥赶紧去请王先生来家喝茶。

傍晚时分，王先生如约迈进了杨家院子。恒昌已备好烟茶伺候，热情接待。王先生抿嘴喝了口茶，问恒昌：

"老哥，这不逢年不过节，平白无故的，咋忽然想起我？"

"也没啥，就是想跟先生谝谝嘛。"

"哦，槐园堡到学校就牙长几步路，你向来都是想来就来的，今儿咋还请我过来？到底有啥事？"

"嗨，也没啥。就是请先生给我屋里人把把脉！"

王先生听了，问道："老哥，好好的把啥脉？你就不怕我这半道郎中把病人耽搁了？"

"嘿嘿嘿，这老了都不好意思开口。我屋里人一天到晚念叨着要生娃娃。"

"哦，这是好事嘛，咋还不好意思了。"

这时，宝珍扭捏着出来，向王先生打了招呼，客气地给他续水添茶。王先生侧目将宝珍瞧了一眼，见她气色还不错，又问了她最近的一些情况，然后淡淡嘘了口气，示意宝珍将右手伸出来。王先生伸出三根手指，凝神静气地切在宝珍手腕寸关上。

片刻，王先生收手抬头，他的眼睛和恒昌、宝珍四只渴望的眼神相遇。

"奇迹，真是奇迹。还真有了！"

恒昌和宝珍又相互看了一眼王先生，将信将疑，几乎异口同声地问：

"真的？"

"真的。真真的。"

王先生刚离开槐园堡，宝珍就兴奋地跑到隔壁贞昌家，将喜讯告诉榴花："四姐，俺有了，真的有了。"

"有了！那好，那好。感谢铁佛爷显灵，赐给二嫂儿子。"榴花念叨着，双手合十就要对天揖拜。

"啥儿子，生男生女还说不定哩！"

"这还不简单，等明年庙会，咱再去铁佛寺还愿，顺便让铁佛爷看看你怀的是牛牛娃还是女女娃。"

"这还能看，铁佛爷真那么灵验？"

"那当然。铁佛爷脚下的莲花座后有个寸半宽三四寸长小洞，里面放着从漆沮河捡来的卵石和一些砸碎的青砖瓦块儿。求神问子者只需伸手进去，摸到卵石准生男孩，摸到砖头瓦块就生女孩，灵验得很！"

听了榴花的解释，宝珍口里只说不信不信，可她心里却早当了真。

刚进入腊月，算着日子还有四个月娃娃才能落草。榴花就开始嘈嘈着开年后到铁佛寺还愿。宝珍自然满口答应，她俩几乎没心思过年，一天天扳着指头算日子。正月二十三终于盼来了，一年一度的铁佛寺庙会如期而至。虽然没有前多年热闹，可老百姓盼望平安祥和的氛围未减。

这天一大早，榴花就拉着大腹便便的宝珍去铁佛寺还愿。本来，对宝珍来说，生男孩女孩并不重要，重要的是能顺顺当当生一个健康的娃娃就行。

宝珍在榴花的引领下，又和去年一样，虔诚地上香、作揖、磕头，完成了烦琐的过程。一切完备，榴花又怂恿宝珍，让她摸摸铁佛爷后面那个小窟窿，看看自己怀的到底是牛牛娃还是女女娃。

宝珍将手伸进莲花座后面小洞那一刻，她不由一阵惊悸，哪里有什么卵石瓦砾？她摸到的是一团冰凉稀瘆的软软的东西。宝珍疑惑地将手缩回，看了一眼榴花，说："四姐，里面啥啥都没有嘛！"

榴花不信，让宝珍再摸。这一次摸下去，宝珍不禁再次打了个冷战。难道？难道是条蛇？一想到蛇，她顿时脸色煞白，大声惊呼。铁佛殿的所有香客听后大惊，有的赶紧退了出去。有胆大的顺手端了香烛过去细看，随即丢了胆一般扔了手中香烛，转身而逃。里面果然是一条蛇，一条蜷缩的白蛇。那蛇似乎受了外面的惊闹，顺着那个小洞慢慢爬了出来，足有五尺长，胳膊粗细。或许正月天寒，它爬到佛殿墙根，又缓缓地蜷缩一团。

自古以来蛇是灵物，众人认为铁佛爷显灵，都说这冷的天，弄不好会将白蛇冻死。听到有人嘀咕，刚才跑出去的几个人又纷纷抱来柴火，点着了给白蛇驱寒。同时在白蛇前面点了香烛，倒头便拜，口里念叨着求蛇神原谅的话。这时不知谁说："这一定是白娘子显灵了，快给她抱一床被子盖上。"可是大家都是来过庙会的，谁不可能背上铺盖被褥。

榴花听了，急忙脱下棉袄盖在白蛇身上。有人从村子里抱来棉被时，铁佛殿内早已成了烟雾道场一般，磕头的嚷嚷的此起彼伏。再一细看，白蛇不知啥时已遁迹无踪，地上只留下榴花脱下的那件深红色棉袄。

宝珍和榴花慌慌张张下了青龙岭，一个战战兢兢、一个冷冷飕飕地回到槐园堡，俩人过了好多天才从那场惊骇中渐渐平息下来。

早春时节的农活并不繁忙，即便偶尔干活也轮不上榴花。这阵子，宝珍成了整个槐园堡的宝贝，而榴花也不能闲着，她受恒昌哥俩的指派，每天陪着腆着大肚子的宝珍拉话。

一天夜里，梁崇义来贞昌家，他告诉榴花，已接到上级任务，要护送梅萍去临潼。梅萍现在已到他家，说是一定要见见她和宝珍。宝珍也想着梅萍，可她挺着大肚子，出入真不方便。榴花激动地跟着崇义去了梁家窑。

破晓

·275·

梅萍去了边区，直接被分派到关中工委徐书记那里。这个会说锦阳话的四川女人不仅是资历很老的红军女战士，这些年在锦阳也做过许多敌后工作，拥有丰富的工作经验。徐书记很赏识梅萍，觉得她还是合适在关中工作，只说开春后让她去关中。

梅萍到边区后，好长时间总感觉身体哪里不舒服。她很奇怪，这不感冒不发烧的，咋一天到晚腰膝酸软，有时还恶心，不吃饭也想吐。她那年在山西前线因水土不服差点被阎王爷勾了命，后来多亏吃了王先生的药，这些年再没犯病。

梅萍在边区卫生院一个老中医那里看病，老中医看了她的脸色，觉得不错，又看了舌苔，也很正常。最后让她伸出胳膊把了脉，然后会心地笑了。

老中医笑自己说："看了半辈子病，我咋把喜脉忘了。"

梅萍奇怪，皱眉问老先生："啥是喜脉？"

老先生说："就是恭喜你，有喜了！"

老先生肯定老糊涂了，平白无故咋能有喜。梅萍忽然觉得自己几个月没来月经，不由一惊，难道这是李夏松的种？梅萍崩溃了，她后悔那天没能一枪打死李夏松。可是事已至此，这又该咋办？梅萍两天两夜没出窑洞，一双眼睛肿成烂桃。她知道，老先生肯定有办法帮她处理掉这个孽种。于是，她又去找老先生，向他讨办法。老先生听了梅萍的哭诉，安慰她说：

"这打胎可是伤天害理的事，要遭天打五雷轰的。女子，怀了就怀了，没啥。"

梅萍哭道："老先生，你咋说这话。"

梅萍对李夏松咬牙切齿恨之入骨，她发誓要要了李夏松的狗命。她晚上睡在炕上，一边哭一边用拳头捶打着不听话的肚子，她想不通，可肚里那块肉却一天天在长。过了一个多月，她渐渐明白过来，心底的一丝母性情结逐渐让她改变了打掉孩子的念头。娃娃是无辜的，老先生说的或许没错。

本来，徐书记是以教员的身份派她去临潼，在一个叫雨金镇的地方做地下工作。消息已经传到雨金镇了，只等着交通员护送她出山。当他看到梅萍日渐隆起的肚子，又有些为难，便想临时改变主意，让她留在边区生孩子。梅萍拒绝了徐书记和各位战友的关爱，毅然决定出山。就这样，梅萍被秘密护送到梁家窑。

梅萍想，这次离开锦阳，也不知啥时能回来，她忽然想见见宝珍和榴花。

崇义领着榴花和贞昌两口子一前一后进了梁家窑院。几个月不见，榴花看着梅萍的大肚子，再看看她的脸色，又惊又气。

"女子，你这样子咋去临潼？回，咱今晚就回，把娃生了再去。"

榴花劝梅萍，崇义听了又劝她说：

"榴花婶，梅萍同志要去临潼，她不去咋行？我们这次只负责护送，可没有权利让她留下来。"

榴花看了看贞昌，没好气地指责梁崇义："你们也不看看，梅萍再有几天就要生娃了，这咋去？"

最近形势严峻，梅萍和肚里的娃娃更不敢马虎。贞昌一想，特殊情况特殊办，让梁崇义直接转达边区，就说梅萍即将临盆，真去不成临潼了。不等梁崇义说话，他就和榴花将梅萍连夜接到槐园堡。

将在外军令有所不受。这些年来，贞昌第一次拒绝执行上级的任务，崇义也只能将情况向上面如实汇报。

梅萍已不再是先前那个女战士，而是边区派往关中的女干部，她的安全比啥都重要。可她此刻只得暂居榴花家。

贞昌将二哥恒昌叫过来商量对策。当初，榴花曾说让梅萍做继宗媳妇，恒昌碍于曾和余司令的约定，没有答应，可他打心里喜欢梅萍，将她当女儿看待。梅萍传递情报，在半道上被李夏松糟蹋，他听了也几乎把牙咬断。贞昌和他商量，想拔掉李夏松这颗钉子，他当时虽然没有直接出手，可贞昌那把手枪却是他提供的。

贞昌说："本来，梁家窑洞就是最好的藏身之处，去年黎向贤就是在那里路过的。"

"老四，嘉旺父子肯定有他们的顾虑。再说了，这些年梅萍和我们也熟得像一家人。还是我们想办法吧！"

"二哥，梅萍本是让我们护送过境的，她马上要坐月子，这生娃娃可不是一天两天的事！"

看着贞昌焦急无助的样儿，恒昌说："老四，咱有地方，甭怕！"

"有啥地方，你家我家都不行，让她住哪里？"

"你明天过来，把窨子清理一下，让梅萍暂时住在里面。"

贞昌眼前一亮，他一拍大腿，说："我咋把后院的地窨子忘了。"

第二天，哥俩将地窨子重新清理，仔细打扫了一遍，铺了厚厚的麦秸和被褥，准备了清油灯，为了防潮，贞昌还推回一推车石灰用来除潮，隔几天就在里面放几块。

此后，榴花很少出门，一天到晚守在恒昌家里，说是照顾宝珍，同时也替梅萍操心。偶尔有哪家过来请她接生，她只说身体不好予以推诿，赶紧让人家到泥阳城里去另请接生婆。

宝珍生了个男娃娃，恒昌高兴得泪流满面，他怎么也没想到，自己一大把年纪了还能当爹。他给娃娃取名继明，并让贞昌提前做好准备，要给娃娃好好过个满月。宝珍自然高兴，脸上从早到晚溢满笑容。

可喜的是，宝珍的娃娃出生不足十天，藏于地窨子的梅萍也生了一个儿子，大家悬着的心终于放了下来。宝珍说，让梅萍平时把孩子抱到自家炕上捎带着照看，还说让她再熬几天就能出来透透气。

王先生在给继明取名时，也给梅萍的孩子起了名儿。王先生说："梅萍的娃是在地窨子生的，就叫窨生吧。"大家听了都觉着好，让娃长大后能有个念想。

宝珍每次给小窨生吃完奶，她就会做一个奇怪而又恐惧的噩梦。她梦见自己在村东的杨家菜地小路上，碰见一条五六尺长、锨把粗细的黑脊背大蛇横在路上，一只老野鸡正与它鸲斗，只见野鸡嘎嘎嘎怒叫着跳跃着攻击黑蛇，又不时扑棱棱扇起翅膀防范黑蛇的反攻。那条黑蛇吐着蛇芯子，头昂起一尺高，眼睛盯着野鸡左右摆动。很明显，黑蛇肚子鼓起五六寸长一块大包，它想逃跑又挪不动笨拙的身子。原来它刚吞咽的另一只野鸡正搁在肚里，根本跑不动。宝珍吓得想大声喊叫，可她怎么也喊不出声来，而每到这时她就会被噩梦惊醒。宝珍第一次被恶梦惊醒，吓出一身冷汗。不过她也没放在心上，后来她觉得，只要给窨生吃奶，她就会做那种梦。有一晚，宝珍又被同样的梦惊醒，心惊胆战地摇醒恒昌，问他自己咋老做瞎瞎梦。

恒昌看着宝珍吃惊的样子，安慰她说："你身子虚，是管娃把人劳累的，好好休息几天就好了。"

今年以来，国共两党冲突不断，尤其开年前后，时不时就有大量的国民党军队向北开拔，白色恐怖几乎超出了所有人的想象。他们在锦阳和泥阳两县交界沿线设立关卡，每个路口都有警察和暗哨，当地的便衣特务时常会到周边村堡明察暗访。有时候，就是碰见当地的熟人，彼此都不敢保证对方是敌是友。

锦阳和泥阳两县的保警大队到处清剿共产党，槐园堡更是信立乡的重中之重，谁也马虎不得。冯德海的神经绷得像拉圆的弓，不敢有丝毫懈怠。他白天派人到各村明查，晚上又在各个路口设点盘查。乡长黄道吉既要隐蔽自己的身份，又要在表面上装出一副认真紧张的样子。

一个月来，杨家里外都小心谨慎的，除了恒昌、贞昌偶尔出去，其他人几乎没跨出过大门。可也不知谁走漏了风声，有人说恒昌家窝藏着女共党，还在家里生了娃娃。

小继明满月那天,杨家大院一片热闹喜庆。家里来了好多客人,大家喝着石冻春酒,吃着煨罐八碗,欢聚一起庆贺恒昌老来得子。这时,李夏松和秦西民忽然带着锦阳县警察局一干人马来走进槐园堡。他们径直闯进了恒昌家,在座的客人乡党吓了一跳,不知发生啥事。李夏松一看到恒昌的眼神就后怕,看警保队那帮队员进了杨家院门,他则悄悄溜到最后,在门外把守。

恒昌心中疑惑,又不能让大家冷了场,只得客气地请秦西民等人入席就座。秦西民双手举到胸前打着恭,口里冷冷笑道:"杨师长,若不是有人举报,我真想不到,你家会私藏共党!"

恒昌一听立马变了脸色,厉声骂道:"姓秦的,你可甭血口喷人。要不我跟你没完!"

秦西民没有言语,乜斜着眼看了看系着围裙的梅萍,一把拉住她的胳膊,低头在她胸前嗅了嗅,忽然哈哈大笑。

梅萍双臂抱在胸前,一双冷眼瞪着秦西民。秦西民"哼"了一声,眼光再次盯到梅萍的胸前。

"奶头都快胀破了,你都不觉得憋?"他说罢,猛地转身问恒昌,"杨师长,这个女的是谁?"

"给娃雇的奶妈!"

"就是,雇的奶妈。"宝珍忽然清醒,冲出来护住梅萍。

秦西民说:"哼,你们这是哄三岁娃呀?你的奶饱得都能溢出来,还雇奶妈?你们这是哄鬼哩得是?"

秦西民不屑地看了眼宝珍,眼光再次落到梅萍脸上,对恒昌说:

"杨师长,我们都是为党国共事,你老了老了可甭晚节不保啊!"

梅萍不想因自己而让杨家人招祸,她看着秦西民,没好气地说:

"你们别费口舌了,俺就是共产党。"

贞昌和榴花正想着如何周旋,没想到梅萍竟说出这话,气得咬牙暗叹。

两个保警队队员上前,一左一右扭住梅萍胳膊,就要将她带走。

秦西民说:"甭急,先让她说,娃在哪里?"

贞昌知道纸里包不住火,看着秦西民,低声吼道:

"姓秦的,你要积点阴德!"

听到里面吵闹,李夏松想着此刻有人壮胆,也带着他的几个乡丁马弁进了院子。他看着梅萍，豆大的汗水不由冒出来，听说秦西民要梅萍的孩子。他低头哈腰跟秦西民商量："秦队长，咱抓共产党，难道连月娃子也抓？"

秦西民说："斩草除根，知道不！吴书记长平常咋样说的？"

恒昌眼看着梅萍要被抓走，他们一时又救不下，秦西民口口声声询问孩子下落，这又如何是好？他一直把梅萍当女儿看待，突然出现这情况，他该如何保护梅萍。若是当年在部队，只需他一个眼色，这帮地痞早都被毙了。

古戏中程婴的唱词忽然在恒昌耳畔飘过。他心头咯噔一下，随即紧皱眉头，走进房内，将炕上憨睡的小继明抱了出来。

秦西民走过去，接过恒昌怀中的婴儿，看了看恒昌，欲言又止。

"秦队长，你真要抱走娃娃？"李夏松向秦西民求情。

贞昌也说："你们真的连一个月娃子也不放过？"

秦西民低头凑到李夏松跟前说："斩草除根，不留后患！"

这时，梅萍从拽着她的两人手中挣脱，一头撞向秦西民。秦西民一闪，她一下子扑在李夏松身上。李夏松被撞了个满怀，差点跌倒，还没等他站稳，梅萍一巴掌已经打在他脸上。她嘶声力竭地哭喊道：

"李夏松，知道不，这是你的娃娃。"

梅萍一句话把在场所有人听蒙了，李夏松更想不到梅萍会突然说出这话。他还没反应过来，梅萍像只发怒的狮子，一把从他怀里拔出枪对准了秦西民，歇斯底里地吼道：

"谁敢抱俺娃子，看谁敢抱俺娃子！"

秦西民勒令保警队的人抓住梅萍。他口里大骂："这母狗疯了，见谁咬谁。"趁梅萍没留神，他忽然一脚踢向她的手腕，只听"啪"的一声，子弹嗖地从秦西民头顶飞过去，手枪也随即掉到地上。秦西民看梅萍差点伤着自己，回手就是一枪，梅萍一个趔趄倒在地上，她的胸前顿时沁出一片殷红。这一切来得太突然了，大家还没回过神，秦西民已将李夏松怀中的娃娃一把抢过，摔到地上，紧接着又是一枪，嗷嗷号哭的娃娃立即停止了啼哭。

"打死这帮狗日的！"

恒昌大喊一声，操起板凳一下子砸了出去。秦西民挥手一档，凳子落在李夏松身上，他哎哟一声，从地上捡起手枪，猫腰就往外逃，场面顿时失控，板凳、砖头、镢头、铁锨都变成了武器。秦西民一看势头不妙，赶紧带人溜了出去。所有的亲戚和乡党跑出巷子去追撵，喊着要秦西民的狗命。

"四姐,呜……四姐,呜……杨恒昌疯了,呜……杨恒昌疯了……"

这时候,宝珍哭喊着冲出屋子,突然变成了一块浸了水的抹布,瘫软在院子里。大家手忙脚乱地将宝珍抬进屋子。榴花跟进去后,这才发现,炕上酣睡的竟然是梅萍的儿子窨生!

榴花傻了眼,自己也像宝珍一样软软地瘫在地上,张着口半天说不出一个"啊"字。

二十八

梅萍和刚满月的继明遭秦西民枪杀。这件事炸雷一样在锦阳和泥阳两县迅速传开。一连几天,所有人都在窃窃私语、句句滴血。

历经这场劫难,宝珍身上像被无数的刀枪剑戟扎刺,她以泪洗面,时不时就会昏厥过去,一醒过来便哭着喊着闹着,向恒昌要孩子。

榴花每天都守着宝珍,担心她再出啥意外。她把饭端到宝珍面前,像哄孩子似的劝说。

"二嫂,甭哭了,哭得多了小心把奶哭没了。炕上的娃还要你养啊。"

"哎……哎……俺咋养呀,俺这是给谁养啊?哎……"她眼泪早已哭干,心里麻木得除了无以言表的伤痛,再没有任何感觉。

最近,恒昌的言语丢了,笑容也丢了,就是水烟壶从不离手,一天到晚滋噜噜吸着水烟,吐出的白烟在他头顶肆意飘绕,他期望用这一次次的吐纳驱散心底几十年来的所有伤痛。他看着宝珍的样子,站起来"噗"地一口吹掉烟灰,低声说道:

"给谁养?生到咱炕上就是咱的娃。能活的都不容易,都要珍惜!"

"榴花,跟宝珍说说话,我出去转转。"恒昌说罢,背着手出了槐园堡,径直向四维小学走去。

好长时间没见王先生了。以前还无所谓,自从办起明月皮影社,他俩一来二往,王先生渐渐从当初让人敬畏的教书匠变成了如今无话不谈的老朋友,后来又从朋友慢慢升华,竟有了兄弟一般的情谊。王先生不再将恒昌称呼"老师长"而喊作"二哥"了,恒昌也将王先生不叫"先生",而是开口闭口地叫"兄弟"了。

四维小学被国民政府接管那年,王先生就以年纪大了再不能继续上讲台教书为由回了通关镇老家。可是,他回家还不到两个月,又带着老伴来到槐园堡。全校的老师都觉着,王先生要将余生奉献到这里,腾了一间房子让他永久居住,这似乎也是天经地义无可厚非的事情。

从此,恒昌成了王先生那里的常客,没事了就背着手来这里喝喝茶,谝上一阵子。王先生有时觉着恒昌几天没来，也会踱着步子去槐园堡闲逛。

有一次，恒昌不知想起啥事，就开玩笑地问王先生：

"兄弟呀，我就想不通，四维小学这座小庙，咋能容下先生这尊大神？"

王先生哈哈哈笑道："二哥说的啥话，我是啥神，还不是你外甥把我硬箍来的。不过，以前我并没留意，在这里教了几年学，反而离不开了。你猜为啥？"

恒昌自然不知，面露好奇，侧耳倾听王先生解释。王先生说：

"二哥，你可甭小看了信立乡，这地方其实是块风水宝地，是一幅天造地设的太极图啊！"

"噢？兄弟这一说，我越发糊涂了。我们在这里生活了几辈子，咋没一个人看出来？"

"二哥，那是你们和这里太熟悉了。咱就说这四维小学，还占着太极图的鱼眼，是一块再好不过的地方。有时候让人越想越有意思，也就越离不开这里了。"

正如王先生所说，漆沮河和青龙岭原本就是两条龙，青龙龙头在南边盘龙湾，龙尾摆到葫芦口，只是青龙岭乃藏恶之地，幸亏原顶建有铁佛寺，数百年来有铁佛爷保佑众生，才使原上百姓得以安宁。不巧的是，国民政府的乡公所建在铁佛寺旁，这些年来瞎人好人来来往往鱼龙混杂，使得上面多年来难以安定。白龙龙头在葫芦口，龙尾在锦阳城南的荆山原下，槐园堡关帝庙刚好建在河畔，关老爷的忠义形象让这里流淌着一股正气。旁边的四维小学，又无意中成为培育栋梁的最佳所在，瞎人好人在此受教，都能洗心革面脱胎换骨。

恒昌忽然顿悟，王先生的这番见解，他活了一辈子从未想过。没想到信立乡居然还藏匿着这一玄机，青白二龙与太极图中的阴阳二鱼极度相似，那么两只龙眼不正是关帝庙和铁佛寺吗？

漆沮河，河畔是关帝庙，旁有四维小学。他当年建校是为了赎罪，也想借此改变乡里娃娃的命运。但他多年身在军营，向来有勇无谋，总觉得心有余而力不足。恰好王先生几经周折，在乡下私塾教书多年，后来又从唐园镇的立诚学校屈尊来此，一则看到这里的小太极地形，二则认为此生唯有栖身四维小学，才能得到关老爷庇护，能让自己找到最好的归宿。同时，王先生在修身与教学的同时，将自己的才学与恒昌的身体力行相互融合，借助明月皮影社，创作演出剧目，给当地民众带来高台教化之力。

在王先生的屋子，两个老人欣然对坐，闷闷地喝着浓酽的紫阳青茶，恒昌隔一会儿就滋噜噜吸几口水烟。两人沉默好久，终于你一句他一句地开了腔。

"唉！老了老了，咋弄下这事？"

"二哥，这都是天灾。"

"不，是人祸！"恒昌说，"是我的报应还没遭完？"

"二哥，过去的事甭提了，提了也没用。眼下要紧的是怎样度过这个坎坎。"

"兄弟，你通晓天下，心定理明，不骄不躁，人人敬重。我也深感敬佩啊！"

"二哥，喝茶，甭笑话我了。我活了一辈子，最远就去过一趟西安城，稀里糊涂几十年，啥事也没有弄成。"

"唉，兄弟，西安城我倒是去过，又能咋？我在外面打打杀杀二十多年，现在想起来，还不跟蒋介石、胡宗南一个屎式子，净干的伤天害理的缺德事。"

"二哥，我想加入共产党，也不知人家要我不？"

"唉！先生要加入共产党，我肯定不反对，而且还要大力支持。明眼人都能看到，今后的天下是共产党的。我如今也希望自己的侄男子弟都加入共产党，可这些事肯定都得共产党做主。如今，国民政府正做着鱼死网破的垂死挣扎，所有共产党人还将经受更加严酷的考验。"

"漆沮河今年要发大水了！"

王先生莫名其妙地说了一句，恒昌没明白是啥意思，问道：

"兄弟，你忽然说这，啥意思？"

"漆沮河啊漆沮河，多少年来，你摆给百姓的只是满河滩的顽石。你那滚滚洪流哪里去了，几十年来让这里只是浪得虚名。"

恒昌越听越糊涂，可他侧耳静听，没有打断王先生的话。

"漆沮河该发水了，将隐藏河底的暗流显露出来。我们这里的地下党也要光明正大地弄事了。可是，天亮以前，人人都得经受黎明前的黑暗。"

"兄弟，这又是啥话？"

"否极泰来三阳生。二哥，三阳开泰，这三阳就是锦阳、泥阳、池阳三县。几十年来，这里一场场让人刻骨铭心的灾辙，自然会以崭新的面貌与老百姓见面的。"

恒昌听得似曾明白，又觉得迷迷糊糊。这胜利与否和漆沮河咋能扯上关系。他不明白王先生为啥忽然说这云里雾里的话。

"国民党眼看着塌火倒灶，蒋介石已经开始烧笊篱了！共产党马上就要胜利了。"王先生依然在说，依然滔滔不绝，依然让他似懂非懂。

夕阳不知不觉钻到了青龙岭后，西天余晖残霞反而让四维小学的树影更加浓阴。恒昌见天色不早，告辞而去。临走，王先生将他送到学校门口，看着他渐渐佝偻的背影，大声说：

"二哥，有事没事，想来就来。兄弟随时伺候你。"

宝珍每天机械地给窨生喂奶，有奶便是娘，窨生可不管那些事。榴花从早到晚操心着郁郁寡欢的宝珍，轻易不敢出门。恒昌除了偶尔到王先生那里，几乎老守在家里。

一天晚上，星星早已在天幕上闪烁，还不见恒昌回来。贞昌知道二哥去了王先生那里，可这时间不早了，他应该回来了。贞昌到四维小学去找，他一到巷口，看见老槐下有个黑影。贞昌走过去，叫了声"二哥"，那黑影并未应声。他再走近一看，天哪，那黑影果然是二哥，他靠在树上，早已没有了呼吸。

风风火火一生的恒昌去世了，就这么静悄悄走了。

几十年来，杨家的日子从先前的一贫如洗，到后来过出了人样儿，元昌、恒昌兄弟几个也在信立乡活出了杨家的威望。可如今，国共两党争来争去，老百姓跟着遭难受罪，谁都有心把日子过殷实，可谁家的日子又都好不到哪里去。就像他们杨家，稀里糊涂又回到了几十年前的光景。这些年，他们弟兄分分合合吵吵闹闹，也是今天红了明天黑了。

直到那次恒昌给他说："你干的事我都知道，你甭再偷偷摸摸遮遮掩掩了。有啥事就直接吱个声！我一生奔波，也未找到能为国为民的主人，直到最近几年，才感到共产党真正是为人民办事的。可惜我老了，不能跟共产党合作共事了。"贞昌刚和二哥从身到心真正地拧结在一起，二哥却匆匆离开了他。

思明从县城赶来。姨夫家的遭遇他早知道了，可是最近明里暗里的事情真的很多，他实在脱不开身子过来看望他，没想到他竟这么快去世了。他和贞昌商量，按照当地习俗，给老人体体面面办一场隆重的葬礼。贞昌说，眼下形势特殊，二哥这几年除了去王先生那里，一天到晚大门不出二门不迈，他也希望二哥的丧葬一切从简。思明对此表示反对，他认为姨夫遭受了这么大打击，又是县上那一帮干下的，一定不能让那帮祸害得逞，必须在气势上占住上风。

思明说："四叔，你知道现在有多少双眼睛看着槐园堡，看着你们杨家？咱一定要让我姨夫体体面面走完人生最后一程。"

恒昌出殡那天，周家堡、梁家窑、葫芦口堡四邻八乡的老百姓汇聚槐园堡，锦阳、泥阳和池阳周边的新朋故交也给他送来花圈挽幛。明月皮影社那帮兄弟无一例外全部到场，在关帝庙戏楼前连演了三天。

几个表兄弟都不在了，晚辈中只有思明给姨夫披麻戴孝抬埋送葬。思明在八口乐人吱呜吱呜的唢呐声中，向姨夫行了三拜九叩大礼，将老人送归青龙岭下杨家祖茔。

王先生全程参与了恒昌的葬礼。他在灵前挽幛上贴着"青春戎马出浊泥，晚节黄花映清影"的挽联，横批是"气定神安"。前门门额上写着"笑隐九泉"，两边则是"思安逸解甲归田常含笑，恨此生心难遂愿不忍哭"的悼联。在场的人看了这两副挽联，无不百感交集，唏嘘感叹。

安葬了姨夫，思明陪着王先生回了四维小学。看着学校里的房舍，他不由想起当初在这里教书，在这里开展地下工作的情景。老人如今留居学校，更为他默默无闻舌耕一生的精神敬佩。

王先生头发全白了，腰也佝偻起来。先生真的老了，他的记性也变得越来越差，有时一回头就把事忘了。唯一忘不掉的，常在口里念叨着的，却是怎么加入共产党的事。

思明心头不由浮上一丝伤感。他看着王先生，又勾起了难以忘却的心思。

王先生看着思明，眼睛眯成了两条缝儿。他说："思明，我老喽，这辈子就像一盏清油灯快着完了。我心里是服老的，也没啥顾忌，既懒得想过去的琐碎，也懒得想往后的前景。只是觉得不甘心，总还有啥事没有了结。"

"哦！"思明勉强地笑了笑，说，"王先生，是你言传身教我成人，是你让我不惧黑暗寻找光明，你的大恩大德我永生难忘。有啥事您老尽管吩咐。"

"思明，我教了一辈子书，多少也明白些事理。我虽然没有你们年轻人脑子灵醒，你们做地下工作我从不反对，只是惭愧自己参与共产党的事情太少了。"

"王先生，不少了，你为共产党干的事情已经不少了。"

"唉！我虽然不是共产党，可不知从啥时起，我的心里就装进了共产党。现在老了，也不知共产党要不要我这老不中用的教书匠？"

"如今形势严峻，大家对共产党的事都避而不谈，他们正考虑是否继续施行'隐蔽精干，长期埋伏，保存力量，等待时机'的十六字方针而再次隐蔽，先生却提出入党。"

思明看着王先生一脸凝重的神情，忽然住了口，半天不再言语，眼眶里溢出了泪花。他抬手用袖子在脸上抹了一把，哽咽道：

"王先生，您老说的这是啥话，没让你入党，是党的损失。我一定给组织汇报，把你吸收进来。只是眼下还不能乱说，咱都先得隐蔽起来，把身体养好。"

多年了，思明都没和王先生这么说话了，两人你一言他一语，不知不觉远处传来几声鸡啼，窗户纸上渐渐透出亮色。思明起身告辞，他迎着朝霞，顺着漆沮河畔的沿河路回了锦阳县城。

恒昌去世后，王先生突然像得了魔症，他口里一连好几天都在念叨："二哥给我托梦，说他身边全是争权夺、利尔虞我诈、无所作为、耀武扬威的小人，他实在受不了，要我过去陪他。"

刚开始，包括四维小学教师在内所有人都说他是说笑话。王先生对此不争不辩，时不时又一字不漏地重复着那句话。听得人觉得不对劲儿，只要王先生开口，大家不由就毛骨悚然，仿佛黑白无常就提着勾魂索站在身后。如此十多天，这个身处穷乡、忧国忧民、为老百姓疾苦鼓呼、对腐政治疾恶如仇、对日寇侵略义愤填膺的老人，在喃喃自语中撒手人寰。

王先生是在外面去世的，按锦阳的习俗是不能回老家的。而这时，通关镇那边家里已经没人了。大家正考虑王先生到底应该在哪里安葬，贞昌走进了四维小学。他说："既然王先生临终前一直说我二哥找他说话，那咱就成全他，在杨家祖茔给他腾出一块好地方。"

宝珍疯了，每天都能听到她咿咿呀呀唱戏，一会儿豫剧，一会儿阿宫调，唱得凄愁哀婉，唱着唱着就唱出了眼泪。榴花不提醒她就不会回去给窨生吃奶。再后来，她鼓胀的两个奶头慢慢瘪了蔫了，再没有了奶水。窨生还不到半岁，这可咋办？

贞昌买回一只奶羊，榴花精心哺育着窨生，羊奶和白面粥粥一滴滴一勺勺喂下去。有时，榴花给孩子喂着饭，忽然又不见宝珍，她就得赶紧抱着窨生，到巷口把唱戏的宝珍拽回来。再后来，奶羊又没了奶水。榴花又想着新办法，她将小麦玉米黄豆等各种粮食炒熟碨成籹面（注：籹面，指炒熟的小麦或者杂粮面粉），和成稀糊糊喂小窨生。

王先生去世后，四维小学像丢了校魂似的。跛子吉庆觉得再也进入不了往日的教学状态，索性向校方递交辞呈，回了东乡老家。战友走了，俊杰也离开学校，回家务农。黄道吉担任信立乡乡长以来，依然竭尽全力在做党的地下工作。这段时间，信立乡下面六个保障所，已经有三个保长换成地下党员。他想到俊杰，便登门邀他出任第六保障所保长一职。

看着黄道吉肯定与渴望的眼神，想到结义兄弟这些年默默为共产党做出的贡献，刘俊杰握住黄道吉的手，没有说话，坚毅地点着头。刘俊杰重新回到保长位子

破晓

上，找回了昔日的感觉，很快就进入角色。这时的俊杰内心颇为自信。上次是他孤军作战，如今在他周围，还有三个志同道合的战友，大家相互帮衬，肯定会干得更加出色。

开年不久，胡宗南二三十万大军进驻陕北，准备一举歼灭陕北解放军主力。在国民军队来势汹汹，西北野战军主力在中共中央统一部署下，集中兵力，紧握铁拳，在延安东北青化砭、羊马河地区连续给胡宗南军队沉重打击，稳定了西北战局。

五月初，为配合陕北战场，西北野战军一部由陕甘宁边区直插关中，控制了渭北地区的广大乡村。那一晚，部队秘密行动，猛然出击，不到一天就完成了奇袭泥阳的战斗，而后速战速决，解放军当晚又撤出泥阳，返回驻地。这次战斗，解放军全歼国民党泥阳驻军的一个辎重营，还有野战医院和保安团一百多人，俘虏四百多个国军官兵，缴获轻重机枪、步枪、迫击炮等大量武器弹药，以及数千套军装和大量面粉、布匹、食品等军需物资。这一仗彻底切断了国民党军队通往陕北的南北交通运输线。

解放军奇袭泥阳的消息不胫而走，国民党的漏网伤兵四散逃遁。或许是老天爷给他创造了浑水摸鱼的发财机会，李夏松得到消息，暗自高兴。自从他当上镇长，虽然在钱粮赋税上可以动动手脚，却再不能在他的管辖范围做打劫之事。毕竟，兔子也要学会保护自己，不能再吃窝边草。李夏松现在身份不同，可他秉性难改的匪气犹存，他将目标盯在通关镇外、北边山里，南边川道，这些年发生的许多抢劫事件，要么是亲自出马，要么由他指使，都与他有着直接或者间接的关系。

当天黄昏，李夏松抽调了通关镇自卫队的那些蟊贼惯匪，换了衣帽行装，别枪揣刀，沿着通向泥阳县城的官道一路往西直奔槐园堡。沿路偶尔碰见逃亡的伤兵，他也不忘将他们身上的枪支财物据为己有。

李夏松此行目标是周长吉，这是他已经物色两年多的肥实猎物。如今时机成熟，他不能不把握好这个绝佳时机。他们赶到葫芦口，天已黑严实了。乡丁们按照李夏松的指使，兵分三路先行出发，堵住了通往周家堡的三条大路路口。沿路碰见的行人，不管是不是周家堡的，都是只许进不许出。一切就绪，他亲自带人进了周家堡。

这晚也真该出事。为防患泥阳城逃出的官兵到各村堡抢要吃喝财物，第五保障所保长李夏桐中午去乡公所开会，他完事后见天色尚早，又想着那些逃兵一个个都成了落汤鸡，谁还顾得害人，就大大咧咧溜到王青海那里去蹭酒饭。

李夏松上了青龙岭的大坡,到了周家堡城门口,那里已有他的人在把守。他们进堡后都蒙了面。往前走了百十米,正好碰见蛇娃轮完岗从保障所出来。李夏松的一个马弁低声喊道:"站住!"蛇娃吓了一跳,心想周家堡谁敢这么跟他说话,他刚要回头,一把枪已顶在腰间。

　　"你们是谁,要干啥?"

　　蛇娃气不打一处来,刚开口问话,身后还是那个声音:"少屄干,往周长吉家走!"

　　蛇娃想,难道真是泥阳城逃出的官兵,他连忙说:"官爷,都是自家人,我是保障所的。"

　　"少屄干,往周长吉家走!"身后那个厉声重复着刚才那句话。

　　李夏松不能开口,担心蛇娃听出是他,他示意手下别啰唆,让蛇娃前面直接带路。蛇娃双手搂着后脑勺走在前面,想着怎么摆脱这几个国民党残兵。这时他家前门已关,本来,大门钥匙就在门里面挂着,顺着门框右边那个洞子,将手伸进去就能轻松把门打开。

　　蛇娃走到门口:"啪啪啪"拍着门,不等里面搭话,便开口大声喊道:"长吉哥,长吉哥,你家来客人了。"

　　屋里人听着门口有人叫门,明明是蛇娃,长吉老婆生气地说:"掌柜的,你儿得是又喝多了。"

　　长吉听罢首先一奇,继而一惊,说道:"不对,不对。"他说着,悄悄唤起老婆和儿媳,让她们先藏在厕所甬出来,自己从后院翻墙出去,顺着北城准备溜出找人。

　　蛇娃将他爹叫长吉哥,李夏松听了差点笑出声,心想蛇娃今天居然还多了个心眼。他没有戳破蛇娃心头那层纸。等了一阵,并不见门里有任何动静,他断定周长吉听到儿子奇怪的称呼已有所惊觉,让人翻墙进去,从里面打开院门。李夏松一步跨进院子,屋里果然没人,他让马弁点着火把四处寻找,水井厨房牲口房,几乎每个地方都不放过。最后,周家一老一少两个女人被从厕所拉了出来,两人吓得哭哭泣泣浑身发抖。

　　李夏松没料到,蛇娃居然趁着夜色悄悄溜到黑处。他准备去保障所搬救兵,刚走到半道觉着不安全,就先爬上巷边一棵槐树。周长吉正高一脚低一脚往前走,还没走到北巷口,又被两个土匪挡住。当他再次回到自家院子时,两个女人已蜷缩在厅堂一角。一个像是土匪头子的人正坐在他的太师椅上。他们都蒙着脸,周长吉只觉得太师椅上那人似曾相识，又不敢相认。他被带进厅堂，那土匪头子并没动，只是歪头看了一眼他的手下，一个蒙面的走到他面前，眼里射出两道寒光，照着他啪啪就是两个耳光。

"这老朊，比驴都快。你咋没跑掉？咹，你咋没跑掉？"

周长吉哪里见过这阵势，他脸上热辣辣地疼，抬头看了太师椅上的李夏松，又迅速低下头。他偷眼看了看旁边浑身筛糠发抖的老婆和儿媳，真不知怎样解脱。

少顷，周长吉微微抬头，低声说："长官，我知道你们打了败仗，可我……"

那个打他的土匪说："我们是北山里的，从来不打窝囊仗，就是缺点货。"

"爷，我只有粮食，没有钱。"

"三更半夜，要你粮食做尿！"

"先绑了，再看他到底有没有货？"

周长吉随即被反剪双手，捆在厅堂柱子上。

"爷，我只有粮食，真没有钱！"

这时，打周长吉的那个土匪站起来，将火把举到他面前，眼睛瞪得像铜铃："老朊，眼放亮，我们不是当兵的，就缺钱花。"

周长吉知道自家早被土匪盯上了，不出水不行了。他给蜷缩一旁的老婆说："去，他妈，把木匣拿出来，快给几个爷。"

老婆被两个马弁逼进屋子，不一会儿，她端出一个枕头似的榆木匣子。李夏松站起来，一把抓过木匣，掀开盖子，里面有二三十块银圆，另有十几张金圆券。他一把将木匣摔在周长吉身上，低声吼道：

"老朊，你是要财还是要命？你这是敬爷还是哄孙子？给我打。"

李夏松话音刚落，拳打脚踢夹杂着枪托一股脑儿打在周长吉身上。老婆哭着哀求着："爷，爷，甭打了，甭打了，我给，我们给。"

周长吉忽然听出是李夏松的声音，他高一声低一声呻唤着，哀求道："李乡长，你们放了她们，要啥都行。"

李夏松听了一惊，他蒙面的目的就是担心被人认出，可自己一句话露了馅，虽然大晚上还是被周长吉认了出来。李夏松让手下的人在周家打砸搜寻，并没给周长吉松绑，很快就在仓房地洞、房檐椽缝，还有卧房墙里搜出银圆烟土金银首饰不少东西。

临走时，李夏松示意两个马弁，从仓房抬出半瓮清油，用扫帚蘸了点着，烧着周长吉的衣服，在他的疼痛哀号中扬长而去。

周长吉看着李夏松要灭他的口，才懊悔刚才叫出了"李乡长"。他哀求李夏松说:"李乡长,你东西拿了,还要灭我全家?"

"哼哼,逮贼不如放贼。你活了一辈子,这道理都不懂?"

周长吉家火光冲天。

李夏松带着他的人扬长而去。

黄道吉得知周家遭劫已是次日上午。辖区出现这等恶劣事件,他无奈,更生气,立即带着冯德海的自卫队来到周家。

周长吉已成了三尺长一截黑桩,他被放在厅堂一扇木板上,身上盖着厚厚的棉被。老婆和儿媳吓得只是哭泣,儿子蛇娃咬牙切齿,口里嚷嚷着一定要杀了这帮土匪。可是,黄道吉询问昨晚的情况,他却一问三不知。

刘俊杰听到五保出了这事,带着几个保丁赶过来,看能否帮上啥忙。

蛇娃一见刘俊杰就来了气,将他往门外推,口里不停地骂道:

"刘俊杰,为啥你一当保长,就盯住我们家不放?"

冯德海劝他说:"兄弟,咱出了事难受是对的,可你甭胡说嘛。"

刘俊杰没有跟蛇娃说话,他走到黄道吉面前,问明了情况,然后说道:"我昨天一直留意泥阳城,咱原上原下也一直没见一个国民军的官兵。"

李夏桐愧疚地说:"刘保长,我也没发现一个国军,我保上咋出了这事。"

"李大哥,谁都不愿意出这种事,既然出了咱就想办法处理。"俊杰说着,塞给蛇娃一沓金圆券:"追查是上面的事,你们先把人埋了。"

黄道吉赶紧将这事报告县政府,让县保警队赶紧立案侦查。

埋葬了周长吉,打劫周家的阴影逐渐在信立乡淡去。一天,蛇娃找刘俊杰,刘俊杰将他带到大厅,问有啥事。蛇娃从怀里掏出一沓钱,塞到刘俊杰手里,"咚"地跪在地上,呜呜呜哭起来。

俊杰不明就里,赶紧扶他起来,说:"兄弟,你这是啥意思,赶紧起来。"

"刘保长,这些年我一直把你当敌人,你还在紧要时候帮助我们,我对不住你啊!"蛇娃哭着不起来,俊杰拉了几次,他还是呜呜地哭着,"刘保长,我亏先人了,你这样对我,我还告你黑状。我亏先人了。"

刘俊杰莫名其妙,心想我刚当了保长,你能告我啥状,就客气而不解地扶起蛇娃。

"兄弟,没事。赶紧起来。"

"刘保长,你当上保长,我就给副队长李豹子说你曾是共产党,你多年前还打死了我黑牛哥。"

"兄弟,那事因我而起,我觉得愧疚。可黑牛不是我打死的。"

291

二十九

父亲当年的地位和威望，留给思明的只能是想象。他在锦阳县社会科科长的位子上，每天进进出出，走在街上都会收获许多羡慕的眼光。

思明每天早上上班，晚上回家，家里有云焕担着，西滩果园的事全托付给生荣。几乎每个晚上，他跟婆和母亲说会儿话，逗纸清玩一玩。纸清现在啥来回话（注：来回话，关中方言，指简单的日常交流的话语）都能说，他一看见思明回家，口里叫着"爸爸，爸爸"，瞬间没有了和姥姥对歌谣的兴趣。他要思明抱，要抓着他衣兜找洋糖吃。每当这时，思明就让纸清背儿歌。纸清知道背了儿歌就有洋糖，高兴地想起啥就背啥，一会儿"咪咪猫，上高窑"，一会"打箩箩，砸面面"，思明听了，从衣兜里摸一块糖塞给他。他要抱纸清回房睡觉，婆和母亲抢着要娃和她们睡，让思明回房歇着去。其实思明明白，婆和母亲是想让云焕再生个娃娃。思明笑着把纸清递给母亲，刚要离开，纸清又哭又闹。思明只得又往他口里塞洋糖，等他不哭了才悄悄溜回房中。

回到房里，云焕早已铺好被褥，思明依然保持着多年的习惯，坐在桌前，挑亮油灯再看一阵书。云焕催促他睡觉，说明天还要上班。思明嘿嘿笑道："不急不急"，又取出笔墨，在一页绵仿纸上抄写起来。一会儿就密密麻麻写了一张。思明捧着墨迹未干的纸，开心地说：

"焕，你听，我给你念首诗。"

思明爱读爱写，才思敏捷，学识渊博。云焕常听人说思明是锦阳才子，也不知是乡党们给他戴高帽子恭维她，还是思明肚里真的有那么多墨水，直到后来听郭先生和杨老伯也这样夸赞，云焕才觉得思明的才学是真的。

云焕难得思明最近这么开心，啥都依着他。她没有说话，微笑地看着思明。

"生为同室亲，死为同穴尘。他人尚相勉，而况我与君。黔娄固穷士，妻贤忘其贫。冀缺一农夫，妻敬俨如宾。陶潜可营生，翟氏自爨薪。梁鸿不肯仕，孟光甘布裙。君虽不读书，此事耳亦闻。至此千载后，传是何如人？人生未死间，不能忘其身。所须着衣食，不过饱与温。蔬食足充饥，何必尝膏珍？缯絮可御寒，何必锦绣文？君家有贻训，清白遗子孙。我亦贞苦士，与君新结婚。庶保贫与素，偕老同欣欣。"

思明陶醉其中，一字一板读得十分投入，云焕心头却掠过一丝莫名其妙的忧伤。

"这是——你写的？"

思明笑道："嗨，我能写这就把活咥了！这是唐代大诗人白居易的一首诗，是专门写给他妻子的。"

"唉，你再甭读了，什么'生为同室亲，死为同穴尘'，听得让人难受！"

思明"噗"地一口吹灭油灯，笑着说道："好好好，不读了，不读了，睡觉。"

两人躺在炕上，都睡不着。云焕忽然说："你一天到晚忙县上的事，把果园全交给生荣。你听说没有，今年果园卖的钱不少，生荣是不是给咱全交了？"

思明听了不屑地说："谁爱说让谁说去。咱用人不疑，疑人不用。再说了，生荣这些年也给咱家做了许多事，按理我还得感激人家哩。"

"妈常说你义气难掌财，说你和咱爹一个脾性。我看她说得句句在理。"

"焕，知子莫如母，我是妈养的狗嘛！睡觉。"思明嘿嘿笑着，躺进了被窝。

不当家不知柴米贵，他这哪是个当家做掌柜的。此刻，云焕真不知说啥好，一提到钱，思明总是一副大大咧咧的模样。

李豹子到信立乡当了自卫队副队长，立即配合西安的上司和县上的头头儿，对全乡人员进行摸排，逐保逐村逐甲逐户发放居民身份证件。黄道吉见他工作细致认真，人又勤快，左右为难，不知对他应该防备还是培养。冯德海并不待见李豹子，觉得这人总爱出风头显能耐，寻着缝缝表现自己，其目的无非是压倒他，迅速在信立乡树立威信，站稳脚跟。

刘俊杰出资帮助蛇娃安葬了周长吉，黄道吉忽然亲临保障所，密告他说："老三，蛇娃把你卖了，李豹子已盯上你了。一定做好防范，信立乡的地下工作小心在这件事上烂包（注：烂包，关中方言，指露馅、出事）出事。"

刘俊杰一惊，李豹子真是特务！自己这次当上保长还没两个月，咋就被李豹子盯上了。

黄道吉说："我也几乎大意失荆州，被这家伙骗了。他平时勤快得很，有勇有谋，若不是有人密报，我也想不到他是特务。"

最近解放军部队奇袭了泥阳县城，许多地下工作的同志要在信立乡一带落脚，要与上下做好策应联络。这时，李豹子接到县上密令，要派自卫队的人员前去逐村搜捕。黄道吉以为证据不足，予以制止。冯德海跟着附和，劝李豹子千万不敢轻举妄动，别打草惊蛇把贼娃子叫灵醒（注：关中方言，指让对方清醒，或醒悟、明白）了。李豹子想的是快刀斩乱麻，只是一时拗不过黄道吉和冯德海，不得不放弃自己既定的搜捕计划。李豹子向新任锦阳民团团长的刘建英如实汇报，几天后敌人反扑泥阳县城，刘建英直接带着国民兵团几十名武装人员来信立乡搜查共产党。刘建英在信立乡翻腾了三四天一无所获，悻悻而归。

　　黑牛不是刘俊杰杀死的，可黑牛的死跟他有直接关系。这成了刘俊杰心底多年来的心结。当年周长吉和儿子蛇娃到处告状，要将他和梁满仓绳之以法，为黑牛报仇。俩人虽然逃往边区，可那件事的阴影始终在刘俊杰脑海里挥抹不去，总觉得愧对周家。他为了几支枪强抢硬要，这与土匪又有啥区别，出了人命一走了之又岂是丈夫所为。两人到了边区，满仓参加八路奔赴抗日前线，至今没有丝毫音信，他起初给张良当秘书，后来因安葬父亲与边区失去联系，才临时在四维小学教书。

　　前段时间，黄道吉让刘俊杰继续担任六保保长，他始终想为自己的过失做出补偿，一到任就跟黄道吉商量，让蛇娃在保障所当了保丁。

　　听了蛇娃的话，黄道吉突然发现李豹子的所有积极都是伪装起来蒙混众人的，他的阴险与狡猾不禁让人毛骨悚然。同时，他也后悔不该让刘俊杰当保长，如果他不当保长，或许就没有蛇娃的举报。即使没有蛇娃的举报，他们后面的许多地下工作也将会像秃子头上的虱子一样，不知啥时就被李豹子抓了现形。

　　刘俊杰正疑惑，李豹子是刘建英出生入死十多年兄弟，他为啥甘愿委身于小小的信立乡？这时，黄道吉将他打探出的有关刘建英和李豹子的秘密告诉刘俊杰。原来刚开年，县保警队忽然调进来一个叫刘建英的。这人三十五六岁，中等个儿，人长得瘦瘦的，平时很少说话，听说是从西安警察局特高组派下来的。和他同来的就是李豹子，两人平日形影不离，可他们在一块不到十天，李豹子就被派往信立乡，做了信立乡自卫队冯德海的队副。

　　听了黄道吉的陈述，俊杰确信了李豹子的特务身份，而且刚一落脚就急不可耐地打探信立乡的情况。事已至此，只有也必须合力除掉李豹子。

　　俊杰担心蛇娃还会跟他记仇，就把自己的想法告诉黄道吉。黄道吉为了进一步团结笼络当地群众，将刘俊杰如何让蛇娃当上保丁的缘由如实告知蛇娃。蛇娃半信半疑，再想到安葬周长吉时俊杰曾出资相助，又觉得自己把事情想得太简单了。面对刘俊杰的良苦用心，蛇娃后悔莫及，可水已泼了话也说了，而且是一点不剩地说光倒净了。

黄道吉借为李豹子接风洗尘,将他请到王青海的车马店。

他说:"李副队长,我们信立乡穷乡僻壤,也没啥好招待的,只能请你吃当地的炖骨头,喝刚开锅的石冻春酒。"

"不必了,不必了,特殊时期,工作为重。"李豹子看到黄道吉有讨好他的意思,脸上泛起一丝轻松笑容,客气推辞。

冯德海劝他说:"李队长,应该的。既然黄乡长发了话,也让我跟你沾沾光,免得晚上睡不着。"

早春的黄昏,春寒料峭,万木凋萎,黄道吉走在前面,李豹子和冯德海跟随其后,他们说说笑笑进了车马店。王掌柜热情地打着招呼,将他们请到里间,沏了紫阳青茶,让他们先喝着谝着。不一会儿,素的荤的凉的热的九大碟菜端了上来,三大陶罐石冻春酒端了上来。王掌柜打开酒坛子的泥封,给每人斟满一大碗酒。

"黄乡长,你和客人慢用,我给咱安排炖骨头去。"

王青海说着就要进去,黄道吉将他叫住,解释说:"王掌柜,你今日无论如何得认下这个李队长。他可不是什么客人,而是自卫队的队长,是西安城里胡长官专门委任的。"

李豹子客气辩解:"黄乡长,我是副的,冯队长才是正的。"

冯德海笑道:"一样,都一样,有啥事我听你的。"

王青海说着又要退出去,黄道吉再次将他叫住,让他先给李豹子介绍这里的炖骨头和石冻春酒,他在一旁隔三见五插上一句半句。

一个时辰后,桌上的九碟菜戳了一些,炖骨头也没吃完,三罐子酒却喝得一滴不剩。夜色已深,三人跌跌撞撞走出车马店,王掌柜看着他们醉醺醺的样子,要派店里伙计送他们。黄道吉瞪着眼,结结巴巴地说:

"不送,有,有我们冯、冯队长。"

李豹子搀着黄道吉,冯德海搀着李豹子,三人踉踉跄跄往前走。刚走出槐园堡街道,忽然"砰"的一声,李豹子头一歪倒了下去,黄道吉和冯德海顺势趴在了李豹子身上。

"冯队长,咋了?"黄道吉眯着眼,歪着头问冯德海。

冯德海惊恐万分,大声嚷道:"黄乡长。死了!死了!"

"谁死了,好好的嘛!"

李豹子就在这个蓄谋好的场景中,被人近距离射杀。这一切,只有刘俊杰和贞昌知道，他们正是这一事件的执行者。

刘建英绝对不是吃软饭的。来锦阳以前，胡长官就要求他在行政上由钱焕章领导，在行动上却要同吴恭道和秦西民紧抱一团。他一到锦阳县城，就开始和吴、秦二人秘密部署起覆盖整个锦阳县的铺天大网。

锦阳西北一带的地下党活动最为猖獗，实为整个关中封锁区之最。为了烧好初到锦阳的三把火，刘建英先将他的得力干将李豹子派到了信立乡。没想到他培养了十多年的猛豹子一到这里就栽了。

第二天，消息传到县城，刘建英暴跳如雷，他要黄道吉给县上一个说法。黄道吉装出一副委屈的表情，说："刘队长，我也差点挨枪子，我们已经开始侦查，一定会给县上一个交代。"

李豹子之死，也将刘建英暴露出来。大家开始防患胡宗南安插的这个危险的暗哨，进一步考虑各自工作的隐蔽性。

一时间，彼此都成了惊弓之鸟，所有陌生人都成了魔王瘟神，此时此地的思明更不敢轻举妄动。

去年夏天，刘圣乾回唐园镇担任了副镇长，更加有利于他和魏记棉花铺的工作。陕南解放区的几位同志去陕北前，徐日盛来唐园镇检查工作，据说当时县政府已经得到消息，对他们进行严密监控，刘圣乾利用自己的合法身份与之巧妙周旋，应付盘问，使徐日盛完成工作安全返回边区。唐园镇交通站也因此得到周边其他交通站同志的竖手赞扬。

思明接到栎阳密报，说有个同志叛变了，可能会危及锦阳各个交通站的安全，让大家务必做好防范。时间紧迫，思明让生荣先去魏记棉花铺，再到信立乡乡公所，给刘圣乾和黄道吉报信。生荣以弹棉花为由，背着一袋子棉花去了魏记棉花铺。他老远看见棉花铺大门上贴了封条，没敢停留，准备绕道前往信立乡乡公所。刚到漆沮河畔，直接被刘建英带着的保警队抓住。

生荣不认识刘建英，看到他的随从穿着保警队的衣服，向他解释说："长官，我是西滩果园的长工，是来唐园镇弹棉花的。"

刘建英看着他，严肃地说："锦阳县城就没有一家弹棉花的，一看你就不是个好东西。"

他说着，命令卫兵用黑布蒙住生荣的眼睛。生荣在这些人的推推搡搡中高一脚低一脚往前走，他觉着一会儿走在路上，一会儿走在地里，一会儿上坡，一会儿下坎，糊里糊涂走了大半天，天黑严实后才被推进一个没有窗户的小屋子。

生荣不知身处何地。他又饥又渴,更无睡意,好不容易熬到天明,还是不知今天是啥情况。早上,有人给他端来一个蒸馍一碗水,没跟他说一句话,下午依然如故。到了晚上,逮他的那人进来,问他的情况以及锦阳县城周边地下党的组织活动。生荣看着他,说自己就是一个长工,其他啥都不知道。那人再没说什么,转身离开,离开时告诉一个卫兵,今晚开始轮班执勤,不要为难这个乡党。然而,与昨晚不同的是,没有人打他骂他,就是不许他眨眼睡觉。到后半夜,他困得实在不行,坐在墙角,刚觉得迷糊,执勤卫兵踢了他一脚,说:"伙计,甭睡了,熬一会儿天就亮了。"第二天,又和昨日一样,馍和凉水照旧,还是不能睡觉。晚上,还是那个人进来问他。生荣想,这又是啥办法,要审要打要杀要剐咋样都行,这样下去岂不是折腾人。到了第三天,生荣实在撑不住了。他想,自己不妨先假屈服,他们问啥可以胡乱编些啥话。那人听了卫兵的报告,嘴角露出一丝暗笑,说:"这个软货,还没拷打,才三天就撑不住了。"

生荣美美实实睡了一天,然后那人就提审了他。刚开始,生荣答非所问,胡编乱说,谁知不一会儿就出现漏洞,他为了应付对方的质问,又想着新的谎话。刘建英见生荣在玩弄自己,冷森森地对两个卫兵说:"这个乡党不识时务,咋弄?"话音刚毕,皮鞭棍棒就劈头盖脸打下来,生荣浑身疼痛,脸上热辣辣的。他用手一摸,手心里都是血。

生荣突然失踪,思明犹如热锅上的蚂蚁。思明每天早晚出入县政府,刘建英客气地跟他打招呼,他也客气地回话。可他并不知道,生荣就关在县城西北角的监狱里。几天后的一个晚上,生荣忽然敲开孟家的门,云焕看着他的狼狈样,吓得一把将他拉进院子,立即关了前门。生荣告诉了思明这几天的遭遇,也对自己临时屈服胡编乱造哄过刘建英的事表现出一丝窃喜。当然,他没有跟思明说自己所交代的全部内容。

原来,生荣一直关押在县城监狱。今天黄昏,他被几个卫兵重新绑了手脚,押着出了县城。他听卫兵说是要带他去池阳的。到了荆山原,几个卫兵以借宿为名,敲开了一家小客栈的门。他们把生荣绑在门内木柱上,只留一人临时看押。生荣走了一路,忽然觉着绑他的绳子稍有松动,暗自庆幸。等到后半夜,他趁身边卫兵打起鼾声,迅速挣脱绳索,消失在夜幕中。

思明听罢生荣的叙述,再想到刘建英,他的干将李豹子还没施展才华就一命呜呼,而他依然情绪坦然。思明忽然觉得,刘建英这人真不敢小觑,这家伙老谋深算,明明把生荣关押在县城监狱,每天还不漏声色地来社会科转一圈,和他说几句客套话。刘建英肯定想通过生荣钓到更大的鱼,这是他的欲擒故纵之计。

思明叫云焕给生荣换了一身干净衣服,拿了点钱,让他自行离开,走得越远越好。

生荣离开孟家,连夜北上,第二天中午到达泥阳县火车站,他原想乘火车去同官。火车站的军警盘查得很严,周围许多陌生眼睛盯得他周身发冷。他忽然改变了主意,又买了泥阳县到咸阳的火车票。

生荣上了火车,走了一站路就被一个国民党特务盯上。这人跟他套近乎,说自己姓陈,前几年从河南逃荒来的。他看生荣穿得干干净净,听说他是去咸阳的,佯装相信。他说自己是贩卖大烟的,害怕前面盘查,想托付生荣临时替他照看一下,还说过了池阳会有人接应。姓陈的说着递给生荣一沓法币,并将一包大烟土塞给了生荣。生荣梦想着自己亡命而逃,沿路打草搂兔子还能挣几个盘缠。

他跑了两天一夜,根本没逃出刘建英的视线,火车一到锦阳县城,他还没清醒过来,就被几个不明身份的人抓住,重新落入魔窟。几天后,生荣被秘密活埋于锦阳城北的玉带河畔,从此销声匿迹。

刘建英的魔掌就此正式张开,他的第一个目标便是黄道吉。李豹子的死既然能做得如此隐秘,黄道吉肯定脱不了干系。逮住黄道吉,也就能给兄弟报仇,一洗自己初到锦阳之耻。

魏记棉花铺设立地下交通站后,配合当地地下组织,掩护过往的同志不在少数。更可喜的是,刘圣乾利用自己唐园镇副镇长的身份,搞到两支短枪和一杆长枪,同时又教育团结了当地十多名进步青年,他想以此为骨干,组建自己的地下武装。谁承想从槐园堡逃走的那个低个子准备南下,后来在雨金镇被逮捕后叛变告密,刘建英已奉西安密令,前往唐园镇搜捕刘圣乾。生荣去唐园镇送信时,刘圣乾已经外出躲避不知所踪。

明知山有虎,偏向虎山行。黄道吉接到县上电话,县国民军团准备抽调人员组建分团,分别在各乡各保部署乡丁,封锁锦阳北部沿线的交通,其中唐园、信立、通关各乡镇更是重点。黄道吉得到消息,心有余悸,左右为难,后来他又考虑是国民党加强基层交通封锁,也希望能第一时间掌握一手信息,及时传达下去让各乡保做好防备。

临走时,黄道吉找来刘俊杰,向他做了交代,让他注意各交通站、地下党以及几个亲近可靠的保长,让他们随时做好防范。同时,黄道吉也提出他对此去的担忧,他告诫刘俊杰,如有特殊情况,首先要保护好交通站和大家的安全。

"黄乡长，我的二哥，既然这样，你就甭去了，我马上组织大家，秘密突围。"

黄道吉阻止刘俊杰："兄弟，我会小心的，只要你随时掌控情况就行！"

"我咋觉着你这是赴鸿门宴，肯定凶多吉少！"刘俊杰气急败坏地说，"咱不如三十六计走为上，先离开这里。"

黄道吉最终选择前往锦阳县城开会。在路上，他忽然想，难道这次真是去赴鸿门宴。他走到锦阳城西，先去了思明家。思明这会也去县政府。黄道吉向云焕说了来县城开会的事，让她告诉思明，最近少出风头，务必注意安全。

"妹子，都是自己兄弟，都盼着各自安好！"黄道吉客气地说着，离开了孟家。

黄道吉到了锦阳县政府大院，走进会议室。会议室里，国民民团的穆紫轩和刘建英，通关镇镇长李夏松，以及唐园镇杨镇长、临原镇张镇长、美原乡王乡长等，里面坐了十几个人。书记长吴恭道已经就座，秦西民就站在穆紫轩旁边。吴恭道首先向大家通报了胡宗南围剿陕北共产党的情况，接着就最近省政府对关中各区县的工作要求和任务作了部署。随后秦西民发言，他站起身，趾高气扬地向各位表功，说最近全县情况总体很好，并对此表示欣慰。他说着话锋一转，批评西北各乡工作的诸多弊端。他指责唐园镇杨乡长工作毫无警惕心，竟然让共匪刘圣乾混迹于眼皮底下，还担任副乡长一职。若不是有人举报，还不知闹下多大的事情。

杨乡长委屈地向吴恭道诉苦："吴书记长，那你说说，刘圣乾担任副乡长以前，不是也在县政府供职吗？秦西民这不是在血口喷人吗？"

吴恭道阴冷的脸上没有一丝多余的表情。黄道吉佯装讨好，帮他打圆场。

"杨乡长，话咋能这么说，你说刘圣乾曾在县政府谋职，这不是给吴书记长下巴底下支砖，让书记长难堪嘛！"

秦西民转头对黄道吉说："黄乡长，你也说不到好处去！"

大家的脸唰地又转向黄道吉。黄道吉脸一沉，怒道："秦西民，你这疯狗咋逮谁咬谁？"

"黄道吉，我还就要咬你哩！你才是隐藏得最深的狐狸。你说，李豹子是咋死的？"

黄道吉听到这里，腾地站起身，就要拔枪，刘建英把他的手一把按住，大声喝道：

"先绑了这货！"

"黄道吉，县上已经注意你很长时间了，既然你佯装糊涂，我们也就佯装开会！"秦西民说着，轻蔑地笑了一声。

黄道吉被国民党政府以开会的名义予以逮捕。这时，他终于意识到，所有事都要烂包了。

黄道吉逮捕后，被秘密关押在县城监狱。与此同时，两张大网同时张开，一张撒向信立乡，另一张直接撒到孟思明头上。

三十

胡宗南军队占领延安后，短短两个月连吃四次败仗，让他十分窝火。在关中，解放军奇袭泥阳城，国民党军队遭受损兵折将的惨痛教训，居然瞎子聋子一样毫无消息。关中的地下党咋如此厉害，陕北的共军咋如此神速？这仿佛一声声丧钟，让陕西国民政府和军队无不吃惊。国民党上下恼羞成怒，气急败坏的胡宗南严令国民政府和驻军，对关中地下党进行拉网式大搜捕。

锦阳形势顿时紧张起来，县城昼夜戒严，过往行人逐一盘查。他们犹如惊弓之鸟，凡是北边下来的，不问三七二十一，先抓了再说，似乎又在上演"宁可错杀一千，绝不漏掉一人"的惨烈一幕。

刘建英认为，思明这个人绝对不容小觑。思明在锦阳县是有前科的，他现在虽然是国民党，借助陈建中的后台回锦阳担任社会科科长，谁也难保他这几年已经痛改前非，重新做人。秦西民也深深感到，思明不除，终究又成隐患。刘建英通过秦西民了解思明的全部，只不过，在没有掌握最新证据以前，并没有对他实施抓捕。

那一年抓捕思明，秦西民与孟家结下了永远解不开的矛盾。他知道思明这个社会科科长是陈建中鼎力举荐的，更知道陈建中在西安说一句话的分量。他想和思明冰释前嫌，然而孟家上下包括思明，都将他拒于千里之外。秦西民和刘建英私下商议，决定设计陷害思明，然后再联名写封举报信，由刘建英交于西安国民党军统特务的上级，说锦阳县社会科科长孟思明是共产党员，有蓄谋窝枪暴动之嫌疑。一切到位，刘建英把引蛇出洞的计谋全盘托付穆紫轩，由他具体实施。

穆紫轩不知从哪里弄来一把手枪，他在思明面前夸耀，说是一把德国货，小巧精致，射击时精度高声音小。思明听他说是从西安一个国军师长那里偷出来的，忽然有了买下它的想法。今年夏天，东北乡的地下交通人员曾高价买回一只德国造的望远镜，后来赠给了陕北解放军。

思明将手枪拿在手中，左看右看爱不释手。穆紫轩见他喜欢，大方地说："孟科长，你若喜欢，就先拿去玩玩。"

思明试探着问："穆团长，不知你肯割爱不？"

"孟科长，这是我从一个国军师长那里偷来的，担心上面查下来，更不敢卖。"

"我给你一斤大烟，咋样？"

穆紫轩半晌没有言语。思明从里间悄悄拿出一个布袋，掏出一疙瘩东西说："穆团长，我就藏了这些，全给你，斤半货哩。"

穆紫轩想，一把手枪意外收获了斤把大烟，这可抵得上三十石小麦。他将大烟塞进衣兜，摆摆手说："孟科长既然这么大方，我就不能小气了。"

此时，思明哪里知道，这是吴恭道、秦西民和刘建英给他挖的坑，穆紫轩只不过他们手下一个棋子而已。

思明准备将这把枪交给黄道吉，让他转交边区。李豹子被人暗杀的消息却忽然在县政府传开，思明知道是黄道吉干的，他对他们的所作所为深感敬佩，也想着如何蓄谋一场风搅雪的排雷行动，清理掉秦西民、刘建英这几个随时可能爆炸的地雷。

然而，思明也和黄道吉一样，他的行踪已经进入国民政府的秘密监控中。更可怕的是，对他的监控，还带有西安政府的一道密令。

初夏时节，气温回升，草飞莺长，到处一派麦田渐黄的丰收景象。然而关中各地却依然藏匿在寒冬的氛围中。国民党省委在西安召集渭北各县党部书记，召开搜捕地下党的紧急会议。高陵县党部是这次会议的最早执行者之一，他们次日就将会议精神传达下去，密谋抓捕当地共党嫌疑。值得庆幸的是，高陵的地下党组织相当健全，支部书记李崇德得到消息后也在第一时间向下面做了防范安排。他说："国民政府这次得到了许多确切情报，说什么有人明里是国民党暗里是共产党。他们还举例说到锦阳县的孟思明，说他明里是国民党，还是县上的社会科科长，其实是一个潜伏很深的老共匪。"李崇德不认识思明，他只是要求大家提高警惕。而这话，恰巧被在此避险的墩子逮了个正着。

墩子刚落脚就得到消息，想到姐夫思明危在旦夕，他万分焦急，要立即动身回锦阳。李崇德这才知道，上面说的孟思明竟然是墩子的姐夫，他让墩子吃碗饭再走。可事情紧迫，他不敢耽搁，只匆匆喝了一瓢凉水就往回赶。李崇德说："风声紧得很，我也不留你了，赶紧回去告诉思明，省里点名要抓他，家里不敢待了，让他赶快走。"

墩子一上荆山原天就黑了。他又渴又乏，更不敢歇息，赶到金城堡时，天空已经乌黑一片。墩子向思明说明情况,让他赶紧逃走,临走时再三告诫他说:"思明哥,真不敢耽搁,收拾一下就走。我一会儿从周家堡直接出发,就不再来了。"

思明说:"好,我晚上准备一下,明早立即动身。"天黑得伸手不见五指,云焕给墩子点了个小马灯,看着他回了周家堡。

晚上,思明生怕留下啥漏洞,到时没法收拾。云焕心里焦急,左右为难,也不知让思明晚上走好还是天亮走好。

然而,思明还是大意了。次日,云焕天不亮就起身,先到厨房给思明煮了十个鸡蛋,又督促他赶紧起来,吃点东西填饱肚子。岂料云焕刚打开前门,刘建英已带着六七个持枪的团丁在门外守候,好像提前得到情报在这里部署好了似的。大门刚开了一道缝儿,几个团丁便一拥而入,云焕吓得"啊"的一声惊叫。这些人都认识思明,但他们是执行命令,谁也不问青红皂白,不顾忌正在抓捕的是县上的社会科科长。他们将思明五花大绑,由四个人押往县城。

云焕想,墩子昨天晚上刚回去,思明今早就被抓走,墩子肯定也有危险。她心急如焚,抱着嗷嗷哭闹的纸清出了前院门,门口站着两个哨卫,她又从西偏门出去,看谁能去周家堡报个消息,结果还是空无一人。

刘建英知道云焕坐卧不宁的原因,他坐在孟家庭院石阶上,看着满脸焦愁的云焕,抬头命令三个喽啰:"你们快去保警队借几辆自行车,再把秦西民叫上,赶紧去城西周家堡抓墩子。记着,进了周家堡城门第一家就是。"

墩子昨晚回到家,囫囵睡了一会儿,天一亮就匆匆起床,脸也没洗就急切地告诉父亲:"爹,风声紧得很,我得走。"

周品儒看着儿子,无奈地叹了口气,说:"唉,家里也没钱。"

"没钱也得走。"墩子说。

最近的事态的确很紧,周品儒看了看儿子,早饭也没顾得吃,先装了一麻袋小麦,父子俩用骡子驮着去了南关粮集。而此时,恰好秦西民带人去周家堡逮墩子。他们走的原上小路,墩子和他爹走的原下官道,他们正好错了过去。周品儒卖了麦子,将手里的钱一股儿脑塞给墩子,说:

"娃,走吧!"

墩子看着六十多岁的爹,鼻子一酸,泪水就往出涌。周品儒说:

"走吧,甭耽搁。路上多长几个心眼。"

墩子擦了把眼泪,即刻去了火车站,搭乘火车一路东去。

周品儒回到家,捉拿墩子的团丁已在家中守候。有人问他:"你儿去哪儿了?"

周品儒看了他们一眼,说:"我儿?我咋知道去哪儿了!"

秦西民说:"老汉,再甭装了,我们啥都知道。今早抓住了你女婿,你儿也跑不了。"

周品儒吓得脸色发白,不知秦西民说的是真是假。他稍作镇定,秦西民再问什么,他一言不发。秦西民吩咐手下团丁:"既然老汉嘴硬,那就先拉到县上,看他到底能硬多久。"

就这样,周品儒也被押到了政府大院,关在城内西北角的监牢里。

当天中午,刘建英带着十几个团丁,背着长枪又来到孟家。他们口里说是查户口的,其实经历了一天的惊恐,云焕知道他们所谓的查户口只是幌子,思明的事情不知要比查户口严重多少。果然如云焕所料,这帮团丁是来抄家查枪的,他们翻箱倒柜,把孟家折腾得不成样子,他们折腾了半天,连手枪的影子都没见着。

这伙团丁见没有收获,刘建英向他们使了个眼色,几个团丁就推推搡搡要把思明娘抓走。云焕气愤地说:

"你们这群挨千刀的,要抓抓我,为啥要抓一个老婆?"

云焕再哭再闹也没人听,孟纪氏就这样被人带走了。云焕没办法,她想到家里老老少少还有几口子,强忍悲痛回了孟家院子。

云焕知道思明买了穆紫轩一把手枪,敌人找的就是这把枪。这会儿,刘建英带着团丁走了,她也担心起手枪来。思明说要将这把枪送给边区游击队,她还一再反对说:"游击队枪多得很,人家看上你这一把?"她口里不悦意,又担心拖了思明后腿,也就不再言传。云焕从炕洞侧面找到手枪,赶紧叫孟桃拿到隔壁屋子藏起来。无论如何先得把枪藏好,要不真被搜出来就麻烦了。

秦西民回到县上,将思明的眼睛蒙上,审问他手枪的事,说是刘建英丢了一把德国造手枪,有人说在你这里。思明知道事情并非他想象的那么简单,也明白买枪纯粹是秦西民给他下的套儿。他悔恨不已,自己精明一世糊涂一时,咋就鬼迷心窍钻进了人家绾好的圈套,还让穆紫轩白白拿走了斤把大烟。

果然,秦西民开口就问手枪的事。思明想,事已至此,也没啥后怕的,索性一不做二不休,斩钉截铁地回答道:

"卖了。"

"卖了?"刘建英哼哼笑了笑,拿起手枪在思明耳边扳得噼啪乱响,说,"孟科长,你听好了。你把枪卖了,那这个是啥?"

刘建英说着,将手枪靠近思明耳朵,不紧不慢地一下一下扣动着扳机。

思明信以为真，气愤地说："是穆紫轩卖给我的。"

面对刘建英的审讯，思明说的话并不多，但却说出了他们想得到的。随后，刘建英摁着思明的右手，在笔录的口供上按了印子，把他塞进了一个监室。

折腾到晚上，刘建英带着思明的口供，领着十几个团丁，举着明晃晃的手电筒来到孟家。他们将云焕围在房子里逼问，让她将私藏的手枪交出来。云焕想，如果没枪，或许思明的罪就能轻些。她坚决不承认家里有枪，冷冷说道："你们白天不是都搜了，枪在哪儿？"双方相持不下，刘建英不耐烦地说："思明都一五一十交代了，你这婆娘咋还不识抬举？"他从衣兜里掏出思明的口供，将上面思明交代的内容逐字逐句念了一遍，最后又让云焕看了上面那个红红的手印。云焕一下泄了气，再无力辩解，只好从隔壁孟桃屋子取出手枪。

刘建英接过手枪，在手里掂了掂，笑道：

"宝贝啊，我的宝贝，你又完璧归赵了！"

刘建英说罢，冷冷地盯着云焕，命令团丁将孟桃绑了押送锦阳保警队。云焕这才醒悟，刘建英把她和思明都骗了。

当晚，孟家三口人被关在县城监狱。家里，婆连惊带吓，哭死了好几次，肚子疼得在炕上滚。纸清哭着哭着，趴在房子地上睡着了。孟家大门开了一夜，也没有一个人敢进家里看看婆和纸清。

天亮后，云焕顾不上被关着的母亲和孟桃，顾不上家里生病的婆和只有四岁的纸清。她向邻家借了一点盘费，提了个竹篮子急急忙忙赶到火车站。她想乘火车去西安找人营救思明。她刚到车站，碰上昨天那群团丁押着思明和黄道吉，其中就有国民兵团团长穆紫轩。穆紫轩去过她家，这会儿正提着枪在站台上转来转去，他看见云焕，凑了上。

"思明媳妇，你要去哪里？"

"池阳。"云焕看也不看，没好气地说。

穆紫轩转过身，大声说道："哼，还池阳，你去西安都行！"

今天押送的思明和黄道吉。他两个还是早上在监狱前院才碰的面，两人面无表情地对视了一眼，就被几个团丁押到了火车站。

穆紫轩放低声音，小声说："你可不敢去西安！小心把你抓上一起坐监狱！"

"抓了才好！"

"思明媳妇，如今大家对共产党恨之入骨，啥事干不出来！？你真有钱了给上几个，或者买些吃货给他俩。这比啥都强。"

穆紫轩似乎在向云焕施舍他的好心，可是云焕一想到穆紫轩卖枪，就恨不得将他剥了炙了。

事已至此，云焕又想不出更好的办法。她只好从站台外买了二斤锅盔交给他，挎着篮子回了金城堡。

云焕回到家里，看着婆心惊胆战，纸清一脸懵懂，老人娃娃都在哭。她坐在炕沿上哭了一会儿，想想哭也解决不了问题，就抱着纸清上了县城。云焕在半道上买了几个烧饼去了保警队，她想给母亲和姐姐送去，几个看守的团丁好话赖话都不听，任凭她怎么哭求也无济于事。她只得又去西街去找郭先生，希望他能向县上说情。老人看着云焕，捶着书桌怒骂国民政府一干人众不得人心。末了领着云焕直接去县政府，钱县长见了郭先生，客气地给他们沏茶。

郭先生摆了摆手，说："行了行了。你看看你们一天到晚净干些啥事？"

"郭先生，思明也是的，跟那伙人往一块钻，你到底要人家的手枪干啥些？"钱县长其实是很赏识思明的，他的话语里明显有恨铁不成钢的味道。

这时，云焕才从钱县长那里知道，就在她去车站时，娘家父亲也被抓了进来。

郭先生说："这回思明家里里外外闹腾匀和（注：匀和，关中方言，指乱成一团，一塌糊涂）了。你看看，他妈、他丈人，还有他姐，三个人被关在保警队。你说，思明的事跟他们有啥关系？人就在保警队关着。你一天大门不出二门不迈，真不知你这县长咋当的。现在先让思明媳妇给他们送点吃的，然后你再想办法让把他们放了。"

"好好好。你看这事弄的。就是思明不对，也应该冤有头债有主嘛。"

钱县长告诉云焕，让她先将馍送进去，然后赶紧去找三个人所在地的保长写份保状。

郭先生对云焕说："思明媳妇，给钱县长一个台阶，你赶紧找保长写保状，明天就能放人。"

事情到了这份上，云焕将郭先生千恩万谢。她们在金城堡，娘家父亲在城西周家堡，云焕又抱着纸清跑了大半天，直到天黑才将娘家父亲、孟纪氏和孟桃保释回来。

云焕将几位亲人接回家，也顾不得一天劳累，连忙生火做饭。孟桃哭着帮忙，添水、擀面、下面，给大家将就着做了一锅汤面条。这时候，婆还在炕上高一声低一声地呻唤着。孟纪氏一语不发，怎么也吃不下去！云焕安慰她说：

"妈，我婆还在炕上，纸清还在我姐怀里！思明被捕，我心里也刀剜一样，硬咬着牙不敢哭。妈,咱都甭哭,人是哭不回来的,咱要想办法救他啊。"

"亲家,焕说得对,哭没用,大家都甭哭了。"周品儒说着,将一碗饭递到孟纪氏手中。孟纪氏看了看周品儒,叹了一声,喃喃地说:"父子俩咋都是这!"

周品儒要给婆端饭。云焕说:"爹,你吃,我去。"

婆已经睡着了,云焕将她唤醒,说:"婆,都一天了,你多少吃点儿吧!"

"焕呀,我娃咋这么可怜。得是前世里欠下孟家,跑来还账来了。"

"婆,甭说了,赶紧吃。"

老人端过云焕递过的青瓷碗,吃了两口稀面条,又絮絮叨叨哭起来。她一口一个"云焕前世里欠下孟家了,这是跑来还账来了"的话。大家好不容易劝婆吃了饭,孟纪氏又开始呜呜咽咽呻吟起来。

周品儒安慰女儿,后面的事情大家想办法,劝她甭难受。安顿好一家老小,时间也不早了,他乘着夜色独自回了周家堡。

第二天,云焕起得很早,或者说她一晚上根本就没睡着。她像往常一样,给婆倒尿盆扫屋子。她进了婆的屋子,禁不住惊呆了。婆穿戴整齐,端端正正坐在炕上,浑身已经冰凉,没有一丝气息。老人泪水哭干了,脸上泅着两行泪痕。

看着婆安然而去,云焕并没有惊慌。她出去唤醒姐姐孟桃,再叫醒母亲孟纪氏。三个女人仿佛忘掉了这两天发生的一切,她们彼此相望,云焕冷静地向她们做了交代,就出门去找邻里帮忙。孟纪氏给老人擦着身子,孟桃在旁边嘤嘤呜呜哭起来。孟纪氏劝住她说:"桃,甭哭,不要把眼泪滴到你婆身上!"

不一会儿,巷里许多本家和邻居都赶到孟家,在郭先生的主事下各领其事,开始张罗起老人的后事。忙碌了一整天,一切丧葬的事项也筹备顺当。邻居们各自回去,家里又剩下一家老小。这时,孟纪氏终于大声哭起来。

"唉——妈呀!我的命咋这苦呀?唉——那些年我们依靠鸿钧,可他为了什么革命,把我闪到半道上。唉——妈呀,我们不得不寄希望于思明,一把屎一把尿将他抓拍(注:抓拍,关中方言,指喂养和管教孩子)成人。可他为了革命不顾家,咋就跟他爹一个德行。唉——"

她喃喃自语,话语里既有委屈,也有无奈。哭着哭着,她又念叨起云焕来。"唉!云焕,我的媳妇呀!思明这死鬼,又要把我娘俩闪到半道上吗?云焕,我和你婆都老了,也不指望啥了,可你和纸清咋办呀?唉——"

孟纪氏一句死鬼听得云焕心底不由掠过丝丝凄凉。这真如戏上唱的:"将儿比作一支蒿,终朝每日用水浇。浇的蒿儿长大了,借它替我搭天桥。正行中间桥断了，半路闪我这一跤。"这会儿，她不知思明身在哪里，是死是活。娘忽然说出这话，她心中怎不难受。这些年，一家人天天盼着孟家地打粮食人有出息，盼着思明平安顺意出人头地，一家人围着他日日月月受熬煎，好不容易当了社会科科长，使孟家重新拥有了当年的威武气势。谁知这板凳还没坐热，他就……

没有比死人更紧要的事情了。云焕咬牙忍着，心里再难受也得挑起孟家掌柜的大任，承担起婆的丧葬大事。当然，由于孟家人带着对思明被抓的焦痛，老人的丧葬几乎简化了所有繁冗礼节，仅仅只做到让老人入土为安而已。

李豹子曾向刘建英透露，近日锦阳县西北的信立乡和唐园镇一带共产党活动确实猖獗，他最近一定加紧摸排，过两天将亲自来县上向刘建英详细报告。刘建英来锦阳是接受了西安党部的密令，准备在此大干一场，为以后的升官发财铺好路。他在请缨之时，没有忘记自己的得力干将李豹子。谁知刚到锦阳县，这八字还没落下一撇，李豹子稀里糊涂就被人暗杀了。

孟思明和黄道吉被逮捕后，锦阳县城的地下党暂时还能消停一阵。刘建英立即奔赴信立乡，接掌了黄道吉乡长之职。他就任乡长后，首先向冯德海许了许多大愿，他听冯德海说蛇娃曾向李豹子提供许多当地地下党信息，功劳很大，而且利用价值很高。刘建英二话不说，就将蛇娃叫到乡公所，给他封了个自卫队副队长。蛇娃怎么也没想到，太阳竟然从西边出来，他这辈子还能遇上这福分。

刘建英想从蛇娃口中重新套出当地共产党的底细。他亲自找上门，向蛇娃做了许多承诺。蛇娃立即尻子上没了脉，屁颠屁颠地跑前跑后，恨不得把自己知道的全部说出来。

这天晌午，冯德海又把蛇娃领到刘建英跟前。一番客气后，刘建英简单向他介绍了县上关于举报地下党的奖励政策以及前乡长黄道吉被捕的详细情况。然后抛给他一个定心丸，说："周队副，甩开膀子好好干，有啥拿不准的，还有我和冯队长嘛。"

冯德海也附和道："就是，蛇娃，有啥事咱弟兄们可以商量。"

蛇娃听后，虾米一样点头哈腰，连声说："请刘乡长放心，我一定配合好冯乡长。"

其实，冯德海心里亮得像块镜子，几十年都在信立乡，谁是啥他还不知道。让他窝火的是，以前跟李夏松鞍前马后，李夏松也曾给他许了那么多愿，谁知他尻子一拧去了通关镇，走时跟他连个屁都不放。黄道吉人好，为人坦诚，说一不二，他虽然知道自己曾跟着李夏松做过一些见不得人的事，可用黄道吉的话说："各为其主,既然我们共事,以前你和李夏松的事我也懒得想,只要你今后干的是正经事,我们还是兄弟。"冯德海知道黄道吉是共产党,可听了这话他心里还是暖暖的。李豹子初来信立乡,第二天就在他跟前套问黄道吉的情况,他没摸清李豹子的来路底细,自然不敢胡说。可这前后还不到半个月,李豹子就死了,黄乡长也被捕了。

面对刘建英,冯德海自然折了三分,这时又忽然出来个蛇娃。他一想,这样也好,一些事还是让蛇娃表现表现。冯德海给蛇娃打气扛劲儿,说:

"蛇娃,咱眼睛都得放亮,刘乡长是西安派来的,李豹子是他的铁杆兄弟。他这是来给兄弟报仇的,要剿灭我们这里所有的共产党。而且,刘乡长也承诺了,只要提供可靠情报,大家都有好处。"

"是,是是。"蛇娃应承着。

刘建英交代完毕,让他们各自散去。蛇娃心想,我还没说,就毕了。冯德海一戳他的胳膊,说:"刘乡长要歇息,咱明天再说。"

那天,夜已经很深了。刘建英又将蛇娃叫到内屋,再次问及信立乡地下党的事。向他打听李豹子被暗害的经过。蛇娃除了说李豹子请他吃过一顿饭,给过他几块大洋外,也实在没啥可说。

刘建英失望地说:"周队副,我不是问这些,我想知道信立乡除了黄道吉,还有谁是共产党。"

蛇娃想来想去,真说不准。他知道这些年共产党在原上原下弄事,可他真的说不准谁都是。因此,他不是答非所问,便是一问三不知。

刘建英说:"周队副,黄道吉已被抓捕。听说刘俊杰是他提的保长,他会不会是共产党?"

提到刘俊杰,蛇娃还真有些为难。兄弟黑牛不是他杀的,这他知道。可他一直把刘俊杰当仇人。自从刘俊杰当了五保保长,土匪抢劫他家,烧死他爹,刘俊杰破费帮他安葬父亲。蛇娃不想说,可这会刘建英又问起来。他思忖再三,才含含糊糊地说:

"刘俊杰从四维小学辞职后,黄乡长让他当了保长。别的我真不知道。"

"黄道吉都被抓了,再不是啥乡长了。冯乡长说黄道吉和刘俊杰是结拜弟兄,有没有这事?"

"我隐隐约约听说过。共产党驻扎信立乡那年,黄道吉和孟思明在四维小学结拜过弟兄,还说是什么五虎。"

刘建英见从蛇娃口中再掏不出新的线索,摆手让他回去了。他又将冯德海叫

进来,塞给他一把大洋。冯德海一脸疑惑,赶紧推开刘建英的手,说:

"刘乡长,这是?"

刘建英笑道:"蛇娃一看就是个憨憨,想出风头,可肚子脑子都没货。这事还得你冯队长操心。"

有钱能使鬼推磨,既然黄道吉已经逮了,冯德海再也无所顾忌。他笑眯眯地将大洋揣进兜里。

刘建英让冯德海将这些年信立乡可能参与地下活动的人逐个排查,希望掌握新线索,锁定新的目标,尤其是查明五虎中逍遥在外的那三人是谁。冯德海取来纸笔,将他能想到的嫌疑人一一写在纸上。经过分析,果真发现了许多可疑分子。其中最核心的就是刘俊杰和梁崇义。

刘俊杰多年前担任六保保长,后来因向蛇娃他爹要枪,闹出了人命,黑牛被那个叫满仓的砍死了。后来两人再无消息,直到三四年前,刘俊杰才回来教书的。如今又被黄道吉提了保长,他肯定有问题。还有梁崇义,他爹是泥瓦匠,他以前跟他爹出门做活,给人砌墙盖房,如今老汉年纪大了,再没出门,他却长期在外揽活,平时几乎不沾家。昨天还听一个保长说,崇义回来了。这人可是重大嫌疑,绝对不能放过。

冯德海忽然一拍大腿,说杨贞昌也不能放过,这些年他们家出过好几起事,前阵子县保警队在那里执法又出过人命。估计杨贞昌跟共产党也脱不了干系。

冯德海叽叽咕咕一连说了十几个人。刘建英伸了一下懒腰,咬牙切齿地说道:"抓,都抓,一个也不能漏,先抓了再说。"

蛇娃从乡公所出来,连夜给刘俊杰报信,说刚才刘建英和冯德海向他套话,他们还说黄道吉和孟思明是结拜弟兄。刘俊杰一副没事人似的说:"兄弟,没事的。你快回去休息。"

刘俊杰这次当了保长,利用自己的合法身份,掩护地下工作人员,组织保内外的老百姓抗粮抗税。同时,他还将黄道吉指定的几个党员组织起来,多次趁夜色剪断国民党通往泥阳城周围的通信电缆,破坏青龙岭上的公路运输。

李豹子的到来曾让刘俊杰产生莫名的恐惧,如今刚拔掉这颗钉子,他正谋划着新的活动。蛇娃又连夜报信,他十分感动,取了两块大洋塞给他。

送走蛇娃,刘俊杰坐不住了。为了同志们的安全,他不敢有丝毫马虎,他连夜离开保障所,让同志们相互告知,全部离开信立乡。

刘俊杰首先去了梁家窑崇义家,到那里已是后半夜。

自从去年冬季，黎向贤他们被陆续护送到陕北后，梁崇义也上了边区，一个冬季没闪面。家里人猜测，如今胡宗南进攻陕北，崇义肯定在边区做着抵御国民军的后勤工作，或许年前就回来了，可是到了过年时节，他并没有回来。嘉旺老汉心想，只要儿子好好的，没回来也好，毕竟边区比关中safe。嘉旺老汉刚刚淡去了对儿子的念想，正月还没完，崇义却忽然回来了，还是以前的傻愣样子，没有一点长进似的。

一个冬天，崇义几乎没离开过延安。他在那里上了三个多月学习班，本来年前能回家，由于胡宗南部队进攻骚扰，上到军队下到百姓，大家一天到晚忙着转移，考虑着怎么隐蔽，崇义自然不提回家的事。他最近回来，主要还是看望父母，过了三月，他将到陕北去参加工作。

刘俊杰将蛇娃所说情况简单说了一遍，劝崇义父子赶紧走。嘉旺老汉说："贤侄，你带崇义走，我没事。"

崇义左右为难，他让父亲和他一块上陕北。老人说：

"没事，谁也不能把我咋样，你和俊杰走。"

"叔，我还不能走。事不宜迟，你们先脱身，今天都得走。"

刘俊杰说完，趁着夜色又急赤白脸去了槐园堡。一路上漆黑而安静，他望着东边黑魆魆的四维小学，耳畔不由想起刚才蛇娃说刘建英已经在打听当年结义的五虎。他不免又想起当年的事儿，叹口气说："幸亏这里已不再是交通站，要不更麻烦。"

贞昌听了刘俊杰的交代，镇定地说："俊杰，咱跑啥，要跑，还不如先下手为强，端了信立乡乡公所再说。"

俊杰说："留得青山在，不怕没柴烧。国民党的世事已经日落西山了，可咱也得保护好自己。咱先走，过几天再给他们来个回马枪。"

贞昌想想也是，赶紧跟榴花说：

"堂娃妈，我走后，可给咱把宝珍和窨生管好。啊！"

榴花没好气地说："走走走，一天净弄的得啥。没事找事，还得让人提心吊胆。"

刘俊杰跑了一晚上，最终还是犯了和思明相同的毛病。他回到保障所的时候，刘建英已经到了保障所。

刘俊杰被五花大绑押往乡公所。刘建英又马不停蹄地带人去了梁家窑。

昨天晚上嘉旺老汉就催促崇义走，崇义执意说等天亮了再说。崇义妈又说给娃做顿饭，让吃了再走。嘉旺老汉早上起来出门揽柴火，突然看见十几个乡丁背着枪正向他们这边走来。他立即跑回家关了院门,让崇义快走。

梁崇义闪身钻进窑洞,顺着窑洞暗道逃出去。他走了一截,又觉得不对,他咋能把父母扔在家里自个溜走。于是他又蹑身退了回来,猫腰悄悄藏在二层高窑上,从瞭望哨里盯着院内。

刘建英闯进梁家院子,嘉旺老两口正在灶房安安然然做饭,装作没事人似的。冯德海进了梁家,举着手枪就问嘉旺老汉:

"你儿去哪儿了?"

"我几个月都没见了,我咋知道?"

"胡说,昨天还有人见着他了。"

"不知道,谁见了找谁去。"

老汉若无其事地坐在木墩子上,掏出烟锅,装了一袋旱烟慢慢吸着。这时,刘建英急不可耐地吼道:

"冯队长,甭跟这老皮啰唆,先逮了再说。"

"逮了就逮了!"

嘉旺老汉还是若无其事。崇义妈急得哭骂着老汉:"死鬼,你说的这是啥话!"

几个人围上来,就要往嘉旺老汉脖子上套绳索。崇义妈哭着扑过来,用手拽着冯德海的衣服。冯德海胳膊一挡,崇义妈一个趔趄坐在地上。这时,崇义从窑里出来,手里握着一把手枪,大声喊道:

"把我爹放了!"

刘建英不认识崇义,看了冯德海一眼。冯德海说:"梁崇义,我就知道你在窑里。"

"把我爹放了,我跟你们走。"

"还是个孝子。好,我成全你!"刘建英冷笑着说,"把老汉放了。"

这会儿,刘建英暗自庆幸,半天时间就逮了两个,回,收兵。

嘉旺老汉看着崇义被带走,拍着大腿,垂头丧气地说:"咋这瓜的。唉!"

蛇娃听说俊杰被捕,总觉得哪儿对不住他,后悔没有催促俊杰连夜逃走。蛇娃要设法营救刘俊杰,他喝了两口壮胆酒,背着一杆长枪就去了乡公所。

蛇娃到了乡公所,见刘俊杰和梁崇义被一左一右绑在大院的树上,冯德海正坐在屋檐下的木条椅上向各位乡丁表功。蛇娃气势汹汹走到他跟前,骂道:

"冯德海,你真是人前一面人后一面,啥缺德事都干得出来?"

蛇娃自认为还是个自卫队副队长,就满不在乎往前走。冯德海忽然举起手枪说：

"蛇娃，他俩是共党要犯，你再向前就是找死！"

刘俊杰抬头看了一眼蛇娃，劝道："兄弟，你这又是何必？你鸡蛋能碰过石头！"

蛇娃脚跟顿时钉在那里，他看了看冯德海，又看看刘俊杰。

冯德海轻蔑地说："快把手脚蜷了，赶紧走。我可不是刘建英。"

蛇娃想了想，唉地叹了一声，回头出了乡公所。

三十一

贞昌得到俊杰的消息，说这一次国民党是全县行动，他们肯定是先从信立乡开刀的。

贞昌翻身而起，简单收拾了一下，头上戴了个被雨水淋得发黄的草帽，天色未明就出了槐园堡。他过了漆沮河滩，一路往东直奔通关镇邑岚堡。

按照刘俊杰的嘱托，贞昌离开锦阳以前，必须去通关镇通知张世发。世发最近也蛰伏在家，暂时没有抛头露面，可国民党的大网已经笼罩下来，他必须带上世发一同钻北山。

半路上，贞昌觉得自己不能贸然去找张世发，担心那样反而会引起怀疑。刚好走到半路，碰到一个卖洋芋的老汉，他连老汉的藤条笼一股脑儿买了下来，在那老汉奇怪的眼神里付了钱，担上担子一路往东而去。

果然，距离通关镇越近，路上行人越多，一个个又不像赶路的样子。贞昌不由小心起来，好在他穿着擩着补丁的破粗布衣，戴着破旧的草帽，肩挑两半笼子洋芋，俨然就是一个卖菜农民。他到了邑岚堡，巷道里行人更少，人们好像都躲在屋里，没事很少出门。

"洋芋，宜君好洋芋，又大又光……"

贞昌将洋芋担子靠在张世发家不远一棵柿树下，放开嗓子朝着巷子里大声叫卖，他的目光时刻盯着巷子两头。

洋芋越来越少，仅剩几颗看上去歪七扭八地还躺在笼里，再无人过问，而贞昌期望的张世发始终没有闪面。

贞昌蹲在地上，抽出旱烟袋"吧嗒吧嗒"吸上几口，间或向四周瞅几眼。眼看天就黑了，为什么张世发家没有反应？

"洋芋，宜君好洋芋，又大又光……"

贞昌又吆喝起来。这时，张世发在后面喊了一声："这位邻家，天都黑了，谁还要你这烂洋芋？"贞昌回头一望，张世发居然在自己身后。他还没开口，世发低声问道：

"四叔，你还有心思卖菜？"

"兄弟，就剩几个了，贱赠哩。多少给两个钱就行。"世发觉着他话里有话，凑过去蹲在他跟前，弯腰将笼里剩下的几个洋芋刨来拣去。

"这么好的洋芋，你还弹嫌？"贞昌一边回着话，"赶紧走，甭在家里待了，槐园堡那边出了事，我逃出来了。赶紧走，我在北边石道坡路上等你，啥话留在路上说。"

说罢，贞昌担了菜担子一路往石道坡方向去了。半夜时分，两人在老瓷窑镇再次碰面，贞昌才将昨晚和今天发生的事跟他说了。

几天后，二人找到渭北游击队。陈怀德队长听了贞昌的陈述，安慰他俩。

"既然你两个回不去了，那就留下来，我们一起打游击。"

陈怀德将他俩引荐到路东工委，让他们顺便参加一下游击队建设的培训会。就这样一句话，便将他俩带到了路东工委。二人一落脚，竟然见到了徐日盛和墩子。徐书记这些年一直在边区，虽然都是给共产党干事，但是两年来一直没有他的消息。

解放战争展开以来，陕西省工委号召大家组织起来，适时向关中各地的国民党统治区发动游击战争，配合边区军民，打垮胡宗南的进攻，保卫边区，解放大关中，推翻蒋介石在西北的统治。

徐日盛没想到贞昌能来。他们聚在一起，诉说各自的艰辛与不易。最终，他们的话题落在黄道吉、刘俊杰身上。

墩子想到姐夫思明，问张世发："大哥，也不知我爹咋样，我思明哥最近啥情况？"

徐日盛说："行了，他们的情况回头我打听，现在咱们言归正传，一会儿大家讨论发展游击队的具体思路和工作。"

贞昌说："这些年，我只想着为共产党干事，除了输送物资，接护人员，再没想过别的事。谁知老了老了，还得跟着你们这帮年轻人，扛上枪杆子打游击。"

"四叔，这就是装龙像龙、装虎似虎嘛！"墩子笑着说。

这次负责培训的是墩子。他首先讲到游击队当前的现状、成绩和困难，将游击队下一步的发展对象、武器装备和行动方式等方面做了详细安排。

墩子讲得认真，大家也听得仔细，不懂的地方就你一言他一语相互询问探讨，气氛十分热烈。

墩子说，我们成立游击队，要依据各自情况，发动群众斗争，保护群众利益，开展反蒋反胡统一战线，随时配合解放军做好行动。路东工委要求大家加强领导，放手发展，借助游击战，不断扰乱国民党的政府、联保和军队。

贞昌问："那咱们发展队员，难道老爷胡子一把抓，谁都要呀？"

墩子说："也对，也不对。我们建立以农民为基础的武装，这话说起来简单，做起来并不一定简单。解放军是为老百姓兴利除害的，是帮助大家翻身的。我们是否吸收农民参加，这取决于是否为老百姓办事。因此，我们必须提出'为人民办事'的口号，我们是给老百姓办事，而不是让老百姓给我们干事。当然，我们也要团结利用地方武装势力，争取改造非法武装。"

墩子停顿了一下，看了看大家，继续说："当地武装力量，我们要酌情发展。毕竟，他们虽有武器，但大都是退伍军人、逛娃子、土匪这些人，他们各自有各自的小算盘，我们既要利用，也要随时做好防范。我们游击队吸收人不能像四叔说的那样，老爷胡子一把抓，咱要的是蜜蜂蝴蝶，不要苍蝇蚊子。"

世发问墩子："那你说，我们发展起来以后咋弄，直接跟自卫队和乡公所战斗？"

"嗨，战斗归战斗，也得讲究个巧字。我们暂时要昼伏夜出，声东击西，学会到处放火制造混乱，让他们产生恐惧，防不胜防。比如，我们可以埋地雷、挖陷阱，破坏重要公路、桥梁，可以给铁路上堆麦秸，倒石头，让火车脱轨，也可以剪断电话线，推倒电线杆，让他们失去联络，或者伺机烧掉他们的粮仓、库房……总之，只要去想，办法多的是，事情也多得很。"

"对，就是。我们还可以针对他们的征兵、征实、征工，组织群众抗粮抗丁，动员村里的国民军家属，用写信或探视等形式，开展群众性地瓦解国民军。"世发说。

"就是嘛！"徐日盛在旁边帮腔，笑道，"这就是心有灵犀一点通嘛！"

贞昌满不在乎地指责徐日盛，他说："徐书记，你们都是当过先生的，一个个秀才爬到驴尻子上，就会说文绉绉的话。"

"四叔，这可不敢胡说。徐书记是秀才，那谁是驴？"墩子一句话逗得大家哗然大笑。

有了思路，有了方法，有了干劲，游击队发展越来越迅速，战果也越来越丰富。不到半年时间，他们就在渭北地区建立二十多个游击小分队，从原有的三四十多人发展到一百多人。由于人员不断扩大，徐日盛亲自对路东工委做了重新整编和部署。渭北游击队的地盘还是以咸榆公路以东,洛河以西,南到锦阳通关、临原各镇,北至黄龙山区。同时根据当前实际,将游击队分成四个分队,平时各分队自行开展工作和斗争,但在军事、政治上都要服从路东工委的直接领导。

就这样,墩子和贞昌分别担任西路支队政委和分队长,陈怀德和世发也担任东路支队政委和分队长,两支游击队在锦阳北部开展起了轰轰烈烈的游击斗争。

穆紫轩带领十几个团丁,亲自将思明和黄道吉押到西安。思明他们一下火车,就被连夜关押到西安市炭市街国民党特高组的地下室。在这里,敌人采取诱骗、软硬兼施等手段,想从他们口中套出渭北地下党的活动情况以及人员,思明和黄道吉虽然受尽皮肉之苦,终使他们一无所获。见审讯无果,两人又被押到西大街西安警察总局一所过去看押女犯的监牢里。

几天后的一天晚上,刘俊杰忽然被押进来。隔了两天,梁崇义也被送了进来。当初结义的五个兄弟,几天时间竟被捕了四个。他们像跌落陷阱的四只雄狮,气得恨不得嗷嗷吼叫着撕裂这一间间牢房。难道他们没有同年同月同日生,却真的要在这里同年同月同日死吗?他们无不悲伤,同时又替大哥张世发捏了一把汗。

四人都在分析着自己被捕原因,猜测谁有可能是自己跟前的奸细。思明两次逮捕都是秦西民亲自执行的,他的事秦西民肯定是主谋,上一次没把他害死,这次又与刘建英狼狈为奸,拟除心头大患。

黄道吉苦笑道:"事已至此,咱谁都甭怪。若想不通,那就怪我们自己。我觉得咱最近都有点张狂,就知道冒险弄事,没想着保护自己。"

思明说:"啥都不能怨,只怨敌人太狡猾。"

四人在一起关押了两个晚上,就在一天黑夜,忽然进来几个狱警,给他们一个个戴上手铐,用黑布蒙了双眼,被推推搡搡塞进一辆汽车。随着汽车发动机起动声,汽车呜呜呜穿行在漆黑的大街。黄道吉说:"我们要见马克思了,只是没想到会这么快。"

梁崇义说:"二哥,怕不?"

"怕?更觉得可惜。"

"革命还未成功,我死不瞑目。"思明显得很无奈。

这时,看押他们的狱警踢了梁崇义一脚,嚷道:

"你几个嘟嘟尿哩,让你们这么轻松去死,还不如当初直接枪毙。"

他们蒙着眼睛在闷罐子汽车里摇了一阵子,车停下后,他们被推下车,又被狱警塞进不同的牢房。此刻,四人头上的黑布已被撕去,他们透过窄小的高窗,看着外面黑咕隆咚的夜空，真不知身陷何处。

他们被关押的地方是一座秘密监狱，监狱全称是国民党军事委员会西北特种拘留所。监狱位于西安小南门内一个叫至善巷的小巷子，是抗日战争初期，国民党政府为推动第二次反共而设置的。监狱大门上挂着一块木质吊牌，上面写着四个隶书大字——工人宿舍。监狱大门常年紧闭，从外面根本看不出什么问题。因此，它虽然地处西安城墙之内，可是即便西安城内的人，也没有几个人知道，他们熟悉的太阳庙附近还有一座监狱。监狱门外常有监视来往行人的便衣，他们看似游荡的闲人，其实都是军统特务。如果有人深夜路过，肯定会有人上前质问是干啥的？如果说是"回家"就没事，否则就要详细盘问，要不就被拉入旁边的太阳庙内先审讯一番，让人不寒而栗。

特拘所由西北军统特务机构直接指挥，和重庆的中美合作所集中营——渣滓洞一样，都是戴笠管辖的军统们专门迫害、残杀共产党人以及进步人士的魔窟。监狱内有地下室、半地下室以及各种规格的牢房。但凡有人进入这里，即是宣告他将与世隔绝，那些被关押者，既不准对外通信，更不允许接见亲属，在严刑拷问、逼供之下，不知有多少志士仁人蒙冤而壮烈牺牲，实可谓一座密不透风的人间地狱。

牢房里彻夜亮着白晃晃的白炽灯，耀得人睁不开眼。思明被关押的这间牢房共两间，有八个犯人。他靠在乌黑潮湿的青砖墙上，伴随着一股股恶臭的尿臊粪便味道，旁边的打鼾声、呻吟声或者说胡话的声音不时从他身边或者隔壁牢房传出来，在他耳畔或大或小或急或缓地滋扰着。

天亮了，思明脸上没有任何表情，麻木地看着眼前的一幕。同监号那几个还在昏昏沉沉东倒西歪地卧着，墙角的木桶里喷散着恶臭的尿臊味儿。地上的麦秸铺全成了碎末儿，和细细的黄土混在一体。他旁边睡着一个难友，头发足有三四寸长，早已绣结成了毡片子，胡子也有二寸多长，土末麦秸渣和口角的唾沫混在一起。他身上灰色的衣服和麦秸末混成土色。思明再瞧别人，大家仿佛一个模子倒出来的，只有他的衣服稍显干净，头发胡子还乌黑浓密，脸庞依然白嫩，眼光还依然坚毅冷峻。

思明透过走马窗窗口瞥了外边一眼，其实外面的视野也大不到哪儿去。他们牢房那八个犯人都是政治犯，从这些人口中，可以猜测出这里的一些情况。

特拘所并不大，最多不过七八亩，但四周围墙很高，墙头拉着电网，四角修有瞭望的角楼。监狱门口有执枪的岗哨，监狱内的狱警轮班看守，牢房的走马窗从不糊纸，外面的狱警随时可以看到每个人的活动。牢房里除了一个便桶再啥都没有，一到晚上电灯通明，睡觉时闭上眼睛就算熄了灯。每个犯人仅发一条不到三尺宽的被子，晚上犯人们都把棉裤从脚镣的空隙里，一个裤腿一个裤腿地抽出来，铺在身下当褥子。

他们长期窝在潮湿阴冷的牢房，很少见到阳光，按规定每天放风两次，累计不到二十分钟。监狱里每天给犯人按量供饭供水，可这里的伙食差得根本不能提，大家每天只能吃冷馍喝清汤，连五成饱都达不到，在这里待不了一个月，被关押的人一个个就面黄肌瘦、如历大病。至于剩余的钱粮去了哪里，谁也不去问、谁也无资格去问。

这里缺少生机，虱子却无处不在，它们在犯人头上身上衣服上，热热闹闹地挤着堆儿，怎么也捉不完。他们把逮虱子当成消磨时光的乐趣，没有人在意虱子多了到底咬人还是不咬人。每天稍有空闲，大家就靠墙而坐，翻卷着衣袖裤腿，用两个大拇指指甲盖挤毙那一粒粒肥大的六脚肉虫，伴着哔哔叭叭的声音，看着殷红的血渍溅开，他们眼神不时泛出一丝笑意，享受着一天里难得的惬意与快乐。

思明被关进来，他一直等了好多天，居然没有人来提审他。他和那几个人一样在里面吃喝拉撒睡。最初几天他还记着天数，慢慢地他也和其他难友一样，对时间变得模糊起来。

思明不知道自己被关在什么地方。同监号的人也说不清这是哪儿。西安附近的监狱有好多座，当年的青年劳动营曾让他留下刻骨铭心的印记，而周边的监狱，虽然也常听说，却并不清楚。里面看押和送饭的狱警话音很杂，关中话夹杂着其他口音，通过他们的穿着，他估计是国民军统的某个监狱，至于到底在哪儿，他无从可知。

在这里，所有被关押的犯人都编有序号，思明的编号是74号。他们平时都是点名叫号，名字也渐渐失去了意义。犯人晚上在木桶大小便，他们戏称为上马。白天去监狱西南角厕所大小便，狱警手握二十粒短枪跟着。一到冬天，他们穿的是国民党军队退换下来的破烂军服，每晚戴着脚镣睡觉。

同牢房一个难友告诉思明，说："同志，要从这里出去只有两种可能，要么被人横着抬出去，要么站着出去然后被偷偷埋掉或者吃了花生豆。你既然来了，就甭想出去了，咱都一样，无非是等着提审，等着受刑，等着受死。"

刚来西安，思明遭受过两天刑讯逼供，他一直像个死人似的被拉来拽去。那位难友的话他听得懵懵懂懂，也有点麻木了。他看了那个难友一眼，没有说话。

那个难友根本不在意思明听没听，仍在一句句说着："当然，只要肯当软蛋，也有活着出去的可能!"

思明睁开眼睛,看着那人一眼,不屑地说:"死了不过尿朝天,已经走到这一步了,谁还怕死!"

"那么,我们就团结一起,任由狗日的国民政府来折磨,在这里听最难听的话、弄最日脏的事、受最要命的刑吧。"

他们虽然来自不同的区县,有着不同的经历,可大家都是共产党员,都在为中国人民的解放事业抛头颅洒热血。慢慢地,大家渐渐从零星的话语里了解到彼此的情况。

和思明说话的这位同志姓朱,是兴平人。刚进来时,思明觉得这姓朱的至少有四十多岁,就将他称作大哥。后来相互介绍,原来两人同岁。姓朱的说:"咱都是秋后的蚂蚱,蹦跶不了几天了,也没必要论资排辈,大家互相称同志,反而更亲切。"他一说,其他几个难友也凑过来,一致表示赞同。

姓朱的向思明介绍说,他叫朱鉴,是兴平人,加入共产党好多年了,一直在当地以教书做掩护,秘密从事地下工作。国民党已经日薄西山,却依然穷凶极恶地和共产党做着鱼死网破的垂死挣扎,为了揭露国民党的恶劣罪行,去年夏天,他组织周围几个学校的进步教师在马嵬坡召开秘密会议,无意中被当地保警队发现。他们得到消息迅速分散隐蔽。保警队扑了空,但开会人员的名单却落到对方手中。正月初,兴平保警队逮捕了曾参与那次会议的苏维和吉安二人,一个月前他又在兴平马嵬小学被捕。

这时,旁边的苏维和吉安也告诉思明,他们在兴平遭到保警队的严刑拷打逼供,始终坚贞不屈,后来就被转押到这里。

思明听了羡慕地说:"朱鉴同志,你们兴平三个人关在一起,实在幸运。我们来了四个,到现在我还不知他们三个关在哪间牢房。"

旁边一个难友也不无惋惜地说:"思明同志,我也和你一样。家兄也关进来了。他在最西边那间,和我们隔了两间。"

说话这人叫任秉璋,比思明小一岁,是长安县的。他毕业于西安二中,和思明还是校友,毕业后在云阳镇参加红军,不久又加入共产党,参加延安抗大、陕北公学、中央党校的学习。抗日战争爆发后,他受中共陕西省委派遣,在西安等地开展抗日活动。抗战结束后被边区保安处派到西安,在西北人民自救军做情报工作。几个月前,他们自救军遭到国民党当局破坏,他与家兄秉功在咸阳被捕。

他们相互介绍,思明对大家的工作十分敬慕,大家也对思明这些年的活动赞不绝口。思明旁边一个青年兴奋地和他拉话。原来这个小伙子叫庆生，虚岁刚过十七，更可喜的是，他还是锦阳同乡。庆生随叔父在民乐园一带卖琼锅糖，帮助共产党送过几次消息，一时大意在西安人民自救军中误入魔掌。

朱鉴知道思明来自锦阳，他又告诉思明，他们在兴平搞活动时，有一个姓林的同志，被捕后应该也关在这里，只是再没见过面。思明听了，估计他说的是林承华，抗日战争前，红军驻扎锦阳期间，他们还在一块搞过抗日宣传，只是后来很少见面，没想到他也会在这里受罪。思明在心里默默祈祷，可他不知道应该祝福他们早日脱离魔窟好，还是早日就义牺牲了才是好。

每天放风时，各个监牢的狱警就押着各自的犯人，排着队在院内转上两三圈，然后又将他们押回牢房。由于监狱狭小，院子里一次只能容纳三四十个犯人，每次放风都是花插着进行。因此，思明虽然天天放风，可他直到几天后才见到黄道吉、刘俊杰和梁崇义。幸运的是，他们三个关在一间牢房。

当思明也和同监号那些同志一样，开始绣结了头发，留起了半寸厚的胡楂，衣服上沾满麦秸土渣时，他终于被两个狱警带进了一间审讯室。

监狱东北角是看守主任办公室，从办公室隔壁下七八级台阶，拐进一扇窄小的铁门，是一间狭小的半地下室。这就是所谓的审讯室，室内半墙上装一个铁窗，仅有二尺宽七八寸高，上面焊着六七根拇指粗细的钢棍儿。在外面看，铁窗紧贴地面，仿佛一个排水的水道，若不是这个小窗，这间审讯室完全就是个水窖，除此而外，再没有任何通向外面的窗子或者孔洞。审讯室门内摆一张掉了漆皮的木桌，桌后放一把木椅，四周墙上挂着手拷脚镣，横梁上吊着粗细各异的麻绳，墙角垂几个吊环，上面通着电线，或许这就是传说中的电刑刑具，正中是让人闻之即惊悚不已的老虎凳。老虎凳其实是一个厚重的长条木凳，比乡村木匠那种凳子还要厚实，挨墙一端竖一根三尺多高的四棱立柱，大约胳膊粗细，和上端的横木构成一个十字架，木凳另一端对着门口的条桌，上面松松地绑缚着一团麻绳。思明看了看眼前各种刑具，觉得仿佛身处屠宰场，在这里遭受皮肉之苦的日子就要开始了。

门内木椅上坐着看守主任，他大约三四十岁，穿着军装，一张脸白中泛虚，仿佛贴了发酵的面团，既像缺少阳光，又像养尊处优，上面浮现出轻蔑的狞笑，将一双不大的眼睛挤成了细缝。他身边站两个彪形大汉，一脸横肉满目杀气，俨然两个凶神恶煞。

看守主任向思明核对了身份，歪头斜眼盯着他，不紧不慢地说：

"74，进来这么长时间了，没来得及招呼。见谅啊！"

说着，他不怀好意地轻蔑一笑。思明看了他一眼，没有说话。

"我先介绍一下这里，然后咱再交流。行不？"

思明还是不说话。这时，看守主任指着墙上挂着的刑具，又慢条斯理地向思明逐一介绍起来，说这叫啥，怎么用，那个叫啥，又怎么用。每介绍一个，就形象地向他比喻施刑时的各种滋味。看守主任见思明无动于衷，冷冰冰地说：

"74，除了这些，隔壁还有，只要你们共产党的骨头硬，这里就有你们享受不尽的荣华富贵。哈哈哈……"

看守主任说了这些，见思明始终没有言语。于是，他向那两个彪形大汉示了一下眼色，说：

"既然74号不言不语，那就让他先试火一下！"

两人不容分说，走到思明跟前，一把将他戴着手铐的手拽到了头顶横梁上，思明口里"哎哟"一声，整个身子已被吊了起来，全身的重量都落在两只手铐上，一股热辣辣的疼痛迅速通过手腕火烧似的传遍周身。

"74，请先享受一下这最温柔的见面礼。"

那两个凶神恶煞像两个哑巴，看守主任让用啥刑罚，他们就一步步娴熟地实施，让每套刑具发挥到淋漓尽致的地步。

思明胳膊又疼又困，他越鼓劲两只手腕就越疼。他咬紧牙关，不想让对方看出自己的窘态。看守主任似乎变了口气，开始跟他商量。

"74，我的兄弟，这里可是锻炼人的地方，你觉得自己是铜骨铁筋，那就一件件慢慢享受。你若要回心转意，国民政府的大门随时向你敞开。"

"你们要怎样……就直说！甭想着法子……给人绾笼头。"

思明冷眼盯着看守主任，没好气地喊道。

"简单得很，就两步路。你如实交代这些年参加共产党都干过啥事，我们按你的招供去抓捕还没落网的共产党。抓一个，就减一分刑，直到你无罪释放为止。"

"若没有呢？"

"那就第二步，只要离开共产党，为国民政府效力，马上给你将功补过的机会。"

"哼，你爷的福还没享够呢！"

思明被推进监号时，手腕上血肉模糊，两条胳膊紫红肿胀，肩头不时传来撕裂的疼痛。他知道，监号里每位同志从审讯室出来，都是惨不忍睹的情形，自己只是吊的时间长了,他的伤在这里不过是毛毛雨而已。

一连几天,思明成了审讯室的常客,不被传唤反而成了稀罕事。几天下来,他像案板上的一块肉,任凭那些凶神恶煞或劈或剁或煎或炒或炸或烤,每一次下来都是奄奄一息,每次冷静下来,他又开始给自己暗暗打气。

思明忽然想起了王先生。当年,他和王先生同在四维小学,他曾问王先生为啥甘于贫困和寂寞,栖身于偏远小学。王先生回答说:"人人把教书的叫作穷教员,其实穷还在其次,唯有苦字难当。为了教出一个像样的学生,经常苦思冥想,费尽不少口舌,可谓苦口婆心。一旦发现学生失教,那简直是不堪忍受的痛苦。所以,教书这个行当,是要吃苦,要经受九九八十一难的。你若没有'我不入地狱,谁入地狱'的决心,那就千万别当教员,免得误了自己的锦绣前程。"这一刻,他觉得王先生当时有关教书先生的话语,完全可以用在十多年来走过的革命道路上。

小乡党庆生不愧是卖琼锅糖出身的。他年轻,嘴甜,喜欢向狱警讨好,渐渐获得了能走出监号的自由,可以被强制着到外面打扫卫生。庆生趁着这点便利,和狱警套近乎拉关系,偶尔给思明以及同监号的同志要点破布条、旧棉絮,带进来让戴脚镣的同志垫脚腕,以减轻铁镣磨破皮肉的疼痛。有时,他趁空儿从墙角抠点泥土丸成泥蛋儿,让同志们玩狼吃娃或者老婆跳井等游戏,借此苦中作乐,减轻心理上的痛苦。

犯人在这里受刑早已成为常态,从监狱长到小小的狱警,都把给犯人施刑当成工作。监狱的三个审讯室不时传来难以入耳的粗声呵斥声,皮鞭抽打皮肉的啪啪声,以及此起彼伏的撕心裂肺的惨叫声。

几场大刑下来,思明已经惨不忍睹。与此同时,刘俊杰他们也无时不遭受着同样的折磨。他们脚上都戴着九斤多重的脚镣,浑身上下伤痕累累。当然,在思明的暗示下,庆生也偶尔能让刘俊杰他们享受到破布条旧棉絮缠脚垫伤的温暖,能相互传递一些打气鼓劲的话。

思明和大家商量,能否利用这一便利条件,让庆生帮大家传递消息,希望大家通过消息相互鼓励。在庆生的传说下,大家慢慢熟悉了各位同志的现状。

监狱里也是吃软不吃硬的,谁脑子活,应变快,就能少受一点皮肉之苦。刘俊杰和梁崇义似乎也长着铜骨铁筋,有一口钢牙,软气话从口里根本就说不出来。看守主任百般刁难与折磨,在他们面前几乎全部失了效。

听庆生说,他们同样遭受着打板子、钉竹签、灌辣椒水等种刑罚折磨,同样的宁死不屈,真有将死亡当成解脱或者回家的感觉。

刘俊杰眼睛不好，几场审讯下来，眼镜也不知掉哪儿了，久负盛名的英俊美男失了形体，衣衫褴褛疲惫肮脏伴随着他。刘俊杰知道他们在这里经受各类刑罚的必然，每次都是咬着牙忍受，不敢有丝毫气馁而丧失原则。也正因此，他不仅尝试了手板、耳光，甚至几乎尝遍了这里诸如驾飞机、掷炸弹、灌辣子水等所有酷刑。那些狱警曾把他绑在老虎凳上轮番鞭打，又用木板绾麻绳在他腿上勒出一道道肉峰，他也不知自己到底昏死了多少次。

刘俊杰他们享受到庆生送来的些许温暖之后，知道了思明的情况，同时也将这边的消息让传过去。就这样，他们知道思明大义凛然，思明也知道他们的临危不惧。

一次，黄道吉回来，躺在审讯室里，有出的气没有进的气。同志们手忙脚乱地给他施救，好不容易缓过神来。他看着大家，眼神里透出一丝不解和无奈。他喃喃地念叨着：

"思明可能招供了。"

俊杰说："不可能。甭听他们的。"

崇义说："不管思明招没招，我们都要撑硬。说不说都得死。"

"唉，死猪不怕开水烫，咬紧牙关，守口如瓶。"

最终，他们通过小庆生得知，思明果然没令他们失望。"74那个哥好着哩。每次大刑回来，还和同志们说笑呢！"

梁崇义看了看黄道吉，坚定地告诉庆生："小兄弟，你给他带话，敌人只能毁掉我的躯体，休想从我口里得到需要的一字一句！"

俊杰说："让他放心，我就是粉身碎骨，决不会拉扯任何一位同志。"

思明听了庆生的回话，靠在墙上，闭着眼睛，一字一句慢慢地说："小兄弟，你也告诉那几个大哥，我已是死过几次的人了！"

庆生的举动引起看守主任的注意。狱警将庆生叫进审讯室，看守主任没好气地说："绑起来！"他说着，抓起墙上挂着的皮鞭，啪啪啪抽在庆生身上。几鞭子下来，庆生的衣服就裂开几道口子，一个个血梁子渐渐往外渗起血来。这时候，看守主任才开始问话。庆生哪里受过这罪，他声声哀求道："你们饶了我，你们饶了我。我再不敢了。"

经受了一番皮肉之苦后，看守主任对他说："娃，要想出去就得好好表现，听见没？"

"听见了。"庆生颤抖的声音里带着难以掩饰的恐惧。

"娃，那就听叔给你说。"看守主任随即给庆生做了交代，狱警就把他又推推搡搡塞进了监牢。

看着庆生第一次遭受折磨，同志们无不心痛，都安慰他不要怕，鼓励他要敢于同敌人作斗争。庆生呻吟到后半夜才慢慢睡去。

几天后，庆生的伤好了许多。他又开始被狱警强制性地叫出监号打扫卫生，好像又具备了给大家传递消息的条件。

小庆生在监狱里来来去去好多天，看守主任给他的这点自由，无非是想从中获取新的线索。庆生看着他笑里藏刀的神情，内心总要打寒战，除了估摸出丝丝惊恐，别的几乎猜不清道不明，不知道他下一步会给自己施什么招。庆生每次都会如实告诉他们都说些什么，可看守主任得到的总是他们永不屈服的不灭斗志。

看守主任牙齿咬得嘎嘣响，气愤地说："好！我就看这些个北山狼嘴硬还是骨头硬！"

思明在庆生给看守主任回话后，很快就遭受了监狱里盛传已久的老虎凳。施行的还是那两个凶神恶煞。思明有时苦笑，如果他们是个华佗一样的外科医生，那自己的周身纹理早都让这两个货摸清摸透了。

两人把思明推上老虎凳，脊背紧靠后面的四棱木柱，两条胳膊平绑在横架上，两腿平伸在板凳上。他们用粗麻绳捆住思明的大腿，在他脚腕下放了一块一寸宽二尺长的铁板。看着他们不紧不慢的样子，思明脑海里不由浮想起了被凌迟的袁崇焕，想起被钉上十字架的耶稣。

看守主任说："兄弟，实话告诉你，你那几个乡党打挨美了，刑受扎了，也都服软了。"

他的笑容里总藏着尖刀利刃。思明闭上眼睛，嘴角露出一次无奈而平静的苦笑。

那两个看了看守主任，看守主任嘴角动了一下，下巴往上微微一翘，并没有说话。两人仿佛走一个程序，一个抬起思明脚下的铁板，一个给铁板下面塞了一块青砖，思明的两条胳膊猛地抖了一下，两个膝盖窝烧痛得仿佛筋断肉裂了。

"兄弟，想通没有？"看守主任又问。

"呸，谁服软你问谁去！"

思明的话音刚落，第二块砖已塞到铁板下面。思明浑身淌出豆大的汗珠，还没等他反应过来，第三块砖又塞下去。这时，思明脸上的汗珠泼了水似的往下淌，周身也是大汗淋漓，他头晕得失去了知觉，虚弱的身体早就支撑不住。思明只知道浑身到处都在撕裂，他呼哧呼哧喘着粗气。耳边隐约听到有人说话，可他已分辨不清谁在说，在说什么。第四块砖支上后，思明就啥都不知道了。施刑的两个人看他昏死过去，拿起竹板子在他身上猛力抽打，他又迷迷糊糊苏醒过来。思明想，为什么我还没有死，死了才是解脱了。第五块砖还没塞进去，他又一次昏死过去。

　　看守主任说："这猴还硬成这，不行了再支一块砖。"施刑的说："主任，再塞腿关节就断了。"

三十二

　　黄道吉拖着九斤重的脚镣，挪动着如铅似铁的残腿，他疼痛而乏困的身躯一进监号就瘫软在地。刘俊杰和梁崇义挣扎着爬到他身边，问他情况。黄道吉紧闭双眼，一句话也懒得说。他记不清到这里多长时间，只觉着外面知了的嘶鸣已经从有到盛，又从盛到无，现在早已听不到一丝残鸣了。院落里不时吹进的片片落叶告诉他，秋天就要完了。

　　半夜时分，黄道吉被白炽灯照得渐渐有了知觉，周围的呻吟声和呼噜声又相夹着钻进耳朵。他迷迷糊糊睁开眼睛，刘俊杰和梁崇义一左一右坐在身边。

　　黄道吉几乎崩溃了。这些年转战关中陕北，干了那么多的事，逃过了敌人的一次次堵截，没想到这次的大意，让他钻入刘建英的圈套。几个月来，每一次审讯都是一次折磨，都在考验他的意志是否坚定。他在这里生不如死地受罪，真支撑不住了。家中父母妻儿又不知怎么过活。他想着想着，两股眼泪从眼角涌出，顺着脸颊流入耳朵。

　　"二哥醒了？三哥，二哥醒了。"

　　崇义高兴地戳了俊杰一把。俊杰正在打盹儿，揉了揉眼睛。他俩看着黄道吉，轻轻问道："二哥，你醒了？"

　　三双眼睛对视着，黄道吉看着他俩，没有说话。

　　俊杰说："二哥，再撑一会儿，又会是一个崭新的早晨。"

　　"唉，哪一天不是崭新的。兄弟，我真撑不住了。"黄道吉说着，眼泪再次从眼角流出来。

　　"没事，有兄弟在，肯定能撑住。"梁崇义劝他说。

　　"我现在啥都不想，就想着咋还没有死。可一想到家里人，又不敢死。"黄道吉无力地说，"兄弟，要不，我们暂时软一下，给他们回个话。啊？"

　　刘俊杰和梁崇义对望了一眼，他俩不由一惊，黄道吉咋会说出这种话，难道他屈服了？两人的心不由突突突跳起来，不知道他是想屈服还是已经屈服了。他两个对视良久，不敢说话，也不敢看黄道吉，他们不知道投给黄道吉的眼光应该是轻蔑还是担忧。

梁崇义说："二哥啊，我们一定要撑住，难道你忘了我们在四维小学的结义？"

刘俊杰也说："二哥，你说这话，我首先看不起。这些年，我无怨无悔地跟你干事，为了你，我甘愿付出一切，那是我对二哥的敬重呀！"

"咱四个在这里有今天没明天地受罪，也不知世发在干啥？"黄道吉像是向他俩诉说心中的委屈。

"大哥是老交通员，不用担心。可咱弟兄们一定要撑硬。啊！"

三人相互打气，看着奄奄一息的黄道吉，越发憎恨起可恶的国民党。刘俊杰说："不得人心的政府永远是短命政府，新中国的黎明即将来临。我们一定要和他们斗争到底。"

黄道吉三人的消息被庆生传了过来，思明听了心急如焚。十几年来，他不止一次听到关于投降与假投降的辩驳，但大家最终的结果却是一边倒，真正的共产党人脑子里不许有投降二字。如今国共力量犬牙交错，你中有我，我中有你，在敌人眼皮底下搞斗争，随时都有被捕遇害的可能。因此，曾有人提出，在白区工作的同志为了保存革命力量，能不能向国民党假投降，表面上自首悔过，只求保全性命，其实心里还是向着共产党，出来继续和敌人作斗争。但共产党从上到下，几乎没有一个人对此表示允许和忍耐。大家一致认为，坚守革命气节是一个重大的原则问题，共产党人绝不承认假投降，绝不允许假投降。投降没有真假之分，投降就是变节，是怕死的另一种说辞。

思明期望那边几个兄弟面对敌人的摧残，能够心系一处，守口如瓶。在这里，这八个字不仅是他们几个的，也是关押在这里的每个难友都应坚守的底线。

所有的刑讯在思明面前是失效的。他每天咬紧牙关，坚持斗争，敌人得不到半句口供，最后给他砸上十几斤重的脚镣。他得知黄道吉那边的情况后，摸不准是真是假，真担心出了啥岔子。如果那样，可是害人害己啊。

几个月了，思明几乎每天在特拘所遭受着非人的折磨，若不是心存对家人的担忧和想念，他恨不得一死了之。而这时，让思明做梦也想不到的是，他居然在密不透风的特拘所里见到了姐夫景范。面对景范的探视，思明眼里的激动和惊异交织一起，眉宇间凝聚着许多疑惑。

两人西安一别，倏忽间就是七八年。景范和思明分手不久，石友三告诉他，有个军事培训班在西安招收学员。景范羡慕思明这些年在外闯荡，而让他留在家里经营百十亩田地，每想起这些他就憋得难受。于是，他一得到信息就迫不及待地拜托石友三赶紧联系。

当初，景范只想着谋份差事，也能像思明那样闹革命。他经过体检、考试、面试等一系列严格的手续和关卡之后，终于被录取。他昏昏沉沉坐了一天的汽车，从西安来到兰州。到了兰州，他才知道这是军统特务头子戴笠创办的军统特工训练班，其级别仅次于蒋介石当年创办的黄埔军校。

戴笠创建的军统训练班，在传统的忠义观中注入了孙中山的革命思想。他把军统比作一个大家庭，用传统伦理以德相报，团结特工。在忠义观上，他身体力行为大家树立榜样，无论平时多忙，他都要给每个培训班当班主任，就像当年蒋校长对所有黄埔军校的学生一样。对戴笠来说，胡宗南是他的结拜兄弟，对蒋介石的效忠程度几乎达到令世人敬佩的地步。他在兰州开办特工训练班，其目的就是为国民党培养特工，为胡宗南铲除西北共产党，为名副其实的西北王添砖加瓦。这次，戴笠一如既往地亲临兰州给学员训话。他告诫所有学员说："军统的历史是弟兄们用血汗和泪水写成的，其宗旨是，死亡临头之时，要甘为事业献出自己的生命。"

学习期间，景范他们吃得好穿得好，只是没有自由，不得与外界有丝毫联系。在六个月超强度封闭式的训练期间，他们不仅学习侦察与反侦察，学习国际形势以及国民党的历史与前途，更注重野外生存、格斗竞技、超体能训练，还要熟练掌握射击、爆破、下毒、电讯等多种技术。学习结束后，景范被留在兰州，一直为当地国民政府做事。

两年前，景范回到宝鸡，再次接触到渭北共产党的情况，才觉得这些年在兰州得到的关于共产党的所有信息都与关中不同，真真假假让人难以分辨。说到共产党的情况，关中比兰州更糟，用国民党当局的话说，共产党的工作总是潜伏于地下，十分猖獗，总让他们束手无策。解放战争全面发动以后，胡宗南向延安发起全面进攻。胡宗南占领延安之后，自觉一块大石落了地，开始加大对关中一带共产党人的搜捕。既然共产党的工作是地下的，是秘密的，他们也就秘密搜捕，一张张大网罩向关中各地。国民政府利用各县的国民军团和保警队，利用各乡镇的自卫队以及安插于各地的特务，展开绝密的立体式搜捕。有时甚至不惜采用现大洋和职位等双重承诺，促使当地群众秘密举报。国民政府穷凶极恶和不择手段地摧残共产党，景范看在眼里痛在心里，也真正明白了和思明一样的那些地下党都在干什么，为什么奋斗。他忽然从良心里发现，自己的工作越出色，就越对不住思明和他的战友们。

麦收前后,景范回到西安,以特务的身份进驻西北文化日报社,其公开职务是报社资料室主任兼编辑。到家门口了,能见到自己的家人了,他终于迎来这些年难得的窃喜。

夏日一个午后,景范双脚踏进了金城堡孟家巷,回到了阔别已久的家。这位穿长袍马褂戴阔气礼帽的陌生人,让许多乡亲猛然一惊,都不敢相认,盯上好半天才高兴地握住他的手说:

"哎呀,这不是景范吗?这些年没个音信,都以为你——走了!"

景范走到孟家门口,熟悉的大门虚掩着,前门上贴着白纸,两边的对联已被风撕去,只有门额上"昊天罔极"四个字还在风中微微飘抖。景范推开前门,孟纪氏坐在石墩上,纸清在旁边玩耍。他走到老人跟前,叫一声"婆",孟纪氏从惊恐中回过神来,眯着眼盯着他看了半天,才问:

"你——是,景范吗?"

纸清见婆跟这个陌生人说话,昂着头傻愣愣看着。孟纪氏赶紧说:"纸清,快去喊你妈你姑,你姑父回来了!"

云焕看着景范,掩去满脸的忧郁,脸上迅即瞥过一丝久违的笑容,不过瞬间就又消失了。她跟景范打着招呼,平静的脸上却再泛不起丝毫惊喜。

孟桃哭了,哭得很伤心,景范这些年活不见人死不见尸,她为此不知哭过多少次,每当儿子问及父亲,她都不知应该从哪里说起。她捶打着景范的胸脯肩膀,一把眼泪一句话地质问他。

"呜呜——你这些年去了哪里。呜呜——你知道不,你儿都念书了!你还记得这个家呀?呜呜——"

景范面对三个无助的女人,内疚、无奈、自责和后悔相杂涌来,他百感交集,却不知该从哪里说起。

思明刚被捕那阵,云焕独自去过两次池阳,她希望找到周家在那里的旧交世故。正夫大叔已经过逝,他的儿子奉学听了思明的事,只觉人微言轻,除了同情再没有别的办法。云焕只得又去西安,能找的人都找了,可最终大家都不敢出面营救。她几次想到于大叔,如果不是家里的老人孩子,她都想亲自去南京找,南京找不到他就去重庆。她摸不透,到底是人走茶凉还是形势真的严峻。她不想就此放弃,又毫无办法。

云焕回到家,浑身瘫软,眼泪哭干了也没人安慰,只有纸清傻傻地问她:"妈,婆说娃娃哭多了眼睛就瞎了!"

云焕搂着纸清，伤心地说："娃呀，我们娘俩往后咋办啊！"

景范听了家里发生的一切，心痛如绞，他忽然觉得自己这个让家人厌恶至极的特务身份，或许还会对思明有点儿好处。景范安慰大家甭难受，他明天就回西安，设法打听思明的下落。云焕听了仿佛抓住了一棵救命的稻草，忧郁的的眼睛里忽然露出一丝希望。

景范对西安已经很熟了，他一直在打探思明的下落，问遍了西安周围的每一个监狱，也没有思明的消息。一个偶然的机会，让他才将注意力放在了太阳庙特拘所。

那是初秋一个下午，国民党驻五岳庙门街第一战区长官部有两个军官，不知啥原因闯进了太阳庙的至善巷。特拘所沿街巡视的便衣将这两个军人当成可疑分子，立即上前质问。两人平日也看谁都不顺眼，哪里想到几个小便衣居然敢在他们跟前大大咧咧呵五呵六。军官没把便衣在眼里磨，便衣也不将他俩当一回事，他们三句不和，几个便衣立即掏出手枪，要威逼两个军官进太阳庙审查。一个军官见势不妙，借故回去喊人，不到一顿饭的工夫，他就带着一个排的国民大兵，从东边跑步赶来。他们荷枪实弹，气势汹汹，迅速将特拘所围了个水泄不通。长官部要人，特拘所又不敢放，双方摆出一副开火的架势，眼看就要剑拔弩张横祸临头。这件事同时也惊动了国民党陕西省政府，不一会儿，军队、警察、宪兵、特务呼啸而至，黑压压一大片，大车小车填街塞巷，他们在特拘所前吵嚷闹腾了三四个小时，后来又不知啥原因各自散去。这一事件传进景范耳中，他突然觉得，思明会不会关押在这里。

找人不如碰人。景范曾在宝鸡认识一个姓唐的理发匠，那天在西安街头又碰见他。两人拉闲话，景范无意中知道老唐每隔半个月就要到特拘所给犯人理发。景范拉住他的手一口一个"老唐"地叫着，激动地说："这真是踏破铁鞋无觅处，得来全不费工夫。"

老唐不知景范是啥意思，满脸疑惑。景范向他说了原委，老唐摇头摆手，十分为难地说：

"张主任，你这可难为我了。你也知道，西安城各处监狱的犯人都有编号，没有姓名。真不好打听。"

景范塞给他几块银圆，让他一定留心。他焦急地等待了半个月，老唐终于打听出来，那里半年前的确看押过几个从锦阳县送来的共党要犯，可这里与世隔绝，至于如今是死是活一概不知。得到确切消息，景范不再像没头苍蝇那样乱窜了。他想,所有监狱都有探监一说,无非是花钱多少的事。

探监几乎是难于上青天的事情,西安特务机关对家属探监有极为严格的规定。当然又不见得没一丝可能,景范凭借他的特务身份,去了小雁塔西安绥靖公署。绥靖公署主要负责西北地区反共戡乱、平抚安定等事宜。景范带着绥靖公署的探视手续,又按规定去监狱办理其他事项,没想到所有环节都在刁难勒索,他不得不挨门挨户送礼打点,终于得到一次十多分钟的探视机会。事后他向老唐发牢骚,老唐安慰他说:"张主任,你已经很幸运了,许多人拉东送西花不少钱,结果连面还见不上,到时吃了哑巴亏还不能跟人说。"

姐夫景范突然出现在思明面前,思明简直不敢相信自己的眼睛,可这是千真万确的事实。他们谈话的时间很短,仿佛还没说两句探视时间就到了,但彼此的激动谁也掩饰不住。

思明和景范匆匆一见,这短短数语的确来之不易。自从景范一探监,思明明显感到自己的情况与以往不同,一连几天再没有人提审他。难道是景范探监的功劳,可他又是怎么进来的,是啥身份。

景范心里急得上下翻腾,表面上还得装作冷静如水。他通过老唐,又给思明创造了一次写家书的机会。

那天,庆生给思明送来一支钢笔和一张发黄的草纸。说是有人让送的,可以让他给家里写封信。思明对着空白的纸陷入沉思,平静的脑海里开始翻江倒海。他想到婆和母亲,自叹愧为人子,难尽孝心。他想到云焕,更觉得这些年亏欠她的太多了。他一直奔波在外,让云焕孤守家中忙里忙外,而每到关键时候,她又总是不顾一切地挺身而出,前后打理。他如今身陷囹圄,求生无望,想起儿子纸清也是无限忧伤。他懵懂记事时,父亲就遭人暗害,如今纸清也不过他当年那么大。父亲灵前于大叔那幅字忽然闪过他的眼前。"为天地立心,为生民立命,为往圣继绝学,为万世开太平。"他至今还记得张家伯抱着挨过打的他,一句句诵读横渠四句的情景。当初,他还能得到张家伯不遗余力的保护,能得到王先生的谆谆教诲。而今后的纸清又该由谁保护和抚养。这一切皆源于他,事到如今他偏偏不能左右。痛定思痛,思明忽然觉得,父辈们已经用鲜血和生命给他上过了革命课程,干革命怕死肯定不行,即便自己不死于刀枪,也会死于叛徒、死于诬陷。他就是觉得对不住大家,没能陪着家人和战友迎接新中国的光明,自己生的希望渺茫,死亡却随时向他逼近。

云焕打开薄薄的信笺,她的手在颤抖,心在颤抖,浑身都在颤抖。她用颤抖的声音念着思明的信笺，旁边所有人，都是一副凝重的表情。

焕：我情你当知，故不赘。

或者年岁已长，阅世较深，故这一回较之上次，心神更坦适。平心而论，此间生活，还属中等。即以往常相比，经此一度，颇知我仍能习苦。身陷囹圄，我恐难见光明，唯有视牢如家了。我既如此，持家经营，奉母教子，全家生计所有艰辛皆由你独撑，我实不忍。你当以己为重，不可因财物而不顾身体，让我心难安。

我在狱中，只思两事，即保养身体与潜心自修尔。你亦切勿循小节而忘全局，受小挫而弃大计。

天下之事，苦乐有时原可相抵，你在家中努力经营，我在此间潜心自修。虽有现在别离之苦，试想将来若在崭新局面下相见，才是最好。

念你的思明
十月十五日晚

云焕读完信，景范向家人说了思明的近况。景范说思明被关在国民党特拘所，又听他说大家将那里比喻成棺材铺子，说那里的太阳庙门无太阳，那里的至善巷早已变成了至恶巷。一家人听说后毛骨悚然，孟纪氏又要哭。景范后悔刚才多说了话，赶紧低头安慰她们。

"娘、焕、孟桃，你们甭担心，至少现在思明还安好，我明天就走，想办法去营救他，花多少钱都不怕。"

晚上，云焕捧着思明那半页信笺彻夜难眠。她一字字看，一遍遍看，每看一遍都有不同的感觉，每看一遍都是对丈夫的担心。思明被捕后，家里亲友都被国民政府上下紧紧盯住，他们不是被逮住关押，就是被审查逼供。那段时间，云焕无计可施，不敢乱动。老人问她要儿子，无知的纸清也向她要父亲。老人的涕泪，她强装欢笑去安慰，可是面对纸清的痴求，她只能指着思明的照片逗娃娃开心。她牙关咬得嘎嘣响，两条腿跑得酸痛难受，可她还得往下撑。她要一直撑下去，直到思明再次归来。而这时，她又立即停止自己的想象，她不敢想象思明在监狱里遭受折磨的惨状。

姐夫景范才是当下孟家最可靠的男人，无助的云焕只有依靠姐夫了。

景范回到报社后，昔日曾有过一面之交的袁培先生已经离开报社。景范听说思明也在这里干过事儿，也是做资料室主任，那年为给陈建中拉选票才回锦阳县的。他推开了陈社长的办公室,诚心诚意而又开门见山地把自己要说的话一股脑儿说出来。

景范到西安不久,可他对陈建中的中统局西北调查专员、兼任国民党陕西省党部委员和中统西北五省特派员等诸多身份还是知道的。此时,陈建中对思明已经没有了感觉,景范的报社编辑与他也没有实际意义,唯有景范的特务身份多少还能让两人说上话。

景范讲了他的请求,陈建中客气地给他摆出一堆理由。他说自己先前也曾受亲戚委托营救过一个犯人,但最终毫无效果,为表示自己的诚意,他甚至不惜编纂出详细的营救和失败的经过。末了,他有意问景范:

"张主任,你知道你妻弟这是啥案?"

景范说:"不知道。"

"锦阳县是通往边区的要道,是国民政府严密监控的地区,你妻弟这些年却一而再再而三地结交地下党,建立交通站,做地下交通工作。更最要命的是,黎向贤、邓老三、王锐锋等共产党的要员,居然在他们的掩护下每次都能轻松过境。要知道,这一次,上面处理锦阳县的共产党可是铁了心的!"

陈建中的一番话,让景范感觉到他刚才的话全是在掩饰。景范听后试图再求他,又向其耐心解释。

"陈社长,他们搞地下交通不假,可他们又咋能知道自己护送的是谁,是干什么的。再说,他们这也为给自己找个出路挣几个钱吧。就拿我来说,干工作还不是为了养家糊口。陈社长,事在人办,法看谁犯,看在大家共事的分上,你就想想办法吧。"

陈建中想了想,说:"张主任,现在营救思明,虽然希望很小。但还有个办法可以考虑。如果他的罪行不甚大,又肯向国民党认罪,或许还真有可能。"

"先尽人事,后听天命吧。"

景范知道自己说这话几乎是徒劳,也只能这么说。

朱鉴已经被整日钉脚镣、戴手铐,日夜惨遭看守主任甚至狱警们的严刑拷打,其情状可谓残酷备至。在敌人面前,他始终坚贞不屈。他跟同监号的难友说,自己几次被打昏了,人家又用半桶冷水将他泼醒激活。然而有一天,朱鉴出去受审后再没有回来。

原来,朱鉴被那些恶棍打死了,看守主任和两个狱警正准备将他的尸体运往城外,无意中被庆生看见。他们知道庆生和各个监号里的人都混熟了,担心朱鉴的死传出去对大家不好。这时，看守主任向手下示了一下眼色，狱警立即明白。看守主任向庆生招了招手，庆生不知啥事，刚走到他们跟前，就被几个人迅速压倒，塞进一条麻袋，推入放在监狱南侧地道口的小木车。他们通过这条暗道，把死了的朱鉴和未死的庆生拉出去，填进了护城河外一口枯井。

这里是秘密监狱，监狱里死人也是再正常不过的事情，但是每次死了犯人，上边还是会一层层一遍遍地进行问责。毕竟，这里的犯人有可能会成为同共产党谈判的筹码。一次出了两个人命，看守主任担心自己因刑讯逼供出了人命，才有了秘密投井的举动。事后，他们向国民党省部和西安绥靖公署捏造了一个"朱犯畏罪，在夜间乘人不备，投井而死"的理由，继而不了了之。

这事一出，营救思明更成了难上加难的事。

三十三

　　几年来，共产党在陕北的实力得到快速壮大。胡宗南心里开始发虚，不惜派驻二三十万大军进驻陕北，想以席卷之势剿灭陕北共产党的所有势力。

　　胡宗南实施进攻延安计划，国民军队接二连三向陕北开拔，共产党主力部队不得不敌进我退，全部北撤，造成了国民军节节胜利的假象。锦阳的白色恐怖因之袭来，国民党的特务魔爪大张，四散于关中各县，准备竭力抓捕共产党，破坏各地的地下党组织。

　　面对严酷现状，墩子奉命逆行，带着游击队潜入锦阳，在国民党内部制造许多混乱，给予各地的乡公所、保警队甚至国民军沉重的打击。

　　道高一尺，魔高一丈。八月的一天，墩子和游击队员出击泥阳，在泥阳县西原与对方遭遇。游击队很快被驻扎这里的国民党军队冲散。时间已是晚上，墩子身边仅剩四五个战友。游击队在西原南沟一个土崖下简单休整，墩子让大家稍作休息，随时准备突围。其实，他们根本不知，自己已经钻进了国民军布设的口袋。

　　在突围的时候，游击队在沟道的南北两旁均遭遇国民军队的堵截。墩子一看，觉得事情远没有他想象的那么简单，立即命令大家上山隐蔽，他自己殿后掩护。岂料他们上到半山，发现那里也有敌军埋伏把守。面对敌人的上下夹击，墩子他们再次陷入激战之中。历经一昼夜艰难的迂回和突围，他们终因敌众我寡，惨烈失败。

　　墩子的子弹早已打光，他的腰间仅剩一颗手榴弹。他奋不顾身地握着手榴弹冲向对方，抱住最前面的一个国军士兵拉了引弦，决计与之同归于尽。国军士兵被墩子壮烈的亡命举动吓得面如土色，他口里哇哇直叫，却怎么也推不开抱着他的墩子。然而，就在绝望之际，那枚手榴弹冒了一股青烟，并没有爆炸。

　　墩子一看，握着手榴弹未敢松手，对着那个士兵的头又是一阵猛砸，那士兵瞬间头破血流，一颗眼珠也耷拉在脸上。周围的国军忽然回过神来，七八个人端起刺刀对着墩子就是一阵乱刺。墩子只觉得腿上腰上胳膊上被刺刀戳了几个穿心窟窿，他一阵昏厥，无力地倒在血泊之中。

奄奄一息的墩子被国军绑了手脚，然后由两个士兵拉着他的两只脚，糖地似的在山路上拖行。他身下的草地上、石头上以及崎岖的小路上，随即留下了一道殷红的血迹。

天正炸晴着，耀眼的太阳刺着墩子的眼睛，一块块砖石硌着他的脊背，他的脑子里时而清醒时而迷糊。即便如此，他凭借仅有的一丝气息大骂对方，声音忽高忽低、忽长忽短，一字一句地揭露着国民政府的累累罪行。

墩子被拉到了泥阳县火车站。经过太阳的炙烤和一路的折磨，墩子口渴难耐，几度昏厥。这时，他又渐渐有了知觉，眯着眼睛向四周瞅了瞅，知道躺卧的地方是火车站的站台。他身边站着一个国军士兵，旁边有两个士兵正坐在阴凉处，用大檐军帽扇着凉。

墩子躺在那里，太阳的白光还在刺射着他血肉模糊的眼睛，一团黏稠的东西堵在嗓子里，不知是血液还是唾液。他浑身燥热，喉咙干渴地嘶嘶冒烟，身上已经流不出一滴汗。

"兄——弟，兄——弟。"

墩子用微弱的几乎呻吟的口气喊了一声。身旁那个士兵看了他一眼。他低声乞求道：

"给——我——口水，给——我——口水。"

那士兵佩服墩子是条好汉，一丝怜悯涌上心头。他俯下身子，好心地拒绝了墩子的请求。

"兄弟，这时候还敢喝水？一碗凉水喝下去，一时三刻就没命了！你也是耍枪杆子的，难道不知道这！"

其实，墩子咋能不知呢。他受了这么重的伤，浑身的血几乎流尽。他又有气无力地说：

"兄——弟，都——这时——候了，我——还怕——死？"

那个士兵看墩子的确可怜，就从旁边端了一瓢水给他。旁边那几个制止说：

"这家伙要了我们多少弟兄的命，你还可怜他。死了才干净。"

那个士兵没有言语，将凉水送到墩子口边，慢慢给他灌。墩子浑身麻木，直觉得嗓子难受，他口搭在瓢沿上，叽咣叽咣一口气将水喝完。那士兵趁机从衣兜里摸出一块洋糖，剥去糖纸，塞进他嘴里。

墩子口里咸的血甜的糖伴着凉水的清凉，一丝丝渗入体内，也使他拥有了两天来最舒心的片刻时光。喝过水，他稍稍缓过神来，这才觉得浑身上下到处都是刺痛。他不想让人听出自己的呻吟，无力地闭下双眼。

身边那个士兵说："兄弟，我佩服你，可如今人在屋檐下，还是低低头吧。"

墩子听了，装作没听见，闭着眼睛没有言语。

这时，泥阳保安团副团长秦西彬路过这儿。看押墩子的士兵好像认识秦西彬，他小声告诉秦西彬说：

"秦团长，这个人你认识不？是你的乡党！"

墩子听到说话声，眼睛微微睁开一道缝儿，只见秦西彬足蹬黑色牛皮鞋，手里提着用手帕包着的几个沙果。他口里嚼着沙果，走到墩子跟前，啪地一脚踢在墩子腰间，面颊上浮过一丝揶揄的冷笑。

"锦阳城就不产这种货色！"

墩子把眼睛闭上，没有任何表情，他心里明白，知道秦西彬是锦阳县金城堡人，是秦西民的哥哥，和姐夫思明同住一个街巷。

墩子被押上火车，慢悠悠一路向南，他将被押到池阳县。黄昏时候，火车经过锦阳县城西门外周家堡，奄奄一息的墩子顾不得重伤在身，鼓起全身力气，抬头从车窗向外望去。他隐约看见周家堡寨的城廓，望着自家的门楼，望着堡寨后面不远处母亲坟茔里的松柏，两行热泪禁不住流下来。

墩子喃喃地说："别了，周家堡！别了，娘，儿再不能到你坟前上香烧纸！别了，爹，儿再不能在你膝下行孝劳作了！"

当晚，墩子被押到池阳县战俘营。他因伤势过重，被丢在那里，一连两天无人问津。正值三伏酷热天气，他的伤口很快就爬出了许多细小的蝇蛆。他觉得自己必死无疑，每天躺在那里静候阎王爷的招见。

过了几天，身上爬满蝇蛆的墩子居然没有死。战俘营的看守兵见他暂时死不了，才吩咐医生给他治伤。医生惊诧万分，口里不停嘀咕着："大难不死，必有后福，这真是命大福大啊！"他从内心佩服墩子是条好汉，给他清洗伤口，精心治疗。

几天后，墩子竟然奇迹般挺了过来。他的伤势稍有好转，战俘营就开始对他严刑审问，他又一次次经历了烧烤吊打的刺骨疼痛，也在心里给自己鼓劲。

"我都是死过的人了，还怕啥！"

在池阳县战俘营煎熬了两个多月，已到了天气渐凉的深秋时节。国民军队从墩子口里没有挖出任何有用东西，又将他转押去了西安战俘营。

国民党部队每月都要向后方催粮，这战火连天的，到处都在抓壮丁，谁还有心思种庄稼。战俘营里人满为患，大家都吃不饱。他们睡着垫着麦秸的大通铺，上面虼蚤虱子到处爬动。不久，战俘营又发生传染病，迅速在营内肆虐流行。墩子这时也染了病，浑身发烧，有几次都昏死过去。他醒来后，看见同牢房一个小难友也高烧不减，呻吟着要喝水，他挣扎着站起来，去给小难友舀凉水，可是当他舀来水时，小难友已经死了。墩子满眼含泪，用凉水给小难友洗了洗脸，替他整了整衣服，帮他合上那双未瞑的不屈的眼睛。

西安战俘营内，从宿舍到厕所有一段近百米的小道，小道上横七竖八躺着不少难友的尸体。看守士兵隔几天就要拉出一批尸体，到外面草草掩埋。墩子担心战友的眼睛被乌鸦啄了，就趁上厕所的当儿，给他们脸上盖上瓦片护住。

转眼腊月将尽。墩子又一次挺了过来。几个月来，他注意到厕所围墙上有一大块基石稍有松动，就趁每天上厕所时候就用手去抠，如今这块石头已经可以搬开了。石头搬开，人就能钻出去，他沉着地寻找着逃跑的时机。

胡宗南在陕北连吃败仗，整天惶恐不安。

正月初四下午，许多看守都放了假，战俘营只有几个值班的。墩子觉得时机成熟，开始实施蓄谋已久的逃亡计划。傍晚时分，他和往常一样，缓慢地走过百十米小道，拐进厕所，立即弯下身子，搬开那块再也熟悉不过的臭石头。

墩子逃出了战俘营，他往北跑了一阵，忽然一想，监狱的人知道他家在渭北，肯定会向北追赶，于是他又拐转方向，一路往东跑去，他不敢有丝毫耽搁，一口气跑到灞桥。

这时候，夕阳已落下西山，天空渐渐昏暗下来，一丝如线的弯月挂在西天，不一会儿就了无影踪，零零散散的星星在夜幕上缓缓点缀开来。墩子穿行在黑魆魆的夜色里，尽量回避着整村大堡，陪伴他的除了呼呼的寒风，再就是偶尔传来的一两声狗的吠叫。

墩子看见前面两棵落尽叶子的槐树下有一座农家院落。他周身蒸着汗气，肚里又饥又渴，也说不准究竟跑了多长时间，现在到了哪里。他疲倦地坐在这户人家门口的碌碡上歇了一阵，笃笃笃地轻轻将门叫开。

院子住着一对老年夫妇。墩子向老人打招呼说：

"大叔，大婶，你们行行好。我是逃壮丁的，天冷得无处歇脚，求在你家歇一晚上。"

国民党在陕北连吃败仗，兵员及物资消耗极大。关中地区到处都是派粮派款搜抓壮丁的。老婆闻着墩子浑身的臊臭味道，对老汉说：

"你看这人是弄啥的,咋跟从茅厕跑出来的?"

墩子解释说:"大叔,大婶,不瞒你们说,我前几天被抓了壮丁,今天真是从茅厕钻出来的。"

老汉见墩子也不像坏人,就说:"小伙子,我儿也被拉去当兵了,至今还不知人在哪儿!我想给你换身衣服,可家里也真拿不出来一件破衣衫。唉,院子外面有麦秸,你就在门道里将就着歇一夜吧。"

老汉说着,进了屋,不一会儿给墩子烧了一瓦罐开水端出来。

墩子又饥又冷,他喝了几口开水,周身顿时暖和起来。他在门口拽了一抱子麦秸,铺在这户人家的门房下,蜷缩着挨到天明。

第二天,天刚麻麻亮,墩子赶紧起来,将身下的麦秸打成抱子捆好,把门口的地面齐齐打扫了一遍,然后轻轻走到老汉窗下,向他们小声告辞。

"大叔,大婶,我走呀,谢谢了。"

墩子离开这户人家,向着北边的黄土梁子端直向前。天亮了,远处偶尔传来隐隐的鞭炮声。今天是正月初五,可是从今天开始,大家就能破土动工或者下地干活了。他沿路碰见来往的行人,一个个或者步行,或者推着推车,或者挎着用红布包裹、布袋装着的糕点和年馍。他们都是出门走亲戚的,看到那些人,墩子肚里不由咕咕叫唤起来。他好几次都鼓着劲,想开口叫一声老哥老嫂,向他们讨要个馍吃,可是走到跟前了又张不开口。这就样,墩子跑了一天,饿了一天,他没向任何人开口要一口吃的喝的,一口气跑到耿镇,渡过渭河,到了高陵一个地下交通站。他去年还曾来过这里,和家里人很熟,国民政府要逮思明的消息就是他在这里得到的。墩子进了家门,看着老交通员稀奇而高兴的样子,他忽然有了回家的感觉,一屁股瘫软在屋檐下的台阶上。老人为他端来热水,又取了一身衣服。墩子洗去了满身的尿臊味道,换上老人的衣服,像个小老头似的坐在椅子上。

墩子向老人陈述了半年来的情况,老人高兴地劝他说:

"甭说了,到家了,今黑儿好好歇歇。"

不大一会儿,大娘端来一大笼包子,在炭火盆上一个个烤热。墩子跑了一天一夜,都快饿晕了,他看着喷香的包子,恨不得一口吃一个。他一边烤着炭火,一边吃着包子,不知不觉竟将一大笼包子全部吃进了肚子。

在这里住了几天,墩子恢复了体力,刚好也过了正月初十。他辞别老人,上了荆山原,蹚过漆沮河,也没敢回家,而是绕过周家堡,一路向北到了通关镇张家堡大舅家。

表哥同福和他年长十多岁，经常赶着骡车去北山里驮炭。游击队总部就在那里，他想跟着表哥同福北上，希望尽快找到党组织或者游击队。

妗子看着行色匆匆的墩子，指责他说：

"墩子，好我的娃呀！你遭了这么大的难，好不容易跑出来了，这一走又不知啥时才能回来。你爹整天为你和你姐吃不下饭，睡不着觉。你倒好，回来了，连家也不回！"

"妗子，不是你说的那样。我是不敢回，我担心回去给爹惹下麻烦。现在的便衣特务到处是。"

妗子嗔怪他说："唉，这娃！你还是和你爹见一面再走吧。"

第二天早上，假借去姑妈家拜年，同福去了周家堡。半晌午，他领着姑父品儒悄悄回到家中。

墩子见到父亲，两眼一酸跪了下去，禁不住呜呜呜哭起来。他哭了两声，抹了一把眼泪，强忍住心中悲痛，对父亲说：

"爹，我还以为这辈子再也见不上你了！"

父子俩见了一面，老人也失声呜咽。他说："墩子，你说的这是啥丧气话？啥见上见不上的，不都好好的吗？"

周品儒想劝儿子别再乱说，一想到女婿思明，不由又是一阵悲伤："唉，真不知共产党给你们灌的啥迷魂汤，一个个年纪轻轻的，咋干起事来连命都不要了？"他心里难受，可都是自己的骨肉和亲人。老人不在乎自己的身子骨，就担心墩子会有啥闪失，不敢让他回家。

当晚，墩子和他爹在张家堡住了一晚。父子俩彼此都藏着许多话，他们一宿不曾合眼，也没多说几句话。第二天早晨，墩子换上他爹的大棉袄，头上包个旧羊肚手巾，就跟着同福，坐着驮炭的木轮骡车进了北山。

去年夏天，墩子率领游击队在泥阳西原被打散之后，部分队员突围后进了锦屏山。在那里，他们和陈怀德的游击队兵合一处。因迫于国民军队遍布关中的实际，他们边打边退地进入锦屏后山休整，等待出山的时机。

三天后，墩子找到了关中路东工委，回到大半年来日思暮想的渭北游击队。听了墩子的口述，陈怀德对墩子的遭遇大为惊叹，在他对墩子那些诸如身材魁梧、思维敏捷的夸赞之后，再补上果敢坚毅、永不服输的话语。

陈怀德当着墩子和所有战友的面，提议把自己游击队队长的位子让给墩子，他甘愿当个副手，甚至像表弟世发那样，做个普通队员都行。墩子听罢连连摆手回绝：

"陈队长，你这是啥意思？这可不敢胡说。"

"我没胡说，这都是肺腑之言！"陈怀德向他解释。

"赶紧把你的肺腑之言咽到肚里去。我是来参加工作的，是和大家并肩作战的。"

两人你一言他一语，墩子最终回绝了陈怀德的提议，以副队长的身份重新加入渭北游击队。

为了营救思明，景范夜不能寐。整个冬天，他几乎动用了所有的关系，不知有多少钱打了水漂，依然没有找到好办法。尽管如此，思明还给他捎出话来，说他甘愿放弃营救，有机会先把其他同志救出去，能救一个是一个。

景范一想起这些就窝火。那天，他闷闷不乐地坐在办公室，翻阅着一份新印的《西北文化日报》报纸。这时，他接到去胡宗南军部的一项采访任务。

说实在的，景范真不想出去采访。然而，他在采访的过程中，无意发现了胡宗南部下董钊案头一份宜川国民军队部署和弹药储备图，同时还草拟了一份进攻计划。本来，这种东西景范见得多了，也懒得看。偏偏这事也该往他面前碰，他忽然想到回西安以后国民党从军统到部队的许多龌龊事情，反感之情涌上心头。他凭借职业习惯，仔细观看了那份资料。

回去后，景范取出一个烟盒，将看到的资料重新整理出来，又在旁边注明了董钊拟进攻宜川的时间和路线。弄完之后，他念叨着怎样将这份情报送出去。思来想去，他索性一不做二不休，决定自己亲自出马。

景范草草完成了采访稿，请了两天假。第二天，他回到锦阳家里，将情报转交给云焕，说这是从胡宗南的作战指挥部弄出来的，如果有用，就想办法送出去。

云焕的心思一直在营救思明上面，景范忽然说有个情报或许有用，她的眉骨越发凝缩到一起。西滩果园的交通站早已瘫痪，她也从没直接参与过情报传递工作。

云焕和景范将草图拿到周家堡找父亲商量。周品儒一看，这么重要的情报，可不敢耽搁。于是，他将那页烟盒纸折叠了装进衣兜，对云焕说：

"焕，让爹今儿也当一回交通员。"

情报到了周品儒手中，才开始得到重视并有了速度。他知道思明他们打造的从锦阳县城到槐园堡再通往泥阳县柳林的交通线已经崩溃，就驾着骡车赶往通关镇，将情报送给孙振邦。老孙是通关镇自卫队队长，他有合法身份，相对来说更加安全。

老孙展开烟盒一看,心中一阵激动,吃惊地问他:"老哥,这么重要的情报,你咋弄的?"

老人说:"你也甭问咋弄的,赶紧往上送,我估计作用大得很!"

"真是十万火急啊!"老孙还没顾得开口,他已迫不及待地说,"我现在骑马就去。"

第二天,消息已传到白水的路东工委。工委书记徐日盛看到情报满心大喜,让渭北游击队派人完成后边情报的传送工作。这时,贞昌毛遂自荐地站起来,领了这次任务。

贞昌那次离开槐园堡,马不停蹄地通知张世发,两人一路往北上了老瓷窑镇,找到了陈怀德的游击队。几天后,陈怀德亲自跟世发商量,告诉他既然出来了,暂时也回不去,不如在这里组建游击队。陈怀德给了他一把盒子枪,告诉他就近组织人,大家相互想办法。在陈怀德的策划下,他们夜袭灰土岭一个煤矿,缴获了三支长枪,两支短枪,还有一百多颗手榴弹。有了武器,张世发顿时有了信心。他们又趁一个飘雨的春夜去了夏庄保公所。游击队员悄无声息地爬过墙头,打开城门,二十几个人呼啦啦拥进去,给那些沉睡的保丁一个措手不及。他们缴获了长短枪各五支、电话机一部。当时夏庄保公所副保长人在保里,但没有带枪,他在游击队的命令下,战战兢兢从家里把枪送了过来。

游击队成立起来,张世发做了队长,他们在老瓷窑镇附近活动。陈怀德带着贞昌和队员又到了北山,和锦阳工委会合一处。

贞昌取了件大衣,往怀里揣了几个馍,骑上马直奔黄龙。这条紧急情报次日就转到了西北野战军政治部。

在锦阳工委,张世发见到墩子。大半年了,不知思明他们几个啥情况,贞昌拉着墩子的手问寒问暖。墩子无奈地说:

"大哥,说起来惭愧,我也被关押了几个月,正月才回到游击队的。我也不知道我思明哥的情况。"

张世发看着天空飘过的云朵,内心无比矛盾。想当初五兄弟结义四维小学,这一夜之间哗啦啦就被捉去四个。他虽然还安全,可一到晚上,不由就梦见哥弟几个被关押的情形,有时梦见他们被屈打成招,有时梦见他们又坚贞不屈。而他却和贞昌钻了北山,在老瓷窑镇一带打游击,这算不算是苟且偷生呢?

景范得到这个情报,最初只是想为思明他们抱不平。景范营救思明无果,他不由对国民党当局产生了报复的想法，可是他做梦也没想到，这份无意得到的情报竟会这么重要。

景范因这个情报，充当了胡宗南军队必然惨败的吹哨者。同时，他又因这份情报，加快了思明他们走向生命终点的步伐。

陕北战斗还在激烈进行着，胡宗南部队时进时退，西北野战军与之迂回，步步险胜。这时，西北野战军前委一时摸不透对方刘戡部队陈兵洛川的意图。彭德怀司令员发电给关中地委徐书记，要求他三日之内务必弄清对方兵力部署和行动计划。司令员限时要情报的情况并不多见，徐书记正考虑如何能快速打探到消息，司令员第二天就得到了确切的情报。他激动地摇电话叫通徐书记，直夸关中地委情报工作的确切和神效。徐书记听得糊里糊涂，不知这是咋回事。

几天后，一个重大消息迅速传遍全国。原来，刘戡率领二十九军军部和两个整编师准备从洛川前往宜川，增援被围困那里的二十四旅。西北野战军在国民党军队拟进攻宜川的三天前，就在宜川的瓦子街布置了一个口袋阵，西北野战军在少于国民党军队数倍的形势下，打了一场完美无缺的伏击战。

这场战役是国民党军队进驻陕北几年来的又一次惨败，更是西北野战军在陕北取得的最具代表性和绝对性的胜利。经过两天激战，共歼灭国民党五个整编旅三万多人，取得了瓦子街战役的胜利，堪称胡宗南左膀右臂的得力干将刘戡在此次战役中命丧黄泉。从此，胡宗南的军心涣散，关中地区人心惶惶，混乱一片。国民党利用胡宗南收复延安的初衷彻底终结了。

三十四

　　九尽桃花开，清明过后谷雨来，不知不觉又是初夏。

　　漆沮河畔，麦苗如绿毡铺苫，金黄的油菜花儿节节升高，郁郁葱葱的花丛下，油菜荚密密扎扎地簇拥着。孟家西滩果园还在，果树依然茂盛，一到胜春花枝招展，每年深秋果实繁硕。

　　云焕和孟桃正在葵花地里除草。新种的葵花一尺多高了，还没到开盘绽花的时节，植株顶端的叶丛长成了好看的绿盘，一个个齐簇簇对着太阳露着笑脸。纸清手里攥着一把红红绿绿的野草野花蹦来窜去。他看见一只蜜蜂围着油菜花儿嘤嘤飞舞，高兴地扔掉手中的花花草草，又折了一大把金黄的花盘，引得蜜蜂绕着他的周身盘旋。

　　云焕看着纸清高兴的样儿，笑着禁住他说："纸清，谁叫你折的？"看着纸清傻傻的样子，孟桃说："纸清，甭怕，到姑妈这儿来。"云焕看着她俩，嗔怪道："姐，这可是给咱家压油炸馍馍的，娃把它折了，压不下油，咋吃油馍呀？可甭把娃惯坏了。"孟桃说："娃嘛，能折几棵？"

　　她俩正干着活儿，天空忽然飘起了雪花，刚开始还是糁糁子雪，不一会儿就飘成鹅毛大雪，雪花在空中曼舞，地上一片皑白。云焕心里疑惑，节令已是谷雨了，咋还下这么大的雪？她抬头望去，天空晴得亮亮的，太阳还挂在空中，咋就下雪了？纸清身上已落了厚厚一层雪花，他手里的油菜花不知啥时已经萎蔫，眼前一行行葵花忽然又变成了棉花，一望无际的棉花地里簇拥着白白的棉絮，甚至比周围纷纷扬扬的大雪还要白。云焕似乎忘了正在下雪，赶紧喊孟桃和纸清，让她俩赶紧拾棉花。纸清兴奋地抓起一团团棉花在地里跑动，姐姐孟桃的竹笼里也堆满新拾的棉花。云焕拼命地采拾棉花，谁知她手中攥着的棉花又忽然变成了白色孝布。

　　云焕恐惧起来，她想拽掉手中的孝布，那些孝布好像在她手里扎了根，越拽越多、越拽越长，怎么也拽不完。姐姐孟桃和纸清还在棉花地里，一个采拾着棉花,一个在地里疯跑。云焕眼前突然又是漆黑一片,太阳没了,雪花没了,孟桃和纸清也没了踪影,她隐隐约约看见思明。思明正打着一盏清油灯,微弱的灯光照不亮周围凄冷的黑夜。思明伸着一只手摸索着向她走来。这时远处传来一声鸡鸣,思明笑着跟她说:"焕,我的油灯烧了一整夜,眼看就要灭了。不过甭怕,太阳马上就要升起来,光明就要来到了。"思明的话还没说完,又不知从哪里吹来一股风,火苗闪了两闪竟灭了,远处的鸡鸣声瞬间遁了迹。思明伸手四处乱摸着向她走来,脚下忽然一软,跌进了一眼枯井。云焕急迫而惊慌地爬到井沿上,胳膊伸向思明。她看着思明飘在那里,怎么也抓不住他高举的手臂。云焕急得满头大汗,大声喊着思明的名字,可任凭她鼓多么大的劲儿,喉咙里却发不出一丝声音。

云焕突然惊醒,原来是一场噩梦。她头上汗水淋漓,浑身冷得直打寒战,再不敢眨一下眼睛,望着窗外熬到天明。

这时,一阵失声的痛哭声划破夜空。云焕不由打了个激灵。

哭声是从母亲孟纪氏房里传出的,是姐姐孟桃撕心裂肺的声音。就在云焕昏昏沉沉莫名其妙地陷入噩梦那一刻,平时没病没灾的母亲孟纪氏去世了。

云焕无暇顾及那场奇奇怪怪的梦,更不敢过于悲痛,家里的重担始终压在她瘦弱的肩上。姐夫景范回来了,花钱的事让她省了不少心,可不管咋说,在老人的后事上,他的角色是女婿,真正需要主事的还是她。

老人出殡那天邻居们几乎一个不落地过家里帮忙,他们自觉地或在家中料理,或去坟地经管,丧事过得并不隆重,却很体面。

就在孟家院子搭起灵棚给老人过丧事的时候,思明也离开了这个世界,别说云焕,别说金城堡,就是整个陕西,思明和战友们离开这个世界的消息也消静得几乎无人知晓。

胡宗南进攻延安,任何时候都是一副不拿下延安誓不罢休的汹汹气势,然而他们所有精心策划运筹帷幄,到了陕北就仿佛蜡枪碰火,不是丢盔弃甲,便是损兵折将。尤其瓦子街那一仗,国民军可谓元气大伤。

国民党当局又一次撕下穷凶极恶的嘴脸,开始对关中地区的共产党组织再度迫害。此时的地下党也不再是一年前的状态,他们已谋划起怎么从幕后走到台前,怎么与国民党政府展开公开的斗争。

刚过完年,还是春寒料峭的早春,不知什么原因,国民党陕西省政府突然释放了一批在押政治犯。共产党陕西工委也借此机会,同西安市的地下组织密切配合,从特拘所营救出去一百多名没有明显证据的政治犯。后来听说,这是李宗仁当了什么副总统,他是想借释放政治犯的手段替国民党挽回这十多年损失的声誉。

在西北特拘所,思明他们是封闭的,外面发生的事情,他们除了猜测几乎一无所知。然而事实是,几个月来,人民解放军全线反击,势如破竹,捷报频传,国民军在西北的统治即将土崩瓦解。特拘所的军统特务面对现状无不恐慌,也使这里的戒备比往常更加森严。一张写着"东府数县解放,西安还会远吗"的纸条不知被谁悄悄传开,思明看到后,和其他难友一样,缺少阳光普照的萎靡无奈的内心迅速振奋起来,浑身上下再次充盈起无限的信心和斗志。

清明后的一天,国民党陕西省政府主席兼保安司令祝绍周接到胡宗南的密旨,胡长官秘令他和警察局局长萧绍文等人制订了一个屠杀共产党员、革命志士的方案。

为何要秘密制订方案呢?因为,几个月前,他们还敢以栽赃陷害、捏造罪名等卑劣手段猖狂行事,甚至可以公开枪杀共产党员和进步人士。而如今,他们已经丧失了那份熊心豹子胆。

这个祝绍周是什么来头,又怎能堪当这一绝密大任?他早年曾担任鄂陕甘边区警备总司令兼汉中警备司令,如今是全省行政最高长官。当时,他常借在陕南禁烟之名,到处敲诈勒索,落下了陕南活阎王的名声。据说,当时的黎坪垦区主任安汉民不满他的作为,他就先派属下潜往黎坪垦区偷种鸦片;第二年端午前后,他又派人到那里查处烟苗,将罪责全部推到区主任安汉民身上,借机栽赃诬陷枪杀了安汉民,引起陕南人民的愤慨和不满。他就任陕西省政府主席兼全省保安司令以来,配合胡宗南积极推行反共政策,加强独裁统治,卖官鬻爵,搜刮钱财,迫害进步人士,杀人不眨一眼,可谓坏事干尽。对胡宗南来说,这一工作自然非他莫属。

经过缜密谋划,他们以为陕北国民军队补充兵源为名,将关押在西北特拘所等监狱的三十二名政治要犯,递交于陕西保安第一旅第三团团长朱辅元,授意他将人犯押出省城,再找借口秘密杀害。

朱辅元是祝绍周的爪牙,自然唯命是从。他和警察局局长萧绍文配合,将名单上的三十二人从各个监狱提出,集中于西华门看守所。在那里,他们对这些难友再次严刑逼供,突击审讯。与其说是审问,还不如说是对难友们实施最后的折磨。四五天后,朱辅元亲自出马,将这些人犯连夜从西华门看守所拉到火车站,推入开往同官的军用列车。与其他北上的国军不同的是,他们被早早塞进了一节闷罐车厢。

到了泥阳县火车站,这节闷罐车厢一直停在车站。朱辅元召集泥阳县保安团副团长秦西彬等亲信开会,就此事向他们做了周密交代。

押解犯人的团丁走后,朱辅元重新给秦西彬交代说:

"这些人都是共产党,是省党政军各部联合交我带回来的,务必严加看管,任何人不许和他们交谈,出了问题,军法从事。"

等到夜幕降临,车厢大门打开,难友们还没来得及看一下外面的夜色,又被上来的几十个团丁用黑布蒙上双眼。这群戴手铐脚镣的犯人一个个被推推搡搡赶下车,又推推搡搡押送到泥阳县保安三团的驻地。为了掩人耳目,在押解犯人的同时,保安三团还运回了全团即将换季的夏装。

次日早晨,朱辅元命令秦西彬带上三十多个保安团丁,扛上铁锨、洋镐出城去挖战壕。不到半天时间,他们就在凤栖山西山脚下,挖了三个一丈见方的大坑。

下午,朱辅元在团部召集营以上的亲信开会,正式宣布了祝绍周的密令。他说:

"西安党政军各部交给我们的这三十二人,都是共产党的骨干分子。遵照上峰的旨意,拟定今晚将他们全部活埋。"

大家听了,相互看了一眼,没人敢说一句话。朱辅元严肃地说:

"下面我宣布,由我担任现场行刑监督官,副团长秦西彬负责行刑。已给他们在凤栖山下挖好葬坑,绑人的绳索由团部统一发。从现在开始,在座的所有人原地待命,不得离开团部半步。"

午夜时分,朱辅元和秦西彬带着手下团丁,押着难友们秘密离开泥阳县保安团驻地。他们走出泥阳县城东门,走过泥阳河老石桥,绕过火车站,跨越咸同铁路。沿途街道和城外山路上,保安团的直属连负责警戒,他们五步一岗,十步一哨,全部荷枪实弹侍立路旁,如临大敌一般。过了铁路,朱辅元命令押解的士兵用破毛巾塞入难友们的口中,一直押到凤栖山西山脚下早已挖好的三个大坑旁。

昨天刚过谷雨,夜风吹着他们的脸颊,已没有一丝寒意,抱肚的月亮偏向西边,零零散散的几颗星星无力地闪烁着,朦胧中的凤栖山上,苍茫蓊郁的松柏望着山下这一绺挪动的影子。此刻,他们被蒙着眼睛,都不知道身在哪里,然而每个人的内心却十分清醒,都知道自己即将走向生命的终点。

思明艰难地挪动着脚步,他不知道身处何地,更想不到这里曾是和姨夫恒昌演皮影的凤栖山。这会儿,他懒得想,啥都懒得想,甚至连家里亲人也懒得想。他知道,所有的念想都是徒劳的,若是那样,还不如让自己清清静静坦坦荡荡地上路。

就在他们被推到大坑边的时候，朱辅元说："解开蒙眼布，完了完了，让这群顽固分子也能做个明白鬼！"

难友们的黑眼布被各自身后的团丁拽开。群山之下夜色朦胧，确实没有几个人认得这是哪里。然而，梁崇义和刘俊杰一眼看出眼前所在正是凤栖山下。他们对这里再熟悉不过，甚至这里的每一段路、每一棵树他们都熟悉。最让他们难受的是，他们就在家乡的地盘，就在昔日曾经奔波了无数遍的交通线上。

朱辅元宣布行刑。他话音一落，一个个声音顿时响起来。三十二名革命志士拼尽全力吐出口内塞着的毛巾布头，大骂国民党的黑暗残暴。

"打倒蒋介石！"

"打倒胡宗南！"

"中国共产党万岁！"

这时，思明忽然听到里面有崇义和俊杰的声音，他俩听到思明也在。崇义激动地高声喊道：

"思明，是你吗？我们就在凤栖山下！"

思明立即大声喊道：

"凤栖山人神共鉴！渭北志士视死如归！"

大家忽然异口同声地喊道："凤栖山人神共鉴！渭北志士视死如归！"

夜色漆黑，周围一片寂静。这时，思明、崇义和俊杰三个人才知道昔日的难兄难弟正在一起，俊杰那一声呐喊，思明似乎明白，当初在四维学校结义时那一声"不求同年同月同日生，但求同年同月同日死"的真正含义。

秦西彬担心高呼声传了出去，他一声令下，团丁们立即用手中的洋镐、枪托、棍棒等凶器，将革命志士连打带踢，推入挖好的大坑。

思明听到大家最后一声呐喊，他还没来得及回答，头上就被什么东西猛击了一下，紧接着，有人在他后腰上猛踹一脚，他一头栽进土坑，瞬间啥都不知道了。

难友们毫不畏惧，奋力抗争，他们有的抱着镣铐砸向敌人，有的用头撞击敌人，有的胳膊脱臼，有的腿脚打残，有的血流满面，脑浆飞溅！一声声大义凛然、视死如归的呐喊声，迅即划破寂静的夜空，在凤栖山幽寂的空谷久久回荡。他们没有同年同月同日出生，为了新中国的胜利，却在同年同月同日的同一时刻，倒在了曙光即将来临的黎明前夜。若不是黑夜的遮掩，若是在光天化日之下，国民政府的这一举动，肯定会引起鸦雀聒噪，引起人神共愤。

东方破晓时，泥阳县保安团才处理完行刑现场。上午时分，秦西彬恐杀人不密，又派了十个团丁到山下销证灭迹，在埋着三十二烈士的三个土坑上覆盖了一层厚厚的活草。

景范在编审新闻稿时看到了一则消息，说是国民党部队在泥阳县北山与当地共军作战，经过一天一夜激烈战斗，惨遭失败。上面的时间和牺牲人员名字均有记载，而最刺痛他眼睛的，就是"孟思明"三个字。原来，国民政府为了遮挡众人耳目，企图用这一消息掩盖其极度残酷的杀人罪责。

景范看到消息，头脑昏昏沉沉。他回到宿舍，躺在床上，辗转反侧，一夜未眠。作为当姐夫的，混迹于国民政府的重要机构，眼睁睁看着思明一步步走到生命的尽头。此时此刻，他犹如蚂蚁撼树，浑身上下使不上丁点劲儿。

景范再不愿意给国民党卖力了。他熬到天明，简单收拾了一下，跟谁也没打招呼，直接离开报社，离开西安，回到锦阳县家中。他原是安葬了岳母后才回报社的，还没几天又跑了回来。孟桃奇怪，云焕也奇怪，只有纸清满脸荡漾着高兴。姑父回来，他每天都能听姑父讲故事，还有红红绿绿各种包装的吃不完的洋糖。

景范天天难受，又不能将这个消息告诉两个女人。那天，他避过云焕，特意去了一趟周家堡，将所知道的事情如实告诉了周品儒。

周品儒看着景范，脸上毫无表情。"思明啊，我的好娃，你的骨气咋跟你爹一个样？"他说着，禁不住失声哽咽，两行老泪潸然而下，恣意纵横。

景范劝他说："周大叔，事已至此，还望你节哀顺变。"

遇到这事，乡亲们都这么劝解，可那是厄运祸事没落到说话人的头上。此刻，周品儒不敢与景范对视，他张开爬满青筋的手掌在脸上上下抚摸，呆滞的目光不知道应该投向何处。老人板着愁苦的脸，轻声呜咽。

"唉，贤侄，你说说，云焕，还有纸清，这娘俩往后的日月咋过呀？！"

几十年来，孟家经历的一切仿佛走过了一个轮回。摆在景范面前的境况，和当年他爹接过义弟孟鸿钧留下的惨状如出一辙。他不得不挑起思明留下的这点家业，接过照顾孟家，抚养纸清的大任。

"周大叔，孟家的事情有我哩。不管咋说，孟家就是我家，我家就是孟家，你放心，我也定会像我爹那样，替孟家担起所有事务，撑起这份家业。"

正是麦梢泛黄的初夏时节。"算黄算割，算黄算割"，杜鹃鸟孤独的身影不时滑过槐园堡上空。

贞昌在前面带路，墩子带着一百多名游击队员紧随其后，他们早上在老瓷窑镇歇了脚，每人饱餐一顿，大约中午时分继续前进，顺着崎岖的山道上山下梁，左转右拐,终于赶下午出了锦屏山。他们这次行动的目的,就是要炸断槐园堡北面葫芦口沟道的咸同铁路桥。

咸同铁路是抗战的产物,始终与抗日战争息息相关。卢沟桥事变后,华北及沿海各省相继沦陷,紧接着河南、山西也先后失守,陕西自然而然成了中国北方的抗战基地。在此形势下,国民党政府交通部采取应急措施,拆除了山东、河北两省的部分铁路,将拆下的铁轨、枕木,甚至车皮、车头等构件及时运到关中。后来,国民政府便利用这些构件修筑了咸同铁路。这条铁路的修通,使抗战以来萧条的渭北重现繁荣,池阳的棉花、锦阳的小麦、泥阳的瓷器,还有同官一带的煤炭、石灰等资源也得到有力开发。国民政府利用这条铁路,将同官的煤炭源源不断地外运至西安、咸阳、宝鸡等地,有力地支援了抗日战争。可是,这几年,国民政府对陕北解放区实行封锁,派驻驻军,这条铁路却给全国战事带来许多新的麻烦。路东游击队接到上级命令,准备对这条铁路进行多据点的破坏。

尚未到黄昏,贞昌他们出山后,完全暴露在旷野之下。贞昌和墩子商量,必须等到晚上才能行动,就临时让队员们潜伏在牛脖子沟北面沟坎下休息。

墩子说:"四叔,这会儿天色尚早,你守在这里,让我去那边侦察一下,顺便确定几个爆破点。"

"墩子,让我去。这一带我比你熟悉。"

墩子考虑贞昌年长,又赶了七八十里山路,想让他留下歇息一会儿。贞昌说他在信立乡生活了几十年,这里的每个坡坡堎堎都熟悉得如同指掌间的纹路,他阻止了墩子的想法,执意要自己行动。

墩子见贞昌心意坚决,就说:"四叔,要不你顺便回去看看。几个月在山里奔波,我婶子也不知怎么样了。"

"我们这是来炸桥,不是回家探亲的。这娃,啥时候都胡说!"

确实,自从去年匆匆离家,眨眼已一年多,也不知榴花他们过得怎么样。此刻,他不能因此分心,他们的炸桥行动还没实施,他咋能急着回家?

贞昌和墩子悄悄下了漆沮河,顺着河畔慢慢向北摸索了一里多路,静静地趴在河畔半人高一堆茅草窝里,仔细观察前面的情况,商量着具体的爆破地点和撤退路线。

他们最初将爆破点选在葫芦口木桥是有原因的。如果要捣毁铁路,阻断国民党军队的运输线,炸毁葫芦口的木桥可是最佳的方案。修铁路时,华东各地已经沦陷,无法获取钢材和水泥,这条铁路的几座跨河大桥都是就地取材,用沿线又高又粗的杨树作材料建成木桥，也容易破坏。而且这里地处两山之间，整座木桥跨度仅有三四十米。

他们赶到葫芦口木桥，贞昌不禁傻了眼。这才几个月时间，国民党居然在这里增强防守，不仅在木桥两边修筑了碉堡，而且也有国民党驻军在那里荷枪看守。

二人看了一阵，突然感觉不妙。贞昌说：

"墩子，我咋觉着怪怪的，你看，漆沮河两边咋多了几座碉堡；你看，桥头的国民党士兵仿佛知道什么似的，我们如果贸然行动，肯定会吃亏。"

"那咋弄？"

"让我再想想。"

"四叔，要不咱换地方，只要炸断铁路就行，为啥非得炸木桥？"

贞昌恍然一悟，他扬手一拍后脑勺，说道："你看我这脑子，越老越不中用了。"

除过葫芦口木桥，他们潜伏的牛脖子沟更是绝佳地点，这里距周围村堡较远，往东是开阔的东塬，向西是无边的漆沮河滩，国民党的护路队平时又很少过来，就是来了也不容易发现，更利于游击队爆破和撤离。

牛脖子沟有二百多米的垫方，是多年前修铁路时修路队用土一筐筐垫起来的。当时，因这段铁路地势低洼，必须从旁边的农田取土垫高路基。铁路工程占用农田本来要与当地老百姓协商的，但由于修路一方的负责人官气十足，他们不愿做协商工作，甚至采用强占手段。为此，贞昌曾私下组织河东两村老百姓，提上铁锨，扛着铁叉到修路工地论理，双方由于言语不和，以致引起械斗。只是，当时因修路一方人多势众，又有国民政府作后盾，他们大打出手，以滋事为由将老百姓强行驱散。一想起这事，贞昌就窝了满肚子火，此时此刻，他一方面要完成炸路任务；另一方面也想以次行动解心头怨恨。

两人临时改变计划，沿着漆沮河往南退回牛脖子沟东侧隐蔽处。队员们就在牛脖子沟北边崖下。

贞昌说："我们现在趴的地方就是最好的爆破点。"

"四叔，你是说，在这儿爆破？"

"对，就在这里。我们的目的是炸断铁路，在哪里爆破都行。"

由于刚才耽搁了时间，墩子向大家作了详细分工，立即行动。各位队员分头行动，挖坑洞，塞炸药，封洞口，最后再串好引线，不到两个小时，他们就迅速在这一里多长的铁路东侧挖好二百个爆破点。一切就绪，贞昌带领游击队员向北撤离,墩子带着两个爆破手埋伏下来。

夜空中,西边月亮已经隐退,长庚星开始在东边闪烁,天马上就亮了。这时,墩子一声令下,二百多个地炮轰然齐响,一道道火光点亮半个夜空。顷刻间,二三百米长的铁路像蛇一样歪歪扭扭地躺在那里。

过了好多天,国民政府和军队都知道这一突如其来的爆破事件是渭北游击队干的。可是游击队行动神速,无影无踪,他们查来查去,只查了个干瞪眼。

他们还没从这一恐惧中逃离出来,漆沮河突然暴发了一场多年未遇的洪水,一连半个月竟没有丝毫退去的迹象。

漆沮河是季节性河流,几乎常年断水,只有每年秋季才会从上游流下一股混浊的河水。这里地处漆沮河最上游,北边山里暴发山洪,河水涌出葫芦口进入锦阳地界,使这里成了首当其冲之地。

河水像条巨龙,吼叫着狂奔而下,山里的树木柴火顺水漂来,偶而也有猪羊鸡狗肿胀的尸体浮在上面,它们有的横在河畔,有的继续被冲向下游,遍布河滩的卵石迅速被洪水卷起来,翻滚着流向前方。

几十年了,沿河百姓从未遇见过漆沮河初夏时节会发洪水,大水漫上河滩,淹没了河畔的庄稼。当然,沿河百姓不知道王先生与恒昌关于漆沮河发洪水的预言,更没有领悟到否极泰来三阳开的洗心革面后的美好前景。

确实如王先生预言的那样,漆沮河发水之后,锦阳县的形势竟与以往有了明显改变,甚至出现了二十多年来少有的景象。红军驻扎整编那年,虽说到处都在宣传国共两党停止内战共同抗日,可是后来的事实证明,那仅是一段假象而已,向来小肚鸡肠、报复欲望极强的蒋介石岂可受那被拘之辱,看似平静的湖面下依然翻腾着相互搏击的明争暗斗。

如今,解放军在全国各地的战场上节节胜利,曙光已现。国民党这条百足之虫越来越僵,一步步走向穷途末路,他们从上到下如同泄了气的猪尿脬,在所谓的疾风骤雨中做着无力的挣扎,他们最后的堡垒,正在被全国各地的解放军合力摧毁。

三十五

　　李夏松接到县委党部的命令，说是四维小学当初结义的五弟兄，其中四人都已落网，而他们的老大还逍遥在外。李夏松不知书记长吴恭道为啥会对他说这些话，一问才知，所谓逍遥在外的老大，居然是邑岚堡的张世发。

　　李夏松从县上回来，立即叫来孙振邦，将吴恭道的话全盘倒给他。末了，他一脸怒色地说：

　　"我就说，张世发一天到晚往信立乡跑，原来他的老巢在那里。几个月也没见张世发，你最近留意一下，下个套把这货捉了，好赖还能落几个赏钱。"

　　"上次咱买的那几把手枪，我后来才知道是共产党的。可惜那次没将他抓住。"孙振邦装出一副半清醒半糊涂的样子，向李夏松嘀咕着，"不过也怪，这张世发，好像很少在咱眼皮子底下弄事？"

　　"兔子不吃窝边草，外货精得很。这几年在信立乡做的事挺不少。"

　　"李镇长，我马上着手张世发的事。不过，咱也得注意，尽量甭吃窝边草。"

　　李夏松一愣，扭头看了一眼孙振邦，问道：

　　"孙队长，你这是啥话？你是说我还是说张世发？"

　　孙振邦吭哧笑了，他递给李夏松一支纸烟，不好意思地说："李镇长说的啥话，我敢说你？"

　　其实，孙振邦说的怎不是李夏松？他的事孙振邦以前也有耳闻，尤其他来通关镇的所作所为，孙振邦再也熟悉不过。

　　几年前，通关镇的老镇长也是一个一天到晚干着土匪行径。他曾强占了通关镇后街田家堡，强迫几户人家腾出屋舍给他屯兵住宿，遂借地势修筑了一座卫戍城，他还在城墙上设哨瞭望，城门口分布岗哨轮流把守。老百姓对他的残暴威慑深恶痛绝，每天都盼着这个瘟神早日离开。没想到，大家刚从送走瘟神的喜悦中逃出来，李夏松就接掌了通关镇。

　　一年来，李夏松好处不见生，瞎毛病坏习气却见风就长。李夏松向来过河尻子都夹着水,过手的鸡蛋也能捋一圈下来,是一个不占便宜就当吃了大亏的货。以前在信立乡,他一直受制于人,自从当了通关镇镇长,为了巩固地盘,他毫无顾忌,几乎达到不惜一切代价的地步。

通关镇北依同官,南通临渭,也是陕北解放区通往关中的重要交通线。李夏松为了防备解放军南下,抵御山里土匪行劫,特意对边区实行封锁,在镇北几个山口要道设置哨卡岗点,派驻镇自卫队把守,日夜巡查。他以此为幌子,不仅严查共产党,就是过往的行人几乎无一幸免地遭遇无辜勒索。于是,枪支弹药、粮食钱物、瓷器烟土,李夏松见啥要啥,除了自己私吞,他总会很合时宜地拿出一些,亲自送给吴恭道、秦西民、刘建英等人。他们上下勾结,狼狈为奸,使得李夏松不仅成为盘踞在这条交通线上的拦路虎,更成为当地的土皇上,比先前那个老镇长有过之而无不及。

李夏松在通关镇的诸多恶事,知道夜劫周长吉也是他的所为,这不仅激起了当地民愤,更进一步阻碍了地下工作的开展。陕西省工委决定除掉这个通向边区的拦路虎。经过大家秘议,这事还得通关镇和信立乡两地的地下人员配合进行。于是,孙振邦通过关中党组织,拟了一封李夏松勾结共产党,扰乱当地老百姓的密件,派人送到国民党西安党部。

在这种背景下,孙振邦能安然担任自卫队队长,自然少不了通关镇老百姓背后的辱骂。他看似委屈难受,其实心知肚明,知道自己应该啥时隐蔽、啥时出手。毕竟,还没有人知道他这个堂堂的自卫队队长,还是一个潜伏多年的地下交通员。当然,这也是徐日盛当初检查地下交通工作时将锦阳县赞扬为暗边区的现实。

李夏松行事让人发指,他为了在国民政府的官员间落下好口碑,不时忍痛割爱,给县上的头头脑脑行贿上贡。只不过,事情并非李夏松想象的那么简单,他除了偶尔赢得一些笑脸外,大多时候还是被上边批评,这种处境并不比在信立乡好多少。为啥?只因通关镇的地下交通线总是让省县各级国民政府捉摸不透,没有人知道这里上上下下护送了多少共产党要员,输送了多少军需物资,更神奇的是,十多年来居然没露过一次馅儿。李夏松刚来通关镇的时候,好不容易得知陈怀德是个共产党,抓捕的网还没撒开,陈怀德就兔子一样钻了锦屏山,甚至到了山里还带着后山的一帮穷弟兄组建了渭北游击队,时不时就来通关镇劫富济贫。再后来,他又因购买枪支,发现张世发是搞地下工作的老交通员。他明明探知张世发就在家中,可是蓄谋已久的自以为神不知鬼不觉的抓捕又扑了空。他对掌握的所有共产党员严防死守,看似逼得他们有家难回,可实际上连怀疑对象的一根头发梢梢还没见到。

夏末时候，锦阳工委指示陈怀德的渭北游击队攻打通关镇镇公所，收缴李夏松的现有枪支。游击队接到任务，半夜从北山出来，他们走到石道坡时，发现那里几个乡丁带着十多个人还在设卡盘查，就打草撸兔子，顺便下了乡丁的枪。游击队员转到通关镇南城门时，孙振邦早在那里等候，他告诉大家："李夏松已经跑掉。天也亮了，不好整。"大家一听，才带着游击队撤离了通关镇。

李夏松在剿匪剿共方面几乎毫无成绩。有一次，吴恭道当面质问他：

"李镇长，你的所作所为，让我不得不产生怀疑。你是不是共产党，是不是在给共产党作掩护？"李夏松听得直冒冷汗，有口难辩，他从县上回来，把气儿全部撒在孙振邦身上。

孙振邦表面上诚惶诚恐唯命是从，内心却暗自高兴。李夏松又将县上勒令半个月抓住张世发的任务交给他，并一边威胁说："若再拿不住共党分子，就是你自卫队的事"，一边又大夸海口，"如果捉住，重重有赏。"孙振邦按照李夏松的指示，带着自卫队向全乡八个保障所交代任务，让大家务必认真对待，随时报告有关张世发的消息。

孙振邦不曾料到，这个所谓的"随时报告张世发的消息"，差点让张世发钻进了李夏松布的套子。

张世发在老瓷窑镇打游击时，无意中碰到了镇南仁义村张老八的儿子。这娃小名叫拴狗，比他小几岁，嘴甜笑多，他见了张世发不叫哥不开口。张家在当地也算殷实人家，张老八总想着让儿子拴狗多念几天书，拴狗从通关小学毕业后，又去唐园镇立诚公学上了两年学。拴狗出了仁义村顿时眼界大开，在边区加入了共产党，背了条褡裢离家出走，十几年音信全无。谁家娃娃也没有多余的，张老八思儿心切，日久成病。张世发见了拴狗，将他批评了一顿，骂他自己一走了之，镇公所知道仁义村出了个共产党，经常派乡丁打听，闹得张老八像是钻进风箱的老鼠，哪一头都吹得难受。他既盼着儿子能早一天回来父子团圆，又担心他真的回来被自卫队逮住。

面对张世发的批评指责，拴狗一个屁都不敢放。他拿出那条褡裢，让张世发有机会了带给他爹，替他向家里报个平安。为了了结拴狗的心愿，张世发偷偷回了通关镇。他到了张家门口，张老八正在门口拉牲口垫圈，老汉见到儿子的褡裢，悲从心中起，又激动又伤心，双手抓着褡裢捂在脸上呜呜呜哭泣。

张世发说："老八哥，你儿没死，活得好好的。我是给你家报平安哩！"

张老八忍住哭泣,忽然变了口气:"乡党,你走,甭在我屋门口待,我这屋没法留你!"

张世发被冷落在那里,他心想:"这张老八,我冒着多么大的危险给你带回好消息,你还把我当成瘟神,难道连一口水都喝不上?"

张世发转身回邑岚堡,他走着走着,忽然觉得不对劲儿,赶紧离开大路,顺着一条崎岖小道往回走。不一会儿,只见自卫队几个人骑着自行车顺大路往邑岚堡飞奔。张世发吓得不敢进村,又翻山上了老瓷窑镇。

就因为一个裆裤,李夏松带人在邑岚堡守候了三天三夜,他要将张世发瓮中捉鳖。孙振邦得到消息急得团团转,张世发平日里来无影去无踪,如果不是他主动联系,孙振邦根本就找不到他。

张世发如果真让李夏松逮住可就麻烦了。庆幸的是,他们在邑岚堡穷守三天,无功而返。张世发有惊无险地离开通关镇,孙振邦觉得今后的事态将更为复杂。他亲自向上边提出请求,希望锦阳工委趁机消灭了李夏松,还当地百姓一份平安。

这时候,渭北游击队已达一百五六十人,他们经过在黄龙的整顿学习,战斗力明显增强。很快,袭击通关镇公所的任务再次落到游击队身上。徐日盛亲自发话,让孙振邦制订方案,直接组织游击队按他的方案具体行动。

孙振邦草拟了一份"李夏松勾结共产党"的材料,锦阳工委着人密报国民党西安专署。几天后,西安专署给锦阳县政府下达密令:"李夏松有通共嫌疑,着即逮捕,解押省署。"

突然出了这么大的事情,他们居然还蒙在鼓中。吴恭道简直不敢相信李夏松会是通共分子。他立即召集党部成员秘密开会商议。吴恭道拿着密令,气得向大家说:

"李夏松居然是潜伏在我们身边的共匪。他平时给大家的那点小恩小惠,原来是别有用心啊。"

吴恭道说罢,将密令交给自卫团团长穆紫轩,令其执行。

秦西民疑惑地说:"我就说这个李夏松,别的地方这几年地下党几乎销声匿迹了,他们那里咋还如此猖獗。"

"就是,而且,无论他有多大行动,最终都是竹篮打水,净放空炮。原来,他竟然是通共分子,他的一切都是伪装起来的!"

吴恭道最终发了话:"唉,这人没尾巴,比驴还难认!先拾掇了这货。大家谨记,这是上峰密令,就咱几个人知道。"

锦阳县党部经过缜密筹划，决定调虎离山。上面将任务交给穆紫轩和刘建英。穆紫轩咬了咬牙对刘建英说："刘队，安排人员立即行动，将其设法击毙，咱不抓活的！"

开会地点定在四维小学会议室。他们以摧毁信立乡地下交通线为由，在此召开现场会，配合国民党省委党部，部署剿灭锦阳县沿山一带共产党游击队诸多事宜。

七月十八日晚，吴恭道派穆紫轩和秦西民一同前往。刘建英就在信立乡乡公所等候，还准备了一挺美式冲锋枪。一切就位，穆紫轩电话通知李夏松，请他明天到四维小学，迎接咸阳专区督导团的检查。这两年，李夏松越来越变得生性多疑，尤其是去信立乡，他不由就想起那晚周长吉认出他的情形。

李夏松心中不悦地说："几十里路，跑到那里干啥？"他准备给吴恭道打电话，佯称自己有病，不能参会。

孙振邦婉言敦促说："这一次吴书记长亲自出马，秦西民、刘建英等人都出席现场会，全县各个乡镇长都去，你不去真的不合适。"

李夏松想想也是，这才决定第二天去信立乡开会。

一大早，李夏松和孙振邦各骑一匹马，四个马弁骑着自行车，他们一路往西，直奔信立乡而去。自从上次秘密打劫周长吉，李夏松再没来过信立乡。他向孙振邦自夸这些年和县委党部如何相互配合，如何敛财捞名声等事情，继而又推心置腹地指责孙振邦，当个自卫队队长，干啥事都是畏手畏脚的，一定要放开手脚。

李夏松说："孙队长，那次秦西民说，为党国干事，就要脸厚、心狠、手硬，做不到这一点，啥都弄不成。"

孙振邦正色说道："李镇长，你这话说起来轻松，做起来难。"

"戏上都说，人不为己，天诛地灭。咱要识时务，察秋毫，要睁眼弄事，闭眼享受。"

李夏松说着，一甩马鞭，随着胯下乌骓马的奔跑，他满脸自信地哈哈大笑。

他们来到槐园堡十字路口。从这儿往西上了青龙岭，不到五里是信立乡公所，往东一里便是四维小学。孙振邦在前，李夏松在后，他们向东一拐，顷刻就到了四维学校。学校门口，县保警队几个团丁已在那儿站岗。他俩将马匹拴在门外槐树下，孙振邦吩咐两个马弁守在门口。

不一会儿，李夏松敞着衣襟，腰挺得笔直，腰里斜插一把德国造二十粒手枪，大摇大摆地进了东院关帝庙。刘建英见他进来，热情地上前迎接。作为信立乡乡长，他是今天的东道主。

孙振邦说："李镇长，我还是多年前来过一次，这里的关帝庙挺有气派。看一看。"

"孙队长，来了就看看！这里我熟得都能给你当故事讲。"

李夏松说罢，大摇大摆地和孙振邦跨进了关帝庙。

在庙内大殿，李夏松仰头看了看左右两边的周仓关平，再看着正前方高大威严的关公坐像，只见关老爷身着绿袍，左手捧着一卷《春秋》，右手捋着四尺长髯。再向上看，关老爷绿色冠巾下，枣红面庞上一对丹凤眼，两条卧蚕眉，威风凛凛地震慑人的心魄。

李夏松看着关公，嘴角一撇，说道："我就想不通，这堂堂关老爷，既能诛颜良斩文丑，又能出五关斩六将，他单刀赴会风光一生，最后咋就走了麦城？"

在重修关帝庙时，曾对四面墙体做过暴沙处理，人一说话整个大殿就声若洪钟。李夏松平时说话就高喉咙大嗓子，他的声音经过四周墙壁的回荡，竟将自己也吓了一跳。这时，他仿佛觉得关老爷的丹凤眼突然睁了一下，不禁一阵害怕，再不敢与关公对视。

他们进四维小学西院时，门口两个卫兵挡住孙振邦，让他在此待命。李夏松不屑地吩咐他们在外面等着，他说着话，大大咧咧就进了学校院子。

穆紫轩、刘建英领着李夏松往新盖的礼堂走。三人走到礼堂门口，穆紫轩稍微放慢了脚步，客气地说："李镇长，请！"

这时，刘建英已经进了礼堂，盛气十足的李夏松也跟着进去。他一坐下，就端起桌上刚切好的西瓜大吃起来，兴致勃勃地说长道短。

穆紫轩突然大声说："把这货灭了。"

李夏松一惊，正要往外退，说时迟那时快，身后的大门随即哐地关了。就在这一刹那，穆紫轩一手抓住了李夏松的手枪把，秦西民随即扑在他身上，将他抱住，刘建英照着李夏松就是啪啪两枪。李夏松倒在地上，翻眼看了刘建英一眼，含着被人算计的愤怒和无奈一命呜呼。

这时，孙振邦听到枪声，佯装吃惊。穆紫轩面对惊骇不已的孙振邦说："今天我们替国民政府除害，这事跟你无关。"

孙振邦连忙回答："是，是是，小的明白。"

穆紫轩说："在场的所有人听好，今天李夏松鸣枪拒捕，我们在不得已的情况下将其击毙。这个死去的李夏松为了自保才被打死的，具体的事由县上安排。"

李夏松的几个马弁感觉不妙，骑上自行车弯腰蹬腿风一样溜了。他们上气不接下气地去了县城。一到县政府，其中一个一脸惊慌失措地说：

"出事了，出事了。学校，死了。"

吴恭道看着他们，装作不知，吃惊地问：

"甭急，慢慢说，啥学校死了？出啥事了？"

"我们李镇长被人打死了！"

吴恭道挥手对他俩说："你两个是通关镇的，你们李镇长因为通共，被县保警队的人打死的！"

吴恭道打发了两个马弁，长长出了一口气。不一会儿，穆紫轩回来向他汇报了具体经过。当天下午，吴恭道就给西安专署电话报称："奉西安专署命令，前往逮捕李夏松，该李鸣枪拒捕，被当场击毙。"

吴恭道一伙正在庆贺今天的胜利，没想到这一局事刚了，通关镇那边突然打来电话，说他们被山里的游击队袭击了。这时，吴恭道恍然大悟，李夏松是被冤枉的，全党部的人都遭了共产党的算计。

当天响午，墩子和张世发领着游击队二三十人从老瓷窑镇下了山，直奔通关镇而来。游击队迅速包围了李夏松的卫戍城。游击队首先鸣枪警示，一个游击队队员对着城楼喊道："再不开门，我们就用机枪扫啦。"他们这边以武力威胁，同时那边有人负责喊话，向城内进行政治宣传，迫使守城的乡丁打开城门。游击队几乎没费一枪一弹，就收缴了李夏松几十支长短枪，销毁了镇公所的文书档案。同时，游击队召开群众大会，宣传共产党队伍的政策，揭露蒋介石打内战搞分裂的罪行，并对乡公所的所有人员按优待俘虏的政策作了处理。

下午，孙振邦骑着两匹马回来，他见到张世发，向他说了四维小学的情况，并将李夏松那匹乌骓马的缰绳塞给张世发。

"世发同志，今天让我当着大家的面犯一次错误。这个战利品不交了，送给你。"

张世发摸着这匹高大的黑骏马，拍拍它的脖子，说道：

"这一下把害除了。李夏松呀李夏松，你打死我的黑虎，我落了你一匹黑马。"

孙振邦说："世发同志，一看你肚里就没有墨水，这是乌骓——西楚霸王的乌骓马。"

张世发也不管什么乌骓赤兔，他嘿嘿嘿只顾笑。

墩子让孙振邦暂时守在通关镇，别人不会把他怎样。他交代完毕，带着游击队撤回了北山。

天黑后,穆紫轩带着保警队几十人赶到通关镇。他们扑了空,回到县上又向吴恭道吹嘘表功,说北山的游击队是他们打散的。

渭北游击队轻松拿下通关镇镇公所,在随后的半个月,游击队连连得胜,大家隔几天就能分享一次胜利的果实,一个个情绪高涨、信心倍增。

张世发和墩子他们轻轻松松取得了通关镇的胜利,惹得贞昌好长时间都不是滋味。他也要打回信立乡,赶走刘建英,以报他带头抓捕信立乡地下党的仇。

游击队得到群众报告,锦阳县警备营三百多人最近驻守铁佛寺。他们和驻扎此地的国民党军队一样,经常抢劫群众的粮食和鸡、羊,群众从内心迫切需要游击队为民除害。

铁佛寺地处青龙岭上,四野开阔,好攻易撤,不像锦阳县东北各乡那样山多沟深。陈怀德、墩子、贞昌三人各自带一队人马,大家兵分三路,直奔信立乡而来。墩子一路负责主攻,贞昌一路主要进行掩护,陈怀德做好截击。他们天明下山,绕过凤栖山,赶到铁佛寺。

正是初秋,天空云雾缭绕,似乎马上就有一场秋雨。警备队的人不清楚周围情况,墩子他们装成给警备队送饭的群众。他们先进了铁佛寺,警备队的人急着抢饭吃,墩子的主攻分队乘机冲进庙内,一阵猛袭猛打,迫使那帮吃饭的撂下饭碗,全部缴械投降。

贞昌和陈怀德的两个分队还没派上用场,战斗就已结束。他们在铁佛寺碰了头,索性一不做二不休,仅留一部分人在铁佛寺留守,看护警备队的俘虏,贞昌又领着游击队直逼不远处的信立乡乡公所。

刘建英听到铁佛寺传来枪声,正要出来迎击,一听说是渭北游击队袭击了警备队。他又一想,自己身边满打满算就二十几个人,这不是肉包子打狗吗?于是,刘建英灵机一动,赶紧换了一身便装,骑着自行车往南而去。

贞昌还没来得及发力战斗就结束了,惹得大家都笑着逗他说:"这老革命,跟个老小伙似的!"

这一次出山,游击队共俘虏警备队一个营二百多人,缴获二百多支长短枪。再一打听,这些俘虏大都是国民党新拉的壮丁,游击队向他们宣布了共产党的政策,告诉他们愿意参加游击队的留下,不愿意或者不能去的即可自行回家。刚开始他们不信,只想着咋会有这么轻松的事,共产党还能给俘虏这么好的待遇。他们被游击队的举动感动着,除了个别人自愿回家,大多数加入了渭北游击队。

经过这场战斗，渭北游击队一下子发展到二百多人，一时间军威大振，震动了锦阳县城。

刘建英伺机逃走。他提着一把手枪，慌慌张张闯进县政府。吴恭道看着他，惊恐地问："你那边现在啥情况？"

"丢了，信立乡被游击队占了，我是跑出来的。"

"跑跑跑，就知道跑，你这个老鹰一下让游击队吓成鸡娃子咧！"

若按军法，刘建英临阵逃脱是要受到处置的。可现在是特殊时期，都在用人。吴恭道摆了摆手，让他先下去。

贞昌领导的游击队取得胜利后，让冯德海临时担任了信立乡乡长一职，负责这里的所有事务。

冯德海担心游击队会对付他，没想到反而因祸得福受到重用，再想想自己几十年跟着李夏松、刘建英，除了训斥几乎就没落下一丝好。若不是黄道吉当乡长，他可能至今还在自卫队当着小喽啰呢。

游击队撤离后，冯德海忽然像变了个人，他完全把自己当成了信立乡乡长，配合游击队，在当地开展工作。

渭北东西两路游击队，仿佛齐天大圣闹天宫，今天这边放一把火，明天那边分一仓粮，老百姓欢呼雀跃。贞昌他们最近人员扩编很快，枪支弹药严重缺乏，他们向陕西工委提出申请，工委书记徐日盛要求他们自己想办法解决，贞昌气得满口牢骚怪怨徐日盛。墩子安慰他说："四叔，徐书记说的对着哩。这事我们不想办法，还能指望谁？"

这一次，贞昌他们又将目标盯到唐园镇镇公所。这一仗打胜了，得了两把三保险盒子枪、五条步枪，提高了战士们的战斗热情，人数又扩大了十几人。他们趁热打铁，紧接着打了盘龙镇一个保公所，又缴获了五支步枪。这时候，蛇娃又主动送来几支步枪，游击队一下又发展了十五个人，而且人人有枪。除了到处搞枪支，游击队也按上面的指定任务，由打保公所转向到地主大户家里，打开粮仓给群众分粮。那一次在通关镇石道坡分了陈拴柱的粮食，通关镇四个堡寨六百多贫苦农民得到救济，大家无不感激，很多人也自发地报名参加游击队。

游击队一出山，就到各个村堡刷写宣传标语，召开群众会，建立新的农会。他们引导老百姓废除保甲公约，取消国民党使用了几十年的保甲制度，说服、警告以前的保甲人员，勒令他们今后不准向国民党服务，所有关于各地乡公所的陈欠钱粮税费全部作废并停止征收。如果有群众举报谁还在为国民党政府服务，立即依军法处置。

周边各个乡公所的人委屈地跑到县上诉苦，县政府听罢气急败坏，恨不得一把火燎干游击队的翅膀。游击队队员分散，行动无常，见好就收，国民政府的大小官员好像空中盘旋着老鹰，头上落着蝎子，把自己折磨得不成样子。

抗战前夕，红军进驻锦阳时也曾在通关镇驻扎。当地百姓深受红军影响，有着浓厚的革命传统。解放战争以来，这里的地下党建立多个交通站，常年秘密地向边区送人送物，游击队也在这里进进出出，不断对各地的乡公所进行袭击，打击当地的保甲势力。

九月初，天气渐凉。西北野战军从陕北黄龙分区派来二十多人，组成一个侦察队，要对锦屏山内外进行实地侦察。

徐日盛直接将侦察队的人带给世发和贞昌。他高兴地眯着眼睛，笑嘻嘻说道："四叔、世发，有个活好像是给你两个按照模子定做的。"他说着，将旁边一个穿军装的同志介绍给他俩，"这是黄龙分区派来的侦察队李队长。"

贞昌一时纳闷，不知啥事，客气地向李队长握了下手。徐日盛继续说："鉴于你和张世发同志多年做我党地下交通的优势，组织给你俩安排个特殊任务。"

贞昌说："有啥任务尽管吩咐，你知道，我向来不爱卖关子。"

"贞昌同志还是个急性子啊！"李队长一句话逗笑了大家。

原来，上边要他俩给侦察队带路，配合部队在锦阳一带做好地形侦察，为西北野战军南下关中打基础。

这种事对他两个来说可谓小菜一碟。多少年了，纵横在锦阳县域各地，哪里是山，哪里是沟，哪个村人多堡大，哪条路通畅捷快，哪里适合驻军，哪里适合布阵，他们早已了如指掌。

贞昌和世发给侦察队带路，领着李队长走村过堡，详细勘察。工作之余再随口讲几段人文掌故，往往说得有根有据、头头是道。李队长听得高兴，直说工委给他找对了人。

他们白天勘查，一到晚上不是架起随身携带的发报机发报，便是铺开图纸认真绘图。两个月时间就把锦阳甚至周边两县山里山外做了全面侦察，将这一带的山川、沟道、村镇、学校以及交通等都详细标在了地图上。

一天，游击队派通信员来找张世发，说是接到新的任务。他即刻回了游击队驻地，见到队长陈怀德。

陈怀德告诉他："今晚，国民党一个师要在通关镇东边宿营，你立即带小分队绕过敌人，去锦川、临原一带进行侦察，监视锦阳县城附近驻扎的那些国民党广东兵的具体动向。"世发以为游击队要突袭这支国民军，高兴地欣然应允。

游击队给世发安排了七八个人组成小分队。陈怀德盼咐他说："今晚有重大行动。你随后领上他们，带上报话机，现在就出发，两小时向我们汇报一次。"

世发带着小分队向南前进。他们从锦川镇西的香里堡往前走，碰见一队野战军战士在那里拉电话线、挖战壕。小分队到达临原西堡时，只听见后面传来枪声，他们知道是解放军与国民军开了火。他们继续前进，到达了锦川南原，在那一带留守侦察，直到仗打完。

这是一场遭遇战，可是由于情报准确，野战军愣是将这场遭遇战打成了突袭战。他们快打快收，战斗一结束，解放军立即撤进北山。世发他们按部队安排完成了侦察任务，适时向上边汇报情况，并随时接受新的任务。晚上，仗打完了，县城那帮广东兵居然没有任何动作，小分队接到陈怀德命令，向北山撤退。

小分队走到通关镇南边的贾家堡，碰上了三十多个南逃的国军散兵。他们随即展开英勇战斗，打死了两个，其他人全部被俘，缴获了所有枪支。世发将缴获的枪支带回游击队。陈怀德看着眼前的战利品，赞扬他们说："世发，你们打草搂兔子，顺手牵羊的功夫不错，这一趟没白跑啊！"

"呵呵，瞎猫逮了个死老鼠。呵呵。"世发笑了，他的笑声里有许多不屑，反而怪怨陈怀德，"我不像你们，直接与解放军配合，和国民军队面对面战斗。"

"世发，你这可错怪我了，我们都一样，始终承担着战斗的后续工作。虽然看着是在战场上，其实就是组织队员和当地群众为野战军带路送情报。人家那才是打仗的料，上了战场一个个生龙活虎，不像我们，只能偷着打游击。"

三十六

为了配合淮海战役，使胡宗南不能向华东战区调拨一兵一卒，解放军制订了计划今年冬季再歼灭胡部三个装备精良的师，以求彻底改变渭北战局。西北野战军在彭军长指挥下，取得了宜川瓦子街和宝鸡北原两大战役的胜利之后。十一月中，野战军在渭东地区发起冬季攻势。国民军以为野战军要在渭东地区展开大战，立即由关中各地调来大量部队，企图与西北野战军进行决战。野战军灵活机动，坚持在运动中战胜敌人，部队以第一、四两个纵队及警备第四旅、骑兵第二旅组成右翼兵团，二十日由渭东西进，转战同官、泥阳一线，吸引国民军主力西调并伺机歼灭。

李夏松的死，让吴恭道知道吃了哑巴亏，上了共产党的当。他立即加强通关、锦川、临原各镇的防御。这时，刚好国民党十七师的广东兵在县城周围驻扎，有西进通关镇的意向。而西北野战军也兵分两路进入锦阳。陈怀德和墩子带领游击队也分东、西两个分队紧随其后，连夜行军，准备将国民军包围在通关镇。

他们到达通关镇南边，正是午夜时分。墩子指着前边黑乎乎的城堡说："同志们，那就是通关镇。"

墩子刚说完，后边那些步兵立即左右散开，占领有利地形，有的架机枪，有的架起迫击炮。那位首长让他去喊门，他在十多个人的掩护下到了城门下，还没开口，就被上面的国民党兵发现。

"干啥的？"

墩子说："老百姓，镇里的。"

那位首先接着说："我们是国民军十七师的，走错了路，迟到啦！"里面的国民军正想着县城的十七师咋还没到，正要开城门让他们进来。这时，后边的战马突然"咴咴咴"连叫几声，城上驻守的国民党兵立即喊道：

"不对，十七师没有骑兵，打！"

城门楼上随即响起两声枪声，周围随之枪声四起，双方进入了战斗之中。

天将拂晓，野战军向驻守通关镇的国民军发起攻击。这里城墙高大，门楼相当坚固，直到工兵炸掉了城门的一角，部队才冲进镇内。可是，城楼上那十几个国民党士兵顽命开枪，使刚冲入镇内的野战人员腹背受敌，伤亡很大，他们不得不主动撤出来。

下午时分，野战军重新组织力量，向通关镇发起二次进攻。先头部队炸了城楼，城楼上的守军瞬间就有大半毙命，其他人员弃城后撤。战士们冲进镇内，双方短兵相接，展开巷战，直至将镇内守军据点全部攻克，通关镇的战斗终于取得胜利。

晚上，野战军右翼兵团集中了四个营的兵力，计划对困守邑岚堡的第十七师五十团团部及其一、三两营发起进攻，由于后续部队未能及时跟进，国民军的援军也赶了过来，野战军只得再次撤出。

次日传来消息，野战军另一路部队挥师西移，攻占了同官老瓷窑镇、通关镇北的石道坡等据点，歼灭了胡部一线兵力。紧接着，野战军炸毁泥阳城北的一段铁桥，攻占了同官县火车站。

经过一天一夜，野战军集中兵力攻打锦阳北线的所有国民军队，歼灭多个乡镇守军超过六千多人，俘虏了两千多个官兵。更可喜的是，野战军还毙了国民军一个师长，缴获八二炮、六〇炮二十多门，轻重机枪五六十挺，步枪六百多支，以及大量军用物资。

锦阳群众在野战军北撤时，帮助部队将物资和伤员转送到锦屏山中。渭北游击队由陈怀德和墩子分头率领，在石道坡组织起一百五十多人的担架队和十多头骡子，筹备了抬送伤员的门扇、木板，动员老百姓抬伤员、送物资，有的群众拉上自家的骡驴等牲口，为部队战后的撤离做着各种事务。

锦阳战斗取得完胜。为了给下一步解放锦阳县城做好准备，陕西工委在县工委的基础上正式成立中共锦阳县委，同时在临原、锦川等地恢复和发展党的组织，加强共产党的活动，扩大游击队，建立区、乡、村基层政权。

锦阳县委书记由徐日盛担任，县委机关暂时和渭北游击队在一起活动。

国民党的广东兵驻扎锦阳，几乎没给当地带来丝毫安宁。他们口里讲着大家听不懂的话，做着和土匪一样的事，除了饭馍不吃，几乎啥都能塞到嘴里，不是偷鸡就是杀狗，甚至连老鼠和猫，都被他们剥了煮了烧了，连骨头渣渣也吃得干干净净。他们被发往县北，拉开架势，要迎接西北野战军的打击，一连数月，通关镇的老百姓又遭受了让人愤恨发指的滋扰。

转眼冬尽春来。正月前后，渭东各县相继解放。锦阳县委接到野战军将乘胜解放锦阳的通知。

为了迎接解放，锦阳县委召开会议，研究成立锦阳县人民政府，由徐日盛担任书记兼县长，并研究配备锦阳县北各地区的干部，及时为解放锦阳做好组织准备。

国民党军政当局已走向穷途末路，惶惶不可终日。看着岌岌可危的大厦马上就要倾倒，锦阳国民政府各级人员纷纷打起自己的算盘。他们脸上已经掩饰不住心存异色尔虞我诈的表情。尤其吴恭道，浑身上下充满了忧虑和畏惧，甚至随时做好逃命的准备。穆紫轩不像书记长，他是锦阳县东乡人，人家可以远走高飞，可是他跑了一家老少怎么办。穆紫轩和秦西民私下商议对策，秦西民含而不露，穆紫轩盲人瞎象主意难定，他们时而螳臂当车一样地挣扎，时刻又在心里默默念叨，期盼着柳暗花明。

正月二十日这天，书记长吴恭道忽然召集大家开紧急会议。穆紫轩走进会议室看了看，会场不仅有秦西民、刘建英，平时不常开会的农会会长仵扶五、商会会长陈伯欣、政府参谋邓子道也在座，甚至郭锦屏、冯子明、杨介石等几位社会贤达也受邀在座。大家坐在一起，有的威严正坐，有的窃窃私语，又都在猜测着、等待着。

吴恭道走进会场，大家并没有表示欢迎，只是不再交头接耳低声说话，严肃地等着他发话。吴恭道坐定，向大家客客气气地陈述了锦阳县各地的近况，从北山说到县城，从县政府说到各个乡村联保，又从国民党的正规军在北乡几镇被野战军轰然击败。最后，话题转到当前大家面临的困迫之境。

"各位乡贤大佬，各位同僚兄弟，我们锦阳目前的形势十分危急，共产党的部队如果下来，我们肯定承受不住。因此，我觉得，锦阳县城真的守不住，我们到时就不守了。"

这时，在座的开始面面相觑、交头接耳，嗡嗡嗡小声议论。吴恭道并未没在意大家说什么。他分别点了穆紫轩、刘建英的名字，命令道：

"你两个听着，从现在起，自卫团、警察局随时待命。我们随时将锦阳的所有武装撤到高陵去。"

郭锦屏疑惑地说："撤到高陵？没有商讨的余地？"

"这还有啥商讨的？"

吴恭道看了一眼郭先生，只身出了办公室。与会各位互相对视，无人言语。

散会后，穆紫轩邀请刚才开会的几位地方人士去了郭先生家，大家商议起真正有效的应急办法，说到到底应该听吴恭道的撤退高陵，还是留守锦阳。

穆紫轩带着试询的口气问大家：

"各位前辈，吴恭道准备放弃锦阳，把全县兵力撤到高陵去，你们有什么高见？"

郭先生今天的问话没得到吴恭道的答复，他一直憋在心里。听了穆紫轩的话，他立刻问道："现在全县武装在你和秦西民手里，你俩准备咋办？"

冯子明也问："穆团长，我也要问你，你们准备咋办？"

穆紫轩说："咱都是锦阳人，县上的武装是为保卫锦阳的。吴恭道要放弃锦阳，去保卫高陵，那我们的武装到底算是高陵的还是锦阳的？"

秦西民也附和道："我们家人都在锦阳，咱的武器枪械都是用锦阳老百姓的血汗换来。我们要以守为主，保卫锦阳。"

"就是，如果撤到高陵，咱县这一摊子就完啦，以后再想回锦阳就没门了。"郭先生见他二人说的也算实在。

"你俩说得对，你们只要保卫地方，我们都会支持。该拿主意时你们就拿，甭听吴恭道的鬼话。"

大家相互建言，穆紫轩仿佛被打了气，自信地向大家承诺。最终，众位没有异议，都表示要坚守锦阳。郭先生环顾了一下大家，以代表众意的口气拍板：

"对，就这么办。穆团长、秦局长，具体事务你俩商量。"

次日下午，吴恭道忽然紧急通知，要求县自卫团、警察局全部武装，轻装出发，到南门外漆沮河畔集合待命，任务紧急，即速行动。

穆紫轩暗自猜测，吴恭道肯定是要带走锦阳城的武装。他正想对策，吴恭道催促的命令又到，还说秦西民已经带队出了南门。

秦西民已经走了，穆紫轩不知真假，将信将疑，脑子里一团疑乱。他只得临时集合团丁，出发前又告诉众位团丁，到南门外都听他指挥，不要出啥岔子。他们到了漆沮河畔，秦西民、刘建英已在那里等候。吴恭道赶上去，对他们说：

"人到齐了就出发，等上了荆山原，再等候命令。"

穆紫轩这时才赶上秦西民，问他："有啥紧急情况？这冒咕咚咚就走咧！"

秦西民说："吴恭道让我集合警察局的人，说你们已经出发了。我咋还跑到你前面了？"

穆紫轩忽然醒悟，他悄声告诉秦西民："我俩被吴恭道算计了。"

这时天色已晚,他们过了漆沮河,正往前走,后边忽然传来几声枪声。吴恭道急令大家迅速上荆山原。穆紫轩带着自卫团停在漆沮河南边路东的芦苇丛中。他在想是谁在开枪,为啥开枪?自卫团和警察局的人都表现出急躁的样子,相互谩骂乱不可收。

大家上了原,在荆山原吕家堡临时整休。这时骚乱也渐渐平息,大家聚在一块吃晚饭,穆紫轩心中满是疑惑和气愤,吴恭道声东击西、煽风点火,他这是啥意思?想要啥把戏?秦西民也想弄明白他们的意思,考虑只能向穆紫轩发泄。他有意问穆紫轩:

"穆团长,咱们都出来了,你是否留有守县城的人?"

穆紫轩答:"吴书记长命令全部带出来。"

秦西民接着问:"那么县城给谁留的,你可明白自卫团的责任是什么?"

穆紫轩听罢,气不打一处来,心想你还问我,他气愤地反问:"秦局长,那你们警察局留了多少人守城?"

两人气气鼓鼓吃完饭,各自回自己的团队。这时,穆紫轩又主动找到秦西民道歉,说自己刚才不是顶撞他,而是给吴恭道演戏,随后探问道:

"吴恭道究竟啥用意?是不是真要带我们去高陵?"

秦西民说:"这还用问?"

穆紫轩解释说:"如果到了高陵,他把我们交给高陵县指挥,我们一旦失去自主权,那就毕咧。你可要好好想想,我们是否还能回来。现在败局已定,听说渭东自卫团团长起义,保护了渭东百姓。"穆紫轩对秦西民连劝带激:"咱留在锦阳就是王,离开锦阳就是鳖,到了高陵咱只能跟人家转,甭说失去主权,连自由都没了。"

秦西民说:"看他们明天还耍啥把戏。"

天亮后,吴恭道并未改变初衷。他宣布:"所有武装人员全部听令,一会儿吃了早饭,立即向高陵出发!"

这时,穆紫轩站了出来,严肃地说:"吴书记长,我们保锦阳要紧。"

"去高陵。"吴恭道说得斩钉截铁,没有回旋的余地。

穆紫轩看了看秦西民,见他不仅没有给自己帮腔,甚至还真有点紧张,只得无奈地催促他:"秦局长,遵守命令,赶快整理队伍。"

恰在这时,驻扎荆山原畔下的国民党三师的胡师长,忽然召集锦阳各负责人到师部召开紧急会议,听说县上一干人马昨天下午已经出城。他怒不可遏,派人追上他们,强令其带人回锦阳。

"谁叫你撤离的？"

胡师长当着众人的面追问吴恭道。吴恭道低头不语，穆紫轩见此，知道队伍不可能撤走，心中不由升起一丝快意。胡师长又转向穆紫轩，问道：

"你们自卫团、警察局愿去高陵，还是愿守锦阳？"

穆紫轩趁机抢先表态："我们是地方武装，家人都在这里，自应以保守锦阳为要务。请胡师长指示。"

胡师长听了脸上露出笑容，他肯定地说：

"对，穆团长说得对，自卫团、警察局所有人等，马上开回县城。"穆紫轩也放下了心，带队伍回了县城，重新分配防守任务。他主动要求巡逻北门和东门，由秦西民负责巡逻西门和南门。

二月二十二日下午，野战军九师集结于锦阳县城东，大部队已进驻临原、锦川两镇交界处。当晚，部队就包围了锦阳县城。

野战军部队上下自然不知道这两天国民县政府所经历的撤退与回城之争。他们侦察后得知，锦阳自卫团其实不堪一击，但考虑到县城位于高阜之上，北有玉带河天堑，守城部队居高临下，利守难攻，实可谓一座一夫当关万夫莫开的固若金汤的堡垒。因此，部队决定驻扎包围，见机行动。

三日后，到了二十五日零时，野战军部队开始攻打锦阳城，由二十六团担负主攻，攻击目标是县城北门，二十七团作为助攻，直逼东门。漆黑的夜晚，阵阵爆破声和密集的枪炮声划破夜空。

按原定作战计划，两支部队分别爆破北门和东门，准备破门而入。迫于地形和防守，负责主攻的二十六团还未破城，助攻的二十七团先头营却意外地突破东门攻入城内。二十七团冲进东门后，几乎没费多少时间，就势如破竹地穿过街巷，抄了北门守城的自卫团后路，接应主攻部队攻进北城门。由于部队行动神速，攻击迅猛，穆紫轩几乎没有顽抗，就向野战军缴械投降。

野战军进城后，几位指挥员登上西城门楼，此时的枪炮声、呼喊声依然隐约可闻，但很快就出现死一般的寂静。

忽然，一名警卫员急报："他们在城下敌人战壕和碉堡里，搜索出守敌一个排的兵力。"

指挥员听后感到奇怪，便疑惑地问警卫员："城门楼上下，先头部队不是已经搜过了，怎么还会有敌人的兵力？"

警卫员面带胜利的笑容说："大概是我们的战斗重点在城内巷战上，这一排伏在战壕里的敌兵被猛烈炮火进攻吓得不敢开枪。"

这时,秦西民被几个野战军战士押到指挥员跟前。指挥员问了一下,知道秦西民是警察局局长,他的部下已经全部缴械,吩咐把他带下去。

东方升起的太阳,照耀着城头迎风招展的红旗,欢呼声响彻了锦阳县城。

县委书记徐日盛带领县委县政府一部分干部和锦阳县游击大队,跟随野战军进驻县城。大家兵分五路,开始向周边各乡镇张贴安民布告,召开各界人士座谈会和群众大会,宣传党的政策,扩大社会影响,稳定社会秩序。

同时接管国民党的县乡政权,全县组建了十三个区委、区政府,及时配备基层干部。为了维护社会秩序,保卫新生的共产党政权,县委从渭北游击队抽出骨干,建立了锦阳县武装大队,各区也分别建立和发展了区游击队,及时收缴各乡镇和保甲的反动武装。

云焕天天盼着思明的消息。解放第二天,周品儒来县城,路过云焕家,说是想看看墩子,估计他也回县城了。最近听说渭北游击队在锦阳改组武装大队,知道这几年墩子一直在游击队,不由就想起他来。

云焕看着爹,露出了几乎已经遗忘的开心。

"爹,解放了,思明和墩子就回来了。"

老人听了,不知是高兴还是痛苦。思明去世这么长时间,他不敢告诉云焕,如果见到墩子,再问起这事,又该怎么说。

墩子确实回了锦阳,他是第一批进入锦阳的政府人员,县武装大队的所有事情都由他直接负责,不仅如此,县上许多事情也都是他在做。他一直忙活了十多天,才终于抽了个空,去了一趟金城堡。

墩子见到云焕,叫了声姐,跟孟桃打了招呼,就钻到房子睡觉去了。云焕做好饭,让纸清唤他吃,纸清"舅舅,舅舅"叫了好长时间也没将他叫醒。云焕看着墩子,心疼地说:

"唉,为了革命,一个个就累成这咧!"

墩子一觉醒来,天已黑得严严实实。他笑着说:"姐,我还说在这里打个盹儿,下午回家看爹呢,这咋头一挨枕头,就啥都不知道了。"

云焕嗔怪他说:"睡得跟死猪一样,大人跟娃叫了几次,每次都呼呼噜噜不灵醒。"

"姐,你不知道,这一个多月,我每天睡不了三两个小时,白天又是开会又是战斗。有时实在困得撑不住,就给头上顶张报纸眯瞪一下。"

墩子吸溜溜喝着热乎乎的苞谷糁子，灶膛里烤得焦黄的蒸馍夹上红红的油泼辣子，他一口气吃了四个馍。惹得纸清围着他说："舅舅真能吃，舅舅是猪婆大肚子。"

姐弟俩说着话，景范回到家里。好多年不见，墩子也不知景范这些年干啥，问来问去。云焕告诉他，促成瓦子街战役胜利的那份情报是景范从西安带回来的。她说："我当时没在意，没想到它的分量，景范哥也不知道应该给谁，爹说你和老孙曾去过咱家，就把情报送到了老孙那里。"

墩子惊奇地握着景范的手不放，激动地说：

"哥，你知道不，那份情报让西北野战军提前给胡宗南布了个口袋，才获得了真正的胜利。要不是那一仗，我们现在可能还在山里打游击哩！上面只知道消息是从锦阳送上去的，我咋就没想到是你？"

"唉，我这才做了多大一点事情，思明连……"景范差点说思明连命都搭上了的话，他赶紧改口说，"思明他们付出的不知比我大多少。"

墩子也说不准思明的事情。他一直在上边打游击，很少关注西安军统的报纸，更没有看到那份有着思明名字的真真假假的新闻。忽然听到思明的名字，他情不自禁地说：

"一晃两年了，前年正月在临原镇匆匆见了一面，再都没有他的音信。"

墩子十几年都没在家里住过，云焕给他拿出思明一身衬衣，又从箱底取出一双布鞋让他换上。墩子推辞说："姐，甭取了，穿上新鞋就走不成路了。"

云焕说："谁还说穿上新鞋走不成路。你看你这衣服，烂成啥了还不换！"

墩子说："好好好，我换，我换。"云焕让墩子去睡，纸清非要跟舅舅睡。墩子又睡了大半天，就这样，大家坐在客厅里说着话。墩子今天一觉睡耽搁了，他还想着明天一大早再回周家堡哩。

突然，东边县城那边隐约传来几声枪响。这会儿夜正寂静，墩子听得清清楚楚。

"姐，我去看看，得是国民党又来了。"

云焕吃了一惊："妈呀，平时敌人那样欺侮我们，好不容易解放了，我成了名副其实的共产党家属。这国民党再返回来，还不要了孟家的命。"

墩子说："姐，你们不敢在家里待，赶紧往北跑。不过你放心，国民党的日子确实到头了。"他说完，提着手枪出了门。

云焕和景范、孟桃担心家里有啥不测。孟桃急得对景范说："他爹，你带上云焕和娃，赶紧走。"

"姐，咱都得走！"云焕说。

这时候咋能丢下孟桃。可孟桃一再推脱说："你们都走，路上把娃照看好。甭管我，他们把我能咋了！"

景范背上纸清，云焕紧随其后，他们出了金城堡，急急匆匆一路往北跑去。这会儿正是后半夜，路上黑咕隆咚就他们几个人。一路上，云焕心里直嘀咕，决不能落在国民党手里。他们一直跑到通关镇张家堡，敲开舅妈家的门。老人看着侄女狼狈的样子，赶紧将让他们拉进屋。老人问他们："你们深更半夜这是咋咧？"

景范解释说，国民党的军队可能又把锦阳城占了，我们这才跑出来。

老人听了伤心地说："你看你们，去年正月墩子跑来，跟你爹在家里住了一晚，这一走再没消息。这好，今年你又来了。一提起你们，我就心疼。"

老人说得云焕回不上话。天亮了，他们要继续走，老人说："娃呀，你们要去哪里。好赖先住在这里，哪里都甭去了。"

就这样，云焕娘俩住在张家堡，景范回家照看孟桃。

国民党军队确实反攻了过来，那是最近驻守在渭河北岸的国民党军队。与此同时，马家军也从西北下来，直抵关中。为了避开国民军队的锋芒，县委县政府按上级指示，组织各个机关暂时撤离锦阳，移驻渭北车家原。

锦阳首次解放，虽然只有十多天，但是大家却在这段时间实质性掌握了国民党政府这些年的全部情况，摧毁了国民党党政机关和反动武装力量，收缴了大批枪支，吸收和训练了一批青年学生和农村积极分子，为建立党政机关培养骨干，也有了一个完整的武装体系和力量。县委县政府向广大群众和各界人士宣传党的政策，尤其是如何保护工商业者、知识分子和发展生产等政策。再加之野战军指战员和县委干部的艰苦奋斗，自觉执行三大纪律八项主义等优良传统和作风，给锦阳老百姓留下了深刻印象，人们心中已经深深埋下了革命必胜的信念。

一个多月后，正是春末初夏时节，华北野战军从山西跨过黄河，一路西进，向西北国民党的残余力量展开全面猛烈的攻势，盘踞锦阳县的国民党守军闻风丧胆，仓皇南逃。县委、县政府和县大队，由锦川镇出发，以急行军速度进驻县城。

锦阳人民真正迎来了家乡的解放。

几天后，贞昌当了信立乡乡长。可他干了没几个月，就向锦阳县政府提出辞呈。原因很简单，他以前搞地下交通，凭的是机智和胆略，这当了乡长，不是开会，就是写写画画，实在干不了。

那时墩子已是锦阳县县长，他看着贞昌难受的样子，笑着问他：

"四叔，干了几十年革命工作，现在全国解放了，工作轻松了，你咋还撂挑子，得是我哪里对不住你？"

贞昌尴尬地说："墩子，好我的县长大人，你再甭挖苦我了，咱没有金刚钻，揽不起人民政府的瓷器活！"

鉴于贞昌如今也六十多了，上面索性让他光荣退休，陪着榴花安度晚年。

疯子宝珍是解放后第二年去世的。她去世后，窨生就成了没爷没婆没爹没娘的孤儿，后来还是榴花收养了他。刚好那时继堂回来了，他看着小窨生喜欢得不得了，领着大家到泥阳城照了张全家福，后来又特意给窨生照一张相片。

不久，继堂在中国人民志愿军队伍里当了团长，带着窨生的照片去参加抗美援朝。在朝鲜那几年，他始终把照片带在身边。就在那场战争即将结束时，为了能在停战谈判中增加砝码，双方寸土不让。那天中午，继堂正与全团指战员在三八线北侧前沿阵地的防空洞召开作战会，美韩空军突然出动四十多架次飞机，对他们的团指挥所进行了长达数小时的轮番轰炸，全部人员被活埋在与世隔绝的坑道内。窨生的照片就插在指挥所的作战图右下角。四五岁的他头戴小军帽，身穿土布衫，脚上穿着猫娃鞋，眯着眼，龇着牙，高兴地笑着。

墨汁写出的谎言掩盖不了鲜血凝铸的事实。泥阳县凤栖山活埋三十二烈士的消息不胫而走，迅速传开。

七八天之后，景范就将消息带回锦阳。当时，周品儒老汉得知凶讯悲痛万分，然而，谁都不忍心将噩耗告诉云焕娘俩。这些年，云焕挣扎在国民党的白色恐怖之下，已经非常艰难，非常疲惫，如果再让她遭受惨烈的打击，只怕她瘦弱的肩膀承受不起而瞬间垮塌。于是，金城堡甚至整个县城，大家都在小心翼翼地向她隐瞒着凤栖山发生的一幕。

凤栖山惨案传到陕西路东工委。这其中许多烈士都是徐日盛、墩子，以及其他同志的战友。大家无不悲痛，一个个怒火中烧。路东工委号召全体共产党员和游击队战士化悲痛为力量，勇敢地与国民政府和军队展开斗争，他们以各自的实际行动为那些死难烈士报仇！

半年，一年，一年半，两年……蒙在鼓里的云焕天天掰着指头，期盼着思明归来。

锦阳县城解放了，思明没有回来。全国解放了，思明还没有回来。忽然，一种不祥的预感冒上云焕心头，她不由一阵惊悸："思明会不会，也被……"

云焕真不敢再往下想。

解放后的第一个春节，已经是1950年了。云焕当着她爹的面问墩子：

"墩子，你告诉姐，思明是不是已经不在了？"

父子两个你看看我，我看看你，不知怎么回答。

云焕看着父亲和墩子，脸上忽然表现出异常的冷静。她低声说道："爹，墩子，你们甭瞒我了，我啥都知道。思明是和纸清他婆同一天去世的。"

品儒老汉看已经瞒不住，只得安慰女儿。

"焕，我们担心你受不了。"

云焕苦笑一声，咬了咬牙，抚摸着纸清的头低声说道："爹，我身子瘦弱，可我啥都撑得起。"

事已至此，墩子只好将思明遇害的经过很简单地告诉云焕。

"姐，我思明哥和那些一同罹难的战友们，为了崇高的理想，为了普天下的老百姓，他们视死如归，仿佛一只只涅槃的凤凰，在浴火中获得重生。"

"墩子，你也甭给姐说这些，我现在想的是，怎样让思明不留遗憾，安然而去！"

墩子看着姐姐云焕和外甥纸清，满含信心地告诉娘俩，国家已将凤栖山惨案的所有凶手缉拿归案，吴恭道、秦西民、刘建英，那些几十年来横行一方，在锦阳一带耀武扬威，借着国民政府这个平台吃人饭不干人事的匪徒恶棍都已被抓捕。党中央和人民政府肯定会让这些骑在人们头上作威作福的犯罪分子，给壮烈牺牲的英雄们一个交代，还渭北人民一片青白。

到了四月，锦阳县人民政府组织为三位罹难凤栖山的烈士召开追悼会。思明的追悼会就在孟家院子举行，白烛白酒，三炷檀香，致祭在思明灵前。郭先生眉骨凝结，紧握狼毫毛笔，用颤抖的手写下两副追悼思明的挽联。老人亲自拿到孟家大院，墩子和景范心存感激，恭敬地接过挽联，带着肃穆之情贴于门前和灵堂。前门上写着"白发老人断肠呼儿荆山暗，黄口遗孤泣血招魂漆沮寒"，灵堂前那副写着"妻子痛哭可怜同归烈士井，亲朋共祭不堪遥望凤栖山"。

听到消息，四乡八堡的乡亲们纷纷拥向金城堡。大家知道了思明遇害的经过，一个个哭得死去活来，都想用这一凝重的形式与他们再也熟知不过的英雄告别。

贞昌领着小窨生随着人流拥向金城堡，走进了孟家的院子。

纸清穿一件素白孝衫，戴着几乎拖到地上的孝布，正被大人摁着跪在灵堂前。他忽然见了窨生，高兴地拉着他就要去外面玩。贞昌急忙拽住窨生，低头对纸清说:"娃,听大人话,你俩一会儿再耍。"

看着纸清又跪了回去,窨生也乖乖地跪在他旁边。大家看着两个娃娃的举动,一个个不由就唏嘘抽泣。

墩子忽然想到什么,低声在姐姐云焕耳边说了几句。云焕似有所悟地回了里屋,取出家中珍藏的于大叔吊唁义兄鸿钧的横渠四句。墩子从姐姐手里接过卷轴,轻轻展开,一幅笔力雄健、龙飞凤舞的书法作品映现眼前。

这是思明二十多年割舍不下的励志箴言。墩子将卷轴挂在灵堂一侧,他看着纸清傻傻的模样,指着上面的字说:"纸清,这些字你还不认识,可你得记着,这是你爷和你爹一生的钟爱,也是要你深深记住的。"

墩子看看纸清还是一脸懵懂,将他拉到怀里,轻声说:"纸清,趁着今天给你爹过事,我领着,你先把这四句话背下来。"

"嗯。"

这时,贞昌让窨生也站在旁边,让窨生跟着纸清一块读。

墩子念道:"为天地立心。"

"为天地立心。"两个娃娃也奶声奶气地念着。

"为生民立命。"

"为生民立命。"

"为往圣继绝学,为万世开太平。"

"为往圣继绝学,为万世开太平。"

"记下了没有?"

"记下了。"

"懂得意思不?"

"……"

窨生不言语了,纸清也不言语。也是的,仅仅五六岁的娃咋能懂得这些。看着他俩的表情,墩子苦笑一声,蹲下身子摸着他俩的头说:

"纸清,窨生,不懂甭怕,你们先背下来。以后慢慢就懂了。"

看着墩子和外甥的对话,除了纸清和窨生,所有的人都泣不成声。

追悼会召开后不久,被安排到延安市财政局工作的利昌回到了槐园堡。他当年只身离开村堡,几十年后又孑然一身回来。如今年纪大了,别的啥都不想,只盼着叶落归根。他走在熟悉又陌生的巷道里,看着啥都觉得亲切。

忽然,他在巷中碰见宝珍,也不知这个女人是谁。他向她笑了笑,算是跟她打招呼，当他看到宝珍那一脸忧郁呆滞的目光，脸上不由涌出一丝疑虑来。

利昌进了贞昌家院子。榴花盯了他半天，稀奇地问：

"三哥，你得是三哥？"

贞昌看着他，眼睛睁大了，嘴也张大了。他腾地站起来，兴奋地说："不是三哥还是谁。你回来了，三嫂和娃咋没回来？"

"唉，他们病的病，死的死，就丢下我这把老骨头。唉，老了，老了，我回来了，哪里都不去了。"

利昌向贞昌和榴花解释，语气里充盈着无奈。他又问贞昌：

"老四，我刚才在巷口碰见个女的，她是谁，咋看着瓜瓜的？"

贞昌还没开口，榴花挂满笑容的脸颊上忽然留下两行眼泪。在利昌茫然的期待中，榴花告诉他二嫂宝珍以及这些年家里发生的一切。

利昌安慰他们说："老四，堂娃妈，人常说，不是一家人不进一家门，既然是咱杨家的人，不管咋样，后面的事我们共同担起来。"

"就是，重打鼓另升堂，我们继续把心拧到一块，好好过日子。"几十年不见的老弟兄，好像年轻时候一样心齐。

或许这一生经历的太多太多，贞昌也懒得想那些过去的喜怒哀乐，他始终一副积极乐观的样子，除了干些庄稼活，没事了就东家转转、西家问问，那相貌、神态，还有说话的口气，活脱脱就是老二恒昌获得重生。

2019年11月1日至2020年2月29日初稿
2020年10月10日至12月21日二稿
2024年1月26日至3月9日三稿

小说以西安事变、抗日战争以及渭北解放为背景，再现了发生在关中国统区的一幕幕波澜壮阔、触目惊心的历史故事，是20世纪三四十年代渭北人民投身共产主义革命事业的真实写照。

井蛙之梦想
——代后记

二十年前，三十岁出头的我冒冒失失地捧出了一部30万字的《贾岛传》，成为迄今唯一一部关于中唐诗人、苦吟寒士贾岛的长篇小说。当初那个仅职业中学毕业，所学专业又与文学创作风马牛不相及的乡村青年，凭借初生牛犊不怕虎的无知和热情写出所谓的鸿篇，也算开了历史之先河，好长时间不由得沾沾自喜，以此为豪。

后来，我的《贾岛传》被国内某家知名出版社严重抄袭，我痛快而体面地打赢了那场剽窃官司，维护了自己的著作权。然而，我面对胜诉的判决书冷静揣度，自诩敢于第一个吃螃蟹的人，终究是一只刚长出四肢的弱小的井底之蛙，我看到的只有巴掌大一镜光明，不敢想象上面的天空到底有多么高、外面的世界究竟有多么大。

穷则思变，变是生活中永远不变的事实。若要改变，就必须有突破自己的想法和行动，就要学会寻找石头垫起自己的脚。我开始将井底之蛙朴素而大胆的梦想努力付诸行动。我首先选择了逃离我的乡村，开始在小县城打拼，虽然过着寄人篱下的生活，出卖脑力体力经营着自己的小日子。庆幸的是，走出乡村之后，我的镜天小穹逐渐由巴掌变成了面盆，我开始接触县城内外甚至省城内外，认识了许多文学的、文化的或者其他行业的老师和朋友，也接触许多的人文史志以及五花八门的常识和知识。

有一年，我前往山东高密参加一次笔会，几天的时间里，我去了莫言故居，参观了莫言文学馆，了解了当地一些零星的风土民俗人物传说，知道了莫言先生的创作经历和他所营造的"高密东北乡"，情不自禁对齐鲁文化滋生了无限仰慕，对胶东半岛的古圣先贤，诸如晏子、刘墉、蒲松龄等顶礼膜拜。倏忽间又觉得，人家的故土再好也不可能是自己的，更何况，咱的草窝未必就不敢与人家的金窝银窝比个高低。从山东回来的路上，我躺在火车卧铺上浮想联翩，莫言先生塑造了高密东北乡，阿来写的是青藏高原，还有曹乃谦笔下的晋西北，迟子建作品中的额尔古纳河……而三秦大地生养的作家们，同样以营建自己的写作领地为快，于是便有了贾平凹、方英文、陈彦的商州系列，有了路遥、曹谷溪、阎安等人的陕北系列，有了陈忠实、冯积岐、吴克敬的关中系列。

十三王朝都畿之地的关中大地，其志士仁人丝毫不逊色齐鲁大地，历史文化更比齐鲁大地悠久绵长。

我秉持矜持的态度，由衷地缩小视野，小得几乎只停留在我们这个渭北小县，不再有癞蛤蟆吃过界盘的奢望。我的乡村并不广阔，也不肥沃，可她是生养我的血地，她在我的心底厚重无比，总能让人在爱恨纠结中产生无穷依恋。我将目光收回来，重新给自己找到创作的坐标，虽然仍蜗居井底，却觉得自己的天地与先前大了许多。

《破晓》的构思即启于山东归来之后。我怀揣创作长篇小说的胆怯和冲动，开始了新的规划，写什么，怎么写，时段如何确定，人物怎么入场……思来想去，我又感到这些怎毫无厘头的想法纯粹属多此一举，是自己给自己戴金箍圈。罢了，罢了。我抛却所有杂念，燃起求佛问道的虔诚，凭借只管耕耘不问收获的痴情，用一介农夫最淳朴的执着，开始为我的新一料庄稼能有个好收成而购肥买种点播耕耘，春种夏管点灯熬油。

我笔下的人物许多都是有原型的。第一个出场人物即源自多年前我写过的一位已故去七十余载的老前辈。他戎马倥偬数十年，官至国民党某军要职，由于厌弃军阀争斗，他解甲归里，退隐乡野。后来，他在儿子和兄弟等人的感召下为倾情于共产党的事业，协助陕甘宁边区建立秘密交通站的事迹，为新中国的建设做出了不朽的成绩。故事是原始的，也是真实的，它成了整部小说的切入点。然而，作品还必须塑造一大群形形色色的人物，老师长的故事只是众多故事或者线索之一，需要有更丰富的人物、事件和细节去填充。我着眼于老师长最活跃的那个历史时段，开始在自己的文矿探寻，其间有幸认识了县城附近一个两代英烈之家，英烈的一个后辈远在昆明，现已退休，他也为我的小说创作打开了另一扇重要之门。

多日后，我得到老人的电话，如获至宝，立即打电话过去。电话通了，我用还算地道的普通话向对方打招呼，那边却是一口纯熟的渭北乡音。我及时转换频道，改用关中土语向他解释，并告知了自己的想法和困难。电话里传来爽朗的笑声，我想象不出老人的相貌和性格，可是他的热情却完全听得出。他说电话里讲不透，让我将地址告诉他。

自然，我收到了来自云南的沉甸甸的邮包。我迫不及待，激动难掩，当着快递员的面撕开邮封，里面是两本装订完好的家族资料。当初苦于巧妇难为无米之炊，如今的资料更让我一时难以割舍，仿佛挎着小篮捡麦穗的庄稼娃忽然遇见了大片麦地。

当然，作品里面的交通员、女战士、老先生等人物的故事，也都就这么阴错阳差地迎面扑来。

小说写的是20世纪三四十年代的渭北农村，反映的是旧统治者为了一己私利不惜鱼肉百姓，渭北民众为了追求平凡而和平的生活不惜抛头颅洒热血的无畏精神。他们的想法很简单，但现实很残酷，当地政府、国民党军队、土匪恶霸时刻撕裂着人们简单而朴素的追求，乡村大儒、革命后裔、返乡贤达则用行动与他们斡旋、争斗。与此同时，红军战士、进步学生又给当地带来新的思想，注入新的活力。他们流了泪流了血甚至失去了生命，但为了追求光明却无怨无悔。

这也是一部关于民族气节的小说，其精神源泉来自北宋张载先生的横渠四句，也有自己数十年来对关学的认知与思考。我不善于利用作品迎合市场，只希望自己所营造的环境、记录的时代、塑造的人物能够抚动历经新旧两重天的前辈们悠远的回忆，能够得到社会主义新时期青年一代的了解和借鉴。在身边寻找榜样，从祖辈身上汲取有用的东西，这与教科书上的说教比起来，或许更好。

小说收笔了，我的内心依然不敢闲着，我将继续从一只井蛙做起，带着跳出枯井的永久意念，手捧萤光寻找光明，不遗余力地寻求方法，即便一天爬高一寸，也不失为对自己有所进步而倍感欣慰。幸运的是，周围有许多师友，诸如著名作家党益民、李康美，著名评论家仵埂，还有多年来关切我的创作情况的纪力、雷刚、武开、周朴、张良、杨建宁、康贵平，还有为我的创作做出巨大奉献的家人们，他们有意无意地给我脚下垫起了石块，撑起了梯子……

也许某一日，这只井蛙也会跳上井沿，让自己眼前的天空变得广阔无垠。

2024年9月9日